奥威尔作品全集

George Orwell

奥威尔散杂文全集

奥威尔杂文全集

Collected Essays of George Orwell

（下）

［英］乔治·奥威尔 著　陈超 译

上海译文出版社

下册目录

一法寻报纸[①]

《人民之友》是一份巴黎的报纸，大约在六个月前创办，一份只卖十生丁或不到一法寻，在每件事情都是"轰动新闻"的世界里实属异数。这是一份健康的全版报纸，有新闻、文章、水平还可以的卡通漫画，侧重于体育、谋杀、民族主义情绪和反德宣传。除了价格之外，这是一份很普通的报纸。

对这一现象你并不需要觉得惊讶，因为《人民之友》的出资人对此作出了解释，在巴黎每一面没有禁止张贴的墙壁上都贴上了巨大的告示。读了这张告示，你会惊喜地发现《人民之友》不像其它报纸，它拥有最纯粹的公共精神，没有被催生它的低俗逐利思想所腐蚀。那些出资人没有抛头露面，他们倾尽所有，为的只是做好事不留名的快乐。我们了解到，他们的目标是向大型托拉斯宣战，为降低生活成本而奋斗，而最重要的是，向那些钳制法国言论自由的势力强大的报纸宣战。尽管这些大报使出了种种卑劣伎俩想让《人民之友》倒闭关门，它一定会战斗到最后一刻。简而言之，它的性质就像它的名字所揭示的那样。

如果你不知道《人民之友》的老板就是马利·科迪[②]，一个工业资本巨子，同时也是《费加罗报》和《高卢报》的老板，或许你会更大声庆祝这个民主的最后阵地。如果《人民之友》的政治倾向不是反激进和反社会主义，不是对工商业抱以善意并与之握手言欢的那一类型的报纸的话，或许人们对它的怀疑会少一些。但这些在当前都无关紧要。显然,重要的问题是:《人民之友》能挣到钱吗?如果挣到钱了,是怎么挣的?

第二个问题是最要紧的。因为社会发展的方向总是托拉斯集团会变得更大更肮脏,报纸有可能会变成只有广告和政治宣传的废纸,再加上一点经过严格审查的新闻作为糖衣,我们必须警惕朝这个方向演变的趋势。很有可能《人民之友》靠广告生存,但同样有可能它发表的是马利·科迪和他的同伙想要的宣传,以此获得间接的利益。根据上面我提到的那张告示所说,老板们或许愿意做出更加令人瞠目结舌的利他行为,免费派发《人民之友》。这种事情听起来似乎是天方夜谭,但其实并非不可能实现。我就见过一份报纸(印度的报纸)曾经免费派发,而且还能给它的出资人带来利润,因为有一些广告商觉得免费报纸是廉价而又让人满意的自吹自擂的好地方。这份报纸的水准远在平均水平之上,当然,它只刊登自己人认可的新闻,其它新闻一律不予刊载。这份暧昧的印度报纸昭示了现代报业合乎逻辑的发展方向,而我们应该认识到,《人民之友》就是朝这个方向迈出的新的一步。

但无论其利润是卖报直接赚来的还是间接从其它途径赚来的,《人民之友》确实做得很红火。它的发行量已经很大了,而且刚开始它只是一份早报,现在已经推出了下午和晚间新闻的版本。它的老板们曾经说其它报纸在不遗余力地排挤这份新的自由

---

① 刊于 1928 年 12 月 29 日《吉尔伯特·基思周报》。《吉尔伯特·基思周报》(G. K.'s Weekly),创刊于 1925 年,停刊于 1936 年,是由英国著名作家吉尔伯特·基思·切斯特顿(Gilbert Keith Chesterton, 1874—1936)创办的刊物。

② 马利·科迪(Marie Coty):全名是约瑟夫·马利·弗朗科伊斯·科迪(Joseph Marie Francois Coty, 1874—1934),法国商人和报业巨子。

言论斗士，这番话的确属实。这些报纸（当然，它们也说自己是出于最高程度的利他主义精神）采取了种种手段将它逐出了报刊店，甚至连街角的报亭也禁止发售。在一些老板是社会主义者的小店，你会看到橱窗上贴着"本店不卖《人民之友》"的告示。但《人民之友》并不担心。它在街上和咖啡厅卖得很火，而且理发店、香烟店和其它形形色色从来没卖过报纸的商店都卖起了这份报纸。有时候这份报纸就成堆摆在马路上，旁边放着一个铁罐用来放两索尔硬币，没有人看管。看得出，这份报纸的老板铁了心不惜任何手段要让这份报纸成为巴黎读者最多的报纸。

假如他们成功了——然后会怎样呢？显然，《人民之友》将把其它发行量较小的报纸排挤掉——已经有几份报纸感到日子不好过了。到最后，它们要么会被消灭，要么只能模仿《人民之友》的策略生存下去。因此，任何一份这类报纸都是自由言论的敌人，无论它的初衷是什么。现在法国是言论自由的大本营，至少新闻出版业是这样。光在巴黎就有十几份日报：民族主义、社会主义、共产主义、有神论与无神论、军国主义与反军国主义、支持犹太人和反犹太人的都有。这里有保皇派的报纸《法国行动报》，仍然是最好卖的日报之一。这里有《人文报》，是苏俄境外最赤化的日报。这里有《自由报》，是意大利文的报纸，但就算在意大利也不能发行。在巴黎出版的报纸有法文、英文、意大利文、意第绪文、德文、俄文、波兰文，还有其它字母表对于西欧人来说就像天书的文字。报摊上堆满了各种各样的报纸。法国的新闻记者已经在抱怨出版联合企业，但出版联合企业在法国还没有真正出现。不过，至少《人民之友》正在高歌猛进，要让它成为现实。

如果这种事情在法国有利可图的话，那别的地方为什么不能有样学样呢？为什么我们不能在伦敦办一份只卖一法寻或半便士的报纸呢？当新闻记者只是作为大公司的公关马前卒而存在时，以堂堂正正或鬼鬼祟祟的手段取得庞大发行量成了报纸唯一的目标。到目前为止，我们有几份报纸实现了梦寐以求的"收大于支"的水平，方法很简单，就是时不时派出几千英镑的足球彩金。现在法律禁止足球博彩，毫无疑问，一些报纸的发行量也随之锐减。这里就有一个值得我们英国的报业巨头效仿的例子。他们可以效仿《人民之友》，以一法寻的价格卖报。就算没有其它好处，起码能让那些可怜的普罗大众觉得钱花得还是有价值。

班房[①]

　　下午快到黄昏时分，我们四十九个人，四十八个男的和一个女的，躺在绿草坪上，等候着班房开门。我们累得连话都没说上几句，就那么四仰八叉地疲惫地躺着，一张张脏兮兮的脸上都叼着自己做的卷烟。在我们头上，栗子树的枝杈开满了花，再往上，几朵羊毛般的白云几乎一动不动地悬浮在晴朗的天空中。我们这群脏兮兮的城市游民零零散散地躺在草坪上，真是大煞风景，就像海滩上的沙丁鱼罐头和纸袋。

　　我们一直在聊这间班房的牢头。大家都同意他是个恶棍、野蛮人、暴君，一只吠叫不停、毫无怜悯之心、丧心病狂的野狗。当他出现的时候你会吓得魂飞魄散，许多流浪汉因为和他顶嘴半夜被他踢出班房。当你接受搜身时，他会将你头朝下倒拎起来，再摇晃一通。如果你被逮到私藏烟草，那你可就吃不完兜着走了。要是被搜到身上有钱（这是违反法律的），愿上帝保佑你。

　　我身上有八便士。"看在仁慈的上帝的分上，伙计，"几个老油条给我提建议，"别带钱进去。带八便士进班房会被判坐牢七天！"

　　于是我在篱笆下面挖了个坑，把钱埋在里面，以一堆燧石作为记号。然后我们开始着手安排如何偷带火柴和香烟进去，因为几乎所有的班房都禁止携带这些东西进去，流浪汉应该在大门口就主动上交。我们把东西藏在袜子里，有五分之一的人没有袜子，只能把香烟藏在靴子里，甚至就藏在脚指头下面。我们把那些私货藏在脚踝处，任何人看到我们可能都会以为象腿症爆发了。但有一条不成文的法律规定：即使是最不近人情的牢头也不能搜膝盖以下的地方。最终，只有一个人被逮到了。这个人就是"小苏格兰"，一个瘦小而头发浓密的流浪汉，说话时带着粗俗的格拉斯哥口音。他那罐烟草不合时宜地从袜子里头掉了下来，被没收了。

六点钟的时候，大门打开了，我们拥了进去。守门的长官登记了我们的名字和其它信息，然后收走了我们的行囊。那个女人被带到济贫院，我们则被带进了班房。那是一间粉刷过石灰的房子，阴森冰冷，只有一间浴室、一间食堂和大约一百间狭小的石头号子。那个可怕的牢头在门口和我们见面，带着我们走进浴室脱衣搜身。他年约四旬，举止粗鲁，像个当兵的，对这帮流浪汉毫不客气，就当他们是水塘边饮水的绵羊，将他们推来搡去，当着他们的面大声咒骂。但当他走到我身边时，他打量着我，然后问道：

"您是一位绅士？"

"我想是吧。"我回答道。

他又打量了我一会儿。"嗯，您真是不走运，阁下。"他说道，"真是不走运。"之后他对我很客气，甚至可以说有点尊敬。

浴室的情景真是令人恶心。我们的内衣所有不体面的秘密都

---

① 刊于 1931 年 4 月《艾德菲月刊》。《艾德菲月刊》（the Adelphi），创刊于 1923 年，停刊于 1955 年，是一份英国文学月刊。班房：原文标题是"The Spike"，"spike"是英语"casual ward"（收容所）的俚语表达，因此，译者在这里取"班房"这个更为俗语化的表达，并与译者翻译的乔治·奥威尔的《巴黎伦敦落魄记》中的译法保持一致。

暴露无遗：尘垢、补丁、拿布条充当纽扣、层层叠叠破碎不堪的布料，有的上面甚至到处是破洞，被泥尘黏在了一起。房间变成了狭迫的赤裸裸的肉林，流浪汉身上的汗臭味夹杂着班房原来那股恶心的排泄物的恶臭。有的人不肯洗澡，只洗了他们的"裹脚布"，那是流浪汉们用来包脚的肮脏滑腻的破布。我们每个人有三分钟时间洗澡，有六条油腻腻滑溜溜的毛巾供我们全体人员使用。

洗完澡后，我们自己的衣服被拿走了，我们穿上了济贫院的衬衣，用灰棉布织成，就像睡衣一样长及大腿中间。然后我们被带到食堂，晚餐已经摆放在餐桌上了。班房里的饭总是千篇一律，早餐、午餐或是晚餐都没什么两样——半磅面包、一点儿人造黄油、一品脱所谓的茶水。我们花了五分钟，狼吞虎咽地吃下那些廉价而有害的食物。然后牢头给我们每个人分了三张棉毯，打发我们到自己的号子睡觉。傍晚七点不到，号子的门就从外面锁上了，一直要锁十二个小时。

号子约八尺长，五尺宽，除了墙上高处有一个小小的铁栅窗和门上有一个窥视孔之外，就没有别的采光设施了。号子里没有臭虫，有床架和草席，这两样东西都算得上是罕有的奢侈品。在很多号子，流浪汉只能睡在一张木架床上，有的甚至只能睡地板，把大衣卷起来充当枕头。我一个人住一间号子，睡一张床，我希望可以好好睡上一觉。但我没有睡好，因为班房总是会出现状况，而我立刻发现这间班房独特的缺点是里面太冷了。已经是五月份了，为了纪念这个季节——向春天的神明致敬——官方关闭了暖气供应。那几张棉布毯根本不抵用。我整晚辗转反侧，睡了十分钟，然后被冻醒过来，翘首期盼快点天亮。

和平时在班房里一样，最后我总算舒舒服服地睡着了，可起床的时间也到了。牢头迈着沉重的步伐从走廊里蹀过来，打开房门，大声叫我们起床。很快，走廊里站满了蓬头垢面衣服肮脏的家伙，大家都急着要去浴室，因为只有一缸水供我们这么多人早上洗漱，先到先得。等我到了浴室，已经有二十个流浪汉洗完了脸。我瞥了一眼漂在水面的那层黑垢，决定这天不洗脸了，脏就脏吧。

我们匆匆换好衣服，然后到食堂吃早饭。面包比平时难吃多了，因为那个当兵当傻了的牢头昨晚把面包切成了片，放了一整夜，所以面包硬得像船板一样。但经过寒冷无眠的一夜，我们都很高兴有茶水喝。我不知道要是流浪汉没有茶，或这种其实不是茶但他们都称之为茶的东西喝会怎么样。这是他们的养料和包治百病的灵丹妙药。要是他们每天不喝上半加仑的茶，我真的相信他们没有办法继续活下去。

吃完早饭后，我们再次脱掉衣服接受体检，这是为了防止天花。我们足足等了四十五分钟医生才到，你可以好整以暇地看看身边的人是怎么一番模样。那真是让人大开眼界。我们在走廊里排成长长两行，赤裸着上半身，冻得瑟瑟发抖。被过滤的灯光呈清冷的淡蓝色，毫无怜悯之情地、清楚地照亮了我们。除非亲眼见到这一幕，否则没有人可以想象我们那副腆着肚子如丧家之犬的模样。蓬乱的头、胡子拉碴的皱巴巴的脸、干瘪的胸膛、平坦的足弓、松弛的肌肉——所有身体上的畸形和腐烂都在这里呈现。每个人都有气无力面无血色，所有的流浪汉看似都晒得很黑，其实脸色很糟糕。有两三个人的身体状况一直印在我的脑海里，无法忘却。"老爹"，一个七十四岁的老头，得了疝气，眼睛总是通红流泪；一个皮包骨头的瘦鬼，蓄着稀疏的胡子，两颊凹陷，看上去就像古画中麻风乞丐拉撒路[①]的尸体；有一个白痴总是在周围走来走去，吃吃地傻笑，既害羞又高兴，因为他的裤子总是掉下来，让他光着屁股。但我们的情况比他们好不了多少。我们当中只有不到十个人体格还算过得去。我觉得有一半应该住院。

今天是星期天，我们得留在班房度过周末。医生走后我们就被领回食堂，然后大门锁上了。那是一间刷了石灰的石地板房间，里面摆放着许多餐桌和长椅，看上去让人觉得有说不出的沉闷，就像待在监狱里一样。几扇窗户开在很高的地方，没办法看到外面，唯一的装饰品是一篇班房守则，要是有人胆敢行为不检的话将面临可怕的惩罚。我们挤满了房间，动一动手肘就会碰到别人。已经是早上八点了，我们觉得自己像被囚禁了，实在非常无聊。我们聊天的内容只有流浪时的传闻、好的班房和差的班房的情况、哪个郡有慈善机构、哪个郡没有慈善机构、警察和救世军的不公。流浪汉基本上只聊这些话题，除了收容所之外就没什么可谈的了。他们的谈话非常空洞，饥肠辘辘让他们失去了思考的能力。他们无法理解这个世界。他们的下一顿饭永远没有着落，因此他们所想的就只有下一顿饭到底在哪里。

两个小时过去了。"老爹"年迈智衰，弓腰驼背一言不发地坐着，通红的双眼缓缓地渗出泪水，滴到地板上。乔治，一个肮脏的老流浪汉，以戴着帽子睡觉这个怪癖出名，嘟囔着说他在路上

---

① 拉撒路（Lazarus），《圣经·约翰福音》中的人物，耶稣施行神迹，使其复活。

丢了一袋棕面包。伸手向人要钱的乞丐比尔是我们所有人当中体格最强壮的，身材魁梧得像巨灵神一样，即使在班房呆了十二个小时，身上仍带着啤酒味。他说起了伸手要钱的故事，吹嘘说他在啤酒店喝上个几品脱啤酒都不会醉。一个教区牧师向警察告发了他，害他坐了七天牢。威廉和弗莱德来自诺福克，曾经当过渔民，两人唱起了一首悲伤的情歌《忧伤的贝拉》，唱的是这个女人被负心郎抛弃，死在雪地里。那个白痴胡说八道，说一个子虚乌有的公子哥儿曾经赏给他两百五十七个金币。时间就这么打发，尽说一些无聊的话和海淫海盗的言语。大家都在抽烟，除了"小苏格兰"，他的烟草被没收了，没有烟抽他难受得不得了，我卷了一根烟请他抽。我们鬼鬼祟祟地吸烟，一听到牢头的脚步声就把烟藏起来，像偷偷抽烟的学校小男生，因为抽烟虽然得到默许，却是条例上禁止的。

　　大部分流浪汉在这个沉闷的房间一连呆了十个小时。很难想象他们是怎么熬过来的。我觉得，无聊是一个流浪汉所承受的苦难中最恶劣最糟糕的，比饥饿和不适更加可怕，比一直觉得被社会鄙视和侮辱更加可怕。将一个无知的人关上一整天，什么都不让他做实在是一件残酷而愚蠢的事情，就好比把狗拴在柱子上。只有那些受过教育并能够自我安慰的人才能忍受拘禁。基本上所有的流浪汉都是文盲，面对贫困只会茫然失措。他们只能坐在一张很不舒服的长凳上，被关押十个小时，不知道如何打发这段时间，他们所能想到的就只有哀叹自己命运多舛，渴望有份活儿干。他们没有忍受无所事事这种可怕折磨的素质。因此，由于他们一生的许多时间都无所事事地度过，他们只能因为无聊而痛苦不堪。

我比其他人要幸运一些，因为十点钟的时候牢头挑选了我去做班房里最受人羡慕的工作：到济贫院的厨房帮忙。那里其实没有什么活儿要干，我得以偷懒躲在一个贮藏土豆的小棚里，和几个济贫院的食客在一起，他们躲在这里逃避星期天早上的祈祷。那里烧了一口炉子，有几个箱子可以舒舒服服地坐着，还能读几本过期的《家庭先驱报》，甚至还有一本《莱福士》，是从济贫院的图书室拿过来的。呆过班房，这里简直就是天堂。

而且我还在济贫院的餐桌上吃了午饭，那是我有生以来吃过的最丰盛的一顿饭。无论是在班房里还是在班房外，流浪汉一年可能吃不上两回这样的大餐。那两个食客告诉我，他们每个星期天总是拼命地吃，吃到肚子快撑炸了，接下来的那个星期则饿着肚皮六天。午饭吃完后，厨师吩咐我去洗碗，叫我把剩下的食物扔掉。浪费是极其惊人的：几大盘牛肉、几篮面包和蔬菜就被当成垃圾扔掉了，任其和茶叶一起腐烂。那些还能吃的食物我足足装满了五个垃圾桶。与此同时，我的那些流浪汉同伴正坐在两百码外的班房里，半饥不饱的肚子里装的是班房一成不变的面包和茶水，或许因为是星期天，每个人可以分到两个冷冰冰的煮土豆。这些食物被扔掉似乎是政策规定的，就是不能给那些流浪汉吃。

三点钟的时候我离开了济贫院的厨房，回到班房里。现在，那个既狭窄又不舒服的食堂里的无聊已经达到了无法忍受的地步。现在连烟都没得抽了，因为流浪汉所抽的烟都是捡来的烟头，和放牧的牲畜一样，要是离开人行道这个牧场的话就断粮了。为了打发时间，我和一个比较体面的流浪汉聊起了天，他是个年轻的木匠，戴着领子和领带。据他所说，他沦落到流浪的地步是因为没有一套谋生的工具。和其他流浪汉相比，他有点孤傲冷漠，觉得自己是个自由人而不是流浪汉。而且他文学品味不错，流浪时还带着一本斯科特①的小说。他告诉我，不到饿得不行的时候他是不会进班房的，他宁愿在篱笆下和干草垛后面睡觉。在南部海岸流浪时，他白天乞讨，晚上在淋浴间里睡觉，就这样过了好几个星期。

我们聊起了流浪的生活。他批评当前的体制，这个体制让流浪汉一天在班房里待十四个钟头，另外十个钟头则得颠沛流离，躲避警察。他聊起了自己的亲身经历——因为想偷一副价值三英镑的工具而被判了六个月有期徒刑。他说这实在是太荒唐了。

然后我告诉了他济贫院厨房食物浪费的现象以及我的想法。听到这他的语气立刻变了。我发现我唤醒了沉睡在每个英国工人心中的那个体制的卫道士。虽然他和其他人一样在忍饥挨饿，他立刻洞察了为什么食物宁可扔掉也不留给流浪汉们吃的内情。他很严肃地告诫我。

"他们必须这么做，"他说道，"要是他们让这些地方太舒服的话，整个国家的人渣就会蜂拥而来。恶劣的伙食能让那些人渣望而却步。这些流浪汉太懒了，不肯工作，这就是他们的毛病。你也别指望鼓励他们，他们都是些人渣。"

我想和他争辩，证明他是错的，但他不肯听。他一直重复着：

"你不会怜悯这些流浪汉——他们就是人渣。你不能以衡量像

---

① 沃尔特·斯科特（Walter Scott，1771—1832），英国作家、剧作家、诗人，代表作有《赤胆豪情》、《湖畔少女》等。

你我这样的人的标准去衡量他们。他们是人渣，就是人渣。"

看到他把自己和其他流浪汉截然分开，感觉真是有趣。他已经流浪六个月了，但在上帝的眼中，他似乎在暗示说他可不是什么流浪汉。他的身体或许被关进了这间班房，但他的精神却升腾到了中产阶级纯洁的氛围那里。

时钟的指针走得慢得叫人抓狂。现在我们无聊得连话都不想说了，只听到咒骂声和此起彼伏的呵欠声。你得强迫自己不去看时钟，过了似乎很久，然后又转过头，看到指针才走过了三分钟。无聊就像冰冷的羊脂油一样蒙住了我们的心，我们的骨头因为这样而发疼。时钟指着四点钟，得到六点钟才有晚饭吃，到了晚上根本无事可做。

终于到了六点，牢头和他的助手端着晚饭过来了。到了吃饭时间，那些原本一直呵欠连连的流浪汉个个变得生龙活虎。但晚饭实在是令人倒胃口。那些面包早上已经很难吃了，现在根本无法下咽，硬得连最有力的下巴也只能在上面留下浅浅的痕迹。虽然我们都饥肠辘辘，但年纪大一点的人几乎没有吃东西，也没有一个能把分到的面包都吃完。晚饭后他们立刻给我们分发了毯子，又把我们带回那徒有四壁的冰冷号房里。

十三个小时过去了。七点钟的时候我们被叫醒，跑到浴室洗漱，吃下分给我们的面包和茶水。我们在班房的时间待满了，但我们得等到医生再给我们检查一遍身体后才能被放行，因为政府很害怕流浪汉传播天花。这一次那个医生让我们苦等了两个小时，直到十点钟我们才得以逃出生天。

是时候离开了，我们被带到院子里。在阴森的、臭气熏天的班房呆过之后，万物看上去是那么明媚，清风的味道是如此甘甜！牢头归还了每个人被没收的行囊，还分了一块面包和一些芝士作为中午的伙食。然后我们上路了，恨不得赶快离开这座班房和这里的清规戒律。现在我们暂时得到了自由。无聊地待了一天两夜之后，我们有八个小时左右的时间消遣，到路上捡烟头、乞讨、找工作。此外，我们还得走上十、十五或者二十英里路，到下一间班房去，游戏将重新开始。

我挖出了我那八便士，和诺比一起上路。诺比是个体面但意气消沉的流浪汉，身上多带了一双靴子，到所有的职业介绍所找工作。我们这些难兄难弟就像一张席子上的臭虫，大家各奔东西南北。只有那个白痴在班房的大门口流连，直到最后牢头不得不把他赶走。

诺比和我出发去克罗伊登。路上很安静，没有汽车穿梭往来，栗子树上开满了花，就像巨大的蜡烛。周围十分安静，空气也很清新，很难想象几分钟之前我们还和那帮犯人挤在充斥着阴沟的恶臭和肥皂味的班房里。其他人都走了，路上似乎就只有我们两个流浪汉。

这时我听到身后传来匆忙的脚步声，有人碰了碰我的胳膊。那是"小苏格兰"，他气喘吁吁地追上了我们。他从口袋里掏出一个生锈的锡盒，脸上露出友善的笑容，就像一个准备还债的人。

"可找到你了，伙计。"他诚挚地说道，"我欠你几个烟头呢。昨天多亏有你。今早儿牢头把这盒烟屁股还给我了。礼尚往来嘛——拿着。"

他把四个湿漉漉脏兮兮的恶心的烟屁股塞进我的手里。

绞刑①

这里是缅甸，一个雨季湿漉漉的早晨。一盏惨淡的灯光就像黄色的锡箔，越过高墙斜照着监狱的庭院。我们等候在死刑囚犯的牢房外面。那些牢房是一排小屋，前门有两道栅栏，就像囚禁动物的小牢笼。每间牢房面积约为十英尺乘十英尺，里面除了一张木板床和一壶用来喝的水之外，就什么也没有了。在几间牢房里，棕色皮肤的囚犯静静地倚坐在靠里的栅栏边，身上裹着毛毯。他们都是死刑犯，再过一两个星期就会被处决。

一个囚犯被押出牢房。他是个印度人，身材屠弱瘦小，剃了光头，眼睛浑浊不堪。他长着浓密的虬髯，与他的身材很不相称，看上去就像滑稽电影里小丑的胡须。六个高大的印度狱卒正看守着他，准备将他送上绞刑台。两个狱卒站立着，端着上好了刺刀的步枪，另外四个人给他戴上手铐，将一条铁链穿过手铐，然后系在他们的腰带上，再将他的双手紧紧绑在身体两侧。他们挨他很近，一直小心翼翼地把手按在他身上，似乎想确保他不会逃跑。他们的动作就像在处理活鱼一样，担心那条鱼会挣扎跳回水里。但他站在那儿，没有挣扎反抗，垂着双手任由绳子捆绑，似乎他根本不知道正在发生什么事情。

八点的钟声响了，从远处的兵营传来军号声，在湿润的空气中显得气若游丝。典狱长没有和我们站在一起，正拿着手杖阴郁地戳着沙砾，听到军号声就抬起头来。他是个军医，蓄着花白的牙刷式胡须，语气粗暴而生硬。"看在上帝的分上，动作快点，弗朗西斯。"他不耐烦地说道，"这个囚犯应该已经被处决了。你们还没准备好吗？"

那几个狱卒的头儿弗朗西斯是个胖胖的达罗毗荼人，穿着白色的制服，戴着金边眼镜。他挥舞着皮肤黝黑的手，"好了，长官，好了，长官。"他嘟囔着说，"一切都准备好了。绞刑吏在等着呢。我们可以出发了。"

"好吧，赶快出发。得把这件事处理完囚犯们才能有饭吃。"

我们朝绞刑台走去。两个狱卒扛着枪走在囚犯身边，另外两个狱卒紧紧地挨在囚犯身边，扶着他的胳膊和肩膀，像在推搡他，又像在扶稳他。法警和其他人跟在后面。刚走出十码远，突然间，不是收到什么命令，也不是听到什么警报，队伍就停住了。发生了一件可怕的事情——有一只狗，天知道是从哪儿冒出来的，跑到庭院里来了。它在我们身边蹦来跳去，高声吠叫着，全身晃个不停，看到这么多人在一起似乎高兴坏了。那是一只毛茸茸的大狗，是艾尔谷犬和本地土狗的杂种。它在我们身边蹦跶了一会儿，然后猛地一下朝那个囚犯扑去，跳起来想舔他的脸，我们没有一个人能阻止它。大家吓得待在那儿，根本不敢去把那只狗给抓起来。

"谁把这该死的畜生放进来的？"典狱长生气地说道，"来人啊，给我抓住它！"

一个狱卒从押送队里走了出来，笨拙地追着那只狗，但它轻巧地跳来跳去，不让他逮到，似乎把发生的一切都当成了游戏。

---

① 刊于 1931 年 8 月《艾德菲月刊》。

一个年轻的欧亚混血狱卒拾起几块石头，想把那只狗给吓跑。但那只狗躲过去了，又跟在我们后面。监狱的墙壁间回荡着它的叫声。那个囚犯在两个狱卒的押送下，冷漠地看着这一幕，似乎这只是绞刑的又一道正式手续。好几分钟过去后那只狗总算被逮住了。然后我们把我的手帕穿过那只狗的项圈，立刻动身出发，那只狗仍然在挣扎呜咽着。

离绞刑台大约四十码处，我看着那个死囚赤裸的棕色脊背在我面前走动着。他的双手被绑了起来，走起路来很别扭，但走得很稳当，步履一起一伏的——有的印度人从未伸直过膝盖走路。每走一步他的肌肉都会收紧放松，头发上下飞舞，湿漉漉的砂石地上留下一排脚印。有一回，虽然左右两边肩膀都被狱卒紧紧抓住，他依然朝旁边轻轻一绕，避开了路上的一个水潭。

这真是有趣，但直到这一刻我才意识到处决一个健康的、有知觉的人到底意味着什么。当我看到这个囚犯闪到一边避开那个水潭时，我才意识到将一条大好生命在其全盛的时候人为地中断是多么诡异的事情，而且这是不义之举，却又无法以言语加以表达。这个人并不是垂死之人，他和我们一样活得好好的。他全身上下的器官都正在运作，肠子正在吸收食物，皮肤正在新陈代谢，指甲正在生长，组织正在形成——所有的一切都在以神圣而神秘的方式在运作。当他踏上绞刑台时，当他在十分之一秒内从空中坠落时，他的指甲仍会在生长。他的眼睛看得到黄色的沙砾和灰色的墙壁，他的大脑还能记忆、预测和推理，甚至知道得避开水潭。他和我们一样都是人，我们正在一起走路，我们所看见的，所听到的，所感受到的，所理解到的，都是同一个世界。再过两分钟，突然间啪的一声，我们中的一个就死了——少了一个心灵，少了一个世界。

绞刑台在小院子里，与监狱的大操场隔离开来，里面长满了高大多刺的杂草。它是用砖砌的，像一间有三面墙的小房子，上面铺着木板，高处有两根横梁和一根桁架，上面挂着绞绳。绞刑吏是个头发花白的罪犯，穿着白色的囚服，正在绞刑台旁边等候着。我们一进去他就谄媚地点头哈腰朝我们打招呼。弗朗西斯一声令下，两个狱卒更用力地抓紧囚犯，半推半拉地将他引到绞刑台上，让他笨拙地登上梯子。然后，绞刑吏爬了上去，把绳子套在囚犯的脖子上。

我们站在五码外的地方等候着。那几个狱卒围着绞刑台站成一圈。然后，绳结打好了，那个死囚开始叫嚷，向自己的神明祈祷。叫声很高亢，不停地重复着："罗摩！①罗摩！罗摩！罗摩！"不像求救的喊叫声那样急促或恐惧，而是不慌不忙，很有节奏感，几乎就像教堂的钟鸣。那只狗呜咽着回应他的叫喊声。绞刑吏仍然站在绞刑台上，拿出一个小小的像面粉袋那样的棉布袋子，套住那个囚犯的脸。虽然他的声音被棉布袋罩住，显得闷声闷气的，但仍一直在喊着："罗摩！罗摩！罗摩！罗摩！"

绞刑吏爬了下来，稳稳地站在那儿，握紧了拉杆。几分钟似乎过去了，那个囚犯仍在闷声闷气地嚷着："罗摩！罗摩！罗摩！"一刻也没有停歇。典狱长的头耷拉在胸口，慢慢地用手杖捅着地面，或许他在计算那个囚犯叫了多少声，或许那个犯人可以叫上个五十声或一百声。每个人的脸色都变了。那些印度人面

---

① 罗摩（Rama），全名为罗摩占陀罗（Ramachandra），在印度教中是大神毗湿奴（Vishnu）的第七世化身，是完人的象征。

如死灰，看上去像发霉的咖啡豆，有一两个人的刺刀在颤个不停。我们看着绞刑台上那个脖子套着绳子、头上罩着麻袋的囚犯，听着他的叫嚷声，每喊一声就能让生命多延续一秒钟。我们每个人的想法都一样："喔，快点把他处决了，把事情干完，让这讨厌的声音结束吧！"

突然典狱长下定了主意。他抬起头，迅速地挥舞着手杖，几乎是气急败坏地用印度语喊了一句："动手！"

啪的一声过后是一片死寂。那个死囚不见了，那条绳子扭成一团。我松开那只狗，它立刻朝绞刑架的后面跑去，但跑到那儿的时候突然停了下来，吠了几声，然后躲进了庭院的一个角落里，站在杂草中间，惊恐地看着我们。我们绕到绞刑台后面检视那个死囚的尸体。他吊在那儿，脚趾直指下方，慢悠悠地旋转着，就像一具石像一样了无生机。

典狱长伸出手杖，捅了捅那具赤裸的尸体，它轻轻地摆动了一下。"搞定了。"典狱长说道。他从绞刑架下面走了出来，长长吐了一口气。突然间那副阴郁的表情一扫而空。他瞄了一眼手表，"八点零八分，好了，早上的行刑结束了，感谢上帝。"

狱卒们卸下刺刀，列队离开了。那只狗清醒了过来，知道自己刚才是胡闹，灰溜溜地跟在他们后面。我们离开安置绞刑台的院子，经过那些关押死刑犯的牢房，走进监狱宽阔的中央大院。那些罪犯在配备着警棍的狱卒们的命令下，已经在领取早餐了。他们蹲坐成长长几排队伍，每个人手里拿着一个锡盆。两个狱卒抬着米桶绕场分发米饭。看完绞刑后，这一幕看上去是那么温馨祥和。囚犯处决完毕，我们都觉得心头放下了一块大石。每个人心里都萌发了想唱歌、想跑步、想嗤嗤偷笑的冲动。一下子大家都高高兴兴地聊起了天。

走在我身边的那个欧亚混血的小青年朝我们来时走的路点了点头，露出洞悉内情的微笑："您知道吗，长官，我们的朋友（他指的是那个死囚）听说他的上诉被驳回时，在牢房里吓得尿了一地。来根烟吧，长官。您不觉得我这个新的银烟盒很漂亮吗，长官？地摊上买到的，两卢布八亚那。这可是经典的欧洲款式。"

几个人大笑起来——至于笑什么，似乎没有人知道。

弗朗西斯走在典狱长身边，喋喋不休地说道："长官，一切都搞定了，干得真是漂亮。事情就这么结束了——啪的一声！平时可不是这样子的——噢，不是这样的！我知道有时候医生得走到绞刑架下，拉扯死囚的腿确保他真的死掉了。真是太糟糕了！"

"还在扭动着，是吧？那真是糟糕。"典狱长应了一句。

"哎，长官，当犯人不听话的时候情况就更糟了！我记得有一次我们去押解囚犯时，他死命地抓住牢房的栅栏。你可能不会相信，长官，我们得出动六个狱卒把他拽出来，每三个人扯他的一条腿。我们对他晓之以理，'亲爱的伙计，'我们说道，'想想你给我们带来多少麻烦和痛苦！'但他就是不肯听！哎，他真是个麻烦鬼！"

我发现自己笑得很大声。每个人都在笑，连典狱长也宽容地咧着嘴在笑。"大伙儿都出来喝一杯。"他和气地说道，"我车里有一瓶威士忌。我们把它喝掉吧。"

我们穿过监狱巍峨的双重门，走到路上。"扯他的腿！"一个缅甸法警突然叫嚷着，然后咯咯咯地笑了起来。我们又开始大笑起来。这个时候弗朗西斯那个故事似乎有趣极了。我们一起喝酒，欧洲人和本地人相处甚欢。那个死人就在一百码开外的地方。

摘啤酒花①

　　"度假还能有钱拿"，"你在那里逍遥度假，来回路费都挣到了，还能揣着五先令回家"，这是我引用的两个采摘啤酒花的老手的话，从孩提时代起，基本上每个季节他们都会去，对此非常熟悉。事实上采摘啤酒花根本不是什么度假，谈到工资，没有比这更糟糕的工作了。

　　我不是说采摘啤酒花本身是一件不讨喜的工作。它的工作时间很长，却是很健康的户外工作，任何身强力壮的人都干得来，过程非常简单。那些藤蔓就像爬山虎一样爬得很高，上面结了一串串好像葡萄的啤酒花，吊在竿子上或铁丝网上。采摘工人要做的，就是将藤蔓扯下来，把啤酒花摘到布袋里面，尽量让它们不带枝叶。多刺的茎梗会把采摘工人的手心扎得鲜血直流，在清晨伤口再次开裂之前，这活儿很痛苦。麻烦的事情还有藤虱，它们不仅肆虐啤酒花，还会爬到工人的脖子上，但除此之外就没有什么烦恼了。你可以一边工作一边聊天抽烟，在大热天里再没有比躲在藤蔓的荫凉下闻着它们苦涩的清香更惬意的事情了——那是一种无法形容的清新味道，就像从冷啤的海洋吹来的一股风。要是能够靠这个谋生，那几乎就是最理想的事情了。

　　不幸的是，这份工作的报酬非常低廉，一个采摘工人一周几乎不可能挣到一英镑，而在1931年这样的多雨年份，只能挣到十五先令。采摘啤酒花算的是计件工资，采摘工人按多少钱一蒲式耳算工钱。在我工作的农场，和肯特郡的大部分农场一样，今年的价格是摘六蒲式耳挣一先令——也就是说，我们每摘一蒲式耳挣两便士。一根长势好的藤大概能摘半蒲式耳的啤酒花，一个熟练的采摘工人十五分钟能摘完一根藤蔓，在完美的情况下，一个采摘老手一周干六十个小时，可以挣到三十先令。但是，由于种种原因，这些完美的条件并不存在。首先，啤酒花的质量差别很大。在有的藤蔓上，它们大得跟小梨子一样，在有的藤蔓上却跟榛子差不多大小。长势不好的藤蔓和长势好的藤蔓花的时间都一样。藤蔓越长，下面的啤酒花就长得越纠结，通常摘上五根藤蔓都摘不了一蒲式耳。而且，工作老是会出现延误，不是要更换田地，就是下起了雨，每天都会因为这些事情耽误一两个小时，而这些损失的时间是没有报酬的。最后，最大的损失原因是不公的计量。啤酒花被放在标准尺寸的蒲式耳筐子里，但必须记住的是，啤酒花可不像苹果或土豆，说是一蒲式耳就是一蒲式耳，没得争辩。啤酒花软绵绵的就像海绵一样，计量员把一蒲式耳的啤酒花压成一夸脱是很容易的事情。采摘工人们总是高唱着：

> 当他过来计量时，
> 从来不知道收手，
> 哎，哎，放进袋子里，
> 装了满满的一袋！

啤酒花从布袋里被装到大麻袋里，这些大麻袋装满时的重量

---

① 刊于 1931 年 10 月 17 日《新政治家与国家报》。

是一英担，一个人就搬得动。但在计量员奉命要"把它们弄重点"的时候，经常要两个人才能搬得动满满一口麻袋。

就是在这样的工作条件下，我和一个朋友今年九月每周大约挣九个先令。我们是新手，但有经验的采摘工人也好不到哪里去。我们组里最棒的采摘工人是一户吉卜赛人，五个大人和一个小孩，在整个营地里也堪称拔尖儿的。这些人每天在啤酒花田里干十个小时，三个星期总共挣了十英镑。不算那个孩子在内（虽然事实上田里的孩子都会帮忙），平均算起来每个人每星期挣十三先令又四便士。附近有很多农场给的价格是八或九蒲式耳一先令，在那里一星期很难挣到十二先令。除了报酬低廉之外，采摘工人只能忍受让他们实际上沦为奴隶的规矩。比方说，有一条规矩赋予了农场主以任何理由解雇工人的权力，而且还能克扣他们四分之一的收入，而如果工人们自己辞职的话，工钱也会被克扣。难怪那些居无定所的短工中大部分人一年工作十个月还是得在"托比"①流浪，在失业的时候只能到流浪汉收容所睡觉。

至于采摘工人的居住条件，现在有一大帮政府官员在进行监督，因此应该要比原来好一些，而原来的情况到底是怎么样的实在难以想象，因为现在普通工人的茅屋比马厩还要糟糕。（我这么说是有理由的：在我们农场，专门给已婚夫妇住的最好的地方就是马厩。）我和我的朋友，还有另外两个人，睡在一间十尺见方的小茅屋里，有两扇不透光的窗户和六个破洞，既透风又透雨，而且除了一堆稻草之外就没有别的家具了。厕所在两百码外的地

---

① 原注："托比"就是"道路"之意（因此"高托比"的意思是"高速公路"）。

方，水龙头的距离也一样远。有的茅屋不得不睡八个人，不过这样一来倒是暖和了一些。九月的夜晚没有被单只有一口破麻袋盖在身上时实在冷得难受。当然，露营生活的种种不适这里都有，但谈不上特别辛苦，当我们不在工作或睡觉时，我们不是在挑水就是在用潮湿的树枝准备生一堆火。

我想大家都会同意这样的报酬和待遇确实很艰苦，但奇怪的是，采摘工人从来不会短缺，而且同样一帮人年复一年地回啤酒花田干活。能让这个行业继续下去的，或许是因为虽然报酬很低，而且生活很不舒服，但伦敦人很享受到乡村的旅途，当采摘季节结束时，采摘工人们由衷地高兴能回到伦敦，不用睡稻草堆，可以花一便士买煤，而不是收集柴火，而且伍尔沃斯超市就在街头。然而，等到工作结束时，采摘啤酒花成了很好玩的事情。在采摘工人们的脑海中它就像在度假一样，虽然他们一直在辛苦地工作，到最后还得赔上自己的钱。除此之外，计件工资的体系掩盖了报酬的低廉，因为"六蒲式耳一先令"听起来要比"一星期十五先令"多得多。而十年前是美好的时光，那时候啤酒花很贵，农场主给的工钱是一蒲式耳六便士。这就让"口袋里揣着五英镑回家"这一传闻经久不衰。不管怎样，无论是什么原因，要找到工人干活根本不难，因此，你不应该对啤酒花田的艰苦条件有太多抱怨。但如果你把报酬与待遇和所干的活儿相比较，一个采摘工人要比一个人肉三明治招牌工人[①]还要悲惨。

---

　　① 指在身体的前后挂着商家招牌招徕生意的工作。

进班房

这趟旅程以失败告终，因为它的目的是进监狱，但我只在拘留所里待了48个小时。不过，我做了记录，因为治安法庭的程序和别的事情非常有趣。我是在事情发生了8个月后写的这篇文章，因此对日期不是很肯定，但那是在1931年圣诞节前一个星期或前十天发生的。

星期六下午我动身出发，身上有四五个先令，来到迈尔安德路，因为我的计划是喝得不省人事，我以为他们对东区的醉鬼会更加不留情面。我买了一些烟草和一本"扬基杂志"①，为接下来的监狱生活做好准备。然后，酒吧一开门，我就进去喝上四五品脱啤酒，把一瓶一夸脱的威士忌喝了个底朝天，身上只剩下两便士。那瓶威士忌快见底的时候我就已经醉得差不多了——醉得比我原先预计的更厉害，因为一整天我都没吃过东西，酒精在我空荡荡的胃里很快就发挥作用。我只能勉强站起来，虽然我的脑袋很清醒——当我喝醉酒的时候，脚站不稳嘴说不出话很久过后脑袋仍然很清醒。我开始踉踉跄跄地走在人行道上，朝西边走去，走了很久都没遇到警察，虽然街道上熙熙攘攘，所有人都在对我指指点点，尽情嘲笑。最后，我看到两个警察正走过来。我从口袋里拿出那瓶威士忌，就在他们眼前把剩下的酒给喝光，几乎醉倒过去。我抱住一根灯柱，瘫倒下来。那两个警察朝我跑来，把我翻转身，从我手中拿走了酒瓶。

他们说："嘿，你刚才喝的是什么？"（他们或许以为这是一起自杀。）

我说："那瓶是我的威士忌。你们给我走开。"

他们说："唔，他就像在酒缸里泡过一样！——你刚才干什么去了，呃？"

我说："去酒吧里找点乐子。圣诞节了，不是吗？"

他们说："没呢，还有一个星期才是。你把日子弄错了，你弄错了。你最好跟我们走。我们会看住你的。"

我说："凭什么我得跟你们走？"

他们说："这样我们可以看住你，让你舒服一些。你这样子乱跑会给车撞上的。"

我说："瞧，那边有酒吧，我们去里面喝酒吧。"

他们说："你今晚喝得够多了，老伙计。你最好跟我们走。"

我说："你们要带我去哪儿？"

他们说："就只是去一个你可以安静地睡上一个好觉的地方，有一床干净的床单和两张毯子什么的。"

我说："那儿有喝的吗？"

他们说："当然有。我们那地方就有卖酒的。"

说着话的这会儿他们就温和地引着我沿着人行道走着。他们把我的胳膊关进一个锁扣里（我忘记那叫什么了），锁上了这东西，只要轻轻一扭就可以把一个人的胳膊扭断，但他们对我的动作很轻柔，似乎当我是一个小孩。我心里很清楚，看到他们费尽心思劝说我跟他们走，一次也没有透露我们正要去警察局这个事

---

① 扬基杂志即美国杂志，扬基（Yank 或 Yankee）是美国人的俚称。

实，我觉得很有趣。我猜想这就是对付喝醉酒的人的例行公事。

我们来到警察局（那是贝斯纳绿地的警察局，但到了星期一我才知道的），他们把我按在一张椅子上，开始清空我的口袋，那个中士一直向我问话。但我假装醉得太厉害，没有给出像样的答案，他厌烦地叫他们把我带到囚室里去，他们服从了命令。囚室大约和收容所的号房一样大小（大概是十英尺长，五英尺宽，十英尺高），但要干净得多，装修也更为合理。墙上贴的是白色的瓷砖，修了厕所，有一条热水管道、一张木架床、一个马鬃枕头和两张毯子。在靠近屋顶的地方有一个小小的窗户，装了栅栏，在厚厚的玻璃后面有一盏灯泡，整晚都在发亮。门是钢做的，上面有常见的窥视孔和把食物递过来的小洞。那两个搜我身的警官已经拿走了我的钱、火柴、刮胡刀和我的围巾——后来我知道这是因为曾经有犯人用围巾上吊自杀。

接下来的一天一夜就没有什么可说的了，实在是非常无聊。我恶心得厉害，比我以前任何一次醉酒都更恶心，无疑这是因为我空腹喝酒了。星期天有两顿饭我吃的是面包和人造黄油，还有茶水（班房的质量），有一顿饭吃的是肉和土豆——我相信这是那个中士的妻子好心施舍给我的，因为我认为被关押的犯人只能吃到面包和人造黄油。我不能刮胡子，只有一点冷水可供洗漱。填起诉书的时候我讲述了惯用的那个故事，也就是，我叫爱德华·波顿，我的父母在布莱斯堡开了一间蛋糕店，我曾在布莱斯堡的一间布料店上班，因为酗酒而被开除，我的父母再也受不了我酗酒的毛病，把我赶出家门。我还补充说我一直在比灵斯盖特当脚夫，星期六的时候意外地"搞到了"六个先令，于是就喝得烂醉了。警察们很和气，对我进行了几番关于酗酒的说教，说一些老生常谈的话：我还"良知未泯"什么的。他们同意我可以自行把自己保释出去，但我没钱，而且也没地方可去，于是我选择了坐牢。牢房里很无聊，但我带了那本"扬基杂志"，而且能向在走廊里值勤的警官要个火抽根烟——犯人当然是不能带火柴的。

　　第二天大清早，他们把我带出了牢房去洗漱，归还了我的围巾，把我带到院子里，关在一辆黑囚车里。黑囚车的里头就像是一间法国式的公厕，两边是上了锁的小隔间，大小仅容你坐下来。我的隔间墙上刻满了人名、他们的罪行和刑期有多长。还有几则以这个对句为蓝本的变体：

　　"史密斯探长真会出茅招，告诉他我迟早会把他操。"

　　（"出茅招"在这里指的是告密耍奸。）囚车载着我们去了好几个警察局，总共接了十个犯人，黑囚车里坐得满满当当的。他们在囚车里好不开心。隔间的门在顶部是敞开的，以便通风，因此你可以伸手过去，有人设法偷偷带了火柴进来，我们都抽上了烟。很快我们就开始唱歌，由于临近圣诞节，我们唱了几首圣诞颂歌。开到老街的治安法庭时，我们高唱着：

　　"来吧，所有的信徒，畅享快乐和胜利！来吧，来吧，来到伯利恒。"①如此这般。我觉得唱这种歌似乎不太合适。

　　到了治安法庭他们把我带下车，把我关进和贝斯纳绿地警察局那间一样的牢房里，甚至连瓷砖的数目也一样——这两间牢房的我都数过了。牢房里除了我之外还关了三个人，一个衣着时髦、体格健壮、气色红润的男人，大约三十五岁，我觉得他是个

---

　　① 原文是拉丁文："Adeste, fideles, laeti triumphantes, adeste, adeste ad Bethlehem."

旅行推销员或簿记员。另一个是个中年犹太人，衣着也很体面。第三个显然是个入室偷盗的惯犯，个子矮小，看上去很凶悍，长着灰色的头发和一张饱经沧桑的脸，这时因为即将受审而非常激动。他根本没办法消停一会儿，就像一只野兽那样在牢房里不停地来回走动。我们都坐在木架床上，他碰到了我们的膝盖，还一直叫嚷着他是无辜的——显然，他被控告在外游荡，意图实施入室抢劫。他说之前他被定过九次罪，大部分都只是怀疑而已，几乎所有有前科的人都会被定罪。时不时地他会朝牢房的门挥舞着拳头。"欠操的裹脚布！欠操的裹脚布！"指的是逮捕了他的"条子"。

很快又有两个犯人被关进牢房，一个相貌丑陋的比利时年轻人被控告推独轮车阻碍交通，还有一个毛发格外浓密的怪人，不知道是聋子还是哑巴，还是不懂英语。除了最后这个人，所有的犯人都畅所欲言地说起了自己的案子。那个气色红润的时髦男子似乎是一间酒吧的"主管"（这体现了伦敦的酒吧老板已经彻底被酿酒商控制了，他们的头衔总是"主管"，而不是"老板"，其实也就是雇员罢了），挪用了圣诞节俱乐部的钱。和许多人一样，他欠了酿酒商一屁股债，显然是拿着钱想靠赌马赢钱。两个股东在这笔钱到期偿还的几天前发现了猫腻，告发了他。这位"主管"立刻把钱还了回去，但少了12英镑，这笔钱在他的案子被提审之前已经还清了，但他肯定会被判刑，因为法官对这种案件不会留情——事实上，当天他被判了四个月的有期徒刑。当然，他这辈子就这么毁了。那些酿酒商会要求破产清算，把他的存货和家具都卖掉，而他再也别想申请到酒吧执照了。他努力在我们几个面前厚着脸皮讲述这件事，不停地从几盒金叶牌香烟盒中拿烟抽——我敢说这是他这辈子最后一次能有足够的烟抽了。当他说话时，他的眼神空洞而恍惚。我想他正慢慢地意识到他作为一个社会体面人的生活已经走到了尽头。

那个犹太人曾经在史密斯菲尔德斯一间犹太肉店当采购。在为老板工作了七年后，突然间他贪污了 28 英镑，去了爱丁堡——我不知道为什么会去爱丁堡——和妓女"逍遥快活"，钱花光了就回去自首。那笔钱里有 16 英镑已经偿清，剩下的以每月分期付款的形式偿还。他有老婆和几个孩子。有趣的是，他告诉我们他的老板可能会因为指控他而惹上犹太教会的麻烦。似乎犹太人有自己的仲裁法庭，而在没有向仲裁法庭起诉之前，犹太人是不会控告同胞的，至少在像这样违背信任的事情上不会。

这些人有一番话触动了我——这番话我几乎听每个犯了严重罪行的犯人都说过。内容是："我不介意坐牢，我介意的是没了工作。"我相信这体现了比起资本家的力量，法律的力量正在逐渐萎缩。

他们让我们枯等了几个小时。牢房里很不舒服，因为那张木架床没有地方让我们全都坐下来，虽然我们有好几个人，里面还是冷得够呛。几个人用了厕所，在一间如此狭小的牢房里实在是让人觉得恶心，特别是当拉手不能用的时候。那个酒吧老板慷慨地派发香烟，那个走廊里的警官给我们借火。时不时地，从隔壁的牢房会传来很响的叮叮当当的响声，那里有一个年轻人，捅了他的"甜心"肚子一刀——我们听说她有可能活过来——被单独囚禁。天知道那边是什么情况，但听起来好像他被铁链拴在了墙上。大约十点钟的时候他们给了我们每人一杯茶——这好像不是政府提供的，而是治安法庭的传教士赠送的——然后我们就被带到一间宽敞的等候室，犯人们在那里等候审判。

这里大约有五十名犯人，什么样的男人都有，但大体上要比你预料中的衣着更加入时。他们戴着帽子来回走动，冻得瑟瑟发抖。在这里我看到了一件非常有趣的事情。当我被带到我的牢房时，我见到两个看上去脏兮兮的混混，比我还要脏得多，可能是因为酗酒，也可能是因为阻碍交通，被关进了同一排的另一间牢房。而在这间等候室里，这两个人手里拿着笔记本在盘问犯人。原来他们就是"条子"，化装成犯人混进牢房打听消息——因为犯人之间就像共济会那样互相信任，彼此之间无话不谈。我觉得这是很下作的伎俩。

犯人们一直被三三两两地沿着一条走廊带到法庭里。很快，一名中士嚷道："醉酒的人过来！"我们四五个人就沿着走廊鱼贯而行，在法庭的入口处站立等候着。那里一个值勤的年轻警官给我提了建议：

"进去的时候把帽子摘下来，乖乖认罪，不要顶嘴。以前被判过刑吗？"

"没有。"

"你会被课以六先令的罚金。准备给钱吗？"

"我没钱，身上就两便士。"

"那好，没关系。你运气好，今天早上不是布朗先生当值。他是个禁酒主义者，对醉酒的人不留半分情面，唔！"

醉酒案的审判快得我甚至没有时间去留意法庭是什么样子的。我只是依稀记得有一个高台，上方悬挂着盾徽，文员们坐在下面的桌子上，还有一道栅栏。我们鱼贯穿过栅栏，就像人们在穿过一道旋转门那样，每个案子的审判流程都像这样："爱德华—

波顿—醉酒—人事不省—你醉酒了？—是的—六先令—走吧—下一个！"

所有这些在五秒钟之内就完事了。在法庭的另一边，我们走进一个房间，一位中士正拿着账本坐在一张书桌旁。

"六先令？"他问道。

"是的。"

"准备给钱吗？"

"我给不了。"

"那好，回你的牢房里去。"

他们把我带了回去，把我关进原来那间牢房，我离开了也就十分钟。

那个酒吧老板也被带回来了，他的案子被押后了。那个比利时年轻人和我一样付不了罚金。那个犹太人已经走了，是被释放了还是服刑了我们都不知道。一整天犯人们来来去去，有的等候着审判，有的等着黑囚车把他们带到监狱去。天气很冷，牢房里那股污秽的排泄物的恶臭变得难以忍受。大约两点钟的时候他们给我们送来了午饭——每个人分到一杯茶、两片面包和人造黄油。显然，这是规定的饮食。如果你有朋友在外面的话，你可以让他把吃的带进来，但我觉得让一个身无分文的人只能以面包和人造黄油果腹去面对审判是非常不公平的事情，而且还不能刮胡子——到了这个时候我已经超过四十八个小时没有刮过胡子了——这样很有可能会让法官对犯人心存偏见。

在那些临时关在牢房里的犯人中，有一对朋友或搭档，名字似乎是斯瑙特和查理，他们因为在街头犯事而被逮捕——应该是用一辆手推车阻碍交通。斯瑙特身材瘦削，脸膛赤红，看上去神情歹毒，而查理是个身材矮小但很有力气的乐天派。他们的对话很有趣。

查理说："天哪，这里操他娘的不冷。我们真是走运，布朗那个老家伙今天不在。他一看到你就会判你坐一个月牢。"

斯瑙特（无聊地唱着歌）："我左敲敲，我右敲敲，我最拿手的就是敲来又敲去。敲敲这儿，敲敲那儿，我到处敲来又敲去——"

查理说："噢，操你妈的敲来又敲去！一年的这个时候你要干的就是偷东西。窗户里那一排排的火鸡，就像一排排没穿衣服的该死的士兵——看着它们难道你不会垂涎欲滴吗？跟你打赌六便士，今晚我就去逮一只来。"

斯瑙特说："那又有什么用？在班房里你又不能生火把那只鸡给煮了，不是吗？"

查理说："谁要煮了？不过我知道可以去哪儿把它给甩（卖）了，挣上一两个先令。"

斯瑙特说："不要了。一年的这个时候得唱颂歌。我唱哀伤的歌曲时，能打动他们的心扉。那些老妓女听我唱歌眼泪都快哭干了。今年圣诞节我可不会唱歌给她们听。就算她们苦苦哀求我也会跑到班房里去。"

查理说："啊，我能给你来几句颂歌，赞美诗也行哦。（他开始以美妙的男低音唱起了歌。）耶稣，我的灵魂的爱人，让我飞往你的胸怀——"

值勤的警官（透过铁栅窗）："别唱了，里面的，别唱了！你们以为这是什么地方？浸信会祈祷聚会吗？"

查理（那位警官刚走就小声说道）："死开啦，夜壶。（他哼唱着）——洪涛暴雨冲我身，狂激风浪高千寻！①你会发现没什么赞美诗是我不能唱给你听的。过去这两年我在达特莫尔的唱诗班唱男低音，真的。"

斯瑙特说："啊？现在达特莫尔怎么样了？现在你吃得上果酱了吗？"

查理说："没有果酱。不过倒是有奶酪，每周两次。"

斯瑙特说："啊？你待了多久？"

查理说："四年。"

斯瑙特说："四年没得干——天哪！要是里面的人看到一双腿（女人的腿）那不得疯掉，呢？"

查理说："啊，这个嘛，在达特莫尔我们会在田里找老女人干炮。把她们拉到迷雾中的树篱下。她们是过来偷挖马铃薯的——七十岁的老太婆。我们四十个人被逮个正着，下场很难看。吃的是面包和清水，身上绑着锁链——就是这样。我对着《圣经》发誓以后我再也不会进监狱了。"

斯瑙特说："对了，问你呢！上次你是怎么进监狱的？"

查理说："你可能不会相信，伙计，我被出卖了——被我的亲姐姐出卖了！是的，就是我那该死的姐姐！我的姐姐就是一个有史以来最烂的贱货。她嫁给了一个虔诚的疯子，他虔诚得不行，搞得她现在有了十五个孩子。就是他逼她出卖我的。但我告诉你吧，我在他们身上讨回了公道。你知道我出狱后干的第一件事情是什么吗？我买了一把锤子，跑到我姐姐家里，把她的钢琴砸成

---

① 这两句歌词出自基督教赞美诗《耶稣，我灵魂的至爱》（*Jesus Lover of My Soul*）。

了一堆他妈的柴火。我就是这么干的。我说：'这就是你出卖我的下场！你这个贱货！'"等等等等。

这两个人一整天就有一搭没一搭地说着这些话，他们俩只是因为犯了一点小事而被关进来，对此自鸣得意。那些将要进监狱的人都沉默寡言焦躁不安，有的人——那些第一次被抓的体面人——脸上的表情阴沉沉的。大约下午三点的时候他们把那个酒吧老板带走了，遣送到监狱里去。他从值勤的警官那里得知他将和基尔桑特男爵①被关在同一个监狱，心情好了一些。他觉得要是在监狱里能巴结到基尔桑特男爵的话，或许出狱的时候能谋得一份差事。

我不知道自己会被关押多久，以为至少得有几天。不过，四五点的时候他们就把我带出了号房，归还了没收的东西，然后立刻把我推搡到街上。显然，关押一天就权当是抵了罚金。我只有两便士，一整天除了面包和人造黄油外还没有吃过东西，饿得晕头转向。但是，和往常一样，当我在烟草和食物中必须作出选择时，我用那两便士买了烟草。然后我来到滑铁卢大街的"教堂天军"救助站，在那里你可以寄宿，吃上两顿面包和罐头牛肉，喝点茶，参加祈祷聚会，干上四个小时锯木头的活儿。

第二天早上我回家取了点钱，去了埃德蒙顿。晚上九点钟的时候我来到收容所门前，喝得不算烂醉如泥，也就是醉醺醺的，以为这会让我进监狱——因为根据《流浪法案》的规定，流浪汉在醉酒的情况下去收容所是犯法的。但是，门卫很体谅我，显然

① 欧文·科斯比·菲利普斯·基尔桑特男爵（Baron Kylsant Owen Cosby Philipps，1863—1937），英国航运巨头，1931年因伪造证件而被捕入狱。

觉得对一个有钱买酒的流浪汉得客气一些。接下来的几天我又尝试了几回，在警察的眼皮底下乞讨，想惹上麻烦，但我似乎吉星高照——没有人注意到我。由于我不想犯下严重的罪行，这样可能会让我的身份接受调查什么的，我放弃了。因此，这趟旅程算是失败了，但我把它记录了下来，真是一段很有趣的经历。

寄宿旅馆①

　　伦敦有好几百间寄宿旅馆，由伦敦市政委员会专门发放执照，供人们过夜投宿。它们是为那些付不起普通房租的人而设的，事实上，它们就是极为廉价的旅馆。很难估计有多少人住在寄宿旅馆里，其数目不停地发生变动，但总是会有数万人，到了冬天那几个月，或许得有五万。考虑到寄宿旅馆容纳了那么多人，而且大部分旅馆条件极其恶劣，它们并没有引起应有的关注。

　　要考察伦敦市政委员会的立法对这个问题的影响，你必须对寄宿旅馆的生活有所了解。普通的寄宿旅馆（它们被称为"大通铺"）有几间房和一个厨房，通常位于地下，同时作为客厅使用。这些地方的条件让人觉得很恶心，特别是南边的几个城区，比如索斯沃克或柏蒙西。房间都像是可怕的、恶臭熏天的狗窝，挤了上百号人，里面摆设的床比伦敦收容所里的床还要差得多。一般来说，这些床大概是五英尺六英寸长，二英尺六英寸宽，铺了一张硬而凸起的床垫，摆了一个像块木头那样的圆柱形枕头。有些更为廉价的旅馆甚至连枕头都没有。床上铺的是两张粗糙的琥珀色被单，估计每星期换一次，但实际上很多时候一个月才换一次，还有一张棉布床罩。在冬天的时候可能会有毯子，但总是不够暖。床上总是有臭虫，厨房里总是有蟑螂或黑甲虫。当然，里面没有浴室，没有能保护隐私的房间。对于一般的寄宿旅馆而言，这些都是正常而且为人接受的住宿条件。住在这样的地方所支付的费用在 7 便士到 1 先令 1 便士之间。应该补充一句，虽然这个价格听起来很低，但平均算起来寄宿旅馆一个星期能给老板带来 40 英镑左右的净利润。

除了这些一般的、肮脏的寄宿旅馆外，还有其它地方，比方说罗尔顿旅馆和救世军招待所，这些都很干净体面。不幸的是，所有这些地方的好处都被严苛无聊的规矩给败坏了，住在里面就像坐牢一样。在伦敦（奇怪的是，某些其它城镇情况要好一些），能享受自由和一张好床的寄宿旅馆一间也找不到。

寄宿旅馆如此肮脏和不舒服，但奇怪的是，它们总是得接受伦敦市政委员会的视察。当你第一次看到阴暗的、就像是穴居人洞穴的寄宿旅馆厨房时，你会以为这是十九世纪早期社会的一角，不知怎地被改革者们忽略了。当你发现寄宿旅馆为一套细致和专制（故意如此）的规矩所约束时，你会觉得很吃惊。根据伦敦市政委员会的规定，在寄宿旅馆里基本上每件事都是违法的。赌博、酗酒、甚至提起"酒"这个字、骂街、朝地上吐痰、养宠物、打架——简而言之，这些地方的整个社交生活——都被严令禁止。当然，这一套规定总是被违反，但有的规矩得以贯彻。它们体现了这类立法的无聊和无情。举一个例子吧，不久前伦敦市政委员会开始关注寄宿旅馆的床位太近这个问题，立法规定床与床之间的间隔必须至少三英尺。这种规定就可以得到贯彻，那些床按照规定加以摆放。事实上，对于一个已经住在拥挤不堪的宿舍里的住客来说，床与床之间相距是三英尺还是一英尺并没有所

---

① 刊于 1932 年 9 月 3 日《新政治家与国家报》。

谓，但这对老板来说可是要紧的事情，他的收入取决于面积的利用率。因此，这个规定唯一实质性的结果就是，床位的价格普遍上涨了。请注意，虽然床与床之间的间距有严格的规定，对床本身并没有规定——比方说，它们是否适合睡眠并没有只言片语的规定。寄宿旅馆的管理人员可以要住客为了一张比一堆稻草还不舒服的床付一先令左右的钱，而他们确实这么做了，却没有法律规定他们不能这么干。

再举一个关于伦敦市政委员会规定的例子。几乎所有的寄宿旅馆都严格地贯彻女人不得入住的规矩。有几间旅馆是专门给女人住的，只有少数几间寄宿旅馆——少到对这个问题并没有影响——可以男女混住。这样一来，任何定期住在寄宿旅馆的无家可归的男人就完全与女性群体没有了接触——事实上，甚至有夫妻俩因为不能在同一间寄宿旅馆入住而被迫分开的情况。此外，有些价格更为低廉的寄宿旅馆总是被访问贫民窟的团契所侵扰，他们不请自来，闯入厨房里进行冗长的宗教仪式。那些住客很不喜欢这些贫民窟团契，但他们没有权力拒绝他们。你能想象这种事情会在一间酒店里发生吗？但是，住在寄宿旅馆里的人一晚上只付八便士，不是十先令六便士。这是小打小闹的暴政。你只能说，当一个人穷到只能去住寄宿旅馆时，他就丧失了作为公民的一部分权利。

你不能不觉得在伦敦市政委员会给寄宿旅馆定的这些规矩背后有这么一个指导原则：所有这些规矩，其本质都是干涉性的立法——也就是说，它们干涉了住客，而不是为了保障住客的利益。它们的重点是卫生和道德，至于住得舒不舒服则是寄宿旅馆老板的事，他们当然要么逃避这一责任，要么以慈善机构的心态去解决这个问题。需要指出的是，事实上，通过立法就可能让寄宿旅馆做出改善。至于干不干净，没有法律会对此作出规定，而这从来只是一个小问题。但睡觉的条件却可以被轻松地提高到像样的标准。寄宿旅馆是你掏钱睡觉的地方，而大部分寄宿旅馆在这个最关键的问题上没有做好，因为没有人能在一个喧闹的房间里，在一张硬得像砖头的床上睡个好觉。如果伦敦市政委员会要求寄宿旅馆的经营者把房间分成小隔间，提供舒服的床铺，比方说，和伦敦收容所里的床铺一样好就行了，那伦敦市政委员会真是功德无量。把所有的寄宿旅馆分为"只供男性入住"和"只供女性入住"这一原则似乎毫无意义，似乎男人和女人是钠和水，必须被隔离开来，否则会引发爆炸。这些寄宿旅馆应该男人和女人都能入住，就像某些外地城镇那样。现在老板和经理对住客百般欺诈，住客应该受到法律的保护。这些条件能够实现的话，寄宿旅馆就能比现在更好地实现它的目的，而这个目的是非常重要的。毕竟，数万名失业者和半失业者没有别的地方可以住了。他们现在被迫在宽松的猪圈和卫生的监狱之间作出选择，这实在是荒唐。

射象①

在下缅甸的毛淡棉市有很多人痛恨我——我这辈子就只有这么一回受人重视过。我是这个小镇的警察分局警官，这里的人都很讨厌欧洲人，那是一种没有目标的、并不强烈的情感，没有人敢发起暴动，但如果一个欧洲女人独自去巴扎集市，有人或许会往她的裙子上吐蒌叶汁。警官的身份让我成为了众矢之的，只要一有机会，在不会出事的情况下，他们就会戏弄我。在足球场上，如果一个敏捷的缅甸人绊倒了我，裁判（另一个缅甸人）会扭头看着别处，而观众们会不怀好意地哈哈大笑。这种情况发生过不止一回。到最后，无论我走到那儿都会看到年轻的缅甸人黄皮肤的面孔在嘲笑我，当我走远了的时候就大声起哄侮辱我，折磨着我的神经。那些年轻的和尚最令人讨厌。小镇里有数千个和尚，他们个个似乎无所事事，就站在街头角落揶揄戏弄欧洲人。

这些情况令我觉得心烦意乱，因为那时候我已经知道帝国主义邪恶透顶，一心只希望尽快摆脱这份工作。理论上——当然只能藏在心里——我全身心支持缅甸人，反对他们的压迫者，即那些英国佬。至于我的工作，我的憎恨到了无以言状的地步。这份工作让我近距离地目睹帝国主义的肮脏勾当。那些可怜的犯人挤在臭气熏天的牢房里，那些长期囚禁的犯人脸色死灰，神情恭顺。他们的屁股被竹篾鞭笞得伤痕累累——这一切的一切让我心生愧疚，压得我喘不过气来。但我做不到客观公允地看待这一切。那时我还年轻，没受过什么教育，我只能在沉默中思考着这个困扰着每一个置身于东方国度的英国人的问题。我甚至不知道大英帝国已经奄奄一息，更不知道比起那些野心勃勃的新兴帝国，大英帝国其实要好得多。我只知道我仇恨我所服务的大英帝国，又痛恨那些不怀好意的缅甸家伙，他们处处和我作对。我挣扎在这两种恨意之间。内心中的一个自我觉得英国在殖民地的统治是永远无法打破的骑在人民头上施虐的暴政；而另一个自我却在幻想着将刺刀扎进一个和尚的肚子，那将会是世界上最美妙的快乐。这些情感是帝国主义最普通不过的副产品，如果你问一个下班的驻印度英国官员，他们都会这么说。

而在某一天发生了一件事，以迂回曲折的方式让我受到了启发，虽然只是一件小事，却让我进一步看清了帝国主义的真实本质——隐藏在殖民政府暴虐统治背后的真实动机。一天早上，镇里另一个警察局的副警司打电话给我，说有一头大象跑到巴扎集市大肆破坏，让我过去帮忙。我不知道自己能做些什么，但我想看看到底发生了什么事情。于是，我骑着一匹马出发了，带上了我的步枪。那是一把旧式的点 44 温彻斯特步枪，口径太小，根本不足以射杀大象，但我想枪声可以吓吓那头畜生。路上好几个缅甸人拦住了我，告诉我那头大象的暴行。当然，那不是一头野象，但正处于发情的狂暴期。和所有进入发情期的家象一样，这头象也被拴上了锁链，但昨天晚上它挣脱锁链逃跑了。当它处于发情期时，只有驯象人才能管得住它，但他出发去追这头大象时却跑错了方向，现在远在别处，得等十二个小时才能赶到这儿

---

① 刊于 1936 年 9 月《新写作》。

来。清晨的时候大象突然又出现在小镇里。缅甸人没有武器，根本拿它没办法。那头大象已经毁掉了几个人的竹屋，杀死了一头奶牛，闯入了几家卖水果的摊位，把水果吃掉了。它还撞上了市政垃圾车，司机跳出车外，逃之夭夭。而大象把垃圾车撞翻了，在上面大肆踩踏。

那个缅甸副警司和几个印度警员已经在目击到大象出没的地方等着我了。这里是贫民区，沿着一座陡峭的小山搭建了拥挤的简陋竹屋，用棕榈叶盖了屋顶，蜿蜒曲折，就像迷宫一样。我记得那是一个多云闷热的早晨，就快下雨了。我们开始查问大象的下落，但和以往一样，任何确切的信息也没有问到。在东方就是这样，道听途说的故事内容似乎很清晰，但你越接近故事发生的地方，情况就越模糊。有的人说大象往这头跑了，有的人说大象往那头跑了，有人干脆说根本没听说过什么大象。正当我觉得整件事不过是一堆谣言时，我们听到不远处传来了一声尖利的惊叫，"快走开，孩子！赶快走开！"一个老妇从小屋的角落后面跑了出来，手里拿着一根鞭子使劲将一群赤身露体的小孩赶跑。几个女人跟在后面，咂着舌头，惊叫不已。显然，那里有一些儿童不应该看到的东西。我绕到屋后，看到一个男人的尸体匍匐在泥沼中。他是个印度人，一个黑肤的达罗毗荼苦力，衣不蔽体，应该刚死没多久。这里的人说那头大象突然间在屋子的角落与他撞个正着，用象鼻打中了他，一脚踩上他的脊背，把他踩入泥土里。现在是雨季，泥土很松软，他的脸被埋在一尺深的沟壑下，整个土坑得有几码长。他俯卧在地，双臂伸成十字，头夸张地扭到一边。他的脸上满是泥，眼睛睁得大大的，一脸难以忍受的痛苦表情，露出满口牙齿。（顺便说一句，不要告诉我死者的面容很安详。我见过的死人看上去都面目狰狞。）大象的脚和他背上的皮肤产生了摩擦，把整张皮都踩了下来，看上去他就像一只被剥了皮的兔子。一看到这具死尸我就派一个勤务兵到附近一个朋友家借猎象的步枪，并把那匹马送了回去，担心它闻到大象的气味时会吓得撒疯，把我从马背上甩下来。

几分钟后，勤务兵回来了，带回了一把步枪和五颗子弹。这时几个缅甸人过来告诉我们那头大象就在下面的稻田里，离这儿只有几百码远。我动身赶过去，这里所有的人都跑出竹屋，跟在我后面。他们看见那把步枪，兴奋地叫嚷着说我要去射杀那头大象。当那头大象在他们的家园大肆破坏时他们无动于衷，但现在它就要被打死了，他们却来了劲头。这可是件好玩的事情，换作一群英国人大概也会这么觉得，而且他们想分点大象肉。我的心里觉得有点不安。我可没想过要开枪打死那头大象——我派人去拿这把枪只是为了必要的时候用于自卫——而一大帮人跟在你后面总是令人心情很不爽。我走下山，看上去像个傻瓜，感觉也像个傻瓜。那把步枪就扛在肩上，跟在我后面的人越来越多。在山脚下，当你远离那片茅屋时，有一条碎石路，路的那头是一片荒弃、泥泞的水稻田，约有一千码宽。那块稻田还没被开垦，但浸泡着头几波雨水，长着零星的杂草。那头大象就在离小路八码远的地方，左边的身子对着我们，根本没有注意到一大群人正朝它走去。它正把一堆堆的草给扯起来，用膝盖把草踩干净，然后把它们囫囵吞进嘴里。

我在小路上停了下来。一看到那头大象我就知道我不应该开枪打死它。射杀干活的大象是很严重的事情——严重程度等同于毁坏一部大型而昂贵的机器——不到万不得已，绝不能动手。那头大象站在远处，悠闲地吃着草，看上去比一头奶牛危险不了多少。无论是当时还是现在，我都认为它的"狂性"发作应该已经过去了。它可能会四处乱走，在驯象人回来把它带走之前，不至于造成危害。而且，我根本不想开枪打死它。我决定看住它一会儿，确保它不会再度变得狂野起来，然后回家。

　　但我环顾着那群跟在身后的人。人数非常多，起码得有两千人，而且越来越多。道路两旁全挤满了人，延绵了很长一段距离。在鲜艳服饰的上头，是一张张黄皮肤的面孔——每一张面孔都那么兴奋喜悦，等着看热闹。他们都相信那头大象就要被开枪打死了。他们看着我，就像看着一个即将表演戏法的魔术师。他们不喜欢我，但现在我手里有了那把神奇的步枪，暂时有了一点观赏价值。突然间我意识到，到最后我将不得不开枪打死那头大象。他们希望我这么做，而我必须这么做。我可以感觉到那两千人的意志正在把我往前拱，根本无法抵挡。就在这个时候，我站在那儿，手里握着步枪，我第一次体会到那种空虚感：白种人在东方的统治全是一场空。我这个白种人就站在这里，手里握着枪，站在一群手无寸铁的当地人面前——感觉似乎是舞台的主角，但事实上，我只是一个滑稽的傀儡，被身后那些黄面孔的意志操纵着走来走去。在这个时候我意识到，当一个白人变成暴虐的统治者时，他也摧毁了自己的自由。他变成了空洞做作的傀儡，当老爷的就得有老爷的派头，就得一辈子在"土著人"面前耍威风。因此，一旦危机发生，他就得承担起当地人希望他承担的责任。他戴着面具，他的脸和面具贴合无缝。我必须开枪打死那头大象，当我叫人去拿步枪时，我已经给自己套上了这么一个枷锁。当老爷的就得有老爷的派头，他必须显得态度坚决，知道自己要做些什么，而且断然采取行动。我已经来到了这里，有两千个人跟在身后，然后我就这么软弱无力地走开，什么也不做——不，这是不可能的事情。这群人会嘲笑我的，我的一生，在东方每个白人的一生，都是在进行漫长的挣扎，希望不被人嘲笑。

但我不想开枪打死那头大象。我看着它用两个膝盖捶打着那摞青草，神情就像老祖母一样专注，大象看上去都是这副模样。我觉得开枪打死它是在谋杀。那个时候的我还不至于因为杀死一头动物而神经兮兮的，但我从未开枪打过大象，也从未想过要这样做。（不知为什么，杀死一头大型动物的感觉总是很糟糕。）而且，我得考虑这头大象的主人。这样一头活象价值起码一百卢比，而一旦被打死，就只有那两根象牙值上五英镑。但我得立刻采取行动。我转过身，找了几个看上去比较老练的缅甸人，我们来到那里的时候他们已经在了。我问他们那头大象有没有躁狂的迹象。他们的回答一模一样：要是你不去理它的话，它也不会理你。但如果你太接近它的话，它可能会攻击你。

我很清楚自己应该做什么。我应该走到距离那头大象二十五码内的地方，看看它会不会发狂。如果它攻击我的话，我就开枪；如果它没注意到我的话，我可以任由它在那儿，等到驯象人过来。但我也知道自己不会这么做。我是个拿着步枪的可怜虫，站在软绵绵的地面上，每走一步脚就会陷下去。如果大象攻击我，而我没打中它的话，我很有可能会被踩扁，就像一只癞蛤蟆被压路机碾过。但就算在这个时候，我想的不是自己的安危，我只想到身后那些翘首观望的黄皮肤面孔。由于在那一刻人群都在看我，我没有感觉到平常意义上的恐惧，要是只有我一个人的话，或许我会感到害怕。一个白种人绝不能在"土著人"面前显得害怕，因为他通常都是无所畏惧的人。我只想到，要是有什么三长两短的话，那两千个缅甸人就会看到我被大象追赶，被它撞倒，被它踩踏，直到最后变得和山上那具狰狞的尸体一样，他们当中有的人或许会哈哈大笑。那可万万不行。

我别无出路。我把子弹装进弹匣，卧倒在路上以便更好地瞄准。那群人安静了下来，人群纹丝不动，从数不清的喉咙里发出低沉而高兴的叫嚷声，就像那些看到舞台的幕布终于升起的观众一样。他们终于可以有点乐子了。那把步枪是一把做工精良的德式步枪，有十字准星。那时候我不知道射杀大象应该开枪贯穿它的两个耳洞。那头大象侧着身对着我们，我应该直接瞄准它的耳洞。事实上，我瞄准的地方歪了几英寸，因为我以为大象的脑子会在离耳洞较远的地方。

当我扣下扳机时，我没听到枪声或感觉到后坐力——子弹射中目标的时候枪手是不会感觉到这些的——但我听到了从人群那里传来可怕的吼叫。在那短短的一瞬间，你或许会以为就在子弹进入它的身体之前，那头大象身上就发生了神秘而可怕的变化。它没有骚动，也没有倒下，但它身上的每一条纹理都改变了。突然间它看上去缩成了一团，骤然老了许多，似乎那颗子弹可怕的冲击力虽然没有让它倒下，但已经让它瘫痪了。终于，似乎过了很久——我敢说其实就只有五秒钟的时间——它颤巍巍地跪了下来，嘴巴流着口水。它似乎得了可怕的衰老症。你会以为它已经有几千岁了。我又开了一枪，击中了同一部位。被第二枪击中时它没倒下，而是绝望而缓慢地挣扎着，软弱无力地站了起来，双腿沉重，耷拉着脑袋。我开了第三枪。这一枪了结了它。你可以看到子弹造成的痛苦撼动着它的整个身子，将它腿脚的最后一丝力气消磨殆尽。但在倒下时，有那么一刻它的身躯似乎变得更高大了，因为它的后腿蜷曲在它的身子底下，它就像一块巨岩翻倒时那样向上一耸，它的象鼻像一棵大树一样朝天而立。它发出第一声也是仅有的一声惨叫，然后重重倒了下去，肚皮正对着我，连我卧倒的地方也似乎在颤动。

我站起身，那群缅甸人已经跑过泥地从我身边经过。那头大象再也站不起来了，但它还没有死。它的呼吸绵长，带着咔哒咔哒的声音，很有节奏，像巨大土丘一样的侧身在痛苦地起伏不停。它大张着嘴——我可以看见深邃的粉白色喉咙。我等了很久，想等它死掉，但它的呼吸并没有减弱。最后，我开了两枪，把剩下的两颗子弹射入我觉得大概是大象心脏的部位。黏稠的鲜血涌了出来，看上去就像红色的天鹅绒，但它还是没有死。那两枪打中它的时候它的身体纹丝不动，痛苦的呼吸也没有停顿。它奄奄一息，这是很慢很痛苦的死法，但它已经到了一个遥远的世界，就算再开一枪也无法令它伤得更重。我觉得我得给这可怕的声音画上句号。看到这么一头庞然大物躺在那儿，无力挣扎也无力死去，而我对此无能为力，实在是太可怕了。我叫人拿来我的小口径步枪，瞄准它的心脏和喉咙又开了几枪，但似乎毫无作用。大象还是在艰难地喘息，像时钟的嘀嗒声一样稳定而规律。

最后我再也无法忍受下去，走到一边。后来我听说它足足耗了半个小时才死掉。还没等我离开，缅甸人就拿来了长刀和篮子。有人告诉我，当天下午那头大象的尸体就被割得只剩下一副骨架了。

当然，后来关于射杀这头大象的纠纷不断。大象的主人气坏了，但他只是个印度人，根本无可奈何。而且，在法律意义上，我的行为无可指摘，因为一头发疯的大象就像一只疯狗一样，要是主人没办法管住它的话，就必须被处死。那些欧亚混血人看法不一。老一辈的人说我做得对，而年轻一辈的人说因为那头大象踩死了一个苦力就开枪打死它未免太不应该了，因为一头大象可比一个该死的苦力值钱得多。后来我很高兴那个苦力死掉了，因为他的死让我的行为在法律意义上获得了正当性，给予了我充分的理由开枪打死那头大象。我经常觉得很好奇，会不会有人看穿我之所以那么做，纯粹是因为我不想让自己看上去像一个傻瓜。

书店回忆[①]

　　我曾经在一间二手书店工作过——如果你从未在一间二手书店工作过的话，你会很容易把那里想象成为天堂：温文尔雅的年长绅士们久久地徜徉，浏览着小牛皮封面的对开本书籍——对我触动最大的是，真正爱书的人其实凤毛麟角。我们店里颇有一些有趣的藏书，但我觉得只有不到十分之一的顾客懂得辨别书的优劣。首先，重视初版书籍的势利鬼要比文学爱好者多得多，而为了廉价教科书讨价还价的东方国度的留学生数目要更多，买书送给侄子或外甥当生日礼物的头脑简单的女人则是数目最多的。

　　许多来我们书店的人是那些到哪儿都不受欢迎的人，但在书店里却享受着特别待遇。比方说，有一位亲切的老太太"想给一个行动不便的人找本书"（这是非常普遍的要求），还有另一位亲切的老太太曾经在1897年读过一本好书，想让你帮她找出来。不幸的是，书名、作者名或书的内容她统统都忘记了，只记得书的封面是红色的。但除了这些人之外，还有两类臭名昭著的讨厌鬼，每一间二手书店都惨遭其蹂躏。其中一类人是些糟老头子，身上带着陈年面包屑的味道，每天都会上门，有时候一天会来好几次，向你兜售一文不值的书籍。另一类人则会订一大堆书，却根本不想掏钱买下来。我们店不赊账，但我们会把书留起来，在必要的情况下还会先把书预订好，让那些订书的人稍后再来把书买走。从我们这儿订书的人只有不到一半会回来。一开始的时候我总是很迷惑：到底是什么促使他们这么做呢？他们会上门预订一些罕有而昂贵的书籍，让我们反复答应一定会把书留给他们，然后就消失了，再也不见踪影。当然，许多人毫无疑问都是偏执狂。他们说话时口气大得很，编出种种巧妙的故事，解释为什么他们刚好没带钱就出门了——我相信很多时候连他们也相信自己编出来的故事。伦敦这座城市的街上有许多没有得到精神鉴定的疯子，他们喜欢到书店去，因为书店是他们可以逗留很久但不用花钱的为数不多的地方之一。到最后，你几乎一眼就可以认出那些人来。他们在海阔天空地扯淡时你可以注意到他们面容憔悴，无精打采。当我们和一个明显就是偏执狂的人打交道时，我们总是会把他要订的书放在一边，等他一走就立刻放回书架上。我发现他们当中没有一个人会尝试不给钱就把书拿走。我猜想口头订书对他们来说就已经足够了——这让他们产生了自己真的掏钱买了书的幻觉。

和大部分二手书店一样，我们会经营一些副业。譬如说，我们卖二手打字机，还有邮票——我是说旧邮票。集邮者是很奇怪的一群人，他们就像一群默不作声的鱼，什么年龄的人都有，但只有男性。显然，女人无法理解将一些彩色纸片装进册子里这一行为到底有什么乐趣或吸引力。我们还卖六便士一本的星座手册，据说是某个曾经预测过日本地震的牛人编撰的。这些星座手册包在信封里，我自己从来没有打开过一本，但那些买过的人总是会来告诉我们说这些星座手册很准。（毫无疑问，任何星座手册都很"准"，如果它说你很有异性缘，而你最大的缺点就是太慷慨

---

① 刊于1936年11月《双周评论》。

了。）我们的儿童书籍卖得很红火，大部分都是些"廉价大甩卖"的书。现在的儿童书籍都是些糟糕的读物，尤其是堆放在一起时，看上去真是触目惊心。我宁愿给一个小孩子看皮特尼乌斯·阿比忒①也不愿给他看《彼得·潘》，而与后来的那些模仿者相比，就连巴利也似乎是一个堂堂正正的男子汉②。圣诞节的时候，有十天生意特别红火，我们忙得不可开交，贩卖圣诞贺卡和日历，卖这些东西很无聊，但在圣诞旺季可以挣上一笔。我总是饶有兴味地看着那些基督徒的热情如何被粗鄙而玩世不恭的商人所利用。早在六月份圣诞贺卡公司就会带着产品目录过来推销。其中一张发票上面有句话一直印在我的脑海里。这句话是："圣婴和兔子，两打。"

但我们主要挣钱的副业是借书部——那种常见的"两便士免押金"借书部，藏书约有五六百本，全部都是小说。窃书贼一定对这些借书部喜欢得不得了！这个世界上最轻松的罪行莫过于花两便士从一间书店借来一本书，把标签弄掉，转手以一先令卖给另一间书店。但是，这些书店发现，与其收取押金把顾客吓跑，倒不如把丢书的损失（我们店一个月老是得丢十几本书）自己扛下来，这样的赚头还多一些。

我们店正好位于汉普斯泰德和卡姆登镇的交界处，各种各样的顾客纷至沓来，有男爵也有巴士乘务员。或许我们借书部的读者群在伦敦的读书群体中有相当大的代表意义。因此，说一说我们借书部哪一位作家"出借率"最高吧——那会是谁

---

① 皮特尼乌斯·阿比忒(Petrenius Arbiter，27—66)，古罗马暴君尼禄的奸臣，据说是讽刺小说《萨提利孔》（the Satyricon）的作者。
② 《彼得·潘》是苏格兰作家J.M.巴利(1860—1937)创作的一部名著。

呢？普雷斯利^①？海明威^②？沃波尔^③？沃德豪斯^④？不对，是埃塞尔·梅·戴尔^⑤，华威·迪平^⑥排第二，杰弗里·法诺^⑦照我看应排第三。当然，戴尔的小说只有女人会去读，但其女性读者群体当中各个类型和年纪的都有，而不是一般人所想象的，只有苦闷的老处女和嫁给烟草商的胖女人才会去读。男人不读小说这个说法是不正确的，但确实有好几类小说他们避之惟恐不及。大体上说，那些二流小说——普通的好坏参半的小说，以高斯华绥^⑧为代表，如今已经成了英国小说的范本——似乎只是为了女性读者而存在。男性读者要么读或许会成为经典的作品，要么读侦探小说。不过，他们对侦探小说的阅读量非常惊人。我记得有一位顾客每周会读四五本侦探小说，整整读了一年，这还不算他从其它借书处借来的书。最让我惊讶的是，同一本书他从不会借阅两遍。显然那些粗劣的文字（我算了一下，每年读过的书页足可以覆

---

① 约翰·布伊顿·普雷斯利(John Boynton Priestley, 1894—1984)，英国作家、剧作家、广播员，作品诙谐而具批判精神，倾向社会主义。

② 厄尼斯特·海明威(Ernest Hemmingway, 1899—1961)，美国记者及作家，1954年诺贝尔文学奖得主，代表作有《老人与海》、《丧钟为谁而鸣》等。

③ 休·沃波尔(Hugh Walpole, 1884—1941)，英国作家，其作品在二、三十年代广受欢迎，代表作有《浪人哈里斯》系列、《绿镜》、《金色稻草人》等。

④ 佩尔汉·格伦威尔·沃德豪斯(Pelham Grenville Wodehouse, 1881—1975)，英国幽默作家，代表作有《懒汉俱乐部》、《吉夫斯和伍斯特故事集》、《弗莱德叔叔》等。

⑤ 埃塞尔·梅·戴尔(Ethel May Dell, 1881—1939)，英国女作家，其作品多为浪漫言情小说。

⑥ 乔治·华威·迪平(George Warwick Deeping, 1877—1950)，英国作家，其作品在二十世纪二三十年代非常畅销，代表作有《福克斯庄园》、《猫咪》、《十诫》等。

⑦ 约翰·杰弗里·法诺(John Jeffrey Farnol, 1878—1952)，英国浪漫小说作家，代表作有《蜜月》、《刁蛮小姐》、《我们都爱贝蒂》等。

⑧ 约翰·高斯华绥(John Galsworthy, 1867—1933)，英国作家，曾获1932年诺贝尔文学奖，作品有《福尔赛世家》、《小男人》、《岛国法利赛人》等。

盖四分之三英亩的土地)都永远储存在了他的记忆里。他不会去留意书名或作者的名字,但一本书他只要扫上一眼就知道自己是不是已经读过了。

在借书部你可以看到人们真正的品味,而不是他们卖弄做作的品味。让你觉得震惊的是,"经典"英语小说家已经无人问津了。普通的借书部根本不会进狄更斯、萨克雷、简·奥斯丁、特罗洛普等作家的书,因为根本没有人会借阅。光是看到一本十九世纪的小说人们就会说:"噢,这本书实在是老掉牙了!"然后立刻走开。但是,狄更斯的书却总是**卖**得很红火,莎士比亚的书也很好卖。有的作家是人们"一直想读"的,狄更斯就是其中之一。而且就像《圣经》一样,人们总是通过道听途说了解到他的。通过道听途说人们得知比尔·赛克斯①是一个恶棍,米考伯先生②是个秀子,就像他们通过道听途说知道摩西是在芦苇篮子里被捡到的,曾经见过上帝的"背影"。还有一件事情值得注意,那就是美国小说渐渐不流行了。此外,短篇小说也不流行了——每两三年那些出版商就会为此犯愁。那些让图书管理员帮他们挑书的顾客总是一张口就说:"我可不想读短篇",或"我对小故事没兴趣"。后面这句话是我们的一位德国顾客经常说的。如果你问他们个中原因,有时候他们会说每读一个故事都要去适应一系列新的人物角色实在是很烦。他们希望"浸入"一本小说的氛围中,读完第一章后不需要进一步的思考。但我想在这个问题上,应该

---

① 比尔·赛克斯(Bill Sykes):狄更斯的作品《雾都孤儿》中的一个角色,性情暴戾乖张,罪行累累。
② 威尔金斯·米考伯(Wilkins Micarber)是狄更斯的作品《大卫·科波菲尔》书中的角色,虽然穷困潦倒但性格乐观。

责备的是作者，而不是读者。大部分现代短篇小说，无论是英国文学还是美国文学，都毫无生命力或文学价值可言，情况要比长篇小说严重得多。故事讲得好的短篇小说依然很受欢迎。参阅劳伦斯的作品①，他的短篇小说和他的长篇一样受欢迎。

我愿意自立门户当一个书商吗？基本上——虽然我的老板对我还算不错，有时候在书店里感觉很愉快——我的回答是不愿意。

要是胆子大一点，有充裕的资金，任何受过教育的人都可以靠经营一间书店过上安稳的小日子。如果不去经营"罕有"书籍的话，书店这门生意并不算难学，要是你对书籍有一定的了解的话，对生意起步会很有帮助。（大部分书商其实不看书。看一看那些书业报纸上书商刊登的书籍收购广告，你就知道他们的水平到底如何。如果你看不到有人在收购博斯威尔②的《衰亡记》③，那一定会看到有人在收购托马斯·斯特恩斯·艾略特④的《弗洛斯河上的磨坊》⑤。）而且这是一门挺有人文品位的生意，俗也俗不到哪里去。和杂货店与奶品店不同，连锁经营的书店不可能把独立

---

① 戴维·赫伯特·劳伦斯（David Herbert Lawrence, 1885—1930），英国作家、诗人、文学批评家，其作品曾因涉及性爱描写而被列为禁书，现被公认为现代小说的先驱者，代表作有《查泰莱夫人的情人》、《虹》、《恋爱中的女人》等。

② 詹姆斯·博斯威尔（James Boswell, 1740—1795），英国律师、作家，曾代表作有《萨缪尔·约翰逊之生平》、《博斯威尔伦敦见闻记》等。

③ 《衰亡记》(Decline and Fall)是英国作家伊夫林·沃（Evelyn Waugh）的作品，借历史作家爱德华·吉本（Edward Gibbon）的《罗马帝国衰亡记》的书名，以黑色幽默风格讽刺英国社会。

④ 托马斯·斯特恩斯·艾略特（Thomas Sterns Eliot, 1888—1965），美国/英国剧作家、文学批评家、诗人，1948年诺贝尔文学奖得主，代表作有《荒原》、《四个四重奏》等。

⑤ 《弗洛斯河上的磨坊》是英国女作家玛丽·安妮（Mary Anne，笔名乔治·艾略特[George Eliot]）的作品。

的小书商逼入绝路。但在书店上班的时间太长了——我只是做兼职,但我的老板一周工作七十个小时,这还不算经常到外面采购书籍的时间——而且生活作息很不健康。基本上,书店到了冬天会非常冷,因为要是里面太暖的话,窗户就会因为水汽一片朦胧,而书店就靠橱窗招揽生意。而且书要比任何其它商品更加容易积尘,每只绿头苍蝇似乎都喜欢选择书封作为自己的葬身之地。

但我不想以经营书店作为终身职业的真正原因是,我在里面工作时,失去了对书籍的热爱。一个卖书人编织了种种关于书的谎言,这让他对书籍倒足了胃口。更糟糕的是,他总是得给它们掸尘,将它们搬来搬去。有一段时间我真的很爱书——我是说,喜欢看到书,闻到书,摸到书——至少假如这些书有五六十年历史的话,我会很喜欢。最让我开心的事情就是在乡村拍卖时花一先令买到一大堆书。当你从那堆书里找到几本破破烂烂、意想不到的书时,那种感觉真是莫名的快乐:十八世纪的某位无名诗人的作品、过期的地名词典、业已被遗忘的小说的零星卷目、六十年代女性杂志的合订本等等。你可以在闲暇时阅读——比方说,如厕的时候,或深夜疲惫不堪的时候,或在午饭之前百无聊赖的一刻钟——再没有比翻阅一份过期的《少女之报》更合适的事情了。但从我进书店工作起,我就再也不买书了。一次看到那么多书,足足有五千本到一万本,实在是看得烦了,甚至觉得有一点让人恶心。现在我偶尔会买上一本书,但仅限于我确实想读却又借不到的,而且我不买那些废旧书籍。发霉的书页甜腻腻的味道对我不再有吸引力。闻到这股味道,我的脑海不禁就会浮现出那些偏执狂顾客和死苍蝇的样子。

为小说辩护①

　　如今小说的名声极差，这已经是用不着点破的事实，差到十几年前人们说出"我从来不读小说"这句话的时候总会带着歉意，而如今说出来时总是故意带着骄傲的口吻。确实，还有几个当代或基本上可以算是当代的小说家被知识分子认为有阅读价值，但问题在于，那些内容好坏参半的普通小说总是习惯性地被忽略了，而那些内容好坏参半的普通诗集或评论仍然被严肃地对待。这意味着，如果你在写小说，你的读者群体要比你选择其它创作形式的读者在智力上略逊一筹。有两个很明显的原因，解释了为什么当下的情况使得好的小说不可能诞生。甚至到了现在小说还在明显地呈现水平下降的趋势，要是大部分小说家知道谁在读他们的作品，水平的下降还会更快一些。当然，你可以争辩说（举例来说，参阅贝洛克②的格外恶毒的散文）小说是一种不入流的艺术形式，它的命运无关紧要。我不知道就这个看法是否值得进行争辩。不管怎样，我认为小说值得拯救是天经地义的事情，而为了拯救小说，你必须劝说知识分子严肃地对待它。因此，分析小说声望暴跌的一个原因——在我看来这就是主要原因——是很有必要的事情。

　　但麻烦的是，人们在呵责小说，说它不应该存在。问任何有思想的人为什么"他从来不读小说"，你经常会发现归根结底是因为那些大肆吹嘘的书评家所写的那些令人倒胃的废话。没有必要举很多例子。这里有一段样本，是从上周的《星期日泰晤士报》摘录的。"如果你阅读本书而没有因此感到快慰而颤抖，你的灵魂已经死了。"如果你对这些吹捧性的广告有所研究的话，如今对出版的每一本小说都会有这么一番话或类似的言论作为评论。如果你相信《星期日泰晤士报》的这些话，你这辈子就得忙乎个没完地赶着读书。每天有十五本小说向你袭来，每一本都是难忘的杰出作品，要是错过的话将会累及你的灵魂。在图书馆里选一本书变得十分困难，当你无法因此感到快慰而颤抖，你会感到十分内疚。然而，事实上，没有哪个有思想的人会被这种事情蒙骗，对小说评论的鄙视波及了小说本身。当所有的小说都被冠以天才的杰作之名硬塞给你时，你很自然地会认为它们都是废话。在文学圈子里，这个看法如今被视为天经地义的事情。如今承认你喜欢小说几乎就好像承认你渴望椰子糖，或你喜欢鲁伯特·布鲁克③甚于喜欢杰拉德·曼利·霍普金斯④。

这些都是一目了然的事情。但我认为目前这种情况形成的原因则没有那么明显。表面上看，这场书籍的喧嚣是一个简单而玩世不恭的骗局。甲写了一本书，由乙出版，在"丙周刊"由丁写书评。如果评论不好，乙就会撤销他的广告，于是丁要么就得吹

---

① 刊于 1936 年 11 月 12 日与 19 日《新英语周报》。

② 约瑟夫·希莱尔·皮埃尔·热内·贝洛克（Joseph Hilaire Pierre Rene Belloc，1870—1953），作家，拥有英国、法国双重国籍，笃信天主教，持反犹立场，代表作有《奴役国家》、《欧洲与信仰》、《犹太人》等。

③ 鲁伯特·乔纳·布鲁克（Rupert Chawner Brooke，1887—1915），英国诗人，代表作有《士兵》、《伟大的爱人》等。

④ 杰拉德·曼利·霍普金斯（Gerrard Manly Hopkins，1844—1889），英国诗人，在"跳韵"和意象描写方面有大胆尝试，代表作有《上帝的辉煌》、《笼中的云雀》等。

捧它是"难以忘怀的杰作"，要么就等着被解雇。大体上的情况就是这样，小说评论沦落到目前的窘境，原因就在于每个评论家背后都有某个或几个出版商在左右他的意志。但这件事并非它看上去的那么低俗。这场骗局的各方并不是有意识地一起采取行动，他们沦落到目前这种境地在一部分程度上是出于被迫，而非他们的本意。

首先，你不应该认为小说家喜欢别人给他写的那些评论，或在某种程度上要对那些评论负责，尽管如今许多人恰恰是这样认为的（比方说，在比奇康莫的专栏中这种论调就比比皆是）。没有人喜欢别人对他说，他写了令人心悸、充满激情的传奇，它将与英语一起传承下去。当然，如果没有人对他说这番话，他会感到失望，因为所有的小说家都得到了这番赞美，你被忽视了也就意味着你的书卖不出去。事实上，出钱买书评这种把戏是一种商业的必要手段，就像护封上的那些吹捧之词，那只是它的一个延伸。但就算是最蹩脚的花钱买的书评，你也不能责备书评家写了那些废话。身处那特殊的境地，他没有别的东西可写。因为，只要"每本小说都值得评论"这一看法被认可，即使没有直接或间接的贿赂问题，也不可能有好的小说评论这回事。

一份刊物每周收到一摞书籍，把十几本书拿给那位受雇的书评家丁去写书评，他有老婆孩子得养，得挣这一基尼的稿酬，还能把写评论的书拿去卖，半个克朗一本。两个原因决定了为什么丁不能说出关于他拿到的这些书的真相。首先，很有可能在十二本书里有十一本让他根本提不起半丁点儿兴趣。它们并不是特别糟糕，只是没有感情色彩、了无生机而且言之无物。要不是收了人家的钱，那些书他连一行字都不会去读，几乎每一本书，如果要他说真心话，他只会这么写："我对这本书没有任何感想。"但会有人会付钱给你写这种东西吗？显然没有。因此，从一开始丁就是不得已而为之，必须为一本对他来说毫无意义的书捣鼓出三百字的书评。他的惯常做法是，对故事梗概作一番简要归纳（无意间向作者泄露了他其实没有读过那本书的真相），然后再美言几句，完全是一派虚情假意，就像妓女的微笑一样廉价。

但有一种邪恶比这更加严重。丁不仅需要介绍这本书的内容，还要给出他对这本书是好是坏的评价。既然丁能握笔写字，那他应该不是傻瓜，至少不会傻到以为《永恒的女神》是有史以来最精彩的悲剧。如果他喜欢小说的话，很有可能他最喜欢的小说家是司汤达、狄更斯、简·奥斯丁、戴维·赫伯特·劳伦斯或陀思妥耶夫斯基——反正是要比当代那些庸俗的小说家好出不知多少的某位大家。因此，从一开始他就得大幅度地降低他的标准。正如我在别处所指出的，对那些普通的小说应用像样的标准就像用给大象称重的弹簧秤称一只跳蚤有多重。在这么一台秤上根本称不出一只跳蚤的重量。从一开始你就得用另一部能分出大跳蚤和小跳蚤的秤。这大概就是丁的做法。念念叨叨地一本书接一本书地说"这本书就是废话"是行不通的，因为——我要再说一遍——没有人会付钱叫你写这种东西。丁必须发掘那些不是废话的话，而且还得多找点出来，否则就会丢了饭碗。这意味着他的标准得降低到说埃塞尔·梅·戴尔的《苍鹰之道》写得相当不错的地步。但在这么一台精密的秤上，《苍鹰之道》都能成为一本好书，那《永恒的女神》就是一本非常好的书了，而《有产业的人》是——什么呢？一本令人心悸、充满激情的传奇，一部杰出的、触动灵魂的伟大作品，一部难忘的史诗，将与英语一起流传下去，等等等等。（至于那些真正的好书，温度计早就爆了。）以所有的小说都是好书这个设想为起点，这位书评家被驱使着攀爬一架无顶的梯子，所使用的形容词越来越高级，古尔德①就是这么走过来的。你可以看到一个接一个的书评家走上同一条道路。刚开始的时候他还多少有一些诚实的意愿，但不到两年他就疯狂地叫嚷着芭芭拉·贝德沃斯②小姐的《绯红色的夜晚》是最美妙、深刻、尖锐和难忘的人世间的杰作等等等等。一旦你开始从事将一本劣书吹捧成好书的罪恶勾当，你就再也无法逃脱出来。但是，靠写书评为生的你不可能不犯下这种罪行。与此同时，每个有思想的读者都会觉得厌恶而转身离开，鄙薄小说成了一种势利的责任。因此就有了这样的怪事：一本真正优秀的小说乏人问津，就因为它受到了同一番废话的赞扬。

很多人建议，只要不对小说作评论就万事大吉了。或许会是这样，但这个建议并没有用，因为这种事情是不会发生的。没有哪家仰仗出版商广告的报纸能抛弃它们，虽然比较有见地的出版商可能会意识到摒弃吹捧式的书评并不会带来什么损失，但他们没办法停止这么做，原因就像国家不能解除武装一样——因为没有人愿意第一个开始这么做。在未来很长一段时间，吹捧式的书评仍将继续存在，而且会变得越来越糟。唯一的解救办法就是设法让它们不被关注。但这只有在某个地方有一篇像样的小说评论作为比较的标准时才会发生。也就是说，需要有一本期刊（一开始

---

① 杰拉德·古尔德(Gerald Gould, 1885—1936)，英国作家、书评家，代表作有《德谟克利特或未来的笑声》、《当代英语小说》等，曾为《观察报》撰写文学评论。
② 芭芭拉·贝德沃斯(Barbara Bedworth)，贝德沃斯的英文单词有"性感撩人，床上风光"之意。

的时候一本就足够了），把小说评论做出特色，但拒绝接纳任何废话。在这本刊物里，评论家就是评论家，不是街头艺人的傀儡，当出版商拉动牵线的时候就得动动他们的下巴。

或许有人会回应说已经有这样的刊物了。比方说，有好几份高端的杂志，里面所刊登的小说评论是有思想的，而不是被收买的。是的，但要紧的是，那种期刊不会特别对待小说评论，肯定不会尝试去了解当前小说出版的最新情况。它们属于高雅的世界，而那个世界已经认定眼下的小说都是卑劣之作。但小说是一种流行的艺术形式，《标准》或《品味》先入为主的观点是，文学就是高雅的小圈子里互相挠背的游戏（爪子朝内还是朝外则视情况而定），以这样的想法去看待小说是没有意义的。小说家的主要角色是讲故事的人，一个人或许讲故事讲得很精彩（比方说，参阅特罗洛普、查尔斯·里德①、萨默塞特·毛姆②先生），但不被视为狭义的"知识分子"。每年有五千本小说得以出版，而拉尔夫·斯特劳斯③会恳求你将它们统统读完，要是全部都是由他写书评的话他就会要你这么做。《标准》或许会纡尊降贵为十几本书撰写书评，但在十几本和五千之间，或许有一百或两百乃至五百本不同水准的书拥有真正的价值，这些是任何在乎小说的书评家应该专心关注的。

但第一要务是某种评级的方式。大量的小说根本不应该被提

---

① 查尔斯·里德（Charles Reade, 1814—1884），英国作家，代表作有《修道院与壁炉》、《此情可待成追忆》等。

② 威廉·萨默塞特·毛姆（William Somerset Maugham, 1874—1965），英国作家，曾到过远东及中国旅行，代表作有《月亮与六便士》、《刀锋》、《周而复始》等。

③ 拉尔夫·斯特劳斯（Ralph Straus, 1882—1950），英国作家、书评家、出版商，代表作有《陷入分裂的人》、《不体面的沃尔多先生》等。

起（比方说，想象一下要对《琴报》的每一篇连载故事都严肃地进行评论的话，该是多么可怕的事情！），但即使那些值得一提的书也属于完全不同的类型。《莱福士》是一本好书，《莫罗博士的岛屿》也是，《帕尔马修道院》也是，《麦克白》也是，但它们是不同层次的"好书"。同样地，《如果冬天到来》、《深受爱戴的人》、《一个不爱社交的社会主义者》、《兰斯洛特·格里弗斯老爷》都是烂书，但"烂"的程度也不一样。事实就是如此，那些一味吹捧的书评家将自己的行当搅成一潭浑水。应该有可能设计出一套或许可以很严格的系统，把小说分出一二三类，这样一来，无论书评家对一本书是赞扬还是贬斥，至少你会知道他的话在多大程度上是严肃的。至于书评家，他们必须是真正关心小说艺术的人（这或许意味着既不是阳春白雪，也不是下里巴人，不会沦于中庸，而是富有弹性），对技巧感兴趣的人，而且对探索一本书究竟写的是什么更感兴趣。这样的人有很多，有些非常差劲的雇佣书评家虽然现在已经无可救药，但正如你从他们早期的作品中可以看到的，一开始的时候就是这样的。顺便说一句，将更多的小说评论交给业余人士去做或许会是一件好事。比起一个有能力但倦怠的职业书评家，一个不从事写作但刚刚读了一本令他深有感触的书的读者更有可能让你了解那本书是关于什么内容的。这就是为什么美国的书评虽然很傻帽，却要比英国的书评好一些。他们比较业余，也就是说，更加严肃。

我相信按照我所说的方式去做，小说的名声或许可以恢复。最重要的是有一份能赶得上当前小说出版而又拒绝沦落到它们的水准的报纸。它必须是一份低调的报纸，因为出版商不会在里面投广告。另一方面，一旦他们发现某本书真的值得赞美的话，他们会很乐意在书封上明言。就算这是一份非常不起眼的报纸，它或许也能促进小说评论的整体水平得到提高，因为星期天报纸的废话得以继续下去纯粹是因为没有什么与之形成对比。但就算吹捧式的书评家仍一如既往，只要有像样的书评让一些人知道小说仍然是严肃读物，那就没什么要紧的。因为，就像上帝所承诺的，只要在索多玛城仍有十个义人，他就不会将其摧毁。因此，只要在某个地方有哪怕只是几位小说评论家不至于沦落到插标卖首的地步，小说就不会完全受到鄙视。

目前，如果你关心小说，甚至自己写小说，前景是很令人郁闷的。"小说"这个词让你想到的是"吹捧"、"天才"、"拉尔夫·斯特劳斯"，就像"鸡肉"会自动让你想到"面包沙司"一样。有思想的人几乎是出于本能地回避小说。结果，已成名的小说家身败名裂，而"有话想说"的新锐作家则转而投身几乎任何其它创作形式。由此所引发的退化是很明显的。比方说，看看那些在廉价文具店的柜台上堆积的四便士中篇小说。这些东西是小说式微的副产品，它们和《曼侬·莱斯戈》①与《大卫·科波菲尔》的关系就像哈巴狗和狼的关系一样。很有可能不久之后普通的小说将和四便士的中篇小说没有什么区别，虽然它仍然会以七先令六便士的装帧出现，在出版商的吹捧下卖得很红火。许多人曾经预言小说注定将在不久的未来消失。我不相信小说会消失，理由要讲述出来会很费时，但非常明显。更有可能发生的是，如果不能劝

---

① 《曼侬·莱斯戈》（*Manon Lescaut*）是法国作家安托万·弗朗索瓦·普雷沃斯（Antoine François Prévost, 1697—1763）的作品。

说最优秀的文学才子回归小说创作，它将以某种马虎应付、受人鄙视、无可救药的堕落形式继续存在，就像现代的墓碑或"潘趣与朱迪木偶剧"①一样。

---

① "潘趣与朱迪木偶剧"（the Punch and Judy show），17 世纪由意大利传入英国的滑稽木偶剧，以潘趣和朱迪两夫妇为主人公。

阿拉贡前线的夜袭行动①

前进!

那是一个脏兮兮的夜晚，下起了瓢泼大雨，外面狂风大作，我们都很庆幸刚刚向前延伸的阵地掩体已经修筑好了。我们的上尉本把头探了进来。

"我需要十五个志愿者今晚执行一个小任务。"他喊道。几分钟后，我们准备就绪。

凌晨 1 点 45 分，天黑漆漆的，雨还在淅淅沥沥地下。"大衣脱掉。""手榴弹准备好。""从现在开始不许说话不许出声。"这些命令从一个士兵传达到另一个士兵耳中。我们出发进入了无人区。

我们的目标是一个法西斯阵地，那里正对着我们的阵地。我们的计划是悄悄抵达那里，剪断铁丝网，按照约定好的信号，所有人一起扔出手榴弹，然后冲进阵地。与此同时，突击部队将在我们后方向另一个阵地发起突袭，阻止那边进行反攻。我们所承担的任务进展还算顺利。

*

我们排成一列，一路上行经几个水潭，跨越几道深及大腿的水沟，穿过开阔地，一路剪断铁丝网。能见度几乎为零。我们与敌军的距离是三十码左右，可以听到两个放哨的士兵在说悄悄话。然后，一个哨兵的步枪吐出红色的火舌。佐格跳了起来，扔出第一个手榴弹。"手榴弹！"它们引爆了，地狱降临了。在我们左方，一架机关枪朝我们开火，一连串的步枪子弹从我们头顶掠过。在前方几码处，随着一声巨响，一颗手榴弹引爆了，火光和火花就像一场巨大的烟花秀。又有好几颗手榴弹在我们周围炸开。我们开始匍匐往回缩。托马斯高喊着："我被打中了。"汤普森也喊道："我也中弹了。""回去吧。"我们说道。但他拒绝了。

一个西班牙同志起身冲向前。"为了别的同志——冲啊！""冲啊！"布莱尔喊道。"从右边冲进去！"帕迪·多诺万喊道。"我们丧气了吗？"那个法国上尉本杰明喊道。

在阵地的前面是埃里克·布莱尔高高的身影，正冷静地冒着火力缓步向前。他要越过阵地，但跌倒了。天哪，他们把他打死了吗？不，他翻了过去，紧随其后是来自汉莫斯密的格罗斯和来自法兰克福的鲍勃·斯迈尔利，还有其他人跟在他们后面。

那条战壕里的士兵已经匆忙撤退了。被落在最后的那个法西斯士兵只是披着一条毯子，离我们有三十码远。布莱尔去追他，但那个人熟悉地形，给他跑掉了。在战壕的一个角落里有一具死尸，还有另一具死尸躺在一个掩体里。

*

我们巡视四周看了一下，虽然我们的人数不到十人，但我们

---

① 刊于 1937 年 4 月 30 日《新领袖报》。

把他们给赶跑了。现在要做的是守住这个阵地。在我们的后面敌人已经开始了反攻。我们一路在泥泞中跋涉，几支步枪卡壳了，只有六七支步枪能够开火，我们就拿着它们向敌人发起还击。而在阵地的另一边有一道没有防护的空隙，我们从阵地那里拿沙包构筑了一道低矮的工事，可供三四个人卧倒射击。我们的手榴弹快用光了。我们缴获了一些法西斯部队的手榴弹，但它们和我们的不一样，我们不知道该如何使用。

"马联工党必胜！"我们高喊着，希望能引来增援，并让敌人以为我们有上千人，而不是只有十个人。

"他们杀回来了！"一颗手榴弹炸开了。爆炸之后响起了鬼哭狼嚎，那排火力后退了五十码远。

"援军到！"四个突击营的德国士兵抵达了，但其他人迷失在漆黑一片中。

"弹药，整整一匣呢。"我们中的一个叫嚷着。

"该死的，上一枪把我的帽子给打掉了。"迈克·威尔顿叫嚷着。

*

一百码开外一架机关枪开火了，把沙包里的沙子激进我们的眼睛和嘴巴里。汤普森虽然胳膊受伤了，但仍在坚持扛沙包修筑工事。"帮我给步枪上子弹。"他说道，"我左手受伤了，但我还能开枪。"

奥·哈拉是第一批冲进阵地的人之一，离开了阵地去救治另外两个躺在外面暴露在火力之下的同志。他以非凡的勇气和冷静完成了这个艰难的任务。

"给我一把毛瑟枪。"坦基说道,"我那把伍斯特步枪卡壳了。"

"还有人需要包扎吗?"奥·哈拉喊道。

"这里有一架望远镜。"莫伊尔说道。

这一个小时发生了太多太多令人难忘的事情。

很快我们发现我们左边的阵地并没有被攻占,我们从三个方向遭到暴风骤雨般的机关枪和步枪的进攻,迫击炮和大炮也开始轰炸了,我们知道情况非常不妙。法西斯部队正在包围逼近。显然,我们必须赶快撤离。本杰明下达了退兵的命令。无奈之下,我们冒着猛烈的炮火回到了己方的阵地,带回了2 000磅重的弹药和一些手榴弹作为战利品。

我们回到阵地时,佐格、希德斯通和科尔斯不见了。一个小时后他们才回来。佐格的肩膀中枪了,希德斯通的胳膊伤情很严重,而科尔斯留下来搀扶着希德斯通回到阵地。

我们独立工党的老伙计们干了漂亮的一仗。"干得好,英国小伙子们。"西班牙上尉佐格说道,"今晚我们去把留在无人区的一箱手榴弹给搬回来。"

来自乔治·克普的致意

最近几天战况非常激烈,我们挺进了数千码远。敌人发起了反击,但并能夺回哪怕一英寸失去的土地。13日那天晚上,我们向位于额米塔·萨拉斯的敌军阵地发起了大胆的突袭,目的是减轻阿尔卡索前线的压力。

由于英国同志们以勇气和纪律完成了突袭敌军阵地的任务,

我们的行动迫使敌军紧急动用二十辆卡车从阿尔卡索前线调派了一千名士兵过来，从而使得我们的无政府主义同志们巩固已经攻占的阵地并继续挺进。

西班牙爆料[①]

　　这场西班牙的内战所制造的谎言或许要比自从1914年至1918年的那场战争之后任何一次历史事件都要多得多。除了那些在《每日邮报》的记者眼前发生的强暴修女，并将她们钉上十字架的大屠杀故事之外，我打心眼里怀疑最大的伤害是不是那些亲法西斯报纸造成的。最大的伤害其实来自那些左翼报纸，《新闻纪实报》和《工人日报》。它们以更加微妙的方式扭曲事实，阻止了英国大众了解这场斗争的真正本质。

　　这些报纸精心掩盖了一个事实，那就是，西班牙政府（包括半自治的加泰罗尼亚政府）比法西斯分子更加害怕革命。现在几乎可以肯定，这场战争将以某种形式的妥协而结束，甚至有理由怀疑政府并非希望获得胜利，它由得毕尔巴鄂沦陷，却没有做出任何行动。但毫无疑问，它将会彻底消灭己方的革命力量。过去一段时间以来，白色恐怖统治正在实施——对政党的无情压迫、万马齐喑的出版审查、无休止的间谍活动和大规模的未经庭审的监禁。当我于六月底离开巴塞罗那时，各座监狱正在扩建。事实上，常规监狱一早就爆满了，囚犯们被硬挤进空荡荡的商店和其它能用来关押他们的临时囚禁点。但值得注意的是，现在被关押的人并不是法西斯分子，而是革命人士。他们被逮捕不是因为他们的思想过于右倾，而是过于左倾。将他们关进里面的人就是那些可怕的革命人士，一听到他们的名字，加文[②]穿着胶套鞋的双腿就会颤抖——他们就是共产党人。

与此同时，反抗佛朗哥的战争仍在继续，但是，除了那些在前线战壕里受苦的可怜士兵之外，西班牙政府内部没有人认为这是真正的战争。真正的斗争是革命和反革命之间的较量，是徒劳地试图保住 1936 年所赢得的一丁点胜利果实的工人和成功将胜利果实夺走的自由党-共产党同盟之间的较量。不幸的是，只有少数英国人认清了事实，那就是：共产主义已经成为一股反革命的力量，各国的共产党人正与资产阶级改良派结成同盟，利用他们整个强大的机器镇压或抹黑任何流露出革命倾向的政党。因此就有了右翼知识分子斥责与他们意见一致的共产党员是邪恶的"赤匪"，但其实他们意见一致的怪异一幕。比方说，温德汉姆·刘易斯应该爱上了共产党人，至少暂时会这样。在西班牙，自由党-共产党联盟已经几乎取得了全面胜利。西班牙工人在 1936 年为自己赢得的胜利果实业已被雨打风吹去，只剩下几座集体化的农场和一些农民们去年获得的土地，很可能将来这些农民也会被牺牲，如果不需要再对他们施以怀柔政策的话。要了解当前这种情况是如何产生的，你必须追溯这场内战的起源。

佛朗哥的权力之路与希特勒和墨索里尼不同，他是靠发动军事政变起家的，性质和外国侵略差不多，因此，尽管他一直在收买人心，但他并没有得到人民群众的支持。他的主要支持者除了一部分大资本家之外就是拥有土地的贵族阶层和庞大的教会寄生阶层。显然，这么一场政变会招致水火不容的势力共同对其进行

① 刊于 1937 年 7 月 29 日《新英语周刊》。
② 可能是指《观察者报》的主编詹姆斯·加文，一个坚定的保守党人。

反抗。农民和工人们痛恨封建主义和教权主义，而"自由派"资产阶级也是，他们并不反对更为现代化的法西斯主义，至少只要它不叫法西斯主义就可以了。"自由派"资产阶级的自由大度只局限于自己的利益范围。他们的进步程度可以用"有能者居之"①这句话加以体现。因为，在封建社会里，农民和工人沦为赤贫，毫无购买力，而且各行各业背负着沉重的赋税负担，以支付主教们的开销。每一个有利可图的挣钱机会都被某位公爵的私生子的娈童的朋友抢走了，资产阶级根本没有发展的机会。因此，在佛朗哥这么一个赤裸裸的反动派面前，在一段时期里工人阶级和资产阶级这对死敌暂时成为并肩作战的战友。这一难得的联盟被称为共同阵线（而共产党的报刊则赋予了它虚伪的民主的吸引力：人民阵线）。这个联盟没有什么活力或正当性可言，就像一只长着两个头的猪或是巴纳姆—贝利马戏团②里的畸形怪物。

共同阵线内在的矛盾一遇到严重的危机就会显现出来，因为即使在工人阶级和资产阶级共同对抗法西斯主义的时候，他们的奋斗目标也并不一致。资产阶级要的是资产阶级民主，即资本主义体制。而工人阶级则希望建立社会主义体制。早在革命伊始西班牙的工人阶级就很清楚这个问题。在法西斯主义被打败的地区，他们并不满足于将叛乱的军队逐出城镇。他们还借机夺取了土地和工厂，以地区委员会、工人民兵组织和警察部队等形式成立了工人政权的雏形。但是，他们犯了错误（或许是因为积极的革

---

① 原文是：la carrière ouverte aux talents。

② 巴纳姆—贝利马戏团（Barnum and Bailey），由菲尼亚斯·泰勒·巴纳姆（Phineas Taylor Barnum，1810—1891）和詹姆斯·安东尼·贝利（James Anthony Bailey，1847—1906）于1875年组建的马戏团，在英国、欧洲和美国进行巡回演出。

命者是无政府主义者，不信任议会制)，让共和政府保持了名义上的权力。尽管几经人事变动，每一届政府都是由资产阶级改良派在掌权。一开始的时候这一点似乎并不重要，因为政府，尤其是加泰罗尼亚政府似乎没有权力，而资产阶级得低调行事，甚至伪装成工人阶级(我十二月来到西班牙的时候情况仍是这样)。后来，随着权力逐渐从无政府主义者手中转移到共产党和右翼社会党人手中，政府重新掌握了权力，资产阶级不再躲躲藏藏，旧的社会贫富分化现象重新出现，没有多少改变。自此，每一次行动，除了几次为紧急军情所迫之外，都是为了破坏革命最初几个月的成果。这种情况不胜枚举，我只单独举一个例子，那就是旧的工人阶级民兵的瓦解。工人阶级的民兵组织拥有最纯粹的民主体系，军官与士兵领取同样的报酬，彼此之间平等相待。后来民兵组织被人民军(用共产党的话说是"人民的军队")所代替，在最大程度上以资产阶级军队为样板，有特权军官阶层，而且军饷差别悬殊，等等等等。无须赘言，这是以军事需要的名义进行的。当然，它确实带来了军事效率，至少在短期内是这样。但这一变动的目的无疑是向平均主义发起冲击。每一个部门都颁布了同样的政策，结果就是，在革命和战争爆发只有一年之后，这里就变成了一个普通的资产阶级国家，而且实行白色恐怖统治以维持现状。

这场斗争如果没有外国干涉的话，情况或许不会变得如此过分。但是政府军事上的软弱无能决定了这是不可能发生的事情。面对佛朗哥的雇佣兵军团，他们不得不仰仗苏联的帮助。虽然苏联的武器援助一直被夸大了(我在西班牙的头三个月只看到一样苏联的武器——单独一挺机关枪)，但光是武器援助的抵达就让共产党掌握了权力。首先，苏联的飞机大炮和国际纵队的良好军事素质（不一定都是共产党员，但由共产党控制）大大地抬高了共产党的声望。但更重要的是，由于苏联和墨西哥是仅有的可以公开提供武器的国家，俄国人不仅可以通过贩卖武器挣钱，而且还加上了很多条件。以最直白的话说，这一条款就是："镇压革命，否则别想得到武器。"俄国人之所以摆出这么一副态度，原因经常被解释为，如果俄国人公然支持革命的话，法国政府与苏维埃政府的协约（而且俄国人还希望与英国结盟）将受到威胁。而且，西班牙爆发真正的革命可能会在俄国引发回应，这是俄国人不想发生的结果。当然，那些共产党人否认俄国政府施加了直接压力。但就算他们的话是真的也无关紧要，因为全世界的共产党都唯俄国马首是瞻。可以肯定的是，西班牙共产党，加上受他们操控的右翼社会党人，加上全世界的共产主义报刊，都站在反革命的一方，施加了重大的影响，而且影响力越来越大。

在本文的前半部分我提到，站在政府的角度，西班牙真正的斗争一直是革命与反革命之间的斗争。虽然政府不想被佛朗哥打败，但它更希望将自战争打响以来所取得的革命成就摧毁。

任何共产党人都会认为这一说法是不实指控或别有用心的歪曲。他会告诉你指责西班牙政府镇压革命是无稽之谈，因为根本就没有革命这回事，他会说我们当前的任务是打败法西斯主义，捍卫民主。在这一点上，最重要的是了解共产党的反革命宣传是如何运作的。认为这场革命与英国毫无关系，因为英国的共产党人数不多，而且势力相对弱小，那可就错了。如果英国和苏联结盟，我们很快就会看到它的作用，甚至无需等到那时，因为共产党的影响力必然会增强——它明显正在增强——越来越多的资产阶级人士意识到当代的共产主义其实和他们同气连枝。

大体上说，共产党的宣传依靠的是以法西斯主义的恐怖（这确实是真的）恐吓人民。同时还伪称——不需要大张旗鼓地宣传，只需要给予一点暗示——法西斯主义与资本主义毫无关系。法西斯主义只是一种毫无意义的邪恶，一种失常现象，"群众的癫狂"，如果你突然间将一整个疯人院的杀人狂放出来的话就会发生这种情况。以这种方式展现法西斯主义，你就可以动员大众舆论而不会引发革命行动，至少暂时会是如此。你可以通过建立资产阶级民主，也就是资本主义，来抵制法西斯主义。但与此同时，你必须除掉那个指出法西斯主义和资产阶级民主其实是半斤八两的碍事者。一开始的时候，你指责他的看法是不客观的。你告诉他是他把问题弄混了，他在分裂反法西斯力量，现在不是进行革命宣传的时候，当前我们必须对抗法西斯，而不是去探究我们到底为了什么而战。如果他仍然不肯闭嘴，那你就改变口风，指责他是叛徒。说得更确切一些，你指责他是托派分子。

到底什么是托派分子？这个可怕的词汇——当前在西班牙，你可能会没有经过审讯就被抓进监狱，无限期被关押在里面，就因为有谣言说你是托派分子——正开始在英国流传。我们以后会更频繁地听到它。"托派分子"（或"托派－法西斯分子"）这个词通常是用来指责一个伪装成激进革命人士的法西斯分子，其目的是分裂左翼革命力量。但这个罪名的特别威力来自于它意味着三样互不相干的事物。它可以意味着某个人就像托洛茨基一样，希望在世界范围内进行革命；或一个奉托洛茨基为头目的组织的成员（这也是该词唯一合理的用法）；或前面已经提到过的披着伪装的法西斯分子。这三个意思能随心所欲地互相混用。第一个意思不一定和第二个意思联系在一起，而第二个意思则几乎总是和第三个意思联系在一起。因此，"据说某某人说过赞同世界革命的话，因此他就是一个托派分子，因此他就是一个法西斯分子。"在西班牙，从某种意义上讲，甚至在英国，任何宣扬社会主义革命（也就是几年前共产党还在宣扬的事情）的人都会被怀疑是领取佛朗哥或希特勒津贴的托派分子。

这一指控非常狡猾，因为除非你刚好知道事实确非如此，否则这个罪名的确有可能会是真的。一个法西斯间谍确实可能会伪装成革命人士。在西班牙，每一个意见比共产党左倾的人迟早都会被指出是托派分子或叛徒。在战争的开始阶段，共产党的反对者是马克思主义联合工人党，这个政党相当于英国独立工党，是合法的政党，有一位党员还在加泰罗尼亚政府担任部长，后来它从政府中被驱逐，接着被贬斥为托派组织并被镇压。警察将他们能逮到的每一个党员都关进了监狱。

直到几个月前，无政府工团主义者还被称为与共产党"精诚合作"的政党。后来他们被逐出政府，接着，他们被发现似乎其实并不是那么忠诚，现在他们正开始成为叛徒。之后将会轮到左翼社会党人。直到1937年5月，左翼社会党的前总理还一直是共产党报刊中的偶像，如今已经开始被人抹黑为托派分子和"人民公敌"了。这个游戏就一直这么进行着。符合逻辑的结果就是，在这个政权里，每一个反对党和每一份反对派的报纸都遭到镇压，每一个有分量的异议者都被关进监狱。当然，这么一个政权就是法西斯政权。它和佛朗哥所要建立的法西斯政权不可同日而语，它甚至要比佛朗哥的法西斯政权好一些，值得为其而战，但它仍然是法西斯政权。只是因为它是由共产党和自由派的政党在操纵，它的名字并不是法西斯。

与此同时，这场战争能获得胜利吗？共产党的势力一直在反对革命，因为革命将使得局势出现动荡，因此，除了带来俄国的援助之外，它还提高了军事效率。如果说从一九三六年八月到十月是无政府主义者挽救了政府，那么从十月份之后，是共产党挽救了政府。但在组织防御时，他们成功地扼杀了热情（在西班牙国内，不是国外）。他们使得一支征募制的军队成为可能，并将其变成必要的手段。从今年一月份开始，志愿入伍基本上就已经停止了。一支志愿军有时候可以靠着热情获得胜利，但一支征募制的军队得依靠武器装备才能获胜，而在没有法国介入或德国和意大利决定夺走西班牙的殖民地，由得佛朗哥孤军作战的情况下，政府军根本不可能获得武器装备上的整体优势。基本上，陷入僵持是最有可能发生的事情。

西班牙政府真的希望获得胜利吗？只有一件事可以肯定，那就是，它不希望失败。而另一方面，全面的胜利，佛朗哥抱头逃窜，德国人和意大利人被赶到海里——这一切将会引发棘手的问题，其中有几点非常明显，不需要再作解释。由于没有真凭实据，你只能根据事件作出判断。但我怀疑政府正在耍手段，希望将战争的局势一直拖延下去。所有的预言都落空了，因此，这个预言也不会成真，但我要碰碰运气，预言说无论这场战争将很快结束还是延绵数年，它都将以西班牙陷入分裂而告终，或许真的会分出楚河汉界，或者形成不同的经济区。当然，这个妥协或许会被某一方或双方说成是胜利。

在这篇文章里我所说的内容在西班牙乃至法国已是老生常谈，但在英国，虽然大家都对西班牙战争很感兴趣，但是很少有人听说在西班牙政府内部正进行着如此激烈的斗争。当然，这不是偶然。一场深思熟虑的阴谋一直在进行（我可以列举出详细的例子），不让西班牙的情况被人所了解。那些应该对情况更加了解的人由得自己上当受骗，理由是如果你说出西班牙的真相，它将会被当成法西斯分子的宣传。

不难看出这种懦弱将会造成什么样的结果。如果英国的公众能读到这场西班牙战争的真实报道，他们原本会有机会了解法西斯主义的本质和如何与法西斯主义周旋。结果，《新闻纪实报》将法西斯主义描述为一种在经济萧条时期喧嚣的毕灵普分子特有的杀人癫狂症，这一印象被空前地强化了。因此，我们离"抗击法西斯主义"的那场世界大战（而在一九一四年则是"抗击军国主义"的战争）又近了一步，而这将使得英国版的法西斯主义在第一周就把我们的脖子给紧紧掐住。

对《在西班牙战争中的作家立场》的回复

请你不要再给我发这些该死的垃圾了。这是第二次或第三次我收到这份东西。我不是你们那些时髦的同性恋者如奥登①和斯宾德②中的一员。我在西班牙呆过六个月，大部分时候都在战斗。现在我身上有一处弹孔，我不会写什么捍卫民主或捍卫某个英雄人物这样的废话。而且，我知道过去几个月来在政府内部发生了什么事情和现在正在发生什么事情，那就是法西斯主义正以"抗击法西斯主义"的名义强加在西班牙工人身上。而且，自从五月以来，白色恐怖已经开始，所有的监狱和能被当成监狱的地方都关满了犯人，他们不仅未经审判就被囚禁，而且受尽殴打侮辱，连饭都吃不饱。我敢说你也知道这一情况，虽然能够写出背页那些东西的人也一定会傻到相信《工人日报》里面的战争新闻的地步。但很有可能，你——老是给我送来这份东西的人，我才不管你是什么身份——你很有钱，而且消息灵通，因此，你无疑了解关于这场战争的内情，却故意加入这场捍卫"民主"（即资本主义）的喧闹中，目的是为镇压西班牙工人阶级推波助澜，从而间接地捍卫你那肮脏的蝇头小利。

这已经超过六行字了，但要是我把我对西班牙战争的了解和感想在六行字之内写完，你是不会把它刊印出来的。你没有那个胆量。

顺便说一句，告诉你那个同性恋朋友斯宾德，我把他描写英勇的战争的作品都保存起来了，等到他为写下这些东西而感到羞愧时，就像那些在那场世界大战中撰写战争宣传的人到了如今羞愧不安一样，我会老实不客气地反复一提再提。

1937年8月3日至6日致南希·库纳德③的《左翼评论》的问卷调查

① 威斯坦·休·奥登（Wystan Hugh Auden，1907—1973），英国/美国诗人，代表作有《死亡之舞》、《阿基里斯之盾》等。
② 史蒂芬·哈罗德·斯宾德（Stephen Harold Spender，1909—1995），英国作家、诗人，代表作有《法官的审判》、《世界中的世界》等。
③ 南希·克拉拉·库纳德（Nancy Clara Cunard，1896—1965），英国女作家、政治活动家，积极投身反种族主义和反法西斯主义，代表作有《黑人和白人小姐》、《黑人：文集》等。

西班牙民兵部队纪实①

　　1936 年底，我加入了马联工党②的民兵部队。我加入这支民兵部队而不是别的民兵部队，情形是这样的。我本来打算去西班牙收集素材写点报道，心里隐约有参军这么一个想法，要是这么做有意义的话。但我心里没什么底，因为我的健康状况很糟糕，而且没有多少在民兵部队服役的经历。在我动身前，有人告诉我得有某个左翼组织的文件才能过境（在当时这并不是实情，但有党员证什么的无疑会方便一些）。我向约翰·斯特拉奇③申请，他带我去见波利特④。盘问完我之后，波利特显然觉得我在政治上不可靠，拒绝给我帮助，还说了一大堆关于无政府主义者白色恐怖的事情，试图把我吓退。最后，他问我是否愿意参加国际纵队。我回答说除非我亲身了解过情况，否则我是不会加入任何组织的。于是他拒绝帮助我，但建议我去巴黎的西班牙大使馆申请安全通行证，我按他说的做了。离开英国之前我还给独立工党打了电话，我和它有一点私人关系。我问他们能不能给我一些建议。他们给在巴黎的我寄来一封写给在巴塞罗那的约翰·麦克奈尔的信。过境的时候检查护照的人和其他人——当时他们都是无政府主义者——并不是很在意我的安全通行证，但似乎对那封有独立工党抬头的信印象很深刻，显然，他们都见过这样的信。正是这件事让我下定决心把这封信带给麦克奈尔（我和他素不相识），并通过这个关系加入了马联工党的民兵部队。在走马观花地考察了西班牙的部队后，我发现自己相对来说已经接受过足够多的军事训练，于是决定加入民兵。那时候我对各个政党之间的区别只有非常模糊的了解，英国的左翼报刊掩盖了它们的真面目。要是当时我完全了解情况，我或许会参加国工联⑤的民兵。

那时候民兵部队虽然理论上正在进行正规军化的重新整顿，但他们仍然以小分队、百人团和中队进行组织。百人团的人数大概是 100 人，以某个人为指挥核心，经常被唤作"某某某的旗下⑥"。百人团的指挥官大致上等同于上尉军衔，在此之下除了下士和普通士兵之外就没有明确的军衔。巴塞罗那的部队佩戴条纹等装饰作为军衔的标志，但在前线佩戴这些东西"不大得体"。理论上说，晋升取决于选举，但事实上军官和士官都是由上面指派的。稍后我会解释这实际上并没有什么关系。不过，有一点很奇怪，那就是士兵可以选择他愿意归属的队伍，而且按照规定，如果他愿意的话，可以从一个旗下换到另一个旗下。那时候士兵们只接受几天在练兵场上的操练，许多人甚至连步枪没开过就被派往前线。我怀着正统的英国军队理念，对纪律的散漫感到十分震惊。当然，要让征募的士兵服从命令总是很困难，而当他们

---

① 成文于 1938 年，未发表。

② 马克思主义联合工人党（西班牙语 Partido Obrero de Unificación Marxista），简称"马联工党"（the P.O.U.M.），创立于 1935 年，是西班牙的左翼政党，西班牙内战时支持西班牙共和国政体，与发动政变的佛朗哥将军为敌。

③ 约翰·斯特拉奇（John Strachey, 1901—1963），英国工党政治家，左翼书社创建人之一，曾加入英国皇家空军参加作战，1946 年曾担任"战时食物配给部长"。

④ 哈利·波利特（Harry Pollitt, 1890—1960），英国共产党领袖，曾担任总书记一职长达 20 年。

⑤ 指国家工人联合会（The Confederación Nacional del Trabajo），简称"国工联"（C.N.T.）。

⑥ 原文是西班牙语"bandera"。

发现自己被推入战壕，不得不忍受他们还未能习惯的严寒等苦楚时，情况更是如此。在他们对武器不熟悉的时候，他们对子弹怀着不必要的恐惧，而这也是纪律散漫的原因之一。（顺便提一下，左翼报纸刊登的那些谎言造成了很大的伤害，说什么法西斯部队使用的是会爆炸的子弹。据我所知，根本没有什么会爆炸的子弹，法西斯部队并没有配备这些东西。）一开始的时候，士兵服从命令靠的是对党派的忠诚和人格的力量，在头两个星期，我成为很不受待见的人。大约一个星期过后，一个士兵干脆拒绝去某个地方，他说那里正在交火。我动用武力强迫他服从命令——当然，这么做总是错误的，和西班牙人打交道时更是如此。我立刻被一群人包围起来，他们骂我是法西斯分子。我们激烈地争吵了一番，但大部分士兵站在我这一边，我发现人们争着要加入我的队伍。这件事过后，一连几个星期或几个月，西班牙人和前线少数几个英国人一而再再而三地为部队里纪律散漫，为什么是正确的行为、什么是"革命行为"争吵不休，但大体上的共识是，部队里必须纪律严明但地位平等。关于士兵当逃兵或不服从命令是否应该枪毙这个问题有许多争论，大体上人们同意这么做，但有的人不愿意执行。过了很久，大概是三月份的时候，在韦斯卡附近，200个国工联的士兵决定离开前线。你很难责备他们，因为他们在那里驻守了五个月，但这种事情显然是不被允许的，马联工党的部队奉命去阻止他们。我自愿参加，但心里觉得不是很高兴。幸运的是，他们被政委或别的人劝回去了，因此没有动用武力解决。这件事引发了很多争议，但大部分人还是同意如果必要的话，枪决做出这种事情的士兵是合情合理的。那段时期，即1937年1月至4月，纪律在逐步改善，原因几乎都是因为"革命思想的传播"，即无休止的争辩和解释为什么这么做或那么做是必须的。每个人都怀着无比的热情保持军官与士兵之间社会地位平等，不用军衔，伙食没有区别对待等等。这种情况经常被贯彻到很滑稽的地步，不过它们在前线就显得没有那么滑稽了。在那里条件稍有改善一些士兵们就会感恩戴德。当民兵部队理论上被整编归入人民军时，全体军官都能多领点钱，一天大概有 10 比塞塔作为津贴，每个人都同意这么做，但是否真的得以贯彻实施我就不知道了，因为我不能肯定在马联工党的民兵部队被整编之前真的有人开始领到额外的津贴。不过，当我第一次到达前线时，不服从军令的惩罚正被采纳。要惩罚已经身处前线的士兵是极其困难的事情，因为除了把他们枪毙，没有什么办法能让他们比已经身处的状况更加痛苦。常用的惩罚是把岗哨巡逻的时间加倍——但效果很差，因为每个人都已经缺乏睡眠。时不时有人会被枪毙。有个士兵试图跑到法西斯阵地那边去，他应该是一个间谍，被枪毙了。另一个被逮到偷其他士兵东西的人被遣送回去，估计也会被枪毙，但我想他并没有真的被处决。军事法庭应该由一位军官、一个士官和一个士兵组成，但我从来没有见到过有军事法庭开庭。

政党会定期派遣政委到前线看望士兵，如果可能的话，会进行政治教育。此外，每个百人团有一两个人担任政委。我一直搞不清楚这些人原本在履行什么职责——显然，一开始他们所履行的职责后来不需要了。和英国独立工党的党员在一起时，我被指定为他们的政委，但那个时候政委只是一个中间人，被派到总部投诉物资分配什么的，因此对于英国人来说，政委只是一个在几人中推举会说西班牙语的人担任的职位。比起西班牙人，英国人在推选军官时要严格得多，有一两回还通过选举换掉了士官。他们还组建了一个五人委员会，负责管理队伍的所有事务。虽然我被投票选进了委员会，但我反对组建这个委员会，理由是现在我们是部队的一分子，而部队通常是自上而下地执行命令，因此，这么一个委员会是起不了作用的。事实上，它并没有重要的职能，但偶尔在规定一些琐事上有点作用。与大部分人的想法刚好相反，马联工党的领导非常仇视组建委员会的想法，一心想阻止这个想法从英国人传播到西班牙人那里去。

在加入英国人的旗下之前，我在一个西班牙人的旗下待了几个星期。在里面 80 个人当中，有 60 个是完完全全的新丁。那几个星期纪律已经大有改善，从那时起直到四月底，整支民兵部队的纪律在缓慢而稳定地改善。到了四月，当一支民兵部队得行军出发时，它看上去仍像是莫斯科的残兵败将。但这在一部分程度上是因为那些人只经历过阵地战。但到了这个时候，要让命令得到服从不再困难，不用担心你刚一转身命令就被士兵抛到脑后。表面上看，特别的"革命"特征仍然保留到五月，但事实上，那时候情况的变化已经有所体现。五月份的时候，当我在指挥一支中队时（现在它指的是一个排），那些年纪轻轻的西班牙人管我叫"长官"。我不让他们用这个称呼，但这个称呼显然已经回来了。这场战争早前几个月普遍使用的"汝"①无疑很矫揉造作，对于拉丁人来说似乎很不自然。三月份的时候有一件事情似乎突然间中止了，那就是朝法西斯部队喊革命口号。在韦斯卡没有这么做，不过在很多地方，阵地之间非常接近时就会这么做。在萨拉戈萨

---

① 原文是西班牙语"tu"。

前线这种事情定期发生，或许是那里接纳了众多逃兵的原因之一（一处由1 000名士兵把守的阵地一度每周有15个逃兵）。但大家普遍以"同志"相称的习惯和我们都应该平等相待的观念一直坚持下来，直到民兵部队被改组。值得注意的是，人民军的第一批来到前线的士兵也是这么做的。马联工党和加联社党的民兵部队，直到我在三月初看到后者时，在纪律和社交气氛上并没有明显的不同。

　　总体的组织在有些方面做得很好，但有些方面则糟糕得很，而且根本没有必要。这场战争有一个突出的特征，那就是良好的伙食组织。直到1937年5月，当有些物资开始紧缺时，伙食还总是很不错，而且供应总是很规律，即使在一场僵持难下的战争中这也是不容易的事情。厨师们很投入，有时候还冒着枪林弹雨把食物送过来。我对后方的伙食组织和农民们的配合程度很是感动。士兵们的制服时不时会被拿去洗，但洗得不是很干净，而且不是很规律。邮政服务挺好，从巴塞罗那寄出的信总是很快就送达前线，不过有许多寄到西班牙的信在送往巴塞罗那的路上会不知所踪。卫生观念基本上没有，气候干燥是唯一阻止流行病爆发的原因。你得到后方10英里的地方才能得到救治。当伤亡的规模很小时这并不是很碍事，但就算是这样，有很多生命还是就这么白白地丧失了。一开始的时候战壕修得很原始，但到了三月份工兵连成立了。这支队伍很有效率，能悄无声息地迅速构筑起长长的战壕。但是，直到五月份的时候还没有人想到构筑交通壕，即使在靠近敌人的前线也是这样，没办法在避开炮火的情况下把伤兵抬走。后方的道路没有人去修补，虽然做这些事情的劳动力无疑是有的。马联工党的医护兵既有志愿者也有义务兵，他们很会照顾医院里的伤兵。至于仓库，或许有一些侵吞公款和徇私舞弊的现象，但我想情况非常少。当香烟开始紧缺时，英国人的小分队分到了比他们应得的份额多得多的供应，西班牙人的性格就是这么慷慨。这场战争中不可原谅的大错，至少在阿拉贡前线这边，就是让士兵们毫无必要地长期驻守前线。到了1936年的圣诞节，这场战争几乎完全陷入了僵局，在接下来的六个月里，有几段很长的时期只有零星的战斗发生。因此，原本是有可能进行四天上前线四天下前线的组织安排，甚至四天上前线两天下前线也行。按照这样的安排，士兵们休息的时间其实并没有增加，但他们可以阶段性地有几晚睡在床上，至少有机会把他们的衣服脱掉。结果，士兵们有时在前线一连待上五个月。有时候，战壕离敌人很远，比方说有1 000码，但这就更加无聊了，因此士气比距离敌人50到100码时更差。与此同时，他们睡在战壕里，条件恶劣得不堪忍受，身上长满了虱子，而且直到四月份天气几乎总是很冷。而且就算离敌人有1 000码远，士兵们也置身于枪火之下，有时候还得面对炮火，承受了零星的伤亡，因此恐惧一直在积累。在这种情况下，除了勉力支撑下去之外很难做别的事情。从二月到三月，在韦斯卡周围没有发生战斗，这时我们会尝试训练士兵掌握许多技能：使用机关枪、打信号、作业流程（快速突进什么的）等等。这些基本上都以失败告终，因为每个人都缺乏睡眠，累得没办法学习。当时我自己想掌握霍奇克斯机关枪的要领，发现缺乏睡眠已经剥夺了我学习的能力。而且，让假期变得频繁一些原本无疑是可行的，但是并没有这么做，或许并非只是出于效率低下这个原因。不过，正如我已经说过的，让士兵出入战壕本来会是很容易的事情，可以为不在前线的部队提供某种便利。即使在巴巴斯特罗这样的后方，部队的生活也非常无聊，而这是没有必要的。只要稍作一点组织，本来是有可能立刻给后方提供热水、除虱、某种娱乐、咖啡厅（事实上几乎没有人尝试去做这种事情）和女人的。少数几个在前线或靠近前线的可以泡到的女人成了争风吃醋的因由。年轻的西班牙人当中有鸡奸的情况。我不知道部队能不能一边进行阵地战，一边训练士兵进行运动战，但要是能提供一些关怀让士兵们休整，本来是能够进行更多训练的。结果，在战争陷入僵持阶段时，他们累得够呛却一无所获。回顾那一时期，我看到他们经受住了考验，在当时那种不堪忍受的条件下他们没有陷入分裂或显露兵变的迹象让我信奉起（在某种程度上）"革命纪律"的理念。但是，他们所承受的压力有一些其实并没有必要。

　　至于不同的民兵部队之间的嫉妒，就普通士兵而言，直到1937年5月我自己并没有看到严重的迹象。我想我们迟早会知道在何种程度上阿拉贡前线是因为党派之争而遭受破坏的。我不知道攻占韦斯卡有多重要，但在二月或三月，如果动用足够的大炮火力的话，原本可以将其攻下来。结果，它被包围起来，却留下一道宽约一公里的口子，由于大炮火力不足，根本不可能进行火力准备，因为它们的作用就是发出警报。这意味着进攻只能是最多几百人发动的突袭。到了四月初时，韦斯卡似乎已经没救了，但那道口子一直没有合拢，进攻渐渐减弱，过后不久，事情变得很清楚了，法西斯阵地的战壕修筑得更加稳固，而且他们已经加强了防御。到了六月底发动了针对韦斯卡的大规模进攻，显然是出于政治目的，想以一场胜利为人民军争光，并贬低国工联的民兵部队。结果本来是可以预见到的——损失惨重，局势变得更加不利。但就普通士兵而言，党派情绪顶多就是散播谣言，说"他们"（通常指的是加联社党）已经偷走了原本要分给我们的枪支。在马联工党和加联社党的民兵部队驻扎的萨拉戈萨前线，两者关系还算不错。当马联工党的民兵部队接管驻扎韦斯卡的加联社党民兵部队的阵地时有猜忌的迹象，但我认为这纯粹是出于军事竞争。加联社党没能攻下韦斯卡，而马联工党夸口他们准备把它攻下。二月份的瓜达拉哈拉大捷可以被认为是共产主义者的胜利，而事实也的确如此，但每个人都发自肺腑地感到高兴，事实上情绪非常热烈。过后不久，我们的一架飞机，应该是俄国的，在错误地地方扔了一颗炸弹，炸死了几个马联工党的民兵。后来无疑可以把这说成是"故意为之"，但在当时没有人会这么想。五月的时候，或许在巴塞罗那动乱之后，两者的关系变得糟糕了。在莱里达有大批新组建的人民军在进行训练，当一批批的人民军列队经过时，我看到不知道是哪支民兵部队的士兵递给他们覆盆子，模仿绵羊咩咩的叫声。至于对那些大家知道曾经在马联工党的民兵部队里服过役的人进行迫害，我想得等到那些所谓的间谍阴谋被发现之后才开始。这些事情过后不久发生了一两起严重事件。六月底的时候似乎加联社党的民兵部队的一支别动队不知是奉命还是自行其是，攻击了韦斯卡城外马联工党的一个阵地，后者的士兵不得不以机关枪保卫自己。我不知道具体是哪天，只知道大概的情况，但根据我收到的消息，这件事的的确确发生了。无疑，这是报刊对间谍活动和士兵开小差等情况不负责任的报道造成的结果，这在早些时候已经引发或几乎引发了麻烦。

民兵部队由不同的党派组建，向不同的党派效忠，过了一段时间，这产生了负面的影响。一开始的时候，当每个人都充满热情时，党派之间的对抗或许并不是坏事——至少在战争的早期，当希塔莫等地方被攻占时，从那些民兵身上我得出了这么一个印象。但当民兵部队的规模比起人民军渐渐相形见绌时，结果就是每个党派都在处心积虑不惜代价地保存自己的力量。我相信这就是为什么士兵总是无法放假的原因之一。到了六月份，凡是请假的士兵根本没办法重回队伍，而是被征召进了人民军，这是已经立法通过的（我忘记具体是什么时候通过的）；原本一个民兵一旦请假就可以回家，而当他领到了一大笔攒下来的兵饷时他更想回家。他可以加入另一个组织，而这在当时是经常发生的事情。事实上，大部分人放完假后会回去，但有的人没有回去，因此每次放假都意味着人数在减少。而且，我很肯定保全士兵数目的动机让地区指挥官变得高度紧张，在无望获得胜利的情况下不想有伤亡发生。在萨拉戈萨前线，宝贵的细小机会——那些不会被登入报纸，但会对局势有所影响的机会——因为这个原因而失去了，而真正发生的伤亡则毫无意义。而且那些一无是处的流氓地痞占了部队人数的百分之五到百分之十，所有的部队里都可以找到他们的踪影，这些人应该被无情地清除出去，却很少或从来没有被清除。一月份的时候我对纪律情况提出抱怨，一个军阶很高的军官对我说，他认为所有的民兵部队都在比谁纪律更散漫，为的是吸引其它部队的新丁。我不知道这是不是真的，或者是因为吃饱了没事磨磨嘴皮子。

至于马联工党民兵部队的人员构成，我认为它和其它民兵部队没有多大的差别。在体格标准方面，他们和加联社党大致相同。马联工党不会要求民兵对党派表示依附，这无疑是因为作为一个小政党他们发现很难吸引新兵。当士兵们上了前线后，他们就会做工作要求他们入党，但说句公道话，他们并没有施加压力。队伍里面的二流子比例和别的部队差不多，而且还有一些非常愚昧的农民和没有特定政治倾向的人，他们或许只是碰巧加入马联工党的民兵部队。而且有一些人参军只是为了谋一份差事。事实上，1936年12月在巴塞罗那已经出现了严重的面包紧缺，而民兵可以分到足够的面包，这是一个很重要的因素。不管怎样，这些非征召的士兵当中有的人后来成为了优秀的军人。除了许多德国难民之外，还有零星的许多种族的外国人，甚至有几个葡萄牙人。德国人是最好的士兵，通常都会操作机关枪，他们以六个为一组，和别的人保持着距离。在这个阵地上，士兵们对他们的枪怀着迷信的态度，就像在供奉守护家庭的神明一样，非常有趣，值得去了解。有几个机关枪手是老兵，他们一直没有退役都是拜西班牙的休整更替制度所赐，但大部分人是"优秀党员"，当中有几个品格高尚，聪明睿智。我得出这么一个有点违背我的意愿的结论，那就是，从长远来看，"优秀党员"会成为最优秀的士兵。独立工党派来的由30个英国人和美国人组成的分遣队被截然分成没有特定政治依附关系的老兵和没有军事经验的"优秀党员"。由于我更接近前者，因此或许我可以不带偏见地说我相信后者会变得更优秀。当然，在战役的开始阶段，老兵更能派上用场，一旦战斗发生他们都很镇定，但他们在精神迟钝和身体疲惫的情况下更容易军心涣散。一个对某个党派完全认同的士兵在任何情况下都值得信赖。要是你在左翼圈子里这么说会惹来麻烦，但许多社会主义者对他们的政党的情感与一个死脑筋的公校毕业生对他的母校的情感非常类似。有的人没有特定的政治情感，他们也完全可靠，但他们通常都是资产阶级出身。在马联工党的民兵部队里，有一个轻微但可以察觉得到的苗头：那些出身资产阶级的人会被选为军官。在现有的社会阶级结构条件下，我认为这是不可避免的。中产阶级和上流社会的人通常在不熟悉的情景中更有自信，在没有推行征兵制的国家，他们比工人阶级有更深厚的军事传统。英国更是如此。至于年龄，前线的士兵大致上是从20岁到35岁。我不会信赖前线任何年龄在35岁以上的普通士兵或低阶军官，除非他的政治可靠程度已经为人所了解。至于年龄的下限，14岁的男孩通常都很勇敢且值得信赖，但他们经受不起睡眠不足的折磨，甚至在站着的时候都能睡着。

至于叛变和通敌等等这些罪行，有许多谣言，表明这种事情时不时就会发生，事实上在内战中是无法避免的。有人捕风捉影地说，某个时候在无人区举行过事先安排好的停战以交换报纸。我不知道有这种事情，但曾经见过几份法西斯报纸，应该就是以这种方式得到的。共产党报刊宣扬的关于互不侵犯约定和士兵们可以在我们的阵地和法西斯部队的阵地之间自由走动的故事统统都是谎言。无疑，农民当中有的人是叛徒。为什么这边的前线当时没有展开进攻，一部分原因无疑是无力进攻，但另一部分原因则是几个小时就可能走漏风声，被那些法西斯部队获悉。那些法西斯部队似乎总是知道在和什么部队对峙，而我们只能通过巡逻的方式了解情况。我不知道间谍用什么方法把消息传进韦斯卡，但把消息发出去的方法是闪灯信号。每天晚上在某个时刻会有莫尔斯电码的信号在闪。这些信号总是被记录下来，但除了诸如"佛朗哥万岁"这样的口号外，信号总是进行了加密。我不知道它们是否被成功破译。虽然经过许多搜查，但前线后方的间谍从来没有被抓到。逃兵很少，虽然直到1937年5月，要离开前线都是很容易的事情，冒一点险就能跑到法西斯部队那边去。我知道我们的队伍里和加联社党的队伍里有几个逃兵，但数量一直非常少。值得注意的是，这些民兵部队的士兵对敌人怀有强烈的政治情感。而一支普通的军队是不会这样的。当我第一次来到前线时，被我们抓获的军官俘虏必须枪毙掉被认为是天经地义的事情，据说法西斯部队会把全部俘虏都枪毙掉——这无疑是个谎言，但重要的是人们相信了。直到1937年3月，我收到可靠的消息，说一个被我们俘虏的军官被枪毙了——而重要的是，似乎没有人认为这么做是不对的。

说到马联工党民兵部队的表现，我主要是从别人那里听说的，因为我在前线的时候正是这场战争中最平静的时期。他们参加了攻占希塔莫的战役，进军韦斯卡，之后被分开，一部分在韦斯卡前线，一部分去了萨拉戈萨前线，还有一些人去了特鲁埃尔。我相信有一部分人去了马德里前线。在二月下旬，整个师团集中在韦斯卡的东边。从战略上说这不算是很重要的一边，从三月到四月马联工党所扮演的角色只是发动突袭和阻止进攻，战事的规模最多只有两百人，有几十个士兵伤亡。在几次战斗中他们表现很好，尤其是那些德国难民。六月底进攻韦斯卡的战斗中，这支部队伤亡惨重，有四百到六百人被杀。我没有参加这场战斗，但我听当时在战场上的人说马联工党的部队表现很不错。到了这个时候，报刊上的宣传开始产生了一定程度的不满。到了四月，甚至连那些对政治不感兴趣的人都知道除了他们自己的报纸和无政府主义者的报纸之外不会有关于他们的正面报道，无论他们实际的表现怎么样。在当时这只是激起了一些不满，但我知道后来当这支部队被改组时，有的士兵逃过了征召入伍，找到了普通人的工作，理由是他们厌倦了被贴上标签。有几个参加过攻打韦斯卡的士兵向我保证波扎斯将军故意让炮兵按兵不动，让马联工党的部队尽可能多地被杀——这无疑不是真实情况，但表明了共产党报刊所进行的宣传造成了什么样的影响。我不知道这支部队改组之后发生了什么事情，但我相信大部分人去了第二十六师。考虑到当时的情况和他们的机会，我应该说马联工党民兵部队的表现还过得去，但算不上特别好。

我为何加入独立工党？ ①

    或许我先从个人的角度进行解释会是最为坦白的方式。我是一个作家。每个作家的本能是"置身政治之外"。他想要的是遗世独立，让他能平静地写书。但不幸的是，这个想法显然不再现实，就像小商店的店主以为能在连锁商店的血盆大口中保持独立一样。

    首先，言论自由的时代正在步入尾声。英国的出版自由一直都很虚伪，因为说到底，是金钱控制了舆论。不过，只要畅所欲言的法律权利依然存在，一位非正统的作家总是有空子可钻。过去几年来，我设法让资产阶级每个星期支付我几英镑的薪水，让我撰写反对资本主义的书。但我不会欺骗自己说这种事情能够一直继续下去。我们已经看到在意大利和德国出版权利出了什么事情，迟早这种事情会在这里发生。每个作家将来只能选择要么完全缄默，要么应特权阶级的命令制造精神鸦片——不会是明年，或许十年或二十年之内都不会发生，但它正在迫近。

    我必须为反抗这一前景而斗争，就像我必须为反抗蓖麻油、橡胶警棍和集中营而斗争一样。从长远看，只有社会主义政权才敢允许言论自由。如果法西斯主义获得胜利，我将不再当一个作家——也就是说，我唯一的长处将无用武之地。光是这一点就已经是加入一个社会主义政党的充足理由了。

    我已经先从个人的角度作了解释，但显然它并不是唯一的原因。

任何有思想的人生活在我们这个社会不可能不想去改变它。大约十年前我就已经了解到资本主义社会的真实本质。我在缅甸目睹了大英帝国主义的运作，我曾经目睹英国贫穷和失业造成的后果。迄今为止我的斗争方式主要是写书，我希望能对读书圈子有所影响。当然，我会继续写下去，但在当前这种时候光写书是不够的。事情的节奏越来越快，曾经似乎还要再过一代人才会来临的危险已经迫在眉睫。你必须是一个活跃的社会主义者，而不仅仅是对社会主义抱以同情，否则你就会任由我们那些一直活跃的敌人摆布。

为什么是独立工党而不是其它政党？

因为独立工党是英国唯一以我认同的社会主义为宗旨的党派——至少是唯一值得考虑的大党。

我不是说我对工党失去了信心。我非常迫切地希望工党能在下一次大选中以多数票获胜。但我们知道工党有着怎样的历史，我们知道当前可怕的诱惑——将一切原则抛到一边去进行一场帝国主义战争的诱惑。应该有这么一个团体存在，它的成员即使遭受迫害也值得信赖，对他们的社会主义原则绝不妥协，这是非常有必要的。

我相信独立工党是唯一有可能在抵制帝国主义战争和抵制英国式的法西斯主义时能采取正确纲领的政党。此外，独立工党没有金钱势力作为后盾，还受到几个阵营系统性的诽谤和诋毁。显然，它需要各种形式的帮助，包括我本人能够给予的帮助。

---

① 刊于 1938 年 6 月 24 日《新领袖报》。

最后，在西班牙的时候我加入了独立工党的分遣队。无论是那时候还是自此之后，我从未谎称我认同马联工党提出并得到独立工党支持的纲领的每一个细节，但事件的大体走向已经证明了它。我在西班牙目睹的事情让我认识到一味负面的"反法西斯主义"的致命危险。一旦我了解到西班牙局势的本质，我就意识到独立工党是英国唯一我愿意加入的政党——我也可以肯定它是唯一不会被引向以资产阶级民主为名义的歧途的政党。

对这场危机的政治反思[①]

一

在关于人民阵线的所有争议中，最少被争论的问题一直是这么一个政治联盟是否能赢得选举。

从一开始，英国人民阵线与迫于内部的法西斯威胁而形成的法国人民阵线就存在着明显的巨大差异。如果人民阵线得以组建，它的明确目的就是为了与德国打仗。高喊集体安全等等意味着和平而不是战争有什么用呢？没有人会相信的。争论的真正焦点是左翼人士是否应该支持一场意味着支持大英帝国主义的战争。人民阵线的支持者高喊着："阻止希特勒！"而它的反对者高喊着："不要与资本家联手！"但双方似乎都认为如果人民阵线能够成立的话，英国的公众就会投票给它是理所当然的事情。

接着战争的危机到来了。发生了什么事情呢？要绝对肯定仍为时过早，但如果种种迹象值得关注的话，这场危机揭示了两件事。其一，英国人民在命令下将奔赴战场。其二，他们不想要战争，会投票反对任何标榜自己是主战派的政党。当张伯伦从慕尼黑回来时，他没有遭遇嘘声和诅咒，而是得到延绵数英里、兴高采烈的民众的迎接。当事情过后，一切风平浪静的时候，人们觉得反感，但那并不是什么大不了的事情，工党借助这一情绪或许赢得了几场补选。但在决定性的时候，人民群众选择了张伯伦，如果大选让他们想起危机时刻的心情，这种情况将很有可能会发生，他们仍会做出同样的事情。然而，过去两年来，《新闻纪实报》、《工人日报》、《雷诺报》、《新政治家报》和左翼书社的赞助者一直在忽悠自己和一部分读者，整个英国，除了几个西区俱乐部的老派绅士之外，没有人希望打一场会有上千万人丧命的战争以捍卫民主。

为什么会犯下如此严重的错误？主要原因就是一小群聒噪的人能在一段时间内让人误以为他们要比真正的数目更加人多势众。人民群众通常是沉默的。他们不会在宣言上签名，参加示威，回答问卷，甚至不会加入政党。结果，你很容易就误以为一小撮高喊口号的人代表了整个国家。乍一看会员有5万人的左翼书社很庞大，但5万人在5千万人中算得了什么呢？要对力量的平衡有真正的认识，你不应该看着那5 000个在阿尔伯特音乐厅叫嚣的人，而是应该看着那5万个在外面默不作声但可能正在思考的人，他们将在下一次选举时投下选票。左翼书社之类的政治宣传组织就是想要阻止这种事情发生。他们没有尝试去了解民意，而是反复重申他们代表了民意，到最后他们和身边的一小群人相信了这一点。

斯特拉奇和他的同伴做了那么多事情，其结果就是对英国人民的想法作出完全错误的估计，将工党的领袖在通往战争的道路上推得更远一些。他们这么做为工党输掉大选起到了推波助澜的作用。

---

① 刊于1938年12月《艾德菲月刊》。

二

从法国报刊的内容进行判断，除了共产主义者和科里利斯①之外，法国没有人真心想要打仗。我认为很多事件表明英国人也不希望打仗，但硬要说英国不存在有影响力且非常热切地希望打仗，当事不遂愿的时候就会失望地大吼大叫的少数派会是很荒唐的事情。但这些人绝对不会是共产主义者。

在法国那些迫切希望打仗的中产阶级知识分子似乎人数比较少。为什么这类人在一个国家会比在另一个国家更加普遍呢？你可以想到几个附属性的原因，但这个问题或许可以用一个词就给出满意的回答：征兵制度。

与英国相比，法国是一个民主国家，由地位决定的特权要少一些，很难逃避兵役。几乎每个成年的法国男子都曾经服役过，法国军队严苛的纪律牢牢地印在他的记忆里。除非他上了年纪或地位受到格外的优待，否则战争对他的意义与战争对英国中产阶级的意义是很不一样的。

它意味着墙上的一张告示"全体动员令"，三个星期后如果他不走运的话，肚皮就吃了枪子儿。

这么一个人怎么会不负责任地声称"我们"应该向德国、日本或任何刚好撞上枪口的国家宣战呢？他一定会以非常现实的目

---

① 亨利·卡洛奇·德·科里利斯（Henri Calloc'h de Kérillis，1889—1958），法国记者、作家，曾参加第一次世界大战，二战前激烈反对英法等国的绥靖政策，法国沦陷后与"自由法国"的领袖戴高乐并肩作战，但后来与戴高乐决裂，流亡美国。

光看待战争。

你不能说同样的情况发生在英国的知识分子身上。所有那些日日夜夜宣称如果某某某事件发生的话"我们"就非打不可的左翼报刊记者，有多少人想到战争会影响到他们自己呢？当战争爆发时，他们会做他们现在正在做的事情：撰写政治宣传文章。而且，他们很清楚这一点。这类为左翼政党写文章的人并不觉得在"战争"中他将蒙受伤害。"战争"是纸上发生的事情，是外交行动，它固然是悲惨的，却是为了消灭法西斯主义而"必须"做的事情。他在战争中扮演的角色就是高高兴兴地撰写煽动性的文章。奇怪的是，或许他是错的。我们还不知道一场大规模的空袭会是什么情形，下一场战争或许就连报刊记者也会很不好过。但这些人生来就是富裕的知识分子，从骨子里认为自己属于特权阶级，他们并没有预见到这些事情的能力。战争是纸上发生的事情，因此，他们能够决定哪场战争是"必须"的，就像在下象棋一样轻松自若。

我们的文明制造出了越来越多的两种人：暴徒和娘娘腔。他们从来不会碰到一块儿，却又彼此需要。有人在东欧"清算"一个托派分子，有人在布伦斯伯里写文章证明这是正当的。当然，这完全是因为英国的生活太舒适太安全了，使得我们的知识分子普遍渴望发生流血事件——在遥远的地方发生流血事件。奥登先生能写出"承担必要的谋杀的罪责"这样的话是因为他从未杀过人，或许没有一个朋友被谋杀，甚至可能从未见过一具被谋杀者的尸体。这群完全不负责任的知识分子在十年前"接纳"了罗马天主教，今天"接纳"了共产主义，再过几年将会"接纳"英国式的法西斯主义，他们的出现是英国局势的一个特征。他们的重要性在于，他们能凭借金钱、影响力和文学才华占据出版业的大半壁江山。

三

抛开某件意料之外的丑闻或保守党出现一场真正的大规模内讧不谈，工党赢得大选的机会似乎非常渺茫。如果某种形式的人民阵线得以组建，它的机会或许比单枪匹马的工党还要低。我们似乎只能寄希望于如果工党失败了，这场失败将促使它重回正确的"纲领"。

但时间这个因素至关重要。英国政府正在备战。无疑他们会虚张声势，浑水摸鱼并作出进一步的妥协以争取多一点时间——但是，他们正在备战。有一些人认定政府的备战工作只是一场骗局，甚至认定他们想要对付的是苏联。这只是一厢情愿的想法。真正鼓舞它的，是人们知道当张伯伦向德国宣战时（当然是为了捍卫民主），他将按照他的对手的要求去做，让他们无话可说。英国统治阶级的态度或许可以用最近我从一位驻守直布罗陀海峡的士兵那里听到的评论加以总结："该来的总会来的。希特勒显然就是想要吞并捷克斯洛伐克。最好就让他吞并吧。到了1941年我们就准备就绪了。"事实上，右派的主战派和左派的主战派的区别只是在于策略有所不同。

真正的问题是，假定战争真的会爆发，工党要到什么时候才能开始有效地反对政府的战争计划。几份态度比较暧昧的报纸最近已经在讨论"在什么条件下"工党应该"支持"政府进行战争，似乎有哪个战时政府能允许它的人民"提出条件"！一旦战争打响，左翼政党将只能在无条件地服从与被消灭之间作出选择。唯一规模大得足够抵制政府，甚至或许能让政府服软并避开战争的团体就只有工党。但要是它不立刻展开工作，或许它就没办法做到这一点。心照不宣地默许备战只消两年，甚至一年，它的力量就将被挫败。

如果工党输掉了选举，一定会有人叫嚷说要是我们有人民阵线的话，本来是可以获胜的。这或许会使得问题在很长一段时间内得不到澄清，或许会长达两年之久。因此就有了更多的支持人民阵线的想法，更多的握拳呐喊，要求成立"坚固的阵线"，更多的聒噪要求大规模的军备——一言以蔽之，把政府朝正在前进的方向再推上一把。只要工党要求有"坚定的纲领"，承担起打仗的风险，它就只能假意地抵抗战争准备所要求的法西斯化进程。一边要求"强硬的"外交政策，一边又假惺惺地反对工时增加、工资削减、出版审查甚至征兵制又有什么意义呢？别人总是可以提出反驳："如果你阻止重整军备，我们怎么能阻止希特勒呢？"战争，甚至备战，能够成为任何事情的理由，我们或许可以肯定政府将充分利用它的机会。到最后，对于局势的判断将驱使工党回到其正确的"纲领"，但那会是什么时候呢？

9月28日，全国总工会采取了在这场战争危机中少有的理性行动。它在电台向德国人民呼吁抵制希特勒。这次呼吁并没有足够深入地进行下去。它的语气自命正义，没有承认英国的资本主义和德国的纳粹主义一样有其缺陷。但它至少表明有人想到了正确的解决方法。如果工党在沙文主义和帝国主义的道路上继续走下去的话，希望在哪里呢？或许迟早作为反对党的这一事实能让工党回到反军国主义和反帝国主义的纲领。但这种事情宜早不宜迟。如果它还继续像现在这样做一只没头苍蝇，它的敌人就会将它击垮。

西班牙的分裂①

佛朗哥将军在1936年7月发动叛乱时，就像是将一把扳手扔进了一台正朝明确的方向运转的机器。他所造成的破坏有多严重仍无法肯定。

1931年的革命废除了西班牙君主制，但并没有解决这个国家根本的经济问题。但是，它的一个结果是缔造了自由主义的氛围，以前不受待见的自由言论得以广泛传播。从那时起，许多观察家就认为西班牙的内战不可避免。当一个勉强可以被称为"左翼"的政府在1936年2月的大选中以勉强多数当选时，决定性的时刻来临了。这个政府——人民阵线政府——并不是由极端主义分子控制。它没有以暴力镇压政敌以消除危机；恰恰相反，它的节制使得自己的势力被削弱。一个更加坚定的"左翼"政府会一早就着手解决昭然若揭的军事政变，而且或许会向西属摩洛哥的阿拉伯人承诺准许其独立，从而阻止他们投靠佛朗哥。和任何激进的改革一样，政府的改革方案威胁到大地主和教会的利益。按照西班牙的现状，要进一步迈向真正的民主又不与强大的既得利益阶层起冲突是不可能的事情。结果就是，人民阵线政府的出现提出了我们这个时代最大的难题：如何以民主方式推动根本的改变。

议会民主和党派政治是在不同的党派之间并没有真正不可调和的矛盾的时期发展起来的。辉格党人和托利党人，或自由党人和保守党人，其实都是一家人在争吵，他们愿意服从彼此的决定，但当问题是资本主义与社会主义之争时，情况就不一样了。事实上，在薄薄的伪装下，同样的情况一再出现。一个以民主方式当选的政府推行激进的改革，行为完全符合法律，但它的对手总是能够以手段"得逞"，他们发起叛乱，或者像西班牙这样采取公开的暴力手段，或者选择经济破坏这种更常见的做法。而西班牙的特殊情况在于政府作出了反击。这场战争到现在已经持续了两年半，造成了近百万的伤亡和闻所未闻的惨剧。它对民主事业造成了多大的破坏呢？只需要考虑现代战争的可能性，以及政府为了团结人民不得已而为之的那些手段，你就会深深地怀疑如果各个大国展开"全方位"战争几年之久，民主是否还能继续存在。事实上，虽然西班牙战争在几乎方方面面都十分可怕，但在这个方面它展现出充满希望的迹象。在西班牙政府内部，民主的形式与精神都以没有人能够预料得到的程度延续了下来，甚至可以说在战争的第一年它们还有所发展。

从 1936 年圣诞节开始到翌年的年中，我在加泰罗尼亚和阿拉贡。那时候在西班牙是一种奇怪而感人的经历，因为在你面前的是一个知道自己想要什么的民族，一个睁大眼睛面对命运的民族。政变让西班牙陷入战乱，名义上掌握权力的政府面临战争的爆发时行动很迟缓。西班牙人民要获得拯救只能依靠自己的努力。毫不夸张地说，开始几个月基本上所有的抵抗都是人民群众通过工会和政治组织发起的直接而有意识的行动。工人们掌握了

① 刊于 1939 年 3 月《康庄大道》。《康庄大道》的副标题是"工人教育协会成人教育评论"。

交通与主要工业，奋战在最前线的民兵部队是扎根于工会的志愿兵组织。当然，他们有很多不尽如人意之处，但也有令人惊诧的因地制宜的能力。农田仍在耕种，火车照样在跑，远离前线的地方生活仍很平静有序，虽然民兵部队装备低劣，但他们有很好的伙食和后勤补给。伴随着这一切的是宽容的精神以及言论自由与出版自由，没有人会认为这些在战时是可能实现的。自然而然地，随着时间的推移，社会气氛逐渐恶化。整个国家陷入了一场漫长的战争，内部政治斗争使得权力从社会主义者和无政府主义者手中转到了共产党人手中，然后又从共产党人手中转到了激进分子手中。征兵制得以推行，内容审查逐渐收紧——这是现代战争不可避免的两大邪恶。但前几个月的志愿精神从未消失，而且将会带来重要的影响。

以为政府的胜利将立刻缔造一个民主的政体是幼稚的。我们所了解的西欧式民主在像西班牙这样的陷入分裂和贫困的国家是行不通的。任何战胜佛朗哥的政府都会有自由主义倾向，因为它必须扫除大地主和教会的势力。但统治西班牙的任务与统治目前忠于共和国的部分领土根本是两回事。他们将遇到势力很大的异议群体和繁重的重建问题。不可避免地，这意味着一个过渡时期，在此期间政权将徒有名义上的民主。另一方面，如果佛朗哥获得胜利，就连名义上的民主也将不复存在。他已经清楚地表明他将仿照意大利的模式建立起一个高度集权的国家——也就是说，人民群众将被公然无情地排除在外，根本没有发出声音的机会。

但是，形势或许没有看上去那么绝望。显然，如果佛朗哥获得胜利，短期内的情形会是绝望的，但佛朗哥获得胜利的长期影响则殊难预料，因为像佛朗哥这样的独裁者只能依靠外国的扶持。如果政府能够获胜，相信伴随着内战必然会出现的不良影响或许将会很快消失。战争是由士兵在打的，他们要么是应征的士兵，要么是职业士兵，但无论是哪一种人，他们通常都是受害者，对自己为了什么而打仗只有模糊的想法。你不能说西班牙政府的军队也是如此。他们并不是被塞进一部战争机器的应征士兵，而是自发组成军队的平民。正是这场战争在精神上的影响或许会让民主的回归变得容易。

1937年初在西班牙旅行时，你一定会觉得这场战争虽然有着种种可怕的罪恶，但它是一次教育。西班牙人在受苦，但他们也在学习。数以万计的平民被迫承担起他们几个月前绝对不会想到的责任和命令。数十万人在深切地思考平时绝对不会去思考的经济理论和政治原则。像法西斯主义、共产主义、民主、社会主义、托洛茨基主义、无政府主义，这些对于大部分人来说只是文字游戏，而现在正成为热烈讨论的话题，而讨论者不久之前还是大字不识的农民或辛劳的工人。思想陷入了大混乱，意识急剧膨胀。这必须被视为战争带来的好处，它是对死亡和困难的一点补偿。独裁体制能否将它完全消灭很值得怀疑。

确实，事情并不像我们当时所希望的那样在发展。第一，直到1937年夏天，西班牙政府里的每个人都以为政府将会获得胜利。现在要说政府已经失败还为时过早，但事实上政府的胜利不再是天经地义的事情。第二，许多人认为战争结束之后将会进行一场引向社会主义的革命。这个可能性已经消失了。如果政府获得胜利，西班牙将更有可能演变成一个法国式的资本主义共和国而不是社会主义国家。但是，似乎可以肯定的是，它不会再回归到 1931 年或 1936 年之前那个半封建的、受教会蹂躏的国家。这样的政权本质上依赖群众的冷漠和无知，而这种情况在西班牙已经不复存在。人民看到了许多，也学到了许多。以最保守的估计，有数百万人已经接受了进步的理念，使他们不再是一个专制政权的顺民。如果佛朗哥获得胜利，他将会阻碍西班牙的发展，但或许只要某个外国势力能保住他的权位，他什么都愿意做。枪毙和囚禁政治反对者不会为他带来帮助，因为反对者太多了。对自由、知识和体面生活的渴望已经广为传播，无法通过蒙昧主义或迫害手段将其扼杀。如果真是这样的话，这场伴随着现代内战的屠杀和苦难或许将不会毫无意义。

马拉喀什①

随着那具尸体经过，苍蝇们如一团云朵般簇拥着离开了餐馆的桌子，飞舞在尸体后面，但几分钟后它们又回来了。

那一小群送葬者——全部都是男人和男孩，没有女人——鱼贯穿过一边堆着石榴一边停着的士和骆驼的市场，反反复复地哭号着一首简短的葬歌。真正吸引苍蝇的情况是，这里的尸体从来不会被放进棺材里。它们只是裹着一块破布，放在粗陋的木架上，由四个朋友用肩膀扛走。他们来到乱葬岗，挖出一个约一二英尺深的长方形的土坑，把尸体丢在里面，堆上一层碎砖般干燥结块的泥土。没有墓碑，没有姓名，没有任何可供辨认的记号。乱葬岗是一片荒凉的土丘，就像一处荒弃的工地。过了一两个月，没有人能肯定自己的亲人到底葬在哪里。

当你走过一座这样的城镇——二十万居民，至少有两万人除了身上褴褛的衣服之外别无长物——当你看到这些人是如何生活的，也看到他们是如何更加轻易地死去时，你很难相信自己正走在人间。所有的殖民地帝国都是建立在这一事实上的。那些人长着棕色的面孔——而且，数目如此之多！他们真的和你一样是活生生的人吗？他们有自己的名字吗？还是说，他们只是无差别的棕色人偶，就像蜜蜂或珊瑚虫一样？他们从大地里破土而出，他们挥汗劳动，忍受饥饿，几年后就回到乱葬岗无名的土丘，没有人注意到他们已经走了。就连那些坟墓也很快就重新变成泥土。

有时候你出去散步，穿过仙人掌丛后，你会注意到脚下的土地起起伏伏，而且相当规律，这表明你正走在一具具骸骨上面。

我正在一座公共花园喂一只瞪羚。瞪羚几乎是唯一活着的时候看上去好吃的动物。事实上，看到它们的后腿时你就会想起薄荷酱。我喂的那只瞪羚似乎知道我在想什么，因为虽然它在吃我给它的那片面包，但明显看得出它并不喜欢我。它快速地啃食着那片面包，然后低下头试着用头撞我，然后又吃上一口面包，然后再用头撞我一下。或许它觉得要是它能够把我撞开的话，那块面包还会停留在半空中。

一个在路边干活的阿拉伯修路工放下他那把沉重的锄头，悄悄朝我们走来。他看了看那只羚羊，再看了看那块面包，然后又看了看那只羚羊，露出安静而吃惊的神情，似乎他从来没见过像这样的事情。最后他害羞地用法语说道：

"那面包我可以吃一点。"

我给了他一片面包，他感恩戴德地把面包藏在褴褛的衣衫下一处隐秘的地方。这个人是市政局雇来的。

当你经过犹太人区时，你会领略到中世纪的贫民窟是什么景象。在摩尔人的统治下，犹太人只能在受限的区域里拥有土地，这种情况经过了几个世纪，人口拥挤已经到了见怪不怪的地步。许多街道不到六尺宽，房子根本没有窗户，到处都是患了红眼病的孩童，数目多得令人难以置信，就像一群群苍蝇一样。在街道的中央总是会有一条尿河在流淌。

在巴扎集市，一户户犹太人的大家庭，所有人都穿着黑色的

---

① 刊于 1939 年 12 月 25 日《新写作》。

长袍，戴着小小的黑帽，在蚊蝇横飞、黑漆漆有如山洞的摊位里干活。一个木匠盘着腿坐在一张陈旧的机床上，快速地转动着椅脚。他操作机床时右手拿着一把弓，左脚控制着凿子，由于一辈子都以这个姿势坐着，他的左腿已经扭曲变形了。他的身边是六岁的孙子，已经开始干一些简单的活儿了。

我正走过几间铜器铺时，有人发现我正在点烟，从周围黑漆漆的洞穴里立刻冲出来一群犹太人，许多是爷爷辈的人，留着飘扬的灰色胡须，人人都聒噪着要讨一根烟抽。连一个在后面摊位里的盲人听到有烟抽也蹒跚着走了过来，伸手在空中摸索着。一分钟内我整包烟就派完了。我想这些人每天工作超过十二个小时，却觉得抽一根烟是几乎不可能的奢侈享受。

犹太人们生活在自给自足的社区里，和阿拉伯人从事同样的行当，只是不能种田。这里有水果贩子、陶工、银匠、铁匠、屠夫、皮革工、裁缝、挑水工、乞丐、脚夫——无论你朝哪个方向望去，看到的都只有犹太人。事实上，这里有一万三千个犹太人，全部就生活在几英亩的地盘里。幸亏希特勒没有在这里。不过，或许他正在杀过来。你会听到关于犹太人的那些司空听惯的可怕传闻，不仅阿拉伯人这么说，连那些可怜的欧洲人也这么说。

"是的，先生，他们把我的工作抢走了，给了一个犹太人。那些该死的犹太人！他们是这个国家真正的统治者，你懂的。钱都在他们手里。他们控制了银行和金融——控制了一切。"

"但是，"我说道，"普通的犹太人干的都是些体力活，一小时只挣一便士，不是吗？"

"啊，那只是在做做样子！事实上他们都是放高利贷的。他们狡猾得很，那帮犹太人。"

这和几百年前如出一辙。当时有些可怜的老女人被当成女巫活活烧死，而她们甚至没办法用魔法给自己变出一餐饱饭。

所有靠双手劳动吃饭的人都是看不见的人，他们所从事的工作越重要，他们就越不为人所察觉。一个白皮肤的人总是会引人注目。在北欧，当你看到一个帮工在耕地时，你或许会多看他一眼。而在热带国家，直布罗陀海峡以南或苏伊士运河以东，很有可能你根本看不见他。我总是注意到这一点。在热带你的眼里什么都看得见，就是看不见人。你看见干裂的土地、仙人掌、棕榈树和远方的山脉，但你总是没看到在锄他那片耕地的农民。他和大地是一样的颜色，你根本没有兴趣去观察他。

也正是因为这一点，饥馑遍地的亚洲和非洲还依然能够被人们当作旅游胜地。没有人会想跑到贫穷之地进行廉价旅行，但在那些棕肤人口的国度，他们的贫穷根本没有人会留意。对于一个法国人来说，摩洛哥意味着什么？一片橘子林或一份政府公务员工作。对于英国人来说呢？骆驼、城堡、棕榈树、外籍军团、铜盘和强盗。一个人可能在这里住上很多年，根本没有注意到九成的人口得无休止地劳动，背都快折了，才能从贫瘠的土地里种出一点粮食。

摩洛哥的大部分国境很荒凉，只有体型和兔子差不多大的野生动物才能生存。大片大片的地区原本覆盖着森林，现在一棵树也没有了，土壤就像破裂的砖头。但是，这些土地仍在被耕种，需要付出极其艰辛的劳动。任何事情都得靠人力劳动。长长的几排女人弓着身子，像是上下颠倒的大写字母 L，缓缓地一路耕田，双手拔除多刺的野草。农民们收苜蓿作饲料时将它们连根拔起，而不是将其割下来，这样每一根茎秆能够多收获一两英寸。他们还在用原始的木犁，轻便得可以扛在肩膀上，一端装着粗糙的铁片，能刨入泥土大约四英寸深。利用牲畜的力气也就只能做到这样了。他们经常驱赶一头牛和一头驴一起拉犁。两头驴的力气不够大，而两头牛又得耗费太多的草料。这些农民没有耙，他们只是从不同的方向把泥土翻松几遍，最后留下几道草草的沟壑，然后整块地用锄头开垦成长方形的小块田地以便蓄水。除了一两天会有罕见的大雨之外，这里长年缺水。田地的边上挖出了深约三四十英尺的水渠，让雨水能流入下层的土壤。

每天下午，一排非常老的女人会经过我的房子外面的马路，每个人都背着一堆柴火。每个人都因为日晒和苍老而变得像木乃伊一样，身材非常矮小。在原始落后的地方，那些女人似乎到了一定的岁数身材就会缩小得和孩童一样。每天都会有一个身材不足四尺的可怜老家伙扛着一大捆木柴从我身边经过。我拦住她，把一个五索尔的硬币（比一法寻多一点）放进她的手里。她惊喜地尖叫起来，带着感激之情，但主要是惊讶。我觉得在她看来，我关心她几乎是违背天理的一件事情。她接受了自己是一个老女人的身份，觉得自己是一头役畜。一家人外出的时候，你会看到父亲和成年了的儿子骑着毛驴走在前面，一个老女人步行跟在后面，还背着行李。

但是，这些人奇怪的地方在于他们是看不见的。几个星期来，总是在一天中的同一个时间，那排老女人背着柴火蹒跚着经过我的房子，虽然她们引起了我的瞩目，但我不能说真的看见过她们。柴火在经过——那就是我看到的一幕。有一天我碰巧跟在她们后面，那滑稽的一上一下的木柴吸引了我的注意，这时我才看到下面那个人。那是我第一次注意到那可怜而衰老的土色身躯，只剩下皮包骨头，被沉重的分量压弯了腰。但我猜想踏上摩洛哥的土地还不到五分钟，我就注意到了驴子的重负，并对此感到愤慨不已。摩洛哥的驴子确实遭受到残忍的对待。它们比圣伯纳犬大不了多少，所背负的重量会让英国军队觉得给一头十五手高的骡子背都太重了。而且它的载物鞍经常好几个星期都不卸下来。但最让人觉得可怜的是，驴子是最温顺的动物，就像狗一样跟在主人身边，不需要缰绳或嚼头。经过十来年的辛勤劳动，驴子就会突然死掉，主人就把它丢进阴沟里，村里的狗在其尸体还没变冷之前就把内脏吃掉了。

这种事情会让人觉得义愤填膺——却对当地人的这种惨剧置若罔闻。我不是在进行评论，只是在指出事实。棕色皮肤的人几乎是看不见的。任何人都会为驴子被擦伤的背感到难过，而通常却不会注意到柴火下面那个老妇的身影。

一群鹬鸟朝北飞去，一队黑人朝南边行军——那是一列长长的、风尘仆仆的队伍，步兵，炮兵，然后是更多的步兵，总共有四五千人，迤逦走在路上，传来军靴的踏步声和铁跟的咔哒声。

他们是塞内加尔人，非洲最黑的黑人，黑得有时候分辨不出他们的脖子开始长头发的部位。他们强壮的身躯隐藏在二手的卡其布军服下，他们的脚裹在看上去像一块块木头的军靴里，每一顶军帽看上去都似乎小了几个尺码。天气很热，这些士兵已经走了很远的路。他们弯腰驼背地扛着沉重的行囊，格外引人注目的黑色脸庞上闪烁着汗水的光芒。

他们经过的时候，一个非常年轻高大的黑人转过身，吸引了我的目光。但他看着我的眼神是你绝对想象不到的。不是敌意，不是轻蔑，不是愠恼，甚至不是好奇，而是眼睛睁得大大的害羞的眼神，看上去带着深刻的敬畏。我知道这是怎么一回事。这个可怜的男孩是一个法国公民，因此从森林里被拉出来到守备部队驻防的城镇拖地板和染上梅毒，对白种人充满尊敬。他被灌输白种人是他的主人的理念，而他仍然相信这一套。

但有一个想法是每一个白人（在这种情形下，即使是那些自诩为社会主义者的白人也一样）看到一队黑人军队列队经过时心里都会想到的："我们还能欺骗这些人多久？什么时候他们会掉转枪口呢？"

这真是很奇怪。在这里的每一个白人心里都会有这个想法。我在这么想，其他旁观者也在这么想，骑着汗淋淋的军马的军官和队伍里的白种人指挥官也是这么想的。这是我们心照不宣的秘密：只有那些黑人不知道。看着这队迤逦一两英里的军人就像看着一群牲畜平静地走在路上，一群巨大的白鸟从他们头上飞过，朝相反方向飞去，像是漫天飘舞的纸片。

新词①

目前新词汇的产生是一个缓慢的过程(我在哪里读到过,英语每年造出六个新词语,大约有四个旧词语被淘汰),除了实物名称之外,没有什么新词是特意造出来的。新的抽象词汇则根本没有产生,不过旧的词汇(例如:"条件"、"反射"等等)为了科学目的会加入新的含义。在这里我想说的是,我们是可以发明多达数以千计的词汇,用于表达我们现在所经历的语言无法表达的经验的。对这一想法会有几方面的反对意见,我将进行一一解答。首先,我要讲述的是发明新单词的目的。

任何有思考能力的人都知道我们的语言根本无法描述大脑的运作。文笔高超的作家(例如特罗洛普和马克·吐温)都意识到了这一点,他们在写自传的时候都声称他们无意描述自己的内心生活,因为究其本质那是无法以语言进行描述的。一旦我们要描述任何不是具体的或看得见的东西(连描述看得见的东西也不是件容易的事情——想想描述一个人的长相有多难就知道了),我们就会发现以语言描述现实就像用棋子代表活人那么不靠谱。举一个不至于太离题的明显例子,你会如何描述一个梦境?显然你无法将其描述出来,因为在我们的语言中没有词汇能表达出梦的意境。当然,你可以大略地讲述梦中所发生的事情。你可以说"我梦见自己和一头戴着圆顶礼帽的刺猬走在摄政王大街上"等等,但这并不是对梦境真正的描述。即使一位心理学家以"符号学"

对你的梦进行解读，他所做的也只不过是在猜测，因为梦境真正的品质，赋予那头刺猬独特意义的品质，是独立于词语的世界之外的。事实上，描述梦境就像把一首诗翻译成博汉查询法②的一则小结那样。那是一段简述，除非你知道原文，否则根本没有意义。

我选择梦境作为一个无可争议的例子，但假如只有梦境是无可描述的，这个问题或许不值得操心。但是，正如有人再三指出的，醒着的意识与做梦的意识并没有表面上那么大的差别——不过我们倾向于认为它们很不一样。的确，在我们清醒的时候大部分想法是"理性的"——也就是说，在我们的脑海里存在着类似棋盘的东西，我们的想法以合乎逻辑的语言形式在运转。我们使用这一部分的头脑去解答任何直接的智力上的问题，就习惯性地以为那就是头脑的全部（也就是说，在我们的思想就像棋盘一样井然有序的时候进行思考）。但显然它并不是头脑的全部。那个属于梦境的混沌而无法以语言进行表达的世界一直存在于我们的头脑中，要是可以对其加以计算的话，我敢说我们会发现我们醒着时的思想有一半是属于这一状态的。当然，即使在我们尝试着以语言进行思考的时候，梦的思维也在发挥作用。它们影响着语言思维，在很大程度上是它们令我们的内心生活变得有价值。在任何放松的时刻分析你的思想。里面主要的活动会是一连串没有名字的事物——完全没有名字，你不知道应该称之为想法、图像还是感觉。首先你会看到一些事物，听到一些声音，这些是可以用语

---

① 成文于 1940 年 2 月，生前未发表。

② 亨利·乔治·博汉（Henry George Bohn, 1796—1884），英国出版商，创造了"博汉查询法"，对作品内容进行总结归纳，以便查询。

言进行描述的，但一旦它们进入你的头脑里，它们就发生了剧变，变得完全无法描述。[1]而且，你的头脑总是在不停地为自己创造着梦境生活——虽然大部分的梦境是琐碎的，并很快就被遗忘，里面的事物却是那么美丽而有趣，根本无法用语言来形容。从某种意义上说，这一部分无法以语言表达的头脑是最重要的，因为它是几乎一切动机的起源。所有的喜欢与厌恶，所有的审美情感，所有的是非观念（审美的和道德的考量是无法决然分开的）都源自比语言更加微妙深刻的情感。当你被问及"为什么你要做某某某某事情，而不是做某某某某事情"时，你一定会发现真正的原因是无法用语言表达的，即使你并不是有意想隐瞒。然后你会对自己的行为进行或多或少不诚实的合理化解释。我不知道是不是每个人都会承认这一点。事实上，有些人似乎没有察觉到自己被内心的生活所影响，甚至不知道自己有内心的生活。我发现很多人在独处的时候从来不笑，我猜想如果一个人在独处的时候不笑，那他的内心生活一定很贫瘠。但是，每个人都有内心的生活，也一定意识到要理解别人或让别人理解自己是几乎不可能的事情——大体上，人类就像星星一样生活在孤独中。几乎所有的文学作品都在尝试着以迂回的方式摆脱这种孤单，因为直白的方式（原始意义的词语）几乎毫无效果。

　　"想象式"的写作似乎是对无法从正面攻破的阵地发起的侧面进攻。当一个作家尝试着进行不是冷冰冰的"理智的"创作时，原始意义的词语对他来说根本没有多少用处。他只能以巧妙的迂

---

[1] 原注："意识，那个每一种行为都能找到其相似之物的海洋，但它的创造超越了这一切、其它的世界和其它的海洋"，等等。

回方式使用词语达到其效果，依靠它们的韵律和别的特征，就像在演讲时依靠声调和姿势一样。而在诗歌方面，这已是众所周知的事情，无须再进行讨论。对诗歌有稍微一点理解的人都不会认为"人间明月安度蚀，卜筮之兆空自悲"①的真正含义就是这些词语在字典里的词义。（据说这两句诗是表示伊丽莎白女王平安地度过了她人生的一个大坎。）字面上的意义总是和真实的意义有关系，但就像一幅画的"轶闻"和它的构思的关系那样，仅此而已。散文也是如此，只是程度不同而已。以一部小说为例，甚至是一部表面上和内心生活没有联系的小说——所谓"直白的故事"。想想《曼侬·莱斯戈》。为什么作者写出了这部关于一个不贞的女孩和一个逃跑的僧侣的作品呢？因为他有一种情感或意象，你称之为什么都好，而且可能在经过尝试之后，知道要对这个意象像一本动物学书籍描述一只小龙虾那样进行描写是没有用的。但不对它进行描写，而是创作别的东西（在这个例子里是一部流浪小说，在别的时代他会选择另外一种形式），他就能将这个意象或其中的一部分表达出来。事实上，写作的艺术很大程度上是词语的歪曲，我甚至会说，歪曲越不明显，歪曲就做得越彻底。一个明显歪曲了词语原意的作家（例如杰拉德·曼利·霍普金斯），如果你仔细观察的话，其实是在竭力想直截了当地使用这些词语。而一个似乎没有采取任何手法的作家，比方说老一辈的民谣作家，其实是在进行特别巧妙的侧面进攻，虽然那些作家其实并不是有意为之。当然，你常常会听到的这样的文学评论，说所

---

① 原文是：The mortal moon bath her eclipse endured, / And the sad augurs mock their own presage.

有的优秀艺术都是"客观的"，每一位真正的艺术家都将自己的内心生活藏在了心中。但说出这些话的人并不是真的想表达这个意思。他们的意思是，他们希望内心生活以不同寻常的迂回方式进行表达，就像民谣或"直白的故事"一样。

迂回方式的缺点除了它很难应用之外，还在于它总是以失败告终。对于任何不是有相当才华的人（或许对于他们来说也是一样）来说，词语的堆砌总是会造成意思的歪曲。有人在写情书时感觉自己所写的内容完全表达出自己的心声吗？作家总是有意或无意地歪曲自己的本意。说他有意是因为词语的意外特性总是吸引着他或恫吓着他，让他无法表达本意。他有了一个想法，开始尝试着表达它，写出了一大堆杂乱无章的惊人之语，然后一个模式开始意外地自发形成。这绝不是他想要的模式，但至少它不低俗或令人讨厌。这就是"优秀的艺术"。他接受了它，因为"优秀的艺术"是上天赐予的神秘礼物，当它呈现出来时，把它浪费了未免可惜。任何诚实的人都知道，你一天到晚所说的所写的内容总是谎言连篇，而这是因为谎言更具有艺术气息，真相却没有。然而，如果词语能像"底乘以高等于平行四边形的面积"那么完整而准确地表达意义的话，至少说谎的必要性就不存在了。同时，读者或听者的心目中会进一步曲解，因为语言并不是思想直接的表达途径，他们总是会产生无中生有的理解。关于这一点，一个好的例子就是我们对外国诗歌的所谓欣赏。我们从外国批评家对《华生医生的活生生的情人》的评论中了解到，要真正地理解外国文学是几乎不可能的事情。但却有傲慢自大的人自诩从外国诗歌甚至消亡的语言中获得了莫大的愉悦。显然，他们所获得的愉悦来自并非出于对作者本意的理解，要是作者知道有读者将这一番理解加诸他身上的话，定会在坟墓里羞愧不安的。我对着自己朗读"Vixi puellis nuper idoneus"这句诗①，读了一遍又一遍，长达五分钟之久，想要领会"idoneus"②这个词的美妙，但是，考虑到时间和文化的鸿沟，以及我对拉丁语的浅薄学识——事实上，甚至没有人知道拉丁语如何发音——我真的在体验贺瑞斯试图带给读者的感受吗？这就好比我在愉快地欣赏一幅美妙的画，而这完全是因为那幅画完成两百年后意外地被泼上几道墨痕。请注意，我不是在说如果词语更加可靠地表达出意思的话，艺术性就一定会获得提升。据我所知，艺术正源于语言的自然和模糊。我只是在批评语言作为思维工具所发挥的作用。在我看来，我们的语言在确切性和表达性上仍停留在石器时代。

我建议以创造新词的方式解决这个问题，就像我们给汽车发动机发明新的零部件一样。设想一下，有一组词汇能精确地表达思维的活动或思维的大部分活动。想象一下，不需要鲁钝地觉得生活是无法形容的，不需要借助艺术手法进行花哨的描写，表达一个人的意思只需要对正确的词汇进行恰当的组合，就像计算一个代数公式一样。我想这么做的理由是显而易见的。但是，比起好整以暇地在生活常识的引导下构建新词，这一做法并不是那么顺理成章。在探讨应该如何创造让人满意的词汇之前，我最好先探讨一下肯定会出现的反对意见。

如果你对任何一个有思想的人说"让我们组成一个社团，创

---

① 该句出自古罗马诗人昆图斯·贺瑞斯·弗拉库斯（Quintus Horatius Flaccus，公元前65—前8）的作品《卡米娜》（*Carmina*），大意是："吾今初长成，安适群女间。"
② "合适、配合"之意。

造出更加精妙的新词汇吧"，他会首先反对说这是一个异想天开的想法，然后他或许会说我们现有的单词只要加以恰当的使用，是可以应付各种困难情况的。（当然，最后这个意见只是理论上的反对。在现实中每个人都意识到语言的贫乏——想想这些俗语，什么"我无语了"、"他说了什么不重要，他怎么去说才重要"等等。）但最终他会这么回答你："不能这么学究式地做事情。语言就像花朵一样，只能缓慢地成长。你不能像造机器一样把它们给造出来。任何生搬硬造的语言一定毫无个性和生命力——看看世界语和别的语言吧。一个词语的整体含义蕴含于它缓慢获得的关联中……"等等等等。

首先，这个理由，就像当一个人建议作出改变时给出的大部分理由一样，是在拐弯抹角地说现有的事物必须保持原样。直至目前我们都根本没有去有意识地创造词汇，所有现存的语言都是缓慢而偶然地形成的，因此，语言不可能有别的发展模式。目前，当我们要表达任何超越具体形态层面的事物时，我们只能利用声音、联想等手法，因此，这一无奈之举就成了词语的固有本性。它的不合理之处一目了然。请注意，当我提到创造抽象的词语时，我说的只是将我们目前正在做的事情加以扩展，因为我们现在的确会创造具体事物的词汇。飞机和单车被发明出来了，于是我们为它们创造了名字，这是天经地义的事情。这离为存在于意识中的没有名字的想法创造名字仅有一步之遥。你问我："为什么你不喜欢史密斯先生？"我回答说："因为他是个骗子、懦夫等等等等。"我所说的并不是正确的原因。在我的心里答案是这样的："因为他是个'＿＿＿＿'的人。"这里的"＿＿＿＿"表示某个我所理解的概念，而如果我能告诉你的话，你也会明白。为什么不为"_____"创造一个名字呢？唯一的困难是在我们所命名的东西上取得一致的意见。但早在这个困难出现之前，那些读书不辍的思想家就对发明新词这样的想法望而却步。他会像我刚才提到的那样进行争辩，或冷嘲热讽，提出诘问。事实上，所有这些争辩都是违心的话。他们的退却源自一个深层的、无来由的本能，其根源是迷信。他们觉得要是你以直接理性的方式去解决困难，或像解答数学公式那样去尝试解决问题，你是不会得到什么结果的——甚至会陷入危险。你随处都可以看到这个理念的某种拐弯抹角的精心表述。所有宣扬我们的民族在"难得糊涂"方面有大智慧的胡说八道，所有反对思想的坚定和健全的、软绵绵的、无神论的神秘主义，实际上意味着不去思考是比较安全的事情。我很肯定，这种感觉是从孩提时候开始的，小孩子们都相信天空中到处是妖魔鬼怪，等候着要惩罚过分自信的人。[①]在成人中间，这个信念演变成对过于理性的思想的恐惧。我们的上帝，我们的主是一个善妒的神明，骄傲的人会栽跟头，等等。最危险的傲慢，是智者的妄自尊大。大卫王遭到惩罚，因为他进行了人口普查——因为他以科学的方式运用他的智慧。比方说，像体外培育这样的理念，除了它可能会对人种、家庭生活等造成影响之外，人们觉得它本身就是亵渎神明之举。同样地，任何对像语言这种基础的事物进行攻讦仿佛是在攻讦我们的思想结

---

① 原注：孩子们认为，当你太过于自信时，妖魔鬼怪就会从天而降。因此，他们相信，如果有鱼上了你的鱼钩，而你在鱼上岸之前就叫嚷着"我钓到它了"，那条鱼就会逃掉；如果你在轮到你击球之前就戴上护套，你击打第一个球就得离场。这种想法在成人中间也经常存在。成人的迷信程度只是比孩子稍低一些，因为他们对于环境有着更大的控制力量。在每个人都无能为力的困境中（比如说，战争、赌博等），每个人都迷信。

构，是在亵渎神明，因此是危险的思想。变革语言就等同于干涉上帝的造物——但我并不是说有人会直白地这么说出来。这个反对意见很重要，因为它会让大部分人连改造语言这个想法都不会去碰。当然，要是没有很多人去做的话，这个想法是没有意义的。要靠一个人或一个学派去创造一门语言，我相信詹姆斯·乔伊斯现在就在做这件事，就像一个人自己踢足球一样荒唐。我们需要的是数千位正常的有才之士像从事莎翁研究那样严肃地投身于创造词语的工作。有了这些条件，我相信我们能够创造出语言的奇迹。

至于手段这个问题，我们有这么一个成功的例子，虽然方式很粗糙，而且规模很小，只在大家庭的成员中使用。所有的大家庭都有两三个他们自己专有的词语——他们创造了这些词语，用于表达细微的、字典上没有的含义。他们说："史密斯先生是个'_____'的人。"通过使用某些自家人创造的词语，其他人能完全理解个中意思。因此，在家庭的范围内，存在着一个形容词，能填补字典留下的一道空白。家庭之所以能创造出这些词语，是因为他们有共同的经历。当然，没有共同的经验，任何词语都不会有意义。如果你问我："佛手柑闻起来什么味道？"我回答说："就像马鞭草的味道。"只要你知道马鞭草是什么味道，你就能大致理解我的意思。因此，创造词汇的方式就是以明确无误的共同知识进行类比。你必须有可以依照的标准，杜绝产生误解的机会出现，就像你能以像马鞭草的味道这一具体的事物作为标准意义。事实上，归根结底，它是赋予一个词语某个具体的（或许是可见的）存在。单纯探讨定义是没有意义的，当你尝试着为文学评论家所使用的那些词语（比方说,"多愁善感"①、"低俗"、"病态"等等)下定义时,你就明白这一点。这些词语都没有意义——或者说,每个人在使用它们时都赋予了其不同的意义。我们需要的是以明确无疑的方式表达出一种意义,然后,当不同的人在他们的思想中认同它,并认为值得为它起一个名字时,就赋予它一个名字。问题就只是找到一种能让思想成为一个客观存在的方式。

立刻呈现在我们面前的是电影。每个人都肯定注意到了电影所隐含的不同寻常的力量——那是变形的、梦幻般的力量,大体上说,是逃避现实世界的限制的力量。我猜想电影之所以被主要用来拙劣地模仿舞台剧,而不是专注于舞台之外的事物(这才是它的应有之义),只是出于商业上的考虑。运用恰当的话,电影是可以表达思维运作过程的媒介。比方说,正如我上面提到的,梦境是完全无法用言语描述的,但它可以恰如其分地呈现在银幕上。几年前我看过一部道格拉斯·费尔班克斯②的电影,一部分内容就是梦的呈现。当然,大部分内容是关于你一丝不挂出现在公众场合的无聊笑话,但有几分钟它真的像是一个梦,以一种文字甚至图画或音乐所无法表达的方式呈现。我曾经在别的影片中看到类似的闪现手法。比方说,《卡里加利博士》——但这部影片大部分内容很无聊,其幻想元素只是为幻想而幻想,不是为了表达任何明确的意思。如果你好好想一想,你会发现几乎没有什么思想是

---

① 原注:我曾经列出被批评家斥为"多愁善感"的作家。最后,几乎每一个英国作家都在名单之列。事实上,这个词根本没有意义,只是仇恨的象征,就像荷马史诗中象征友谊的青铜三脚鼎。

② 道格拉斯·费尔班克斯(Douglas Fairbanks, 1883—1939),美国演员、电影巨头,曾演出《罗宾汉》、《佐罗》等默片经典,美国联艺公司创始人,曾主持第一届奥斯卡颁奖典礼。

电影神奇的变形力量所无法加以表现的。一个拥有私人电影厂的百万富翁，在拥有一切必要的道具和一帮有思想的演员的情况下，要是他愿意的话，可以将他所有的内心世界呈现出来。他可以解释所作所为的真实原因，而不是说一些被加以理性化的谎言，表达一个普通人因为找不到表达的词语而只能藏在心里的想法。大体上，他能让其他人了解他。当然，一个不是很聪明的人展现自己的内心世界并不是什么值得期待的事情。我们需要做的，是揭示现在我们所共同拥有但无以名状的情感。所有强烈的动机，那些无法以词语表达的动机，那些经常导致口不对心让人产生误会的动机，将以看得见的形式呈现，可以被记录下来，获得认同，并被命名。我相信在合适的研究者的手中，拥有几乎无限能力的电影能完成这件事情，但是，将想法转变成为看得见的形式并不容易——事实上，在一开始的时候或许它和其它艺术一样难以驾驭。

现在对新词应该如何加以呈现进行探讨。假如有数千人将必要的时间、才华和金钱投入补充语言的工作中，假如他们在一些必要的新词上取得共识，他们仍然需要提防创造出像"瓦拉普语"①这样一门语言，它刚刚被发明出来就被抛弃了。在我看来，每一个词语，即使是一个尚未存在的词语，都有其自然的形态——或者说，在不同的语言中有不同的自然形态。如果语言真的有表现力的话，那就没有必要像我们现在这样借助词语的发音。但我猜想在词语的发音和它的意思之间一定存在着某种关

---

① 瓦拉普语(Volapük)，1879 年至 1880 年由德国牧师约拿恩·马丁·谢尔(Johann Martin Schleyer)发明的人工语言。

系。关于语言的起源有一个为人所接受的（我相信是这样）解释得通的理论。在原始人发明词语之前，他们很自然地依赖手势，和其它动物一样，在做手势的时候会进行喊叫以引起注意。当一个人本能地做出适合他的意思的动作时，身体的各个部位都会跟着进行运作，包括舌头。因此，某些舌头的运动——也就是某些声音——是和某些含义联系在一起的。在诗歌中，你会发现某些词语除了直接的意思外，经常通过它们的发音而表达出某种理念。因此就有了："Deeper than did ever plummet sound"①（出自莎士比亚——我相信他写过不止一次）、"Past the plunge of plummet"②（阿尔弗雷德·爱德华·豪斯曼）、"the unplumbed, salt, estranging sea"③（马修·阿诺德④）等等。显然，除了直接的意思之外，"plum-"或"plun-"这两个发音与深不见底的海洋有着某种联系。因此，在创造新词的时候，除了词义的确切性外，合适的发音也应该被加以关注。像现在这样，从旧的词语中制造新词，使它们失去了真正的新鲜感是不行的，但随意地拼凑几个字母就创造出新的词语也是不行的。这个词的自然表现形式的确定必须像词义的确定那样取得共识，而这也需要许多人的合作。

本篇仓促成文，当我通读全文时，我发现自己的论点薄弱之处颇多，而且许多内容都是老生常谈。不管怎样，对于大部分人来说，改造语言的整个想法不是无知浅薄就是异想天开。但是，人与人之间完全缺乏相互理解这件事是值得思考的——至少在那

---

① 该句的意思是，"投向深不可测的海心"。（朱生豪译本）
② 该句的意思是，"直陷深不见底之处"。
③ 该句的意思是，"深不可测的迷离的咸海"。
④ 马修·阿诺德（Matthew Arnold，1822—1888），英国诗人、文化批评家，代表作有《文化与无政府状态》、《上帝与圣经》等。

些并不是特别亲密的人之间就是这样。正如萨缪尔·巴特勒所说的，目前最美好的艺术（即最完美的思想传递艺术）只能"活生生地"从一个人传达到另一个人那里。如果我们的语言能更加充分的话，情况就不会是这样。奇怪的是，当我们的知识、我们生活的复杂性和随之而来的（我想这是必然的）我们思想的复杂性发展得如此迅速时，作为最主要的沟通手段的语言却几乎没有任何改变。正是出于这个原因，我认为有必要对有意识地创造新词这个想法进行一番思考。

少年周刊①

　　当你走在任何一座大城镇的贫民区时，一定会碰到一间间小小的报摊。这些报摊的外表看上去总是差不多：外面贴着几张宣传《每日邮报》和《世界新闻报》的海报；一扇破旧的小窗，摆着几瓶汽水和几包"运动员牌"香烟。黑漆漆的店里弥漫着各种甘草粉的味道，从地板到天花板都摆满了印制粗劣的两便士报刊，大部分报刊都有三色套印、耸人听闻的封面插图。

　　除了日报和晚报外，这些小店的业务与那些大型的新闻报刊店并不重合。这些小店主要靠卖两便士一份的周刊挣钱，这些周刊的数量和种类之多几乎令人难以置信。每一种爱好和消遣——笼鸟、精雕、木工、养蜂、信鸽、家庭魔术、集邮、象棋——至少有一份周刊专门为之服务，而有几份也不算出奇，园艺和牲畜豢养的周刊加起来起码得有十几份。然后还有运动周刊、无线电周刊、儿童漫画、众多刊登书刊剪摘的报纸如《点滴》、更大开本专门谈论电影的周刊、谈论如何美腿的妇女周刊、各行各业的刊物、妇女故事周刊（《神谕》、《秘密》、《琴报》等等等等）、针织周刊——种类如此之多，光是展览这些就经常得占用整个橱窗——除此之外还有刊登长篇连载故事的"扬基杂志"（格斗故事、动作故事、西部短篇小说等等），这些是从美国进口的原汁原味的刊物，一本卖两个半便士或三便士。接着期刊渐渐过渡到四便士的中篇小说，《奥尔丁拳击小说》、《少男之友文库》、《少女文库》等等。

　　或许，从这些小店卖的都是些什么就可以了解到英国普罗大众的真实想法和情感。显然，没有什么纪实文学比这些更能透露实情。比方说，畅销长篇小说能让你了解到很多信息，但读长篇小说的基本上都是那些周薪四英镑以上的人。电影或许不能让我们准确地推断大众的流行品味，因为电影行业基本上被垄断了，这意味着它并不需要刻意地研究公众的需求。在一定程度上，这一点也适用于日报和电台节目，但发行量小而且有专门主题的周刊则不一样。比方说，像《贸易与集市》、《笼鸟》、《神谕》、《预言》或《婚姻时代》存在的前提是市场有需求，它们反映了读者的思想，就连一份发行量达数百万份的全国性大报也做不到这一点。

　　在这里我只探讨一类报刊，那就是给男生看的两便士周刊，总是被形容为"两便士烂刊"。目前有十份周刊属于这类刊物：《宝石》、《磁石》、《摩登男孩》、《胜利》和《冠军》都是联合出版社[②]旗下的周刊，而《巫师》、《漫游者》、《船长》、《热刺》和《冒险》的出版商则是 D·C·汤姆森公司[③]。我不知道这些周刊的发行量有多少。老板和编辑都不肯透露任何数字，但可以肯定的是，刊登连载故事的周刊发行量总是会大起大落，但这十份周刊的读者加起来数目可不少。它们在英国每一个城市贩卖，而且

---

① 刊于 1940 年 3 月 11 日《地平线》。

② 联合出版社(the Amalgamated Press)，1901 年由阿尔弗雷德·查尔斯·汉姆斯沃(Alfred Charles William Harmsworth，诺斯克里夫子爵，1865—1922)创办。

③ D·C·汤姆森有限公司(D·C·Thomson & Company，Limited)，由苏格兰人戴维·库帕·汤姆森(David Coupar Thomson)于 1905 年创办的出版公司。

几乎每个识字的孩子都曾读过一份或几份这样的周刊。《宝石》和《磁石》要比其它周刊的历史久远得多，而且与其它周刊很不一样。过去几年来这两份杂志的受欢迎状况已经大不如前。现在许多男孩子认为它们很老套，而且"节奏缓慢"。但是，我还是想先探讨这两份刊物，因为它们从心理学的角度看要比其它杂志有趣一些，而且这两份刊物能存活到三十年代本身就是令人非常吃惊的现象。

《宝石》和《磁石》是姐妹刊（其中一份刊物里面的角色经常出现在另一份刊物中），两份刊物都是在三十多年前创办的。那时候，它们与《密友》和老《少年周刊》是男孩子们最爱看的刊物，而且直到不久前仍是主流的男生刊物。每周这些刊物会刊登一万五千字到两万字的校园故事。这些故事本身是完整的，但和上周刊载的故事又有联系。除了学校故事之外，《宝石》还连载冒险故事。除此之外，这两份刊物非常相似，可以看成是同一份刊物，虽然《磁石》的名气总是更大一些，或许是因为它有一个的确很棒的小胖墩角色：比利·班特。

那些故事声称发生在公学里，而那些学校（《磁石》中的格雷弗莱尔斯学校和《宝石》中的圣吉姆学校）被刻画成古老而时尚的公学，就像伊顿公学或温彻斯特公学一样。所有的主要角色都是十四五岁的四年级男生，比他们年纪更大一些或更小一些的男生只能充当跑龙套的角色。就像萨斯顿·布雷克[1]和纳尔逊·李[2]一

---

① 萨斯顿·布雷克(Sexton Blake)是英国侦探漫画和小说系列中的主人翁，从创刊到终刊历史跨度有八十多年。

② 纳尔逊·李(Nelson Lee, 1807— ？)：美国人，曾参过军，当过牛仔，被印第安部落掳走，后来逃脱，将其经历写成《流落卡曼奇部落三年纪》并出版。

样，这些男孩子无论经过了多少个星期或多少个年头都不会长大。有时候会有一个新来的男生，或者一个跑龙套的角色退学，但过去二十五年来基本的角色并没有太大的变动。两份周刊的主要角色——鲍勃·切利、汤姆·梅里、哈利·沃顿、约翰·布尔、比利·班特和其他角色——早在世界大战爆发之前就在格雷弗莱尔斯学校或圣吉姆学校上学了，到现在还和以前是同样的岁数，进行着同样的冒险，说着几乎一模一样的言语。不仅人物角色，《宝石》和《磁石》的整体氛围也一直没有改变，一部分原因是它们的风格经过精心的编排。《磁石》的故事写着是由"弗兰克·理查兹"执笔，而《宝石》里的故事则由"马丁·克里福德"执笔，但一套横跨三十年的连载作品不大可能每周都由同一个人执笔。因此，它们必须是很容易模仿的风格——那是一种夸张、虚伪而拖沓的文风，与如今的英国文学风格大不相同。下面是几则摘录。这一则出自《磁石》：

"哎哟！"

"闭嘴，班特！"

"哎哟！"

闭嘴这个词不存在于比利·班特的字典里。即使人家三番几次要他闭嘴他也照样呻吟如故。在眼下这种糟糕的情况下，格雷弗莱尔斯学校的这个胖乎乎的呆子更是不肯闭嘴。他就是不肯闭嘴！他呻吟着，呻吟着，不停地呻吟着。

即使呻吟也无法完全宣泄班特的情绪。事实上，他的情绪根本没办法以言语表达。

有六个人遇到了麻烦！但只有一人会发出痛苦的悲叹。

那个人就是威廉·乔治·班特，但他的悲叹足以代表整帮人。

哈利·沃顿和他的同伴站在一群气冲冲的人群中。他们陷入了困境，这下死定了！等等等等。

以下这一段文字摘自《宝石》：

"哦，天哪！"

"噢，该死！"

"噢……！"

"啊……！"

亚瑟·奥古斯都晕乎乎地坐起身，拿起手帕按住受伤的鼻子。汤姆·梅里也坐起身，大口大口地喘气。两人面面相觑。

"以上帝的名义！出发吧，孩子！"亚瑟·奥古斯都叫嚷着，"我烦死了！噢！那些杂种！那些恶棍！那些可怕的外国人！哇！"等等等等。

这两则摘录很有典型意义：几乎每一期的每一章里你都可以找到类似的描写，无论是在今天还是在二十五年前。你会注意到的第一件事就是内容有大量的重复。（这两段章节中的第一段有两百多个字，但其实可以缩略为三十来字），似乎是为了引出故事，其实是在营造气氛。基于同样的理由，许多俏皮的表达老是一再重复，比方说，"气冲冲"就是里面喜欢用的词，还有"这下死定了"、"噢！"、"咕噜！"和"呀噜！"（标志性的疼痛哭喊声）经常重复出现，还有"哈！哈！哈！"总是单独占了一行，因此，有时候四分之一的专栏内容就是"哈！哈！哈！"。而那些俚语（"滚蛋！"、"搞什么东东！"、"你这个该死的混蛋！"等等等等）从来没有更改过，因此那些男孩现在说的俚语是至少三十年前老掉牙的话。而且，一有可能就会使用绰号。每隔几行我们就被提醒哈利·沃顿和他的同伴是"出了名的五人帮"，班特总是"胖乎乎的呆子"或"要被开除的呆子"，而维侬－史密斯总是"格雷弗莱尔斯的无赖"，格西（尊贵的亚瑟·奥古斯都·达西）总是"圣吉姆的高材生"等等等等。他们总是不厌其烦地维持气氛的完整性，确保每个新读者能立刻知道谁是谁。结果就是，格雷弗莱尔斯和圣吉姆变成了自成一体的小天地，任何年纪上了十五岁的人都觉得实在很幼稚，但至少过目难忘。通过运用山寨的狄更斯式创作手法，作者塑造了一系列"脸谱化"的角色，有几个角色塑造得还算很成功。比方说，比利·班特是英国文学作品中最广为人知的角色之一，和萨斯顿·布雷克、人猿泰山、夏洛克·福尔摩斯和几个狄更斯笔下角色一样出名。

不消说，这些故事离奇古怪，根本不像是现实中公学的生活。它们的内容千奇百怪，但基本上都是些干净的玩笑和打打闹闹的故事，其兴趣都围绕着恶作剧、闹剧、玩火、打架、鞭笞、足球、板球和吃东西。经常出现的情节是，一个男孩被冤枉做了错事，但他出于绅士风度没有说出这件事是另一个人所为的真相。那些"优秀"男生恪守清白的英国传统——训练刻苦、清洗他们的后耳、从不会打腰下的部位等等——与之形成鲜明对比的是一系列"坏小子"——拉克、克鲁克、罗德和其他人，他们的恶行包括：赌钱、抽烟、经常光顾酒吧。这些男生总是快被开除了，但如果有任何男生真的被开除的话，那将意味着人员的变动，因此没有人真的犯下什么严重的罪行被开除出去。比如说，偷窃就几乎不是描写的主题。性是绝对的禁忌，特别是在公学会出现的形式[①]。时不时地，故事情节里会出现女孩子，偶尔会有一点男女间互相挑逗的描写，内容完全是清白的。一个男孩和一个女孩喜欢一起骑单车出去玩——这就是最大限度的描写了。比方说，亲吻被视为"傻帽的举动"。即使是那些反面角色也完全没有性的欲望。当《宝石》和《磁石》开始发行时，它们似乎在刻意回避许多早期少年文学作品中那种充斥着性犯罪的氛围。例如，在十九世纪九十年代，《少年周刊》的读者来信栏目中充斥着对手淫的吓人的警告，而像《圣温尼弗雷德学校》和《汤姆·布朗的学生时代》弥漫着浓厚的同性恋的气氛，虽然那些作者对此并没有察觉。在《宝石》和《磁石》中，性根本不是讨论的话题。宗教也是禁忌之一。这两份周刊可能三十多年来除了"上帝保佑吾王"这句话之外，从未刊登过"上帝"这个词。另一方面，里面总是有一种非常强烈的"禁欲"特征。抽烟和喝酒被视为即使对于成年人来说也是不光彩的事情（用的总是"见不得人"这个词），却又是很吸引人、叫人无法抵挡的事情，就像是性的替代品。《宝石》和《磁石》所营造的道德气氛与差不多同一时间兴起的童子军运动有许多共通之处。

天下文章一大抄。比方说，萨斯顿·布雷克一开始摆明了就是赤裸裸地照抄夏洛克·福尔摩斯，时至今日仍然带着后者的影子：他有着鹰隼一般的外表，住在贝克街，烟瘾很大，需要思考

---

① 指同性恋。

的时候就会披上一件晨衣。《宝石》和《磁石》或许借鉴了在它们刚刚创办时风行一时的那些校园故事作家——甘比·哈达斯、德斯蒙德·科克和其他人，但它们更多参照的是十九世纪的模式。至于格雷弗莱尔斯和圣吉姆，它们根本就不像是真正的学校，更像是汤姆·布朗的橄榄球队，而不像是现代的公学。比方说，这两所学校都没有军官训练，体育活动不是必修课，男生们甚至可以穿他们喜欢的衣服上学。但可以肯定的是，这两份周刊应该起源于《斯托基与伙伴们》①。这本书对少年文学的影响非常深远，是那种在人们心目中有着传统声誉但从来不曾为这些人所拥有的书籍之一。我在男生的周刊里不止一次见过里面提到《斯托基与伙伴们》，把"Stalky"写成了"Storky"。就连格雷弗莱尔斯的老师们当中的那个中心滑稽人物普劳特先生也是出自《斯托基和伙伴们》，里面有许多俚语："jape"（开玩笑）、"merry"（快活）、"giddy"（轻佻）、"bizney"（生意）、"frabjous"（棒极了）、用"don't"（不）代替"doesn't"（不）——这些词语即使在《宝石》和《磁石》创刊时也已经过时了。里面还有更古老出处的痕迹：'格雷弗莱尔斯'这个名字或许出自于萨克雷，而《磁石》中的学校看门人格斯林说话时模仿的是狄更斯的语言。

以这些为背景，那种想象中的公学的"魅力"被渲染得淋漓尽致。所有常见的事物都在里面——储物柜、点名、分组比赛、低年级生给高年级生跑腿、模范生、在阅览室的壁炉旁边惬意的茶点等等等等——总是被称为"古老的学校"和"旧灰屋"（两间学校都创建于十六世纪早期），还有"格雷弗莱尔斯学生"的"团

———————————

① 《斯托基与伙伴们》（*STALKY & CO.*），英国作家拉迪亚·吉卜林的作品。

队精神"。至于那股子势利劲，那实在是全然不顾体面。每所学校都有一两个拥有贵族头衔的学生，其头衔总是不厌其烦地硬说给读者听，其他男生有着著名的贵族世家的姓：塔尔伯特、曼纳斯、劳瑟等。我们总是被提醒格西是尊贵的亚瑟·奥古斯都·达西，伊斯特伍德勋爵的儿子；杰克·布雷克是"广袤的土地"的继承人；胡利·贾姆塞特·拉姆·辛（绰号"墨水"）出身巴尼普尔的豪门；维侬－史密斯的父亲是百万富翁。直到不久前，这两份周刊的插图还总是画着身穿伊顿公学式服饰的男生。前几年格雷弗莱尔斯的服装变成了西装和法兰绒裤子，而圣吉姆仍然坚持伊顿公学式的夹克，格西还坚持戴他那顶高礼帽。在《磁石》每周会刊登的学校杂志里，哈利·沃顿会撰写一篇文章，讨论那些"低四年级的学生"得到的零花钱，透露说有的人零花钱每星期足足有五英镑！这种事情的用意完全就是为了激起对财富的迷梦。这里值得注意的是一个很有趣的事实，那就是，校园故事是英国独有的事物。据我所知，外国文学中很少有以学校为题材的故事。原因很简单：在英国，教育是地位的体现。小资产阶级和工人阶级最大的区别在于，前者花了大钱投在教育上。而在资产阶级内部还有另一个不可逾越的天堑，那就是"公学"和"私学"之间的区别。显然，有数以万计的人觉得一所"雅致"的公学的每一个生活细节都是浪漫和令人兴奋的。他们碰巧置身于那个有四合院和不同颜色的校舍的神秘世界之外，但他们向往它，为它做白日梦，一连几个小时在精神上生活在它里面。问题是：这些人都是些什么人？谁会去读《宝石》和《磁石》呢？

　　显然，这种事情从来没有确切的答案。根据我的观察，我只能说那些可能会上公学的男生会读《宝石》和《磁石》，但到了十二岁左右的时候就会觉得不想再读，由于习惯影响会再读上一年，但那时候已经不把这两份周刊当一回事了。另一方面，收费低廉的私学是给那些读不起公学但认为政府学校"太普通"的人就读的，里面的男生会多读几年《宝石》和《磁石》。几年前我曾在两所这样的学校当过老师。我发现不仅几乎所有的男生都在读《宝石》和《磁石》，而且到了十五六岁他们还在追这两本杂志。这些男生是小店主、办公室文员、小商人和职业人士的儿子，显然，《宝石》和《磁石》的目标群体就是这个社会阶层。但工人阶级的男孩子们也读这两份周刊。这两份刊物通常在大城市最贫穷的地区都可以买到。我知道有些读者是你原本以为对公学的"光环"根本不屑一顾的男生。例如，我见过一个年轻的矿工，他已经在矿井下工作一两年了，却还如饥似渴地读着《宝石》。前不久我给北非的法国外籍军团中的几个英国士兵送去一批英国报刊，他们首先挑出来的就是《宝石》和《磁石》。许多女孩子也读这两份周刊，《宝石》的笔友会表示大英帝国的每一个角落都有它的读者，包括澳大利亚人、加拿大人、巴勒斯坦犹太人、马来人、阿拉伯人、英属殖民地的华人等等。显然，编辑认为它们的读者群体应该是在十四岁左右，杂志中的广告(牛奶巧克力、邮票、水枪、脸红验方、家庭魔术、止痒粉、伸出一根针扎你朋友的手的恶作剧戒指等等)针对的就是这个年龄的人士。不过，里面还有海军的征兵广告，号召十七到二十二岁的年轻人参军。可以肯定的是，大人们也会阅读这两份周刊。经常有人给编辑写信，说他们过去三十年来每期不落地阅读了《宝石》和《磁石》。比方说，下面是一位来自萨利斯伯里的女士的来信：

"我想谈一谈你们那些关于格雷弗莱尔斯学校的哈利·沃顿和他的伙伴们的精彩故事，它们的水准总是那么高。毫无疑问，它们是如今市面上这类故事中最好的，言之有物。它们似乎让你面对面与自然接触。我从一开始就订了《磁石》，一直兴致盎然地追着看哈利·沃顿和伙伴们的冒险故事。我没有儿子，不过有两个女儿，我们总是抢着要读这份亲切的老报刊。我的丈夫也是《磁石》的忠实读者，直到他突然间撒手人寰，离开了我们。"

找几本《宝石》和《磁石》，特别是《宝石》，看看里面的读者信箱是一件很有意思的事情。真正令人吃惊的是读者们对格雷弗莱尔斯和圣吉姆最琐碎的细节的强烈兴趣。比方说，下面是几个读者寄过去的问题：

"迪克·罗伊兰斯几岁了？"

"圣吉姆创办多久了？"

"您能给我高四年级和他们的教室的名单吗？"

"达西戴的单片眼镜要多少钱？"

"为什么像克鲁克那样的家伙都在高四年级，而低四年级只有像你这样的好学生呢？"

"年级队长的三个最重要的责任是什么？"

"谁是圣吉姆的化学老师？"（一个女孩子问的。）

"圣吉姆在哪儿呢？您能告诉我怎么去那里吗？我好想见见那所学校。我觉得你们那些男生都是'虚构'的，是这样吗？"

显然，写这些读者来信的男孩女孩生活在完全梦幻般的生活中。比方说，有时候一个男孩会说出自己的年龄、体重、身高、胸围和二头肌的尺寸，询问自己和高四年级或低四年级里的哪个学生最像。像要求得到高四年级的楼层和宿舍的名单，并且详细说明到底是哪些人住在里面的问题更是司空见惯。当然，那些编辑竭尽所能地维护着这一幻觉。在《宝石》里，据说杰克·布雷克是给读者来信回信的人，而在《磁石》里，有几个版面总是留给了校刊（《格雷弗莱尔斯先驱报》，由哈利·沃顿担任编辑），还有一页每周安排给某一个角色。那些故事周而复始地发生，每几个星期就安排两三个角色担纲主角。一开始会有一系列的玩闹和冒险故事，重点描写"出了名的五人帮"和比利·班特，然后是几个张冠李戴的故事，主角变成了威布利（他是化装天才），接着是几个更加严肃的故事，维侬-史密斯就要被开除了。到了这里，你会了解到《宝石》和《磁石》真正的秘密，为什么它们明明已经过时了，却还有人会去读。

这个秘密就是：里面的人物都经过精心的编排，让每一种类型的读者都能找到对应自己的角色。大部分的男生报刊都希望做到这一点，因此就有了男助手这个角色（萨斯顿·布雷克的廷克、纳尔逊·李的尼普等等），他总是伴随着冒险家、侦探或其他主角进行冒险。但在这些故事里就只有一个男生，而且总是同一种类型。而《宝石》和《磁石》里几乎可以找到任何一种类型的人。有喜欢运动、活泼开朗的男生（汤姆·梅里、杰克·布雷克、弗兰克·努金）、这种类型但比较粗野的男生（鲍勃·切利）、这种类型但有绅士风范的男生（塔尔伯特、曼纳斯）、文静严肃的男生（哈利·沃顿）、迟钝的"斗牛犬"类型的男生（强尼·布尔）、无法无天的小霸王类型的男生（维侬-史密斯）、聪颖好学的男生（马克·林利和迪克·彭福德）和不擅长运动但有特别天赋的男生（斯金纳·威布利)。另外还有获得奖学金的男生(汤姆·雷德温),在这类故事里扮演着重要角色,因为他让那些出身贫寒的男孩子也能幻想自己入读公学。而且校园里有澳大利亚人、爱尔兰人、威尔士人、马恩岛人、约克夏人和兰卡夏人,以及激励各个地方的男生的地域情怀。但这样的角色塑造除此之外还有深意。如果你仔细研究读者来信栏目,你会发现,《宝石》和《磁石》里几乎每一个角色都有读者表示认同,除了彻彻底底的滑稽角色像科克、比利·班特、费舍尔·T·费什(那个财迷的美国男生),当然,还有那些老师。虽然班特的起源或许出自于《匹克威克外传》里面那个胖乎乎的男生,但他是一个真正的原创人物。他那条绷得紧紧的裤子是靴子和藤条经常光临的对象,他总是在机警地寻找食物,他的邮局汇票总是没能送达,这些使得他成为在米字旗飘扬的地方的名人。但他并不是一个做白日梦的对象。另一个滑稽角色格西(尊贵的亚瑟·奥古斯都·达西,"圣吉姆的高材生")显然是更加备受崇拜的人物。和《宝石》和《磁石》里的每一样东西一样,格西至少过时了三十年。他是二十世纪初的"花花公子",甚至是十九世纪九十年代的"纨绔子弟"("以上帝的名义,死孩子!"和"我真的得好好地教训你一顿!"),一个戴着单片眼镜的呆瓜,却在大战的战场上大放异彩。他的受欢迎表明英国人的势利心有多么深。英国人特别钟情于有贵族头衔的混蛋(参照彼得·温塞爵士),他总是在危急时刻化险为夷。这里有一封女孩子写的信,她是格西的仰慕者:

"我觉得你对格西太苛刻了。我不知道你怎么会那么对他。他是我的英雄。你知道我写抒情诗吗?这首诗怎么样呢？用《棒极了，棒极了》这首歌的曲子唱出来。

'我要戴上我的毒气面具，参加妇女拥军团，

因为我知道你将会往我身上投下炸弹。

我将在花园的篱笆里为自己挖一道战壕，

将我的窗户封锡加固，

不让催泪弹的毒气进入。

我要将我的大炮架在马路牙子上，

贴上一张给阿道夫·希特勒的告示：'请勿打扰！'

如果我没有落在纳粹手中，

我就会立刻执行，

我要戴上我的毒气面具，参加妇女拥军团。

附笔——你和女孩子相处得好吗？"

我引用了这首诗的全文，因为（这封信写于 1939 年）它可能是《宝石》里最早提到希特勒的内容。在《宝石》里还有一个勇敢的胖乎乎的男生，名叫胖子韦恩，与班特相映成趣。维侬－史密斯，"低四年级的边缘人"，是拜伦式的角色，总是快被开除，也是读者们最喜欢的人物之一。就连几个无赖或许也有他们的拥趸，比方说，"六年级的无赖"罗德——但他是一个有文化的人，总是对足球和团队精神说一些尖酸刻薄的话。低四年级的男生都认定他就是一个无赖。但总会有某个类型的男生认同他。就连拉克、克鲁克及其同伙或许也有小男生崇拜，觉得他们吸烟的样子酷毙了。（读者来信栏目里一个经常出现的问题是：拉克抽什么牌子的烟？）

《宝石》和《磁石》的政治倾向当然是保守的，但那是彻头彻

尾的 1914 年前的风格，没有沾染法西斯主义的色彩。实际上，他们有两个政治理念：世道不会改变，外国人都很滑稽。在 1939 年的《宝石》里，法国人仍然是"弗罗基人"①，而意大利人仍然是"达戈人"②。格雷弗莱尔斯的法语老师莫索总是像漫画里的青蛙，蓄着挺翘的胡须，穿着陀螺形的裤子等等。那个印度男生"墨水"虽然是拉甲出身，因此拥有身份光环，也是以《潘趣》的传统打趣的对象，满口生硬造作的印度英语（"喧嚣尘上可不是什么像样的寻欢作乐，我尊敬的鲍勃，""墨水"说道，"让贱犬在猃猲与撕咬中顾自得意吧，但轻柔的回答，正如有句英国格言所说，才是那只正中林中鸟的破水罐③。"）费舍尔·T·费什是旧式舞台上的美国佬（"喔，我猜猜"等等），源自英国和美国互相猜忌的时代。那个中国男生文龙（最近没怎么写到他，无疑是因为一部分《磁石》的读者是英属殖民地的华人）是十九世纪舞台剧上的中国人，戴着瓜皮小帽，留着长辫子，说着洋泾浜式的英语。这个一以贯之的理念认为不仅所有的外国人都是可笑的，他们的存在就是让我们嘲笑，而且他们可以像给昆虫分门别类那样区分开来。这就是为什么在所有的少年刊物中，不只是《宝石》和《磁石》，中国人总是拖着一条辫子。这是辨认他的标志，就像法国人的胡子或意大利人的大嗓门。在这类报刊里，有时候当故事的背景是在外国时，作者会尝试去描绘当地人的个体，但基本上它们都认为外国人就是一个样，基本上符合下列这些模式：

---

① 弗罗基人（Froggy），对法国人的蔑称。
② 达戈人（Dago）泛指西班牙人、意大利人和葡萄牙人。
③ 准确的那句英文谚语是，"下井久的水罐先打破。"（It's the cracked pitcher that goes longest to the well.）类似于中文中的"常在河边走，哪有不湿鞋"。

法国人容易激动，蓄着胡子，动作十分夸张；西班牙人和墨西哥人狡诈凶残；阿拉伯人和阿富汗人也狡诈凶残；而中国人狡诈凶残之余还蓄着长辫；意大利人容易激动，声音洪亮，身上带着匕首；瑞典人和丹麦人善良而愚蠢；黑人搞笑滑稽，而且十分虔诚。

在《宝石》和《磁石》中，工人阶级只是丑角或半是恶人形象（热衷于赌马什么的）。至于阶级冲突、工会主义、罢工、萧条、失业、法西斯主义和内战——这些根本没有提及。在这两份刊物发行的三十年里，大概只有几期你能找到"社会主义"这个名词，但你得找上很久。在说到俄国革命的地方，它会以"布尔什"这个名词出现（指的是一个暴烈而且有着令人讨厌的恶习的人）。希特勒和纳粹党刚刚开始冒头，也用"布尔什"这个词称呼他们。1938 年 9 月的战争危机造成了足够写一个故事的影响，在故事中，维侬-史密斯先生，那个暴发户的百万富翁父亲，趁大家都陷入恐慌时买进了很多间乡村别墅，准备将它们卖给"发战争财的人"。但《宝石》和《磁石》对欧洲局势的关注就到此为止，直到战争真的爆发。这并不意味着这些刊物不爱国——恰恰相反！贯穿世界大战的始终，《宝石》和《磁石》或许是英国立场最坚定一致、热情洋溢的爱国刊物。几乎每个星期那帮男生总会逮到一个间谍或将一个出于道德信仰拒服兵役的人硬塞进军队里。而在限量供应期间，每一页都印着"面包少吃一点"这几个大字。但他们的爱国主义与强权政治或"意识形态斗争"没有半点关系。它更像是家庭式的忠诚，事实上，它是了解普通人的态度的宝贵线索，特别是庞大的、绝少为人触及的中产阶级和工人阶级中较为富裕的群体。这些人从骨子里透着爱国情怀，但他们觉得外国的事情与他们不相干。当英国遇到危险时，他们当然会挺身而出保卫祖国，但在战争期间他们总是漠不关心。不管怎么说，英国总是对的，英国总是胜利者，干吗要担心呢？这个信念在过去二十年间遭受了冲击，但不像有时候想象中的那么严重。对这一点缺乏了解是左翼政党无法制订出可以接受的外交政策的原因之一。

因此，《宝石》和《磁石》所营造的幻想中的世界大致上是这样的：

"无论是1910年还是1940年都一样。你在格雷弗莱尔斯上学，你是一个脸色红润的十四岁少年，穿着时髦的度身量制的衣服，你刚刚踢完一场激烈的足球比赛，最后半分钟一个诡异的进球才决出了胜负，然后你来到低四年级的楼层的书房里吃茶点。房间里壁炉暖洋洋地烧着，外面风声大作。青藤厚厚地围着古老的灰石墙壁。国王稳坐王位，英镑没有贬值。欧洲那些滑稽的外国人正在喋喋不休地指手画脚，但大英舰队深灰色的战舰正在英吉利海峡喷着浓烟游弋，在帝国的外围疆域，戴着单片眼镜的英国人正牢牢地看管着黑鬼。莫尔埃弗勒勋爵又领到了五英镑；我们都安居乐业，有吃不尽的茶点、香肠、沙丁鱼、松饼、罐头肉、果酱和炸面圈。吃完茶点后，我们围坐在书房的壁炉边，冲着比利·班特哈哈大笑，讨论着为下一周与鲁克伍德的比赛组建队伍的问题。一切都很牢靠、安全、没有质疑。一切都将永远保持现状。"那种氛围大概就是这样。

但现在我们将告别《宝石》与《磁石》，去了解一下自那场世界大战之后出现的更加与时俱进的报刊。真正重要的是，它们与《宝石》和《磁石》的相同之处多于不同之处。但首先探讨不同之处会好一些。

这些新周刊有八种：《摩登男孩》、《胜利》、《冠军》、《巫师》、《漫游者》、《船长》、《热刺》和《冒险》。所有这些周刊都是自大战以后出现的，但除了《摩登男孩》外，另外七份的历史都不止五年。有两份周刊也应该在这里简单地提一提，虽然它们严格来说和其它刊物不属于同一类型。这两份刊物分别是《侦探周刊》和《惊悚者》，都是联合出版社旗下的刊物。《侦探周刊》接管了大侦探萨斯顿·布雷克。这两份刊物的故事里都有一些性方面的描写，虽然读者中一定会有男生，但其读者群并不是只针对男生。其它的刊物都是男生报刊，内容纯洁而简单，内容高度相似，可以被归为一类。乍一眼看汤姆森的出版物与联合出版社的出版物并没有什么明显的差别。

你只要看一看这几份报刊就知道它们比《宝石》和《磁石》文字上的档次要高一些。首先，它们的一大优势是并非由同一个作者写出来的。它们连载的不是单独一个冗长的故事，有几期《巫师》或《热刺》杂志刊登了五六个甚至更多的连载故事，没有哪个连载故事会一直不停地登下去。因此，内容更加丰富多样，没有那么多废话，也没有像《宝石》和《磁石》那种让人觉得厌烦的风格和玩笑。例如，看看这两个选段：

　　比利·班特呻吟着。

　　班特得多上两个小时的法语课，已经过去了一刻钟。

　　一刻钟只有十五分钟啊！但每一分钟对于班特来说都是那么漫长，就像疲惫的蜗牛在缓缓蠕动。

　　看着十号教室里的那口时钟，这个胖乎乎的呆子几乎不敢相信才过去了十五分钟。这简直就是十五个小时，如果没有十五天那么夸张的话！

其他男生和班特一样在法语课留堂，他们并没有觉得有什么要紧的，但班特就是觉得受不了！（《磁石》）

* * *

经过一番艰辛的攀爬，每往上走一步都要在滑溜溜的冰上凿出抓手点，骑警中士莱昂哈特·洛根现在就像一只人形的苍蝇贴在一块有如巨大的玻璃片那样滑溜溜的、危险的冰崖上。

北极圈就像一个盛怒不已的巫师，正摧残着他的身体，朝他的脸吹出令人睁不开眼的风雪，想让他的手指从抓住的地方松开，让他掉到悬崖一百尺下的底部那些嶙峋的巨石上摔死。

匍匐在巨石之间有十一个穷凶极恶的追捕者，他们想方设法要把莱昂哈特和他的同伴吉姆·罗杰斯警员开枪打下来——直到这场暴风雪将两位骑警的行踪从下面的人的视野中抹掉。（《巫师》）

第二个选段的内容把你带入了故事中，而第一个选段花了一百多个字告诉你班特被留堂了。而且，《巫师》、《热刺》等刊物不会只专注于校园故事（从数量方面去衡量，校园故事基本上是这些报刊的主打内容，《惊悚者》与《侦探周刊》除外），有了更多的机会刊登哗众取宠的内容。看看我摆在面前桌子上的这几份刊物的插画，我看到的是这些画面。其中一本杂志画着一个牛仔在半空中用脚趾勾住一架飞机的机翼，用他的左轮手枪打下了另一架飞机。另外一本杂志画着一个中国人拼命地在一条阴沟里游泳逃命，一群看上去非常饥渴的老鼠正追在他的身后。另一本杂志上画着一个工程师正点燃一根炸药棒，而一台机器人正伸出爪子要去抓他。另一本杂志上画着一个穿着飞行服的男人正和一只比毛驴还大的老鼠在搏斗。另一本杂志上画着一个几乎赤身裸体的健美猛男抓住一头狮子的尾巴，将它扔到竞技场的墙外三十码处，标题写着："把你的雄狮还给你！"显然，校园故事根本没办法和这类故事竞争。时不时地，校舍会着火，或法语老师被发现是某个国际无政府主义者团伙的头头，但大体上内容都是围绕着板球、学校之间的竞争、恶作剧等而展开，而炸弹、死亡射线、轻机枪、战斗机、野马、章鱼、灰熊或黑帮等题材并不会过多涉及。

对许多份这种报刊进行研究后我发现，除了校园故事之外，最受欢迎的题材是蛮荒西部、北极冰原、外籍军团、犯罪（总是从侦探的角度进行描写）、世界大战（空军或地下活动，但不会描写陆军）、各种各样人猿泰山式的主题、职业足球、热带探险、历史浪漫故事（侠盗罗宾汉、骑士团和圆颅党①等等），还有科学发明。西部故事仍是时鲜题材，至少是作为背景出现，但印第安红番似乎渐渐不受欢迎了。真正新颖的题材是以科学为主题的故事：死亡射线、火星人、透明人、机器人、直升飞机和穿梭于行星之间的火箭，甚至有关于心理疗法和内分泌腺的描写。《宝石》和《磁石》的鼻祖是狄更斯和吉卜林，而《巫师》、《冠军》、《摩登

---

① 骑士团和圆颅党（Cavaliers and Roundheads），指英国内战时分别支持王室和议会的人士。

男孩》等刊物的鼻祖则是赫伯特·乔治·威尔斯，比起儒勒·凡尔纳，他才是"科幻文学"之父。当然，神奇的火星人这方面的科学题材得到了最大限度的发掘，但有一两份报纸除了大量的介绍性短文之外（比如说：澳大利亚昆士兰有一棵杉树寿命已有12 000 年；每天有 50 000 场雷阵雨发生；氦气的成本是每 1 000 立方英尺 1 英镑；大不列颠有 500 多种蜘蛛；伦敦的消防队员每年使用 14 000 000 加仑水；等等等等），还会刊登严肃的科学文章，求知欲有了明显的进步，而大体上，对读者的阅读注意力也提出了更高的要求。事实上，《宝石》和《磁石》与战后报刊的读者都是同样一些人，但他们的心智年龄似乎提高了一两岁——这或许得归功于从 1909 年起基础教育的改善。

战后的少年报刊所出现的另一件始料未及的事情，就是对恶人的膜拜和对暴力的崇尚。

如果你拿《宝石》和《磁石》与一份真正意义上的现代报纸进行比较，你会立刻发现"二石"没有应用主角原则。里面没有主角，而是有十五到二十个角色，基本上都是平等的，让不同的读者可以找到对应自己的人物。比较新潮的报刊往往不是这样。《船长》、《热刺》等报刊的读者不会去认同一个和自己差不多大的男生人物形象，他们被引导着去认同联邦调查局探员、外籍军团士兵、人猿泰山、王牌飞行员、神勇的间谍、冒险家、拳击手——或某个无所不能的孤胆英雄，他身边的每一个人都受其支配，他解决问题的惯用方式就是往下巴上搂出一拳。这个人物被塑造成超人，由于体魄是男生最能理解的力量，他总是被塑造成有着大猩猩体格的男人。在类似于《人猿泰山》这样的故事里，有时候他确实被描绘为一个巨人，身高八到十尺。与此同时几乎所有这类故事里的暴力情节都是没什么危害性而且毫不可信的。即使是最嗜血的英国报刊比起三便士的扬基杂志——《拳击故事》、《动作故事》等等（不一定是男生的报刊，但大部分读者是男生）——在基调上也有着明显的差别。在扬基杂志里，你会得到真正的血腥刺激，那种无所不用其极，踩对手的睾丸都做得出的真正血淋淋的斗殴描写，由那些时刻不停地构思着暴力情节的人以拳击的行话写出来。比方说，像《拳击故事》这么一份报刊就只有虐待狂和受虐狂才会觉得好看。从男生周刊里描写拳击那种业余的水平，你就可以看出英国文化相对是比较温和的。里面没有特别的词汇。看看这四个选段，两段出自英国报刊，两段出自美国报刊：

　　锣声响起的时候，两人气喘吁吁，各自的胸膛上都出现了大块的红斑。比尔的下巴出血了，本的右眼开裂了。

　　两人瘫坐在角落里，但锣声再次响起时，两人一跃而起，像猛虎一般朝对方扑去。（《漫游者》）

　　　　　　　　＊　　＊　　＊

　　他迟钝地走来，朝我的脸重重地击了一拳。血溅了出来，我脚跟往后一蹬，冲了上前，放在心口的右拳连续挥出。有一记右拳击中了本已经被揍了好几拳的嘴。他吐出了一颗牙齿的碎片，一记左拳击中了我的身体。（《拳击故事》）

　　　　　　　　＊　　＊　　＊

　　看黑豹施展身手实在令人称奇。他的肌肉在黝黑的皮肤下游走、抖动着。他矫健而暴烈的攻击就像一只大型猫科动物一样孔武而优雅。

他虽然是个大块头，出拳的速度却令人瞠目结舌。不一会儿，本就只能以拳套勉力格挡。本的防守确实老到，曾经凭借着它取得过许多场辉煌的胜利。但这个黑鬼的左拳和右拳却将其他拳手几乎无法突破的缝隙硬生生撕裂开来。
（《巫师》）

* * *

两位重量级的拳手在来回交换了几拳后，开始击出有苍天巨木之力的重拳，像利斧一般重重地砸向对方的身躯。
（《拳击故事》）

你会注意到那两个美国选段的知识要丰富得多。它们是写给拳击迷看的，而其它的文章则并非如此。而且，应该强调的是，英国男生报刊有着体面的道德观。犯罪和虚伪从来不会被歌颂，不会出现美国黑帮故事里那种愤世嫉俗和堕落沉沦的描写。扬基杂志在英国的销量很大，这表明英国读者爱读这类读物，但似乎没几个英国作者能写出那样的故事。当对希特勒的仇恨成为美国的主流情感时，看到扬基杂志的编辑们立刻将"反法西斯主义"应用于色情故事，这真是很有趣的一件事。我面前的一份杂志刊登了一则篇幅很长的完整故事，名为《当地狱降临美国时》，里面描写了一个"癫狂嗜血的欧洲独裁者"的党羽试图以死光和隐形战斗机征服美国。其内容赤裸裸地诉诸虐待心理，里面写到纳粹党人将炸弹绑在女人的背上，将她们吊到空中，看着她们在半空中被炸成碎片；还有的纳粹党人将赤身裸体的小女孩的头发绑在一起，用刀子捅她们，逼迫她们跳舞，等等等等。编辑对这些内容进行严肃的点评，并以此作为限制移民的理由。在同一页纸的背面写着"霍查女子合唱团的生活，揭秘著名的百老汇霍查歌舞表演女郎的私密与消遣。无删节，只卖10美分"；"爱情宝典，10美分"；"法国相片环，25美分"；"裸女变幻相片，从玻璃的外面你看到一个衣着很密实的漂亮女孩，翻过来往玻璃里面看，噢！好一派旖旎风光！3套变幻相片售价25美分"；等等等等。英国的少年报刊绝对不会刊登像这样的内容给男孩子们去读。但美国化的进程正在发生。美国式的理想"硬汉"、"猛男"和以揍别人的下巴解决问题的"糙哥"如今占据了大部分少年周刊的版面。现在《船长》里有一篇连载故事，里面的主角总是一脸晦气，挥舞着一根橡胶警棍。

《巫师》、《热刺》等刊物的演变与早期的少年报刊相比，可以归结如下：技巧改善了，科学兴趣增加了，血腥描写也多了，领袖崇拜变得严重了。但归根结底，真正引人侧目的事情是它缺乏长进的方面。

首先，在政治方面没有任何进步。《船长》和《冠军》所营造的世界仍是1914年前《磁石》和《宝石》所营造的世界。比方说，西部故事里面那些偷牛贼、私刑和其它故事属于八十年代，是有趣而古老的事情。值得注意的是，这类周刊总是认为冒险理所应当就只能发生在天涯海角：在热带雨林、在北冰洋的荒原、在非洲大沙漠、在西部的牧场、在中国的鸦片馆——事实上，任何地方都行，但绝不会是现实中的地方。那是源于三四十年前的信念，当时新大陆正被逐渐开发。当然，如今如果你真的希望去冒险，你要去的地方是在欧洲。但除了那场世界大战的滑稽一面之外，当代历史被小心翼翼地排除了。除了美国人不再是被嘲笑的对象而成了崇拜的对象之外，外国人仍然和以往一样是滑稽的人物。如果一个中国人角色出现，他仍然是萨克斯·罗默①笔下蓄着小辫子的、邪恶的鸦片走私贩子。自 1912 年之后中国发生了什么事情——比方说，中国正在打仗——从来没有被提及。如果一个西班牙人角色出现了，他仍然是一个"外国佬"或"滑头"，他抽自己卷的烟，喜欢在背后暗算人。西班牙国内所发生的事情根本没有被提及。希特勒和纳粹党人还没有出现，或只是露了几面。再过一段时间就会有关于他们的大量描写，但那些都会从坚定的爱国主义角度出发（英国对抗德国），而这场斗争的真正意义被尽可能地掩盖起来。至于俄国革命在这些报纸中几乎很难出现只言片语。提到俄国的时候总是一些知识指南（例如："苏联有29 000 个百岁人瑞。"），而一切提及俄国革命的内容都是间接性的，而且是二十年前的陈年旧事。比方说，在《漫游者》里面有一篇故事，某人有一头驯服的熊，因为它是一头俄罗斯熊，起了"托洛茨基"这个名字——这显然是 1917—1923 年的回响，而不是对近期的争端的回应。时钟定格在 1910 年，大不列颠是世界的主宰，没有人听说过萧条、繁荣、独裁体制、大清洗或集中营这些词语。

社会思想也没有什么进步。你只能说比起《宝石》和《磁石》，它们不至于公然地趋炎附势。首先，那些校园故事总是有一

---

① 萨克斯·罗默(Sax Rohmer)是英国作家亚瑟·亨利·萨斯菲尔德·沃德(Arthur Henry Sarsfield Ward, 1883—1959)的笔名，创造出了傅满洲博士(Dr. Fu Manchu)这个人物形象。

部分在讲究派头，这是无法杜绝的。每一期的男生报纸里面至少有一则校园故事，数目要比西部故事多一些。《宝石》和《磁石》那种煞费苦心安排的梦幻式的生活并没有得到模仿，重点放在了化外之地的冒险，但那种社会氛围（古老的灰石建筑）大体上是相同的。当故事的开头介绍一所新的学校时，我们总是听到相同的字句："这是一所非常雅致的学校。"时不时地，会有一个故事表面上反对势利心态。那些考取奖学金的男生（参照《磁石》中汤姆·雷德温）出现的频率很高，有时候会反复地使用同一个主题：有两所彼此间竞争非常激烈的学校，都认为自己要比另一所学校更"高大上"，情节有打架、恶作剧、足球比赛，总是以势利的一方被挫败而结束。如果你只是浮光掠影地读过这些故事，你或许会以为民主精神已经渗入了男生的报刊中，但当你细细读下去的时候，你会发现它们只是反映了白领阶层内部存在的尖锐的嫉妒。它们真正的用意是让那些上了廉价私学（非政府公校）的学生觉得自己的学校在上帝眼中就像温彻斯特公学或伊顿公学那么"雅致"。那种对学校的忠诚感（"我们要比路那头的那帮学生强多了"）仍被维系着，而这种感情对于工人阶级而言是闻所未闻的。由于这些故事是由许多不同的写手执笔，在风格上当然有很大的差异。有的文章没有被势利心态所戕害，但在其它文章里，金钱与家世比《宝石》和《磁石》的文章更恬不知耻地大肆张扬。在一篇故事中，里面提到的大部分男生都有贵族头衔。

当工人阶级的角色出现时，他们通常扮演的是滑稽角色（关于流浪汉、罪犯的笑话等等），或作为拳击手、杂耍演员、牛仔、职业足球运动员和外籍军团士兵而出现——换句话说，他们是冒险者。这些文章没有直面工人阶级生活的现状，也没有对工作进行任何描写。在极少数情况下，你或许会读到一段描写现实的文字，比如说，在一座煤矿下工作。但它只是作为某个耸人听闻的冒险故事的背景。不管怎样，故事的主人公不会是一个矿工。几乎所有阅读这些报纸的男生——十个男生里面有九个将会在一间商店、一座工厂或一间办公室里干着受人差遣的工作度过一生——都被引导着去认同那些发号施令而且从来没有缺钱之苦的人。彼得·温西勋爵这类角色似乎是个傻瓜，慢吞吞地说话，戴着单片眼镜，但他总是在危急时刻挺身而出，在许多故事中反复出现（这个角色是特工故事的最爱）。和往常一样，主人公说话总是带着英国广播电台的腔调，他们可能带着苏格兰口音、爱尔兰口音或美国口音，但没有哪个主角说话时会不带 H 音。在这里，有必要将男生的周刊里所营造的社会气氛与女性周刊如《神谕》、《家庭之星》、《琴报》等所营造的社会气氛进行比较。

女性报刊的目标群体是年纪更大的公众，大部分是正在工作维持生计的女孩。因此，表面上看它们更加贴近现实。比方说，几乎每个人都得住在一座大城市里，干一份无聊的工作被视为天经地义的事情。性根本不是禁忌，而是主题。这些报刊的短篇小说的突出特征总是"黑暗过后就是黎明"：女主人公差点就被苦心筹划的反角蛊惑，与她的"情人"分开；或"男主人公"失业，被迫推迟结婚，但很快就找到了一份更好的工作。"狸猫换太子"的幻想（一个生于穷苦家庭的女孩其实是有钱人的女儿）则是另外一个最受欢迎的主题。连载故事的那些耸人听闻的桥段总是一些与家庭密切相关的犯罪故事，比方说，重婚、伪造文件，有时候是谋杀。没有火星人、死亡或国际无政府主义者团体。这些报纸追求的是真实性，通过读者来信专栏与现实生活保持联系，在上面会对真正的问题进行探讨。比方说，鲁比·米尔贾德·埃利丝[①]在《神谕》上的建议专栏非常理性，而且文笔很不错。但是，《神谕》和《琴报》营造了纯粹的梦幻世界，一直都是同样的梦幻，意淫着你比真实的自己更加富有。读完这些报刊的几乎每一篇故事，你会感受到一种可怕的、压倒性的"文雅气质"。表面上那些角色都是工人阶级出身，但他们的习惯、他们家里的装潢、他们的衣服、他们的看法，最重要的是，他们的谈吐都完完全全是中产阶级的特征。他们的生活花费每周要比收入多出几英镑。不用说，这就是他们想要形成的印象。其理念是给那些无聊的工厂女工或带着五个孩子的疲惫母亲营造一个梦幻般的生活，让她将自己想象成一位银行经理夫人——不会是一位公爵夫人这么夸张（这一招已经不吃香了）。不仅每周五六英镑的生活标准被认为是理想的生活，而且它心照不宣地认定这就是工人阶级的真实生活。重大的事实完全没有提及。比方说，他们会承认人们有时候会失业，但很快就柳暗花明，他们找到了更好的工作。他们不会将失业描述成一直存在而且不可避免的事情，不会提到救济金，不会提及工会主义。他们不会提及社会体制本身可能出了问题，只描写了个人不幸，而这通常是因为某个人自身的问题，到最后一章就会拨乱反正。最后总是柳暗花明，慷慨的雇主给张三或李四涨了工资，除了酒鬼之外，每个人都能找到工作。那仍是《巫师》和《宝石》的世界，只是用婚礼的鲜花取代了机关枪。

所有这些报刊所灌输的观点是 1910 年海军俱乐部那些极其愚

----

① 鲁比·米尔贾德·埃利丝（Ruby Mildred Ayres，1883—1955），英国女作家，代表作有《银婚》、《理查德·查特顿》等。

昧的成员的观点。是的，你或许可以这么说，但这很重要吗？说到底，你还能指望怎么样？

当然，没有哪个头脑清醒的人会想要将那些所谓的廉价恐怖小说变成一本现实主义的小说或宣扬社会主义的宣传册。一则冒险故事的本质一定就是和现实生活疏远的。但是，正如我试着解释清楚的，《巫师》与《宝石》的不切实际并非像它表面上那么天真单纯。这些报纸之所以存在是因为有特别的需求，因为到了一定的年龄，男生就会发现他们迫切想读读火星人、死光、灰熊和黑帮的事情。他们得偿所愿，但陷入了他们未来的雇主认为适合他们的假象中。到底在多大程度一个人会从小说中形成自己的思想是说不清道不明的事情。我个人认为大部分人受小说、连载故事、电影等内容的影响要比他们愿意承认的程度更深。从这一观点出发，最糟糕的书总是最重要的书，因为它们通常就是一个人在生命中最早读到的读物。或许很多认为自己格外老于世故和"思想先进"的人事实上一辈子都生活在童年时萨帕①和伊安·赫伊②（举例来说）的作品所营造的幻景中。如果是这样的话，这些两便士的少年周报就非常重要了。这些是十二岁到十八岁的英国少年群体中大部分人会去阅读的刊物，其中有许多人除了报刊之外根本不会去读别的东西。他们从中吸收了一套就连保守党的总部办公厅都觉得完全过时的信念。他们被灌输我们这个时代的主要

---

① 萨帕（Sapper）是赫尔曼·西里尔·麦克尼尔（Herman Cyril McNeile, 1888—1937）的笔名，英国作家，其作品在一战与二战期间广受欢迎，代表作有间谍推理小说《斗牛犬杜蒙》系列，主人翁杜蒙被认为是电影007系列主人公詹姆斯·邦德的前身。

② 伊安·赫伊（Ian Hay, 1876—1952），英国作家，代表作有《一家之主》、《第一笔十万英镑》等。

问题并不存在的理念，而且由于它是以间接的方式实现的，效果反而更好。自由放任的资本主义体制没有什么不好，外国人都是一些无足轻重的滑稽人物，而仁慈的大英帝国将江山永固。考虑到这些报刊的老板们都是些什么人，很难相信这么做并非出于无心。在我所探讨的十二份报刊中（包括了《惊悚者》与《侦探周刊》），七份是联合出版社旗下的刊物，而它是世界上规模最大的综合出版社之一，控制了一百多份不同的报刊。因此，《宝石》和《磁石》与《每日电讯报》和《金融时报》有着密切的关系。这本身就足以让人心生疑窦，即使那些少年刊物里的故事并没有特别明显的政治倾向。因此，似乎你如果想过上梦幻般的生活，展开火星之旅和赤手空拳与狮子搏斗（有哪个少年不这么憧憬呢？），你就只能在精神上认同像卡姆罗斯勋爵①这样的人。因为没有竞争，这些报刊的内容基本上大同小异，这个层次没有别的刊物存在。这引起了一个问题：为什么没有左翼的少年报刊呢？

这个想法一开始会让你觉得有点犯怵。不能想象一份左翼少年周刊会是什么样子，如果它真的存在的话。我记得在1920年或1921年，某位乐观的人士向一群公学的男生发放宣扬共产主义的小册子。我拿了一份小册子，上面的内容大概是一些问题和回答：

问："一个少年共产党员能参加童子军吗，同志？"
答："不行，同志。"

---

① 威廉·伊瓦特·贝里（William Ewart Berry，1879—1954），卡姆罗斯子爵（Viscount Camrose），英国报业巨头，旗下刊物包括：《星期天时报》、《金融时报》、《每日电讯报》、《晨报》等。

问："为什么，同志？"

答："因为，同志，童子军必须向米字旗敬礼，而它是暴政和压迫的象征。"等等等等。

现在，假设这个时候某个人创办了一份左翼报纸，针对的群体就是十二岁到十四岁的少年。我不是说它的全部内容都会像上面我所引用的那份小册子一样，但有谁会怀疑它们或许会很相似吗？不可避免地，这么一份报纸要么刊登一些枯燥的"天天向上"的说教，要么它会被共产主义影响，为苏俄歌功颂德，极尽溢美之词。无论是哪种情况，没有哪个正常的男生会看它一眼。除了高端的文学作品之外，现存的所有的左翼报刊，就那些残存的仍有活力的刊物而言，都只是一份冗长的宣传册。英国只有一份社会主义报纸能凭自身的**报刊价值**生存一个星期，它就是《每日先驱报》，而《每日先驱报》里有多少宣扬社会主义的内容呢？因此，在这个时候，一份"左倾"却又能吸引普通少年的报纸几乎是不可想象的事情。

但这并不是说这是不可能实现的。为什么每一个冒险故事都得和势利和低俗的爱国主义扯上关系并没有清楚的理由。因为，说到底，《热刺》和《摩登男孩》里面的故事并不是保守党的宣传册，它们只是冒险故事，带着保守主义的偏见。不难想象将这个过程进行调转。比方说，像《热刺》这样惊悚而激烈，但主题和"意识形态"都更加贴近时代的报刊是有可能存在的。我们甚至可以（虽然这会遇到其它的难题）想象一份女报，与《神谕》有着同样的文学水平，刊登着同样类型的故事，但更加重视工人阶级生活的实际情况。这种刊物曾经出现过，但不是在英国。在西班牙帝制的最后几年，西班牙有许多左翼短篇小说，有的明显是出自无政府主义者的手笔。不幸的是，当它们出现的时候，我没有看到它们的社会意义，我收集的那些读物丢失了，但要找应该还是能够找到的。在装帧和故事风格上，它们与英国卖四便士的短篇小说非常相似，只是它们的灵感是"左翼思想"。比方说，如果是一则描写警察在群山里追捕无政府主义者的故事，它会从无政府主义者的角度去描写，而不是从警察的角度去描写。一个更顺手的例子是苏联电影《查佩耶夫》，曾经在伦敦上映了几回。严格来说，按照它拍摄时的标准，《查佩耶夫》是一部一流的电影，但在思想上，虽然它是不为人所熟悉的俄国背景，却与好莱坞的影片并没有非常大的差别。那个扮演白军军官（那个胖军官）的演员的传神演出使得它与众不同——那是一出让人很振奋的表演。除此之外，那种氛围是很熟悉的。所有惯常的桥段都在里面——以寡敌众的神勇战斗、最后一刻的逃离、跃马狂奔、恋爱情怀、喜剧穿插等。这部电影其实是一部很普通的作品，只是它有"左的倾向"。在一部讲述俄国内战的好莱坞影片里，白军或许会被描绘成天使，而红军会被抹黑成魔鬼。在俄国的版本里，红军成了天使而白军成了魔鬼。那也是一个谎言，但从长远看，它没有另一个谎言那么有害。

　　这里出现了几个难题。它们的大体本质是显而易见的，但我不想对它们进行探讨。我只是想指出一个事实，那就是，在英国，流行的幻想文学是左翼思想从未踏足的领域。所有那些如雨后蘑菇一般出现的租书部里的小说作品都遭到内容审查，为的是保障统治阶级的利益。说到底，少年刊物的内容都很紧张刺激，几乎每一个男生都会在某个时候狼吞虎咽地阅读，但它们浸透了1910年最糟糕的幻想。如果你相信童年时的读物不会留下任何印象，这件事就并不重要。卡姆罗斯勋爵和他的同行显然不相信这种事情，而说到底，卡姆罗斯勋爵应该明白个中道理。

行记①

有一天我读到赖伊博士②的言论："像波兰人和犹太人这样的劣等民族"的食量不需要像日耳曼人的食量那样多。我突然间想起了第一次踏足亚洲时目睹的情景——或者说，在踏足那里之前所看到的情景。

我乘坐的游轮在科伦坡停泊，和往常一样，蜂拥而至的苦力上船搬运行李。几个警察，包括一个白人巡佐，在监督他们。其中一个苦力拿了一口装着制服的锡长箱，笨拙地扛着它，对别人的脑袋构成了威胁。好几个人责骂他的疏忽大意。那个警察巡佐在巡视四周，看到那个苦力的窘态，抓住他狠狠地在屁股上踢了一脚，让他在甲板上跟跄了好几步。有几个乘客，包括女人，喃喃地表示赞同。

现在将这一幕移到帕丁顿车站或利物浦码头，它应该不会发生。一个英国的搬运工人如果被踢了一脚会进行还击，至少他很有可能会这么做。警察不会因为这么小的事情去踢他，而且肯定不会在大庭广众之下这么做。最关键的是，看客们会觉得很讨厌。英国最自私的百万富翁如果看到一个英国同胞被这么踢打，至少会有片刻感到愤慨。但是，在这里，年收入在500英镑以上的体面的中产阶级无动于衷地看着这一幕，只是表示赞同。他们是白人，而那个苦力是黑人。换句话说，他是下等人，一种不同的动物。

那是接近二十年前的事情了。这种事情仍然在印度发生吗？我得说或许是这样的，但发生的频率越来越低了。另一方面，目前在某个地方肯定有一个德国人正在踢一个波兰人的屁股，而且还可以肯定（根据德国人的报纸），德国的农民由于对为他们工作的波兰囚犯表现出"有罪的善意"而被判刑。过去二十年来兴起的凶兆是种族主义已经蔓延到欧洲本土。

种族主义并不只是疯狂教授的精神错乱，它与民族主义无关。某种程度上，民族主义或许是好事，不管怎样，它是不可避免的。拥有高度发达的民族文化的人民不喜欢被外国人统治，而像爱尔兰和波兰这些国家的历史体现了这一点。至于"无产者没有国界"这个理论，在实际情况中它总是被证明是无稽之谈。在芬兰我们再一次看到了这件事的例证。

但种族主义是完全不同的事情。它不是被征服的国家发明的，而是征服的国家发明的。它是尽可能进行超常剥削的一种手段，假装那些被剥削的人根本不是人。

几乎所有掌握实权的贵族阶层都依赖种族的差别。诺曼人统治萨克逊人，德国人统治斯拉夫人，英国人统治爱尔兰人，白人统治黑人等等等等。直到今天我们的语言仍然有诺曼人统治的痕迹。如果贵族们想象他们的奴隶与自己在血液和骨骼上是不同的，那么实施无情的统治就容易多了。因此就有了夸大种族差异的倾向，有了目前这些关于头骨的形状、眼睛的颜色和血球计数等等谬论。在缅甸我所听到的种族理论没有希特勒关于犹太人的

---

① 刊于 1940 年 3 月 30 日及 1940 年 4 月 6 日《时代与潮流》。

② 罗伯特·赖伊（Robert Ley, 1890—1945），纳粹政治理论家，曾于 1933 年至 1945 年担任集中营头子，在接受纽伦堡审判时自杀身亡。

理论那么残暴，但肯定同样荒谬无稽。

印度的英国人已经对自己的身体和东方人的身体之间的区别编造出了一整套谬论。比方说，我经常听到有人说白人没办法像东方人那样蹲坐——事实上，矿井里的矿工就是蹲坐着吃饭的。

即使是肤色完全白皙的混血儿也会因为他们的指甲特征而被辨认出来。至于围绕着中暑的种种迷信，它们很早以前就应该被编成一本专著。无疑，这种无稽之谈让我们在压榨印度时更加心安理得。今天我们不能像对待印度的产业工人那样对待英国的产业工人，不只是因为他们不会逆来顺受，而且是因为在某种程度上我们无法忍受这种事情。我怀疑现在英国还有没有人认为让六岁的孩子进工厂工作是对的。但印度有许多商人会欢迎童工，如果法律允许的话。

如果我认为这场战争的胜利将只是意味着大英帝国的延续，我会同俄国和德国站在同一阵营。我知道我们的统治者中有些人就是这么想的。他们想象如果他们能够赢得这场战争（或者达成停战并让德国去和俄国厮杀），他们将能够再享受二十年的殖民剥削。但我相信很有可能情况不会变成那样。首先，世界斗争不再是社会主义与资本主义之间的斗争。假如社会主义只不过意味着所有制的集中和计划生产，所有的工业国很快都会是"社会主义国家"。真正的问题是民主社会主义和某种形式的、理性化的种姓社会之间的斗争。如果民主理念深深地扎根于群众的西方国家仍将具有影响力的话，前者将更有可能实现。

经济意义上的、狭义的社会主义与自由、平等或道义无关。譬如说，没有理由相信一个国家不能在内部推行社会主义，在外部推行帝国主义。明天就使英国实现"社会主义"并继续剥削印度和王室殖民地以造福本土人群是有可能发生的。几乎可以肯定德国正快速向社会主义靠拢，除此之外，还有十分清晰而且公开的迫使被统治的民族进行奴隶劳动的决心。这是很容易做到的，只要人们相信"劣等民族"的谬论就行了。犹太人和波兰人不是人，因此，干吗不剥削他们呢？希特勒只是我们过去的幽灵在和我们作对。他只是将我们自己的做法加以延伸和固化，而现在我们开始对这些做法感到羞愧。

我们与印度的真正关系自1857年的兵变①以来并没有多少改变，但过去二十年来我们对印度的情感已经改变了很多，而这蕴含了一丝希望之光。如果我们想要再次战胜印度，就像我们在十八世纪和十九世纪战胜印度那样，我们会发现自己无法做到。不是因为军事上的任务会更加困难——它会更加容易——而是因为它所需要的恶棍不会出现。

那些为我们征服印度的人，那些带着《圣经》和利剑的清教徒冒险家——那些人用大炮炸死数以百计的"土著人"不会感到丝毫内疚，就像我们杀鸡一样，还以现实主义的笔触在回忆录中描写这一情景——他们已经绝迹了。就连身在印度的英国人的思想也深受本土左翼思想的影响。曾经，你会把不听话的仆人送进监狱，附上一张条子，上面写着"请将这个犯人处以十五鞭的惩罚"——这种日子已经过去了——而那只是前天的事情。不知怎地，我们不再像以前那样相信自己在执行神圣的任务。当我们还

————————

① 1857年印度兵变，指1857年东印度公司属下的印度土兵发动兵变，恒河平原与印度中部的土兵与平民也爆发起义反对东印度公司剥削统治的事件，英国政府派兵镇压，印度莫卧儿王朝灭亡，东印度公司对印度的统治权被转交到英国政府手中。

债的时候来临时，我们一定会局促不安，但我认为我们只有一个机会去作出补偿。

战争一旦打响，就不存在中立这种事情。所有的活动都是战争活动。无论你想还是不想，你不得不要么帮助自己的国家，要么帮助自己的敌人。和平主义者、共产党人、法西斯分子等人现在正在帮助希特勒。他们绝对有权利这么做，只要他们相信希特勒的事业更加正义并愿意承担后果。如果我和英国与法国站在同一阵营，那是因为我宁愿与旧的帝国主义者站在同一阵营——正如希特勒恰如其分地形容的那样，他们"腐朽不堪"——也不愿意与新的帝国主义者站在同一阵营，他们对自己非常自信，因此彻底无情。看在老天爷的分上，我们不要假装自己是清白无辜地进行这场战争。只有当我们牢牢地记住我们的双手并不干净时，我们才有权利捍卫自己。

读着马尔康姆·马格理奇①先生这本精彩而令人沮丧的作品《三十年代》，我想起了曾经在一只黄蜂身上玩过的一个相当残忍的游戏。当时它在我的盘子上吞食着果酱，我将它砍成了两段。它根本没有在意，继续它的美餐，而一条细细的果酱从它被切断的食道里点点滴滴地流出来，直到它想飞走的时候才意识到发生在自己身上的那恐怖的一幕。当代的人也是一样。被切掉的东西是他们的灵魂，而在长达约二十年的时间里，他们对此毫无察觉。

---

① 托马斯·马尔康姆·马格理奇（Thomas Malcolm Muggeridge, 1903—1990），英国作家，曾于第二次世界大战担任谍报人员，早年是左派人士，后来激烈反对共产主义，代表作有《三十年代》、《莫斯科的冬天》等。

将灵魂切掉是绝对有必要的。我们所了解的宗教信仰必须被放弃。到了十九世纪，宗教信仰已经基本上变成了一个谎言，一个有意无意的工具，让富人保持富有，让穷人依旧贫穷。穷人心满意足地挨穷，因为在死后的世界里这一惨剧将得到补偿，他们将去到某个介乎皇家植物园与珠宝店之间的地方。我一年挣一万英镑，你一星期挣两英镑，但我们都是上帝的孩子。整个资本主义社会都在讲述这么一个谎言，有必要将它除掉。

于是，在很长的一段时间里，每一个有思想的人都是叛逆者，而且总是不负责任的叛逆者，写出来的东西大部分都是叛逆或引向分裂的文学作品。吉本、伏尔泰、卢梭、雪莱、拜伦、狄更斯、司汤达、萨缪尔·巴特勒、易卜生、左拉、福楼拜、萧伯纳、乔伊斯——从某种程度上说他们都是破坏者、肇事者、毁灭者。两百年来我们对着自己所坐的这棵大树不停地锯啊锯，锯啊锯。到最后，比任何人的预计还要更加突然，我们的努力收到了成效，我们摔了下来。但不幸的是出了一点小差错。底下根本不是一床玫瑰花，而是一个密布着铁丝网的粪坑。

似乎经过短短十年我们就重回石器时代。已经灭绝了几个世纪的人——跳舞的托钵僧、盗贼的匪首、宗教法庭大法官——突然间卷土重来，不是精神病院里的疯子，而是世界的主宰。机械化和集体经济似乎还不够，它们自发演变成为我们现在正在经历的梦魇：没有尽头的战争和为了战争没有尽头的挨饿。奴隶们在铁丝网后面劳动，尖叫着的女人们被拖上断头台，行刑的士兵在四壁全是隔音软木的地下室里从脑后开枪，将你的脑浆轰出来。因此，阉割灵魂似乎并不是切除阑尾那么一个简单的外科手术。那个伤口将会导致败血症。

马格理奇先生的这部作品可以用《圣经·传道书》中的两句话进行总结:"传道者云:'虚空的虚空,凡事皆是虚空'"和"敬畏上帝,谨守他的诫命,因为这就是人的本分"。这一观点最近得到了许多人的支持,而那些人就在几年前还对它加以嘲讽。我们生活在噩梦中,因为我们尝试创建人间的天堂。我们相信"进步",相信领导人,将属于上帝的事物给予了恺撒——这大致上就是思想的纲领。

不幸的是,马格里奇先生本人似乎并不信奉上帝。至少他似乎认为这一信仰正逐渐被人类所抛弃。显然,他是对的,如果人类认为除了超自然的个体之外没有什么能制裁他们,接下来会发生什么事情就很清楚了。除了敬畏上帝之外别无智慧,但没有人敬畏上帝,因此也就不存在智慧。人类的历史被浓缩成物质文明的兴衰起落,从一座巴别塔到另一座巴别塔。如果是这样的话,我们可以很肯定到底是什么在前头等候着我们。战争,更多的战争,革命和反革命,希特勒和变本加厉的希特勒——直到堕入令人毛骨悚然的无底深渊,但我很怀疑马格理奇先生会不会对这一前景感到快慰。

三十年前希莱尔·贝洛克先生在他的《奴役国家》一书中以惊人的准确性预测到了现在正在进行的事情。但不幸的是,他没有解决的对策。除了奴役和回归小国寡民的体制之外他想象不出其它,而后者显然是不可能发生的,事实上也无法发生。无疑,当前社会的走向是往集体主义社会靠拢。唯一的问题是,它将建立在自愿的合作之上,还是出于机关枪的胁迫。旧的天国确实以失败告终,但"马克思现实主义"也失败了,即使它在物质上能取得高度的成就。马格理奇先生和弗雷德里克·奥古斯都·沃伊特及其他思想与他们接近的人热切地警告我们要警惕被大加贬斥的"地上天国"——在那个社会里，人们知道自己无法获得永生，但仍然愿意像兄弟姐妹那样相亲相爱——但除此之外，似乎别无出路。

四海之内皆兄弟暗示着人们尊崇某个共同的父亲。因此，有人提出，人们只有信奉上帝，才能形成四海一家的观念。而答案是，在不知不觉之间大部分人已经形成了这一观念。一个人并非单独的个体，他只是一个永恒的机体里的一个细胞，而他隐约察觉到这一点，否则无法解释为什么人们会在战场上牺牲。如果说他们这么做是出于被迫根本没有道理。如果所有的军队都必须强迫参战，战争根本不会进行。人们在战场上牺牲——当然不会感到高兴，但总是出于自愿——为的是"荣誉"、"责任"和"爱国主义"等等这些抽象的价值。

这所代表的真正的意义是，他们意识到比自己意义更大的某个群体延续着历史，延伸到未来，与这个群体同在使他们觉得自己获得了不朽。"如果英格兰长存，谁会死去呢？"这句话听起来像是在唱高调，但如果你把"英格兰"改为任何你所崇尚的事物，你就能明白这句话表达了人类行为最基本的动机之一。人们为了碎片化的团体而牺牲自己——国家、种族、信条、阶级——只有在他们面对子弹的那一刻，他们才意识到自己并非只是单独的个体。再多一份清醒，他们的忠诚将能奉献给人类自身，而人类并非一个抽象的概念。

奥尔德斯·赫胥黎先生的《美丽新世界》是对享乐主义的乌托邦进行嘲讽的优秀作品，在希特勒出现之前，享乐主义式的乌托邦似乎是有可能实现的，甚至似乎就要到来了，但它并没有解释现实中的未来。当前我们正在迈进的方向更像是西班牙的宗教法庭，而且拜无线电和秘密警察所赐，可能比它更加糟糕。除非我们重新建立起不需要"来生"，并赋予"四海之内皆兄弟"以意义的信仰，否则我们摆脱这个厄运的机会非常渺茫。正是这一点，使得天真如坎特伯雷教长这样的人以为他们在苏俄找到了真正的基督教精神。无疑，他们受到了政治宣传的蒙骗，但促使他们心甘情愿被骗的原因，是他们一心认为"地上天国"必须实现。我们一定是上帝的儿女，尽管《祈祷书》里面的上帝已经不复存在。

那些炸毁我们的文明的人有时候意识到了这一点。马克思的"宗教是麻醉人民的鸦片"那句名言总是被断章取义地赋予微妙但明显与本义不同的意思。马克思并没有说过宗教是上层阶级灌输的鸦片，他说的是，宗教是人们创造出来的，用于满足一个他们认为是真实的需要。"宗教是灵魂在一个没有灵魂的世界里发出的叹息。宗教是人民的鸦片。"人不能只靠面包而活，单有仇恨是不够的，一个值得生活的世界不能建立在"现实主义"和机关枪之上，除此之外，他还有别的意思吗？如果他能预见到他的思想影响会有多么巨大，或许他会把这句话说得更加频繁，更加响亮。

法西斯主义与民主①

　　世界上最早的消遣之一就是揭露民主。在这个国家，你不会操心没人发表反对人民统治的反动言论，过去二十年来，"资产阶级民主"遭到了来自法西斯党人和共产党人更加巧妙高明的抨击，而值得高度重视的是，这些表面上的敌人是站在同一立场发起抨击的。确实，法西斯党人的宣传方式要更大胆一些，而且在情况对他们有利的时候还会借用贵族阶层的理由，说民主"会让最卑劣的坏人掌握最高的权力"，但所有为极权主义辩护的人的基本论点是民主有其弊端，认为它只是用于掩饰由一小撮富人进行统治的伪装。这种说法并非全然错误，而且很难看出它的谬误。恰恰相反，它的合理之处大于其不合理之处。一个六岁的小学生更擅长于抨击民主而不是为其辩护。除非你了解反对民主的"言论"的本质，并愿意承认它颇有道理，否则你无法对它作出回应。

　　首先，反对"资产阶级民主"的理由总是经济上的不平等。对于一个每天工作 12 个小时，每周只能挣到 3 英镑的人来说，政治上的自由有什么意义呢？他或许每五年有一次机会投票给他最喜欢的政党，但接下来的时间里基本上他的每一个生活细节都由他的雇主所主宰。事实上，他的政治生活也是被主宰的。有产阶级能够将所有重要的内阁和政府职位掌握在自己的手中，而且他们能通过直接或间接贿赂选民的方式左右选举体制，为自己谋利。即使在机缘巧合之下一个代表穷苦阶层的政府掌握了权力，那些有钱人也总是能够通过威胁将资本转到国外的方式对它予取予求。最重要的是，几乎整个英国的文化和知识生活——报纸、书籍、教育、电影、电台——都被有产阶层所掌控，他们有最强烈的动机阻止某些理念的传播。一个民主国家的市民从一出生就被"控制"，比起极权主义国家，这种控制没有那么僵化，但同样行之有效。

没有人能肯定特权阶级的统治能通过纯粹的民主方式被打破。理论上，一个工党政府能够以绝对多数的优势掌权并立刻通过议会法案建立起社会主义。在实际生活中，有产阶层将会造反，而且可能会取得胜利，因为他们拥有从事工作最久的官僚队伍，而且重要的军事岗位上都是他们的人。民主方式只有在各个政党之间有了广泛共识的情况下才会可行。没有站得住脚的理由认为本质的改变能够和平实现。

需要再强调一遍，总是有人争辩说民主的整个假象——言论和集会自由、独立工会运动等——在有产阶级不再愿意与他们的工人达成妥协时就会分崩离析。他们说政治"自由"只是一场贿赂，是没有流血的盖世太保的代替品。确实，我们所说的民主国家通常都是繁荣的国家——大部分国家都在直接或间接地剥削廉价的有色人种劳动力——而且我们所了解的民主只存在于海洋国家或山地国家，即那些不需要以大规模的常备陆军捍卫自己的国家。民主总是伴随着，或者说总是要求美好的生活条件。它不可能在贫穷和军事化的国家获得兴盛。他们说，假如英国的条件不

---

① 刊于 1941 年 2 月《左翼新闻》。

是那么得天独厚的话，英国将很快会沦落到和罗马尼亚一样采取卑劣的政治手段的地步。而且，所有的政府，无论是民主政府还是极权主义政府，说到底都得依靠暴力。所有的政府，除非它愿意自己被颠覆或推翻，在遭到严重威胁时都会无视民主权利的尊严。一个陷入绝望的战争的民主国家会被迫实施征兵制，强迫工人进行劳动，关押失败主义者，取缔煽动性的报纸，和专制国家或法西斯国家没什么两样。换句话说，它只有变成非民主国家才能拯救自己免遭毁灭。战斗一打响，那些原本是捍卫目标的事物总是被弃如敝屦。

　　大体上说，这些就是法西斯党人和共产党人提出的反对"资产阶级民主"的理由，虽然侧重点各有不同。你必须承认每一点都颇有道理。但是，为什么它归根结底是错误的呢？——每个生活在民主国家的人都能半是出自本能地知道这一番大道理出了差错。

　　这一番熟悉的对民主的贬斥，其错误之处在于它无法解释关于民主的所有事实。国与国之间的社会气氛和政治行为的实际区别比任何将法律、风俗、传统等事物简单地斥之为"上层建筑"的理论愿意承认的要大得多。在书面上要证明民主和极权主义"没什么两样"（或"同样卑劣"）是很简单的事情。德国有集中营，而印度也有集中营。犹太人在法西斯主义统治的国度遭受迫害，那南非的种族歧视法律呢？在所有的极权主义国家，思想诚实是一项罪名，但即使在英国，说出和写出真相也并不一定会带来好处。像这样的类比可以无休止地延伸，但其背后所隐含的思想是程度上的不同并不能构成实质的不同。比方说，民主国家确实有政治迫害。问题是有多严重？过去七年来有多少难民从不列颠或大英帝国出逃？又有多少人从德国出逃？你认识的人里有多少人曾经被橡胶警棍殴打或被强迫喝下多达数升的蓖麻油呢？你认为走进最近的一间酒吧并说这是一场资本主义的战争，因此我们应该停止战斗，这会有危险吗？你能指出在英国近代史或美国近代史上有过类似于六月清洗，或俄国对托派分子的审判，或冯·拉斯①遇刺后的暴动之类的事件吗？一篇类似我正在撰写的文章能够在任何极权主义国家刊登吗？无论那是一个红色国度、黑色国度还是棕色国度？《每日工人报》被取缔了，但那是经过了整整十年，而在罗马、莫斯科或柏林，它不可能撑上十天。过去六个月来，英国不仅置身战争之中，而且遇到了自特拉法尔加海战以来最绝望的困境。而且——这是最重要的一点——即使《每日工人报》被取缔，它的编辑们仍然能够在公开场合鼓噪，发表声明为自己辩护，在议院里提问，希望得到政治色彩各异的善良的人们的支持。在十几个其它国家是天经地义、一劳永逸的"清算"不仅没有发生，而且几乎没有人会想到这种事情可能会发生。

英国的法西斯分子和共产党人会有支持希特勒的想法并不重要，重要的是，他们有胆量表达这些想法。他们这么做等于是默认民主自由终归不是假把式。1929年至1934年间，所有正统的共产党人都相信"社会法西斯主义"（即社会主义）是工人阶级真正的敌人，而资本主义民主比起法西斯主义也好不到哪里去。但是，希特勒上台后，数以万计的德国共产党人——仍然高喊着同

---

① 厄尼斯特·爱德华·冯·拉斯（Ernst Eduard vom Rath，1909—1938），德国驻巴黎外交官，于1938年被犹太青年赫歇尔·格林斯潘刺杀，该案引发了排犹的"水晶之夜"事件。

样的信条，直到一段时间后才将其放弃——逃到了法国、瑞士、英国、美国或其它愿意接纳他们的民主国家。他们的行动背叛了他们说过的话，正如列宁所说的，他们"用脚作出了投票"。在这里你会看到资本主义民主最大的优点。那就是，在民主国家，人民相对比较有安全感，你会知道当你和朋友谈论政治时不会有盖世太保正把耳朵贴在钥匙孔上，你会相信除非你触犯了法律，否则"他们"是不能惩罚你的，你还会相信法律的地位凌驾于政府之上。这种信念在部分程度上只是幻觉并不重要——当然，它的确就是幻觉。一个广泛传播的幻觉能够影响公共的行为，这本身就是一个重要的事实。让我们想象本届政府或未来的政府决定在取缔了《每日工人报》之后要彻底消灭共产党，就像意大利和德国的做法那样。很有可能他们会发现这是不可能完成的任务，因为这种政治迫害只能在完全成熟的盖世太保体制下才能做到，而英国没有这么一台机器，目前也无力去创建它。社会气氛会反对这么做，而且他们招募不到必要的人手。和平主义者对我们说如果我们与法西斯主义进行抗争，我们自己就会"变成法西斯分子"。他们忘记了每一种政治体系都必须有人进行操控，而人受到历史的影响。由于战争的影响，英国或许在许多方面变得堕落了，但除非它被征服，否则它不会变成另一个纳粹德国。它或许会考虑奥地利式的法西斯主义，但不会向革命式的、充满恶意的法西斯主义靠拢。英国没有适应法西斯体制的人员。这在很大程度上归因于三个世纪的安全和我们在上一场战争中没有沦为战败国。

但我并不是说只有《每日工人报》的社论中所提到的那种"自由"才值得去争取。资本主义民主本身并不充分，而且，除非它演变成为新的事物，否则它无法获得救赎。我们的保守党政客思想陈腐，或许希望并相信英国获得胜利的结果将会是回归过去，再签订一回《凡尔赛条约》，然后回到"正常的"经济生活，有数百万人失业，在苏格兰的荒原猎鹿，伊顿公学和哈罗公学每年的 6 月 11 日照常举行比赛，等等等等。反对战争的极左理论家害怕或声称害怕同样的事物。但是，我们的思想陷入了停滞，时至今日仍无法理解我们正在与之抗争的事物。纳粹主义或许是或许不是资本主义寡头垄断的伪装，但不管怎样，它不是十九世纪的那种资本主义。它是由利剑而不是由支票簿所统治的。它是中央集权化的经济，专门为战争而运作，并能够充分利用它所掌握的劳动力和原材料。旧式资本主义国家的各个力量往往不同的方向使劲，整顿军备会因为利润而中止，无能的傻瓜因为出身而窃居高位，阶级之间总是摩擦不断，它显然无法与纳粹主义进行竞争。如果人民阵线运动获得成功，英国在两三年前就与法国和苏联联手发动针对德国的先发制人的战争了——或威胁发起战争，英国的资本主义或许将会获得新生。但是，这种事情并没有发生，希特勒得以有时间武装到牙齿，并成功地将政敌赶尽杀绝。至少还有一年英国必须孤军奋战，而且前途未卜。我们的优势在于，首先，我们拥有强大的海军，其次，我们的资源从长期来说要更加充沛——如果我们能够运用这些资源的话。但是，我们只有在对政治和经济体制进行翻天覆地的改造之后才能运用这些资源。劳动生产力、兵临城下的士气、有色人种和被征服的欧洲人对待我们的态度，一切都最终取决于我们是否能够推翻戈培尔的指控：英国只是被一个自私自利的寡头阶级统治，是为了保住现状而进行战争。因为，如果我们仍然是寡头统治体制——戈培尔的描述并不是全属谎言——我们将被征服。如果让我在张伯伦治下的英国和希特勒想要强加于我们头上的政治体制之间作出选择的话，我会毫不犹豫地选择张伯伦治下的英国。但这种情况不可能发生。简单地说，我们的选择只有社会主义和战败。我们必须前进，或走向毁灭。

去年夏天，当英国的局势比目前更加绝望时，许多人意识到了这一事实。如果那个夏天的心情已经消退，一部分程度上是因为情况并没有大部分人当时所预料的那么糟糕，一部分程度上是因为没有哪个政党、哪份报纸或那位大人物能为不满的民众带来一个声音或指明方向。没有人能够解释为什么我们的情况会一塌糊涂，以及出路是什么。将全国团结在一起的男人是丘吉尔，一个富有才华和勇气的男人，但也是一个有局限性的传统爱国者。丘吉尔所说的无非就是"我们要为英格兰而战"。人们就蜂拥着追随在他身后。有人能说"我们要为社会主义而战"并感动群众吗？他们知道他们感到很失望，知道现行的社会体制都是错的，他们想要新的体制——但他们想要的是社会主义吗？到底什么是社会主义呢？直到今天，这个词语的含义对于英国群众来说仍然含糊不清，而且肯定没有感情上的吸引力。人们不会像为了国王和国家那样为了数字这种东西而牺牲。无论你有多么敬佩丘吉尔——我自己很敬佩他的人格和文笔，但我不喜欢他的政策——无论你对去年夏天他所做的一切有多么感激，在当前这个危机时刻，仍然指望一个保守党人担任领袖，难道这不是对英国社会主义运动的嘲讽吗？

英国从来没有一个严肃的、考虑到时代政治现实的社会主义政党。无论工党提出什么样的纲领，过去十年来要相信它的领导人预料到或期望在他们的有生之年能看到实质性的改变是很困难的事情。因此，左翼运动所蕴含的革命情感已经流入了不同的死胡同，而其中共产主义这条死胡同是最要命的。共产主义在西欧从一开始就注定会失败，各国的共产党早早就沦为俄国政权的公关喉舌。在这种情况下，他们不仅被迫随着俄国每一次政策的改变而改弦更张，而且对他们尝试领导的人的每一个本能和传统进行侮辱。经过一场内战、两次大饥荒和一场大清洗，他们所承认的祖国成立了寡头统治体制、严苛的思想审查制度并对领袖进行奴颜婢膝的崇拜。共产党人没有指出俄国是一个落后的国家，我们可以从中吸取教训但不应该进行模仿，而是被迫谎称大清洗和"清算"等行动是健康的征兆，任何思想正常的人都愿意看到它们被引进到英国。自然而然地，能被这种理念所吸引，并在了解它的本质后仍保持忠诚的人，不是神经病就是心肠歹毒的小人，对以残忍的手段而取得的成功感到心醉神迷。在英国，他们没办法吸引到稳定的追随者。但他们可能是，而且一直都是一个危险，原因很简单：没有别的团体能自称是革命人士。如果你感到不满，如果你想要以暴力推翻当前的社会体制，如果你希望加入一个能够保证实现这一点的革命政党，那么你一定会加入共产党。事实上，没有别的政党了。他们不会获得成功，但他们或许能变成希特勒。比方说，所谓的"人民大会"无法在英国执政，但它广泛地传播失败主义论调，在某个关键时刻对希特勒的帮助很大。一方面是"人民大会"，另一方面是"无论对错，我的祖国"式的爱国主义，目前根本没有切实的政策可言。

当英国出现真正的社会主义运动时——如果我们没有战败的话，它一定会到来，它的基础已经存在于上百万的酒吧和防空洞——它将消弭当前的政治分歧。它将是革命的，又是民主的。它将着眼于最基本的改变，而且愿意在必要的情况下动用武力。但它能认识到没有哪两种文化是完全相同的，它能意识到要保证革命不会遭受失败，就必须尊重民族情感和传统，它还能意识到英国不是俄国——或中国与印度。它会意识到英国的民主并非完全是假把式，或只是什么"上层建筑"。它会意识到恰恰相反，那是非常有价值的事情，必须加以保持和发扬，而且最重要的是，不能去侮辱它。这就是为什么我会花如此多的篇幅回应那些反对"资产阶级民主"的老调。资产阶级民主并不充分，但它要比法西斯主义好得多，要反对它就像把支撑着你的树枝给锯断。群众们知道这一点，即使知识分子不知道。他们会坚持民主的"幻觉"和西方意义上的诚实和体面。以"现实主义"和强权政治去打动他们，以劳伦斯和维索特出版社①的口号教导他们马基雅弗利主义是没有用的。充其量那只会引起思想上的迷惑，正中希特勒的下怀。任何能够动员起英国群众的运动一定会以被马克思主义者斥为"幻觉"和"上层建筑"的民主价值为圭臬。他们要么会缔造切合他们的历史的社会主义，要么会被外敌征服，结果很难预料，但一定会很可怕。有人尝试破坏对民主的信仰，或削弱他们从新教徒世纪和法国大革命继承下来的道德法则，但并不是为自己攫取权力作准备，或许是在为希特勒铺路——我们已经看到这种事情在欧洲频频发生，再也没有理由弄错它的本质。

---

① 劳伦斯与维索特出版社(Lawrence & Wishart)，创建于 1936 年，英国著名的左翼出版社，与英国共产党有密切的合作。

自由会与资本主义一同消亡吗？ ①

奥威尔的这篇文章是对来自苏福克郡威瑟斯菲尔德的读者道格拉斯·艾德致《左翼新闻》编辑的信件的回应，该信件的内容如下：

尊敬的阁下：

贵刊素来大方，您一定不会介意回答一位对您表示认同的人关于您的政策的问题吧？您的许多读者对这个问题一定和我一样感到困惑，希望您能作出解释。

您真的希望建立"社会主义民主"，就像乔治·奥威尔在他刊登于贵刊一月号②的文章所提出的那样吗？如果是这样的话，您能更加清楚地告诉我们您将如何着手进行呢？我非常仔细地阅读了独立工党的政策声明，但不了解通过民主方式如何去实现那十三个要点。

一、按照那十三点去做的话，那个体制不就与共产主义国家没有什么区别了吗？即使接受第十点的第二条成立工人委员会，这个组织在俄国也已经存在，民主将从何谈起呢？

二、假如你们没收了私有财产，建立起了既不是共产主义也不是法西斯主义的体制，您能保证那个体制不会有极权体制的邪恶，并会带来民主体制的好处吗？

三、如果我能确信国家将给予我回报的话，我不介意将我的财产交给国家。就像极权国家一样，您想要控制我的财产，而与极权国家不同，您承诺给予我民主。

四、我们都知道民主要比极权主义更加难以定义，如果斯特拉奇先生能就前者而不是后者写点什么会更好。如果奥威尔先生能够证明他的民主能消除资本主义的弊端，我会感到很高兴。

五、我们会像德国人那样在希特勒登上权力宝座的路上被诸如社会主义、民主国家和其它花言巧语所蒙骗吗？最主要的问题仍然是极权主义与资本主义之间的斗争，难道不是吗？以"社会主义"或其它形式的民主为名义，一个和资本主义民主一样糟糕甚至更加糟糕的体制将会应运而生，难道不是吗？？

六、我很肯定您的许多读者和我一样，觉得光有好的动机并不够。或许您的政策是建立消灭资本主义民主的另一个民主体制，但它既不是共产主义也不是法西斯主义，如果可以的话，请您对它进行更加清晰的定义，因为您所给出的定义并不是很清晰。如果有这么一个制度能够取代另外两个制度，显然它就是整个世界翘首以盼的体制。因此，我认为对您的事业来说，最好的宣传工作就是清清楚楚地解释这个体制。我们已经知道资本主义民主的弊端，贵刊那些精彩的关于共产主义和极权主义的文章也已经是众人皆知的内容，但关于贵刊所提倡的这个新的乌托邦，还请您告诉我们更多关

---

① 刊于 1941 年 4 月《左翼新闻》。
② 指奥威尔发表于 1941 年 1 月号《左翼新闻》的文章《我们的机会》。

于它的详情。

即使您不能刊登回信，或许您也可以将我的这封信刊登在未来的刊号上，或许您的读者将会提出有趣的评论和想法。

最忠实的读者

道格拉斯·艾德

这封信可以说是从自由主义的角度对社会主义的批评。我认为大体上可以将它总结为两个问题：

一、有没有理由认为社会主义真的比资本主义民主更加美好？

二、民主能否在集体主义的时代生存？还是说它只是自由放任的资本主义体制的反映？

显然，这两个问题有重合之处，但第一个问题的范围更加广泛，而且触及了"历史必然性"这个最重要的信条。或许单独回答第一个问题会让你对第二个问题有更清晰的了解。

社会主义者并没有宣称过渡到集体经济就会让人类的生活立刻变得更加快乐、轻松和自由。恰恰相反，过渡时期或许会使得生活变得难以忍受，而且会持续一段漫长的时间，或许会长达数百年之久。我们必须达成一个目标——这个目标是迟早会实现的——而通往这个目标的道路或许会经历几个或许很艰苦困难的阶段。我要说的是，几乎所有学派的社会主义者都相信人类的归宿和真正的幸福是一个纯粹共产主义的社会，在那个社会里，人类是平等的，没有人有权力去压迫别人，经济动机不再起作用，主宰人们的动机是爱与好奇，而不是贪婪与恐惧。这就是我们的命运，我们无法摆脱这个命运。但怎么去实现它，要等多久才会实现，则取决于我们自己。社会主义——生产资料的集中所有制和民主政治——是通往共产主义的必要的下一步，就像资本主义是封建主义必要的下一步那样。它本身并不是最终的目标，而且我认为我们应该警惕以为社会主义一定会比资本主义民主更加美好的设想。

如果我们回顾历史，我们会看到推动进步的创新并不总是会带来改善。如果你只考虑人类生活的质量，我认为西方社会除了接受基督教义之外，并没有什么真正的进步可言。几乎可以肯定中世纪的乡村要比古罗马的奴隶农场更加美好，但接下来或许就每况愈下了。封建主义必须消亡，被资本主义所取代，因为没有资本的集中，推动进一步前进的技术发明就不可能实现。但作为一种生活方式，资本主义并不比封建主义更加美好，而且更加糟糕。封建社会或许并不平等，但它是人道的。它有爱与忠诚，但它没有平等。而资本主义不允许人道关系的存在。它的法则只有谋求利润。就在不到一个世纪前，年仅六岁的孩子会被贩卖并在矿井里和棉花工厂里工作直到死去，比我们现在使唤一头驴子更加残忍。这并不比西班牙的宗教法庭更加残酷，但它更不人道，因为让这些孩子工作至死的人认为他们只是劳动工具，是东西，而西班牙的宗教仲裁者会认为他们是灵魂。根据资本主义的伦理观，在一个人为你工作四十年后将他活活饿死并没有什么不对，这是"划算的生意"，必要的裁员是你对股东应尽的责任。确实，资本主义已经被驯服和改造，并孕育了它自己的美德——我待会儿将回到这一点——但我认为必须承认它的本质是邪恶的，因为有了它，人类的生活在某些方面堕落了。我们的语言退化了，我们的衣服变得低俗了，我们的言行举止变得糟糕了，民间艺术消失了，这些都是堕落的体现。原始部落的人无疑没有受到资本主义和工业主义的影响，要比文明人更加快乐。几乎每个旅行过的人都可以证实这一点。在原始部落里，至少在气候温暖的地区，你看到的那些面孔都很开心，而在西方的大都市里，情况并不是这样。

但永远停留在发展的同一阶段是不可能的。没有人——即使他拥有历史的先见之明——能够说"我们已经实现了理想的生活方式，我们不要再继续前进了"。技术进步总是在继续，即使在当时它败坏了人性。新的文明总是消灭旧的文明，即使那只是因为前者比后者的军事效率更高。推行计划经济的中央集权政权将取代自由放任的资本主义是不可避免的，因为后者在严肃的斗争中就像阿比西尼亚人对抗意大利的机关枪时一样无助。过去两年来我们已经清楚无疑地看到了这一点。英国和法国根本无力在军事装备上与纳粹德国的计划经济相抗衡。当一个现代国家发动战争时，一定要专注于单一目标，不进行统治者不愿意面对的社会与经济重建工作根本不可能压制私人利益和降低生活标准。结果，法国就像纸扎的房子那样垮台，英国得以幸免纯粹是因为地利和拥有一支半自治因此得以保存实力的海军，以及英国人坚韧的性格。从那时之后，迈向军事效率的每一步都与旧式的资本主义渐行渐远。如果考虑到这场战争的军事与道德层面，或许英国只能变得比纳粹德国更像是一个社会主义国家才能获得胜利。但不管怎样，可以肯定的是，除非战争在接下来的几个月内以无法预料的方式结束，否则英国将不会再是张伯伦执政下的那副模样。它或许会变成社会主义，或许在被征服后推行纳粹主义，或演变出本土化的法西斯主义——但它不会再是旧时的资本主义。要求推行中央集权以及有计划地生产和消费的压力盖过了一切。这就是整个世界正在走的道路，战争只是澄清了问题，那些尝试阻止这一进程的人总是以推动这一进程而告终。像墨索里尼和佛朗哥这样的人先是信誓旦旦要捍卫私有财产，镇压"马克思主义"，并复辟旧制，或许他们真心想这么做，结果却摧毁了他们一开始想要捍卫的"权利"。资本家要求他们奴役工人阶级，却发现他们自己被奴役了。迈向集中制的运动一直在进行，但形式各异，有的充满希望，其它的却非常可怕。

"但是，"有人会说，"如果集体主义已经在世界各地取得了胜利，而纯粹的共产主义一定会最终到来，那有什么可以烦恼的呢？既然一百年后一切都会是一样的，那为什么还要与希特勒或我们本土的希特勒式的人物抗争呢？"这引发了我尝试对艾德先生的信件进行总结的那两个问题中的第二个。

不幸的是，没有人能肯定一百年后、一千年后乃至一万年后情况一定会是一样的，而这就蕴含着斗争的理由。我已经说过，世界各地所发生的情况是，个人对自己的私有财产拥有绝对控制权的竞争社会被中央集权的计划社会所取代。直到不久以前，我们还理所当然地认为这个即将到来的新的社会形式就是"社会主义"。社会主义曾被定义为"生产资料的共同所有"，而大多数人并不愿意去思考"共同"这个词的确切含义。我们曾经认为唯一重要的不平等是经济上的不平等，而只要消灭了私有财产，经济上的不平等就会消失。纳粹主义既没有正式废除私有财产也没有尊重个人的权利，并不吻合这个概念，而且直到不久前左翼的正统理论仍认为纳粹主义就是"资本主义"。它的中央集权的倾向，由纳粹党的官员压迫资本家这个明显的现象被忽视了。纳粹体制被断言只是蒙上了伪装的商人独裁体制。希特勒被贬斥为德国工业巨头的"工具"和蒂森①的"棋子"（我们刚刚了解到这两人中哪一个才是棋子），这场运动的意识形态的一面被一带而过，没有引起注意。既然纳粹主义不是西欧的社会主义，那它肯定就是资本主义。左翼政党的正统理论家做出这番推理，但没办法解释为什么希特勒会掌握大权，为什么会有数百万人愿意为他卖命，或为什么他会取得胜利。他们只能低估纳粹主义的力量。不然的话他们就只能承认纳粹主义确实避免了资本主义的矛盾，它是社会主义的一种，却是没有民主的社会主义，这意味着承认"生产资料的共同所有"并不是一个充分的目标，只是改变社会结构并无法改善什么。纳粹主义必定会战胜资本主义民主，因为它更加与时俱进，因此军事上更有效率；但作为一种生活方式，它要糟糕得多。它是向前的一步，也是迈向灾难的一步。

纳粹主义可以被定义为寡头统治的集体主义。它能够避免资本主义的混乱和矛盾、萧条和危机、失业和停滞，而且它或许有可能实现长治久安，但比起资本主义，它使人类变得更不幸福和更不平等。它的倾向是建立一个等级森严的体制，以"种族优越性"作为基础，或许其最高领导层以任命制而不是继承制进行延续。它是一种新的暴政，权力取代了金钱成为最重要的事情。似乎可以肯定同样的事情正在苏俄发生。过去六年来，这两个政权

---

① 奥古斯特·蒂森（August Thyssen, 1842—1926），德国工业巨头，蒂森·克虏伯公司创始人之一。

变得越来越相似。就像封建时代结束后出现了有产阶层这个新的角色一样，在资本主义时代结束后出现了新的角色——膜拜权力的人，他们是纳粹的长官和布尔什维克的政委。这种人或许会有个别人堕落腐化，但大体上他们并不是唯利是图的人或追求享乐的人。他们不想要安逸和奢华的生活，他们只想要以暴政统治别人的快乐。由于权力没有像金钱那样被揭穿，他们能够自命正义，忽视自己的动机，而这是有产阶层所做不到的。但站在被压迫者的角度，权力的统治比金钱的统治更加糟糕，因为分钱要更容易一些。

但是，除了独裁和寡头统治之外难道真的别无出路了吗？答案是，这场世界革命才刚刚开始。你能够称之为"革命"的事情刚刚在两个大国发生，在这两个国家军事独裁是社会的常态。向集权式经济的转变必然会发生，而且正在各个地方发生，而且可以认为在不同的国家会以不同的形式出现。我们没有理由认为西方会效仿东方。当人们提起西方或西方文明时，他们指的是北大西洋各国、斯堪的纳维亚国家、低地国家、法国、英国和北美的国家。这些国家有许多共同之处，可以被认为拥有同一文化。它们都受到法国大革命的影响，都建立了议会民主体制，虽然效率低下，但能有效地制约政治投机分子，而且它们的生活水平都很高，使得独立劳工运动能够发展。它们当中最大的两个国家因为享有得天独厚的海上位置而免遭外国侵略和军事统治。最重要的是，对资产阶级民主的信仰在这些国家广为传播，而且在平民中的传播比在统治阶层的传播更普遍。自由或许只是幻觉，但你无法在英国煽动一大帮年轻人进行示威游行和高呼"我们唾弃和平"的口号，这是非常重要的事实。西方文明的敌人热衷于指出民主国家相对的和平和体面的生活只是高收入的体现，在过去一百多年来很大程度上是建立在对有色人种的剥削之上的。情况确实如此，但这就像是在说："这片田因为去年刚刚施过肥，所以很肥沃。"我们的顾虑并不是现实，因为我们的生活是用印度苦力的鲜血浇灌的。厌恶对平民使用暴力和对言论自由的尊重是西方生活的鲜明特征，即使我们的生活水平下降到与东欧同样的地步，它们也不会在一夜间消失。人的信仰并不完全取决于几日间乃至几年间物质条件的改变。一个流落荒岛的理科教授或许体验到了野人的生活条件，但他不会就此变成野人，例如：他不会开始相信太阳绕着地球转。当我们完成了革命时，我们的社会结构和经济结构将发生翻天覆地的改变，但我们仍将保留着之前的时代里学会的思想和行为习惯。一个国家不会轻易地抹杀它的过去。资本主义已经无可救药了。它正在消亡，但这并不是说某个星期一的早上我们一觉醒来就置身于一个满是标语口号和橡胶警棍的世界。我认为对艾德先生的问题的回答是，如果我们将爆发革命的话，那会是一场不是那么血腥的革命，而且带有许多资产阶级民主的特征——我们害怕它们会消失，这是情有可原的，但它们将会延续下去。

一切都取决于"如果"。我们必须将命运掌握在手中，这意味着我们将进行一场"腹背受敌"的战争。前面我已经说过，经历了这场战争之后，我们要么将被征服并被改造成纳粹化的社会主义国家，要么将取得胜利，但演变成具有自身特点的法西斯国家。第三种可能性是否真的存在尚未可知。这场战争的一个突出特征就是英国的统治阶级没有办法学会真正的法西斯主义思想。虽然他们很想这么做，但他们似乎不够聪明或没有足够的政治理解力，又或者是因为坏得不够彻底，学不会极权主义的那些手段。当然，英国仍然是一个阶级差别鲜明的国家，而且在狂轰滥炸中到处仍有令人愤慨的贫富悬殊。但这是财阀阶层统治，与法西斯主义根本不可同日而语。当然，削减劳工权利、媒体审查、小规模的政治迫害和自由权利的整体减少将会发生。但这就是战争。你不能将英国政府的所作所为与某个不可能实现的理想进行比较，而是应该与任何一个战时的政府进行比较，无论那个政府是什么样的政治色彩。比方说，西班牙的共和政府从内战一开始就违背了民主的每一个原则，比我们的政府的所作所为还要过分得多，或者说，比任何英国保守党政府胆敢做出的事情要过分得多。对人民大会的笨拙而效率低下的追捕并不是法西斯分子的做法，那是愚蠢的财阀的做法，他们很想采取极权主义的手段，但不知道怎么做。当然，我们必须警惕这些人，一有机会就把他们赶下台，但不是因为他们会专权弄政，而是因为如果继续由他们掌权的话，我们将会输掉这场战争。

我不知道什么时候才会等到权力更迭的机会。现在没有这个机会。我认为在敦刻尔克大撤退之后这个机会曾经出现过。在这个特别的时刻，我不知道一个人在政治上可以做些什么，或许能做的就只有尽可能广泛地传播以下这三个理念：

一、我们必须消灭希特勒，否则人类的进步或许将被冻结数个世纪之久。这意味着英国必须赢得这场战争。

二、除非我们采取建立社会主义的前期步骤，否则这场战争将无望获胜。

三、英国的革命只有接受历史才有机会取得成功。

但是，艾德先生所说的我们的"新乌托邦"在它的第一阶段会是什么情况，我们无从得知。我们不知道它会以什么方式实现，是不是很容易就出于人民群众自愿的努力而实现，还是经过独裁和内战的漫长而痛苦的过程而实现。我只是指出英国的革命或许不会像其它地方的革命那么血腥和令人失望，我们无法保证社会主义的第一阶段从享乐主义的角度要比资本主义民主更加"美好"。但我们不能认为这是理所当然的事情，我们只能认为这种可能性是存在的。关于这场战争唯一能肯定的就是，我们不应该有始无终。因为资本主义有其优点，因此就必须保持这一体制，这就好像是在说一个婴儿因为躺在摇篮里很舒服，所以他要一辈子都当个婴儿。这种事情是不会发生的。寄希望于不可能发生的事情，即使是不可能发生的好事，在本质上也是反动的。

艺术与宣传的界限[①]

我来谈一谈文学批评，在这个我们所生活的世界里，这几乎就像谈论和平一样不会有任何结果。这不是一个和平的时代，也不是一个文学批评的年代。在欧洲过去这十年来，旧式的文学批评——真正审慎、一丝不苟、立场公允、将一部作品当成一件本身有其价值的艺术品的文学批评——已经近乎不可能了。

如果我们回顾过去十年来的英国文学作品，并且更多地去回顾当时盛行的文学态度，我们会注意到，它们几乎不再有美学上的价值。文学似乎被政治宣传所淹没。我不是在说这段时间所诞生的所有作品都这么糟糕。但那一时期的标志性作家，像奥登、斯宾德和麦克尼斯[②]，都是说教式的政治作家。当然，他们知道什么是美，但他们更关心的是主题而不是文学上的技巧。最活跃的文学批评几乎都是马克思主义作家写的，像克里斯朵夫·考德威尔[③]、菲利普·亨德森[④]和爱德华·厄普华[⑤]，他们将几乎每本书都视为政治宣传手册，比起发掘狭义的文学品质，他们更热衷于发掘其政治和社会的含义。

这一点因为和之前不久的文学氛围形成了鲜明突兀的对比而显得格外引人注目。二十年代的标志性作家——例如托马斯·斯特恩斯·艾略特、埃兹拉·庞德、弗吉尼亚·伍尔夫——他们关心的重点是技巧。当然，他们有自己的信念和偏见，但他们对技巧的创新更感兴趣，而不是他们的作品所蕴含的道德、寓意或政治含义。他们当中的佼佼者詹姆斯·乔伊斯就是一位技巧大师，除此无它，大概是最接近于"纯粹的"艺术家的作家。就连戴维·赫尔伯特·劳伦斯，虽然比起与他同一时期的作家，他更像是一个"创作目的明确的作家"，却也并没有多少我们现在所说的社会意识。虽然我把时间圈定在二十年代，其实从1890年开始情况就一直都是这样。那个时期的文学观念是：形式比主题更重要，"为艺术而艺术"被认为是天经地义的理念。当然，有的作家不同意这一点——萧伯纳就是其中一个——但那是主流的看法。那个时期最重要的评论家乔治·塞恩斯伯里⑥在二十年代已经是上了岁数的人，但他的影响力一直延续到1930年前后。塞恩斯伯里一直坚定地抱着重视技巧的艺术态度。他声称自己只从作品的文笔和文风对其作出判断，对作者的看法几乎完全漠然置之。

现在，你要怎么解释这一看法的突然转变呢？在二十年代末你有了一本像埃迪丝·西特韦尔⑦评论蒲柏⑧的书，重点全都放

---

① 刊于1941年5月29日英国广播公司的《听众》。

② 弗雷德里克·路易斯·麦克尼斯（Frederick Louis MacNeice，1907—1963），爱尔兰诗人、剧作家，代表作有《天空的洞穴》、《现代诗艺》等。

③ 克里斯朵夫·考德威尔（Christopher Caudwell，1907—1937），英国作者、诗人，代表作有《天国》、《意象与现实》等。

④ 菲利普·亨德森（Philip Henderson），情况不详。

⑤ 爱德华·法莱斯·厄普华（Edward Falaise Upward，1903—2009），英国作家，代表作有《通往边境之路》、《一个不可提及的男人》等。

⑥ 乔治·爱德华·贝特曼·塞恩斯伯里（George Edward Bateman Saintsbury，1845—1933），英国作家及文学史专家。

⑦ 埃迪丝·路易莎·西特韦尔（Edith Louisa Sitwell，1887—1964），英国女诗人，西特韦尔三姐弟中的大姐，代表作有《该隐的阴影》、《一位诗人的札记》等。

⑧ 亚历山大·蒲柏（Alexander Pope，1688—1744），英国诗人，曾翻译出《荷马史诗》，代表作有《弥赛亚》、《论人类》等。

在了琐碎的文学技巧之上，似乎把文学创作当成是在绣花，仿佛词语没有意义。才过了几年，你听到一位像爱德华·厄普华这样的马克思主义批评家宣称只有符合马克思主义思想的作品才是"好的"作品。从某种意义上说，埃迪丝·西特韦尔和爱德华都是其时代的代表。问题是，为什么他们的看法如此不同？

我认为你必须从外部环境中寻找原因。文学的审美和政治态度都是某个时期的社会氛围的产物，或至少受其约束。如今一个时期结束了——1939年希特勒进犯波兰宣告了一个时期的结束，就像1931年的大萧条宣告了另一个时期的结束一样——你可以回首过去，了解到文学态度是如何受到外部事件的影响，而在几年前根本不可能做到这一点。任何回顾过去百年历史的人都会惊讶地发现值得关注的文学批评和对文学的批评性态度在1830年到1890年之间的英国文坛几乎绝迹。这并不是说那时候没有诞生好的作品。那时候的几位作家——狄更斯、萨克雷、特罗洛普和其他人——或许会比在他们之后的作家更能被人长久地记住。但维多利亚时代的英国文坛没有与福楼拜、波德莱尔[1]、高迪埃[2]等作家相对应的人物。现在我们所知道的审美上的审慎在当时几乎是不存在的。对于一个维多利亚时代中期的英国作家来说，书本只是为他带来金钱和进行布道的工具。英国在迅速变迁，在旧的贵族阶级的废墟之上出现了新的有产阶级，与

---

[1] 夏尔·皮埃尔·波德莱尔（Charles Pierre Baudelaire，1821—1867），法国诗人，象征派诗歌先驱，代表作有《恶之花》、《巴黎的忧郁》等。

[2] 皮埃尔·朱尔斯·提奥菲尔·高迪埃（Pierre Jules Théophile Gautier，1811—1872），法国诗人、作家、评论家，代表作有《西班牙游记》、《艺术》等。

欧洲的联系被切断了，长久以来的艺术传统被打破了。十九世纪中叶的英国作家都是野蛮人，即使是像狄更斯这样的才华横溢的作家。

但在十九世纪下半叶，与欧洲的接触通过马修·阿诺德、帕特①、奥斯卡·王尔德等众多作家而重新建立，对文学形式和技巧的推崇回来了。正是从那个时候开始形成了"为艺术而艺术"的观念——这句话已经很过时了，但我认为仍然是最恰当的。它之所以能盛行那么久而且被视为理所当然，是因为1890年到1930年的整个时段生活非常舒适安全。我们或许可以称之为资本主义时代的金色午后时光。就连世界大战也无法真正地撼动它。世界大战死了一千万人，但它对世界的影响并不像此次战争已经造成的影响和将会造成的影响那么严重。从1890年到1930年，几乎每个欧洲人都生活在心照不宣的信念中，认为文明将会永远持续下去。作为个体你可能会走好运或倒霉运，但你心里觉得不会发生什么重大的改变。这种氛围造就了思想的超脱和对艺术的推崇。那种千秋万代的踏实感使得像塞恩斯伯里这样的批评家，一个真正的老式保守党人和高教会派信徒，能对那些因政治和道德观念被他所憎恶的作家保持严谨而公允的态度。

但自1930年以来，那种踏实感已经不复存在。希特勒和大萧条粉碎了它，而就连世界大战和俄国革命也无法将其粉碎。1930年后出现的作家生活在这么一个世界里，不仅个人的生活时刻受

---

① 沃尔特·帕特(Walter Pater, 1839—1894)英国作家、诗人、文学及绘画批评家，对文艺复兴时代的名家有独到见解。

到威胁，就连一个人的整个价值体系也无法幸免。这种情况使人无法变得超脱。你不能对会让你死去的疾病抱以纯粹的审美态度，你也不能对一个要割开你喉咙的人抱以冷静的态度。在法西斯主义和社会主义展开搏斗的世界，任何有识之士都必须选择立场，他的情感不仅会体现于他的创作中，也会体现于他对文学作品的判断上。文学必须走向政治化，因为任何其它事情都意味着思想上的不诚实。你的关切和仇恨就暴露在意识的表层，无法被视而不见。作品讲述的主题变得如此紧迫而重要，它们的创作手法似乎根本不重要了。

这件事持续了十年左右，文学作品，甚至包括诗歌，与政治宣传纠缠在一起，极大地影响了文学批评，因为它摧毁了纯粹审美主义的幻想。它让我们了解到，政治宣传总是以某种形式隐藏在每本书中，每一件艺术作品都有其意义和意图——政治的、社会的、宗教的意图——我们的审美判断总是戴着我们的偏见和信念的有色眼镜。它推翻了"为艺术而艺术"的理念。但它也一度将我们引入了一条死胡同，因为它让无数的年轻作家试着让他们的精神和某个政治学说捆绑在一起，一旦他们被其束缚，就根本无法在思想上保持诚实。那时候他们所能接触的思想体系是正统的马克思主义，它要求对俄国保持爱国式的忠诚，强迫作家称自己为马克思主义者，卷入权力政治的尔虞我诈。而且，即使这么做是可取的，这些作家所赖以立足的信念也突然间被苏德条约击碎了。就像你不能真正地超脱于当代事件一样，1939年的时候许多作家发现你不能为了某个政治信念而牺牲你的正气——至少你要是这么做了就不能继续当一个作家。单有审美的审慎还不够，但单有政治上的诚实也是不够的。过去十年的种种事件让我们悬在半空中。它们暂时让英国没有了任何可以察觉的文学倾向，但它们帮助我们比以前更好地厘清了艺术与政治宣传的界限。

托尔斯泰与莎士比亚①

上个星期我指出艺术与宣传从来就不是截然分开的，原本应该是纯粹的美学上的判断总是在某种程度上受到政治、道德或宗教上的忠诚的侵蚀。我还补充说道，在多事之秋，就像过去十年那样，没有哪个有思想的人能无视身边所发生的事情，或避免选择立场，这些潜伏在水面之下的忠诚被推到了意识的表面。批评越来越露骨地成为党派之争，甚至连假装超脱也成为非常困难的事情。但是，你不能从这一点推论出并没有审美批评这回事，认为每一件艺术品都只不过在为政治宣传服务，并只能从政治宣传的角度进行评价。如果我们这样去思考的话，我们的思想就会陷入死胡同，有很多明显而重大的事实无法得以解释。为了解释这一点，我想要探讨迄今为止最了不起的一篇非审美性的道德批评——或许你可以说是反审美的批评——托尔斯泰对莎士比亚的评论。

在临近人生终点时，托尔斯泰写了一篇针对莎士比亚的激烈批评，想要表明莎士比亚不仅不是一个大家所公认的伟大作家，而且完全一无是处，是整个世界迄今为止所见到过的最糟糕卑劣的作家。这篇文章在当时引起了强烈愤慨，但我不认为它得到了令人满意的回应。而且，我希望指出大体上它是无法被回应的。托尔斯泰所说的一部分内容严格来说是真的，但另外一部分内容只是一家之言，根本不值得进行争辩。当然，我不是说这篇文章里没有任何细节可以作出回应。有好几处地方托尔斯泰自相矛盾，由于他探讨的是外国文学，他产生了许多误解。我认为，他无疑对莎士比亚怀着仇恨和嫉妒，这让他进行了某种程度的歪曲，至少是有意地视而不见。但这些都无关主旨。大体上，托尔斯泰所说的话不无道理，或许对当时风行的盲目崇拜莎士比亚的潮流起到了有益的纠正作用。对它的回应不在于我能够说什么，而在于托尔斯泰自己不得不说出来的话。

托尔斯泰的主要观点是，莎士比亚是一个浅薄的小文人，没有一以贯之的哲学，没有值得关注的思想或看法，不关注社会问题或宗教问题，对角色或情节的合理性没有把握，如果说他有什么明确的态度的话，那就是一种玩世不恭的、不道德的、老于世故的生活态度。他指责莎士比亚是生搬硬凑写出那些戏剧的，毫不在乎内容是否可信，尽写一些荒诞不经的语言和不可能出现的情景，让所有的角色说着矫揉造作的台词，与现实生活完全脱节。他还指责他硬生生地将一切塞进戏剧里——独白、民谣的只言片语、讨论、低俗的笑话等等——根本不去停笔想一想它们是否与情节有关，而且认为他所生活的时代的那种毫无道德可言的强权政治和社会不公是天经地义的事情。简而言之，他指责莎士比亚是一个草率随便的作家，一个道德上可疑的人，而且最重要的是，他根本没有思想可言。

这一番话里有许多矛盾的地方。托尔斯泰说莎士比亚是一个不道德的作家，这并不是真的。他的道德观或许与托尔斯泰的不同，但他有非常明确的道德观，明显地贯穿他的所有作品。举例

---

① 1941 年 6 月 5 日刊于英国广播公司的《听众》。

来说，他比乔叟或薄伽丘更加道德。而且他并不像托尔斯泰试图证明的那样是一个傻瓜。有时候，在不经意间，你或许可以说他展现了超越时代的目光。在这方面，我想让大家关注卡尔·马克思的一篇评论——与托尔斯泰不同，他很崇拜莎士比亚——评论的对象是《雅典的泰门》。但我要再强调一遍，托尔斯泰所说的话大体上是正确的。莎士比亚并不是一个思想家，那些声称他是世界上最伟大的哲学家之一的批评家其实是在胡说八道。他的思想只是一锅大杂烩或一口大麻袋。和绝大多数英国人一样，他遵循一套行为守则，但没有世界观或哲学思辨力。再强调一次，确实，莎士比亚并不在乎合理性，也不在乎角色的性格一致。正如我们所知道的，他总是从别人那里窃取情节，匆匆地将它们写入剧本中，总是引入一些原作里没有的荒诞和矛盾。时不时地，当他碰巧写出了一个自然流畅的情节时——比方说，《麦克白》——他的角色就很合理一致，但在许多情况下他们被迫作出按照通常的标准完全不可信的行为。他的许多剧本，其可信度甚至比不上童话故事。不管怎样，我们没有证据表明他是在严肃地进行戏剧创作，而不只是把它当成了谋生手段。在他的十四行诗中，他甚至从未将他的戏剧列入他的文学成就中，只是有那么一次羞赧地提到他曾经是个演员。在一定程度上，托尔斯泰是有道理的。莎士比亚是一位深刻的思想家，其剧本具备了完美的技巧和精细的心理观察，提出了一以贯之的哲学——这番话纯粹是无稽之谈。

只是，托尔斯泰做到了什么呢？他的这番激烈的抨击原本应该彻底摧毁了莎士比亚，而且他相信自己已经做到了。从托尔斯泰写出这篇文章那时起，或从它开始被广泛阅读的时期起，莎士比亚应该已经身败名裂。热爱莎士比亚的读者应该了解到他们的偶像已经被揭穿，了解到事实上他毫无优点可言，他们应该不能从他那里得到任何乐趣。但这种事情并没有发生。莎士比亚被驳斥得体无完肤，但他依然屹立不倒。他没有因为托尔斯泰的攻诘而被遗忘，反倒是这番批评几乎完全被遗忘了。虽然托尔斯泰在英国很受欢迎，这篇文章的两个译本却都已经绝版了。我找遍整个伦敦，最后才在一个博物馆里找到其中一篇。

因此，虽然看上去托尔斯泰能将几乎莎士比亚的一切说得一无是处，但有一件事他无法自圆其说，那就是莎士比亚的广受欢迎。他自己知道这一点，而且觉得很迷惑。前面我说过，对托尔斯泰的回应其实就蕴含于他本人不得不说的话里。他问自己，为什么像莎士比亚这么一个蹩脚、愚蠢而且不道德的作家会到处受到推崇，最终他只能将其解释为一个波及全世界的扭曲真相的阴谋，或是一种集体幻觉——他称之为催眠——正所谓众人皆醉唯他托尔斯泰独醒。至于这场阴谋或幻觉是如何开始的，他只能归结于十九世纪初某些德国评论家的操纵。他们说莎士比亚是一位优秀的作家，开始了这个邪恶的谎言，从那时开始，没有人有勇气对他们进行反驳。你不需要花很多时间在这个理论上。它根本就是在胡说八道。绝大多数喜欢观看莎士比亚戏剧的观众从来没有被任何德国评论家所影响，无论是直接的还是间接的，因为莎士比亚的广受欢迎是毋庸置疑的，而且就连平民百姓也都喜欢，不只是那些读书人。他在世时就已经是英国的舞台宠儿，而且不只是在说英语的国度，而是几乎整个欧洲和亚洲的部分地区。就在我写这篇文章时，苏联政府正在纪念他逝世三百二十五周年，而在锡兰，我曾经看到他的一部戏剧正在舞台上演，翻译成了我一个字也听不懂的语言。你只能总结认为，莎士比亚的作品里一定有其优秀之处——经得起考验——让数以百万计的人去欣赏，但托尔斯泰却未能了解。他能经得起被人了解到他思想混乱，剧本里充斥着离奇的情节。但你不能以这种方式驳倒他，就像你不能对一朵花说教而使它枯萎一样。

我想这进一步阐明了上周我所说的话：艺术与宣传的界限。它表明了任何只针对题材与意义的批评的局限性。托尔斯泰不是批评作为一个诗人的莎士比亚，而是说他不是一个思想家，不能做到文以载道，按照这一方针，他很轻松地就将莎士比亚驳倒。但是，他所说的一切都无关主旨，对莎士比亚根本没有影响。他的声誉和我们从阅读他的作品中所得到的愉悦依然与从前一样。显然，一个诗人不仅仅只是一个思想家和导师，虽然他也必须是这两种角色。每一篇作品都有其宣传的一面，而在任何书籍、戏剧、诗歌或别的什么作品中，要想成为传世之作，里面必须有什么东西能够经得起考验，它不受作品道德或意义的影响——那个经得起考验的东西我们只能称之为艺术。在一定的限度里，糟糕的思想和糟糕的道德也能成为优秀的文学作品。如果像托尔斯泰那样一个伟人都不能证明事实恰好相反，我不知道还有谁能够做到。

诗歌的意义①

我将引用著名英国诗人杰拉德·曼利·霍普金斯的诗作《菲利克斯·兰德尔》作为开始——他是一位罗马天主教的神父，于1893年逝世。

> 菲利克斯·兰德尔是个蹄铁匠，
>
> 噢，他死去了吗？我的责任都已经结束，
>
> 谁曾看过他的墓穴，这个魁梧硬朗而英俊的汉子，
>
> 苦恼，苦恼，直到命运降临的那一刻，
>
> 罹患致命的恶疾，努力地进行抗争。
>
> 起初他愤怒地诅咒命运，但终与命运和解。
>
> 他的全身涂满油膏，几个月前他开始有了更加圣洁的心，
>
> 我让他获得了救赎，
>
> 温柔地对待他。啊，好了，上帝宽恕了他一路以来的冒犯！

> 看到这个病人，让我们变得更加亲近，更加亲近。
>
> 我的话语为他带来了宽慰，他的眼泪淬熄了火焰，
>
> 他的眼泪触动了我的心，孩子，菲利克斯，可怜的菲利克斯·兰德尔。

你在那些不安分的岁月，怎会预料到这个下场，

当你是强压同侪的人，站在那个熔炉旁，

修葺了那头灰色高头挽马的锃亮的、踏破一切的铁履！

　　这是一首人们称之为"艰难晦涩"的诗——我选这么一首艰难晦涩的诗是有原因的，稍后我会解释——但它的大体意思无疑是很清楚的。菲利克斯·兰德尔是一个铁匠——具体地说，是打造马蹄铁的铁匠。诗人是他的牧师，和他认识了大半辈子，他一直是个孔武有力的大个子，后来诗人看他遭受病魔侵袭，渐渐死去，在病床上像一个孩子那样痛哭流涕。这就是大体上这首诗所讲述的"故事"。

　　但现在回到我为什么会选这么一首晦涩和你或许会说矫揉造作的诗篇。霍普金斯是人们所说的"作家中的作家"，其文风古怪别扭——或许真的很蹩脚，至少是糟糕的模仿对象——很难理解个中含义，不过对那些出于职业需要对写作技巧感兴趣的人很有吸引力。因此，在对霍普金斯的批评中，你会发现重点总是落在他的语言运用上，而他的主题则很少被提及。当然，在任何诗评中，把重点放在韵律是否动听上似乎是天经地义的事情，因为诗句的炼字——每个字的发音和含义，以及两到三个字组合在一起的音律和意象——显然，这要比它们在散文中更加重要，否则也就没有理由要以合乎音律的形式进行创作了。而霍普金斯尤为突出，他的语言奇崛脱俗，他刻意营造出的韵律有时候所体现的令人惊诧的美感似乎掩盖了其它的一切。

---

　　① 刊于 1941 年 6 月 12 日的《听众》。

你或许会说，这首诗最美妙特别的格调源自一个词语上的巧合。因为那个将整首诗串联起来，并赋予了它一种堂皇而带着悲剧情怀的气息而不只是可悲的词语，正是最后的"sandal"（履）一词，而这个词纯粹是因为和"Randal"（兰德尔）押韵才进入了霍普金斯的思绪。或许我应该补充一下，"履"这个词对英国读者比对东方读者更有感染力。东方人每天都看到履，或许自己脚上就穿着一双。对于我们来说，履是充满异域风情的东西，让我们联想起古希腊人和古罗马人。当霍普金斯将一匹拉车的马的马蹄铁描写为履时，他突然把那匹马转变为一头神秘的巨兽，就像纹章上面的怪兽。他以最后一句那个极具文采的韵脚增强了这一效果——"修葺了那头灰色高头挽马的锃亮的、踏破一切的铁履"——这其实是一首六步格诗，荷马和维吉尔用的就是这一格律。通过音韵和联想的结合，他成功地将一个普通村夫的死提升到悲剧的高度。

　　但是，那种悲剧的感觉并不只是简单地存在于空洞的音节组合里。你不能认为诗只是纸上的文字组合，就像一种马赛克瓷砖的花纹。这首诗的动人之处除了它的韵律和乐感外，还有一种情怀，如果霍普金斯的哲学和信仰稍有不同的话将不复存在。首先，这是一个天主教徒的诗；其次，他生活在一个特殊的时期。那是十九世纪下半叶，旧时的英国田园生活——古老的撒克逊农村社区——终于步入消亡。整首诗的感觉带有基督教的色彩。它是关于死亡的诗，而世界上的几大宗教对死亡的态度各有不同。基督教对死亡的态度并不是欢迎的态度，也不是以斯多葛学派的漠不关心的态度去面对它，也不是将它视为要尽可能避免的事情，而是认为死亡带有深刻的悲剧色彩，是必须经历的事情。我想一个基督徒如果有机会在这个尘世获得永生，他会选择拒绝，但他仍然会觉得死亡是深刻而悲伤的事情。这种感觉约束了霍普金斯的用字。要不是他身为神父的特殊身份，他或许不会想到用"孩子"去称呼他。如果他没有那种特别的基督教的视野，认为死是哀伤而必然的事情的话，他无法想出我所引用的"你在那些不安分的岁月"这句话。但是，正如我说过的，这首诗还有另外一个背景，那就是霍普金斯生活在十九世纪下半叶。他住在乡村社区，那时候乡村社区和撒克逊时代仍然非常相似，但在铁路的冲击之下开始走向解体。因此，当别人只是看到菲利克斯·兰德尔这样的人死去时，他能清醒看到像菲利克斯·兰德尔这样的独立的乡村小工匠的命运。他可以羡慕他，而之前的作家或许无法做到这一点。这就是为什么在提到他的工作时，他能写出像"当你是强压同侪的人，站在那个熔炉旁"这样的诗句。

但你会回到诗歌艺术上的考量，霍普金斯的特殊风格对这样的主题很有帮助。英语是几种语言融合而成的，但主要的影响是撒克逊语和诺曼式法语，直到今天，在这个乡村地区，这两种人之间仍然有阶级区别。许多农民说的几乎是纯粹的撒克逊语，而霍普金斯用的就是地道的撒克逊语，他希望把几个英语的词汇串在一起，而不是像大多数人那样，在想表达一个复杂的想法时使用单独一个冗长的拉丁语单词；他精心地从乔叟之前的早期英国诗人那里汲取灵感。在这首诗里，他甚至用了几个方言词，比如"all road"代替"all along（一路）"，"fettle"代替"repair（修葺）"。要不是他曾在早年潜心钻研过古时的撒克逊诗人的作品，或许他并无法拥有属于自己的重塑一座英国村庄的特殊力量，看得出，这首诗是杂糅而成的产物——但它并非仅仅是合成，而是某种成长——将特殊的词汇、宗教思想和社会思想结合在一起的产物。两者密不可分地融合在一起，形成了整体高于部分之和的效果。

我已经在简短的篇幅内对这首诗进行了力所能及的分析，但我所说的内容无法解释或表明它所带给我的快乐。归根结底，那是无以言状的，正因为它是无法解释的，它蕴含着值得去思考的批评。科学家可以研究一朵花的生命过程，或者可以将其构成的元素分解出来，但任何科学家都会告诉你，如果你了解了关于一朵花的一切，它的美妙不会因此稍减半分，而是显得愈发美妙。

文学与极权主义[①]

　　在我的第一次谈话节目中，我说过这不是一个进行文学批评的年代。这是一个党同伐异的年代，而不是一个保持超脱的年代。在这个年代，如果你不认同一本书的结论，你就很难认同它的文学价值。政治——最广义的政治——已经侵入了文学，其程度是超乎寻常的，而这让我们注意到个人与集体之间一直在发生的斗争。当你想到在我们这个时代要不带偏见地进行批评是多么困难，你就会开始意识到即将发生在整个文学界的灾难的本质。

　　在我们生活的这个年代，独立的个体已经不复存在——或许可以说，个体已经开始放弃独立的幻想。如今，我们对文学进行讨论时，还有（最重要的是）我们对文学批评进行讨论时，我们本能地认为独立的个体是理所当然的事情。整个现代欧洲文学——我指的是过去四百年来的文学作品——赖以建立的基础是思想的诚实，沿用莎士比亚的那句名言："对己须求真"。我们对一位作家的第一个要求就是他不应该说谎，他应该说出他真正的所思所感。我们对一件艺术品最糟糕的评价就是它不真诚。比起文学创造，文学批评更是如此。在文学创作中，只要作者本质上是真诚的，那一定程度的装腔作势和矫揉造作，甚至有那么一些彻头彻尾的胡言都不打紧。现代文学的本质是个体的事情。它必须是个人的所思所感的真实表述，否则它将一无是处。

　　正如我说过的，我们认为这是天经地义的事情，但当你将它写成文字时，你就意识到文学受到了怎样的威胁，因为这是一个极权主义国家的年代，它不会允许，或许也不能允许任何个体自由的存在。当你提到极权主义时，你立刻会想到德国、俄国和意大利，但我认为你必须认识到，这一现象将会蔓延到整个世界。显然，自由资本主义已经日薄西山，各个国家纷纷接受了中央集权的经济体制，你可以根据自己的标准称之为社会主义或国家资本主义。在这一体制下，个人的经济自由，以及很大程度上他的行动自由、选择工作的自由和迁徙的自由都被剥夺了。直到最近才有人预见到这种情况所隐含的意义，但从来没有人完整地意识到经济自由的消失将会对思想自由产生怎样的影响。社会主义总是被认为是一种道德化的自由主义。国家会为你的经济作主，让你免于对贫穷、失业等厄运的恐惧，但不会干涉你的个人思想。就像在自由资本主义的年代那样，艺术会蓬勃发展，而且只会更加兴盛，因为艺术家们不用再承受经济上的压力。

现在，根据当前的证据，你必须承认，这些想法都是不切实际的。极权主义对思想自由的摧毁达到了前所未闻的程度。重要的是要认识到它对思想不仅有消极的控制，还有积极的控制。它不仅禁止你进行表达——甚至思考——某些想法，而且主宰了你的思维方式，为你创造意识形态，统治你的情感生活，并为你制订一套行为准则。它最大限度地将你与外部世界隔绝开来，将你封锁在一个人为的环境中，让你无从进行比较。极权国家会以种种手段控制其人民的思想和情感，至少就像它控制他们的行动一样彻底。

---

① 刊于 1941 年 6 月 19 日英国广播公司《听众》。

对于我们来说，重要的问题是：在这么一个环境中，文学能否生存？我认为，答案是否定的。如果极权主义蔓延到整个世界并成为永恒，我们所认识的文学将步入末路。要说步入终结的只是文艺复兴后的欧洲文学是不对的——虽然一开始的时候这似乎解释得通。

极权主义与过去的正统思想，无论是欧洲还是东方的正统思想，存在着几点根本性的差异。最重要的一点就是，过去的正统观念一直没有改变，或者说，至少没有发生迅速的改变。在中世纪的欧洲，教会主宰着你的信仰，但它允许你从出生到死去一直保留着同样的信仰。它不会星期一要你相信一件事，而到了星期二则相信另一件事。这种情况同样适用于今天的正统基督教、印度教、佛教或伊斯兰教。在某种意义上，他的思想被阉割了，但他的一生都是在同样的思想框架下度过的。他的情感没有受到干涉。

而如今，在极权主义统治下，相反的事情正在发生。极权国家的特点在于，虽然它控制着思想，但它并不会固定思想。它确立起不容置疑的教条，三天两头就会对它们进行修改。它需要教条，因为它需要臣民绝对的服从，但它无法避免改变，那是由强权政治的需要决定的。它自诩永远正确，与此同时，它对客观真相这个概念发起了攻讦。举一个简单明显的例子，每一个德国人直到 1939 年 9 月都害怕和讨厌俄国的布尔什维克主义，而自 1939 年 9 月起，他们就不得不崇拜和热爱它。如果俄国和德国爆发战争——不出几年他们或许就会打起来——届时将再次发生另一番翻天覆地的变化。德国人的情感生活，他们的爱与恨，都是被要求的，在有必要的时候可以在一夜之间加以逆转。我几乎不需要指出这种事情对于文学的影响，因为写作在很大程度上受到情感的左右，而情感并不总是可以从外界进行控制。对当前的正统思想进行口头奉承是很容易的事情，但任何有意义的作品只有当作者觉得自己在说真话的时候才能产生。没有真实的情感就没有创作的冲动。我们所拥有的一切证据表明，极权主义要求其追随者在情感上作出的突然改变从心理学的角度上说是不能实现的。这就是我认为如果极权主义在全世界获得胜利，我们所了解的文学将会步入终结的主要原因。事实上，极权主义确实似乎产生了这样的效果。意大利的文学已经废了，而德国的文学似乎已几乎不复存在。纳粹最具标志性的举动就是焚书。即使在俄国，我们一度以为它的文学将会走向复兴，但那并没有发生。那些才华横溢的俄国作家要么自杀，要么消失在监狱里。

我在前面说过，自由资本主义显然已经步入终结，因此，我或许似乎在说思想的自由也不可避免会遭到毁灭。但我并不相信这是真的，我将作一个简单的总结：我相信文学得以延续的希望在于那些自由主义扎根最深的国家，那些非军国主义的国家，西欧国家、美洲国家、印度和中国。我相信——或许只不过是一个虔诚的希望——虽然集体经济注定会到来，但那些国家会知道如何演变出一种不是极权主义的社会主义模式，在这个模式里，思想的自由能在经济自由消失之后依然存在。至少那是任何关心文学能否继续存在的人唯一的希望。任何感受到文学价值的人，任何理解文学在人类历史中所扮演的重要角色的人，都会明白抵制极权主义的生死攸关的必要性，无论它是从国外还是从国内强加在我们身上。

文化与民主[1]

　　民主这个词总是被用来表达两个差别很大的意思，甚至不是互相补充，却又总是被认为联系在一起。其中一个意思是这个词最主要的含义——由人民掌握权力的社会形式；另外一个意思则要模糊得多，但更接近于在当前的语境下我们所谈论的民主的含义。它意味着这么一个社会：它尊重个体，有合理程度的思想、言论和政治结社自由，而且政府行事比较体面。我们所指的用来与极权主义体制形成对比的民主体制就是这个含义，而不是某一个具体的政治体制。

　　在这么一篇文章里，我不需要揭穿第一个定义。我不需要指出在英国或任何西方民主国家，权力其实并不在人民的手中。另一方面，尤其是在左翼圈子里，我认为有必要说另一种含义的民主确实存在——言论自由、尊重个体等等——而且它们很重要，不能靠玩弄文字游戏就将其抹杀。再没有比在纸上证明极权主义与"资产阶级民主"其实没有真正的区别更简单的事情了，尤其是当有一排排的军舰将你与危险隔开的时候。我相信我的每位读者都说过这番话，而我自己也已经说过很多遍了。要证明在极权主义国家公然施加在个体身上的罪恶在一个由金钱统治的所谓民主社会里会以相对比较隐秘的方式施加在个体身上，这是最容易不过的事情。说到底，如果德国人对波兰人很残忍，那我们在印度的所作所为也好不到哪里去。德国有集中营，但我们去年不也将很多无辜的人关押起来了吗？党卫军和盖世太保很可怕，但如果你生活在利物浦的贫民窟，你不会认为警察们是天使。思想自由在英国没有遭到禁止，但事实上有分量的报刊都掌握在一小撮百万富翁的手里，他们能够阻止你表达自己的思想。每个人都熟悉这样的论调。走进任何一个左翼人士的集会你都会听到这么一番话。但我认为有必要意识到这不只是无稽之谈，而且是只有那些由金钱和战舰将自己与现实隔开的人才会说出来的无稽之谈，因为当一个人说民主社会并没有自由，而且它和极权主义社会并没有什么两样时，区别其实是存在的：在我们的国家我们不怕站出来说出自己的想法。英国可能有秘密警察，但重要的是我们并不怕他们。我的演讲总是被密探偷听，但我不用去理会他们，而且不会有人身危险。事实上，所有表明极权主义和民主是同一回事的言论——用斯大林的话说，民主与法西斯主义是孪生兄弟——说到底就是认为程度上的差异并不是真正的差异。这是一个古已有之的谬论，甚至有一个古希腊文的名字，但我忘记了。我能针对有限的读者写出我想说的话，他们或许能够再影响数百人，这或许并不重要；重要的是，经过两年的战争，我们被逼到了非常严重的困境，但比起两年前，在我说出自己的想法时，我并没有变得更加害怕。即使民主和极权主义真的没有区别，至少人们对它们的观感没什么两样这句话就不是真的。

　　我认为这不仅表明像我们这样的旧式社会和新式的极权主义国家之间有着真正的区别，前者还会讲究政治道义，而且证明我们的社会除非从外界施加压力，否则不会朝某个方向改变。有些

---

　　① 成文于 1941 年 11 月 22 日。

价值似乎不会失去，即使在生死关头也会坚持。但请注意，我只是说我们的民主制度本身不会朝某些方向改变，但我并不是说它完全不会改变。它肯定会发生改变或步入消亡。如果说这个世界有一件事情是可以肯定的，那就是当前这种形式的资本主义民主一定不会一直存在下去。想象一下我们没有在打仗，回到张伯伦执政的美妙旧时光。在那种情况下，如果我要证明资本主义民主无法继续维持，我认为我会指出现在所谓的民主国家的生育率没有达到更替水平，大部分新生的人口是在非民主国家。一旦生活水平达到一定的标准且人们拥有做他们想做的事情的能力时，生育率总是会下降到更替水平以下。这并不是因为经济不稳定，虽然那是很流行的解释。要说英国和美国的经济要比生育率极高的中国和印度更不稳定根本是在胡说八道。恰恰相反，这是源于资本主义民主的内在本质，那就是享乐主义的原则。我们的出生率很低是因为人们形成了消费主义的心态。过去二十年来资本主义社会的生活最重要的特征就是不停地努力出售商品，却没有足够的购买力。这包括教导群众汽车、冰箱、电影、香烟、皮衣和丝袜这些东西要比孩子更加重要。但是，有更直接的理由表明资本主义社会将无法生产，那就是我们正在进行战争。我无需得罪左翼群体就可以指出资本主义国家在进行战争时的弱点。如果要我对《每日电讯报》的读者进行演讲，我会指出，在资本主义社会，创造利润是一个人的主要动机，我会列举的例子是：就在战争爆发的前一个星期，英国人仍在争相热情地向德国出售铅、镍、铜、橡胶、虫胶等商品，心里知道几个月后它们就会被做成炸弹扔到他们身上。但当我为信奉社会主义的读者们写文章时，我不用去指出资本主义民主的结构性缺陷，它迫使资本主义要么作出改变，要么走向毁灭。我坚持认为，我们的一些缺陷是由享乐主义原则造成的，而且在民主社会里，人们会被鼓动对自己根本一无所知的事情投票。

　　过去二十年来民主社会最糟糕的一件事情是很难进行直截了当的交谈或思考。让我指出一个重要的事实，我会说它或许体现了我们的社会结构的本质，那就是：它建立在有色人种的廉价劳动力之上。当前的世界局势是，我们正在压榨饥肠辘辘的亚洲苦力。英国工人阶级的生活水平一直被人为地抬高，因为它建立在寄生经济之上。和每个人一样，工人阶级也在剥削有色人种，但据我所知，过去二十年来你没办法在英国的报刊里找到对这个事实的明确承认或对它进行探讨的内容——至少在广为关注的报刊里没有。过去二十年来我们作为一个剥削有色人种劳动的国家，有两个方针政策可以进行选择。一个是明确地宣布我们就是主子——请记住，希特勒就是这么对人民说话的，因为他是极权主义国家的领导人，在某些问题上能够直言不讳——我们就是主子，我们依靠剥削劣等民族而生存，让我们团结起来并尽可能地压榨他们。这是一个方针，这就是我们应该说的话，如果《泰晤士报》有胆量的话，它就应该作出这番宣言。但它并没有这么做。另一个可能采取的方针是说出下面这番话：我们不能永远剥削这个世界，我们必须公平地对待印度人、中国人和其它民族，因为我们的生活水平是人为抬高的，而且调整的过程将会是痛苦和艰难的，我们必须做好暂时降低生活水平的准备。而且，由于强权势力会竭力阻挠被欺压的民族获得权利，我们必须武装自己，准备可能会发生的内战，而不是一厢情愿地要求提高工资和缩减工时。这就是《每日先驱报》有胆量的话应该说出口的内容。再一次，你找不到哪份报刊直白地说出这番话。在依赖发行量和消费品广告而生存的报纸上你无法说出这样的话。这种无法直言的情况造成的结果之一就是我们无法全身心投入备战。我不会去指出右派的恶劣影响。这是非常明显的事情。但左派也应该承担一部分责任，而这是由于一个政党既要捍卫工资水平，又以为自己应当承担起国际道义这两件事情之间本质上的矛盾，这同样对我们造成了伤害。事实上，英国左翼的政策总是削减军备和鼓动战争。它总是要求推行积极的外交政策，却又不愿意或没有能力对群众指出他们需要作出非常沉重的牺牲才能进行军备，而没有军备根本不可能推行积极的外交政策。

我已经用我们的处境中的一个基本事实作为例子说明，生活在这样的社会里，我们无法说出真相。过去二十年来没有政治家在说出大英帝国的真相之后能够争取到追随者。我认为从这件事就可以看出任何民主社会在遭受到非民主社会的挑战时不可避免的缺陷——那些非民主的社会由目标明确的坏人统治，他们清楚地知道自己想要什么，不需要顾虑工会或依赖消费品广告的报纸，能轻易地迫使全体人民像奴隶一样劳动，像兔子一样生育。而且，另一个不是那么明显但从长期的角度看同样重要的因素是生活在富裕资本主义民主国家的那些知识分子的特征。我们的知识分子，我指的是左翼知识分子——请注意，过去十年来英国没有哪个知识分子不是"左翼"人士——在本质上是资本的产物。这是一部分原因，而另一部分原因是英国的生活非常安稳。我总是惊讶于英国知识分子的思想是如此负面，而且没有坚定的信仰或正面的目标，总是有不切实际的空想，那些地位不是那么安稳的人根本不会这样。在这篇文章里，因为篇幅限制我无法列举英国知识分子所有不切实际的想法。我会只举一个明显傻帽和荒谬的想法作为例子，几乎是盎格鲁-撒克逊文明特有的，那就是和平主义。像和平誓约同盟所提倡的和平主义根本是无稽之谈，没有哪个接触过现实的人会相信它。任何略通世故的人都知道如果政府不能使用武力，任何群体甚至个体都可以将它推翻。我们所了解的社会必须以暴力作为基础，连一个六岁的孩子都明白这个道理。但在英国，我们几十年来生活在非常安逸的环境里，你一辈子可能都不会看到死人，不会挨揍，不用露宿或挨饿——因此，根本不需要去看看你的生存所依赖的根基。在这样的气氛里，再愚昧的思想都可能产生，而且能够影响各式各样的人。你可以看到这一思想对英国知识分子对这场战争的态度所造成的影响，我认为这种影响始于 1935 年或 1936 年，最晚不迟于 1936 年。在 1935 年到 1939 年间，所有左翼知识分子就像一群绵羊那样支持战争。他们要求对德国要有强硬的立场，却又反对进行扩军战备。战争一爆发左翼知识分子又转而反对战争。这不是因为苏德条约和你必须不惜一切代价捍卫苏联政策的态度。它影响了许多并非亲俄派的人，据我所知亲俄派在 6 月 22 日之后并没有改变他们的反战立场。我的看法是，这只是因为过去二十年来所形成的不切实际的态度和我们的社会那些有思想的人士的不满倾向。研究英国左翼人士思想最好的地方是《新政治家报》这份周刊，它是各个左翼思潮的会集地。我觉得作为一份杂志，《新政治家报》徒有虚名。多年来我一直定期阅读它，但从来没有看到它有一以贯之的政策或提出过有建设性的意见——事实上，它只体现了阴郁的思想和对任何时事的自发不满。它所表达的内容就只是形形色色的英国左翼知识分子并不喜欢他们生活其中的社会，与此同时，又不愿意付出努力或承担改变社会的责任。

请注意，到目前为止我所说过的话或许已经在《泰晤士报》那些傲慢的副刊评论上刊登过了，听上去就像是艾伦·帕特里克·赫尔伯特[①]等人所热衷的对"高雅人士"的抨击。但非常重要的是要意识到问题的另一面。为什么富裕的资本主义社会孕育出疥子一般不满的知识分子似乎是天经地义的事情呢？原因在于，像我们这样的社会，知识分子根本不能起到作用。过去二十年来，特别是在英国和美国，法国的情况也差不多，有思想的人没有真正的工作，也没有社会地位。如果他有工作，那只是因为有许多资本可以去敲诈，有许多进了腐朽的第三代食利阶层口袋的利益可以瓜分，他们把钱花在了资助画廊和文艺评论上，为真伪难辨的艺术家提供收入。有思想的人没有机会让自己成为有用之人或觉得自己有用。甚至当英国卷入战争时以及在战争最绝望的时刻，情况依然如此。我记得在这场战争一开始的时候我和一份左翼周刊的编辑聊天，他对我说："你知道吗，斯塔福德·克里普斯爵士在战争第一天就向政府写信毛遂自荐，希望能够做点贡献。"我说："我也写信了。"我的朋友我们姑且叫他 X，他说："我也写了，但不同的是克里普斯是个有身份的人，得到了回应。"——当然，答案是否定的。从中你能了解到知识分子在我们的社会里的尴尬地位。即使政府能够起用他们，他们也没有机会发挥自己的才华，而是去当不堪重任的士兵或不靠谱的文员。而打仗时是这样，和平时期更是如此。看着世界地图你会发现有

---

① 艾伦·帕特里克·赫尔伯特（Alan Patrick Herbert，1890—1971），英国作家，代表作有《秘密的战斗》、《泰晤士河》等。

将近四分之一的地方涂成了红色。那就是大英帝国——我们要记住，尽管有种种弊端，大体上在大英帝国境内要比在境外好一些。这整片广袤的地域由不能被称为知识分子而且与知识分子根本没有接触的人实施管理。过去二十年来知识分子根本无法从事行政工作，因为所有的工作都非常落后，而且赤裸裸地不公，他们一定会感到厌恶。他们生活在一个让他们一无是处的社会里，在这个社会里只有傻瓜才能发达。这就是他们总是牢骚满腹的原因。除此之外，他们拥有世界上最美妙的机会：他们有闲暇、金钱、安全、思想自由和更彻底的道德自由。过去二十年来布伦斯伯里的生活是各个时代的道德反叛者所梦寐以求的。但大体上过着这种舒适生活的人并不快乐，他们并不是真的喜欢他们表面上所追求的东西。如果社会能够不给予他们那么多福利但更加重视他们，或许他们将能够发挥真正的作用。

我只举出了资本主义民主的一两个本质缺陷作为例子。如果你为资本主义民主画一幅讽刺漫画，你可以这么画：在顶部是依靠分红为生的富人阶层；下面是依靠他们的数目庞大的专业人士、仆人、商人、精神分析师、室内装修人员等等，还有寄生的知识分子，靠假装斥责付钱给他们的人挣钱——就像是狗身上的虱子，让狗惬意地挠痒痒；最下面是工人阶级，享受着人为抬高的生活水准，总是在举行罢工要求买得起冰箱、电炉、唇膏和收音机的待遇。这是一幅不真实的图景，但请记住这是一幅讽刺漫画对现实的反映。这就是像英国这样的富裕国家给外界留下的印象。这也是意大利的电台宣传对我们的描述，虽然它们是夸张的谎言，但他们真的相信里面的一部分内容。

我要说的是，一个有着这些缺陷的社会，特别是当它陷入绝望的境地时，它将要么作出改变，要么步入毁灭。我对英国的评论也适用于美国。每当我阅读一本美国杂志或观看一部美国电影时，我都会觉得如果这些内容真的代表了美国，像那样的社会只有经历深刻的改变才能经受得住战争的冲击。如果我们的社会要生存下去，它一定得以更加纪律严明和坚强的姿态存在，将它的脂肪化为汗水，消灭追求利润的动机。但说到这儿，我不是透露了内心的秘密，声称要成功地对抗敌人我们就得变成和敌人一样吗？和平主义者有一则格言，很容易在不假思索的情况下就加以复述："如果你与法西斯主义进行抗争，你自己也会变成法西斯分子。"我的回答一直是："如果你与黑人打架，你就会变成黑人吗？"事实上，他们总是得想好几分钟才能想通，这暴露了他们的智商。事实上，要与纳粹德国进行斗争我们就要变得和纳粹德国一样这一说法根本不了解历史。德国之所以会走上这么一条道路，其根源在于德国的历史，而英国之所以走上另一条道路，其根源也在于英国的历史。重要的是要意识到我们所走的路不同。某些事情应该已经发生，但并没有发生，而且没有发生的迹象，或许证明了我所说的这个道理是对的。回到这么一个事实：我不害怕拿起笔写下这么一句话——如果我说这是一场帝国主义战争，而丘吉尔是资产阶级的棋子，我们应该明天就停止这场战争，我并不觉得害怕。正如前面我说过的，这番话再怎么强调都不为过，重要的事情不是我能说出这么一番话，而是在经过两年绝望的战争之后，人们仍可以自由行动并说出这样的对政府不利的话，我说出这番话仍然用不着觉得害怕。这意味着我们的社会缺乏往某个方向演变的能力。目前英国并没有真正的朝法西斯主义演变的迹象。不可避免地，某些事情能够导致法西斯主义：权力不可避免地正被收归中央，征用劳动力也不可避免地正在进行，但对言论自由的失败的管制表明法西斯思想并没有真的产生。左翼知识分子会以呆板的方式告诉你丘吉尔就是一个法西斯分子。这番话就像是戈培尔在说蒋介石是犹太人一样荒谬。事实的真相是，英国的统治阶级太落伍了，没办法朝真正的法西斯方向演变。让我举一件小事作为证明，它具有象征意义上的价值——所有的极权主义国家都禁止收听外国电台广播。众所周知，全欧洲都在热烈地收听英国广播公司的节目，但当人们能够去收听时，情况则截然相反。只要管制存在，人们总是会觉得你被禁止收听的广播或许讲述的就是真相。德国人有几档优秀的广播节目，包括几家在英伦群岛的伪"自由"电台，但没有人去收听，因为它们没有被禁。操纵德国政治宣传的人并不是傻瓜。从戈培尔的演讲中你能够察觉得出他知道如果他能取消禁令，人们就不会去收听英国广播电台的节目，但他不能这么做，因为让敌人畅所欲言的观念与法西斯主义格格不入。我们的政府是一个老古董式的专制体制，诞生于法西斯时代之前，它并不在乎你的思想，只要你的外在行为是正确的就行了。这里还几乎不存在极权主义思想。几乎没有人会为街头有人出现了"行为偏差"而感到义愤填膺。我认为这种即便物质条件存在也无法演变出极权主义思想的情况表明，只要我们能够避免被外部力量征服，我们的社会就不会放弃某些已经成为其特征长达数百年之久的传统与价值。

关于民主就说这么多，现在我要回答文章题目中的另一个词语——文化。和之前一样，这个词语至少有两个意思，既有人类学的意义，也有美学的意义。譬如说，你会发现南海一个岛屿上面的岛民吃人肉和奉行太阳崇拜，那是"文化"。而你买一本《牛津英语诗选》，然后在心里默读准备引用，那也是"文化"。但如果你追溯这个词的本义，你会发现这两个意义之间有一定程度的联系。文化意味着有控制的成长。只要有足够的水，任何土地都可以让植物生长，但它们会肆意放任地生长，我们称之为"自然"。而土地被耕种和作物被成行地种植，我们就称这块土地被"培化过"①。我们还说一块土地有高层次的培化力②。如果你开垦出一块处女地，你在上面种不出什么特别好的作物。用这块地你无法种出最好的法国红酒葡萄，甚至种不出好的豌豆或莴苣。如果你在一块土地上深耕细作，并正确地对它施肥，你能够改变它的整体结构和质地，乃至它的颜色。你这么做是因为你要种出更好的作物，因此，在根本意义上，土地的价值取决于它的作物。文明的情况也是如此。我们说一个文明达到了高度的文化水平，因为每一代人都留下了某些能被称为艺术和智慧的事物。几乎不可避免地，评价一个文明的标准就是它所留下的艺术品。或许可以想象一个高度文明似乎存在于真空中，每一代人都尽情地享受生命，但什么也没有留下，我们就根本没有任何证据去证明这种事情确实存在过。另一方面，如果你在中美洲的丛林里挖掘出某个毁灭的城市，并发现了巧夺天工的雕塑品，光凭这些雕塑品你就可以说"这是一个高度发达的文明，这些人创造了高水平的文化。"艺术是重要的特征。它记录了人类在某个时刻对于宇宙的态度。一个优秀的文明会催生美妙的艺术品，这不是它的主

---

① 原文是"cultivated"。
② 原文是"culture"，也有"文化"之意。

要目的，却是它最重要的副产品。在一个理性健康的文明中，这番话不仅适用于我们所说的高雅艺术，而且延伸到所有的家居和应用性的艺术——家具、衣服、房屋、陶瓷、玻璃器皿、工具等等，甚至包括邮票和钱币的设计，这一切都是某一个兴盛的文明的体现。

当我将我所说的话加以延伸并涵盖服装和家具时，我似乎已接受了文明将会被毁灭的命运，放弃了对它的希望，因为虽然我们这个时代或许诞生了精美的主流艺术——你会注意到我说的是"或许"——但毫无疑问，对于所有的非主流艺术来说，这是一个难以忍受的丑陋的时代。去牛津街走上半个小时你就能看到比世界上所有的蛮荒部落加起来都多的丑陋的事物。当然，发生在我们身上，将我们的文化暂时抛出轨道的事情，是机器带来的冲击。我不会像有些人那样说我们能够立刻切断与机器文明的联系，并回归中世纪。历史绝不会让我们走回头路。但我们不能无视当你进入工业时代，你将必须经历一个或许会长达几个世纪、最触目惊心的丑陋的时代。和我们相比，一个原始人看上去似乎拥有完美的品味。譬如说，他不会穿丑陋的衣服。即使他只是穿着一块手帕大小的遮羞布，他也会穿得很得体。英国军队有一条规矩，或在不久前仍在推行这条规矩，表明了西方人在审美上的缺陷。一个英国士兵很少得到允许穿平民的衣服，而一个印度土兵在不值勤的时候总是可以穿他们自己的衣服，因为大家都知道他们是印度人，因此可以信任他们能够穿衣得体。而英国人就不行，除非他受过特别的训练，即便是这种情况下，他所谓的"好的衣着"也只是业已被接受的丑陋的规矩。但是，当你作进一步的了解时，你会看到原始人或野蛮人表面上品味的优越性只是一个假象，因为他一和机器文明接触，原始而优雅的品味就会立刻土崩瓦解。他不仅会热切地接受最丑陋的机器产品——给他一个值五先令的德国搪瓷腕表，他会用双手去捧着它——而且他的审美品味似乎在第一回接触后就消失了。我见过一个印度人穿着遮裆布又戴着高礼帽。就连我们也不会做出这种事情。但只要他坚持原来的衣着，他的品味显然很完美。对此的解释是：在漫长的岁月中，他们生活在一个几乎没有任何改变的文化里。一种确定的生活方式已经建立，就连最微小的细节如姿势和肢体动作都已经臻于完美，因此，一个人不会有多少机会犯错。而我们则生活在一个总是会犯错的时期。我们突然进入机器文明的时代，而这是数千年来最剧烈的变化。但我认为文化并不会彻底地步入毁灭，因为我们曾经经历过同样剧烈的改变，从游牧生活进入农耕生活，而新的文明建立起来了。目前我们只是处于发展的进程中，如果得以延续的话，你甚至能够大略地预言当我们拥有新的文化时会是什么样子。说当前这个时代没有文化就好像在说我没有胡须一样。我从来没有蓄过胡须，但它是可以长出来的，而且我可以告诉你如果它长出来的话大概会是什么样子。譬如说，我可以告诉你它不会是红色的。文化也是一样，我无法告诉你在公元 2200 年时我们的文明将会是什么模样，但我想我能预言它的一些特征。譬如说，我觉得我能预测我们仍将使用英语，而且与莎士比亚的英语有着共通之处，当然，前提是我们没有被外界征服。

现在是关键的时期。我们要为捍卫仅存的文明而尽最后的努力，但我不认为要对机器时代的到来感到悲观。我们最终会适应机器。但是，我们必须保卫自己不受极权主义的威胁，它或许会让文明迅速而彻底地死亡。为什么说我们所指的文明的每一样事物都受到极权主义的威胁呢？因为极权主义威胁到了个体的存在，而过去四五百年来，个体的重要性得到了张扬和强调，我们无法想象再次失去个体性的情形。我只单独讨论一种艺术形式以阐述极权主义对于文明的冲击，那就是文学，它与极权主义政府是格格不入的。乍一看上去我似乎是在回避问题的本质，选择了文学而不是其它艺术，因为在文学身上，高雅艺术与政治宣传之间的界限是最难划清的，因此，最直接受到政治变化的影响。但如果深究下去，我们将会发现在每一种艺术中，甚至包括陶艺和家具制作，极权主义对于个体情感所造成的影响同样是致命的。

为什么说个体文学与极权主义格格不入呢？我们总是说纳粹分子是文学的敌人，但他们并不希望成为文学的敌人，如果他们知道如何避免的话。如果他们能突然间推出一个莎士比亚并说："这位就是我们的莎士比亚"，他们高兴都还来不及呢。因为任何作家的驱动力或活力是他的情感，而他的情感不一定与政治必然性有直接的联系。极权主义国家对统治阶级歌功颂德，这意味着统治阶级是他们自己的权力的囚徒，而且为了保住自己的权力，会不惜采取任何政策，无论它们有多么自相矛盾。而采取了这些政策后，他们必须证明这些政策是正当的，因此，所有的思想都是在为权力政治开脱。正统理论的气氛本身并不会对文学造成致命的影响。要认识到这一点，你只需要去想想中世纪。中世纪的人们生活在僵化的思想框架内，我猜想就和现在生活在德国境内的人没什么两样。但是，他们不仅能写出优秀的文学作品——中世纪后期诞生了明确的个体文学——而且有几位中世纪作家的思想非常自由，总是让我感到很惊讶。天主教信仰是强制性的，但并没有对他们造成戕害。当然，不同之处在于中世纪盛行的正统思想不会改变，或至少不会突然发生改变。人们被迫接受某一个思想框架或许并不重要。每个人的思想一定充满了从外界接受的信仰，而且满怀信任。譬如说，我无法证明地球是圆的——我能够找到合理的理由证明它不是方的，但要证明它是圆的需要用好几十页我无法理解的数学。但我长这么大，从来没有质疑过这个未经证实的信仰，而且这也没有对我造成情感上的困扰。另一方面，如果有人突然拿着一把上了子弹的手枪告诉我必须相信犹太人都不是人，我的精神世界会受到影响，而且一定会对我的写作造成破坏。

这就是如今资本主义民主体制与极权体制之间的重大区别。在英国，你一直会遇到与任何极权主义国家同样荒谬的事情，但你并不会被迫接受它们。比方说，六个月前斯大林是一个大坏蛋，如今他是个大好人。一年前芬兰人是好人，如今他们成了坏人。墨索里尼这个时候是坏人，但一年后他变成好人我可不会觉得奇怪。但说到底，没有人会完全相信这种事情。如果我写一本书的话，我不会被逼着说斯大林是好人，我也不用在绝望的焦虑中担心这本书出版前会出现政治变化，而我的情感也不会受到影响。在极权主义国家，很难想象会有超越政治宣传手册层面的写作。在这里有人会回应说："但事实上我们这个时代的几位最好的作家都已经接受了法西斯主义。"这种论调如果你加以分析的话根本站不住脚。确实，直到1930年前后，欧洲最好的作家大体上都有反动倾向，但如果他们曾经支持法西斯主义，那是因为他们犯了错误，而在希特勒上台之前，这是很容易会犯的错误，认为法西斯主义是保守主义的一种形式。从那时候起，这个问题越来越清晰，但即使如此，接受法西斯主义的作家名单仍然令人印象深刻。《夜的尽头之旅》的作者塞林现在是巴黎的重量级作家，至少他的书很受重视。埃兹拉·庞德①正在罗马进行反犹广播。温德汉姆·刘易斯与莫斯利的运动有长期的联系，而奥斯伯特·西特韦尔②、罗伊·坎贝尔③在西班牙为了佛朗哥而战。有许多法国作家在法国沦陷后向纳粹分子效诚。但是，这些情况会造成误导，过去几年来罗伊·坎贝尔和温德汉姆·刘易斯已经改变了他们的很多看法，而且我们不知道那些投降变节的法国作家的动机。我刚刚提到的那些作家里，最有可能得到尊敬的是塞林。无疑，他在过去十年来所写的东西都是有反左和反犹主义倾向的毒草。但我认为他不能被当作一个接受法西斯主义的理智谨慎的作家。他只是一个走了歪路的好人。他的作品主题是表达对现代生活的不满。我想我曾经评价过他是一个从粪坑里发出的声音。和艾略特、马里坦④以及其他反对二十年代的理想主义国联气氛的作家一样，塞林反对的是接下来的十年间半吊子的左翼正统思想，而由于他是一个主要受憎恨和厌恶驱动的作家，他在反犹主义上

---

① 埃兹拉·庞德(Ezra Pound, 1885—1972)，美国流亡诗人、文学批评家，二十世纪现代主义文学运动前锋之一，曾翻译一系列东方文学(包括孔子的作品)，促进东西文化交流。二战时庞德投靠墨索里尼，效忠纳粹政府，战后被收押于精神病院长达13年。代表作有《灯火熄灭之时》、《在地铁站内》等。

② 奥斯伯特·西特韦尔(Osbert Sitwell, 1892—1969)，英国作家，代表作有《失去自我的男人》、《西奈山的奇迹》等。

③ 伊格那修斯·罗伊斯顿·当纳切·坎贝尔(Ignatius Royston Dunnachie Campbell, 1901—1957)，非洲裔英国诗人、讽刺作家，代表作有《夏宴：南部非洲的讽刺》、《饶舌的布兰科》等。

④ 雅克·马里坦(Jacques Maritain, 1882—1973)，法国天主教神学家，复兴中世纪基督教神父托马斯·阿奎那的神学理念，是《人权普世宣言》的起草人之一。

一条路走到黑，他将纳粹主义视为虚无主义。在纳粹分子的眼中，塞林显然是布尔什维克主义文化分子，但因为他的名头太大，纳粹分子冒冒失失地拿他去对抗其他知识分子，作为一个投奔光明的文人的例子。但显然这种现象只会持续一代人。你无法想象出一个建立在《夜的尽头之旅》之上的文学传统。你无法相信有一代又一代的塞林这样的作家，所有的作品都在描写当代生活的恐怖和讨厌的一面——而且可以肯定那不是纳粹分子想要建立的文学传统。塞林或其他类似的作者，只是在混乱时期可以被暂时利用的满腹牢骚的个体。

我认为你必须得出一个结论，那就是我们所了解的文学与个体的尊严密不可分，因此与极权主义的生活方式水火不容。而适用于文学的情况几乎适用于我们归入文化之下的几乎每一件事情。因此，你必须得出的结论是，虽然我们的民主体制一定会发生改变——事实上，它只有转变为社会主义体制才能继续生存——我们所指的文化与民主价值是紧密地结合在一起的。消灭了民主不仅意味着失去某些优势、变得像其它文明一样，而且意味着文明的终结。我们必须保卫自己，不让这种事情发生，就像我们抗击火星人的入侵，保卫自己一样，因为我们别无出路。

但不要认为我说这些话是想表明当前我们的文明有许多值得保卫的东西。我们只是为了未来而战斗。我们处于浪潮的低谷，但我们知道很快浪潮就会再度掀起。我们不是文明的花朵，我们只知道，假如它继续生长，终有一天将会再度开花。在这个时代，我们只是未来的肥料，我将以这句令人很沮丧消沉的话作为结尾。

重新发现欧洲[①]

　　我小时候学过历史——当然，学得很糟糕，几乎每个英国人历史都学得很糟糕——我总是以为历史就是一幅长长的卷轴，每一段的中间划了黑色的粗线。这些黑线标志着那些所谓的"时代"的结束，你会以为后来所发生的事情和之前所发生的有着翻天覆地的变化，几乎就像时钟在报时。比方说，在公元1499年你还处于中世纪，骑士们身披铠甲拿着长矛彼此间骑马决斗，然后突然间时钟敲响了公元1500年，你来到了所谓的"文艺复兴时期"，每个人都穿着飞边紧身上衣，忙着洗劫美洲西班牙殖民地的运送财宝的船只。在公元1700年上面也画着一根非常粗的黑线。在那之后就是十八世纪，人们突然间不再是骑士党和圆颅党了，而是变成了格外优雅的绅士，穿戴着及膝马裤和三角帽。他们在头发上洒粉，抽着鼻烟，说着高度平衡但似乎更加呆板的句子，因为出于某种我没办法理解的原因他们总要把S音念成F音。整部历史在我的脑海里就是那样的——这一系列完全不同的时期在世纪末或某个规定好的日期突然发生剧变。

　　事实上，这些剧变并没有发生，无论是政治上、行为举止上还是文学作品上都是这样。每一个时代都延伸到下一个时代——情况只能是这样，因为在每一个时代的间隔都生活着不计其数的人。但是，像时代这种东西确实存在。比方说，我们感觉到我们自己的时代与维多利亚早期就有着非常深刻的差异，而如果你突然把一位十八世纪的怀疑论者像吉本带回中世纪，他会觉得自己置身于一群蛮夷之中。时不时地会有什么事情发生——这无疑最终得追溯到工业技术的变革，但它们之间的联系有时候并不明显——整个精神面貌和生活节奏都改变了，人们获得了新的思想，而这体现在政治行为、礼仪、建筑、文学作品和其它的一切上。比方说，今天没有人能写出像格雷②的《乡村墓地的挽歌》那样一首诗，也没有人能在格雷的时代写出莎士比亚的抒情诗。这些作品属于不同的时期。当然，尽管那些划在历史篇章上的黑线只是想象出来的，有时候转变是很迅速的，有时候迅速到可以给出一个相当确切的时间。你可以说："在某某某某年，某某某某文学风格开始了。"这个说法并不会过于简单化。如果有人问我现代文学的开始时间——我们仍然将其称为"现代"表明这个时期还没有结束——我会说是在 1917 年，那一年托马斯·斯特恩斯·艾略特发表了他的诗作《普鲁弗洛克》。这个时间的误差不会大于 5 年。可以肯定的是，大约在上一场战争结束时文学氛围发生了改变，典型的作家变成了完全不同的人，接下来的时期最好的作品似乎和在四五年前最好的作品是属于两个世界的事物。

为了说明我的意思，我要你在脑海里比较两首彼此之间没有任何联系但能够进行比较的诗，因为它们都是各自时代的典型作品。比方说，拿艾略特早期的标志性诗作和 1914 年之前最受推崇的英国诗人鲁伯特·布鲁克的诗作进行比较。或许布鲁克最具代表性的作品是他在战争早期所写的爱国诗。一首写得不错的十四

---

① 1942 年 3 月 19 日刊于《听众》。

② 托马斯·格雷(Thomas Gray, 1716—1771)，英国诗人，剑桥大学教授，代表作有《挽歌》、《吟游诗人》等。

行诗开头是这样的，"如果我得死的话，只需要想起我这一点：在一块异邦的土地上，有一角永远是英国的。"我们再来对照着读艾略特的《力士斯温尼》中的一首诗，例如，《夜莺间的斯温尼》——你知道的，"风暴肆虐的月亮盘旋向西，朝普拉特河而去"。正如我所说的，这两首诗在主题上或其它方面上并没有联系，但可以对它们进行比较，因为它们都是各自时代的代表，在当时被认为是好诗。第二首到现在似乎仍是一首好诗。

这两首诗不仅在文字技巧上，而且在整体精神、暗示的生命观和思想上完全不同。一个是接受公学和大学教育，满怀热情为国捐躯，满脑子想的是英文诗句、野玫瑰和其它事物的年轻英国男子，另一个是倦怠的、在巴黎的拉丁区某间肮脏的餐馆里看到永恒的美国城市人，这两人之间横亘着巨大的鸿沟。或许这是个体之间的差异，但重要的是，当你同时阅读两个时期的典型作家的作品并进行对比时，你总是会遇到相同的差异。小说家的情况和诗人一样——比方说，一边是乔伊斯、劳伦斯、赫胥黎和温德汉姆·刘易斯，另一边则是威尔斯、本涅特[①]和高斯华绥。新派作家没有老派作家那么多产，他们更加一丝不苟，对技巧更感兴趣，没有那么自信，大体上对生活的态度不那么乐观。但除此之外，你还会一直觉得他们的知识和美学背景是不同的，就像你拿一位十九世纪的法国作家如福楼拜和一位十九世纪的英国作家如狄更斯进行比较时一样。福楼拜似乎比狄更斯要复杂得多，但这并不表示因此他是一位更优秀的作家。但请让我回顾一下历史，

---

① 阿诺德·本涅特（Arnold Bennett，1867—1931），英国作家，一战时曾任法国战局情报主任，代表作有《巴比伦大酒店》、《皇宫》等。

看看1914年前英国文学是怎样一番情景。

那时候的巨匠是托马斯·哈代[①]——不过在此之前他已经封笔不写小说了——还有萧伯纳、威尔斯、吉卜林、本涅特、高斯华绥和一个有点另类的作家——他不是英国人，而是选择以英语写作的波兰人——约瑟夫·康拉德。还有阿尔弗雷德·爱德华·豪斯曼（《西洛普郡的少年》）和几位乔治时代的诗人、鲁伯特·布鲁克和其它作家。还有不计其数的喜剧作家——詹姆斯·巴利[②]、威廉·魏马克·雅各布斯[③]、巴里·佩恩[④]和其他许多人。如果你读过我刚刚提到的所有作家，你会对1914年前英国人的思想形成相当正确的认识。那时候还有其它的文学潮流，比方说有许多爱尔兰作家，文风大不一样，和我们这个时代更加接近，还有美国小说家亨利·詹姆斯[⑤]，但主流文学是我上面提到的那些。但像萧伯纳和阿尔弗莱德·爱德华·豪斯曼或托马斯·哈代和赫伯特·乔治·威尔斯这些区别非常大的作家之间有什么共通之处呢？我认为关于那个时代的几乎所有英国作家的基本事实就是他们对当时英国之外的事情完全没有察觉。他们当中有的更加优秀，有的有政治觉悟，有的没有政治觉悟，但他们都没有受到欧

---

① 托马斯·哈代（Thomas Hardy, 1840—1928），英国作家、诗人，代表作有《还乡》、《德伯家的苔丝》、《今昔诗集》等。

② 詹姆斯·马修·巴利（James Matthew Barrie, 1860—1937），苏格兰诗人、剧作家，代表作有《小飞侠彼得潘》、《婚礼的客人》等。

③ 威廉·魏马克·雅各布斯（William Wymark Jacobs, 1863—1943），英国作者，擅于撰写幽默故事，代表作有《驳船上的女士》、《水手的绳结》等。

④ 巴里·埃里克·奥德尔·佩恩（Barry Eric Odell Pain, 1864—1928），英国作家、记者、诗人，擅长创作幽默故事，代表作有《百重门》、《看不见的影子》等。

⑤ 亨利·詹姆斯（Henry James, 143—1916），英国作家，曾在美国出生成长，为美国与英国文化沟通作出很大贡献，代表作有《美国人》、《大使》、《黛西·米勒》等。

洲的影响。就连像本涅特和高斯华绥这样的小说家也不例外，他们只是从法国或俄国借鉴了流于表面的模式。所有这些作家都是出身于普通的、体面的英国中产阶级，心里认定这种生活将会永远进行下去，变得越来越人性化和开明。他们当中有的看法比较悲观，比如说哈迪和豪斯曼。但他们至少都相信如果可能实现的话，所谓的进步是值得追求的。而且——有一件事情总是与审美意识的缺乏一同出现——他们对历史，或者说，对久远的历史不感兴趣。那个时代的作家很少有人拥有我们现在所认为的历史意识。就连托马斯·哈代在尝试创作一部以拿破仑战争为背景的宏伟诗剧时——名字叫《列王》——他的世界观纯粹是爱国主义课本的视角。更有甚者，他们在美学上对历史根本不感兴趣。比方说，阿诺德·本涅特写了许多文学批评，显然十九世纪之前的书在他眼里根本没有任何优点。事实上，他只对和他同时代的作家感兴趣。对于萧伯纳来说，历史只是一团混沌，应该以进步、卫生、效率和其它名义将其扫到一边。虽然赫伯特·乔治·威尔斯后来准备创作一部世界史，他看待历史时那种惊诧而厌恶的态度却像一个文明人看待食人族部落一样。所有这些人，无论他们喜不喜欢他们自己的时代，至少都认为它要比以前的时代更加优越，将自己的时代的文学标准视为天经地义的事情。萧伯纳对莎士比亚发起批判，而真正的指控就是莎士比亚不是费边社的一个受到启蒙的成员——而这当然是真的——如果有人告诉这些作家紧随他们之后的新一代作家会模仿十六和十七世纪的英国诗人、十九世纪中期的法国诗人和中世纪的哲学家，他们会认为这是非常浅薄的文学思想。

但现在看看那些在上一场战争之后随即开始崭露头角的作

家——当然，他们当中有些人很早就开始创作：乔伊斯、艾略特、庞德、赫胥黎、劳伦斯、温德汉姆·刘易斯，你对他们的第一印象是，和老一辈作家们比起来——就连劳伦斯也是如此——有什么东西被戳破了。首先，进步这个观念被抛到九霄云外。他们不再相信进步会发生或应该发生。他们不再相信人类社会通过降低死亡率、更有效的生育控制手段、更好的排水系统、更多的飞机和更快的汽车就能变得更加美好。从戴维·赫伯特·劳伦斯描写古代的伊特鲁里亚人开始，他们当中几乎每个人都缅怀久远的历史，或过去的某一时期。他们都在政治上持反动观点，或对政治漠不关心。他们根本不在乎他们的前辈所重视的修修补补的改革，例如女权运动、温和的改革、生育控制或禁止虐待动物。比起上一代的作家，他们对基督教会的态度更加友好，至少没有那么敌对。他们当中几乎所有人都比浪漫主义复兴时期①以来的任何英国作家似乎更具有审美意识。

现在，你可以通过个体的例子去理解我所说的这些话，也就是说，对这两个时期的可以作对比的杰出作品进行比较。第一个对比是赫伯特·乔治·威尔斯的短篇小说集《盲人的国度》——这本书收集了许多他的短篇小说——和戴维·赫伯特·劳伦斯的短篇小说进行比较，比方说《英格兰，我的英格兰》和《普鲁士军官》。

这样进行比较是很公平的，因为两位作者都最擅长或很拿手创作短篇小说，而且两个人都表达了一种对他那一代的青年人影

---

① 浪漫主义复兴时期(the Romantic Revival)，指 19 世纪初起源于欧洲的艺术、文学和思想发展运动，反思工业革命和启蒙运动的理性，回归传统价值观和发扬人文浪漫情怀。

响深远的新的生命观。赫伯特·乔治·威尔斯的故事的终极主题首先是科学上的探索，还有小市民的势利心态和当时英国生活的悲喜剧，特别是中下阶层的生活。他的主旨，用一个我不喜欢的表达，就是科学可以纠正人性天生的一切弊端，但人却过于盲目，看不到自己能力的可能性。雄心勃勃的乌托邦主题和近乎威廉·魏马克·雅各布斯式的轻喜剧的气氛交替出现，这就是威尔斯的作品的特征。他描写登月和探海之旅，也描写小店主躲避破产和在可怕的势利的城镇努力做好自己本分的故事，而其中的关联是威尔斯对科学的信仰。他一直在说，如果那个小店主能够拥有科学的观念，他就用不着烦恼了。当然，他相信这种事情或许很快就会发生。再多几百万英镑用于科学研究，再多几代人受过科学教育，再多把几个迷信扔到垃圾桶里，就大功告成了。现在，如果你转而去读劳伦斯的故事，你不会发现这种对科学的信仰——要说有什么情感可言的话，那是对科学的敌意——而且你不会发现任何对未来的兴趣，当然也不会是威尔斯所营造的理想化的享乐主义式未来。你甚至不会找到要是那个小店主或某个社会的受害者能接受好一点的教育，情况就会好转这样的观念。你所发现的，是不停地暗示人类在变得文明后就抛弃了自己天赋的权利。劳伦斯几乎所有的作品的终极主题讲述的都是当代人的失败，特别是在英语国度，没办法充实地生活。自然而然地，他首先专注于描写他们的性生活。确实，劳伦斯的大部分作品都是围绕着性爱。但是，他并非像某些人所想的那样，是在要求更多的性自由。他对这一点完全没有幻想，而且他痛恨波希米亚知识分子的所谓精致，正如他非常痛恨中产阶层的清教徒主义。他在讲述的，只是现代人没有完满地活着，因为他们的标准太过狭隘，或者根本没有标准。只要他们全身心地活着，他并不太在意他们生活在什么样的社会体制、政治体制或经济体制下。在他的故事中，他几乎认为现有的社会结构、阶级区别是天经地义的事情，没有流露出任何迫切想要将其改变的愿望。他所要求的，是人应该活得更简单一些，更加贴近大地，对植物、火焰、流水、性爱、血液这些神奇的事物多一些感觉，但他们生活在赛璐珞和混凝土的世界里，留声机一直在播放。在他的想象中——他很可能想错了——野蛮人或原始人比文明人活得更加充实，他塑造了一个神秘的角色，与高贵的野蛮人颇为相似。最后，他把这些优秀的品质投射在伊特鲁里亚人身上，他们是在古罗马时代之前生活在意大利北部的人，事实上我们对他们一无所知。在赫伯特·乔治·威尔斯看来，所有这些放弃科学和进步，回归原始的愿望纯粹只是异端思想和胡说八道。但是，你必须承认，无论劳伦斯的生活观是真实抑或扭曲，相对于赫伯特·乔治·威尔斯的科学崇拜或像萧伯纳之流的费边社作家所推崇的那种肤浅的进步主义，那至少是一种进步，其意义在于它达到了另一种态度的水平，并将其看透。在部分程度上，这是1914年至1918年那场战争造成的，它成功地将科学、进步和文明人的面具揭穿。进步最终演变成了历史上最大的屠杀。科学制造出了轰炸机和毒气，文明人到头来在关键时刻可以比任何野人行为更加卑劣。但即使1914年至1918年那场战争没有发生，劳伦斯也一样对现代机器文明感到不满。

现在我将进行另一个比较，对象是詹姆斯·乔伊斯的巨作《尤利西斯》和约翰·高斯华绥的长篇系列小说《福尔赛世家》。这一次的比较不是很公平，事实上，是拿一本优秀的作品和一本蹩脚的作品进行比较，而且在时间上也不是很对，因为《福尔赛世家》的后半部分成书于二十世纪二十年代。但人们可能记住的那几个部分是在 1910 年前后写成的，而且在我看来，这一比较是恰当的，因为乔伊斯和高斯华绥都在努力以一本书作为一张巨大的画布，在上面描绘出一个时代的社会史和精神。《福尔赛世家》或许现在对我们来说谈不上是非常深刻的社会批判，但似乎对同时代的读者来说是这样，从他们对这本书的评论你就能知道这一点。

乔伊斯在 1914 年到 1921 年这七年间写出了《尤利西斯》，在战争期间也笔耕不辍。或许他并没有太过在意那场战争，或根本不以为意，靠在意大利和瑞士当语言老师的微薄收入过着清贫的生活。他愿意在贫穷和命运未卜的情况下笔耕七年，将这部伟大作品写下来。但是，是什么那么重要需要迫切表达呢?《尤利西斯》有几个章节不是很好懂，但整本书留给你两大印象。第一个是乔伊斯对文字技巧的兴趣达到了痴迷的程度。这是现代文学的主要特征之一，不过这一特征正渐渐式微。在造型艺术领域也有同样的发展，画家，甚至雕塑家们更感兴趣的是他们创作的材料、画作的笔触，而不是作品的设计，更不是它的主题。乔伊斯对用字、字的音韵和意义甚至字在纸面上的样式很着迷，其风格与以前历代的作家根本不同，或许在某种程度上波兰裔英国作家约瑟夫·康拉德与他相似。在乔伊斯身上，你回到了风格化的理念、精致的描写、诗意的描写，或许还有浓墨重彩的篇章。另一方面，像萧伯纳这样的作家会说文字的唯一用处当然就是以尽量简短的方式表达确切的意思。除了对文字技巧的着迷外，《尤利西斯》的另一个主题是机器获得胜利而宗教信仰崩溃之后现代生活的肮脏和毫无意义。乔伊斯——我们要记住，他是爱尔兰人，值得一提的是，二十世纪二十年代最好的英语作家中许多并不是英国人——他的文风就像一个失去了信仰的天主教徒，但仍保留着在天主教的童年和少年时期所形成的思想框架。尤利西斯是一本篇幅很长的小说，透过一个捉襟见肘的犹太裔旅行推销员的眼睛描述了一天的事件。这本书出版的时候激起了轩然大波。乔伊斯被斥责为刻意描写悲惨。但事实上，你仔细考虑一下人类每天的生活是怎样一番情形，就不会觉得他对那一天的事情的肮脏或愚蠢有过火的描写。然而，由始至终你的感觉是乔伊斯无法摆脱的坚定信念：他所描写的整个现代世界在教会的教诲不再可信后失去了意义。他所渴望的宗教信仰是在他之前的两三代人以宗教自由的名义与之抗争的对象。但说到底，这本书的主旨是文字的技巧。它有相当一部分内容是东拼西凑或拙劣模仿——对从青铜时代的爱尔兰传说到当代新闻报道的模仿。你可以看到，和他那个时代所有典型的作家一样，乔伊斯不是十九世纪英国作家的延续，而是延续自欧洲和更久远的历史。他的一部分思绪留在了青铜时代，另一部分留在中世纪，还有一部分留在了英国的伊丽莎白时代。装上了卫生设施和开上了汽车的二十世纪对他来说并没有特别的吸引力。

现在我们再来看看高斯华绥的作品《福尔赛世家》，你可以看到它的范围要相对狭窄一些。我已经说过，这不是一个公平的比较，事实上，从严格的文学角度来说，这个比较很荒谬，但两本作品的宗旨都是描绘当时社会的全景，在这个意义上是可以进行比较的。高斯华绥的突出特点是，虽然他尝试当一个打破传统的人，但他根本无法让他的思想摆脱他所抨击的富有的资产阶级社会。他接受了那个社会所有的价值观，认为它们是天经地义的事情，只是略作更改。他所感受到的就是，人类有点不太人道，有点太热衷于金钱，没有足够敏锐的美感。当他开始描绘他心目中的理想类型的人时，画出来的只不过是一个有教养和人道主义色彩的中上阶层食利者，在当时，那种人经常到意大利的画廊流连，积极投身反虐待动物团体。高斯华绥并不是出自真心厌恶他所抨击的社会这一事实让你了解到他的缺陷，那就是：他与当时英国社会之外的事情完全没有接触。他或许认为自己不喜欢这个社会，但他是其中的一部分。它的金钱、安全以及使英国独立于欧洲之外的舰队对他来说太重要了。在内心深处他鄙夷外国人，就像曼彻斯特任何一个没有文化的商人鄙夷外国人一样。当你阅读乔伊斯或艾略特甚至劳伦斯时，你会觉得他们了解整个人类社会，能够从他们自己的时间和地点去观察欧洲和历史，但在阅读高斯华绥或任何一位1914年前的标志性的英国作家时你没有这种感觉。

最后再进行一个简短的比较。拿任何一本赫伯特·乔治·威尔斯的乌托邦作品，比方说《现代乌托邦》、《梦境》或《天神一般的人》和奥尔德斯·赫胥黎的《美丽新世界》进行比较。差别依然那么明显，一个过于自信，另一个灰心丧气，一个天真地相信进步，另一个出生比较晚，因此能活着看到原先以飞机作为象征的进步其实和反动一样都是骗局。

1914年至1918年那场战争前后的主流作家之所以有着明显的区别，一个明显的解释就是那场战争本身。虽然这种事情迟早都会发生，因为现代物质文明的缺陷迟早都会暴露出来，但那场战争加速了进程，一部分程度上证明文明的矫饰是多么浅薄，另一方面使得英国不再那么繁荣，因此没有那么孤立。1918年之后，你再也不能像在大不列颠统治海洋和市场的时代那样生活在那么一个狭窄而舒适的世界里。过去二十年来恐怖的历史的一个作用就是让许多古代的文学作品变得似乎更加具有现代色彩。希特勒上台后在德国发生的许多事情和吉本的《罗马帝国衰亡史》如出一辙。最近我看了莎士比亚的《约翰王》上演——这是我第一次看这出戏，因为它不是经常上演。小时候读到这出戏时，我觉得它很老套，像是从某本历史书里拽出来的，跟我们这个时代毫无关系。当我看到它上演时，那些阴谋和背叛、互不侵犯条约、卖国贼、在战斗中变换阵营等等等等，我觉得那完全是当前的写照。1910 年到 1920 年间文学的发展也是一样。时代的节奏赋予了各式各样的主题以新的现实，这些主题原本在萧伯纳和他的费边社成员将世界变成一个超级花园城市时，似乎显得不合时宜和天真幼稚。复仇、放逐、迫害、种族仇恨、宗教信仰、忠诚、信仰崇拜这些主题突然间似乎又变得真实起来。帖木儿和成吉思汗现在似乎是可信的人物，马基雅弗利似乎成了一位严肃的思想家，而在 1910 年的时候他们并不是这样。我们摆脱了一潭死水，回到了历史中。我并非盲目崇拜二十世纪二十年代的作家，在他们当中，艾略特和乔伊斯是最重要的名字。他们的追随者必须摆脱他们做过的事情的影响。他们对进步这个肤浅的观念的厌恶驱使他们在政治上步入歧途。例如，庞德在罗马电台大声叫嚣反犹主义言论并非出于偶然。但你必须承认，比起在他们之前的作家，他们的创作更加成熟，而且范围更加广阔。他们打破了笼罩英国将近一个世纪的文化圈子。他们重新建立了与欧洲的联系，带回了对历史的感觉和悲剧的可能性。它是接下来有价值的英语文学的基础，艾略特等人在上一场战争结束那几年所启动的发展，至今还没有结束。

和平主义与战争①

　　大约一年前我和其他几个人加入了面向印度的文学节目，我们做了很多事情，其中之一是我们广播了大量由当代或近当代英国作家所撰写的诗歌——比方说，艾略特、赫伯特·里德②、奥登、斯宾德、迪伦·托马斯③、亨利·特里斯④、亚历克斯·康福特⑤、罗伯特·布里奇斯⑥、埃德蒙德·布兰登⑦、戴维·赫伯特·劳伦斯。只要一有机会，我们就会让那些作者广播诗歌。为什么要播放这些特别节目（在电台战中发起的小规模侧翼进攻）在此无须解释，但我要补充一个事实，那就是，我们所面对的印度听众在一定程度上决定了我们的手段。重要的一点就是，我们的广播对象是印度的大学生，人数不多而且充满敌意，对英国的宣传根本不屑一顾。开始宣传之前我们就知道最多只会有数千名听众，这给了我们借口去播放比普通的电台节目更加"高雅"的内容。

　　我相信你不想去通读各期的《党派评论》里面那些来自大西洋彼岸⑧的肮脏的争议，因此我将把你们寄来的信件（来自萨维奇⑨、伍德考克⑩和康福特）放在一起，因为所有的信件的中心主题都是一样的。但我会在后面单独回应一些信件中提到的几点内容。

　　和平主义。

客观上说，和平主义纵容了法西斯主义。这是非常基础的常识。如果你阻碍了一方为战争投入的努力，战争的另一方就会自动得益。而且，想要置身像当前这么一场战争之外是不可能的事情。在现实中，"不是和我同路的人就是我的敌人。"那种吃着英国的船员们冒着生命危险带回来的食物，却以优越高蹈的姿态置身于斗争之外的态度是被金钱和安全惯出来的资产阶级的错觉。萨维奇先生评论说："根据这样一番推理，德国或日本的和平主义者客观上就是'亲英派'。"当然就是这样！这也是为什么在德国和日本，和平主义活动是非法活动的原因（在这两个国家，从事和平主义活动可以被判处斩首），而且德国人和日本人在竭力鼓动和平主义在英国和美国领土的传播。德国人甚至经营一个伪"自由"电台，其内容与"和平誓约联盟"的宣传内容几乎没有区

---

① 刊于 1942 年 9 月《党派评论》。

② 赫伯特·爱德华·里德（Herbert Edward Read, 1893—1968），英国诗人、批评家，代表作有《艺术的含义》、《英国散文风格》等。

③ 迪伦·玛莱斯·托马斯（Dylan Marlais Thomas, 1914—1953），威尔士诗人，代表作有《夜疯狂》、《死亡没有疆界》等。

④ 亨利·特里斯（Henry Treece, 1911—1966），英国作家、诗人，代表作有《黑暗的季节》、《诗集：王冠与镰刀》等。

⑤ 亚历克斯·康福特（Alex Comfort, 1920—2000），英国科学家、医生、和平主义者，代表作有《性的乐趣》、《和平与抵抗》等。

⑥ 罗伯特·西摩·布里奇斯（Robert Seymour Bridges, 1844—1930），英国诗人，曾是 1913 年至 1930 年的英国桂冠诗人，代表作有《尼禄》、《尤利西斯的归来》等。

⑦ 埃德蒙德·查尔斯·布兰登（Edmund Charles Blunden, 1896—1974），英国作家、诗人，代表作有《时间的面具》、《选择或机会》。

⑧ 《党派评论》是一份美国刊物。

⑨ 德里克·斯坦利·萨维奇（Derek Stanley Savage, 1917—2007），英国评论家、和平主义者，代表作有《自足的乡村生活》、《秋天的世界》等。

⑩ 乔治·伍德考克（George Woodcock, 1912—1995），加拿大作家，代表作有《水晶般的灵魂：乔治·奥威尔》、《无政府主义：自由主义理念与运动的历史》。

别。要是情况允许的话，他们会在俄国鼓动和平主义，但就算可以的话，他们的对手可要难缠得多。就其效果而言，和平主义宣传只对那些仍然允许言论自由存在的国家才有效。换句话说，和平主义宣传对极权主义有利。

我对作为一种"道德现象"的和平主义不感兴趣。如果萨维奇先生和其他人以为一个人可以躺着就"征服"德国人，那就由得他们幻想好了，但也要让他们时不时想一想这是不是在安全、钱多和无知的情况下所产生的不切实际的幻想。比方说，作为一个前印度公务员，当我听说甘地是非暴力主义的成功范例时，我总是会放声大笑。二十年前，在驻印度的英国官员的圈子里，甘地就被轻蔑地认为是英国政府非常有用的工具。如果日本人杀到印度，他也会被日本人利用。专制政府能抵挡"道德力量"直到地老天荒。他们害怕的是武力。虽然我对和平主义的"理论"并不是很感兴趣，但我感兴趣的是和平主义者一开始声称对暴力充满恐惧，而到后来明显被纳粹主义的成功和力量所深深吸引的心理变化过程。即使是那些不承认被纳粹吸引的和平主义者也开始宣称纳粹的胜利本身是值得期盼的。在你们寄给我的信件中，康福特先生认为一个敌占区的艺术家应该"对他看到的邪恶现象进行抗议"，但他认为这最好通过"暂时接受现状"而实现。而就在几个星期前，他希望纳粹获得胜利，因为它将对艺术起到激励作用：

在我看来，只有军事上的彻底失败才能有机会重新建立文学和普通人的共同信心。你可以想象，灾难越大，越能让人突然意识到想象力在一连串地起作用，越能马上促成诗歌的宣泄，从孤立地将战争视为灾难的诠释，到认清人类想象中的悲剧和实际的悲剧。当我们看到法国、波兰、捷克斯洛伐克在战争年间的文学作品时，我很肯定那就是我们心目中的作品。（致《地平线》的一封信）

我不会去理会那种相信文学生活仍在波兰继续进行的受金钱所庇护的无知，我只是想说，像这样的话只是证明了我所说的英国和平主义者将成为积极的亲法西斯派这番话的正确性。但我并不是特别反感这一点。我所反感的是那些客观上和在某种程度上亲法西斯的知识分子的怯懦，他们不敢说出来，而且躲在"我和别人一样反对法西斯，但是……"这样一番托词的背后。结果就是，所谓的和平宣传和战争宣传都是令人恶心的谎言。和战争宣传一样，它专注于给出"理由"，混淆对手的观点和避免尴尬的问题。他们奉行的纲领大体上是："那些抗击法西斯主义的人最后也会变成法西斯分子。"为了避免对这一点提出的明显的反对意见，他们会使用下面这几条宣传伎俩：

一、战争所促使的英国的法西斯化过程被系统地夸大了。

二、法西斯主义的记录，特别是其战前的历史，被忽略了或被抹黑成"政治宣传"。对于如果轴心国获胜世界将会怎样的讨论被回避了。

三、那些希望抗击法西斯主义的人被指责为资本主义民主的全心全意的捍卫者。而世界各地的富人几乎都是亲法西斯派而工人阶级几乎都是反法西斯者这一事实却被掩盖了。

四、他们心照不宣地假装战争只在英德两国进行。如果法西斯主义获胜，俄国和中国将会怎么样，他们避而不谈。（在你们给我寄来的三封信里对俄国或中国只字未提。）

现在我必须探讨一两点事实，如果你的这封读者来信将被全文刊登的话。

我的过去和现状。伍德考克先生曾试图诋毁我的名誉，他说第一我曾在英国皇家印度警察部队服役；第二，我曾为《艾德菲月刊》撰稿，并在西班牙与托派分子过从甚密；第三，现在我在英国广播公司"主持英国的宣传，欺骗印度人民"。关于第一点，我确实曾在印度警察部队服役五年。后来我放弃了这份工作，这也是千真万确的。除了一部分原因是这份工作不适合我之外，主要的原因是我不想再为帝国主义体制服务。我反对帝国主义，因为我从内部了解到关于它的情况。关于这件事的整个来龙去脉可以参阅我的作品，包括一本小说（《缅甸岁月》），我想我能说它预言到了今年在缅甸所发生的事情。第二点，我确实为《艾德菲月刊》写过东西。为什么不可以？我曾经为一份提倡素食的报纸写过一篇文章。这难道意味着我是素食主义者？在西班牙我与托派分子打过交道，那是因为我碰巧加入的是马联工党的民兵部队，而不是别的政党的民兵部队。大体上我不同意马联工党的纲领，也坦率地向它的领导直言不讳，但当后来他们被指控与法西斯分子勾结时，我尽了自己的最大努力为他们辩护。这和我现在反对希特勒的态度有什么冲突呢？对我来说，托派分子是和平主义者或亲希特勒派，这真是稀奇。第三点，伍德考克先生真的知道在印度电台节目中我所传播的内容吗？他不知道——但我很愿意告诉他。他小心翼翼地不提及其他与这些印度广播节目有关系的人的名字。比方说，赫伯特·里德就是其中之一，而提到此人时，他是持赞许态度的。还有托马斯·斯特恩斯·艾略特、爱德华·

摩根·福斯特、雷吉纳·雷纳兹①、史蒂芬·斯宾德、约翰·博尔顿·桑德森·霍尔丹②、汤姆·温钦汉姆。大部分我们的广播员都是印度的左翼知识分子，从自由党到托派分子都有，有些人是坚定的反英国人士。他们并不是为了"欺骗印度人民"而进行广播，而是因为他们知道法西斯主义获得胜利对于印度独立意味着什么。在对我的良好愿望横加指责之前为什么不先弄清楚我到底在做些什么事情呢？

"奥威尔先生又在进行思想上的搜捕了。"（康福特先生）我从未抨击过"思想人士"或"知识分子群体"。我花费了大量的笔墨对这个国家层出不穷的文坛小圈子进行抨击，使得自己蒙受很多伤害，不是因为他们是知识分子，而是因为他们正如我所指出的，不是真正的知识分子。一个文坛小圈子的寿命大概是五年，在我的创作生涯里已经看到三代小圈子的形成和两代小圈子的没落——天主教徒的圈子、斯大林主义的圈子和如今的和平主义者的圈子，后者有时候被戏称为"法西斯和平主义者"③。我反对所有这些人的理由是，他们写的都是不诚恳的政治宣传，将文学批评贬低到互相溜须拍马的地步。但即使是这些小圈子我也不会将他们一视同仁。我从来不会将克里斯朵夫·道森④和阿诺

---

① 雷吉纳·亚瑟·雷纳兹（Reginald Arthur Reynolds, 1905—1958），英国作家，曾担任"拒绝战争社"的秘书长，曾对英国在印度推行的帝国主义进行过猛烈的抨击，代表作有《印度的白人老爷》、《印度、甘地与世界和平》等。

② 约翰·博尔顿·桑德森·霍尔丹（John Burdon Sanderson Haldane, 1892—1964），英国生物学家，代表作有《人的不平等》、《进化的原因》等。

③ 原文是"Fascifist"，是"facist"（法西斯分子）和"pacifist"（和平主义者）糅合而成的词语。

④ 克里斯朵夫·亨利·道森（Christopher Henry Dawson, 1889—1970），英国作家，代表作有《诸神的时代》、《进步与宗教》等。

德·伦恩①、马尔罗②和帕尔默·达特③、马克斯·普劳曼④和贝德福德公爵⑤等同起来。即使是某一个人的作品也有层次的高下。比方说，康福特先生本人写过一首诗（《思想里的环礁》），我对其评价很高。我希望他能再多写这样的诗，而不是写那些伪装成小说的了无生机的宣传手册。但他选择了发给你们这封信，这就是另外一码事了。他没有回应我所说过的话，而是试图通过歪曲我的大致情况，对我在英国的"地位"冷嘲热讽（判断一个作家不是看他的"地位"，而是看他的作品），使对我了解甚少的听众对我产生偏见。这符合"和平"宣传的路数，它避免提到希特勒对俄国的侵略，而这就是为什么我认为它缺乏思想上的诚恳。正是因为我严肃地看待知识分子的作用，所以我不喜欢如今在我们的英国文学世界里兴盛一时的冷嘲热讽、造谣诽谤、鹦鹉学舌和为了金钱上的利益而互相吹捧，或许在你们的世界里也是一样。

① 阿诺德·亨利·莫尔·伦恩（Arnold Henry Moore Lunn, 1888—1974），英国登山家和作家，曾对天主教的教义提出批评，后皈依天主教，并撰书为其辩护。

② 安德烈·马尔罗（André Malraux, 1901—1976），法国作家，曾担任戴高乐政府的信息部长和文化部长，代表作有《人的命运》、《寂静的声音》等。

③ 拉贾尼·帕尔默·达特（Rajani Palme Dutt, 1896—1974），英国记者，共产党人，代表作有《法西斯主义与社会革命，对资本主义腐朽阶段的经济与政治的研究》。

④ 马克斯·普劳曼（Max Plowman, 1883—1941），英国作者，和平主义者，曾担任"和平誓约联盟"的秘书长，代表作有《和平主义的信仰》、《通往未来的桥梁》等。

⑤ 约翰·伊安·罗伯特·拉塞尔（John Ian Robert Russell, 1917—2002），第13任贝德福德公爵，曾担任《每日邮报》的记者，代表作有《飞行的公爵夫人》。

法属摩洛哥的背景①

当你乘坐火车从西属摩洛哥来到法属摩洛哥时，有一段时间你会经过一片很像我想象中的俄国集体农场的区域。黑土地上时而有一辆拖拉机牵引着犁耙缓缓驶过，消失在地平线的另一头，每隔几英里就有一排整洁的、刷了石灰的小屋和农业设施。这里是肥沃的沿海种植地带，由大西洋的季风带来雨水灌溉，年产一百万吨小麦。不消说，阿拉伯人连一英寸土地都没有，土地全部由一个法国财团占有，利用集体劳动进行耕作。阿拉伯人大部分是小农，耕种着板结的、不长树的荒地，种燕麦、苜蓿和各种水果蔬菜。他们的主食是燕麦和瘦巴巴的山羊的奶，这些山羊吃的是仙人掌，每天的产奶量是四分之一品脱。

整个国家的贫穷状况着实令人吃惊，或许比印度还要糟糕。乞丐就像苍蝇一样常见，孩子们六岁起就得去放羊，十二岁起就得整天干木匠或铁匠的活儿。这个国家最普遍的交通工具是驴子，一头卖十先令，几年后就会被累死。摩洛哥的面积比英国稍大，只有不到七百万人口，即使没有外来统治它也会是一个非常贫穷的国家，因为它很缺水。这里没有大河，除了法国人开始恢复造林的少数地区之外，到了阿特拉斯山脉一带才有野生的树木。法国殖民者成功地耕种土地，种出了一流的橘子和橄榄，产一种劣质红酒，但这需要有足够的资本去打井和建造蓄水池。除了农业和畜牧业的出产之外，这个国家就没有其它天然财富了；

阿特拉斯山脉应该蕴藏着矿产，但还没有被全面开发。

摩洛哥有将近 20 万欧洲人，是法国人或法国化的西班牙人。卡萨布兰卡的海港有 7 万名白人无产者。其余的人口中有 5 百万阿拉伯人、10 万犹太人，剩下的主要是生活在阿特拉斯山脉的原始的柏柏尔人。除了卡萨布兰卡之外，几个大城镇其实就是大农村，农民们来贩卖牲口，购买饭锅和铁钉什么的。任何东西都是手工制品，从《圣经》时代一直沿用到现在。摩洛哥的手工艺品，特别是陶器和毛毯，是世界上最精美的，一直能与欧洲或日本的进口产品相抗衡，因为制作这些产品的人工资很低廉。一个技术高超的陶匠或木匠时薪只有一便士。除了农业之外犹太人与阿拉伯人干一样的活儿，大体上似乎更加穷苦。

我或许描述了一幅很悲惨的画面，但我必须说在 1938 年和 1939 年摩洛哥人给我的感觉是比伦敦人更快乐。到处你都可以看到最骇人听闻的贫穷和苦工，但你会看到快乐的笑脸和健壮的身体。柏柏尔人甚至比生活在平原的阿拉伯人更穷，却是我见过的最快活自在的人。你要记住，摩洛哥仍然生活在封建时代，几乎没有受工业化带来的便利和不满的影响。法国人在 1906 年占领了这个国家，但直到 1934 年才完成了征服。阿拉伯人不是法国公民（对于他们来说好处就是不用义务服兵役），法国人通过傀儡苏丹间接统治这个国家，但阿拉伯人必须向苏丹效忠。修得很好的公路点点滴滴地将法国文化从地中海沿岸传播到阿特拉斯山脉的南坡，但大部分人并不受影响。几乎没有阿拉伯人能说像样的法语，而且也没有几个法国人愿意去学阿拉伯语。

---

① 刊于 1942 年 11 月 20 日《论坛报》。

欧洲人口有三个明显的阶层，最上层是富裕的商人、官僚和军官，构成了一个和驻印度英国官员类似的阶层，但或许更加愚昧和反动。然后是小殖民主、店主和小官员，他们看不起阿拉伯人，不把他们当回事。最下面是白人无产者，他们或许并不会鄙视阿拉伯人，但和他们很疏远。即使是非常琐碎的官方工作也由法国人干，因此，或许人口700万的摩洛哥比人口3亿5千万的印度有更多的白人官员。法国人对待阿拉伯人的态度颐指气使，但谈不上刻薄，即使在1939年这个国家法西斯主义兴起的时候也是如此。几乎所有的媒体都在支持佛朗哥——其中一份主要报刊由多里奥特①的政党运作——《格林葛》和《憨第德》是军官们最喜欢阅读的两份报刊，小资产阶级持反犹立场。左翼政党在这个国家没有根基，甚至在卡萨布兰卡也是这样。阿拉伯人对待法国人占领的态度很难捉摸。虽然征服发生于不久之前，但似乎并没有留下伤痕，而且似乎没有种族仇恨，让人觉得很惊讶。无论你去到哪里都会受到友好的对待，但不会遇到奴才——就连乞丐也不会奴颜婢膝。阿拉伯人或许将他们的封建思想转投在法国政权上，法国人很容易就征集到优秀的雇佣军。但对于贫苦的法国人，阿拉伯人的态度似乎隐藏着好心的轻蔑。他们要比那些小官僚和小店主友善得多。期待欧洲式的革命在摩洛哥发生是很荒唐的事情，但三年前不曾发生的激烈的民族主义运动或许会突然间爆发。法国被德国打败或许为它铺平了道路。

现在看来，虽然同盟国准备控制摩洛哥，而且他们准备怎么

① 雅克·多里奥特(Jacques Doriot，1898—1945)，法国纳粹分子，曾在法国被占领期间在巴黎进行亲纳粹的广播，并组建"反布尔什维克志愿军"，协助德军在东欧的作战。

做大体上很清晰，但像摩洛哥这样的国家无法获得真正的独立，因为它无力保卫自己。它必须得到庇护，而且必须借用欧洲的技术专家，但让阿拉伯人免遭经济剥削是很简单的事情，而且除了让巴黎和卡萨布兰卡的几个有钱人蒙受损失之外不会伤害到任何人。没有必要去干涉法国的小殖民者，他们在改善土壤，而且没有造成多少伤害。但攫取了最好的土地和垄断烟酒贸易的大财团必须没收充公。最重要的是，西海岸那一片肥沃的土地应该归还给农民。集体农场所需要的建筑和机器已经准备就绪，但即使将土地划成小块分给阿拉伯人也能够大大改善他们的生活。我们和美国人要做到这一点很容易，而且也不会直接影响我们的利益。这么一个举措将会在全世界引起反响，让佛朗哥的殖民地感受到震撼。但当你尝试想象这件事真的发生，然后看看那些统治我们的人的嘴脸，你就会难过地想到奇迹的年代已经结束了。

在达尔兰①的国度②

在战前，法属摩洛哥和北非大部分地方一样，在一部分程度上依靠旅游观光而生存，而这最终可以归结于贫穷。除了气候之外，每一样吸引游客的特征都建立在这里的人均工资只有每小时一便士这个基础上。

摩洛哥最突出的特征是它的贫瘠。七百万人口中绝大部分人是小农，耕种着比沙漠好不了多少的土地。大西洋沿岸有一些肥沃的土地，年产一百万吨小麦，但它归一个法国财团所有，以集体劳动进行耕作。阿拉伯农民用一头牛和一头驴拉着原始的犁头开垦板结的土地，种着杂草丛生的燕麦和苜蓿。有几个月会下暴雨，接着河里涨满了水，青草开始生长，可怜的家畜长了一点膘，但其余的时间水非常宝贵，足以引发仇恨和杀戮。就像《圣经》时代一样，界碑会被移位，河流会在晚上突然改道。问题的一部分原因在于缺少树木。

这里有棕榈树、石榴树和法国人种植的柑橘林和橄榄林，但除了阿特拉斯山脉之外，其它地方根本没有野生树木。这是数百年来放牧山羊的结果。就连人烟稀少、有橡树林和枞树林的阿特拉斯，每个村庄旁边的山丘都像煤渣堆一样光秃秃的，都被山羊啃光了。

摩洛哥与大部分法国殖民地的不同之处在于它是前不久才被征服的（战争直到1934年才结束），法国文化还几乎没有影响到它。很少有摩洛哥阿拉伯人会说正宗法语，只会说洋泾浜的法语。法国人在教育方面所取得的成就不多，没有大学，也不像埃及和印度那样有说英语的知识分子。到了1939年仍没有以当地语言出版的报刊或由阿拉伯人拥有的法语报刊，也没有值得关注的民族主义运动。法国人与阿拉伯人的社会关系由于摩洛哥很靠近欧洲而变得很复杂。从地中海沿岸到越过阿特拉斯山脉的沙漠有很好的公路，法国的卡车司机带来马赛的气氛，在路边的小酒馆里与阿拉伯人或欧洲人把酒言欢。

在卡萨布兰卡有许多法国无产者，领着微薄的工资，到处都有和阿拉伯人混居的小商人和小店主，但过着法国乡村式的生活。此外，商人、官僚和军官们过着更加贵族式的、类似印度英国老爷那样的生活。大体上法国人觉得阿拉伯人很有魅力却又很不安分。每个人都看不起他们，报纸颐指气使地称呼他们为"土著"。但法国的工人阶级并没有严重的肤色歧视——譬如说，法国士兵不介意与阿拉伯士兵住在同一个军营——营造了友好的气氛，无疑有助于消除民族主义情感。

摩洛哥有20万欧洲人，都说法语，但有些人是西班牙人的后裔。从1940年开始有少数英国人去了摩洛哥的内陆，你只能猜测接下来会有怎样的政治演变，但在1939年，欧洲人中盛行的是接近法西斯主义的思想。忠于国王的当地报刊向达拉

---

① 让·路易斯·萨维尔·弗朗科伊斯·达尔兰(Jean Louis Xavier François Darlan，1881—1942)，法国政治家、军事家，曾于1939年担任法国海军总司令，1940年法国战败后充当傀儡政权维希政府的二号人物，1942年遇刺身亡。
② 刊于1942年11月29日《观察者报》。

第①、多里奥特②等人效忠，还有宣扬法西斯主义的周刊，像《格林葛》、《憨第德》、《我无处不在》③，到处都有得卖。左翼政党没有根基，甚至在卡萨布兰卡也是这样。慕尼黑危机时群众的冷漠和玩世不恭令人触目惊心，就连军官们也不例外。反犹主义很盛行，虽然摩洛哥的犹太人过着自给自足的生活，大部分人是手工业者，并没有造成什么麻烦。由于法国战败，法国人的权威遭受了重大挫折，阿拉伯人中民族主义开始高涨。

摩洛哥现在由国联控制并实施统治，以阻止叛乱发生，这并不是什么难事。法国人通过傀儡苏丹进行统治，他已经向我们表示效忠。但能否让摩洛哥积极参战则是另外一个问题，在政治空位时期是不会有答案的。现在我们已经向达尔兰上将保证摩洛哥将保持现状——这意味着我们已经保证维持现存的政权——维持落后封建的贫穷国度。这个国家的长期需要是显而易见的事情。它需要更多的树木、更好的灌溉设施、更合理的耕种方式、更好的牲畜、更多的学校和医院。所有这些都意味着外国投资和对这个积弱积贫的国家的保护，像摩洛哥这样的国家不可能获得真正的独立。

但是，如果能让阿拉伯人加入我们阵营的积极短期政策没有办法实现的话，将会是一大遗憾。摩洛哥是战略要地，从卡萨布

---

① 埃都阿德·达拉第(Edouard Daladier，1884—1970)曾三度担任法国总理：1933 年、1934 年和 1938 年至 1940 年。

② 雅克·多里奥特(Jacques Doriot，1898—1945)，法国纳粹分子，曾在法国被占领期间在巴黎进行亲纳粹的广播，并组建"反布尔什维克志愿军"，协助德军在东欧的作战。

③ 《我无处不在》(*Je suis partout*)，由法国作家让·法雅德(Jean Fayard)创建的右翼报刊。

兰卡到突尼斯的公路和铁路交通能够给我们更加安全的补给，而且占领卡萨布兰卡能够在一部分程度上弥补失去直布罗陀海峡的损失。虽然摩洛哥很贫穷，但它能够出口几种重要的食物，而且在有需要的时候它还能补充至少十万高素质的兵力。和平时期摩洛哥的殖民地军队是五万人，有将近一半是阿拉伯人。他们都是长期服役的志愿兵。与阿尔及利亚人或塞内加尔人不同，摩洛哥的阿拉伯人不是法国公民，因此不用服兵役。这些部队的装备或许仍很落后，但个人素质相当不错。

但是，摩洛哥似乎不会全面参战，除非我们能让阿拉伯人了解参战的意义。这涉及到基本的经济补偿。法国人对摩洛哥的剥削或许并不是特别过分，但那仍然是剥削，任何有思想的阿拉伯人一定会意识到这一点。几乎所有肥沃的土地和现代化的工业都掌握在外国人的手里。

而且，如果意属利比亚被征服，并达成宽容的和解，它一定会在西部的阿拉伯人当中引起反响。卑劣的不公将被消除，而不会影响到法国小产业者的利益，但会触动大资本家的利益。如果我们想要争取到阿拉伯人，我们就必须向他们承诺自治或高水准的生活，或同时实现这两样事情。还有当地的法国工人阶级，他们的利益与阿拉伯人的利益休戚相关。我们予以支持的法国政权是否愿意支持真正的改革方案似乎很值得怀疑，但可以肯定的是，和其它地方一样，摩洛哥的群众不会也无法积极地与我们并肩作战，除非我们愿意深刻地改变现状。

回首西班牙战争①

一

　　首先是现实的回忆——声音、味道和事物的表征。

　　奇怪的是，比起之后在西班牙战争中所发生的事情，我更加生动鲜明的回忆，是我们被派往前线之前接受的那一个星期所谓的训练——位于巴塞罗那的一座广阔的骑兵兵营，里面有阴风阵阵的马厩和鹅卵石庭院，我们就着水泵凉冰冰的水洗澡，饭很难吃，就着红酒勉强可以下咽。穿着裤子的女民兵在劈柴火。凌晨时分点名的时候，我那平淡无奇的英文名字总是在铿锵的西班牙名字——什么曼努尔·冈萨雷斯、佩德罗·阿奎拉、雷蒙·菲内罗萨、罗格·巴拉斯特、贾姆·多米尼克、萨巴斯蒂安·维特隆、雷蒙·努沃·博世中引起一阵哄堂大笑。我特意点出这几个人的名字，因为我记得他们长什么样子。除了两个流氓人渣现在应该投靠了长枪党②之外，或许其他人都死了。其中有两个我确切知道已经死了。年纪最大的当时是二十五岁，而年纪最小的只有十六岁。

　　战争最主要的一个经历就是你永远无法摆脱人身上散发出来的那股恶心的味道。公厕是战争文学中老生常谈的一个话题，要不是我们兵营的公厕让我对西班牙内战留下了独特的印象，我本来是不愿意提起它的。在拉丁式的公厕里你只能蹲着，即使是最好的厕位也十分糟糕，而且它们都是用某种抛光过的石头砌成的，十分光滑，你只能尽量让自己站稳脚，而且它们总是会堵住。我还记得许多其它恶心的事情，但我相信是这些公厕最早让我想起，而且总是一再想起："我们来了，革命军队的士兵，捍卫民主，抗击法西斯主义，打一场轰轰烈烈的仗，而我们的生活细节就像监狱里的生活那样肮脏下贱，跟资产阶级的军队更是别无二致。"后来有许多事情加强了这一印象，比方说，战壕生活很无聊，我们像牲畜那样在挨饿，为了一点吃的勾心斗角，由于缺乏睡眠而精疲力尽，争吵起来说的那些话非常尖酸难听。

军旅生活最本质的恐怖之处（任何当过兵的人都知道我所说的军旅生活的本质恐怖指的是什么）基本上不受你所身处的战争性质的影响。比方说，纪律在所有的部队里都是一样的。命令必须服从，如果有必要的话会以惩罚加以贯彻，军官与士兵的关系必须是上级与下级的关系。像《西线无战事》等作品里所描写的战争情景大体上是真实的。子弹会打死人，尸体会发臭，枪火之下的士兵总是会吓得尿裤子。确实，一支军队的社会背景出身会影响其训练、战略和整体效率，而正义之师的觉悟能激励士气，虽然这对民众的影响比对部队的影响更大。（人们忘记了一个身处前线的士兵总是太饥饿、太害怕、太寒冷或太疲惫，无法去关注战争的政治根源。）但是，自然法则不会因为一支"红军"不起作用，而只针对"白军"。一只虱子就是一只虱子，一颗炸弹就是一颗炸

---

① 1943 年刊于《新道路》。
② 长枪党(the Falange)，指二十世纪三十年代与意大利、德国的法西斯运动遥相呼应的西班牙法西斯政党。

弹，即使你为之奋战的事业是正义的。

　　为什么有必要指出这些显而易见的事情呢？因为大部分英国和美国的知识分子当时显然没有意识到这一点，直到现在还是。如今我们的记忆很短暂，但回顾这段历史，翻出《新群众报》或《工人日报》的档案，看一看我们的左翼文人当时散播浪漫的宣扬战争的垃圾文字。那些语句是多么陈腐！根本无法想象它们是何等的麻木不仁！在听到轰炸马德里的消息时，伦敦是那么的镇定自若！在这里我不想谈论伦恩、加文那伙右翼分子的反革命宣传，那些内容自不待言。但这些人二十年来一直在谩骂嘲讽战争的"荣耀"、残暴的罪行、爱国主义甚至作战的勇气，却写出了一堆换个名字就可以刊登在 1918 年的《每日邮报》①上的东西来。如果说，英国的知识分子曾努力想干好一件事情，那就是揭露战争。他们认为战争就是尸体和便溺，从来不会导致什么好的结果。在 1933 年，如果你说在某些情况下你愿意为国奋战，这些人会满怀怜惜地嘲笑你。而到了 1937 年，如果你说《新群众报》里那些讲述刚刚受伤的士兵鼓噪着要重新投入战争是夸张的写法，他们就斥责你是托派法西斯分子。左翼知识分子从"战争是地狱"转向"战争多么光荣"，不仅不觉得有什么异样，而且没有任何过渡。后来，他们中的大部分人又同样决绝地改变立场。有许多所谓的知识分子的中坚人物，他们在 1935 年认同"国王与祖国"的宣言，1937 年叫嚷着要以"强硬的政策对抗德国"，1940 年支持"人民阵线"，现在则要求开辟"第二战场"。

---

　　①《每日邮报》是一份坚定的右派报纸。

就人民群众而言，如今出现的民意强烈转向，那些能像水龙头一样拧开和拧掉的情感，是报纸和电台催眠的结果。而在知识分子的圈子里，我要说的是，这是因为他们沉溺于金钱和安全的环境。在特定的时候，他们可能"支持"或"反对"战争，但无论是哪种情况，他们对战争并没有切实的认识。当他们热心地去了解这场西班牙战争时，他们当然知道有人正被杀害，而被杀是一件不愉快的事情。但他们认为在西班牙共和军里，一个士兵的战争经历并没有那么下贱，厕所没那么臭，纪律也没有那么烦人。你只需要看一眼《新政治家报》就知道他们相信这一点，此刻也有人在撰写关于红军的类似废话。我们变得太文明了，没办法理解明显的真相。真相其实非常简单。为了生存你总是得打仗，而打仗你就得弄脏自己的双手。战争是邪恶的，但它通常是为避免大恶而不得不选择的小恶。拿起利剑的人终将死于利剑之下，而那些不拿起利剑的人终将死于臭烘烘的疾病。这些陈词滥调都值得写下来，表明食利资本主义在这些年来对我们造成了什么样的影响。

二

关于暴行，有必要对我在上面所说过的话进行说明。

我没有多少证明西班牙内战中的暴行的直接证据。我知道有些暴行是共和国的部队干的，更多的暴行是法西斯部队干的（他们仍在继续）。但当时给我留下深刻印象而且至今仍令我记忆尤深的是，相不相信暴行真的发生过完全取决于政治倾向。每个人都相信暴行是敌人做的，不相信己方会做出暴行，甚至不肯去分析证据。最近我列出了从1918年到现在所发生的暴行的清单。每一年都会在某个地方发生暴行，几乎没有哪一个暴行能同时被左派和右派接受。而更加奇怪的是，情况会突然逆转，昨天还言之凿凿的关于暴行的故事一下子就变成了荒唐的谎言，就因为政治气氛发生了改变。

在当前这场战争中，我们身处奇怪的境地。在战争开始之前我们就进行了大量的"暴行宣传"，而且大部分工作是左翼人士做的，通常那些人都自诩正直。在同一时期，右翼分子，1914年至1918年的暴行传播者，观望着纳粹德国，拒绝看到它的邪恶。接着，战争一爆发，那些昨天还支持纳粹的人重复起了那些骇人听闻的暴行故事，而反法西斯人士却突然间发现自己在怀疑盖世太保是否真的存在。造成这种现象的原因并不只是苏德条约的签订。一部分原因是，在战前左翼人士误以为英国与德国绝不会打仗，因此同时反对德国和反对英国。另一部分原因是官方的政治宣传的伪善和自命正义实在令人讨厌，总是让有思想的人去同情敌人。我们为1914年至1917年的系统性撒谎所付出的一部分代价就是后来出现了那种夸张的支持德国人的反应。从1918年到1933年，在左翼圈子里，哪怕你只是说德国应该为战争承担起一小部分责任，你也会被斥责。在那段时间我所听到的对凡尔赛条约的谴责中，我想我从来没有听到过有人提出这个问题："要是德国胜利了会怎么样？"更别说对这个问题进行讨论。暴行也是一样。出自敌人之口的话，就是真相也变成不是真相。最近我注意到，那些相信1937年日本人在南京犯下种种骇人听闻的罪行的人不愿意相信1942年的香港发生了同样的惨剧。他们甚至倾向于认为，回首前尘旧事，南京的种种惨剧都不是真的，因为现在英国政府对它们表示关注。

但不幸的是，关于暴行的真相要比谎言和宣传中所描述的情况糟糕得多。而真相是，它们的的确确发生了。有一个事实总是被当作怀疑论的证据，那就是同样的骇人听闻的故事总是在一场接一场的战争中反复出现，但这一点反倒更让人相信这些故事是真实的。显然，它们是广泛传播的幻想，而战争提供了一个将它们付诸实施的机会。而且，虽然已经不再流行这么说了，但被称为"白军"的一方总是比"红军"一方犯下更卑劣的暴行。例如，日本人在中国的所作所为就没有什么疑点。关于过去十年来法西斯在欧洲所做出的罄竹难书的暴行也没有什么值得怀疑的。证据有很多，而且相当一部分来自于德国的媒体和电台。这些事情真的发生了，每个人都看在眼里。即使说它们发生过的人是哈利法克斯勋爵，它们也真的发生过。在中国各个城市发生的强奸和屠杀，在盖世太保的地窖里发生的严刑拷打，年迈的犹太人教授被扔进化粪池，用机关枪沿着西班牙的道路对难民进行扫射——这些事情确实发生了，即使时隔五年后《每日电讯报》突然间旧事重提也无法改变它们确实发生过的事实。

三

我记得两件事，第一件并不能证明什么，而第二件我认为对了解革命时期的氛围会有一定的帮助：一天清早，我和另一个人在韦斯卡外围的战壕里狙击法西斯部队的士兵。他们的阵地和我们的阵地相距三百码远，我们那些老旧的步枪根本没办法瞄准，但如果溜到距离法西斯部队的战壕一百码远的地方，运气好的话，或许你能穿过掩体的间隙打中某人。不幸的是，双方阵地之间是一片平坦的荸荠田，除了几条沟渠之外就没有掩护了，只能趁天色还黑的时候溜出去，然后趁天刚亮光线还不大好的时候溜回来。这一次没有法西斯士兵出现，我们待得太久，天亮之后被困住了。我们在一条小沟里，但身后是两百码的平地，连兔子都没办法藏身。我们仍在给自己鼓气，想冲过小沟，这时从法西斯军队的阵地那边传来了一声巨响和几声口哨声。我们的飞机正朝这边飞来。一个或许正要传送命令给军官的士兵跳出战壕，沿着掩体的上方奔跑，身影看得清清楚楚。他的军服不是很齐整，一边跑一边两只手拎着裤子。我忍住没有朝他开枪。确实，我的枪法很烂，距离一百码很难开枪打中一个正在奔跑中的人，而且我一心想着趁法西斯军队的注意力放在那架飞机上的时候回到己方的战壕。但是，我没有开枪的一部分原因是因为那条裤子这个细节。我上前线是为了开枪打"法西斯分子"，但一个拎着裤子的人可不是"法西斯分子"，他是和你一样的人，你不会想要朝他开枪。

这件事说明了什么呢？其实也没有什么，因为这种事情在任何时候的战争中都会发生。另一件事情就不一样了。我想在讲述它的时候，我没办法让读着这个故事的你有所触动，但我希望让你相信它让我有所触动，这件事情很有那个时候的道德氛围的特征。

当我在兵营里的时候，一个加入我们的新兵看上去就像是巴塞罗那的街头混混。他赤着双脚，衣衫褴褛，而且肤色很深（我敢打赌他有阿拉伯血统），举止不像是一个欧洲人——伸直手臂，竖着手掌——那是典型的印度人的姿势。那时候仍然可以很便宜地买到香烟，有一天，放在我床铺上的香烟被偷走了一包。我傻乎乎地将这件事报告了长官，我提起过的流氓无赖中的一个立刻走上前，说他的床上有二十五比塞塔被偷了，一听就知道不是真的。不知道为什么，那个长官立刻认定那个棕色面孔的小男孩就是小偷。民兵部队里对偷窃行为非常严苛，理论上说，这够得上枪毙罪了。那个可怜的小男孩由得自己被带到警卫室搜身。最让我吃惊的是，他几乎没有提出抗议说自己是无辜的。从他那逆来顺受的态度，你可以看出他出身赤贫。那位长官命令他脱下衣服。他把自己脱得赤条条地，态度谦卑得让我觉得受不了。然后他的衣服被搜查了一番。当然，里面既没有香烟，也没有那些钱。事实上，东西不是他偷的。最令人痛苦的是，在证明自己无辜蒙冤后，他看上去还是那么惭愧。那天晚上，我带他去看电影，送给他白兰地和巧克力。但这也是讨厌的举动——我是说，尝试以金钱去抚慰伤害。有那么几分钟，我半信半疑地认为他就是小偷，而那是无法被抹除的。

到了前线几个星期后，我和队里的一个士兵有了矛盾。那时候我当上了"卡博"（下士），指挥十二个士兵。那是一场僵持战，天气冷得要命，主要的工作就是让岗哨别在值勤时睡着了。一天，一个士兵突然拒绝去岗位值勤，他说的确实没错，那里就暴露在敌人的炮火之下。他身材瘦弱，我一把抓住他，开始拖着他朝岗位上走去。这激起了其他人对我的反感，我觉得对于西班牙人来说，他们比我们更痛恨被动手动脚。我立刻被几个大声嘶吼的男人包围了："法西斯分子！法西斯分子！放开他！这不是资产阶级的军队。法西斯分子！"等等等等。我只能用蹩脚的西班牙语反驳说命令就必须遵守，这场口角演变成为那种大规模的争论，而正是通过这种方式，革命部队的纪律才逐渐形成。有的人说我对，有的人说我错。但关键的是，最热烈支持我的士兵就是那个棕色面孔的小男孩。他一看到发生了什么事情就冲进圈子里，开始热烈地为我辩护。他比着那个古怪而野蛮的印度姿势，一直叫嚷着："他是我们最好的下士！"后来，他申请休假，想要加入我的队伍。

为什么这件事让我有所触动呢？因为在任何正常的情况下，这个男孩和我之间是不可能产生好感的。那场指控他偷东西的风波本是无法抹平的，我予以赔偿的做法，甚至可能会让情况变得更糟。安全而文明的生活的一个结果就是使人过于敏感，而这似乎令所有的原始情感都一样让人反感。慷慨和吝啬一样讨厌，有恩必报与忘恩负义一样可憎。但在1936年的西班牙，我们并不是生活在正常时期。在那个时候，宽容的情怀与姿态要比平时更容易做到。我可以描述十几件类似的事情，它们其实是无法加以表达的，但与当时那种特殊的气氛、褴褛的衣服、色彩艳丽的革命海报、广泛使用的"同志"这个词语、印刷在薄薄的纸张上面的一便士反法西斯民谣，还有像"全世界的无产阶级团结起来"（被那些相信它们真的有含义的无知的人可怜巴巴地反复诵读着）这样的语句一道牢牢地印在我的脑海里。你会不会对某个人产生友情，在一场吵架中为他撑腰，虽然你曾在他的面前被可耻地搜身，因为你被怀疑偷了他的东西？你不会的，但如果你们俩都经历过某次拓宽了情感的体验后，或许你就会这么做。这就是革命的一个附带效应，虽然在西班牙它只是革命的开始，而且显然一早就注定会以失败告终。

四

西班牙各个共和派政党之间的权力斗争是一桩扫兴而遥远的事情，我不想在这个时候旧事重提。我只是想说：你不能相信所读到的任何关于政府内幕的内容，或几乎什么都不能相信。无论出自什么渠道，它们完全是政党的宣传——也就是说，都是谎言。关于这场战争的真相很简单。西班牙的资产阶级看到他们镇压劳工运动的机会来了，在纳粹分子和全世界的反动势力的帮助下，抓住了这次机会。很难相信还有什么其它动机。

我记得曾经对亚瑟·科斯勒说过："历史在 1936 年就停止了。"他立刻会意地点了点头。我们所想的大体上是极权主义，但更确切地说，是这场西班牙的内战。我一早就发现报纸从来没有正确报道过事件，但在西班牙，我第一次看到新闻报道可以完全罔顾事实，甚至不用在乎一个寻常的谎言所蕴含的意义。我看到没有打仗的地方被报道进行了大规模的战斗，在数百人被杀时彻底保持沉默。我看到英勇奋战的军队被斥为叛徒和懦夫，而那些从未见过炮火的人则被捧为想象中胜利的英雄人物。我看到伦敦的报纸贩卖这些谎言，热切的知识分子为这些从未发生过的事情建立感情的上层建筑。事实上，我看到历史不是基于真实发生的事情而写成，而是根据"党纲"认为应该发生什么而写成。但是，在某种程度上，虽然所有这一切非常可怕，但它并不重要。它涉及的是次要的问题——即共产国际和西班牙左翼政党之间的权力斗争和俄国政府在竭力阻止西班牙发生革命。西班牙政府呈现在世界面前的战争大局大体上是不假的，主要的事件的确就像他们所说的那样，但那些法西斯分子和他们的支持者可就没有那么尊重真相了。他们怎么可能说出自己的真实目的呢？他们所描述的战争全都是瞎编的，在当时那种情形下，不会有别的情况出现。

纳粹分子和法西斯分子唯一的宣传纲领就是将自己打扮成从独裁的俄国手中拯救西班牙的基督教爱国者。这包括谎称西班牙政府正在展开一场大屠杀（参阅《天主教先驱报》或《每日邮报》——但比起欧洲大陆的法西斯报刊，它们只是小巫见大巫），并对俄国的干预极尽夸张之能事。在全世界天主教徒和反动媒体所制造的漫天谎言中，让我单举一例——西班牙境内的俄国军队。忠于佛朗哥的党羽都相信有这么一支军队存在，并猜测它的规模达到五十万人。西班牙境内并没有俄国军队，可能有几十个飞行员和技师，士兵最多只有几百人，但没有驻军。数千个在西班牙打仗的外国人和数百万西班牙人都能证实这一点。但这些证词根本无法触动那些为佛朗哥进行公关宣传的人，他们从未踏足西班牙。这些人还拒绝承认德国和意大利的军事干预，而就在同一时间，德国和意大利的媒体正在公然吹嘘他们的军团的功绩。我就提这一件事，但事实上，关于这场战争的法西斯宣传都是这副德性。

这种事情让我很害怕，因为它总是让我觉得客观真相这个概念正逐渐从世界上消失。那些谎言，或类似的谎言，将有可能成为历史。这场西班牙战争的历史将如何书写呢？如果佛朗哥仍然掌握权力的话，由他任命的人将会书写史册（并且坚持我刚才提到的那个谎言），那支从未存在的俄国军队将成为史实，从现在开始，几代的学生将会了解到有这么一件事。但假如法西斯主义最后遭受失败，在不久的未来西班牙恢复了民主政府，即使在那个时候，这场战争的历史将如何书写呢？佛朗哥在死后会有怎样的记录呢？就算能够找到共和国政府方面的记录——即使是这样，要怎么去写出关于这场战争的真实历史呢？因为，正如我已经指出的，政府也讲述了许多谎言。从反法西斯的角度，你能够写出一本关于这场战争大体上真实的历史，但那将是有偏袒立场的历史，在每一个细节上都不足为信。然而，终究会有某部历史被书写出来，在那些记得战争的人都死后，它将普遍为人所接受。因此，不管怎样，谎言将会变成真相。

我知道认为记载的史实大部分是谎言是很时髦的看法。我倾向于相信大部分历史是不准确而且带有偏见的，但我们这个时代的特征是，历史能被忠实地书写这个想法被抛弃了。在以前，人们故意撒谎，或下意识地粉饰他们所写的内容，或努力去追求真相，知道他们将会犯下许多错误，但无论怎样，"事实"是存在的，是能够加以探明的。在实际中，总是有相当多的事实几乎是被所有人认同的。比方说，如果你查阅《大英百科全书》中上一场战争的历史，你会发现有相当一部分史料来源于德国。一位英国的历史学家与一位德国的历史学家会在许多事情甚至重大问题上存在分歧，但仍然会有一些中立的事实是双方不会提出质疑的。极权主义所摧毁正是这一共识的基础以及人类都是同一物种的想法。事实上，纳粹理论在否认像"真相"这种事情的存在。比方说，没有"科学"这种事情，只有"日耳曼科学"、"犹太科学"等等。这一思想纲领所暗示的目标是一个噩梦般的世界，它的领袖或统治阶层不仅控制着未来，也控制着过去。如果领袖说某某事件"从来没有发生过"——那它就从来没有发生过。如果他说二加二等于五——那二加二就等于五。比起炸弹，我更害怕的是这一前景——而我们过去几年来的经历表明，这可不是随便说说。

但用极权主义的未来景象惊吓自己是不是有点幼稚或病态呢？在认为极权主义社会只是一个不会到来的噩梦之前，请记住，在1925年的时候，今天的世界似乎只是一个不会到来的噩梦。面对那个变幻莫测的世界，黑白可以混淆，明天和昨天的天气可以任意更改，在现实中只有两个预防措施：其一就是，无论你如何去否认真相，真相依然存在，它就在你的背后，因此你不能违背它，否则军事效率就会受到影响。而另一点是，只要世界上还有某些地方没有被征服，自由主义的传统就将延续下去。如果法西斯主义，或几种形式的法西斯主义联合起来征服整个世界，这两点将不复存在。身在英国的我们低估了这种事情的危险，因为我们的传统和过去的安全让我们在感情上相信结局终究会是好的，你最害怕的事情不会真的发生。几百年来的文学作品写的都是最终正义必胜，我们几乎是出于本能地以为邪恶终将会以自我毁灭而结束。比方说，和平主义在很大程度上就是以这一信念作为基础。不要抵制邪恶，它将最终走向自我毁灭。但为什么它会自我毁灭呢？有什么证据能表明它会自我毁灭呢？除非以军事武力从外征服，否则有哪一个现代工业国家会陷入崩溃呢？

比方说，想一想奴隶制的重新确立。二十年前谁能想到奴隶制会重回欧洲呢？奴隶制就在我们的眼前重新确立了。强制劳动的集中营遍布欧洲和北非，波兰人、俄国人、犹太人和各个种族的政治犯在为修路或抽干沼泽而辛苦劳动，只能换取微薄的口粮，沦为牲畜一般的奴隶。你最多只能说，买卖个体奴隶还未被允许。而在其它方面——比方说，拆散家庭——情况或许要比美国的棉花种植园更加糟糕。没有理由认为在极权主义国家仍然得以维持的情况下，这种情况将会改变。我们无法了解它的全部含义，因为我们莫名其妙地以为建立在奴隶制之上的政权一定会垮台。但是，有必要比较一下古代的奴隶王国与任何现代国家的延续时间。以奴隶制为基础的文明持续了大约四千年之久。

当我想到古代，让我感到害怕的细节是，那些数以亿计、世世代代支撑着文明的奴隶没有留下任何史实记录。我们甚至不知道他们的名字。在整个古希腊和古罗马的历史中，你知道多少个奴隶的名字？我能想到两个，或许三个。一个是斯巴达克斯，另一个是埃皮克提图①。大英博物馆的罗马展厅里有一个玻璃瓶，瓶底刻有工匠的名字，写着："菲利克斯所做。"我勾勒过可怜的菲利克斯的样貌（一个长着红头发的高卢人，脖子上拴着铁圈），但事实上或许他并不是一个奴隶。因此，我确切知道的只有两个奴隶的名字，或许没有几个人能记得更多。其他人完全无声无息地消失了。

---

① 埃皮克提图(Epictetus, 55—135)，古希腊斯多葛学派哲学家，其思想言论被弟子收录入《手册》中。

五

反抗佛朗哥的主力是西班牙的工人阶级，特别是城市里的工会成员。从长远来看——重要的是记住，只是从长远来看——工人阶级是最可靠的反法西斯主义的群体，原因很简单：对社会进行合理的重新改造，工人阶级将会是最大的获益者。它与其它阶级或群体不一样，不可能一直被收买。

这么说不是为了将工人阶级理想化。俄国革命后所展开的长期斗争中，产业工人被击败了，而那是因为他们自己犯错了。一次又一次，一个国家又一个国家，有组织的工人阶级运动被公然违法的暴力镇压了，理论上他们要和海外的同志团结一致，却只是冷眼旁观，什么也没有做。这些背叛深层次的隐秘原因是白人工人和有色人种工人甚至连口头上的团结都没有这一事实。在经历了过去十年来所发生的事情之后，谁能相信无产阶级的国际阶级意识呢？对于英国工人阶级来说，在维也纳、柏林、马德里或其它地方对他们的同志的屠杀都比不上昨天的足球比赛重要。但是，这并不能改变在其他人躲在一边的时候，是工人阶级将继续与法西斯主义进行抗争这一事实。纳粹征服法国的一个特征就是，知识分子有着令人惊诧的缺陷，包括一部分左翼政治知识分子。那些知识分子是反法西斯的高调唱得最响的人，但是，在紧要关头，他们当中有许多人屈服了，选择了失败主义。他们很有远见，知道情况对自己不利，而且能被收买——因为纳粹分子显然觉得有必要收买知识分子。工人阶级的情况则恰恰相反。他们太过愚昧，无法了解到别人在如何玩弄自己，轻易地相信了法西斯主义的承诺。但迟早他们会再次进行抗争。他们必须这么做，因为他们一定会发现法西斯主义根本无法兑现承诺。要永远争取到工人阶级，法西斯分子必须提高整体的生活水平，但他们没办法这么做，或许也不愿意这么做。工人阶级的斗争就像一株植物的生长。这株植物没有眼睛也没有智慧，但它知道要一直朝上方的光明进发，无论遇到多少阻挠都一定会这么做。工人们在争取什么呢？他们所争取的是他们渐渐了解到可以实现的体面的生活。他们对这一目标的意识时涨时落。在西班牙，人们一度采取有意识的行动，朝他们希望达到的目标进发，并相信自己能够实现目标。这就是在战前的头几个月西班牙政府控制区内生活一派欣欣向荣的原因。西班牙的平民们打心眼里知道共和国政府是他们的朋友，而佛朗哥是他们的敌人。他们知道自己是对的，因为他们在为了这个世界可以给他们却亏欠了他们的东西而抗争。

你必须记住这一点才能真正地看清这场西班牙战争的本质。当你想到战争的残酷、肮脏和空虚——而这个例子里还有阴谋、迫害、谎言和误解——你总是会被引诱说："他们全都是一丘之貉。我要保持中立。"然而，事实上一个人是无法保持中立的，没有一场战争无论哪一方获胜都没有什么两样。总是有一方更加进步，而另一方更加反动。西班牙共和国激起了百万富翁、王公贵族、红衣主教、花花公子和毕灵普分子等人的仇恨，这本身就足以让你了解个中内情了。究其本质，这是一场阶级战争。如果它能够赢下来，人民群众的事业原本会得到巩固加强。它输掉了，全世界的食利者都激动万分。这就是问题的本质，其余一切都只是它表面的泡沫。

六

西班牙战争的结果是在伦敦、巴黎、罗马、柏林确定的——总之不是在西班牙境内。1937年的夏天之后，那些明眼人都意识到除非国际局势发生深刻的变化，否则政府不可能赢得这场战争，内格林和其他人在决定继续打下去时，或许在一部分程度上受到战争将在1938年爆发这个预期的影响，而事实上，战争拖到了1939年才爆发。关于政府内部的不和有许多报道，但这并不是失败的主要原因。支持政府的民兵部队匆忙组建，装备落后，而且军事思维僵化，但即使从一开始就达成全面的政治协议的话，情况仍会是一样。在战争打响时，西班牙的普通工人甚至不知道如何拿步枪射击（之前西班牙从未推行过普遍征兵制），而且左翼政党所奉行的传统的和平主义是一个很大的障碍。成千上万在西班牙服役的外国人加入陆军，成为好的士兵，但他们当中没有多少人有过专业的军事训练。托派分子声称如果革命没有遭到破坏的话，战争将获得胜利，这或许是错的。将工厂国有化，捣毁教堂，颁布革命宣言并不能改进军队的作战能力。法西斯分子获得胜利是因为他们更加强大，他们拥有现代武装而其他人没有。没有政治策略能弥补这一点。

这场西班牙战争最令人迷惑的是各个大国的行为。这场战争事实上是德国和意大利帮佛朗哥赢下来的，其动机非常清楚。法国与英国的动机则不是那么容易理解。1936年时，每个人都知道如果英国肯帮助西班牙政府，哪怕只是价值几百万英镑的军火，佛朗哥就会垮台，而德国的战略将遭遇严重的挫折。那时候，一个人不需要有多么了不起的洞察力也能预见到英德之间必有一战，甚至可以预见到战争将在一两年内发生。然而，英国的统治阶级以最为卑鄙、怯懦和伪善的方式，由得西班牙落入佛朗哥与纳粹分子的手中。为什么？答案就是，因为他们是亲法西斯分子。无疑，他们就是这种人，但是，到了最终摊牌的时刻，他们却选择了与德国进行抗争。仍然无法肯定他们支持佛朗哥是出于什么打算，或许他们根本就没有什么打算。到底英国的统治阶级是邪恶之徒还是一群白痴是我们这个时代最难回答的问题之一，而在某些时候，这是一个非常重要的问题。至于俄国人，他们在这场西班牙战争中的目的让人捉摸不定。他们干涉西班牙是像那些亲社会主义者所相信的，为的是捍卫民主和抗击纳粹分子吗？那为什么他们的干涉如此小家子气，并最终失意地离开西班牙呢？还是说，他们干涉西班牙是如天主教信徒所宣称的，为了在西班牙煽动革命呢？那为什么他们动员一切力量镇压西班牙的革命运动，捍卫私有财产，并将权力交给中产阶级而不是工人阶级呢？还是说，正如托派分子所说的，他们之所以干涉只是为了阻止西班牙爆发革命？那为什么不去支持佛朗哥呢？事实上，如果从他们的动机自相矛盾去解释，他们的行动就很容易说得通了。我相信以后我们将会觉得斯大林的外交政策并非人们所吹捧的什么神机妙算，而只是愚蠢的投机行为。但不管怎样，这场西班牙内战表明纳粹分子知道自己在做什么，而他们的对手则不知道。这场战争没有什么技术含量，大方向的策略非常简单。哪一边拥有武装，哪一边就将获得胜利。纳粹分子和意大利人为西班牙的法西斯朋友送去了武器，西方民主国家和俄国没有给应该是盟友的西班牙人送去武器，因此，西班牙共和政府做到了任何共和政府所能做到的一切，却仍被颠覆了。

其它国家的全体左翼人士都在鼓励西班牙人在无望获得胜利的情况下坚持战斗，这是正确之举吗？这个问题很难回答。我自己认为是正确的，因为我相信从生存的观点去看，坚持作战然后被征服要好于不战而降。它对抗争法西斯主义的整体大局的影响仍无法估量。但是，衣衫褴褛武器落后的共和国军队坚持了两年半的时间，比敌人所预料的还要久。但这是否打乱了法西斯分子的时间表，还是说只是延缓了世界大战的爆发，给了纳粹分子更多的时间进行备战，仍然无法得以确认。

七

一想到那场西班牙战争，我的脑海里就会浮现两段回忆。其一是莱里达的医院病房和受伤的民兵哀伤的歌声，最后的副歌是这么唱的：

> 怀着决心，
> 战斗到最后一刻！

他们确实战斗到了最后一刻。战争的最后十八个月，共和国的军队肯定没有香烟抽，而且只有一丁点宝贵的食物。甚至就在1937年年中我离开西班牙时，肉和面包已经很稀缺，烟草很罕有，咖啡和白糖几乎买不到了。

另一段回忆是我加入民兵部队的当天那个在警卫室和我握手的意大利民兵。我在那本关于这场西班牙战争的书（《向加泰罗尼亚致敬》)的开头写到了这个男人，在这里就不再复述我所说过的内容。当我记起——噢，多么鲜活的回忆！——他那身褴褛的军服和那张凶巴巴又可怜兮兮的无辜的脸庞时，这场战争复杂的旁枝末节似乎渐渐褪色，我清楚地看到谁才是正确的一方，这没有任何疑问。虽然有强权政治和新闻界的谎言，这场战争的最根本问题是像他这样的男人在努力想要获得体面的生活，而他们知道体面的生活是他们的天赋权利。一想起那个男人可能遭受的命运，我心里就会五味杂陈。因为我是在列宁兵营里见到他的，他或许是一个托派分子或无政府主义者，在我们这个时代的特殊情况下，他们不是死在盖世太保手里就是死在格别乌手里。但这与长远的问题无关。这个男人的脸庞我只见过一两分钟，却一直印在我的心里，让我了解到这场战争的本质。对我来说，他象征着欧洲的工人阶级，被各个国家的警察折磨骚扰，他们是西班牙战场上尸横遍野的主体，现在数以百万计的在强制劳动集中营里慢慢腐烂。

当你想起所有那些支持或曾经支持过法西斯主义的人，你会诧异于他们的多样性。这都是些什么人啊！想象一个纲领，能让希特勒、贝当、蒙塔古·诺曼[1]、帕沃里克[2]、威廉·兰道夫·赫斯特[3]、施

---

① 蒙塔古·科列特·诺曼（Montagu Collet Norman，1871—1950），英国银行家，曾于1920年至1944年担任英格兰银行行长一职。
② 安提·帕沃里克（Ante Pavelić，1889—1959），克罗地亚法西斯分子，纳粹傀儡政权代理人。
③ 威廉·兰道夫·赫斯特（William Randolph Hearst，1863—1951），美国企业家、报业大王，赫斯特集团（Hearst Corporation）创始人，在新闻业引入黄色新闻浪潮，引发新闻业界职业操守的争议。

特莱彻①、布克曼②、埃兹拉·庞德、胡安·玛奇③、科克托④、蒂森⑤、科弗林神父⑥、耶路撒冷的穆夫提、阿诺德·伦恩、安东内斯库⑦、斯宾格勒⑧、比弗利·尼科尔斯⑨、休斯顿夫人⑩和马里内蒂⑪都在同一艘船上。哪怕只是一小会儿！但线索其实非常简单。他们都是有身家的人，或渴望一个等级森严的社会的人，对人类自由平等的世界感到恐惧的人。在所有那些"没有信仰"的俄国和"物质至上"的工人阶级的不实宣传后面隐藏着那些有产

---

① 朱利尔斯·施特莱彻(Julius Streicher, 1885—1946)，德国纳粹分子，《先锋报》创始人，德国纳粹政权宣传机关的骨干，战后被纽伦堡国际法庭审判，被判绞刑。

② 弗兰克·内森尼尔·布克曼(Franklin Nathaniel Daniel Buchman, 1878—1961)，英国新教传福音人，创建"牛津团契"，宣扬节制禁欲，曾到中国传教。

③ 胡安·阿尔伯托·玛奇·奥迪纳斯(Juan Alberto March Ordinas, 1880—1962)，西班牙商人、银行家，西班牙内战中投靠佛朗哥将军，是西班牙首富和世界上最富有的人之一。

④ 让·马里斯·尤金·克里蒙特·科克托(Jean Maurice Eugène Clément Cocteau, 1889—1963)，法国诗人、剧作家，代表作有《可怕的小孩》、《诗人的血》等。

⑤ 奥古斯特·蒂森(August Thyssen, 1842—1926)，德国工业巨头，蒂森·克虏伯公司创始人之一。

⑥ 查尔斯·爱德华·科弗林(Charles Edward Coughlin, 1891—1979)，罗马天主教牧师，持反犹思想，支持希特勒和墨索里尼的反犹政策。

⑦ 伊安·维克多·安东内斯库(Ion Victor Antonescu, 1882—1946)，罗马尼亚傀儡政权独裁者，二战战犯，投靠轴心国组织，后被判处通敌罪并被处决。

⑧ 奥斯瓦尔德·阿诺德·戈特弗雷德·斯宾格勒(Oswald Arnold Gottfried Spengler, 1880—1936)，德国历史学家、哲学家，代表作有《西方的衰落》、《普鲁士精神与社会主义》等。

⑨ 约翰·比弗利·尼科尔斯(John Beverley Nichols, 1898—1983)，英国作家、剧作家，代表作有《无人的街道》、《自我》等。

⑩ 露丝·休斯顿(Lucy Houston, 1857—1936)，英国女慈善家，曾对英国工党执政首相拉姆西·麦克唐纳发起激烈抨击，斥责后者没有爱国情怀。

⑪ 菲利伯·托马索·埃米利奥·马里内蒂(Filippo Tommaso Emilio Marinetti, 1876—1944)，意大利诗人、编辑，未来主义诗派运动的创始人，代表作有《未来主义者马法卡：一部非洲小说》、《教皇的飞机》等。

特权阶级不愿意放弃这两样东西的简单动机。那种说改造社会但不"改变人心"是没有意义的论调也是出于同样的心理，虽然这番话有一定的道理。那些虔诚的人，从教皇到加利福尼亚的瑜伽修行者，都热烈地希望"改变人心"，在他们看来这可比改变经济体制让人舒服多了。贝当将法国的沦陷归结于法国人民"贪图享乐"。如果你去思考法国农民或工人的生活和贝当自己的生活相比有多少享乐可言，你就能正确地理解这一番话。这些政客、牧师、文人居然斥责工人阶级社会主义者沉溺于"物质主义"，真是无耻之极！工人阶级所要求的只不过是其他人认为不可缺少的最低条件，没有这些的人，生活根本无以为继。有足够的东西吃，不用老是害怕失业，知道你的孩子将有公平的机会，每天洗一次澡，能定期穿上干净的亚麻布衣服，屋顶不会漏雨，工时不至于太长，让你在一天结束时还有点精力。没有哪个进行反对"物质主义"宣传的人会认为没有了这些生活还能过得下去。如果我们专心去解决这个问题的话，只需要二十年的时间就能够轻易地实现这些最低的要求！将整个世界的生活水平提高到英国的水平不会比我们刚刚打的这场战争更困难。我不会说这么做无助于解决任何问题，也不知道谁会这么说。在解决真正的人性问题之前，必须停止剥削和痛苦的劳作。我们这个时代的主要问题是对个体不朽的信仰的衰落，当普通人在做牛做马或被秘密警察吓得瑟瑟发抖时，这个问题根本无法得到解决。工人阶级崇尚"物质主义"，他们是多么正确！他们意识到要先解决肚皮的问题才能解决灵魂的问题，这与价值无关，而是轻重缓急的问题，他们是多么正确！明白这一点，我们至少可以理解我们所经历的漫长的恐怖。过多的考虑只会使得让人举步不前——贝当或甘地在声嘶力竭地干号；为了斗争，你必须弄脏自己的双手，这是无可逃避的事实；英国处于首鼠两端的道德困境，它高喊着民主的口号，却又是剥削苦力的帝国；苏联的崛起带来可怕的凶兆；左翼政治是一场肮脏的闹剧——所有这些都在渐渐褪色，你只看到渐渐觉醒的群众与大亨和他们雇佣的骗子和奴才之间的斗争。问题非常简单。体面健全的生活如今在技术上有可能实现了，像那个意大利士兵那样的人应不应该过上这样的生活呢？那些普通人应不应该被推回泥沼中呢？我自己相信，群众将迟早赢得斗争，虽然不是很有底气。但我希望它能早点发生而不是迟点发生——比方说，在接下来的一百年内发生，而不是一万年。这就是这场西班牙战争、上一场战争和接下来的其它战争的真正主旨。

我再也没有见过那个意大利民兵，我也不知道他的名字。可以肯定的是他死了。差不多两年后，当这场战争显然无望获得胜利时，我写下这些诗句纪念他：

> 那位意大利士兵和我握了手，
> 就在警卫室的桌子边，
> 那只强壮的手和那只柔弱的手。
> **两手掌**
> 在大炮的轰鸣中才会相握，
> 但是，噢！我看到了平和，
> 端详着他那张苍凉的脸，
> 比女人的脸更加纯洁！
> 因为那些让我恶心的陈词滥调，
> 在他听来仍是神圣的。

他生来就知道

我从书里慢慢所学到的东西。

危险的炮火轰鸣过后，

我们都接受了它。

原来我的镀金铅块　却是真金，

噢！谁会想到会是这样呢？

祝你一路好运，意大利士兵！

但勇敢的人不需要运气，

世界将拿什么回报你？

总是没有你付出的那么多。

在影子与幽魂之间，

在白军与红军之间，

在子弹与谎言之间，

你会把你的头颅藏在哪里？

曼努尔·冈萨雷斯在哪里？

佩德罗·阿奎拉在哪里？

雷蒙·菲内罗萨在哪里？

蚯蚓知道他们在哪里。

你们的名字和你们的事迹被遗忘了，

在你们尸骨枯朽之前。

杀害你们的谎言被埋葬在，

另一个更深邃的谎言下。

但我在你的脸庞上看到的东西，

没有权力能将其剥夺。

炸弹永远不能，

将这水晶般的精神炸碎。

文学与左派 ①

"当一个真正的天才来到这个世界时，从这个绝对可靠的迹象你就会知道他：所有的笨蛋都在和他作对。"乔纳森·斯威夫特在《尤利西斯》出版的 200 年前如是写道。

如果你查阅任何一本运动手册或年册，你会发现许多篇幅用于讲述猎狐和猎兔，但没有关于追捕高雅的知识分子的只言片语。但比起任何其它事情，这是最具有英国特色的消遣，一年四季穷人和富人都可以参与，不受阶级情感或政治党争的影响。

值得注意的是，对待"高雅的知识分子"——那些进行技巧实验的作家和画家——左派的态度并不比右派更加友好。不仅在《工人日报》和《潘趣》里，"高雅"几乎就是一个贬义词，而且马克思教条主义者针对的人正是那些在作品中展现出原创性和成就传世之作的作家。我可以列出一个长长的名单，但让我印象深刻的名字是乔伊斯、叶芝、劳伦斯和艾略特。和吉卜林一样，艾略特是备受左翼报刊不假思索、马虎敷衍地鞭笞批判的作家——而且那些书评家在几年前还为业已被遗忘的左翼书社的杰出作品而欣喜若狂。

如果你询问一个"优秀党员"（这一点几乎适用于任何左翼政党）他基于什么而反对艾略特，你会得到这么一个答案：艾略特是一位反动作家（他自称是保皇派，信奉英国国教等等），而且他是"资产阶级知识分子"，与人民群众没有接触，因此，他就是一个蹩脚的作家。在这番言论里隐藏着半有意识半无意识的错乱观念，几乎所有政治性的文学批评都深受其害。

不认同一位作家的政治立场是一回事，不喜欢他，因为他迫使你进行思考则是另一回事，不一定与第一点相矛盾。但当你开始谈论"优秀"或"蹩脚"作家时，你是在心照不宣地诉诸文学传统，也就是说，应用了一套完全不同的价值。因为，到底什么样的人才是"优秀"作家呢？莎士比亚是"优秀"作家吗？大部分人会表示同意。但即使以他的时代的标准去衡量，莎士比亚也或许有反动倾向，而且他是一位晦涩难懂的作家，很难相信人民群众能理解他的作品。那么，为什么大家会认为艾略特够不上是一位"优秀"作家呢？就因为他是信奉英国国教的保皇派，而且引用拉丁文的内容吗？

左翼文学批评强调主题的重要性，这一点并没有错。考虑到我们所生活的年代，要求文学的第一要务是进行政治宣传这个看法或许没有错。它错就错在表面上进行文学批评，实际上为政治服务。举一个简单的例子，有哪个共产主义者敢公开宣称托洛茨基的文笔比斯大林好呢？当然，他的文笔确实更好。说出"某某人是一位有才华的作家，但他是一个政敌，我将尽最大的努力让他保持沉默"这番话并没有危害。就算你用冲锋枪逼着他保持沉默，这种行径其实并不是反智的罪行。致命的罪行是说"某某某是一个政敌，因此他就是一个蹩脚的作家"。如果有人说这种事情不曾发生过，我只需要回答，去看看左翼报刊的文学版块，从《新闻纪实报》到《劳工月报》，看看你读到的都是些什么东西。

---

① 刊于 1943 年 6 月 4 日《论坛报》。

我们无从了解社会主义运动与文坛知识分子之间的决裂造成了怎样的损失，但它已经和他们疏远了，一部分原因是将宣传手册和文学混为一谈，一部分原因是它没有为人道主义文化留下容身之地。一位作家能像其他人一样投票给工党，但他很难以作家的身份去参与社会主义运动。那些书呆子气十足的教条主义者与务实的政客都会因为他是"资产阶级知识分子"而鄙视他，并且不会错失时机让他知道这一点。他们对待他的作品的态度和一个打高尔夫的股票经纪没什么两样。政治家粗鄙无文是我们这个时代的特征——就像乔治·麦考利·特里维廉①所说的，"在十七世纪，议员引用的是《圣经》，十八世纪和十九世纪引用的是经典作品，到了二十世纪，他们什么也说不出来"——它的推论就是作家们在文学上的无所作为。在上一场战争后的那几年里，最好的英国作家都有反动倾向，但大部分人都没有直接参与政治。到了大约1930年，继他们之后是一代努力想积极投身左翼运动的作家。有一部分人加入了共产党，在里面得到的待遇和他们加入保守党没什么两样。也就是，他们一开始时得到了资助，但也被猜疑，然后，当他们被发现不愿意或不能将自己变成留声机唱片时，他们被弃之如敝屣。大部分人回归个人主义。无疑，他们仍然会投票给工党，但他们的才华在这场运动中荒废了。然后——经过更加狰狞的演变——在他们之后出现了新一代的作家，他们并非全然与政治隔绝，但从一开始就独立于社会主义运动之外。在那些非常年轻刚刚崭露头角的作家里，最有才华的是和平主义

---

① 乔治·麦考利·特里维廉（George Macaulay Trevelyan，1876—1962），英国历史学家，代表作有《斯图亚特王朝治下的英国》、《一位历史学家的消遣》等。

者，有几个甚至有法西斯主义倾向。在他们当中，几乎没有人对社会主义的理念感兴趣。与法西斯主义进行的十年斗争对他们来说似乎既毫无意义又无趣，而且他们直白地说出了这一点。你可以有好几个理由解释这一点，但左翼人士对待"资产阶级知识分子"的轻蔑态度有可能是原因之一。

吉尔伯特·穆雷①曾在某处说过，他曾经为一个社会主义辩论社进行关于莎士比亚的讲座。最后他像往常一样请听众提问，唯一的问题就是："莎士比亚是资本家吗？"这个故事让人觉得沮丧的是，很有可能真有其事。从它所隐含的意味出发，你或许会隐约了解到，为什么塞林会写出《我应负的责任》而奥登正在美国进行自我反思。

---

① 乔治·吉尔伯特·穆雷(George Gilbert Murray，1866—1957)，英国古典学家，精研古希腊文化，代表作有《古希腊文学解析》、《古希腊研究》等。

政治宣传和通俗的演讲^①

1938 年底我离开英国去摩洛哥，我的村子里（离伦敦不足五十英里）有人想知道去那里需不需要渡海。1940 年，韦维尔将军进行非洲战役时，我发现我平时去买东西的老板娘以为昔兰尼加在意大利。一两年前我的一个朋友应"本土辅助服务团"^②之邀为美英加澳联军做讲座，他进行了一个试验，询问他们几个通识性的问题，在他收集到的答案中有：一、下议院只有六名议员，二、新加坡是印度的首都。我还可以举出很多类似的例子，如果这么做有意义的话。我提到这三个例子，只是想预先让英国人知道自己的愚昧无知，任何针对公众的演讲或文字宣传都必须考虑到这一点。

然而，当你钻研政府的宣传材料和白皮书，或报纸上的社论，或政治家的演讲和广播，或任何政党的宣传手册和宣言时，你总是会惊讶地发现它们根本不贴近群众。它们不仅自命正确并自以为有必要这么做，而且似乎是出于本能地避免清晰和流行的日常语言。那些政府的发言人尽说一些毫无生机的言语（典型的语句有："in due course"［在适当的时候］、"leave no stone unturned"［千方百计］、"take the earliest opportunity"［抢占先机］、"the answer is in the affirmative"［回答是肯定的］），这些都太熟悉了，不值得去进行详细的论述。报纸上的社论要么用的就是这种语言，要么就是在进行虚张声势的夸大其词，还喜欢用一些古老的词语（"peril"［危难］、"valour"［勇猛］、"might"［力量］、"foe"［寇仇］、"succor"［拯救］、"vengeance"［复仇］、"dastardly"［怯懦］、"rampart"［壁垒］、"bulwark"［保障］、"bastion"［屏障］），没有哪个平常人会想到去用这些词语。左翼政党专门使用一种杂烩式的词汇，由最最别扭的翻译过来的俄语或德语词汇构成。就连指导人们在某种情况下该做些什么的海报、宣传单和广播也经常未能收到效果。比方说，在伦敦遭受第一波空袭期间，许多人不知道哪一种响声表示警报，哪一种响声表示情况安全。几个月后或几年后去看空袭警报的海报才发现，上面将警报描述为"鸟鸣般的调子"，这个指示根本没有意义，因为空袭警报不会鸟鸣，没有几个人明白这个词到底是什么意思。

当理查德·阿克兰爵士在战争最初的几个月撰写一份致政府的宣言时，他召集了一帮《大众观察报》的人想了解普通市民是否明白那些经常出现的政治术语的意思。最不可思议的误解发生了。比方说，大部分人不知道"不道德"除了指在性关系上不道德之外还有别的意思。有一个人以为"运动"与便秘有关。在任何酒吧看到广播演讲和新闻报道根本无法让听众有任何触动实在是糟糕的经历，因为它们用的都是文绉绉的语言，而且还带着上流社会的口音。在敦刻尔克事件发生时，我在一间酒吧里看到一群挖土工人正在吃着面包和奶酪，这时一点钟新闻开始播放。什么事情也没有发生，他们继续漠然地吃着东西。然后，有那么一

---

① 刊于 1944 年 2 月《信念报》夏季刊第二期。

② 本土辅助服务团（the Auxiliary Territorial Service, 1938—1949），隶属英国陆军的妇女拥军组织，其使命是组织英国妇女在英国的男子奉命入伍时从事后勤服务工作，维持社会稳定。

会儿播放起某个士兵被拉上船后所说的话，那个播音员改说起了日常口语，"不管怎样，这一趟我学会了游泳。"你立刻看到那些挖土工人竖起了耳朵，那是日常的语言，因此他们听明白了。几个星期后，在意大利参战的第二天，达夫·库珀①宣布墨索里尼的鲁莽行动将"让意大利出名的废墟多增加几座"。这句话很干脆，而且是真实的预言，但这种语言十个人当中有九个听到后会作何感想呢？这句话换成下里巴人的话会是："意大利已经因废墟而出名，好嘛，现在将会他妈的多上几座。"但这不是内阁部长说话的方式，至少在公共场合不会这么说。

显然无法唤起强烈情感或口口相传却徒劳无功的口号有："Deserve Victory"（值得胜利）、"Freedom is in Peril. Defend it with all your Might"（自由正处于危难中，用你所有的力量去捍卫它）、"Socialism the only Solution"（社会主义是唯一的解决办法）、"Expropriate the Expropriators"（剥夺剥削者）、"Austerity"（厉行节约）、"Evolution not Revolution"（要改革不要革命）、"Peace is Indivisible"（和平不可分割）。而朗朗上口的口号有"Hands off Russia"（不插手俄罗斯事务）、"Make Germany Pay"（让德国赔偿）、"Stop Hitler"（阻止希特勒）、"No Stomach Taxes"（不征口粮税）、"Buy A Spitfire"（买一架喷火战斗机②）、"Votes for Women"（女性要投票）。介乎两者之间的口号有"Go to It"（投身战场）、"Dig for Victory"（寻求胜利）、"It all depends on me"（匹

---

① 阿尔弗雷德·达夫·库珀（Alfred Duff Cooper, 1890—1954），英国保守党政治家、外交家，曾担任英国驻法大使。

② 喷火战斗机（Spitfire），英国在第二次世界大战中的主力战斗机，由超级马林公司（Supermarin）设计，劳斯莱斯公司（Rolls Royce）设计发动机。

夫有责)和丘吉尔的一些言论，如"the end of the beginning"（开始的结束）、"soft underbelly"（柔弱的下腹）、"blood, toil, tear and sweat"（鲜血、辛劳、泪水和汗水）和"never was so much owed by so many to so few"（从未有如此之少的人为如此之多的人作出如此之大的牺牲）。(有意思的是，最后这番话一直被口口相传，而那句书面化的"in the field of human conflict"［在人类争斗的战场上］已经被遗忘了。)有一件事你必须考虑在内，那就是几乎所有的英国人都不喜欢自负的、夸大其词的言辞。"绝不能让他们通过"和"宁愿站而死，不愿跪而生"这样的口号让欧洲大陆国家觉得很感动，但对于英国人来说却显得有点尴尬，特别是英国的工人。但宣传工作者和普及者的主要缺点在于，他们没有发现英语的口语和书面语是两码事。

前不久我撰文抗议马克思主义者的行话，它使用了类似"客观上反革命的左翼异端"这样的语句。我从奋斗了一辈子的社会主义者那里收到了愤慨的来信，他们告诉我，我在"诬蔑无产阶级的语言"。哈罗德·拉斯基教授怀着同样的感情，在他的新书《信仰、理性和文明》中撰写了一段长文，攻讦托马斯·斯特恩斯·艾略特先生，指责他"只为一小部分人写作"。如今艾略特是我们这个时代为数不多的严肃地尝试以英语口语进行创造的作家。像这样的诗句：

> 没有人来，没有人走，
> 但他收走牛奶，付了房租。

在文字上几乎与口语没什么两样。另一方面，这里有一则拉斯基本人写的典型文句：

> "大体上，我们的系统是政治领域的民主（它本身是我们的历史一个非常新的产物）和一个寡头组织的经济强权（它仍然带有某些贵族体制的残余，仍然深刻地影响着我们这个社会的习惯），是二者之间的妥协产物。"

顺便提一下，这句话出自一份重印的演讲稿，因此，你可以设想拉斯基教授就站在演讲台上说出那番话，包括括号里的内容。显然，能以这么一种方式说话或写作的人已经忘记了日常语言是什么样子的。但比起我能从拉斯基教授的作品中找到的其它篇章，这根本算不了什么，比起共产主义文学更算不了什么，而比起托洛茨基分子的宣传册则根本不足为道。事实上，通过阅读左翼报刊，你会得出这么一个印象：越是高喊"无产阶级"的人，越是鄙视它的语言。

我已经提到英语的口语和书面语是两码事。这种区别存在于所有的语言中，但或许在英语中的区别是最大的。英语的口语用的尽是些俗语，能缩略表达就缩略表达，而且各个社会阶层的人都不重视语法和句法。只有极少数英国人会在进行即兴演讲的时候去构思一个句子。最重要的是，英语拥有庞大的词汇，有好几千个词语人们会用于写作，但不会真的用于口语；而且还有几千个词语其实已经被抛弃了，却被那些想显摆的人拿出来用。如果你能记住这一点，你就可以想出如何能让宣传的内容，无论是口头材料还是文字材料，被目标群体所接受。

就文字而言，一个人能够做的就是简单化的过程。第一步——任何社会调查机构花上几百或几千英镑就可以做到这一点——就是找出政治家习惯用的那些抽象词语有哪些真的是大众所理解的。如果像"无原则地违背已经宣誓的承诺"或"对民主的基本原则的潜在威胁"这样的语句对于普通人来说根本没有意义，那还使用它们就是愚蠢之举。其次，在创作过程中，你要经常想着口头的词语。要写出真正的英语是一件复杂的事情，待会儿我会进行说明。但如果你习惯于对自己说："我能不能把它给写得简单一点呢？我能不能把它变得更像是在说话呢？"你就不会写出像上面我所引用的拉斯基教授的那句话，你也不会用"eliminate"（消灭）表示"kill"（杀掉），或用"static water"（无压水箱）表示"fire tank"（消防水箱）。

但是，口头宣传有着更大的改善空间。而这就引发了以英语口语进行创作的问题。演讲、广播、讲座，甚至布道通常都是事先写好草稿。最具煽动力的演讲家，像希特勒或劳合·乔治，经常进行即兴演讲，但他们是非常罕见的个体。基本上——你可以去海德公园的角落里听演讲印证这一点——那些所谓的即兴演说家只是翻来覆去地老调重弹。或许他所做的演讲已经讲过几十遍了。只有少数天赋异禀的演说家能做到简洁而明智，而就连嘴巴最笨拙的人在平时对话时也能做到这一点。在广播时很少有人会尝试去即兴而谈。除了少数几个节目如《智囊团》①之外——这个节目是事先精心排练过的——出自英国广播电台节目的每个字都得写在稿子上，而且得严格念稿。这不仅是因为内容审查制度在

---

① 《智囊团》（the Brain Trusts），由英国广播电台的讨论节目，于 1941 年 1 月开始播放，西里尔·乔德是该节目的主持。

起作用，而且是因为许多播音员没有稿子照着念的话就会在麦克风前卡壳。结果就是，说出来的那些沉重无趣、书呆子气十足的套话使得大部分听收音机的人在谈话节目一宣布开始的时候就换台。有人或许会想，你能通过口述听写而不是写作的方式去更加接近口语表达，但事实上情况正好相反。口述听写对于一个人来说总是会让他觉得不自在。一个人的本能是避免长时间的停顿，因此，他就会抓住英语里那些普遍的现成语句和僵死陈腐的比喻不放（"ring the change on"［老调重弹］、"ride rough-shod over"［践踏蹂躏］、"cross sword with"［交锋］、"take up the cudgels for"［仗剑而起］）。比起写好的稿子，口述的稿子更加死气沉沉。显然，我们需要的是某种将日常、随意、口头化的英语搬到纸上的方式。

但这种事情可以做到吗？我认为是可以的，而且方法很简单，但据我所知还从来没有人尝试过。是这样的：安排一个做好了充分准备的播音员在麦克风跟前，让他就着任何主题说话，滔滔不绝也行，断断续续也行。让十几位播音员这么做，每次都进行录音。再让三四个人进行几段对话。然后播放录音，让一位速记员将内容记录下来：不是以通常那种缩写简化的方式去记录，而是逐字逐字地记录，并加上合适的标点符号。然后你就会得到英语口语的真正素材——我相信这会是你的第一次。或许它们不像一本书或一则新闻报道那样具有可读性，但英语口语本来就不是拿来读的，它是拿来听的。我相信你可以从这些素材中归纳出英语口语的规律，找出它与英语书面语之间的区别。当以英语口语进行写作变得可行时，那些得事先将讲稿写下来的播音员或讲述者就可以让它比目前的形式更加自然，更加贴近口语了。

当然，通俗的演讲并不仅仅只是使用市井俚语和避免使用不好理解的词语。口音也是一个问题。似乎在现代英语中，"受过教育"的上流阶级口音对于任何面对大众的播音员来说肯定是致命的。最近那些富于感染力的播音员要么操一口伦敦土腔，要么操的是地方口音。1940年普雷斯利的广播节目办得很成功，这在很大程度上要归因于他说话带着约克郡口音，或许他在广播时故意作了一些夸张。似乎只有丘吉尔是一个例外。他年纪太大了，没有沾染上当代的"受过教育"的口音，说的是一口爱德华时代上流阶级的腔调，在普罗大众听来就像是伦敦土腔。"受过教育"的口音是英国广播电台播音员模仿的对象，除了让说英语的外国人能容易听懂之外便一无是处。在英国，认为这一口音听起来很自然的那一小撮人并不是特别钟爱它，而另外四分之三的人口听到它则会立刻勾起阶级仇恨。值得注意的还有，当一个名字的发音有疑惑时，成功的播音员会坚持工人阶级的发音，即使他们知道那是错的。比方说，丘吉尔就把"纳粹"和"盖世太保"给念错了，因为人民群众一直都把它们给念错了。在上一场战争中，劳合·乔治把德皇的头衔"恺撒"念成了"恺瑟"，因为老百姓们就是这么念的。

在这场战争的早些时候，政府很难让老百姓们去领取他们的票据簿。在议会选举时，即使有了现代化的登记方式也经常只有不到一半的选民去投票。像这些事情就是统治者和被统治者的思想之间存在着巨大鸿沟的表现。但知识分子与人民群众之间也存在着巨大的鸿沟。正如我们从记者们对选举结果的预测中可以了解到的，他们根本不知道公众在想些什么。革命宣传根本没有收到任何效果。整个国家的教堂都是空荡荡的。尝试去理解普通老百姓在想什么，而不是假定他们拥有应该拥有的想法，这个理念很陌生，而且不受欢迎。左翼和右翼都对社会调查发起了恶毒的攻讦。但通过某种方式去了解公众舆论显然是现代政府必须要去做的事情，作为一个民主国家而不是一个极权国家，更是需要这么做。这意味着和普通老百姓沟通时要说他们能够理解和回应的话。

目前，政治宣传似乎只有在群众刚好也心有同感的时候才会获得成功。举一个例子，在当前这场战争中，政府几乎没有做什么事情去维持士气，它只是在支取现有的善意储备。所有的政党都没办法引起公众对非常重要的问题的关注——单举一个例子，印度问题。但或许终有一天我们将会有一个真正民主的政府，这个政府愿意告诉人民正在发生什么事情，接下来必须去做什么事情，需要作出什么牺牲，为什么要这么做。它需要有这么做的机制，而第一要务就是合适的词语和合适的语气。当你提出去了解普通人的想法，并根据这些想法去接近他们时，要么你会被斥责为一个想要"以高人一等的口气"与群众对话的势利的知识分子，要么你会被怀疑密谋成立英国的"盖世太保"，这一事实表明我们对民主的理解仍然懒洋洋地停留在十九世纪的层面。

书太贵了吗？ ①

赫伯特·乔治·威尔斯先生决定为他的近期作品《42年到44年》②出版限量版，要价两基尼，让很多人谈论起书籍的昂贵，以及书这么贵有没有必要和是否合理。这个问题非常重要，但对其进行讨论之前，或许应该顺带提一下，这本书的价格并不能给威尔斯先生带来什么经济上的"收益"。即使他获得一半的收益，他也只能拿到大概1 000英镑，对于一位如此出名的作家来说并不算什么。如果他的书以平常的价格出版，卖出一万本他也能挣到这么多钱。

任何关于书价的讨论都必须以两个命题作为自明的公理。其一是：公众读书越多越好——只要不是阅读垃圾读物就行。其二是：作家会饿死并不是一件好事。重要的是意识到，如果廉价书籍成为常规而不是例外的话，他们真的会饿死，至少得另谋营生。

在和平时期，一本普通的书——以小说为例——售价是7先令6便士。这是标价，但批发价是5先令。如果是在书店里卖的话，书商可以挣到半个克朗。从7先令6便士中，作者可以得到大概1先令左右。也就是说，每卖1 000本他可以挣到50英镑（但实际上总是没有50英镑这么多，因为还得支付代理和其它费用）。没有几个小说家一年能出版多于一部作品，因此，要挣到非常微薄的250英镑的年收入，一本书得卖出至少5 000本。一个没有"名气"的作家通常是卖不出 5 000 本的。一位作家的处子作通常只能卖个六七百本。

从作者的角度可以了解到，7 先令 6 便士这个价格并不高。但是，从公众的角度来说就高了，特别是英文书籍的包装都不怎么样，看上去卖相很差。大体上人们都觉得书太贵了，许多人习惯声称自己"从不买书"（通常带着自豪的口气）。但是，这并不是实情。每个人读书时都在买书，通过图书馆借阅这一间接途径也不例外。如果你每周只从两便士借书处那里读一本书，那么，一年你至少付了一本新书的钱，你付给公共图书馆的借阅费也会有一部分付给了书籍。事实上，是图书馆和借书处，而不是购书的公众，让作者和出版社赖以生存。

虽然廉价的新书并不是一件好事，但显然有必要出版廉价的再版书。英国总是不乏"经典作品"的廉价再版书（《人人丛书》、《世界经典》等），但在 1935 年，约翰·雷恩③与企鹅出版社尝试以非常低廉的 6 便士的价格重印当代的作品，虽然希望似乎不是很大。

更早些时候曾经有人尝试过这么做，但总是以失败告终。企鹅图书立刻取得了成功，一部分原因是读书的公众人数大大增加了，另一部分原因是雷恩能挑选出好书，而且印刷得当，封面很吸引人。

---

① 刊于 1944 年 6 月 1 日《曼彻斯特晚报》。

② 全名为：《42 年到 44 年的南非人权》（*The Rights of Man in South Africa in '42 to '44*），原名是《一个祖鲁人对英国人的观感》（*What a Zulu Thinks of the English*）

③ 约翰·雷恩（John Lane，1854—1925），英国出版商，他的侄子艾伦·雷恩（Allen Lane）是企鹅出版社的创始人。

企鹅图书的成功使得不计其数的人如是说："如果他们能以6便士的价格出版一本这么好的书，那为什么平时得花15倍的价格去买书呢？为什么新书就不能像旧书那样以6便士的价格出版呢？"

　　答案是，这是有可能的，但代价就是作者的独立地位将会被剥夺。如果所有的书都是6便士（战时的话是9便士），卖多少本都不足以让作家生存下去。

　　就像任何其它商品一样，书也有其饱和的临界点。如果你是一个每年通常花10英镑买书的人，或许你这笔钱可以买到30本新书。如果你把这些钱都用在买企鹅出版社的书上，你可以买到400本——但有谁会一年买400本书呢？

　　很有可能你会花两英镑在买书上，剩下的钱都去买留声机唱片了。与此同时，作者活不下去，因为7先令6便士的书他只能挣到1先令，卖一本企鹅出版社的书他就只能挣到1法寻。企鹅出版社的大部分书籍只能为其作家带来50英镑的收入，100英镑就算顶天了。虽然有些书确实只需要花几个月的时间就能写出来，但半年是平均的耗时。

　　在战前的法国，就像大部分欧洲国家一样，书很便宜。一本新书通常售价是1先令6便士或2先令，由于图书馆体系没有这里那么发达，一本书能卖出2 000本就算不错了。结果就是，只有非常少的作家能靠着写书活下去。其他人得依靠政府的资助和文学奖的奖金，这背后有许多猫腻，或者卖身给某个政党为其进行公关宣传。在极权主义国家，作者的经济问题解决了，但他变成了政权的喉舌，他的创造力和诚信都被摧毁了。

　　过去20年来，我们的文学作品犯下了非常严重的错误，但这些并不是因为作者的经济状况。作家们拥有比以前更大的创作自由，与此同时，他们是对公众而不是"恩主"或政府负责。这只有在书的版税高、售价贵的情况下才能实现。而且，如果书很便宜的话，就不可能有出版的繁荣。一本6便士的书只有卖出几千本才能有钱挣，因此书籍的整体廉价将不可避免地意味着能够出版的书变少了能有机会出书的新作家也变少了。

必须承认，有的书就是在附庸风雅和骗钱，但大体上说，没有理由压低新书的售价。另一方面，我们确实应该在出版廉价再版书时有更好的选择。只举一个例子：你得花上几英镑才能买到没有删节的斯威夫特作品全集，实在是一件丢脸的事情。

因为我们的书价格昂贵，它们应该（而且也很容易做到）做得更好。它们应该像美国的书籍那样经久耐用，像法国的书籍那样赏心悦目。

但7先令6便士，或战时的半基尼，对于一本书来说并非不合理的价格。它能让作家活下去，而且保持一部分诚信。说到底，就算书籍的售价是7先令6便士，你也可以花一先令就从借书处那里借到6本。用在生活中的其它开销上，一先令能买到什么呢？

八年的战争：西班牙的回忆①

西班牙内战是目前这场斗争的序幕和现代欧洲所见到的最悲惨和最卑劣的战争之一，到下周五就是八周年了。

西班牙战争的问题是由西班牙之外的因素决定的。战争进行一年后，务实的观察家们能够看到经选举产生的政府无望获得胜利，除非欧洲的局势发生剧变。战争的最初阶段持续了不到一年，斗争的一方是佛朗哥的职业军队和摩尔人，另一方是临时拼凑的由农民和工人组成的民兵部队。

这一时期双方僵持不下，都没能攻下对方的战略要地。

但是，佛朗哥得到了轴心国的大规模援助，而西班牙政府只从苏俄那里时不时得到施舍，另外还有数千名外国志愿者的帮助，大部分人是逃亡的德国人。1937 年 6 月，巴斯克的抵抗崩溃了，势力的平衡被打破，局势对西班牙政府很不利。

但是，与此同时，西班牙平息了早些时候革命造成的混乱，消除了党派之间的斗争矛盾，并训练了它的新军。1938 年初，它组建了一支强大的军队，能够在粮草供应充足的情况下继续作战。

内格林博士②和西班牙政府的其他领导人或许意识到他们单靠自己的能力没有办法获胜，但他们有理由战斗下去，因为欧洲的政治局势或许会出现改变。世界大战显然正在接近，或许会在1938 年爆发。英国政府可能会改变不干涉主义的政策。

这两件事情都没有发生。到了1938年底，俄国撤回了援助。西班牙政府已经饿了很久，现在开始面临饥荒。

随着法西斯军队穿过加泰罗尼亚，成群的难民蜂拥进入法国，当他们进入法国境内时，他们被铁丝网拦截，遭到意大利飞机的机关枪扫射。

1939年初，佛朗哥进入马德里，以最残酷无情的手段庆祝胜利。所有的左翼政党都被镇压，无数人被处决或囚禁。如果近期的报道是真实的话，50万人，或西班牙人口的百分之二，仍然被关在集中营里。

这个故事令人心寒，因为强权大国的卑劣行径和世界的冷漠无情。德国人和意大利人进行干涉是为了镇压西班牙的民主，为了在接下来的战争中掌握战略要地，顺便用无助的人口演练他们的轰炸机。

俄国人施舍少量的武器，换取了最大程度的政治控制权。英国和法国则袖手旁观，而他们的敌人取得胜利，他们的朋友惨遭屠戮。英国的态度是最无法原谅的，因为它既愚蠢又卑鄙。

显然，从一开始，任何为西班牙政府提供武器的外国政府都将能够控制或至少影响西班牙政府的政策。但英国政府却希望确保佛朗哥和希特勒能够获胜。与此同时，得到西班牙人民的友爱和感激的是俄国人，而不是英国人。

西班牙政府被俄国人控制了一年之久，主要是因为俄国是唯

---

① 刊于1944年7月16日《观察者报》。
② 胡安·内格林·洛佩兹(Juan Negrín y López, 1892—1956)，西班牙政治家，西班牙社会主义工人党的领袖，1937年至1939年内战期间担任西班牙共和国总理。

一施以援手的国家。西班牙共产党员从几千人增加到二十五万人，这都是拜英国保守党所赐。

一直以来对这些事情视而不见成为一种强烈的趋势，甚至声称佛朗哥带着敌意的"不参战政策"是英国外交的胜利。西班牙战争的真实历史并没有被当作强权政治的愚蠢与卑鄙的客观教训。事实上，这个故事乏善可陈，除了双方阵营的士兵的勇气，还有忠于共和国的西班牙平民所承受的困境，他们在战争最艰难的时候忍受着我们所不知道的饥饿和艰辛长达数年之久。

论书与人：新年寄语[①]

过去几个月来，我们一直想对《论坛报》的文学方针的现状和未来进行解释，新年的第一周似乎正是合适的时机。

《论坛报》的固定读者已经注意到过去几个月来我们只是偶尔刊登短篇小说，诗歌也比以前登得少了，而且我们改变了书评系统，每周只以标准篇幅评论一本书，并用200字左右的"短评"处理其它作品。新的书评系统似乎大体上令人满意。通过这种方式，我们能够——包括丹尼尔·乔治的专栏——每周评论十五部作品，因此勉强跟得上出版情况，而以前的系统根本做不到。通过这种方式我们还能提到廉价书籍，甚至一些宣传册和期刊。时不时地我们能够让读者去关注普通人买不起的书籍，但任何人只要去翻阅以前的专栏就会知道企鹅出版社和其他出版社的廉价读物都得到了应有的关注。

显然，短篇小说正在逐渐走向衰落。以后我们可能会几乎彻底放弃短篇小说，但假如碰巧有好的短篇小说出现也不会拒绝。而且就像我们已经做过的一两回那样，我们时不时会刊登旧书的节选。我们觉得现在这么做是很有意义的事情，因为许多经典的好书根本无从寻觅。

我们放弃短篇小说实在是情非得已，但寄给我的故事的质量实在是太差了，十有八九根本不值得浪费纸张和墨水。过去很长一段时间读者老是抱怨《论坛报》的故事总是"太阴郁了"。问题是，任何干我这份工作的人一下子就能够了解，如今你很难看到一个稍微严肃点的故事是不阴郁的。这种情况的原因很多也很复杂，但我认为文学风尚是其中之一。"快乐结局"或承认世道尚好的作品似乎就像邓德利的鬓须那样过时了，而除非能展现了不起的文笔，否则似乎没有必要用报纸的最右几个版面大肆散播阴郁。许多读者以写信或口头形式告诉我他们厌倦了那种一开始就写"玛尤莉的丈夫星期二就要被吊死了，孩子们正饿着肚子"或"七年了，没有一缕阳光照进威廉·格罗科克那间布满灰尘的房间。他是一个退休的保险经纪，得了癌症，正躺着等死"的作品，但我想他们不会比我更感觉厌烦，每个星期我都得通读二十篇这样的故事。

少刊登短篇小说我们就能够有更多的篇幅刊登关于文学和广泛题材（不是直接与政治有关）的散文和文章。但对于那些抱怨我们没有刊登足够多的关于音乐、美术、戏剧、广播、现代教育方式、精神分析或其它内容的读者，我要强调一个重要的条件：我们的版面非常有限。大部分星期我们只有不足五个版面可供支配，而且我们已经缩短了书评以节约版面。我们没办法刊登关于广播、唱片和音乐的根本原因在于版面不足。我们没办法定期刊登这类文章，因此无法做到与时俱进。我们也没办法去关注音乐会或展览，因为它们主要在伦敦举行，而《论坛报》的读者遍布全国各地。

我一直在探讨细节，但我们的文学方针需要更具概括性的辩护或解释，因为有一些批评意见怀着敌意，以不同的形式反复出

---

① 刊于 1945 年 1 月 5 日《论坛报》。

现。批评我们的意见可以被分为两类，而要让两方都满意明显是不可能的事情——事实上，我想说的是，就连满足单独一方都不可能。

第一类批评意见指责我们低俗、无知、沉迷政治、仇视艺术、被互相吹捧的小圈子主宰、不让有才华的年轻作家出头。第二类批评意见指责我们装高雅、卖弄艺术、小资、漠视政治，总是浪费许多版面在工人阶级不感兴趣的材料上，没有直接推进社会主义运动。两方面的观点都需要回应，因为它们表达了一份并非纯粹从事政治宣传的报纸本质上的难题。

为了反驳第一类批评意见，我们指出《论坛报》有一个庞大芜杂的左翼读者群体，而不是某份年轻诗人的专用报刊或为超现实主义者、末日预言家等群体提供争吵的地方。我们认为我们的读者是理性的，但他们最关心的并不是文化或艺术，而且我们所有的读者不可能都接受过同等程度的教育，能够理解同样的笑话或明白同样的暗示。规模较小的文学杂志倾向于营造一种家庭式的气氛——事实上，它们使用的是外人难以理解的私密语言——我们努力不让这种事情出现在《论坛报》里，代价就是时不时得罪某位投稿者。譬如说，我们不会评论外语作品，而且我们尽量不去引用外国作品的内容和隐晦的文学典故。我们也不会刊登任何晦涩难懂的内容。我收到过几封愤怒的邮件投诉这一点，但我拒绝刊登任何我看不懂的内容。如果我看不懂，很有可能我们的很多读者也看不懂。至于我们被小群体主宰的指控（有时候来信读者会语带嘲讽地问"小圈子以外的成员"是否能够插话），你只需要浏览一下前面几期报纸的内容就能够轻易地否定这一点。给我们投稿的人要比同等规模的其它报纸多得多，许多人的作品几乎从未在其它刊物上发表。

另一类批评意见提出了更加严肃的难题。任何有文学版的社会主义报纸都会时不时遭到这类抨击："文学版到底有什么意义？它能帮助实现社会主义吗？如果没有帮助，那就把它砍掉吧。我们的任务应该是为社会主义服务，而不是把时间浪费在资产阶级文学上，难道不是吗？"对这些问题有很多种迅速的回应（譬如说，你可以指出马克思就写过关于莎士比亚的精彩批评，从而轻易地将他驳倒），但他们所说的确实很有道理。下面是上周那一期收到的某封内容很极端的来信：

> "我能不能问一问贵报的书评栏目占用了那么大的版面能够维持吗？如果不能的话，为什么每周要浪费宝贵的版面在评论你们的读者很少会买（我猜的）的书上呢？作为一位社会主义者，我这辈子的目标就是消灭保守主义。为了这个目标，我需要用上所有的弹药，我希望《论坛报》会是最主要的弹药库。你或许会回答说有些书对于实现这个目标有帮助，但我认为只是一小部分书籍，而且我没钱去买这些书，也没有时间去读。"

顺便提一下，这位来信读者和许多怀有同样想法的人一样，误以为要读书你一定得去买书。事实上，《论坛报》提及的大部分书籍你并不需要去买。图书馆是干吗用的？——不只是博姿书店、史密斯书店等借书部，还包括公共图书馆，一户人家可以找亲戚熟人免费得到三张借书票。但我们的来信读者还认为：一、社会主义不需要娱乐；二、除非书籍能够直接宣扬社会主义，否则它们就毫无意义。我们默默地挑战这一观点，譬如说，我们会用整个专栏刊登一首诗，或介绍某位不知名的已故作家，或对一个保守党人写的书给予好评。

就连最没有政治倾向的书，就连一本彻头彻尾的反动书籍，如果它提供了可靠的信息或迫使人们进行思考，它也能促进社会主义运动。但我们还认为书不仅仅只是政治宣传，认为文学是独立的存在——它是一种娱乐形式，不把它过度拔高——我们有许多读者喜欢读书。不可避免地，这意味着报纸上的政治版和文学版会有一些分歧。显然，我们不会刊登严重违反《论坛报》方针的稿件。譬如说，即使以言论自由为名，一份社会主义报纸也不可能在栏目中刊登反犹主义的文章。但这是我们对文学版的投稿人唯一的约束。纵观我们的投稿人名单，我发现里面有天主教徒、共产党人、托派分子、无政府主义者、和平主义者、保守党左派和形形色色的工党支持者。当然，他们都知道自己在为一份什么性质的报纸撰稿，什么样的话题应该避免，但我认为，确实可以说他们从来没有因为内容"不符合方针"而被要求修改文章的内容。

对于书评来说这一点非常重要，书评家总是很难回避提及自己的观点。据我所知，有的期刊逼迫书评家紧跟刊物的政治纲领，《论坛报》从来没有这么做过。我们认为书评家的工作就是说出他对作品的感受，而不是我们认为我们的读者应该有的感受。如果这样做的结果就是不符合正统思想的言论时不时会浮出水面的话——甚至有时候会出现书评与邻版的社论有矛盾的情况——我们相信读者很坚强，能够经受得住一定程度的分歧。我们认为最乖张的人要比最符合正统的应声虫更有趣一些。虽然在这个栏目里我们的主要目的是就书论书，但我们相信在这个谎言横行和严格管制的时代，坚持思想自由的人并不会对社会主义的事业造成严重破坏。

诗歌与麦克风①

大约一年前我和几位同仁主持面向印度的广播节目，我们插播了许多当代和近当代英国作家的诗歌作品——例如，艾略特、赫伯特·里德、奥登、斯宾德、迪伦·托马斯、亨利·特里斯、亚历克斯·康福特、罗伯特·布里奇斯、埃德蒙德·布兰登、戴维·赫伯特·劳伦斯。只要一有机会我们就让作者在广播中亲自朗诵诗歌。在这里没有必要解释为什么会设立这些特别节目（电台战争中小规模的远程侧翼进攻），但我得补充说明，我们所面对的印度听众在一定程度上决定了我们的广播手法。最重要的一点就是，我们的广播对象针对的是印度的大学生，听众的人数不多，而且带着敌意，抵制任何可以被称为英国政治宣传的节目。我们一早就知道听众的人数最多不会超过几千人，这给了我们一个理由比平时播放节目的时候更加"阳春白雪"。

如果你向懂得你的语言但没有你的文化背景的听众广播诗歌，评论和解释是免不了的，我们所遵循的步骤是广播一份所谓的"月度文学杂志"。编辑人员坐在办公室里，讨论着下一期要播放什么内容。有人建议某一首诗，有人建议另一首诗，经过短暂的讨论，然后就选中了那首诗，由不同的声音进行朗诵，最好是作者本人。自然而然地，这首诗会唤起另一首诗，于是节目就一直继续下去，通常每两首诗之间进行半分钟的讨论。对于一档半个小时的节目来说，六个声音似乎是最合适的数字。这种类型的节目肯定是没有固定模式的，但通过让它围绕着某一个中心主题，能够赋予它形式统一的表象。比方说，我们这本想象中的杂志有一期专门讨论战争这个主题，内容包括了两首埃德蒙德·布兰登的诗、奥登的《1941年九月》、乔治·苏瑟兰·弗雷泽[2]的一首长诗的节选（《致安妮·里德勒的一封信》）、拜伦的《希腊群岛》和托马斯·爱德华·劳伦斯[3]的《沙漠革命》的节选。这六首诗，以及围绕它们穿插进行的讨论，相当深入地覆盖了对于战争的不同态度。诗歌和节选大约需要二十分钟进行广播，讨论花了大约八分钟。

这一程序似乎有点古怪，而且似乎有点摆谱，但它的好处在于，广播严肃甚至晦涩的诗歌时那种不可避免的授课色彩与教科书风格在以轻松讨论的形式出现时，能够显得不那么让人望而生畏。那几个播音员在彼此交谈时就像在现实生活中与别人交谈时那样。而且，通过这种方式，你至少可以诠释出一首诗的背景语境，而这是在普通人的眼中诗歌所缺少的。但是，当然还有其它方式。我们经常使用的一种方式是伴随着音乐播放一首诗。我们提前几分钟宣布一首名为某某某的诗将会进行广播，然后音乐播放大约一分钟，然后逐渐过渡到那首诗，没有宣读标题，也没有通知，然后音乐再次渐渐响起，持续播放

---

① 刊于1945年3月《新撒克逊宣传》。

② 乔治·苏瑟兰·弗雷泽（George Sutherland Fraser，1915—1980），苏格兰诗人，文学评论家，代表作有《苏格兰的风景》、《视像与修辞：现代诗歌研究》等。

③ 托马斯·爱德华·劳伦斯（Thomas Edward Lawrence，1888—1935），英国军人，曾在阿拉伯地区反抗土耳其奥斯曼帝国的起义中发挥了重要的作用，被称为"阿拉伯的劳伦斯"，曾将他的阿拉伯世界的所见所闻写成作品，代表作有《智慧的七柱》、《沙漠的起义》等。

一到两分钟——整个过程大约是五分钟。选择合适的音乐很有必要，但毋庸置言，播放音乐的真正目的是把那首诗与其它节目隔离开来。通过这种方式，你可以把一首莎士比亚的十四行诗插在三分钟的节目里，至少我听起来不觉得有什么不协调的地方。

我所提到的这些节目本身并没有什么重要的价值，但我提到它们，是因为它们让我和其他人觉得收音机有可能成为一种让诗歌普及化的方式。刚开始的时候有一件事让我觉得很惊讶：由作者本人广播一首诗不仅会对听众产生影响，而且对诗人本身也会产生影响。你必须记住，英国几乎从来没有广播过诗歌，许多写诗的人从来没有想过大声朗读作品。坐在一个麦克风前面，尤其当这种情况定期发生时，诗人和他的作品被赋予了新的关系，而在今时今日的英国，以别的途径是不可能做到的。诗歌与音乐或口头词语的关系越来越淡漠，这在当代已经是司空见惯的事情——确切地说是在过去这两百年。它需要刊印出版才能生存下来，人们不再要求一个诗人懂得如何吟唱，甚至不需要懂得朗诵，就像人们不再要求一个建筑师懂得如何给天花板镶石膏。几乎没有人再写抒情诗和修辞诗了，而且在任何每个人都不是文盲的国家，普通人对于诗歌的敌意被视为天经地义的事情，而这种裂痕总是有加宽的倾向，因为"诗歌是一种文字上的玩意儿，只有少数人看得懂"这一观念加剧了文笔晦涩和"卖弄聪明"的情况。有多少人不会半是本能地觉得那些含义一眼就可以看穿的诗歌一定有问题呢？除非大声地朗读诗歌成为正常的事情，否则这种趋势是不可能被遏止的。除了利用收音机作为媒介之外，很难想象这一改变将如何发生。在这里应该捎带提一下，收音机的特殊便利之处在于它能够选择合适的听众，而且能避免怯场和尴尬。

在进行广播时，你只是臆想听众是些什么人，但那是作为一个整体的听众。在收听的人可能有好几百万，但每个人都是在独自收听，或是小群体当中的一员，每个人都感觉（或应该有这种感觉）你在单独对他说话。此外，你有理由认为你的听众懂得欣赏诗，或至少对节目感兴趣，因为任何人如果感到厌烦，只要轻轻地旋一下按钮就可以把你屏蔽掉。尽管理论上听众懂得欣赏诗，但他们无法对你产生影响。这正是广播和演讲或讲座的不同之处。在讲台上，任何有过公开演讲经历的人都知道，要想不让听众影响你的发言几乎是不可能的事情。通常只要几分钟，你就可以知道他们会对什么内容有反应，对什么内容没有反应。在进行的过程中，你几乎是被逼着迁就在场的听众里你认为最笨的那个，而且还得用所谓的"有个性"的胡言乱语去迎合他们。如果你不这么做，气氛总是会陷入尴尬。"朗诵诗歌"是一件可怕的事情，因为听众里总会有人觉得无聊或干脆抱以仇视的态度，但他们又不能轻轻一旋按钮就让自己得以清静。说到底，就是同样的困难——你无法对戏院里的听众进行挑选——使得在英国进行一场像样的莎士比亚表演成为几乎不可能的事情。在电台广播里，这些情况不复存在。诗人会觉得他的对象是严肃对待诗歌的人——事实上，那些习惯了广播的诗人对着麦克风比对着看得见的听众朗读得更加生动。由此而引入的虚伪做作并不是什么要紧的事情。关键之处在于，通过这个目前唯一可行的方式，诗人觉得大声朗读诗歌是一件很自然的、不会让人觉得尴尬的事情，是人与人之间正常的交流。而且，他会觉得他的作品是与音韵有关的，而不是纸上的格律。这样一来，诗歌和平民之间的隔阂会消除一些。无论听众那头发生什么事情，在诗人那头的电波里，这种事情已经存在。

但是，另一头所发生的事情并不能被忽视。可以看到，我刚才所说的似乎是把诗歌大体上当成了令人尴尬的，几乎是不光彩的事情，似乎普及诗歌是一种战略行动，就像逼着小孩子吃药或为一个遭到迫害的教派平反。但不幸的是，情况确实如此。的确，在我们的文明里，诗歌是最不受重视的艺术——事实上，它是唯一被普通人认为是没有价值的艺术。当阿诺德·本涅特说，在英语国度提到"诗歌"这个词，人们跑得比拿高压水枪赶他们还快时，这并没有多少夸张。正如我所指出的，这种裂痕有扩大的趋势正是因为这种情绪的存在。普通人对诗歌越来越抱以反对的态度，而诗人则越来越傲慢和不可理喻，直到诗歌与流行文化的脱节被认为是天经地义的事情，但其实这只是我们这个时代和我们这么一小块地方的问题。我们生活在一个高度文明国度里普通人对美的鉴赏力还不如最低等的野蛮人的时代。大家都觉得这种情况不可能通过有意识的行动加以改善。另一方面，大家都认为一旦社会变得更加高雅，这个毛病就会自行矫正。马克思主义者、无政府主义者和信奉宗教的人都会告诉你这一点，只是内容稍有不同，而大体上这无疑是对的。我们的生活这么丑陋不堪有其精神上和经济上的原因，这不能只用背离传统进行解释。但是，这并不表示在目前这种情况下问题不可能得到改善，也并不表示审美上的进步之于这个社会得到救赎而言是无关紧要的事情。因此，有必要停下来思考，到了现在是否还有可能将诗歌从最遭忌恨的艺术形式这个尴尬的处境解救出来，至少让它像音乐那样得到同等程度的宽容。但一开始的时候你就会问，为什么诗歌不受欢迎？它到底有多不受欢迎？

从表面上看，所有的诗歌都不受欢迎。但你再想想的话，这必须以特殊的方式加以验证。首先，有许多民间诗歌（儿歌、童谣等），这些诗歌经常被人提起，成为每个人的思想背景的一部分。而且，有好些古代的诗歌和民歌从未被人遗忘。还有，有些"不赖的蹩脚诗"很受欢迎，起码可以被人们所接受，大体上这些都是爱国诗歌或抒情诗歌。要不是所有那些表面上看使得普通人不喜欢真正的诗歌的特征在"不赖的蹩脚诗"身上也都一应俱全的话，这一点或许根本无关主旨。它写的是韵文，它讲究韵律，它描写的是高蹈的情感，用的是不同寻常的语言——所有这些都非常明显，因为劣诗比好诗更有"诗意"几乎成了一则定理。但是，即便它没得到热烈喜爱，至少人们也觉得可以忍受得了。比方说，在撰写本文之前我在听一对英国广播公司的喜剧演员和往常一样在九点钟的新闻之前插科打诨。在最后的三分钟里，其中一个喜剧演员突然宣布他"要严肃一下"，开始朗诵一段名为"一位高尚的英国老绅士"的爱国疯言疯语，称颂英王陛下。听众们对突然间插入这种最低劣夸张的诗句有什么反应呢？它并没有遭到非常激烈的反对，否则会有许多愤慨的信件阻止英国广播公司做出这种事情。你所得出的结论只能是，普罗大众对诗歌抱以敌意，但对**诗体**的敌意并不是十分强烈。说到底，如果韵文和格律本身令人讨厌，那么歌曲或下流的打油诗就不会流行起来。诗歌之所以令人讨厌，是因为它与晦涩难懂、矫揉造作还有某种一本正经的感觉联系在一起。提起诗就像提起"上帝"或戴着牧师领的牧师那样让人觉得不快。在某种程度上，普及诗歌意味着打破已经成为积习的压制，关键是要让人聆听而不是呆板地念念叨叨。如果真正的诗歌能够被介绍给大众，让他们觉得它是正常的事情，就像我刚刚听到的那篇垃圾能被认为是正常的事情一样，那么反对它的一部分偏见将能被克服。

很难相信在没有对公众的品味进行教育，包括利用策略和借口的前提下，诗歌能够再次普及。托马斯·斯特恩斯·艾略特曾经建议说，诗歌，尤其是诗剧，或许可以借助音乐厅这个平台回到普通人的意识中。他或许还可以加上哑剧，它拥有巨大的潜力，但似乎还没有被完全发掘。他在写《力士斯威尼》时或许就是这么想的，事实上，它可以被想象成为一出音乐厅的节目或一出滑稽剧。我说过收音机可能是更有希望的媒介，我也解释了它在技术上的优势，从诗人的角度出发更是如此。之所以刚开始的时候这个提议听上去根本没有希望，是因为没有人能够想象电台除了传播废话之外还能做些什么。人们聆听从高音喇叭里放出来的那些东西，认为电台广播就是这么一回事。事实上，提到"电台"这个词让人联想到的不是独裁者在咆哮，就是斯文而低沉的声音宣布我们的三架战斗机未能顺利返航。用电台播放诗歌就像让缪斯女神穿上带条纹的西裤。然而，你不应该把一件工具的功能和它实际中的用途混淆在一起。广播就是广播，不是因为麦克风和发射器天生就是低俗、傻帽和虚伪的，而是因为如今全世界所进行的广播都受政府或寡头公司的操控，他们所关心的是维持现状，因此不想让群众变得太有智慧。这类事情已经发生在电影身上——就像收音机一样，电影在资本主义的垄断阶段出现，而且运作的成本非常昂贵。所有的艺术形式都表现出相似的倾向。越来越多的生产渠道被官僚阶层所控制，他们的目的是消灭艺术家，至少将他们阉割。这是一个冷酷的前景，但一线希望尚存：目前在世界上每一个国家都正在发生且一定还会继续下去的极权主义过程被另一个即使在五年前也无法预料到的过程所缓解了。

这个过程就是，我们都是其中一分子的庞大的官僚机器正开始发出叽叽嘎嘎的杂音，因为它太庞大了，而且还在变大。现代国家的趋势是消灭思想上的自由，然而，与此同时，特别是在战争的压力下，每个国家都越来越感觉到需要有一个知识分子群体为其进行公关宣传。比方说，现代国家需要宣传手册的写手、海报的设计师、插图画家、广播员、演说家、电影制作人、演员、作曲家甚至画家、雕塑家，少不了还要有心理学家、社会学家、生化学家、数学家和其他人。英国政府开始当前这场战争时，公开声明要将文坛知识分子拒之门外。然后，战争进行了三年后，几乎每个作家，无论他的政治历史或政治理念有多么不受待见，都被各个政府部门或英国广播电台所吸纳，就连那些进入军队的作家也会发现稍后他们就进入了公关部门或其它某个文职部门。政府很不情愿地吸纳了这些人，因为它发现自己少了他们真的不行。在那些官员看来，最理想的情况莫过于将所有的公关宣传交到"信得过"的人手里，那些人包括艾伦·帕特里克·赫尔伯特①或伊安·赫伊，但由于这些人的数目太少，他们只能借助现有的知识分子阶层，而官方宣传的口吻，甚至包括部分内容，也随

---

① 艾伦·帕特里克·赫尔伯特（Alan Patrick Herbert，1890—1971），英国作家，代表作有《秘密的战斗》、《泰晤士河》等。

之发生了改变。没有哪个熟悉过去两年来所发行的政府宣传册、军政时事演讲、纪实电影和对敌占国广播的人相信我们的统治者会资助这种东西，要不是他们迫于无奈的话。当政府这部机器变得越庞大，它就会有更多的漏洞和被遗忘的角落。这或许是一个小小的安慰，但并不是什么可鄙的事情。这意味着在自由主义传统已经强韧的国家，官僚的专制或许永远无法实施完全的控制。那些衣冠楚楚的人将进行统治，但只要他们不得不维持一个知识分子阶层，这个阶层就能拥有一定程度上的自治。比方说，如果政府需要拍纪实电影，它就必须雇用对电影技术感兴趣的人，必须给予他们必需的、最小限度的自由，结果就是，在官僚的眼中完全离经叛道的电影总是会出现。绘画、摄影、编剧、纪实报道、演讲和其它庞大的现代国家所需要的艺术形式与半艺术形式也是一样。

这种情况对收音机的影响是显而易见的。现在高音喇叭是有创造力的作家的敌人，但随着广播规模和范围的扩大，这种情况或许就不会再出现了。在目前的情况下，虽然英国广播公司对当代文学略有兴趣，但要在五分钟的时间内广播一首诗比花十二个小时广播大话连篇的政治宣传、录制音乐、陈腐的玩笑、虚伪的"讨论"或别的什么节目更加困难。但情况或许会像我提到的那样改变，当那个时候到来时，完全不顾当前种种带着敌意的阻挠，严肃地进行诗歌广播的尝试或许将有可能实现。我并不是说这么一次尝试就会很有效。广播从一开始就受到官僚的管制，以至于没有人会觉得广播和文学之间能产生关系。我们不能肯定麦克风能不能把诗歌带回给普罗大众，甚至不能肯定从口头而不是笔头表达诗歌能不能对它有促进作用。但我确实认为这种可能性是存在的，那些关心文学的人或许应该更加关心这个受到蔑视的媒体，它用于创造福祉的力量或许被乔德教授[①]和戈培尔博士的声音所掩盖了。

---

① 西里尔·密契逊·乔德(Cyril Edwin Mitchinson Joad, 1891—1953)，英国著名广播员，曾主持《智囊团》节目而名噪一时。

作家的新政①

　　大约一年前奥斯伯特·西特韦尔爵士出版了一本小书——《致我儿的一封信》，在书中他热烈地探讨了艺术家在现代社会的地位——或许语气显得有点乖张。结果引发了一系列争议，有的争议围绕着西特韦尔爵士只是一带而过的问题而展开——艺术家的经济地位和资助的问题。

　　现在战争就要结束了，许多年轻人或许准备好了开始他们的文学事业，这个问题变得十分迫切。因为我们应该意识到，当前英国文学的糟糕境况在一部分程度上是因为光靠写书很难维持生计。

　　在战前，大部分标准长度的书售价是 7 先令 6 便士，现在 10 先令 6 便士或许是平均售价。不同的出版社有不同的版税标准，销量越高则版税越高，但大体上每卖一本书，作者的收入也就是 1 先令左右。

　　一本小说或类似的书——也就是说，一本不需要进行大量研究工作的书，但又不像政治宣传文章那样草率马虎——大概要花一年的时间才能写出来，有时候只需要六到八个月，但没有几个严肃的作家能够平均一年写出一本书。这意味着一个作家要将全部时间用于写书就得确保能够卖出一万本，才能有一年五六百英镑的毛收入。

　　但事实上，书的平均销量远远低于一万本。一本书能够卖出两千本就已经相当可观了，许多"成名"作家的平均销量也只不过才五千本。确实，能够卖出十万本甚至一百万本的作品时而有之，但这种事情发生在任何严肃作家身上的可能性比赌马独中奖金高不了多少。结果就是单靠写书是几乎不可能生存的——几乎不可能，也就是说，挣到足够多的钱，并享受到写书所需的闲暇和宁静的心情。

事实上，只有几十个，至多只有几百个英国人能够单靠写书生存，他们当中有一部分人有私人收入。剩下的人中大部分靠报刊或广播或为电影公司撰写剧本或从事其它职业挣取部分收入。

现在从读者的角度去看，与吸烟、喝酒或去电影院相比，读书会花你多少钱呢?

如果你花 10 先令 6 便士买一本书，花三个小时去读，不把书给卖掉，这个娱乐的消费水平大概相当于电影院雅座。但事实上绝大部分人不会买很多书。有许多人一周读几本书，但从来没有想过去买一本新书，只会买像企鹅出版社这类廉价的再版读物。他们从借书部里每次花两便士借书——也就是说，两便士就能有三小时的消遣。他们还总是从公共图书馆里借，除了低廉的登记费之外根本不用花钱。

公共图书馆里的书籍有一些是作者没有收到版税的评论用书。如果是流行书籍，它们总是包着结实的书皮，几乎不会损坏，因此，大体上几百人读过一本书，而作者却只收到当时卖出那本书的一先令版税。

如果写书要成为一种谋生手段的话，似乎必须想办法说服公

---

① 刊于 1945 年 7 月 5 日《曼彻斯特晚报》。

众在读书上花更多钱。要么书籍的定价得更贵一些（显然这是个馊主意），要么人们必须养成买书而不是借书的习惯，要么必须进行某种安排，每次借书的时候作者都可以收到版税，并相应地提高借书费用。

没有人要求作者能够有大法官法庭的律师那么高的收入。将一个作家的年收入从一千英镑增加到五千英镑并不能让他成为更好的作家。但话又说回来，任何人都不能指望一个人能够靠四英镑的周薪生活，还能去写书。

现在作者主要是靠为报刊写稿谋生，这种情况很糟糕。为报刊写稿挣钱更多，但它也意味着需要更多钱的生活，并使得专注于一个题材和长篇作品变得非常困难。像特罗洛普、詹姆斯·乔伊斯或约瑟夫·康拉德那样能有其它生财之道的作家能够写出好书，但对于普通人来说，写书是一份全职工作，很难再去承担其它累人的工作，比如为报刊或广播电台撰稿。

和其它活动一样，写作必须以经济作为基础，作家可以从三个方面获得资助——富人、国家和公众。无须指出前两者的资助并不是好事，但是，如果作家要摆脱这两者的控制，那么，阅读他的作品的公众就必须给他足够多的钱，让他能够享受到安稳、舒服的工作地点和摆脱辛苦工作的自由——按照当前的购买力，这些条件至少需要一年500英镑才能满足。

事实上，公众读书就得为书付钱，就像他们去喝酒就得为啤酒付钱一样。最公平的做法——但或许不是最容易运作的做法——是提高图书馆的登记费，而且从公共图书馆借书需要另付一点钱，让作者能够多挣一点。

无疑，有人会对这个提议感到愤慨——但是，这些人花半克朗去看一场电影或花两先令四便士买二十根香烟却觉得没什么。与此同时，那些可能会写出好书的作家却被迫离开文学事业，或只能将它当成一门副业，不是因为他们想去别的地方"挣大钱"（没有哪个想挣大钱的人会选择文学作为职业），而是因为写书根本填不饱肚子。

近年来有一种趋势，由国家直接或间接给作家补贴，但国家感兴趣的是进行政治宣传，不会在实验性质的作品上花钱。公众的直接支持是文学更好的基础，而图书馆登记费多收两便士将是获得支持的最可靠的方式。

科幻作品的个人小记①

最近一个美国的友人给我送来了一沓十美分画报，它们通常被称为"漫画"，内容都是彩色的连环画。虽然它们被冠以《惊奇漫画》或《出名的笑话》等名称，事实上它们的主要内容是"科幻"——也就是说钢铁机器人、隐形人、史前怪兽、死亡射线、火星人入侵等诸如此类的题材。

看到这么一沓杂志令人感觉很不安。很显然，它们的目的是激起幻想的力量，它们的主题归根结底就是巫术和虐待。几乎每一页你都会看到某个人从空中飞过（有很多角色会飞，实在是令人惊讶），或某个人一拳揍在另外一个人的下巴上，或一个衣不蔽体的年轻女人为了捍卫自己的贞洁而搏斗——要强暴她的可能是一个人、一具钢铁机器人或一头五十英尺高的恐龙。所有的内容就是一场荒唐的感官刺激，并没有赫伯特·乔治·威尔斯那些故事的那种真正的探究科学的兴趣，尽管它们是这一类作品的起源。

很难肯定谁会阅读这些画报。显然，它们针对的主要是儿童，但那些广告和一直出现的性感内容表明它们的读者也有成年人。

奇怪的是，当你看着这些毒草垃圾读物时，你会记起几代英国儿童在很大程度上是读着美国儿童读物长大的，因为大体上说它们是最好的。排名最高的是《汤姆叔叔的小屋》、

《雷穆斯叔叔②》、《汤姆·索亚历险记》和《哈克贝利·费恩历险记》，然后是更适合女生阅读的路易莎·梅·艾尔科特③的《小妇人》、《贤妻良母》和《小男人》（不过最后这本书的主题有点太高尚了）以及詹姆斯·哈伯顿④的《海伦的宝贝》，还有——这些都是女生读物，但仍然不可以被轻视——《桑尼布鲁克农场的丽贝卡》和苏珊·科里奇⑤的《凯蒂故事》丛书。后来有布斯·塔京顿⑥的《彭罗德》故事、厄尼斯特·汤姆森·瑟顿⑦的《我知道的野生动物》和其它类似的书籍，还有杰克·伦敦的《森森白牙》和《野性的呼唤》，更别提水牛比尔⑧故事集和巴斯特·布朗⑨漫画册了。

从这些书籍和类似的读物中，英国的孩子们对美国的景象有了详细的了解。他们知道了土拨鼠、地鼠、花栗鼠、捕猎浣熊、

---

① 刊于 1945 年 7 月 21 日《领导者杂志》。

② 雷穆斯叔叔（Uncle Remus）是由美国作家乔尔·钱德勒·哈里斯（Joel Chandler Harris）于 1881 年出版的同名小说的主人公。

③ 路易莎·梅·艾尔科特（Louisa May Alcott, 1832—1888），美国女作家，代表作有《小妇人》、《贤妻良母》、《小男人》等。

④ 詹姆斯·哈伯顿（James Habberton, 1842—1941），美国作家，代表作有《海伦的宝贝》、《他知道的事情》等。

⑤ 苏珊·科里奇（Susan Coolidge）是美国女作家莎拉·乔希·沃斯利（Sarah Chauncey Woolsey, 1835—1905）的笔名，代表作有《凯蒂故事》、《二八年华》等。

⑥ 布斯·塔京顿（Booth Tarkington, 1869—1946），美国作家，曾获普利策奖，代表作有《了不起的安柏森一家》和《爱丽丝·亚当斯》等。

⑦ 厄尼斯特·汤姆森·瑟顿（Ernest Thompson Seton, 1860—1946），苏格兰裔美国作家，美国童军运动的创始人，代表作有《我知道的野生动物》、《两个小野人》等。

⑧ "水牛比尔"，原名威廉·弗雷德里克·科迪（William Frederick Cody, 1846—1917），美国士兵、野水牛猎人和马戏团老板，据闻一生共捕杀过 4 000 多头北美野水牛，并组建"水牛比尔狂野西部"马戏团，在北美和欧洲进行巡回演出。

⑨ 巴斯特·布朗（Buster Brown）是美国漫画家理查德·费尔顿·奥特科特（Richard Felton Outcault）创作的漫画人物形象。

两轮马车、骑马、堆柴火、牧羊犬、三声夜鹰、土狼、大篷车和旧房抵押等事情。美国作品的特点，特别是那些在1880年前所写的作品，是它们那种健全而且昂扬的气氛，以及它们所暗示的那种体面而简单的文化。几乎所有作品的根基都是家庭生活和《圣经》。虽然像《小妇人》这么一部作品或许现在看起来太斯文了，而且有点滑稽，但念想起来仍会让人觉得很愉快。

奇怪的是，时隔不久美国的典型少年文学作品就成了许多英国家长迟疑着不敢送给孩子的读物。

关于战时审查制度的愚蠢，每个人至少都有一个故事。我自己最喜欢的故事是，我碰巧手头有一本国防部的宣传册，名为《德国陆军兵器》，对德国军队所使用的步枪、机关枪等兵器作了简短的介绍。封面上写着"绝不能落入敌人手里"。

如今这场战争结束了，至少在很大程度上告一段落了，能不能放宽一些特别愚蠢的限制呢？——比方说，不再对同盟国之间的信件进行审查。来自美国的信件总是盖着审查员的章送到我手中，而根据我寄出去的信所花费的时间判断，我知道它们也遭受了同样的命运。

这场战争由始至终我一直在为美国的杂志撰写文章。当然，所有的稿件在路上都被拆开了，不仅有一些遭到最胡搅蛮缠的干涉，而且有时候那些审查员真的将部分章节删去，还不让收件人知道有这么一回事。

战争就是战争，我并不是很介意这种事情，但我介意的是横跨大西洋的内容审查所造成的延误仍然在发生。直到最近，从伦敦到纽约的航空信仍要花六个星期的时间，乘船都要比这快。

我所盼望的和平时期的另一个快乐是能够再买到像样的地图。1940 年的恐慌促成了立法禁止销售比例尺大于 1 英寸等同于 1 英里的地图，那时候就连地方志愿军想要买到自己所属地区的地图都会遇到各种刁难。或许这个禁令现在已经解除了，但就连以最小的比例尺绘制的地图也仍然很难买到。我不知道什么时候能够再走进一间文具店，买到那种精度很高的以 2.5 英寸代表 1 英里的军用地图，它能显示出每一间牛棚和几乎每一棵树木，你可以轻松地标注一处美味的黑莓丛或一丛野蔷薇，精度足以保证你在下一年还能找得到。

但是，在内容审查这个问题上，你不能不说，在英国，官方的审查并不是唯一的或最恶劣的形式。有许多好的故事没办法在报纸上刊登，并不是因为任何官方的禁令，而是因为它们碰巧与当时的正统理念有冲突，于是，各方面达成默契，认为它们"不宜"刊登。

比方说，有人告诉我流亡伦敦的波兰临时政府总理阿齐泽弗斯基①先生在离职前对部长们的最后演讲中以这么一段话作为开始：

> "用一个我们曾经信任过的人的话说，我没有什么可以给你们，只有鲜血、努力、眼泪和汗水……"②但我相信没有报纸有勇气将其刊登。

---

① 托马斯·阿齐泽弗斯基（Tomasz Arciszewski, 1877—1955），曾担任波兰流亡政府（伦敦）的总理。
② 这句话是丘吉尔的名言。

我经过教堂门口时停了脚步，倾听里面正在歌唱的圣诗。那些歌词飘入我的耳中——不是它们写在纸上的情形，而是它们的发音听上去的情形，过了几分钟我将它们直接写了下来，内容是这样的：

erbide with me farce——falls the yeventide——
ther darkness deeperns——lord with me erbide——
when nuther helpers——faail ern comforts flee——
help pov helpless so er——bide with me! ①

这不是第一次了，它让我想到应该对现代的南方英语发音做点什么事情。确实，口音之间没有孰优孰劣，但当人们的说话方式会导致误解，或当他们的发言没办法以现存的拼写方式写出来时，显然就是出了岔子。

如今我们大部分人说话都很懒散，如果你要买一张三便士的巴士车票，你总是会买到一张三个半便士的车票，或者倒过来，要买一张三个半便士的车票总是会买到一张三便士的。两个伦敦人做完买卖后一定会说的那两个神秘的字你会怎么写呢？你会写的最接近的写法就是"nkew"（即"谢谢"［thank you］），或者可以简写为"N.Q."。或以这些词汇如"passionate"（激情）、

---

① 出自基督教圣诗《求主与我同在》（*Abide with Me*）。原文应该是：
Abide with me; fast falls the eventide;
The darkness deepens; Lord with me abide.
When other helpers fail and comforts flee,
Help of the helpless, O abide with me.
译文：夕阳西沉，求主与我同在；
黑暗渐深，求主与我同在；
求助无门，安慰亦无觅处，
求助人之神与我同在。

"deliberate"（故意）、"vegetable"（蔬菜）、"actual"（实际的）或"average"（平均）的发音为例，最有可能发出来的声音我会说是"pashit"、"delibrit"、"vejtbl"、"ackchl"、"avridge"。

不计其数的以-ion、-ate、-ial及其它后缀结尾的单词，元音都被省略了，取而代之的是那些字母表里没有的发音。比方说，"elephant"（大象）的最后一个元音是什么？没有，正确的发音应该是类似于"elefnt"，或者说应该更接近于"elephunt"而不是"elephant"。

所有这些表明，如果我们真的想要可探讨的、理性的拼写系统，我们需要的不只是一套好的语音体系和简单的规则。牛津辞典能让你了解"culture"（文化）这个词的准确音标，但它的拼写仍然好像里面有一个"t"，而忽略了现在的发音是"culcher"。

拼写的改革者们得决定是不是连发音也一并改革，或接受口语已经无药可救，然后相应地调整书面语言。

出版的自由（《动物农场》序文）^①

本书最早的构思，就其中心思想而言，始于 1937 年，但直到 1943 年底才开始动笔。到了完书的时候，要将其出版显然是很困难的一件事情（虽然那时候的书籍紧缺使得任何能被称为"书籍"的读物都很有"销路"），被四家出版社拒绝了。这四家出版社里，只有一家有意识形态的动机，两家多年来一直在出版反俄书籍，另外一家没有明显的政治色彩。一位出版商刚开始时愿意接这本书，但在进行初步的安排后，他认为得咨询新闻部的意见——显然，他们警告他，或强烈建议他不要出版这本书。这是他的信件的节选：

> 我提到了新闻部的一位高官对于《动物农场》的反应。我必须承认，他的那番意见让我严肃地思考……现在我明白或许在目前出版它是极不明智的事情。如果这则寓言针对的是笼统的独裁者和独裁体制，那么出版就不会有什么问题，但现在我明白这则寓言完全依照苏维埃俄国的发展及两位独裁者的生平去写，它针对的只是俄国而不是针对其它独裁政权。还有一件事情：如果这则寓言中的统治阶级不是猪的话，或许它还没有那么令人反感。我认为选择用猪充当统治阶级无疑会得罪许多人，特别是那些敏感的人，而俄国人无疑是比较敏感的。

这种事情并不是好的迹象。显然，政府部门不应该拥有对没有得到官方资助的书籍进行内容审查的权力（出于安全的内容审查除外，在战争期间没有人会反对这么做）。但对思想和言论自由的最大威胁并不是来自新闻部或某个官方机构的直接干涉。如果出版商和编辑自发地封杀某些题材，那不是因为他们害怕受到迫害，而是因为他们害怕公共舆论。在这个国家，思想上的怯懦是作家或记者必须面对的最可怕的敌人，而这个事实在我看来还没有得到应有的讨论。

任何当过记者并且没有偏见的人都会承认，这场战争期间官方的内容审查并不是特别讨厌。我们并没有遭受原本预料之中的极权式的"调控"。媒体有一些抱怨，这是情有可原的，但大体上政府很守规矩，而且对于少数派意见的宽容到了令人惊讶的地步。英国的文学审查可怕的事实是，在很大程度上它是出于自愿。不受欢迎的理念会被勒令噤声，不方便的事实被掩盖起来，不需要官方出面禁止。任何在外国待过一段时间的人都知道敏感新闻的例子——那些本身的价值足以成为头条新闻的事件被英国报刊封杀，不是因为政府的干涉，而是因为大家心照不宣地认为某一个事件"不宜"提及。就日报而言，这不难理解。英国的报刊集中化现象很严重，大部分报刊的老板是有钱人，在某些问题上他们绝对有不诚实的动机。但同样的含蓄的内容审查还出现在书籍和期刊这些读物里，还有戏剧、电影和电台节目。正统理念无时不在，它们被认为是任何思想正确的人应该不假思索就接受的理念的集合。有些事情并没有明确地被禁止说出来，但要是说

---

① 1945 年 8 月 17 日《动物农场》于伦敦出版。

出来的话会"不大合适"，就像在维多利亚时代中期在一位女士面前提起裤子"不大合适"一样。任何挑战主流正统观念的人都会发现自己被以出乎意料的高效勒令保持沉默。一个真的不受欢迎的意见几乎无法得到公平的表述，无论是在流行的报刊还是在高雅的期刊。

当前主流正统思想所要求的是不加批判地崇拜苏俄。每个人都知道这一点，几乎每个人都依照它的要求去做。任何对苏联政体的严肃批评、任何对苏联政府需要掩盖的事实的揭露都无法刊印。有趣的是，这场波及全国的吹捧我们的盟友的阴谋是在真正的思想宽容的背景下进行的。因为虽然你不能批评苏联政府，至少你可以自由地批评我们自己的政府。几乎没有人会出版一本抨击斯大林的书，但在书籍里和期刊里抨击丘吉尔是很安全的事情。纵观战争那五年，我们有两三回为了国家的存亡而战，在此期间无数呼吁达成和平妥协的书籍、宣传册和文章照样出版，并没有遭到干预。而且它们并没有激起强烈的不满。只要苏联的声望没有遭到诋毁，自由言论的准则一直都合情合理地得以遵守。还有其它被禁止的话题，接下来我会对其中的几个进行讨论，但对于苏联的主流态度是最严重的征兆。它似乎是自发而生的，并不是某个压力集团行动的结果。

自 1941 年以来，大部分英国的知识分子对俄国奴颜婢膝，全盘接受俄国的宣传，并对其加以重复，要不是之前有好几次他们有过类似的表现，这原本会令人觉得很惊讶。在一个接一个富有争议的问题上，俄国的观点被不假思索地接受，然后在完全罔顾历史真相或思想体面的情况下就进行公开宣传。只举一个例子：英国广播电台庆祝苏联红军成立二十五周年，却没有提到托洛茨基。这就好像在纪念特拉法尔加战役时没有提到纳尔逊一样，但英国知识分子对此并没有提出抗议。在各个被占领的国家的内部斗争中，英国的媒体几乎一边倒地支持俄国人扶植的派系，抹黑诽谤对立的派系，有时候为了达到目的不惜抹杀事实证据。一个格外扎眼的例子就是米哈伊洛维奇上校，南斯拉夫切特尼茨运动[①]的领袖。俄国人扶植了自己的南斯拉夫领导人铁托将军，指责米哈伊洛维奇与德国人勾结。这一指控立刻得到了英国媒体的响应：米哈伊洛维奇的支持者们没有机会作出回应，而与这个指控相抵触的事实也没办法出版。1943 年 7 月，德国悬赏十万金马克捉拿铁托，而米哈伊洛维奇的悬赏也是差不多这个数目。英国媒体大肆宣扬铁托的赏金，但只有一份报纸（印数很少）提到了米哈伊洛维奇的赏金，对他与德国人勾结的指控仍在继续。同样的事情在西班牙内战期间发生了。那时候俄国人决心要消灭的支持共和国的派系在英国的左翼报刊中被大肆诬蔑，任何为他们辩护的言论，就连书信也被拒绝出版。目前，对苏联的严肃批评不仅被认为是应该被谴责的事情，甚至就连这些批评的存在有的时候也会被隐瞒。比方说，托洛茨基在死前写了本斯大林传。你或许会认为这绝不会是一本没有偏见的书，但显然它会很有销路。一个美国出版社原本已经着手安排将其出版，而且已经印出来了——我想那些供写书评用的样书已经寄出去了——这时候苏联参战了。这本书立刻被取消出版。英国媒体对这本书绝口不提，虽然这本书的存在和它遭受镇压是一篇值得写上几段的新闻。

---

① 切特尼茨运动（the Chetnik movement），指始于 1904 年的抵制土耳其奥斯曼帝国及外来政权的塞尔维亚民族主义运动。

将英国文学知识分子自愿进行的内容审查和有时候由压力集团强制进行的内容审查区分开来是很重要的事情。众所周知，有些话题不能进行讨论，因为它们涉及"既得利益"。最广为人知的例子就是专利药品的骗局。此外，天主教会对媒体有着相当大的影响，能够在某种程度上让针对它的批评销声匿迹。一桩涉及天主教神父的丑闻几乎从来不会被公开报道，而一个惹上麻烦的圣公会牧师（比方说，斯蒂弗基的牧师①）则会是头条新闻。舞台上或电影里鲜有反天主教会倾向的作品。演员们会告诉你，如果一部戏或一部电影抨击或揶揄天主教会的话，一定会遭受媒体的抵制，或许会以失败告终。但这种事情并没有危害，或者说，至少它是可以理解的。任何规模庞大的组织都会尽自己最大的努力去维护其利益并反对公开的宣传。你不会指望《工人日报》发表对苏联不利的事实，就好像你不会指望《天主教先驱报》斥责教皇一样。但每一个有思想的人都知道《工人日报》和《天主教先驱报》是什么性质的报纸。让人觉得不安的是，当事关苏联及其政策时，你不能指望自由派的作者和记者能提出有思想的批判，在很多情况下甚至无法做到诚实，虽然他们并没有遭受直接的压力要去歪曲他们的意见。斯大林是至圣之人，绝不能对他的政策进行严肃的讨论。自1941年以来这条规矩几乎普遍得以遵守，但早在十年前它就开始运作，程度比人们有时候所想象的更严重。那时候来自左翼人士的对苏联政权的批评很难得到表达。当时有许多反俄的文学作品，但几乎都出自保守派的角度，显然并非出于

---

① 斯蒂弗基的牧师（the Rector of Stiffkey），指哈罗德·弗朗西斯·戴维森（Harold Francis Davidson，1875—1937），英国国教牧师，于1932年因被控告不道德罪名成立，被褫夺教职。

真诚，而且思想落伍，带有卑鄙下流的动机。另一方面，支持俄国的宣传也有相当大的规模，而且同样虚伪，任何想要以成熟的方式对重要的问题进行讨论的尝试总是会遭到抵制。事实上，你能出版反俄书籍，但这么做肯定会被几乎整个高端出版界忽视或扭曲描述。你会被公开或私下警告，说这么做"不合适"。你所说的事情或许是真实的，但它"不合时宜"，会被这个或那个反动利益团体"利用"。这一态度总是以这是出于国际局势和英俄同盟的迫切需要作为理由进行自我辩护。但显然，这是文过饰非。英国的知识分子群体，或它的大部分成员，对苏联产生了类似于民族主义的忠诚，他们打心眼里觉得对斯大林的智慧提出质疑就像是在亵渎神明。他们以不同的标准看待俄国的事件和其它地方的事件。1936 年至 1938 年大清洗的无休止的处决得到了毕生都在反对死刑的知识分子的鼓掌欢呼；印度发生饥荒就应该进行公开报道，而乌克兰发生饥荒则应该进行隐瞒。战前的情况是这样，现在的思想氛围也好不到哪里去。

　　但回到我的这本书。大部分英国知识分子对它的反应会很简单："它不应该出版"。那些通晓诽谤伎俩的评论家自然不会从政治的角度对它进行批判，而会从文学的角度进行。他们会说这是一本无聊傻帽的书，是在浪费纸张。情况或许就是这样，但这显然不是事情的全部。你不会说一本书"不应该出版"，就因为它是一本劣书。毕竟，每天都有占据了许多页面的垃圾读物出版，没有人会在乎。英国知识分子或他们当中的大部分人反对这本书是因为它中伤了他们的领袖和（在他们看来）对进步的事业造成了伤害。如果它写的是相反的主题，他们不仅不会有反对意见，而且就算它的文学缺陷再严重十倍也无妨。举个例子，左翼书社过去四五年里的成功表明他们愿意接纳低俗不堪的作品，只要它们说出了他们想要听到的话就行。

这里所涉及的问题很简单：是不是每一个意见，无论它有多么不受欢迎——甚至可以说，无论多么愚蠢——都应该有表述的权利呢？如果这么说的话，几乎所有的英国知识分子都会认为自己应该说："是的。"但如果是具体地问："那对斯大林进行批判呢？它有没有权利得以表述呢？"答案很可能就是："不行。"在这种情况下，主流的正统观念遭到了挑战，因此言论自由的原则就失效了。现在，当一个人要求言论和出版自由时，他要求的不是绝对的自由。只要有组织的社会存在，内容审查制度就总会在某种程度上存在。但正如罗莎·卢森堡所说的，自由是"其他人的自由"。同样的原则蕴含于伏尔泰的那句名言："我反对你所说的话，但我会誓死捍卫你说话的权利。"思想自由一直是西方文明的突出特征之一，如果它有意义的话，它意味着每个人都应该有权利表达和出版他认为是真相的内容，只要这些内容不会以某种确凿无疑的方式伤害别人。资本主义社会和西式的社会主义都仍然认为这一原则是天经地义的事情。正如我所说过的，我们的政府仍然表现出对这一原则的尊重。街上的普通老百姓——或许在一部分程度上是因为他们对理念并不是很感兴趣，不至于对它们不宽容——仍然模糊地认为"我想每个人都有权利表达自己的意见"。只有文学界和科学家的知识分子，至少是他们当中的大部分人，那些原本应该是自由的守护者的人，从理论上和实践上开始鄙视这一原则。

我们这个时代的一个奇怪的现象就是变节的自由派。除了马克思主义者那耳熟能详的宣扬"资产阶级自由"只是幻觉的言论之外，现在还有一个广为流传的思想倾向，认为只有极权主义的手段才能捍卫民主。它争辩说，如果你热爱民主，你就必须以任何手段消灭它的敌人。谁是它的敌人？他们不仅是那些公开地、有意识地攻击民主的人，还包括那些传播错误的思想，从而在"客观上"危害民主的人。换句话说，捍卫民主意味着摧毁所有的独立思想。这一理由被用于为俄国的大清洗进行辩护。就连最热情的亲俄派也不会相信所有的受害者都犯下了他们被指控的罪名，但由于怀有异端思想，他们"客观上"危害了政权，因此不仅对他们展开屠戮是正确的，而且还应该以虚假的指控抹黑他们。同样的理由还被用于为左翼报刊在西班牙内战中有意识地对托派分子和支持共和国的少数派进行造谣诬蔑这一行径作辩护。1943年莫斯利获释时，这套逻辑又被用作反对"人身保护法"的理由。

这些人不明白，如果你倡导极权主义手段，或许有一天它们就会被用在你自己身上。习惯了不经审判就关押法西斯分子，或许这个过程不会在关押完法西斯分子后就停止。在遭受镇压的《工人日报》复刊后，我到伦敦南部的一所工人学校作讲座。听众是工人阶级和中产阶级下层知识分子——就是你在左翼书社的支部经常见到的那些人。那个讲座谈及了出版自由的问题，到最后，让我大为惊讶的是，有几个提问者起身问我：难道我不认为解禁《工人日报》是一个大错吗？我问他们为什么这么说，他们说这是一份忠诚度可疑的刊物，在战争时期不应该容忍它的存在。我发现自己在为《工人日报》辩护，而这份报纸不止一次处心积虑地对我进行诽谤。但这些人是从哪儿学到了这一本质上是极权主义的观点呢？可以很肯定地说，是从共产主义者那儿学到的！英国有着根深蒂固的宽容与体面的传统，但它们并非不可摧毁，而且必须以有意识的努力让它们延续下去。宣扬极权主义教条的结果将会削弱自由的人民分辨危险和安全的本能。莫斯利事件表明了这一点。在1940年时，关押莫斯利是非常正确的举动，无论他是否真的犯下了罪行。我们在为生死存亡而战，我们绝不能允许一名潜在的卖国贼自由行动。而到了1943年仍然未经审判就剥夺他的自由则是一桩暴行。群众无法明白这一点是不好的征兆，虽然反对莫斯利获释的骚动确实在一部分程度上是泡沫，一部分程度上是其它不满的表现。但当前滑向法西斯的思维方式的情况有多严重可以从过去十年来反法西斯运动不择手段的程度得以体现。

当前的俄国狂热只是西方自由传统整体弱化的一个征兆，意识到这一点很重要。如果新闻部插手这件事，明确地拒绝出版这本书，大部分的英国知识分子不会认为这件事有什么让人不安之处。对苏联不加批判的忠诚是当前的正统理念。只要事关苏联的利益，他们不仅愿意容忍审查制度，而且还会精心地编造历史。只举一个例子。《震撼世界的十天》对俄国革命早期进行了第一手的描述，作者约翰·里德①去世时，这本书的版权落到了英国共产党的手里，我相信是里德遗赠给他们的。几年后英国共产党将这本书的原版统统销毁，出版了经过曲解篡改的版本，完全没有提到托洛茨基的名字，还将列宁所写的序文也删掉了。如果英国仍然有激进的知识分子群体的话，这一捏造史实的行径会在英国的

---

① 约翰·里德(John Reed, 1887—1920)，美国记者、诗人、作家，代表作有《震撼世界的十天》、《自由：监狱里的戏剧》。

每一份文学报刊上被揭发和谴责。结果呢，几乎没有人提出抗议。对于许多英国知识分子而言，这似乎是天经地义的事情。对彻头彻尾的欺诈的容忍比当前风行的对俄国的崇拜更加危险。显然，这种时尚是不会一直持续下去的。据我所知，在这本书出版的时候，我对苏联政权的看法或许将被普遍接受。但这件事本身有什么用呢？以一个正统理念去代替另一个正统理念并不一定就是进步。我们的敌人是留声机式的思想，无论你是否认同当前正在播放的这张唱片。

我很熟悉所有反对思想和言论自由的理由——那些宣称它不能存在的理由和那些宣称它不应该存在的理由。我的回答就是，他们根本无法说服我，我们四百年来的文明一直建立在相反的理念之上。过去十几年来，我一直认为当前的俄国政权是邪恶的，我声称自己有权利这么说，虽然苏联在这场我希望获胜的战争中是我们的盟友。如果我得用一句话证明自己，我会引用弥尔顿的这句话：

　　　　以众人皆知的亘古的自由之规！①

"亘古"这个词强调了思想自由是深深扎根的传统，没有了它，西方文明或许将不复存在。显然，我们的许多知识分子正在疏远它。他们接受了这么一个原则：一本书的出版或取缔，被赞扬或被批评，不应该取决于它自身的优点或缺点，而是应该取决于政治上的权衡利弊。其他人虽然并没有这一想法，但出于怯懦

_____

① 原文是：By the Known Rules of Ancient Liberty。

而表示赞同。这种情况的一个例子就是英国许多能言善辩的和平主义者面对苏俄军国主义崇拜的盛行哑口无言。根据这些和平主义者的看法，所有的暴力都是邪恶的，在这场战争的每一个阶段他们都在敦促我们屈服或达成妥协和平。但他们当中有多少人说过有红军参与的战争也是邪恶的？显然，俄国人有权利捍卫自己，而我们这么做就是不可宽恕的罪恶。你只能这么去解释这种自相矛盾的情况：这是出于要和知识分子的主体共同进退的怯懦愿望，他们爱的是俄国而不是英国。我知道英国的知识分子对他们的怯懦和虚伪可以给出很多理由。事实上，我心里很清楚他们会如何为自己辩护。但至少让我们不要再说什么捍卫自由反抗法西斯的胡说八道。如果自由真的有含义的话，它意味着告诉人们他们并不想听的事情的权利。普通人仍然模糊地接受这一信念，并依照它去行事。在我们的国家——并不是所有的国家都有着同样的情况，之前的法兰西共和国情况就不是这样，而如今在美国情况也不是这样——自由派恐惧自由，知识分子想要抹黑思想。我写下这篇序文，就是希望引起对这一事实的关注。

原子弹与你[①]

未来的五年里，原子弹很有可能把我们所有人统统炸得粉碎，但关于原子弹的讨论并没有像预期那样引起激烈的争论。报纸上刊登了许多图解，但对于普通人理解质子和中子如何发挥杀伤力并没有多大的帮助，而且许多人一再重复着陈词滥调，说原子弹"应该由国际社会控制"。但奇怪的是，对于我们来说最为迫切的问题——"要制造出这些东西有多难？"——却很少有人提及，至少鲜见于报端。

关于杜鲁门总统决定不会将某些秘密交给苏联这个消息，作为普通大众的我们是以间接的途径了解到的。几个月前，当原子弹仍然是一则谣言时，许多人以为裂变原子只是物理学家的问题，一旦他们解决了这个问题，一种新的毁灭性武器就将几乎人手一份。（谣言还说，某个寂寞的疯子随时可能会将文明炸得灰飞烟灭，就像点燃一个爆竹那么简单。）

如果真是这样的话，整个历史的进程就将被彻底扭转。大国和小国将不再有任何区别，国家对个人的权威也将被大大削弱。然而，根据杜鲁门总统所说的话，以及关于这些话的众多评论，原子弹的造价极其昂贵，而且需要大规模的工业基础才能制造出来，世界上只有三四个国家具备这一能力。这一点至关重要，因为这或许意味着原子弹的发明并不会改变历史的进程，而只会强化过去十几年来已经显而易见的趋势。

文明的历史在很大程度上就是武器的历史已经是老生常谈。具体地说，火药的发明和资产阶级推翻封建体制之间的关系被一而再再而三地指出。虽然我毫不怀疑可能会有例外的情况发生，但我想下面这条法则基本上是正确的：当优势武器的生产很昂贵或困难时，那个年代往往就是专制当道的年代，而当主流武器很简单便宜时，民众就不会逆来顺受。因此，比方说，军舰和轰炸机是捍卫暴君的武器，而步枪、滑膛枪、长弓和手榴弹本质上则是捍卫民主的武器。复杂的武器使强者变得更强，而简单的武器——只要没有反制的武器——则赋予了弱者抵抗的爪牙。

民主和民族自决的伟大年代是滑膛枪和步枪的年代。在燧石枪发明后，在火帽发明前，滑膛枪是非常高效便利的武器，而且制作非常简单，几乎可以在任何地方生产。它的综合品质使得美国和法国革命取得了胜利，与我们今天这个时代相比，以前的人民运动要更像那么一回事。滑膛枪之后出现了后膛装填的步枪，这东西要相对复杂一些，但仍有许多国家能够生产，而且价格便宜，走私方便，弹药也不贵。连最落后的国家也总是能从这里或那里获得步枪，因此布尔人、保加利亚人、阿比西尼亚人、摩洛哥人——甚至包括藏族人——都能进行争取独立的斗争，有时还获得成功。但自此之后，军事技术的每一次发展都使得国家对个人的压制越来越强，使得工业化国家越来越凌驾于落后国家之上。武力强国越来越少，到了1939年，就已经只有五个国家拥有发动大规模战争的能力了，而现在只有三个国家——最终将只有两个国家——有能力这么做。这个趋势多年来已经很明显了。早

---

① 刊于1945年10月19日《论坛报》。

在1914年前就已经有几位观察家指出了这一点。能够扭转这一趋势的唯一方法，就是发明一种武器——或者从更加宽泛的角度去讲述，是一种斗争的方式——不依赖工业化的大规模集中。

从多方面的迹象观察，我们可以判断俄国人还没有掌握制造原子弹的秘密。另一方面，大家都达成共识，认为俄国人在几年内就可以将这个秘密握在手中。因此，我们将面临的前景是，世界将被两到三个可怕的超级大国所瓜分，每一个大国都掌握了可以在几秒钟之内让数百万人灰飞烟灭的武器。认为这种情况将意味着更大规模更为血腥的战争，抑或是机器文明的终结，那未免为时过早。想象一下，这几个硕果仅存的大国达成了默契，彼此之间不会使用原子弹，那会是怎样一番情形？——这是最有可能发生的事情。要是他们只是将原子弹使用在，或威胁要使用在无力反击的群众身上呢？那样一来，我们回到了和从前一样的处境，唯一的区别就是权力愈发集中在少数人的手里，而受压迫群众和阶级的前景更加绝望。

当詹姆斯·伯恩汉姆写出《管理革命》时，许多美国人似乎认为德国人将赢得欧战的胜利，因此统治欧亚大陆的将是德国而不是俄国被认为是天经地义的事情，而日本仍将是东亚的霸主。这番预言落空了，但它的主旨并没有受到影响，因为伯恩汉姆对新世界地缘政治图景的勾勒是正确的。世界越来越明显被三个庞大的帝国分割占据，每个帝国可以自力更生，与外部世界断绝联系，由一个自我加冕的寡头集团以某种伪装形式进行统治。划定疆界的讨价还价仍在继续进行，而且还将持续好几年，而第三个超级大国——由中国统治的东亚——现在仍只是潜在的可能而并非事实。但大致上的趋势是不会错的，每一个科学上的发现都在加速这一进程。

曾经有人告诉我们，飞机"消除了国界"——事实上，自从飞机变成了正规武器，国界成为了绝对无法逾越的壁垒。人们曾经希望无线电能用于增进国际间的理解和合作，但它却变成了国与国之间互相隔绝的工具。原子弹或许能通过将受剥削阶层和人民所有的反抗能力剥夺殆尽而完成这个进程，与此同时却又让原子弹的掌控者们在军事上处于平等的地位。由于无法征服对方，他们可能会将世界分而治之。除非经过缓慢而不可预测的人口变迁，否则这种平衡很难被打破。

四五十年前，赫伯特·乔治·威尔斯先生和其他人一直在警告我们，人类可能会被自己的武器摧毁，只有蚂蚁或其它群居物种能存活下来。任何人目睹过德国城市遍地废墟的景象，都会觉得这一想法绝非异想天开。但是，放眼整个世界，几十年来的潮流并不是迈向无政府状态，而是奴隶制将会卷土重来。我们或许将迎来一个就像远古时代的奴隶制帝国那样极度稳定的新时代。关于詹姆斯·伯恩汉姆的理论人们进行了许多探讨，但很少有人考虑过它在意识形态上的含义——一个不可征服的、永远与邻国处于"冷战"状态的国家所奉行的世界观、信仰体系和社会结构。

如果原子弹变得像单车或闹钟一样廉价而容易制作，我们或许会回到蛮荒时代的世界；但另一方面，它可能意味着国家主权和高度集中的警察国家的终结。如果就像预料的那样，原子弹将像战舰一样造价高昂而稀罕，它更有可能终止大规模的战争，而代价就是"非和平的和平"将无限期地延长下去。

什么是科学？ [①]

　　上周的《论坛报》收到了来自斯图亚特·库克先生的一封有趣的信，在信中他提出，避免"科学专制"的最好方法是让公众的每一个个体都尽可能接受科学的教育。与此同时，科学家们应该走出他们的象牙塔，更积极地参与政治和行政事务。

　　大体上，我想我们中的绝大多数人都同意这一观点，但我注意到，和往常一样，库克先生没有对科学进行界定，只是语焉不详地说，它指的是某些能在实验室条件下进行试验的精确科学。因此，成人教育倾向于"偏重文学、经济和社会等科目，忽略了科学的学习"，显然将经济学和社会学排除在了科学的范畴之外。这个观点很重要，因为"科学"这个词目前至少有两个含义在使用，而当前在两个含义之间玩捉迷藏的趋势使得整个科学教育的问题变得含糊暧昧。

　　大体上，科学的意思有：A. 精确科学，如化学、物理等；或B. 通过对观察到的事实进行逻辑推理而得出可检验的结果的思维方式。

　　如果你问任何一个科学家，或几乎任何受过教育的人："什么是科学？"你可能得到 B 这个答案。但在日常生活中，无论是说话还是写字，当人们提到"科学"时，他们指的是 A。科学意味着发生在实验室里的事情；这个词勾起的图景里有试管、方程式、本生灯、显微镜。生物学家、天文学家、心理学家和数学家被称为"科学人士"，没有人会想到把这个词用在政治家、诗人、新闻工作者甚至哲学家身上。那些告诉我们年轻人必须接受科学教育的人所指的几乎毫无例外，就是他们必须学习更多关于放射性、天文学、生理学或自己身体的知识，而不是说他们应该学会更加精确的思维方式。

这一意义上的混淆在某种程度上是故意为之，蕴含着一个很大的危险。增加科学教育的要求所隐含的想法是，如果一个人接受了科学的训练，他处理一切事情的方式将比没有接受过科学训练的人更加理性。这种想法认为，科学家对政治的看法，对社会问题的看法，对道德、哲学乃至艺术的看法，要比一般人的看法更有价值。换句话说，要是这个世界由科学家掌控的话会变得更加美好。但是，正如我们刚刚所了解的，"科学家"指的是从事某一门纯粹科学研究的专家。由此推断，一个化学家或一个物理学家在政治理念上要比一个诗人或一个律师更加理智。事实上，已经有数以百万计的人相信这一说法。

但是，狭义上的"科学家"真的比其他人在思考一个非科学的问题时更加客观吗？这一想法并没有太多的理由。做一个简单的测试——抵抗民族主义的能力。"科学无国界"这句话流传很广，但事实上，各个国家的科学工作者比起作家和画家，更加自愿地追随政府。德国的科学界大体上对希特勒并没有进行抵抗。希特勒或许摧毁了德国科学的长期发展，但仍有许多天资聪颖的人在进行类似合成汽油、喷气式飞机、火箭导弹和原子弹等技术的研究工作。没有这些人，德国的战争机器根本不可能建成。

---

① 刊于 1945 年 10 月 26 日《论坛报》。

另一方面，当纳粹掌权后，德国文学发生了什么事情呢？我想完整的清单还没有得以出版，但我认为那些自愿放逐或遭到政权迫害的德国科学家——犹太人科学家除外——要比遭到迫害作家和记者的数目少得多。比这更可怕的是，一些德国科学家接纳了可怕的"种族科学"理念。你可以在布雷迪①教授的《德国纳粹主义的精神与结构》一书中看到他们的阐述。

但是，同样的事情到处都在发生，只是形式稍有不同。在英国，我们的前沿科学家中的大部分人接受了资本主义社会的结构，从他们被授予爵士身份、从男爵爵位甚至贵族爵位就可以看出这一点。自丁尼生以降，没有哪个作品值得一读的英国作家被授予头衔——或许你可以把麦克斯·比尔博姆爵士②除外。那些不接受现状的英国科学家总是共产党人，这意味着无论他们在自己的研究领域是多么谨慎细心，在某些问题上他们根本没有批判力，甚至无法做到诚实。事实上，一个人在一门或几门纯粹科学上经过培训，甚至加上非常高的天赋，并不足以保证他有人文主义精神或批评性的精神。六七个大国的物理学家正在狂热地从事秘密的研究工作开发原子弹，就是这种情况的明证。

但是，这一切意味着公众不应该接受更多的科学教育吗？恰恰相反！它所蕴含的意思是，如果科学教育只是探究物理、化学和生物的内容，它将会戕害文化和历史，对于群众来说好处不大，或许还会带来很多坏处。它可能会使得普通人的思想变得狭

① 罗伯特·亚历山大·布雷迪(Robert Alexander Brady，1901—1963)，美国经济学家，代表作有《德国纳粹主义的精神与结构》、《组织、自动化与社会》等。
② 亨利·马克西米兰·比尔博姆(Henry Maximilian Beerbohm，1872—1956)，英国作家、漫画家，代表作有《快乐的伪君子》、《朱莱卡·多布森》等。

隘，让他更鄙夷自己所没有的知识，而他的政治反应或许要比那些大字不识但有一点历史知识和相对合理的美感的农民更加缺乏理性。

显然，科学教育应该意味着培养理性的、批判的、重视实验的思维习惯。它应该意味着掌握某种方法——某种能应用于一个人所遇到的任何问题上的方法——而不是简单地堆砌许多事实。如果这么说的话，那些为科学教育辩护的人通常都会表示同意。继续追问下去，让他具体作答，结果总是表明科学教育意味着更关注各门科学，换句话说——更关注事实。科学意味着一种世界观而不只是关注知识本身这一理念在实际中总是遭到抵制。我认为纯粹的职业猜忌是这个问题的一部分原因。因为如果科学只是一种方式或态度，任何人只要其思想过程充分理性的话就能被称为科学家——那现在那些化学家、物理学家等人所拥有的崇高权威以及他们声称要比我们这些人更睿智的底气从何而来呢？

一百年前，查尔斯·金斯利①将科学形容为"在实验室里制造恶臭"。一两年前，一位年轻的工业化学家自鸣得意地告诉我他"无法理解诗歌的用途"。钟摆就这么晃来晃去，但我不认为这两种态度有何高下之分。目前科学占据了上风，因此我们听到了人民群众应该接受科学教育的言论，说得很有道理。我们本应听到却没有听到有人提出反驳，说科学家们本身也应该接受一点教育，并从中受益。在写下这篇文章之前，我在一本美国杂志中看到一篇文章，说有几位英国和美国的物理学家从一开始就拒绝对

① 查尔斯·金斯利（Charles Kingsley，1819—1875），英国作家、牧师，代表作有《圣人的悲剧》、《向西进发！喝！》。

原子弹进行研究，他们很清楚它会有怎样的用途。在这个疯子当道的世界里还是有一群明白人。虽然没有刊登出他们的名字，但我想我可以很有把握地猜测他们都是有文化背景的人，对历史、文学或艺术有所了解——简而言之，不是那些用现在的话讲，纯粹只关注"科学"的人。

民族主义小记①

　　拜伦在某处用了"longeur"②这个法语单词，并顺便提到，虽然我们没有这个英语单词，但这种情况多的是。同样地，有一种思维方式如今非常普遍，影响了我们对于每一个问题的思考，但还没有被赋予名字。在现有的名词中我选择了最接近其内涵的"民族主义"这个词，但你很快就会发现我用的并不是这个词的一般含义，这只是因为我所谈论的情感并不总是和民族联系在一起——民族指的是某一个种族或地域的人。它可以用以指代一个教会或一个阶层，或者只是消极意义上的抵制某个事物，并不需要有任何积极意义上的忠诚的对象。

　　说到"民族主义"，我首先指的是认为人可以像昆虫那样分门别类，可以给数百万乃至数千万人贴上"好人"或"坏人"的标签这一思维定式。③但其次——这一点更加重要——我是说一个人对一个国家或一个团体产生了认同感，将其凌驾于善恶之上，并认为除了维护它的利益之外再无其它责任。民族主义不能和爱国主义混为一谈。这两个词的用法都很模糊，对其加以任何诠释都会引起争论，但你必须在二者之间划清界限，因为它们涉及到两个不同的甚至是相抵触的概念。"爱国主义"我指的是一个人对某一个地方和某一种生活方式充满了解和热爱，认为它们就是世界上最好的，但并不希望强迫他人接受。爱国主义的本质无论军事上还是文化上都是防御性的。而民族主义则与对权力的欲望是分不开的。每个民族主义者一以贯之的目的就是攫取更大的权力和更高的权威，不是为了自己，而是为了他所选择的吞没其个体身份的国家或团体。

如果它只是被用于描述更加明显、臭名昭著的德国和日本等国的民族主义运动，所有这一切都再明显不过。当我们面对纳粹主义这一现象，从外部进行观察时，我们几乎所有人都会对它作出相同的评价。但在这里我必须重复上文说过的内容——我用了"民族主义"这个词，是因为没有更贴切的词语可供使用。在我使用"民族主义"时，它的延伸含义包括了诸如共产主义、政治天主教主义、犹太复国运动、反犹主义、托洛茨基主义与和平主义。它不一定表示对政府或国家的忠诚，更谈不上对祖国的忠诚，严格来说，它所涉及的团体甚至不一定真的存在。举几个明显的例子：犹太人、伊斯兰教、基督教国家、无产阶级和白种人，都是热烈的民族主义情怀的对象，但它们存在与否却值得进行严肃的质疑。它们当中没有任何一个拥有能够被广泛接受的定义。

值得再次强调的是，民族主义的情绪可能是完全消极的。比方说，托派分子成为与苏联不共戴天的敌人，而又缺乏对某个组织的忠诚。当你理解了这些含义时，我所说的民族主义的本质就

---

① 1945 年 10 月刊于《辩论》。

② 意即乏味而冗长的章节。

③ 原注：国家，甚至更加模糊的团体，例如天主教会、无产阶级总是被当作个体，被冠以"她"的称谓。荒唐可笑的评论几乎挂在每个人的嘴上——比方说，翻开报纸，你就会看到"德国佬生来就是奸邪之徒"这些关于民族性的武断概括（还有"西班牙人生来就是贵族"或"每个英国男人都是伪君子"）。时不时地，人们会意识到这些概括根本没有依据，但说出这些话的习惯就是改不了；表面上拥有国际视野的人，如托尔斯泰或萧伯纳，也总是犯下这样的错误。

变得更加清晰明了。一个民族主义者指的是一心只想着或考虑的重点只有争权夺利的人。他可能是一个积极的或消极的民族主义者——他的精神力量可能用于鼓励打气或诬蔑诽谤——但他一心只想着胜利、失败、荣誉和羞辱。他眼中的历史，尤其是当代历史，只有强权势力无休止的起起落落，在他看来，每一个事件都象征着己方的阵营蒸蒸日上，而被痛恨的敌方阵营江河日下。但最后我要说的是，不能把民族主义和对成功的膜拜混为一谈。民族主义者并不会遵循投靠最强的一方这一原则。正好相反，在选择了解自己的阵营后，他会说服自己所选择的阵营就是最强大的，即使在全然对己不利的事实面前也能坚持自己的信仰。民族主义是自欺欺人的对权力的饥渴症。每个民族主义者都能做出最厚颜无耻的卑鄙勾当，但由于他知道自己是在为某个比自己更崇高的事物服务，他还坚定不移地相信自己是正义的一方。

现在，在我进行了这番冗长的定义后，我想应该承认我所谈论的这种思维方式在英国知识分子中的传播比在人民群众中的传播更加广泛。对于那些对当代政治深有体会的人来说，某些问题被理解为面子问题的流毒如此之深，以至于要进行真正理性的思考几乎是不可能的事情。你可以举出数百个例子，但单举一例，想想这个问题：在同盟国的三大势力苏联、英国和美国中，哪一方对打败德国贡献最大？理论上应该可以对这个问题的答案作出一番合理的甚至决定性的解答。但在实践中，必要的计算无从实施，因为任何愿意琢磨这么一个问题的人都不可避免地会从面子之争的角度去看待它。因此他会先决定自己倾向于对俄国、英国或美国有怎样的看法，然后才开始寻找似乎能支持自己的看法的论证。类似的问题还有一长串，你只能从对整个问题能淡然处之的人那里得到诚实的答案，而他的观点可能根本没有价值。因此，部分程度上，我们这个时代在政治和军事预测上遭受了严重的挫折。奇怪的是，所有思想流派的所有专家，没有一个人能够预见到1939年俄国与德国签订条约这么一件很有可能会发生的事情。①当条约破裂的消息传出时，对它的解释可谓五花八门，预测刚被提出就立刻得修改，几乎每一个预测都不是建立在对可能性的研究之上，而是基于一厢情愿，想将苏联渲染成正义或邪恶、强大或弱小的一方。政治或军事的评论家就像占星师一样，犯了什么样的错误都可以继续胡诌下去，因为他们那些更加热切的信众并不指望他们对事实进行评估，而是寻求民族主义忠诚的鼓舞。②美学上的评论，特别是文学评论，就像政治评论一样被败坏了。要一个印度民族主义者喜欢读吉卜林的作品或一个保守党人在马雅可夫斯基③身上看到优点大抵上是很困难的事情，你总是面临着这个诱惑：因为你不认同某一本书的思想倾向，所以从文学的角度看它一定是一部蹩脚的作品。有着强烈民族主义世界观的人总是没有意识到自己在不诚恳地玩弄这一手段。

---

① 原注：有几个持保守立场的作家，例如彼得·德鲁克预见到了德国与俄国的结盟，但他们预测的是永久性的同盟或联合。而马克思主义者或左翼人士，无论是什么政治色彩，都没有预计到苏德条约的订立。

② 原注：大多数流行刊物的军事评论员可以分为亲俄派和反俄派，亲英派和反英派。像相信马其诺防线坚不可摧或预言俄国将在三个月内征服德国这样的错误对他们的名誉毫无影响，因为他们总是在说出自己的听众想听的话。最受知识分子推崇的两位军事评论家是李德尔·哈特上尉和福勒少将。前者的理论是盾胜于矛，而后者的理论是矛胜于盾。这个矛盾并没有妨碍他们被公众捧为权威，他们在左翼圈子里受到追捧的原因是两人与国防部对着干。

③ 弗拉德米尔·弗拉德米洛维奇·马雅可夫斯基（Vladimir Vladimirovich Mayakovsky, 1893—1930），俄国著名革命诗人，代表作有《我们的进行曲》、《革命颂》等。

在英国，如果你只是考虑人数，或许最普遍的民族主义形式是旧式的英国沙文主义。可以确定地说，这一思想仍然广泛传播，比大部分观察者在十几年前所相信的更广为流传。但是，在本文中我所关心的主要是知识分子的反动思想，在他们当中，沙文主义和老式的爱国主义几乎已经死去，虽然现在似乎在少数人身上得以复兴。在知识分子群体中，不消说，占据了主导地位的民族主义是共产主义——这个词取的是它的广义，既包括共产党员，也包括其"同路人"和笼统的亲俄派。我这里所说的共产主义者指的是以苏联为自己的祖国，认为自己的责任就是为俄国的政策辩护并不惜任何代价捍卫俄国利益的人。显然，今天英国有很多这样的人，他们的直接和间接影响非常巨大。但许多其它形式的民族主义也在蓬勃发展，通过留意不同的甚至似乎互相矛盾的思想潮流之间的相似之处，你能最好地理解这个问题。

在十到二十年前，与今天的共产主义最接近的民族主义形式是政治上的天主教主义。它最杰出的代表——虽然他或许是一个极端个案，并不具有代表性——是吉尔伯特·基思·切斯特顿。切斯特顿是一个才华横溢的作家，为了罗马天主教的宣传事业，他压抑了自己的敏锐性和思想诚实。在他生命中的最后二十年，他所写的东西其实是在不停地重复着同样的内容，就像《以弗所书里伟大的戴安娜女神》那样刻意卖弄小聪明，却又思想简单，令人觉得很沉闷。他写的每一本书和每一段对话都是在最大限度地错误地展现天主教比新教或非基督教更加优越。但切斯特顿并不满足于认为这一优越只是思想层面上或精神层面上的优越，它还体现在民族尊严和军事实力上，这意味着盲目无知地将拉丁国家理想化，尤其是法国。切斯特顿在法国居住的时间并不长，他对法国的描绘——天主教的农民不停地喝着红酒高唱着《马赛曲》——与现实的联系就好像《朱清周》①与巴格达的日常生活的联系。他不仅高估了法国的军事实力（在 1914—1918 年的一战前后，他认定法国单凭一己之力就比德国更加强大），而且愚蠢低俗地赞美战争的实际进程。切斯特顿描写战斗的诗作，例如《勒班陀》或《圣芭芭拉的民谣》使得《轻骑兵冲锋》这首诗读起来就好像是和平主义者的宣传册。它们或许是英语中最低俗的描写。有趣的是，要是有人以他惯用的赞美法国和法国军队的手法去描写英国和英国军队，他会是第一个予以嘲讽的人。在内政上他是一个英格兰本土主义者，对沙文主义和帝国主义真的深恶痛绝，而且他真心拥戴民主。但是，当他展望世界时，他就抛弃了自己的原则，甚至不知道自己正在这么做。因此，他对民主几乎可以用神秘主义加以形容的信念并不能阻止他崇拜墨索里尼。墨索里尼摧毁了代议制政府和出版自由，而这些是切斯特顿在英国孜孜以求的。但墨索里尼是个意大利人，让意大利走向强盛，光这一点就足够了。而且切斯坦顿对于意大利人和法国人对有色人种的征服式的帝国主义不置一词。一旦事关他的民族主义忠诚，他对现实的把握、他的文学品味，甚至在某种程度上他的道德意识就都错位了。

　　显然，切斯特顿所阐述的政治天主教主义和共产主义有许多相似之处。而这两者与苏格兰民族主义、犹太复国主义、反犹主义或托洛茨基主义也有许多相似之处。要说所有形式的民族主义

---

　　① 《朱清周》（*Chu Chin Chow*），由英国剧作家编导的一部音乐剧，故事取材于《阿里巴巴和四十大盗》。

都一样，甚至连它们的精神氛围也一样，未免过于武断。但有几条原则适用于所有的情况。下面是民族主义思想的几个主要特征：

偏执。民族主义者的所思所言所写几乎就只有他自己的团体的优越性。要民族主义者隐藏其忠贞即使并非不可能，也是很难做到的事情。只要对他的小团体稍有诋毁或称赞它的对手，他就会立刻感觉不痛快，必须尖刻地予以反驳才能心安。如果他所选择的团体是一个国家，比如说爱尔兰或印度，通常他会声称它不仅在军事力量和政治品质上有其优越性，而且艺术、文学、运动、语言结构、人民的体格美态甚至气候、风景和厨艺都更了不起。他会对诸如旗帜的正确摆放、新闻标题的字体大小和不同国家的名字先后顺序非常敏感。命名法①在民族主义思想中起着非常重要的作用。那些赢得独立或经历了民族起义革命的国家总是会更换名字，任何有着强烈情感的国家或团体一般会起几个名字，每一个名字都有不同的含义。西班牙内战的交战双方加起来有不下九到十个名字，表达不同程度的爱与恨。有些名字（例如佛朗哥的支持者叫"爱国者"，政府的支持者叫"忠勇军"）让人摸不着头脑，没有哪一个名字是敌对双方达成一致，共同使用的。所有的民族主义者都视传播自己的语言以压倒对手的语言为己任，在说英语的民族中，这一斗争以方言之争这种更加隐晦的形式出现。仇视英国的美国人如果知道某一句俚语是出自英国时，会拒绝使用它，而拉丁语推行者和日耳曼语推行者之间的斗争背

---

① 原注：有的美国人对英国人和美国人这两个词的合并形式"英美人"表示不满，他们说应该更改为"美英人"。

后总是有民族主义的动机。苏格兰民族主义者坚称苏格兰低地民族的优越性，而社会主义者的民族主义以对英国广播电台的口音发起阶级仇恨的谩骂作为形式这样的例子不胜枚举。民族主义甚至总是让人觉得有信奉交感巫术的色彩——这或许是因为焚烧政敌的肖像或拿他们的肖像当箭靶这一普遍行为而引发的。

不稳定性。民族主义者的忠诚感很强烈，但它是可以转移的。首先，正如我已经指出的，它们能够而且经常被指向异国。你经常会发现伟大的民族领袖或民族主义运动的创始人甚至不属于他们所膜拜赞美的国家。有时候他们是彻彻底底的外国人，更普遍的情况是，他们来自国籍不明的周边地区。比如说斯大林、希特勒、拿破仑、德·瓦勒拉[①]、迪斯雷利、庞加莱[②]、比弗布鲁克。泛日耳曼运动在部分程度上是英国人休斯顿·张伯伦缔造的。过去五十年到一百年来，民族主义的移情在文坛知识分子里是普遍现象。拉弗卡迪奥·赫恩[③]移情的对象是日本，卡莱尔和其他许多人的移情对象是德国，而在我们的时代，许多人则转投俄国阵营。但特别有趣的是，再次移情的情况也有可能发生。一个被推崇多年的国家或团体可能突然间变得面目可憎，热情被转移到另一个目标上，中间几乎没有过渡。在赫伯特·乔治·威尔斯的《历史大纲》第一版和其它同一时间的作品中，你会发现美国被夸到了天上，就像今天的共产主义者夸俄国一样。但是，几年

---

① 伊蒙·德·瓦勒拉(Éamon de Valera, 1882—1975)，爱尔兰民族主义者、政治家，爱尔兰宪法起草人之一，曾于1959年至1973担任爱尔兰第三任总统。

② 雷蒙德·庞加莱(Raymond Poincaré, 1860—1934)，法国政治家，曾任三届法国首相，并于1913年至1920年担任法国总统。

③ 帕特里克·拉弗卡迪奥·赫恩(Patrick Lafcadio Hearn, 1850—1904)，又名小泉八云，旅日美国作家，代表作有：《怪谈录》、《日本与日本人》等。

后这一不加批判的崇拜就变成了仇视。固执的共产主义者在几个星期内，甚至几天内就变成了同样固执的托派分子是司空见惯的事情。在欧洲大陆，法西斯运动的很多成员原本是共产主义者，而接下来的几年很可能会发生相反的过程。民族主义者不变的是他的精神状况，而他的情感对象是可以改变的，还可能是虚构的。

但对于一个知识分子来说，我在提到切斯特顿的时候已经讲过，移情是一个重要的功能。它使得他的民族主义情绪能够远远超出他在为自己的祖国或任何他有切实了解的团体鼓噪时所能达到的程度——更加粗俗，更加愚蠢，更加歹毒，更加虚伪。当你看到由非常明智感性的人所撰写的关于斯大林和红军等等奴颜婢膝或肉麻吹捧的垃圾文字时，你会意识到只有在某种形式的思想错位发生时这种情况才有可能出现。在像我们这样的社会，任何被称为知识分子的人对自己的祖国怀有深切的情感是罕见的事情。公共舆论——他作为一个知识分子所意识到的公共舆论——不允许他这么做。他身边的大部分人都在愤世嫉俗和怨天尤人，出于模仿或纯粹只是出于怯懦，他或许就会形成同样的态度。那样一来，虽然他放弃了最触手可及的民族主义思想，但他并不会拥有真正的国际主义思想。他仍然觉得需要一个祖国，自然而然地会到国外去寻找。找到之后，他会毫无节制地沉溺于那些他认为自己已经摆脱了的情感。上帝、国王、帝国、米字旗——所有被打倒的偶像改头换面之后重新出现，而由于它们的本质没有被认出来，它们可以被安心地崇拜。民族主义的移情就像替罪羊一样，是在不改变一个人的行为的前提下获得救赎的方式。

对现实麻木不仁。所有的民族主义者都能做到对性质相同的事实之间的相似性视而不见。一个英国托利党人会捍卫欧洲自决，却反对印度这么做，而不会感觉自相矛盾。行为的好与坏并不取决于它们自身，而是取决于是谁在施行。几乎所有的暴行——虐待、使用人质、强制劳动、人口迁徙、未经审判判处监禁、捏造事实、刺杀、轰炸平民——如果是"自己人"做的，其道德色彩就会改变。自由党的《新闻纪实报》刊登了德国人吊死俄国人的照片，作为骇人听闻的暴行的例子，一两年后它以热情赞赏的态度刊登了俄国人吊死德国人的类似照片。[①]历史事件的情况也是一样，总是以民族主义对其进行解读。像宗教裁判所、星室法庭[②]和英国海盗的酷刑（例如，弗朗西斯·德雷克爵士[③]喜欢将西班牙战俘活活淹死）、白色恐怖、镇压兵变的英雄们将数以百计的印度人绑上炮口轰出去、克伦威尔的士兵用剃刀割开爱尔兰妇女的脸庞这些事情，当人们觉得它们是为了"正义"的事业而做的，它们就都成了于道德无损甚至值得嘉奖的行为。如果你回顾过去四分之一个世纪以来的历史，你会发现几乎没有哪一年不会从世界的某个地方传来暴行的报道。但是，这些惨案中没有哪一件——西班牙、俄罗斯、中国、匈牙利、墨西哥、阿姆利则、士麦那的惨剧——会被英国的全体知识分子相信和谴责。这些事情

---

① 原注：《新闻纪实报》敦促它的读者去观看播放整个行刑过程的电影，还有特写镜头。《星报》以明显表示赞同的态度刊登了几近赤身裸体的通敌卖国的女人被巴黎的暴民折磨的相片。这些相片和纳粹分子刊登的柏林暴民折磨犹太人的相片非常相似。

② 星室法庭(Star Chamber)，英国皇室设立的用于监督新闻和出版的机构，成立于 1487 年，因屋顶有星形装饰而得名。

③ 弗朗西斯·德雷克(Francis Drake, 1540—1596)，英国海盗、奴隶贩子，曾于 1577 年至 1580 年完成环球航行，后被英国王室招安并授勋，于 1588 年与西班牙无敌舰队的海战中担任副司令。

是否应该加以谴责，甚至它们是否发生过，总是取决于政治倾向。

民族主义者不仅不会去谴责自己人犯下的暴行，而且还能对它们做到充耳不闻。六年多来，那些英国的希特勒崇拜者故意不知道达豪集中营和布痕瓦尔德集中营的存在。而那些斥责德国集中营时声音最响亮的人，总是不知道俄国也有集中营，或者所知甚少。像1933年乌克兰大饥荒这样的数百万人死去的重大事件就没有引起大部分英国亲俄派的关注。许多英国人对这场战争中德国和波兰犹太人遭遇的灭绝行动几乎一无所知。他们自身的反犹主义让这桩滔天的罪行从他们的意识中溜了过去。在民族主义者的思想中，事实可以既是真实的，又是不真实的，既是知道的，又是不知道的。一件已知的事实或许如此不堪忍受，总是被推到一边，不被允许进入逻辑思考过程，又或者它可以被纳入考虑中，但从来不被承认是事实，就算是在自己内心承认也不行。

每一个民族主义者都受到"历史是可以被改变的"这一信念的困扰。他的一部分时间沉溺于一个梦幻世界里，在那里发生的都是原本应该发生的事情——比方说，西班牙的无敌舰队获得了胜利，1918年的俄国革命被镇压下去——只要有可能，他就会将那个世界的某个片段搬到历史书里。我们这个时代的许多宣传作品都是捏造的。史实被打压，日期被修改，话语被断章取义和精心篡改以改变它们的意思。任何觉得不应该发生的事件都避而不提并最终予以否认。[①]1927年蒋介石活活烹死了数以百计的共产

①　原注：一个例子就是苏德条约，它正从公众的记忆中被迅速地抹除。一个俄国记者告诉我记录近期政治事件的俄国年鉴已经把苏德条约删去。

党人，而十年后他成为了左翼人士的英雄之一。世界政治的势力重组让他投身于反法西斯阵营，因此杀害共产党人的罪行"既往不咎"，或可能从来没有发生过。政治宣传的主要目的当然是影响时下的意见，但那些重写历史的人或许在部分程度上真的相信他们在将事实塞入历史中。当你思考那些用以证明托洛茨基并未在俄国内战中扮演重要角色的精心捏造的谎言时，你很难觉得那些做出这种事情的人只是在撒谎。更加可能的情况是，他们感觉那个版本的叙事才是上帝眼中的历史，因此他们篡改事实是正义之举。

世界各地之间的封闭加剧了对客观真相的漠视。这使得了解真相变得越来越难。人们总是对大事打心眼里感到疑惑。比方说，要对当前这场战争的死亡人数统计精确到百万甚至千万是不可能的事情。经常被报道的那些惨剧——战斗、屠杀、饥荒、革命——让普通人产生了恍如梦幻的感觉。你没有途径去确认这些事情，甚至不能完全肯定这些事情真的发生了，而且总是从不同的渠道看到完全不同的解读。1944 年 8 月的华沙起义到底是对是错？德国人在波兰的毒气炉是真是假？谁才是孟加拉大饥荒的罪魁祸首？或许真相是可以被发掘的，但几乎任何报纸都不会诚实地报道事实，而普通的读者如果相信了谎言或没有什么想法是可以原谅的。真相总是无法得以肯定，这使得依附疯狂的信仰变得更加容易。由于没有什么事情能够被证实或证伪，最确凿无疑的事实也会被肆无忌惮地加以否认。而且，虽然民族主义者总是念念不忘权力、胜利、失败、复仇，他们总是对现实世界里所发生的事情并不感兴趣。他想要的是觉得己方压过他方，而要做到这一点，对他来说，打嘴仗比寻求事实的支持更加容易。所有的民族主义争议都是辩论社的水平。结果总是不了了之，因为每一位辩论者都相信自己获得了胜利。有的民族主义者几乎就是精神分裂症患者，快乐地活在权力和征服的迷梦中，与现实世界完全脱节。

我已经尽自己的最大努力去探讨所有形式的民族主义的思维习惯。接下来就是对这些形式进行分类，但显然我无法完整地将它们罗列出来。民族主义是个宏大的主题。这个世界受到无尽的幻想和仇恨的折磨，因为它们而陷入错综复杂的分裂状态，它们当中最丑陋狰狞的一面还不为欧洲人所知。在本文中我要探讨的是英国知识分子里的民族主义。他们比普通人更受民族主义的影响，但没有夹杂爱国主义，因此能够单独进行分析。下面我列出了如今在英国知识分子群体中盛行的几种民族主义，并加上了似乎必要的评论。用三个标签进行归类会很方便：积极的民族主义、移情的民族主义和消极的民族主义。不过有的民族主义形式可以被归入不止其中的一类：

积极的民族主义

一、新保守主义。其代表人物有埃尔顿爵士[1]、艾伦·帕特里克·赫尔伯特、乔治·马尔康·杨格[2]、皮克松教授[3]，保守党改革委员会出版的杂志，还有诸如《新英语评论》和《十九世纪及其未来》这些杂志。新保守主义与传统的保守主义不同，它有着民族

---

[1] 戈弗雷·埃尔顿（Godfrey Elton, 1892—1973），英国历史学家，代表作有《法国革命理念》等。

[2] 乔治·马尔康·杨格（George Malcolm Young, 1882—1959），英国历史学家，代表作有《时代的写照》等。

[3] 肯尼斯·威廉·穆雷·皮克松（Kenneth William Murray Pickthorn, 1892—1975），英国政治家，曾任剑桥大学保守党议员，在英国教育部任职，枢密院成员。

主义的特征，其真正动机是不愿意承认英国的实力和影响已经江河日下。即使那些清楚地认识到英国的军事地位已今非昔比的人也会宣传"英国的理念"（总是语焉不详）必将主宰世界。所有的新保守主义者都是反俄派，但有时候其着重点是反美主义。重要的是，这一思潮似乎正在年轻的知识分子中渐渐普及，还有一部分人是前共产主义者，他们通常都经历了理想幻灭的过程。许多原本反对英国的人突然变成坚定的亲英派。体现了这一趋势的作家有弗雷德里克·奥古斯都·沃伊特、马尔康姆·马格理奇、伊夫林·沃、休·金斯米尔，而托马斯·斯特恩斯·艾略特、温德汉姆·刘易斯和众多他们的追随者在思想上也经历了类似的发展过程。

二、凯尔特民族主义。威尔士、爱尔兰和苏格兰的民族主义各有不同，但相同的是，它们都持反英立场。这三个运动的成员都反对这场战争，一直都宣称自己是亲俄派，那些狂热分子甚至声称自己同时是亲俄派和亲纳粹派。但凯尔特民族主义与仇英情绪并不是一回事。它的动力是对凯尔特人在过去和未来一直都是伟大民族的信仰，拥有强烈的种族主义色彩。凯尔特人被认为在思想上比萨克逊人更加出色——更加单纯，更有创造力，没有那么低俗，没有那么势利等等——隐藏在下面的是司空见惯的权力欲。其中一个迹象就是认为爱尔兰、苏格兰甚至威尔士能在没有援助的情况下保持独立，不需要得到英国的保护的错觉。持这一思想的作家有克里斯朵夫·穆雷·格里夫[①]和肖恩·奥卡西[②]。没有哪一个当代的爱尔兰

[①] 克里斯朵夫·穆雷·格里夫（Christopher Murray Grieve, 1892—1978），苏格兰诗人，笔名"休·麦克迪亚密"，代表作有《苏格兰群岛》、《苏格兰诗歌的黄金宝藏》。

[②] 肖恩·奥卡西（Sean O'Casey, 1880—1964），爱尔兰剧作家、社会主义者，代表作有《一个枪手的故事》、《出发吧》等。

作家能完全不带一丝民族主义的痕迹，就连叶芝或乔伊斯这样的伟大作家也不能。

三、犹太复国主义。这是一场不同寻常的民族主义运动，但它在美国的变种比英国的变种似乎更加暴戾。我把它归入了直接而非移情的民族主义，因为它几乎只在犹太人的群体中盛行。在英国，出于几个互相矛盾的原因，大部分知识分子在巴勒斯坦问题上都支持犹太人，但他们对此并没有强烈的情绪。所有善良的英国人也都支持犹太人，因为他们反对纳粹对犹太人的迫害。但在非犹太人的族群里，几乎找不到对犹太人的民族忠诚或认为犹太人天生就是优越民族的人。

移情式的民族主义

一、共产主义。

二、政治天主教主义。

三、肤色情感。旧式的对于"土著居民"的轻蔑态度在英国已经式微，许多强调白种人优越性的伪科学理论已经被抛弃了。[①]在知识群体当中，肤色情感只会以颠倒的形式出现，也就是说，相信有色人种与生俱来的优越性。这一情感如今在英国知识分子中越来越普遍，而这或许源自越来越普遍的受虐心态和性挫折，而不是与东方和黑人民族主义运动接触的结果。即使是那些

---

① 原注：一个好例子就是关于中暑的迷信。直到不久前，还有人相信白种人比有色人种更容易中暑，一个白种人如果不戴木芯帽子就在热带的日晒下走路一定会出事。这一理论没有任何凭据，但它的作用是强调"土著人"和欧洲人之间的区别。在这场战争中，这个理论被悄悄地搁置一旁，在热带地区，整支军队在行动时都不戴头盔。但是，中暑的迷信依然存在，在印度的英国医生似乎和门外汉一样对它深信不疑。

对肤色问题并没有强烈情感的人，势利和模仿也有很大的影响。几乎任何英国知识分子都耻于说白人要比有色人种更优越，而即使他不认同有色人种比白人优越这一论调，他也会觉得它是无可指摘的理论。寄托于有色人种之上的民族主义总是和认为他们的性生活更加美妙的想法联系在一起，坊间还流传黑人拥有无与伦比的性能力。

四、阶级情感。在上流阶级和中产阶级的知识分子中，这一情感只会以颠倒的形式出现——那就是，对无产阶级优越性的信念。在知识分子群体内部，公共舆论同样具有强大的压迫力。对无产阶级的民族主义式的忠诚，对资产阶级的最恶毒的、理论上的仇恨，总是能和日常生活中的势利并存。

五、和平主义。绝大部分的和平主义者要么属于隐秘的宗教派别，要么是人道主义者，反对残害生命，不希望进一步推进自己的思想。但有一小撮崇尚和平的知识分子真实但没有表露的动机似乎是对西方民主体制的仇恨和对极权体制的向往。和平主义者的宣传总是含糊地说某一方和另一方其实都不是好人，但如果你仔细阅读年轻一辈的和平主义知识分子的作品，你会发现他们根本没有表达持平而论的否定，而是几乎完全和英国和美国对着干。而且他们没有一以贯之地谴责暴力，只是谴责在保卫西方国家时所使用的暴力。他们并没有像指责英国人那样指责俄国人以战争手段保卫自己。事实上，所有这类和平主义宣传都避免提及俄国或中国。他们没有说印度人在与英国人斗争时应该放弃暴力。在和平主义者的文学作品里充斥着模棱两可的言论，如果它们真有意义的话，它们似乎在说像希特勒这样的政治家要好过像丘吉尔这样的政治家，而如果暴力真的够残暴的话，或许就可以原谅。法国沦陷之后，那些法国和平主义者在面对一个他们的英国同仁还不需要面对的真正抉择时，他们当中大部分人投靠了纳粹。在英国，似乎有一小部分人既是和平誓约联盟的成员，又是黑衫党的成员。和平主义作家写过一些称赞卡莱尔的文章，而卡莱尔是法西斯主义的精神教父之一。总而言之，很难不觉得知识分子群体所展现出的和平主义是在偷偷地崇拜暴力和达到目的的残暴手段。它的错误是将这种感情寄托在希特勒身上，但要再度转移也是很容易的事情。

消极的民族主义

一、仇英情绪。在知识分子内部，对于英国的轻蔑和略带敌对的态度或多或少成了一种强迫症。但在许多情况下，这是一种无法伪装的感情。在这场战争期间，它的展现形式是知识分子的失败主义论调，在轴心国势力的失败已成定局之后还持续了很长一段时间。当新加坡沦陷或英国人被逐出希腊时，许多人毫不掩饰自己的高兴，而且他们很不情愿相信捷报，比方说，阿拉曼战役或不列颠空战中德国战机被击落的数量。当然，英国的左翼知识分子其实不希望德国人或日本人赢得战争，但许多人看到自己的祖国蒙受耻辱时心里忍不住感到高兴。他们想看到最后的胜利将归功于俄国或美国，而不是英国。在外交政策方面，许多知识分子信奉的是"凡是英国支持的一方必定是错的"这一原则。结果，所谓的"开明"思想在很大程度上就是保守党政策的镜像。仇英情绪总是会反转的，因此就有了那司空见惯的一幕：上一场战争中的和平主义者到了下一场战争就成了好战分子。

二、反犹主义。目前关于这一点并没有多少证据，因为纳粹的迫害已经让任何有思考能力的人与犹太人站在同一阵营，共同对抗他们的压迫者。任何受过教育并听说过"反犹主义"这个词语的人当然都会宣扬自己不受其影响。在所有阶层的文学作品中，反犹主义的言论被精心删去。事实上，反犹主义似乎影响广泛，甚至蔓延到知识分子内部，而保持缄默的共谋或许使得情况更加糟糕。思想左倾的人概莫能外，他们的态度有时候受到托派分子和无政府主义分子通常都是犹太人这一事实的影响。不过，有保守思想的人更容易受反犹主义的影响。他们认为犹太人败坏了民族精神和民族文化。新保守主义和政治天主教主义总是会屈从于反犹主义，至少时不时会这样。

三、托洛茨基主义。这个词的含义很空泛，包括无政府主义者、民主社会主义者，甚至自由主义者。在这里我用它指恪守教条的马克思主义者，他们的主要目标是反对斯大林的统治。研究托洛茨基主义，研究那些晦涩的宣传手册或像《社会主义宣言》这样的文章要比研究托洛茨基本人的作品更好，因为他并没有一以贯之的理念。虽然在一些地方，比方说美国，托洛茨基主义能够吸引数目相当多的追随者，并发展成一场有组织的运动，拥有自己的小小元首，它的启示在本质上是消极的。托洛茨基分子反对斯大林，而共产党员则拥戴斯大林。和大部分共产党员一样，他们改造外部世界的愿望并没有在面子之争中获胜的愿望那么强烈。他们总是钻牛角尖，不能以可能性为基础得出真正符合理性的意见。托洛茨基分子在世界各地遭受迫害，总是被指控与法西斯分子合作，这显然是不实的指控。有人认为托洛茨基主义在智力上和道德上要比共产主义更加优越。但是，无法肯定这两个群体之间是否有很大的差别。最典型的托派分子，原本都是共产党员，经历了某场左翼运动而信奉托洛茨基主义。除了那些入党多年的共产党员之外，其他共产党员随时可能投身托洛茨基主义的怀抱。相反的情况似乎没有那么频繁地发生，至于为什么就不清楚了。

在我上文尝试进行的分类中，我似乎夸大其词，过于简单武断，作出没有根据的判断并忽略了正当的动机。这是不可避免的，因为在这篇文章里我在尝试将存在于我们的脑海里并扭曲我们的思想的倾向——分离并加以辨识，这些倾向不一定会以纯粹的状态出现，也不一定会一直发挥影响。在这里有必要更正一下我刚才不得不将其过度简化的图景。首先，一个人没有权利认为每个人或每个知识分子都受到民族主义的影响。其次，民族主义的影响或许是断断续续和有限的。一个知识分子或许会在一定程度上屈服于一个他知道很荒唐的信仰，他可能很久都不会想起这一信仰，只有在愤怒或伤感的时候，或当他很肯定无伤大雅的时候才会重新想起它。第三，一个人或许会出于真诚和非民族主义的动机接纳民族主义信条。第四，几种民族主义，即使它们之间互相矛盾，也可以在同一个人身上并存。

我一直在说"民族主义者这般这般"或"民族主义者那般那般"，并以那些极端的、几乎无法理喻的人作为例子，他们无法做到恪守中立，除了权力斗争之外对什么都不感兴趣。事实上，这种人非常普遍，但没有必要为了他们耗费弹药。在真实的生活中，你要和埃尔顿爵士、丹尼斯·诺维尔·普里特①、休斯顿夫

---

① 丹尼斯·诺维尔·普里特（Denis Nowell Pritt，1887—1972），英国律师，曾担任工党众议员，因支持苏联入侵芬兰而被工党开除出党，后以独立身份参与英国的政治活动。

人、埃兹拉·庞德、瓦尼斯塔爵士[1]、科弗林神父等这些让人觉得很郁闷的人进行斗争，但他们在思想上的缺陷几乎不需要指出来。偏执狂并不是一件有趣的事情，事实上，没有哪个思想狭隘的民族主义者能写出一本在几年后仍然值得一读的书籍，这一事实肯定有一定的启示意义。但当你承认民族主义还没有全面获胜时，承认这世上仍然有些人的判断力能够不受他们的欲望影响时，有些紧迫的问题——印度、波兰、巴勒斯坦、西班牙内战、莫斯科审判、美国黑人、苏德等等诸如此类的事情——仍然无法在理性的层面上进行探讨，至少还未以理性的方式探讨过。埃尔顿、普里特和科弗林等人都只会张口闭口反反复复地说着同样的谎言，他们显然是极端的例子，但如果我们不意识到在没有防备的时候我们都会变得和他们一样，那是在自欺欺人。提及某个问题，或进入某个领域——或许那是从来没有预料到的领域——想法最公正、脾气最温和的人可能也会突然间变成一个恶毒的结党营私的人，一心只想压倒他的对手，对自己说了多少谎言或在说谎时犯了多少逻辑错误并不在乎。劳合·乔治反对布尔战争，当他在下议院放言，政府公报里所声称的被击毙的布尔军人数累加起来，要比整个布尔族的人口还要多时，据记载，亚瑟·贝尔福[2]曾愤然起身，叫嚷道："下流坏子！"很少有人能抵抗像这样的情绪失控。被一个白人妇女辱骂的黑人、听到英国被美国人无

---

[1] 罗伯特·吉尔伯特·瓦尼斯塔（Robert Gilbert Vansittart, 1881—1957），英国政治家、外交家，曾于 1929 年至 1941 年担任外交和联邦事务常务次官。

[2] 亚瑟·詹姆斯·贝尔福（Arthur James Balfour, 1848—1930），英国保守党政治家，曾于 1902 年至 1905 年担任英国首相。

知地批评的英国人、听到西班牙无敌舰队的天主教护教者都会作出相同的反应。挑逗一下民族主义的神经，思想的体面就会烟消云散，过去可以被篡改，最确凿的事实也可以被否认。

要是一个人的心中怀有民族主义式的忠诚或仇恨，某些事实虽然知道是真的，他也不愿意承认。这里只给出几个例子。下面我会列举五种民族主义者，每一种我附上一个这类民族主义者不可能接受的事实，即使是暗地里想想也不行。

英国托利党人：这场战争结束后，英国的实力和威望将被削弱。

共产党人：要是俄国没有得到英国和美国协助的话，可能已经被德国人打败了。

爱尔兰民族主义者：因为英国的保护，爱尔兰才能保持独立。

托派分子：俄国人民接受了斯大林的政权。

和平主义者：那些"放弃"暴力的人是因为别人替他们实施暴力才能这么做。

要是不加上感情色彩的话，这些事实都是非常明显的。但在上面所指的每种人看来，它们是不可忍受，因此它们必须被加以否定，并且为了否定而捏造出荒谬的理论来。回到我说过的当前这场战争中令人目瞪口呆的军事预言的落空。知识分子对这场战争的进程的设想比起普罗大众犯了更多的错误，而且他们更受党派情感的左右，我想这么说确实不为过。比方说，左翼知识分子普遍认为在1940年我们就输掉了这场战争，德国人将在1942年占领埃及，日本人将不会被逐出他们已经征服的地区，英国和美国的轰炸攻势对德国毫无影响。他们能够相信这些看法，因为他们对英国统治阶级的仇恨不允许他们承认英国的作战计划会取得成功。如果一个人被这种情感影响，那他什么样的傻事都做得出来。比方说，我曾听到有人信誓旦旦地说美国军队来到欧洲不是为了打德国人，而是镇压英国的革命。只有知识分子才会相信这样的说法，没有哪个普通人会这么笨。当希特勒入侵俄国时，新闻部的官员发布了内部消息，说俄国将在六个星期内土崩瓦解。另一方面，那些共产党员认定这场战争的每一阶段都是俄国的胜利，即使俄国人几乎被赶到里海，数百万人沦为俘虏。不需要再列举例子了。关键的一点是，一旦涉及到恐惧、仇恨、嫉妒和权力崇拜，对现实的把握就乱了方寸。还有，正如我已经指出的，是非对错的观念也会混淆。如果是事情是"我们自己人"做的，那就绝对没有罪行，没有什么可谴责的。即使你不否认罪行已经发生，即使你知道那是你在别的情况下会进行谴责的罪行，即使你理智地承认那是不正当的行为——但你仍然不会觉得那是错的。但事关忠诚时，同情心就不再起作用。

民族主义为何兴起和传播是一个宏大的问题，在这里没办法进行探讨。它似乎是英国知识分子对外部世界正在发生的可怕斗争的扭曲反映，单说这一点就足够了。由于爱国主义和宗教信仰的瓦解，再愚蠢的事情都有可能发生。如果你顺着这一思路发展下去，你就有可能陷入某种保守主义或政治虚无主义。例如，你可以振振有词地争辩说爱国主义能预防民族主义，君主制能防止独裁，而有组织的宗教能防止迷信——这些说法甚至有可能是事实。又或者，你可以争辩说没有什么观念是没有偏见的，所有的信念和事业都包含了同样的谎言、罪恶和野蛮。这总是被当作完全置身于政治之外的理由。我不接受这一论述，即使仅仅只是因为在当代世界，没有哪个知识分子能够置身于政治之外，不去在乎它。我认为一个人必须投身政治——我指的是广义的政治——而且一个人必须有所选择，也就是说，你必须认识到某些事业在客观上要比其它事业更好一些，即使它们是以同样卑劣的手段去实现的。至于我所提到的民族主义的爱与恨，无论我们喜不喜欢，它们都是构成我们中大多数人的一部分。我不知道能不能将这些情感排除掉，但我相信与它们进行斗争是可能的，而这在本质上是道德的努力。问题的实质是，首先，你要了解真实的自我，你真正的情感是什么，然后认识到不可避免的偏见的存在。如果你仇恨、害怕俄国，如果你嫉妒美国的财富和实力，如果你鄙视犹太人，如果你看不起英国的统治阶级，你无法单靠思考就摆脱这些情感，但至少你能认识到你有这些想法，不让它们左右你的思想。对于政治行动来说，感情冲动是不可避免的，甚至可能是必要的，应该能够与对现实的接纳并存。但我要再强调一遍，这需要道德上的努力，而当代英语文学在探讨我们这个时代的主要问题时，表明我们当中没有几个人愿意去作出这番努力。

毁灭性的渐进主义 ①

有一个理论还没有被精确地加以定义或赋予名称，但已经被广泛接受，并在必要的时候用来为某个被认为卑鄙无耻的勾当辩护。在为这一理论找到更贴切的名称之前，可以姑且称之为"毁灭性的渐进主义"。根据这个理论，要达到目的就必须付出流血、谎言、暴政和不公的代价；但另一方面，即使是最剧烈的变动，你也不能指望会有多少好的改变。历史必须付出伤亡的代价才能前进，但每一个后续的时代都会像以前的时代那样糟糕，好也好不到哪里去。不能抗议大清洗、人口迁徙、秘密警察部队等事情，因为这些是进步必须付出的代价。而另一方面，"人类本性"总是会延缓进步，甚至无法察觉到进步。如果你反对独裁体制，那你就是反动派；但如果你寄希望于独裁体制能催生好的结果，那你就是感情用事的人。

目前这一理论被广泛用于为苏联的斯大林政权开脱，但显然它可以被用来——如果情况允许的话，一定会被用来——为其它形式的极权体制辩护。这个理论是在俄国革命失败后形成的——这里所说的失败指的是俄国革命并没有实现它在二十五年前所提出的理想。俄国统治阶级打着社会主义的旗号，犯下了几乎每一种可以想象得到的罪行，但与此同时，它却离社会主义越来越远，除非你将社会主义重新定义，而 1917 年的社会主义者绝不会接受这个面目全非的定义。对于那些承认这些事实的人，只有两条路可以走。其一是否定关于极权主义的整个理论，但英国知识分子可没有胆量这么做。另一种方式是求助于毁灭性的渐进主义。他们经常说的一句话是："不打破蛋壳怎么做煎蛋呢？"如果你回答说："确实如此，但煎蛋在哪儿呢？"他们可能就会回答："噢，你怎么能指望煎蛋一下子就做好呢？"

自然而然地，这一理由被应用于解释历史，其用意是证明每一个进步都是以残暴的罪行为代价而取得的，除此之外别无它法。大体上所引用的例子是资产阶级推翻封建主义的斗争，这被认为是昭示着我们这个时代社会主义将推翻资本主义。这一理论认为，资本主义曾经是进步的力量，因此，它所犯下的罪行是可以被原谅的，至少是无关紧要的。因此，在最近的几期《新政治家》里，金斯利·马丁先生[②]指责亚瑟·科斯勒没有真正的"历史视野"，并将斯大林和亨利八世相提并论。他承认斯大林做出了一些可怕的事情，但归根结底他是为了"进步"，绝不能因为"清洗了"几百万人而抹杀这一事实。同样地，亨利八世的品行确实难以恭维，但毕竟是他促使了资本主义的兴起，因此，总而言之，他可以被视为人类之友。

斯大林与亨利八世并不相像，他与克伦威尔更像一些，但假设亨利八世真的就像马丁先生所说的那么重要，这番言论会引向何方呢？亨利八世促成了资本主义的兴起，这引发了工业革命的恐怖，从而引发了一系列大规模的战争，而下一场战争很可能会

---

① 刊于 1945 年 11 月《共同财富评论》。

② 巴兹尔·金斯利·马丁（Basil Kingsley Martin, 1897—1969），英国记者，长期担任《新政治家报》的编辑，代表作有《王室与制度》、《君主制的魔力》等。

消灭整个人类文明。因此，纵观整个过程，我们可以这么说："亨利八世所做的每件事都可以被原谅，因为最终是他让我们大家被原子弹炸得灰飞烟灭。"如果你让斯大林为我们当前的状况和我们所面对的未来承担起责任，并坚持必须支持他的政策，你也会得出类似的荒谬结论。我猜想，那些支持俄国独裁体制的知识分子的动机，与他们在公众面前所承认的动机是不一样的。但如果你认为进步是不可避免的，那么容忍姑息暴政和大屠杀的确是符合逻辑的事情。如果每一个时代确实要比上一个时代有所改善，那么，任何推动历史进步的犯罪行为或荒唐举动都可以被证明是正当的。在大约1750年到1930年间，如果有人觉得进步正在切实而可衡量地稳步进行，他的想法是可以理解的。但到了后来，进步越来越难，取而代之的是毁灭性的渐进主义理论。一桩罪案跟着另一桩罪案，一个统治阶级取代了另一个统治阶级，巴别塔建起了，又倒下了，但你绝对不可以阻止这个过程——事实上，你必须准备好为任何一桩卑鄙无耻的勾当鼓掌欢呼——因为以某种神秘的方式衡量，在上帝眼中或在马克思眼中，这就是进步。另一种方式是停下来思考：其一，历史在何种程度上是必然的？其二，到底何谓进步？这时你就必须让瑜伽修行者去纠正政委的错误。

科斯勒关于瑜伽修行者与政委的那篇文章引起了激烈的争论，大家认为他强烈倾向的是瑜伽修行者。事实上，如果你把瑜伽修行者和政委放在天平的左右两端，科斯勒更接近于政委的那一端。他信奉行动，信奉必要时可以采取暴力，信奉政府，信任政府不可避免总是会作出的改变和妥协；他支持这场战争，以及战争前的人民阵线。自法西斯主义兴起之时，他就倾尽心力与之进行抗争，是老牌的共产党员。在他那本书里批判苏联的长篇大论中甚至流露出对于旧的共产党的忠诚，认为共产主义运动之所以会出现偏差，都归咎于斯大林的掌权。而我认为，我们应该承认罪恶的种子从一开始就种下了，无论是列宁在世还是托洛茨基掌权都不会有太大的区别。科斯勒绝对不会说出只要我们在加利福尼亚冥想就能解决每一个问题这样的话。他也不会像宗教思想家那样，声称在真正的政治改革发生之前必须先"改造人心"。这里引用他的原话：

> "单靠圣人或革命者并无法拯救我们，圣人和革命者必须合二为一。我不知道我们能不能做到这一点。但如果答案是否定的，避免欧洲文明的毁灭将是非常渺茫的事情，要么将发生替代全面战争的绝对战争，要么将是拜占庭式的征服——在接下来的数十年间就会发生。"

也就是说，"改造人心"必须实现，但除非每一步都采取行动，否则它不会真的发生。另一方面，靠社会结构变革本身并不能促使真正的改良实现。社会主义总是被定义为"生产资料共同占有"，但现在看来，如果共同占有只不过意味着中央集权控制，它只会为新的寡头独裁铺平道路。中央集权是实现社会主义必要的前提条件，但它并不能保证社会主义的诞生，就像我有打字机并不能保证我能写出这篇文章一样。革命贯穿历史的进程，一波接一波地发生——虽然总是暂时带来安慰，就像一个病人在病床上辗转反侧——但那只是城头变换大王旗，因为没有人认真地尝试消除权力的本能欲望，就算真的有人这么去做，那也是只有圣人才做得出的事情——那些修炼瑜伽的人只想着拯救自己灵魂，以忽略集体作为代价。而那些活跃的革命家，至少是那些"成功上位"的革命家，他们对公正的社会的渴望总是被巩固自身权力的欲望所侵蚀，这是非常致命的。

科斯勒表示我们必须再一次学会思考的技巧，它"是在经验法则的社会效应陷入失败的道德困境中唯一的指引"。他所指的"冥想"是"摒除欲望的意愿"，对权力欲的征服。那些能干的人把我们带到了深渊的边缘，而那些接受了强权政治的知识分子首先扼杀的是自己的良心，接着泯灭了自己对现实的感知，敦促着我们保持方向不变快步前进。科斯勒认为历史并非在所有的时刻都是必然的，历史存在着转折点，人类有自由选择更好的道路或更糟的道路。这么一个转折点（在他写这本书时它还没有出现）就是原子弹。要么我们放弃它，要么它将会把我们摧毁。但放弃原子弹既需要道德上的努力，也需要政治上的努力。科斯勒呼吁"在新的心灵氛围里培育新的友爱精神，它的领导人发誓要与人民群众同甘共苦，而亲如手足的关系不会让他掌握无拘无束的权力"。他补充道："如果这听起来像是乌托邦，那么社会主义就是乌托邦。"它甚至或许都不是乌托邦——它的名字或许在几代人的时间内就被遗忘——除非我们能够摆脱"现实主义"的愚蠢。但除非人心发生了变化，否则这种事情不会发生。只有在这个意义上，对比政委，瑜伽修行者才是正确的。

蹩脚的好书①

　　不久前一位出版商嘱咐我为伦纳德·梅里克②的一本小说的再版作序。这家出版社似乎准备再版长长一系列二十世纪业已几乎被遗忘的二流小说。在如今没有什么书读的日子里，做这样的事情可谓善莫大焉，我很嫉妒那个能在三便士书摊转悠，寻找童年爱读的小说的人。

　　现在我们似乎很少出版一类书，而这种书在十九世纪末期和二十世纪早期盛极一时，切斯特顿将这些书称为"蹩脚的好书"，即那种没有文学上的装腔作势，但在更加严肃的作品销声匿迹后仍有可读性的书籍。显然，这类书籍中的杰出作品有《莱福士》和《神探福尔摩斯》系列，在不计其数的这类或那类"问题小说"、"人文纪录"和"可怕的控诉"落得被打入冷宫的应有结局后，仍然保有一席之地。（哪一位作家的结局好一些呢？柯南·道尔还是梅雷迪斯？）我将理查德·奥斯丁·弗里曼的早期作品——《会唱歌的骨头》、《欧西里斯之眼》和其他人的作品——厄尼斯特·布拉玛的《马克斯·卡拉多斯》同样归入此列。把标准放低一些，盖伊·布斯比的西藏惊悚小说《尼克拉博士》，类似于胡克的《鞑靼行记》的少年文艺版，可能会使得中亚的真正旅程显得无趣又扫兴。

　　但除了惊悚小说之外，还有当时一些小有名气的幽默作家。比方说，佩特·里奇③——但我承认他那些大部头的作品似乎不再具备可读性——还有埃迪丝·内斯比特（《寻宝者》）、乔治·伯明翰④——要是他不谈及政治的话还是不错的；描写色情的宾斯泰德⑤（《粉红报》的"投手"专栏）；还有，要是美国的作品也算在内的话，布斯·塔京顿⑥的《潘罗德的故事》。比大部分这些作家水平更高的是巴里·佩恩。我想佩恩的部分幽默作品仍然在版，但我会建议读者去读一本现在一定非常罕见的作品——《克劳迪的八行诗》，一部以死亡为主题的优秀作品。年代稍近一些的还有彼得·布兰戴尔⑦，以威廉·魏马克·雅各布斯的风格描写远东的港口城市，不知为何已经被遗忘了，虽然赫伯特·乔治·威尔斯曾经写文章称赞过他。

但是，我所提到的这些书籍都是"逃避"文学，是你的记忆中愉快的片段，偶尔让心灵放松一下的宁静角落，但它们从来不谎称自己是什么现实主义作品。还有另外一类"蹩脚的好书"，其创作意图要更加严肃，我觉得它们让我们了解到了小说的本质和它们现在衰落的原因。过去五十年来涌现了一批作家——他们当中有的仍在创作——按照任何严格的文学标准，他们都不可能被称为"好"作家，但他们生来就是写小说的，他们的创作态度是

---

① 刊于 1945 年 11 月 2 日《论坛报》。

② 伦纳德·梅里克（Leonard Merrick，1864—1939），英国作家，代表作有《我本善良》、《凡夫俗子》。

③ 威廉·佩特·里奇（William Pett Ridge，1859—1930），英国作家，代表作有《聪明的妻子》、《国家之子》等。

④ 乔治·伯明翰（George Birmingham）是爱尔兰作家詹姆斯·欧文·汉奈（James Owen Hannay，1865—1950）的笔名，代表作有《迷失的部落》、《一个爱尔兰人眼中的世界》等。

⑤ 宾斯泰德（Binstead），信息不详。

⑥ 布斯·塔京顿（Booth Tarkington，1869—1946），美国作家，曾获普利策奖，代表作有《了不起的安柏森一家》和《爱丽丝·亚当斯》等。

⑦ 彼得·布兰戴尔（Peter Blundell），情况不详。

诚恳的，一部分原因似乎是他们没有被好品味所阻止。我把伦纳德·梅里克本人、沃尔特·莱昂内尔·乔治①、约翰·戴维斯·比尔斯福德②、厄尼斯特·雷蒙德③、梅·辛克莱尔④归入此类——还有亚瑟·斯图亚特-蒙泰斯·霍奇森⑤，比起其他几位层次要低一些，但仍然属于同类作家。

大部分这些作家都很多产，质量自然参差不齐。我心目中每一个作家都有一两部杰出的作品，例如梅里克的《月亮女神》、约翰·戴维斯·比尔斯福德的《真相候选人》、沃尔特·莱昂内尔·乔治的《卡利班》、梅·辛克莱尔的《组合起来的迷宫》和厄尼斯特·雷蒙德的《被指控的我们》。在每一部上述作品中，作者都能与他想象中的人物产生共鸣，与他们体验相同的情感，为他们赢得读者的同情，而且带着一种比较理智的作家很难企及的恣意放纵。它们证明了一个事实，那就是：对于一个讲述故事的作家来说，就像对于一个歌舞厅的滑稽演员那样，思想品味可能会是一个障碍。

以厄尼斯特·雷蒙德的《被控告的我们》为例——它是一个特别卑鄙但可信的谋杀故事，可能是取材于克里彭案。我觉得作者只是在一定程度上了解到他所描写的人物可悲的低俗，因此没

---

① 沃尔特·莱昂内尔·乔治(Walter Lionel George, 1882—1926)，英国作家，代表作有《社会进步的动力》、《英国人的培养》等。
② 约翰·戴维斯·比尔斯福德(John Davys Beresford, 1873—1947)，英国作家，代表作有《真相候选人》、《下一代》等。
③ 厄尼斯特·雷蒙德(Ernest Raymond, 1888—1974)，英国作家，代表作有《对英国的宣言》、《城市与梦想》等。
④ 梅·辛克莱尔(May Sinclair, 1863—1946)，是英国女作家和女权活动家玛丽·艾米莉亚·圣克莱尔(Mary Amelia St. Clair)的笔名，代表作有《问题的两面》、《水晶的瑕疵》等。
⑤ 亚瑟·斯图亚特-蒙泰斯·霍奇森(Arthur Stuart-Menteth Hutchinson, 1879—1971)，英国作家，代表作有《西蒙的书》、《大买卖》等。

有鄙夷他们，而这让作品获益匪浅。或许，它甚至从其冗长而啰唆的笨拙文风中获益——就像西奥多·德莱瑟①的《美国悲剧》——层层叠叠的细节描写，几乎不作任何选择，在这个过程中慢慢地营造出一种可怕的、钝刀子杀人的残酷效果。《真理候选人》也有这种效果。它的文笔没有那么笨拙，但同样地，它在严肃地讨论普通老百姓的问题。《月亮女神》和《卡利班》的前半部分也是如此。沃尔特·莱昂内尔·乔治的大部分作品都是低劣的垃圾，但这部作品以诺斯克里夫的生平为素材，为伦敦下层中产阶级的生活描绘出了一幅难忘和真实的图景。这部书的一部分章节是自传性的描写。这些蹩脚的好作家有一个优点，就是他们写自传时不怕丢脸。自卖自夸和自怜自伤是小说家的大忌，但要是他对这两者太害怕的话，他的创作才华可能会遭到戕害。

蹩脚的好文学的存在——一个人能从他在理智上不会严肃对待的书中获得快乐或兴奋，甚至被感动这一事实——提醒我们艺术和思考并不是一回事。我猜想要是能设计出任何测验的话，卡莱尔要比特罗洛普聪明得多，但特罗洛普的作品仍然很有可读性，而卡莱尔的作品则不忍卒读了：虽然他非常聪明，但他甚至没有能力用直截了当的简单英语进行写作。小说家几乎和诗人一样，智力水平和创造力似乎并没有关联。一个好的小说家或许就像福楼拜那样是严格自律的天才，又或许就像狄更斯那样是聪明的懒鬼。倾注在温德汉姆·刘易斯那些所谓的小说如《塔尔》或《傲慢的男爵》上面的才华足以造就十几个普通的作家，但要通

①　西奥多·赫尔曼·阿尔伯特·德莱瑟（Theodor Helman Albert Dreyser，1871—1945），美国作家，代表作有《嘉利妹妹》、《美国悲剧》等。

读一本这样的作品是非常累人的事情。某一种说不清道不明的品质，一种类似于文学上的维生素，即使在《如果冬天来了》这样的书里都有的品质，在这些作品中却一点也没有。

或许，这些"蹩脚的好书"中的极品是《汤姆叔叔的小屋》。它是一本不经意写成的荒唐的作品，充斥着荒诞夸张的事情，但它感人至深，而且很真实，很难说哪个品质压倒了另一个品质。但是《汤姆叔叔的小屋》的创作意图是很严肃的，想反映现实世界。那些直言不讳地逃避现实的作家呢？那些惊悚小说和"轻松"幽默作品的提供者呢？《神探福尔摩斯》、《反之亦然》、《吸血鬼》、《海伦的孩子》或《所罗门王的宝藏》呢？所有这些都肯定是荒诞不经的作品，它们是你会取笑的作品，而不是读着读着产生会心微笑的作品。就连它们的作者也不把它们太当回事。但是，它们都流传了下来，而且可能还会继续流传下去。你能说的就是，当文明维持现状时，你需要时不时地作一番消遣，"轻松"文学自有其地位，而且，有一种单纯的技巧或与生俱来的优雅，比其学识或思想的洞察力更有存在价值。有的歌舞厅的歌曲比收录在诗集中的作品写得还要好：

　　　酒价便宜快请来，
　　　盛酒更多快请来，
　　　掌柜殷切快请来，
　　　举步即到快请来！

又或者：

两只可爱的黑溜溜的大眼睛，

噢，多么叫人意外！

我只是错叫了另一个男人，

两只可爱的黑溜溜的大眼睛！

　　我宁愿写出上面那样的诗，也不愿写出像《幸福的少女》或《爱在深谷》那样的诗。基于同样的原因，我认为《汤姆叔叔的小屋》会比弗吉尼亚·伍尔夫①或乔治·摩尔②的全部作品流传得更久，虽然我不知道有什么严格的文学测试能明确地指出优越性在哪里。

---

① 弗吉尼亚·伍尔夫（Virginia Woolf，1882—1941），英国女作家，代表作有《日日夜夜》、《年华》等。
② 乔治·奥古斯都·摩尔（George Augustus Moore，1852—1933），爱尔兰作家，代表作有《伊斯帖·沃特斯》、《异教徒之诗》等。

复仇的酸楚①

当我读到类似"战争罪行审判"、"严惩战犯"之类的字眼时，我的脑海里就会泛起今年早些时候在德国南部一座战俘营的所见所闻。

我和另一位通讯记者在一个小个子的维也纳犹太人带领下参观了这个地方。那个犹太人曾加入美军，参与了审问战犯的过程。他年约二十五岁，长着一头金发，相貌英俊，性格很机灵，政治见解要比普通的美国军官更加博学深邃，和他在一起我觉得很开心。战俘营位于一座机场，向导带着我们参观完监牢后，领着我们来到一间飞机棚，那里也关押着许多犯人——和其他人不一样，这些都是"重点看押"的犯人。

在飞机棚的一头，十几个人在水泥地上躺成一排。向导解释说他们曾经是党卫军的军官，与其他囚犯分开囚禁。这帮犯人中有一个穿着肮脏的平民服装，躺在地上，一只胳膊横在脸上，似乎睡着了。他长着一双奇怪而畸形的脚，看上去很对称，但它们被棍棒打成了古怪的球状，让它们看上去像是马蹄而不是人脚。我们走到这群人跟前，那个小个子的犹太人似乎变得十分激动。

"你这头真正的猪猡！"说完之后他突然用他那只沉重的军靴朝那个躺着的男人变形凸起的脚狠狠地踢了一脚。

"起来，你这头猪猡！"他的这一通嚷嚷把那个囚犯给吵醒了，嘴里反复嘟囔着类似于德语的话。那个囚犯挣扎着站起来，笨拙地立正。那个犹太人就像在发怒一样——事实上，当他说话的时候他几乎是在手舞足蹈——告诉了我们这个犯人的履历。他是个"正牌"纳粹党人：他的党号表明他很早就加入了纳粹党，而且在党卫军的政治部中担任相当于军队中将军的职位。可以肯定的是，他主管过几座集中营，主持过对犹太人的虐待和残杀。一言以蔽之，他代表了过去五年来我们浴血奋战所反对的一切。

我端详着他的长相。除了一个刚被俘虏的战犯常见的胡子拉碴营养不良的样子之外，他的长相很难看，但看起来并不像是恶人，而且一点儿也不吓人，只是神经兮兮的，而且很低调，是个斯文人。他那双苍白的、游离不定的眼睛因为戴着高度数的眼镜而变形了。他像是一个没有穿法袍的神职人员，一个被酗酒毁掉了的演员，或一个神棍。我在伦敦的寄宿旅馆和大英博物馆的阅览室见过类似这样的人。显然他是个精神不平衡的人——事实上，我怀疑他有精神病——不过，这时候他的脑筋倒是很清醒，害怕自己再被踢上一脚。但是，那个犹太人告诉我的关于他的历史的每一件事情或许都是真的！于是，你想象中的纳粹行刑者，那个这么多年来你与之进行苦斗的凶神恶煞变成了眼前这个可怜人。眼下要做的不是惩罚他，而是对他进行精神治疗。

接着还有更多的羞辱。另一个党卫军的军官，一个大块头的壮男，被勒令脱掉上衣，袒露出他前臂上面的血色刺青编号。另一个被迫向我们解释他是如何抵赖自己是一名党卫军军官，试图假扮成国防军的普通士兵蒙混过关。我不知道这个犹太人有没有在尽情使用新赋予他的权力。我猜想他滥用权力时并不觉得开

① 刊于 1945 年 11 月 9 日《论坛报》。

心，他只是——就像一个逛窑子的男人，或一个抽第一根雪茄的小男孩，或一个在漫游画廊的游客——在心里告诉自己他很享受这件事，在做他当年无助的时候希望做的事情。

责备德国或奥地利的犹太人向纳粹党人报复是很荒唐的事情。天知道这个男人背负了怎样的血海深仇，或许他的整个家庭都遭到毒手。终究，比起希特勒的政权所犯下的滔天罪行，就算把一个犯人狠狠地踢一顿也是微不足道的事情。但是，眼前的这一幕，以及我在德国的见闻，让我觉得复仇和惩罚是幼稚的白日梦。确切地说，根本没有复仇这么一回事。复仇是你在没有力量的时候想要做的事情，一旦那种无能为力的感觉消失了，复仇的欲望也随之烟消云散。

1940 年的时候，想到能目睹党卫军的军官被踢打羞辱时，有谁不会欢呼雀跃呢？但当这种事情成为可能时，只是让人觉得可悲和恶心。据说当墨索里尼的尸体被吊起来示众时，一个老媪拔出一支左轮手枪，往尸体开了五枪，而且高喊着："这五枪是为了我的五个儿子开的！"这是报纸喜欢捏造的那类故事，但也有可能是真实的。我不知道开了这五枪能否让她泄愤，但毫无疑问，多年来她一直在梦想着这么做。而让她能近距离地接近墨索里尼并朝他开枪的机会，只有在他已经成为死人的情况下才能实现。

这个国家的公众要对如今施加在德国身上的荒诞的和平方案负责，因为他们没能事先知道惩罚敌人并不能带来快慰。我们默许了将所有的德国人从东普鲁士驱逐出境这样的罪行——有些罪行或许我们无法阻止，但至少可以提出抗议——因为德国人曾经惹恼我们，让我们体验到恐怖的滋味，因此我们都认为当他们失势时应该毫不留情地痛打落水狗。我们坚持这样的政策，或让其它国家替我们坚持这一主张，因为我们隐约觉得，既然已经决定了要惩罚德国，我们就应该一马当先。事实上，我们国家对德国已经没有了深仇大恨，我猜想在占领德国的军队里，恨意甚至要更低一些。只有一小部分虐待狂，那些一定要挖掘出"暴行"的人，才会热情洋溢地去搜捕战犯和卖国贼。如果你问普通民众到底戈林、里宾特洛甫和其他人因为什么罪行而被送上审判席，他们根本答不出来。不知怎的，当惩罚战犯成为现实时，它变得不再吸引人。事实上，一旦被关进监狱，他们几乎不像是十恶不赦之人了。

不幸的是，总是需要某个确切的事件发生之后，一个人才能了解自己的真实情感。下面是我在德国的另一桩回忆。法军占领斯图加特几个小时后，一位比利时记者和我去了那里，这座城市仍然局势动荡。那个比利时记者在战争期间为英国广播电台欧洲通讯节目服务，和几乎所有的法国人和比利时人一样，他对"德国佬"的态度要比英国人或美国人的态度强硬得多。通往城里的主要桥梁都被炸毁了，我们只能从一座德国军队曾舍命扼守的人行桥进城。一具德国士兵的尸体仰面躺在楼梯的最下方，脸蜡黄蜡黄的，有人在他的胸口上摆了一束当时到处盛开的丁香花。

经过他身边时，那个比利时人扭过脸去。当我们快走完那座桥时，他对我说那是他第一次看到死人。我猜想他三十五岁了，四年来一直在电台进行战争宣传。这件事过去几天后，他的态度比起早些时候有了很大的改变。他厌恶地看着被炸得一片狼藉的城镇和德国人所遭受的羞辱，有一回甚至去调停干涉，阻止一场洗劫。离开的时候，他把我们带来的剩下的咖啡送给了给我们安排住所的那几个德国人。一个星期前他可能会觉得馈赠咖啡给

"德国佬"是骇人听闻的事情。但他告诉我，看到那具桥下的尸体时，他的情感发生了改变：那具尸体让他突然间明白了战争的含义。但是，假如当时我们从另一条路进城，或许他就不会有看到那具尸体的经历，而那只是这场战争制造的两千万具（也许吧）尸体中的一具而已。

乐观地透过一扇玻璃窗①

　　《论坛报》最近发表的维也纳通讯记者的文章激起了轩然大波②，许多人愤怒地写信，除了斥责他是傻瓜和骗子之外，还提出了其它你或许可以称之为出于本能的控诉，而且还严肃地暗示说，就算他知道自己所说的是真相也应该缄口不语。他本人在《论坛报》上作了简短的回应，但这里涉及的问题非常重要，值得花上较长的篇幅对其进行探讨。

　　当甲和乙互相敌对时，任何对甲进行攻讦或批评的人都会被指责为在帮助和支持乙。在客观意义上和短期的分析上，他所做的事情确实对乙有利。因此，甲方的支持者会叫他"闭嘴，停止批评"，至少要"提出建设性的批评意见"，而这实际上总是意味着说好听话。从这一点到"压制扭曲已知的事实是一个新闻工作者的最高责任"仅有一步之遥。

　　现在，如果你把世界划分为甲方和乙方两个阵营，假定甲方代表了进步，而乙方代表了反动，有人会说，任何对甲方不利的事实都不应该披露。但在说出这番话之前，我们得意识到它将引发的后果。我们所指的反动是什么意思？我想大家都同意纳粹德国是最卑劣的反动派，或最卑劣的反对派之一。而在英国，战争期间给纳粹的宣传机器提供了最多素材的人正是那些告诉我们批评苏联是在"客观上"支持法西斯的人。我不是指那些处于反战阶段的共产党人，我指的是所有的左翼人士。渐渐地，纳粹电台从英国左翼报刊中获得的材料比从右翼报刊中获得的还要多。情况就只能是这样，因为对于英国制度的严肃抨击就主要来自于左翼报刊。每一次对贫民窟或社会不平等的揭露，每一次对保守党领袖的攻击，每一次对大英帝国的谴责，都是送给戈培尔的一份礼物。而且这未必是一份薄礼，因为德国有关"英国财阀统治"的宣传在中立国产生了深远的影响，尤其是在战争的早期。

这里有两个例子，轴心国宣传人员很有可能会加以利用，从中获取材料。日本人在中国的一份英语刊物中连载了布里弗特③的《大英帝国的衰亡》。布里弗特即使不是共产党员，也是一个热烈的亲苏派。这本书里碰巧写了一些对日本人的批判，但在日本人看来这并不重要，因为该书的主旨是在抨击英国。与此同时，德国电台对几本他们认为能贬低英国名誉的删节版的书进行了广播。他们播放了爱德华·摩根·福斯特的《印度之行》及其它书籍。据我所知，他们甚至不需要做不诚实的引用，因为这本书在大体上是真实的，所以它被用于法西斯分子的宣传攻势。根据布雷克的说法，一个被用于不正当目的的真相，比所有捏造的谎言更有威力。任何听到自己的话被轴心国的电台播放出来的人都会感受到其威力。事实上，任何写过东西为不受欢迎的事情进行辩护的人，或目睹过可能会引发争议的事件的人都知道歪曲或否认事实的可怕诱惑，因为任何坦诚

---

① 刊于 1945 年 11 月 23 日《论坛报》。

② 原注：当《论坛报》的维也纳通讯记者报道了这座城市骇人听闻的情况，并如实地描述了某些俄国占领部队的暴行时，有一些读者对此提出了抗议，认为这是对苏联红军的"诽谤中伤"。

③ 罗伯特·史蒂芬·布里弗特（Robert Stephen Briffault, 1876—1948），英国外科医生、作家，代表作有《马丁先生的新生活》、《性与原罪》等。

的陈述都可能含有被寡廉鲜耻的敌人利用的真相。但我们必须考虑的是长期的作用。从长远来看，进步的一方能以谎言作为促进的动力吗？还是不能呢？那些激烈批评《论坛报》通讯记者的读者指责他捏造事实，但他们似乎还暗示说，就算他所说的都是真的，也不应该披露出来。在维也纳所发生的十万起强奸案对于苏联来说是不利的宣传，因此，即使它们真的发生了也不能提及。要是不利的事实被掩盖起来，英国和俄国的关系将更有可能获得改善。

问题是，要是你对人们撒谎，当真相泄露的时候他们的反应会更加激烈，而纸终归是包不住火的。举一个政治宣传恶有恶报的例子。许多抱着良好愿望的英国人从左翼报刊中对印度国大党形成了不切实际的美好印象。他们不仅相信它是正义的（事实的确如此），更将其想象成为一个左翼组织，以倡导民主和国际主义为己任。要是这些人突然与一位真实的、有血有肉的印度主义者相遇的话，一定会转向毕灵普分子的态度。这种事情我见过了好几次。亲苏联的政治宣传也是一样。那些曾经完全接受这些政治宣传的人总是可能突然间产生反感，全盘拒绝社会主义的理念。不管怎样，我要说的是，共产主义或亲共产主义的宣传所达到的效果一直只是在阻碍社会主义事业，虽然这或许对俄国的外交政策暂时有利。

掩盖真相总是有着最堂而皇之的理由，而且这些理由是由最截然对立的两派人马以几乎相同的话提出来的。我自己写过一些东西被禁止出版，因为他们担心俄国人可能不喜欢那些文章。我还写过其它东西被禁止出版，因为它们对大英帝国进行抨击，可能会被反对英国的美国人所利用。现在他们告诉我们，任何对斯大林政权的如实批评将会"加重俄国人的疑虑"，但七年前他们还告诉我们（有时候这些话还出自同一份报纸）对纳粹政权的如实批评会加重希特勒的疑虑。1941年时，几份天主教的报纸声称英国政府里有工党人士出任部长，因而加重了佛朗哥的疑心，促使他和轴心国走得更近。回首过去，我们或许可以看到，要是英国人民和美国人民在1933年左右就了解希特勒的本性，战争原本或许是可以避免的。同样地，英苏关系的体面发展需要抛却幻想。大部分人原则上同意这一看法，但抛却幻想意味着刊登事实，而事实总是让人觉得不愉快。

一个人不能坦率直言，因为它会被某一个凶险的敌人"所利用"，这么一番论调是不诚实的，因为这些人只有在这么说对他们有利的时候才会祭出这番论调。正如我已经指出的，那些关心事实会被保守党所利用的人却不关心事实会被纳粹分子所利用。天主教徒说："不要得罪佛朗哥，因为这对希特勒有利。"而他们在之前的那几年就一直在有意识地帮助希特勒。这番论证的背后隐藏着这么一个动机：为了某个利益集团进行政治宣传，并恫吓批评家说他们"在客观上"起到了反动作用，让他们保持沉默。这是一个颇具诱惑力的伎俩，我自己也不止一次使用过这一手段，但这是狡诈的行为。我想，要是一个人能记住谎言的好处总是短暂的，他或许就不会去利用谎言。打压真相或粉饰真相似乎总是积极的义务，但是，真正的进步只能伴随着渐进的启蒙而发生，而这意味着持之以恒地消灭谎言。

与此同时，反对言论自由的那些人给《论坛报》所写的信件从反面证实了自由主义的价值。"不要进行批评，"这些人其实是在说，"不要披露不利的事实。不要被敌人利用了！"但是，他们自己却在动用所能动用的一切暴力抨击《论坛报》的方针。他们有没有想过，要是他们所赞同的原则真的被付诸实践的话，他们的信件根本就不会被刊登出来。

空荡荡的孩子们的圣诞节①

玩具店不像去年的这个时候那样看上去空荡荡的，但你能说的也就只有这个而已。

在玩具种类中似乎仍然完全"缺货"的是每一种橡胶和赛璐珞制品——没有气球、没有漂浮在浴缸上面的天鹅或金鱼；蜡制的洋娃娃、梅卡诺装配玩具②也都没有踪影；当然，缺货的还有精巧的发条玩具，以前是从德国进口到这儿来的。

玩具三轮车，如果还有的话，都是二手的罕有物品，不过滑板车倒是有很多，还有质量非常差的婴儿车。弓箭玩具或许还能买得到，但我从来没有见过，就连小刀也难得一见。

布娃娃和木制的玩具——木头车、玩具枪什么的——做工粗劣而且价格昂贵。布浆纸做的书似乎几年前就消失了。另一方面，铅皮士兵又到处都在卖。它们是那种粗制滥造的东西，线条平坦，全身上下都涂着油漆，但对于一个从来没有见过战前卖的那些有毒气面罩和绑腿的仿真模型的七岁孩子来说，已经能让他很高兴了。

钢丝锯也可以买到，不过多余的刀片则不容易买到。你又可以买到橡皮泥了，还有其它种类的模型蜡和万花筒。绘具箱和画笔的质量都不差，但好的画纸则不太好找，而且买到 2B 铅笔似乎仍然是不可能的事情。

你随处可以找到那些亲切的小杂货店，里面有天平、锡罐和一个木柜台。一个吸引人的东西就是化学装置，对于一个十二岁的聪明的小男生来说，这是最有魔力的玩具。

在伦敦的一间商店里，我看到了很精致的试管、烧瓶和酒精灯套装——不过我得承认当我了解到价格时，我的脑袋就好像被橡胶警棍砸了一下。

在孩子们眼中，这又将会是一个很萧条的圣诞节，但你应该记住，成品玩具的重要性被夸大了。年纪很小的孩子几乎不需要玩具。

比方说，给一个婴儿送玩具是很荒唐的事情，但人们总是习惯性这么做。对于那个婴儿来说，一件玩具只是软绵绵的东西，并不比一条打了结的毛巾好玩多少，就算到了学步的年龄，玩火钳或在罐子里放一块石头也总是要比玩商店里买来的东西更加开心。

如果你有工具的话，有的玩具你能自己动手做。自己做的木头卡车或样式比较简单的木马更加结实，而且便宜一些，而且你能从任何木器店里买到轮子。

低龄儿童似乎总是抓住严格来说不能被称为玩具的东西玩得不亦乐乎。比方说：木匠的工具、锯掉的边角料、珠子、剪下来做贴画的油毡、瓷土和熟石膏。奇怪的是，木工活儿和钢丝锯已经被改造成为用于玩乐的消遣，但补锡和打铁还没有。

到了八岁以上，一个聪明的孩子要么是做东西，要么是搞破

---

① 刊于 1945 年 12 月 1 日《标准晚报》。
② 梅卡诺装配玩具（Meccano sets），由英国人弗兰克·霍恩比（Frank Hornby）发明的模型装配玩具，零件复杂，需要玩家有较高的动手能力，1901 年开始进行销售。

坏。一个十二岁的男孩玩弹弓几乎乐此不疲，这东西他只花六便士就能自己做出来。

正是这一普遍的热情所赐，贝里沙街灯①得是金属制品，而不能是玻璃制品。

对于生活在这个国家的孩子来说，一年三分之二的时间里，最迷人的玩具之一就是一个盛着水的水族箱，你可以用一个小罐子或盛7磅东西的腌菜缸做成。生活在里面的生物——蝌蚪、石蚕蛾和水虱——不需要怎么照料，而且那个水族箱摆在餐桌中间比摆一盆花有趣多了。

当玩具买卖再次恢复正常时，我希望几种在战前已经消失但我最喜欢的老玩具会再回来。鞭绳玩具仍然很受欢迎，但陀螺似乎近年来已经不流行了。它有两种：一种是彩色的，你从肩膀上方扔出去；一种是白色的，更难操控，你得手不过肩地扔出去。

我的童年最美妙的快乐是那些装在木炮架上的黄铜小炮，如今除了古董店之外就很难买到了。最小的炮管只有你的小指那么粗，最大的炮管有六到八英寸长，卖10先令，发出来的声响就像审判日来临一样。

要让它们开火你必须有火药，有时候商店里不肯卖给你，但一个有办法的小男孩能自己制作火药，前提是他得很小心，从三间不同的化学药品商店买到原料。

三十年前当一个孩子的好处之一是，他们能更加无忧无虑地

---

① 贝里沙街灯（Belisha beacon），英国式供行人横穿马路的街灯，其形状是一根黑白两色的杆子，上面悬吊一盏琥珀色的球状灯泡，由莱斯利·霍尔-贝里沙（Leslie Hore-Belisha，时任英国交通部长）于1934年进行推广，因而得名。

玩火器。直到前一场战争不久之前，你仍可以走进任何一间单车店买一把左轮手枪，甚至当政府开始关注左轮手枪时，你仍然可以花7先令6便士买到一把很有杀伤力的武器，名字叫打靶枪。我在十岁的时候买了第一把打靶枪，没有人盘问我。

正常的健康孩子都喜欢爆炸。我想自从欧战胜利日①之后我听到的爆炸声比之前的六年加起来还要多——当然，爆炸声没那么响。

与此同时，你就算要买一把气枪都很困难，市面上有的那些都是最糟糕不过的破烂玩意儿。

让我们期盼明年的这个时候情况会有所不同，所有罕见的或买不到的玩具将再次回到商店里，不只是气枪，还有带脚踏板和用链条传送动力的摩托车、吓你阿姨一跳的发条老鼠、有真的锅炉的火车头、迷你缝纫车、四四方方可以一块块叠上去的木块、九柱撞球，那些球是圆形的，而不是蛋形的，还有新版本的斯特鲁威尔皮特丛书②和比奇克斯·波特③丛书，它们严格来说不能算是玩具，但没有哪个小孩从小到大完全离得开它，现在得到二手书店的书架上搜罗很久才能买到。

---

① 欧战胜利日(VE Day)，1945年5月8日，纳粹德国向同盟国宣布无条件投降，这一天成为欧洲纪念二战胜利的纪念日。
② 斯特鲁威尔皮特丛书(Struwwelpeter)，德国儿童图画书系列，最初由海因里希·霍夫曼(Heinrich Hoffmann)执笔。
③ 比奇克斯·波特(Beatrix Potter)，英国儿童图画书系列，最初由英国女作家海伦·比奇克斯·波特(Helen Beatrix Potter)执笔。

为烧煤辩护[①]

不久之后，匆匆忙忙搭建预制板房屋的工作就会告一段落，英国将着手进行大规模的永久性房屋的建设任务。

那时候将有必要决定我们的家里使用哪种供暖方式，你可以事先肯定会有一帮规模虽小但声音响亮的少数派要求取消旧式的烧煤壁炉。

这些人——他们还崇拜钢管椅子和玻璃面的桌子，为节约劳动力而节约劳动力——他们会争辩说烧煤很浪费，又脏，而且没有效率。他们会声言把一筐筐的煤块拖上楼是一件辛苦的事情，而且早上把灰烬扒拉出来很累人，他们还会补充说我们的城市烟雾缭绕，而数以千计的烟囱排出来的烟使得情况愈加严重。

所有这些是千真万确的事情，但如果你想的是生活而不只是省事，它们并不是很重要。

我不是在说烧煤应该是唯一的供暖方式，只是说每座房子或公寓应该至少有一个开放式的壁炉，可以让全家人围坐在它的周围。在我们的气候下，任何能让你暖和的东西都会受欢迎，而且在理想的条件下，每一种取暖设备都应该装进每一座房子里。

对于所有的工作室而言，中央供暖是最好的方式。它不需要照料，而且它使房间的所有地方都能均匀地取暖，你可以根据工作的需要摆放器具。

对于卧室来说，气暖或电暖是最合适的。就连一盏不像样的煤油炉也能供应许多热量。在冬天的早晨，端着煤油炉一起进厕所是非常舒服的事情。但对于一个日常起居的房间来说，只有煤炉才合适。

烧煤的第一个优点是，由于它只能给房间的一头供暖，它迫使人们聚集在一起，方便了交流。今天晚上，当我正在写稿时，同样的情景就在数十万户英国家庭里发生。

壁炉的一头坐着父亲，正在阅读晚报，另一头坐着母亲，正在织毛衣。炉边的地毯上坐着孩子们，正在玩蛇梯棋。壁炉架上小狗正躺着取暖。这是美妙的一幕，是一个人的美妙回忆的背景，而家庭，作为一种制度的维系，对它的依赖或许要比我们想象中的更加强烈。

而且对于一个孩子来说，壁炉的火本身就是无穷的乐趣。一团火焰每两分钟就会改变，你可以看着火焰中心红彤彤的煤块，随着你浮想联翩，你看到了洞穴、面孔或火怪。如果父母同意的话，你甚至可以把拨火棍烧得通红，然后夹在栅栏中间把它掰弯，或往火苗上撒盐，让它们变成绿色的，以此自娱自乐。

相比之下，气暖或电暖，甚至无烟煤炉都很无趣。最让人倒胃口的设备是那些假把式的电暖器，它们的样子看上去像是烧煤的壁炉。仿造这件事不就是在承认真东西要更加优越吗？

如果像我说的那样，壁炉能促进交流，并且能带来美感，而这一美感对于小孩子来说非常重要，担待点麻烦也是值得的。

确实，烧煤浪费又麻烦，而且会带来本可以避免的工作，但你也可以说生孩子也是这样。问题的关键是，家居设施不能单从

---

① 刊于 1945 年 12 月 8 日《标准晚报》。

效率进行考虑，还应该包括你从中获得的快乐和舒适。

吸尘器是好东西，因为它免去了使用扫帚和簸箕的枯燥劳动。钢管式家具很糟糕，因为它破坏了一个房间的温馨气氛，却不能让人觉得更加舒服。

我们的文明被"最快捷的做事方式就是最好的"这一观念所困扰。那种能在你跳上床之前把整张床暖得就像面包炉一样的很好用的暖床器被取暖效果很差的黏糊糊的热水瓶取代了，就因为暖床器要抬上楼很麻烦，而且必须每天进行清洁。

有的人沉迷于"实用主义"，或将每个房间弄得就像一间牢房那样空空的、干干净净的，很节省劳力。他们没有意识到，房子是用来住的，因此不同的房间需要有不同的特征。厨房讲究效率，卧室讲究暖和，客厅讲究温馨——而在这个国家需要一年里面有七个月大量烧煤，把火烧得很旺。

我不否认烧煤有其缺点，特别是如今报纸的版面缩水的时候。许多忠贞的共产主义者已经被迫违背自己的原则订阅了一份资产阶级的报纸，就因为《工人日报》版面不够大，不方便引火。

此外还有早上火烧得不旺造成的耽误。当建造新的房屋时，如果每一个壁炉都能有那种所谓的"吹火器"——一块可以拿走的金属片，可以用来通风——那就好了。这可比风箱管用多了。

但即使是烧得再不旺的火，就连一团朝你的脸喷烟，得不停地去捅的火，也要比不烧火强。

作为证明，想象一下圣诞节晚上坐在——就像阿诺德·本涅特的小说《卡片》里面那个极有效率的男主角一样——一个镀金的暖片器旁边，会是怎样一番情景。

论体育精神[①]

迪纳摩足球队[②]短暂的来访已经结束了，现在我可以谈一谈在迪纳摩队到访之前，许多知识分子私底下有何感想。他们说体育总是赤裸裸地展现恶意，他们说这次足球访问只会使得英苏两国的关系比以前更加糟糕。

就连报纸的宣传也没办法掩饰这四场比赛里至少有两场激起了负面的情绪。与阿森纳队的比赛中，前往现场观战的人告诉我，有英国球员和俄国球员拳脚相加，观众们对裁判嘘声大作。还有人告诉我，与格拉斯哥队的比赛从一开始就上演全武行。在如今民族主义盛行的年代，关于阿森纳队的球员组成问题引起了各方的争论：它到底是如俄国人所说的由英国国脚组成的球队，还是如英国人所说，只是一支联赛球队？迪纳摩队突然中止巡回访问赛，目的真的是回避与英国国家队的比赛吗？和以前一样，每个人的回答都受到其政治倾向的影响。不过，倒是有一个人例外。我饶有兴味地注意到，亲俄国的《新闻纪实报》的体育专栏记者就写下了与俄国方面意见不一的报道，声称阿森纳绝非一支全由英国国脚组成的球队，这正是足球煽动起恶性激情的一个例证。显然，这些争论将会在未来几年在历史书的脚注中继续进行。与此同时，迪纳摩队到访的结果，只是使得两国的仇视更加严重。

情况还能怎么样呢？每当我听到人们说体育增进了国家之间

的友谊，说要是全世界的人能够在足球场或板球场上一较高下，他们就不会在战场上兵戎相见时，我总是会觉得十分惊讶。即使有人不了解铁证如山的事实（比方说，1936年的奥运会），不知道国际体育赛事会引发不共戴天的仇恨，根据常识也可以推测得出来。

如今几乎所有的体育项目都是竞技体育。进行比赛的目的就是为了获得胜利，不去拼搏争取胜利，比赛就没有意义了。在乡村绿茵球场上，当你选择哪一边球场进行比赛，没有爱国情绪掺杂进来时，或许你可以纯粹是为了乐趣或锻炼而进行比赛。然而，一旦比赛涉及到尊严问题，当你输掉比赛时，不仅是你，某个大的团体也会面目无光，你就会爆发出最为野性的战斗本能。即使是那些只是参加校园足球比赛的人也深有体会。到了国际比赛的层面，运动说白了就是一场具体而微的战争。但重要的不是球员们的行为，而是观众们的态度，以及观众们身后各个国家的态度。他们如痴似狂地投身于这些荒谬的竞赛，煞有介事地相信——至少在短时间内是这样——赛跑、跳跃、踢球这些项目是对国家价值的考验。

连板球这么一种需要优雅而不是蛮力的休闲运动，也会引起疯狂的敌意，而这一点在1921年澳大利亚板球队来访英国时朝人身上投球和采用粗野的战术这些争议做法上暴露无遗。足球是一项容易受伤的运动，每个国家都有自己踢球的风格，而外国人则认为这导致了比赛的不公，使得情况更加糟糕。最无聊的运动莫

① 刊于1945年12月14日《论坛报》。
② 指乌克兰著名足球俱乐部基辅迪纳摩队（Dynamo Kiev），曾于1975年与1986年获得欧洲优胜者杯。

过于拳击。在这个世界上，最不堪卒睹的一幕是一个白人拳手和一个有色拳手展开拳赛，而观众里什么人都有。拳击比赛的观众总是令人十分讨厌，至于那些女性观众，她们的行为如此过分，我知道军方严令禁止她们参加由军方组织的比赛。两三年前国民自卫队和常备军之间举行了一场拳击巡回赛。我奉命把守赛场的大门，上头特别命令，不能让女人进去。

　　在英国，沉迷体育的风气已经够糟糕的了，而在那些新兴国家，运动与民族主义都正在蓬勃发展。在印度或缅甸这些国家，每逢有足球赛，场内都必须有严密的警察部队把守，防止观众冲入场内。我在缅甸亲眼看到一方球队的支持者在比赛的关键时刻冲破警察的防线，把对方球队的守门员打成残废。十五年前在西班牙举行的第一场重大足球比赛演变成了失控的暴乱。一旦敌对的态度被激起，遵照规则好好比赛的想法就被抛诸脑后。人们想看到的是一方球队耀武扬威，另一方球队受尽侮辱。他们忘记了靠耍诈或通过观众的干预而取得的胜利是毫无意义的。就算观众们没有以暴力的方式干预比赛，他们也会为自己的球队加油呐喊，以嘘声和侮辱"整垮"对方球员，以此影响比赛的走势。严肃的体育运动根本没有公平竞争可言，只有仇恨、嫉妒、吹嘘、蔑视规则和目睹暴力时所获得的施虐的快感；换句话说，就是没有战火和硝烟的战争。

　　与其喋喋不休地吹嘘足球场上的比赛是多么干净健康，说什么奥林匹克运动会让各国更加团结，倒不如思考现在这股对体育运动的狂热是如何形成的以及为什么形成。现在我们所进行的大部分运动项目都是从古代流传下来的，但从古罗马时代到十九世纪，体育运动似乎并没有这么受到重视。即使是在英国的公立学校，得等到上世纪后半叶才兴起对运动的狂热。阿诺德博士①被视为现代公学的创始人，他认为体育运动纯粹只是浪费时间。然后，在英国和美国，体育运动被改造为投资不菲的活动，吸引了大批观众，挑起野性的激情，并从一个国家蔓延到另一个国家。而足球和拳击是最暴力好斗的运动，传播的范围也最广。毫无疑问的是，这整件事是与民族主义的兴起紧密联系在一起的——民族主义疯狂地将个体与象征着权力的团体联系在一起，将每件事都视为面子之争。此外，有组织的竞技体育在城市发展得更加蓬勃兴盛，因为那里的人总是过着安宁而受到种种限制的生活，没有什么机会从事创造性的劳动。在农村社区，一个小男孩或年轻人能从事散步、游泳、堆雪球、爬树、骑马和许多残忍虐待动物的活动像钓鱼、斗鸡、捕鼠，以此消磨过剩的精力。而在大城镇，一个人如果想要发泄过剩的精力或满足施虐的冲动，就只能去参加群体活动。在伦敦和纽约，如今体育运动受到了高度重视，而过去在罗马和拜占庭，体育运动也很受重视。在中世纪，体育运动或许非常暴力血腥，但它们与政治无关，也不会激起集体仇恨。

如果你要往当今世界已经如火如荼的仇恨火上浇油的话，最好的方式莫过于举行几场犹太人与阿拉伯人、德国人与捷克人、印度人与英国人、俄国人与波兰人、意大利人与南斯拉夫人之间的比赛，每场比赛组织十万个人种各异的观众去观看。当然，我不是说运动是国际敌对情绪的主要原因，我认为大型体育项目只

---

① 托马斯·阿诺德(Dr. Thomas Arnold，1795—1842)，英国教育家、历史学家，曾担任著名的拉格比公学(Rugby School)校长及牛津大学特级客座教授。

是引发民族主义的种种成因所造成的一个结果。但是，你把十一个人组成一支队伍，称他们为国家精英，派他们出去和另一支球队进行比赛，还让所有人相信哪一支球队输了就是让国家"颜面无光"，这只会使得事情变得更加糟糕。

因此，我希望我们不要在迪纳摩队到访之后派出一支英国球队到苏联回访。要是我们必须这么做，那就让我们派出一支二流球队，这样就一定会输球，又不至于被认为这支球队代表了英国的最高水平。现在麻烦的事情已经够多了，我们不能再雪上加霜，鼓动年轻人在狂热的观众的呐喊声中互相飞铲对方的胫骨。

扔了这身规定的服装[①]

几周前我收到一封晚宴邀请函（为了某项公共活动），上面写着"非正式服装"。

在目前这个时候，"非正式"是一个很客气的用语，指代我们中的大部分人还剩下的服装。这几个字或许没有必要写，但其真正的含义当然是"你不需要穿晚礼服"。

因此，有必要告诉某些人这一点——甚至或许有人真的愿意再把自己紧紧地锁在硬胸衬衣里。不难预见到，很快我就会收到另一封邀请函，上面写着"可穿晚礼服"，这将离那一身令人乏味的黑白两色正装成为去剧院、舞会和高档餐厅的必备服装不远了，就像七年前一样。

在当下，没有哪个人——我是说，没有哪个男人——会给自己买一整套晚装。搞不到黑市布票根本没办法。但是，并非所有战前的"正装"都被蛀虫侵蚀或被裁剪成两件套的女款正装，有的服装正开始卷土重来。

因此，现在是最终决定男士的晚宴正装是否应该重新出现，如果要重新出现的话，以什么形式出现。

原则上，穿晚装是一项文明习俗。去朋友家或去消遣之前穿上特别的服装，让自己显得很精神，让夜晚和白天的工作时间彻底隔绝。

但是，战前的晚装只是为了满足女性。一个女人选择晚装是为了打扮自己，如果可能的话，让自己不同于别的女人。她能够以相对廉价的方式做到这一点，因此，过去许多年来，女性的晚装延伸到了几乎每一个社会阶层。

另一方面，对于男性而言，晚装总是让人觉得很讨厌，就连热衷于穿晚装的人重视它们也主要是出于势利的心态。

首先，男性的晚装都极其昂贵。要给自己买上一整套晚装——燕尾服、晚宴西服、黑色大衣、皮鞋和别的服饰——即使以战前的价格去计算，至少也得花 50 英镑。

而且这些服装不但很昂贵，还要求款式一致，它们有着各种细小的规定，不去理会这些规定的话，代价就是你会觉得很不自在。穿白色马甲配晚宴外套，或柔软的衬衣配燕尾服，在前襟镶两个饰钉而别人只镶一个，甚至裤子花边的条纹太宽或太窄都足以让你成为另类。

就连正确地打一条晚装领带也需要多年的练习才能掌握。整件事情就是一个势利的仪式，让没有经验的人觉得很可怕，让任何有民主思想的人觉得反感。

其次，男性的晚装根本不舒服。穿一件浆硬的衬衣是很痛苦的事情。想要跳舞的话，很难找到比一件高硬领更不舒服的领饰了，夜晚刚过一半它就变成了一块湿透的破布。

最后，这些服装都很丑，而且根本没有必要。它们都是黑白两色，这个色彩搭配只适合肤色很白的人或肤色特别黝黑的黑人。但是，必须承认，有时候一些有勇气的人穿的绿色或紫色的晚装也好看不到哪儿去。颜色的改变无法消除现代男装那些司空

---

① 刊于 1945 年 12 月 22 日《标准晚报》。

见惯的丑陋的线条。

我们的服装很丑，而且过去一百年来一直如是，因为它们只是按照圆柱体去设计，根本不符合身体的线条，也没有利用织物的柔顺度。最不丑的服装通常都是那些实用设计的服装，就像连衫裤工作服或合身的战斗服。

那我们就不能演变出一种晚装款式，穿着舒服，与此同时又不会显得势利吗？

说"每个人想怎么穿就怎么穿"是没有用的。为了心里觉得舒服，男人得觉得他们的穿着和别人并没有太大的区别。我们所想象的晚装将具有真正的民族特色，就像战斗服一样，不仅实用，而且所有级别的军人，从将军到士兵都一样。其次，它必须便宜。第三，它得穿着舒服——也就是说，比白天穿的那些服装要更加舒服更加休闲。

最后，它必须好看，这和便宜并不矛盾，就像你在任何东方国家能看到的，那里的穷苦农民穿的衣服要比最昂贵的欧洲衣服看着更加舒服。

如果我们想要有意识地摆脱现代男性服装的丑陋，现在就是时候——现有的存货几乎接近于零。但如果我们没办法设计出一种赏心悦目的新晚装，至少让我们保证那些旧式的晚装（它们庸俗、昂贵，而且还得劳心费神地在衣柜下面寻找丢失的领扣）不会卷土重来。

老乔治的年历①
——看着水晶球的奥威尔②

几个星期前《论坛报》接受了举世闻名的占星师林铎③的广告，卖的是林铎的 1946 年的年历，当时我觉得要是到年底去回顾这本年历，看看预测准不准，一定会是很有意思的事情。如果我还能活到那个时候的话，我一定会去做这件事。但如果我在新年即将来临的时候也进行预测会比较公平。我的预言或许会让人觉得心里不好受，或许不像林铎的预言那么详细，但我只是秉心直言：

国际关系：现在各国的外交部长正在莫斯科开会，但这场会议将会以失败而告终，只会诞生唱高调的宣言，导致全面敌意的进一步升级。之后国际局势会继续恶化，虽然会有几段时间出现情况似乎有所改善的迹象。但最关键的因素是没有哪个国家愿意放弃主权，也没有哪个国家准备好进行另一场战争。大体的倾向是建立"势力范围"，而不去进行合作。经过漫长的拖延，联合国组织的建立将漫不经心地开始进行，但没有人相信它能起到什么作用。随着这一年逐渐过去，情况越来越明显：美国和苏联将达成妥协，以牺牲英国作为代价。讨价还价的主要条件是美国不干涉欧洲和中东事务，而俄国则不干涉日本和中国的事务。但不管怎样，俄国和美国的军备竞赛将毫无间断地进行。针对军事战略要地如基尔运河、丹吉尔、苏伊士运河和台湾海峡将展开激烈的外交争夺。但每一次，那些有争议的地区的控制权仍保留在离它最近的大国的手中。达达尼尔海峡将由俄国人控制，的里雅斯特将被宣布为国际港，然后（或许不会是 1946 年）划归意大利或南斯拉夫。

原子弹：美国人将继续保守秘密，关于它的真相的争吵将继续进行。如果有某个科学家或科学家的团体即将泄露秘密，争吵的焦点将是这个秘密只能透露给苏联，而不是整个世界。到了年底将会有谣言说苏联已经掌握了原子弹。接着就会有其它的谣言，说问题的关键不在于原子弹本身，而是能运载原子弹数千公里之远的火箭。将原子弹应用于工业的尝试将毫无进展，而原子弹的生产将继续进行。乔德教授和其他人将签署一份声明，要求原子弹应该由国际监管，而且会有许多宣传指出原子能如果得到恰当的使用，将能够造福人群。还会有人敦促政府修建 500 英尺深的防空洞，但将以失败告终。在所有的国家，公众将逐渐对这个问题失去兴趣。

下面是我在篇幅允许的情况下对个别国家进行的预测：

美国：经过几个月的大肆挥霍，美国突然遭遇经济危机和大规模失业。而过快的复员使得情况更加糟糕。声势浩大的法西斯运动将会兴起，或许是由军人担任领袖。与这场运动同时进行的还有敌对的黑人法西斯主义运动，与亚洲类似的运动遥相呼应。反英情绪将全面加剧，而在这一点上美国各方势力达成了共识。孤立主义和帝国情怀将同时滋生，而且就体现在同一群人身上。

---

① 题目是对老摩尔年历的戏仿。
② 刊于 1945 年 12 月 28 日《论坛报》。
③ 爱德华·林铎（Edward Lyndoe），情况不详。

苏联：继续进行大规模的军事动员和军备生产，结果就是对人民的大肆掠夺。饥荒和流离失所在萧条地区非常普遍。逃兵和囚犯返回监狱引发了严重的麻烦，许多人被流放到西伯利亚。随着泛斯拉夫情绪的增强，苏联将再次对外输出更加革命的口号。剥夺言论和出版自由的新法令将会颁布。驱逐外国观察员将继续进行，只有那些帮闲会被留下。

英国：日常生活的条件没有改善。对于管制的持续、复员工作的缓慢和房屋紧缺的不满逐渐积累。反犹主义和反美情绪将会略有增强，亲俄情绪逐渐消退，对出生率的烦恼重新出现，并提出诸如补助怀孕和鼓励欧洲移民等建议，但没有一个提议能够实现，原因就在于常年的煤炭紧缺、许多次非正式的罢工、野蛮的斗争，以及普通人根本无法理解的产业变迁。到了年底，反对党将在补选中抢回一些议席，但这并不表示保守党能够卷土重来，恰恰相反，将会有一场小规模但相当活跃的法西斯运动，大部分参与者是以前的军官。工党将会出现严重的分裂迹象。

德国：经济萧条伴随着盗匪四起。在明年的某个时候盟军将认定德国是一个负担，并开始重建之前捣毁的工业设施。捷克人将重新接纳之前被驱逐出境的德国人。强大的抵抗运动将会兴起，一开始由前纳粹分子领导，但加入了之前的反纳粹主义色彩。到了年底的时候，大部分德国人将会遗憾地怀念纳粹政权。希特勒依然在世的谣言将会出现。

法国：缓慢的经济恢复，思想上陷入停顿，天主教势力将比其它教派掌握更多的权力。社会主义者与共产党人渐生龃龉。仇外情绪将全面滋长。西欧联盟将成为一个重要的政治问题，但各方势力达成了完美的平衡，没有达成任何决议。

印度：一个接一个的僵局。暴动、和平抗议、火车脱轨、刺杀欧洲的重要人物，但没有大规模的反叛。缅甸将发生零星的战斗，都是盗匪和没有投降的日本人惹的祸。南亚将出现饥荒和接近饥荒的情况。马来亚、印尼群岛的部分地区和亚洲各地出现了法西斯运动，宣称有色人种的优越性。几个月后，尼赫鲁将宣称工党比保守党更坏。

我可以继续写下去，但篇幅不够了。看着我的水晶球，我看到中国、希腊、巴勒斯坦、伊拉克、阿比西尼亚、阿根廷和十几个其它国家的苦难。我看到内战、狂轰滥炸、公开处决、饥荒、瘟疫和宗教复兴。如果一定要寻找什么令人开心的消息的话，西班牙和葡萄牙的情况将会有些许改善，几个偏远的、不值得征服的小国的情况还不至于太糟糕。

新年的寄语应该带有昂扬和鼓励的意味，或许有人会反对说我的预测太灰暗了。但真是这样吗？我还觉得可能事实会证明我太乐观了呢。对于那些不听点好话就无法面对未来的人，我想说的是：即使我所预测的事情都成为现实——是的，还有很多恐怖的情景我没有提及——但比起过去六年，1946 年仍会好得多。

文学的绊脚石①

大约一年前我参加了笔会俱乐部②的一次聚会，主题是纪念弥尔顿的《论出版自由》发表三百周年③——那是一本值得缅怀的捍卫出版自由的宣传册。会议开始之前派发了一份传单，上面印着弥尔顿那句关于"谋杀"一本书的罪恶的名言④。

四位演讲者上台发言。其中一位进行了关于出版自由的演讲，但内容只局限于印度。另一位吞吞吐吐含含糊糊地说自由是个好东西。第三位对涉及淫秽文学的法律进行了批判。第四位的大部分内容在为俄国大清洗运动进行辩护。在会场听众的发言中，有几位回到了淫秽内容和相关的法律问题上。其他人只是一味地颂扬苏俄。道德上的自由——公开在出版物上探讨性问题的自由——似乎得到了公众的首肯，但政治自由则没有被提及。在这个有数百人到场的集会中，大概有一半人投身于写作这份职业，却没有一个人指出，出版的自由，究其含义，指的是批评和反对的自由。重要的是，没有人引用那份宣传册的内容，虽然表面上它是纪念的主题。而且没有人提起战争期间在英国和美国被"毙掉"的众多书籍。这次座谈会的真正效果，反倒成了赞同出版审查的表态。⑤

这件事情没有什么值得惊讶的。在我们这个时代，思想自由的理念受到两个方向的夹击。一边是其理论上的死敌——为极权主义开脱的辩护者，另一边是它在现实中的死敌——垄断和官僚体制。任何洁身自好的作者或新闻工作者都会发现让自己吃尽苦头的不是积极的迫害，而是社会的浪潮。阻挠他的事情是，媒体集中于少数有钱人的手中，他们垄断了电台和电影，而公众不愿意花钱买书，使得几乎每个作家都不得不靠写一些乱七八糟的东西和为新闻部与英国文化委员会卖命以挣得一部分收入。这些机构让作家得以苟延残喘，却在浪费他的时间和主宰他的思想。过去十年来持续不断的战争气氛所造成的扭曲，任谁也无法逃脱。我们这个时代的每一件事情都在把作家和其他文艺工作者塑造成小官僚，专注于上面布置的主题，从不表达他认为是全部真相的内容。但在对抗这一命运的过程中，他得不到己方阵营的支援，也就是说，没有一个大的思想群体给予他信心，让他知道自己是对的。在以前，至少在清教徒运动兴起的那几个世纪里，反叛的理念和思想的道德正派交织在一起。一个异端——政治上、道德上、宗教上或美学上的异端——是不愿意背叛自己的良知的人。

---

① 1946 年 1 月刊于《辩论》。

② 笔会(PEN)，是"诗人、散文家与小说家"(*Poets, Essayists and Novelists*)三个单词的首字母缩写，与英语单词"pen"(笔)拼写相同。该协会于 1921 年由英国女作家凯瑟琳·艾米·道森·斯科特(Catherine Amy Dawson Scott，1865—1921)创建，首任主席是英国作家约翰·高斯华绥(John Galsworthy，1867—1933)，第一批会员包括萧伯纳、威尔斯等著名作家。

③ 《论出版自由》(*Areopagitica*)是 1644 年英国作家约翰·弥尔顿在英国国会发表的宣传册。

④ "谋杀一本好书与谋杀一个人不能同日而语：杀人只是杀死一头理性的动物，那是神明的一个化身；而谋杀一本好书，则是眼睁睁地杀死理性本身，杀死上帝。"

⑤ 原注：说句公道话，笔会俱乐部举办的为期一周的纪念活动并非都那么糟糕。可能我碰巧去的那天不是好日子。但对那本演讲稿集(书名起的就是《表达的自由》)探究一番就会知道在我们这个时代几乎没有人能够像三百年前的弥尔顿那样直率地为思想自由辩护——虽然弥尔顿写出这番话的时候正值英国内战。

他的观点可以用复兴教会的圣诗加以概括：

> 勇于当但以理[1]，
>
> 勇于孤身奋斗，
>
> 勇于坚持信念，
>
> 勇于传播信仰。

要让这首圣诗与时俱进，你得在每一句话前面加上"不要"这两个字。因为我们这个时代的特点就在于现有秩序的背叛者，至少是他们中人数最多、最为典型的代表，同时也是个体道德的背叛者。"勇于孤身奋斗"不但是非常危险的举动，也是思想上的犯罪。无形的经济力量将作家与艺术家的独立侵蚀殆尽，与此同时，那些原本应该捍卫独立的人也在对它进行摧残。在这里我所关心的，是第二种情况。

思想的自由和出版的自由总是被不值一哂的意见所抨击。做过讲座和进行过辩论的人都对它们倒背如流。在此我无意探讨那些熟悉的论调，说什么"自由只是一种幻觉"或"极权主义国家比民主国家有更多的自由"，我要探讨的是更站得住脚和更危险的主张，说"自由并不是什么好东西"和"思想的诚实是一种反社会的自私"。虽然这个问题的其它方面总是更加显眼，但关于言论自由和出版自由的争议归根结底是"撒谎究竟是否可取"的问题。真正的争论焦点是真实地报道当代事件的权利，或者说是

---

① 但以理，《圣经·旧约》中的希伯来先知，由于笃信上帝，虽被扔入狮子坑而毫发无伤。

带着每个观察者都无法逃避的愚昧、偏见和自我欺骗尽可能真实地去报道当代事件的权利。我这么说似乎是在说直白坦率的"报告文学"是唯一有价值的文学形式，但我会在后面尝试表明在每一个层次的文学作品中，或许在每一种艺术形式中，同样的问题都以某种微妙的形式出现。与此同时，有必要将总是掩盖着这一争议的无关紧要的内容剥离开来。

思想自由的敌人总是想把问题歪曲成纪律与个人主义之间的矛盾，而把真相与谎言这个本质问题尽可能隐而不谈。尽管强调的重点会发生变化，但不愿意出卖自己意见的作家总是被视为一个纯粹的利己主义者。他被斥责为要么是想让自己"躲进小楼成一统"，要么是在哗众取宠卖弄风情，要么是在螳臂挡车妄图阻挠不可遏止的历史潮流，想要保住自己那不正当的特权。天主教徒和共产党人都认为敌人不可能是诚实而睿智的人。两者都心照不宣地声称"真相"已经昭示，而如果异端者不是白痴，那他就是打心眼里了解"真相"，只是出于私心而抵制它。在共产主义的文学作品中，对思想自由的攻击总是以"小资产阶级个人主义"、"十九世纪自由主义的幻梦"等长篇大论作为掩饰，并滥用诸如"浪漫"、"多愁善感"这些词语作为支持。由于这些词语没有公认的含义，因此很难作出回应。通过这种方式，争议的真正问题被转移了。你会接受，而且大部分开明人士都会接受共产主义者的论点，认为纯粹的自由只存在于没有阶级的社会，当一个人努力让这个社会实现时，他是最接近自由的。但偷偷地夹杂在这一理念中的还有"共产党的目标就是建立没有阶级的社会，而苏联正在致力于实现这一目标"这个没有根据的论点。如果前一个论点能够导出后一个论点，那几乎任何对常识和行为准则的侮辱都可以被证明是合理的。与此同时，真正重要的事情却一直被忽略了。思想自由意味着个人表达自己所见所闻所感的自由，不会被迫捏造和虚构事实和感受。那些反对"逃避主义"、"个人主义"、"浪漫主义"等熟悉的长篇大论只是辩论的手段，其目的是让歪曲历史变成似乎是可敬的行为。

十五年前，捍卫思想自由要与守旧派和天主教信徒进行斗争，并在一定程度上与法西斯主义者进行斗争——因为他们在英国并没有强大的势力。到了今天要对抗的则是共产党及其"同路人"。你不应该对规模并不大的英国共产党的直接影响进行夸大，但俄国神话对于英国知识分子的毒害却是毋庸置疑的。由于它的影响，事实被打压和扭曲到如此严重的程度，让人怀疑到底我们这个时代能不能记载真实的历史。让我只举一个例子，这样的例子我可以列举出好几百个。德国被打败后，我们发现有许多俄国人——无疑，大部分是出于非政治动机——改变了阵营，为德国打仗。而且有一些俄国的战俘和流民不愿意回苏联，虽然数字不多，却也不容忽视，他们当中的一部分人是被迫遭返回国的。在场的许多新闻工作者都知道这些事实，但英国的报刊对这些只字未提。与此同时，英国的亲俄宣传工作者继续声称苏联"没有内奸"，以此为1936年至1938年的大清洗和流放辩护。围绕着像乌克兰大饥荒、西班牙内战、对波兰的政策问题的谎言和不实的信息就像浓雾一样。这并非完全出于有意识的欺骗，但任何对苏联抱有热烈同情的作家或记者——那是俄国人操纵下的同情——对重要问题的故意弄虚作假持默许的态度。我面前摆着一份非常罕见的宣传册，是马克西姆·李维诺夫①在 1918 年写的，对俄国革命的近期事件进行概述。里面没有提到斯大林，但对托洛茨基、季诺维耶夫、卡米涅夫和其他人予以高度赞扬。对待这么一份宣传册，即使是最理智谨慎的共产党员会持什么态度呢？最暧昧的态度会说这是一份不受欢迎的文件，应该将其查禁。如果出于某种原因决定要发行这本宣传册经过篡改的版本，则会对托洛茨基加以诋毁并加入斯大林，没有哪个对党保持忠诚的共产党员会提出抗议。近年来，类似的文件伪造一直在发生，但重要的并不是它们发生了，而是即使在它们的真相被了解时，整个左翼知识分子群体对此却无动于衷。阐述真相被视为"不合时宜"，或会被某人"趁机利用"，人们觉得这一理由无可辩驳。几乎没有人在乎他们所容忍的谎言被刊登在报纸上和被载入历史书中。

极权主义国家的有组织的撒谎并不像有时所说的那样，是类似于"兵不厌诈"那样的权宜之计。这是极权主义与生俱来的特点，即使集中营和秘密警察部队已经没有存在的必要也仍然会继续下去。在共产党的知识分子内部流传着一则地下消息，大意是尽管俄国政府现在被迫进行虚假的宣传、诬陷罪状的审判等等事情，但它正在秘密记录下真相，以后将会把这些真相公之于众。我想，我们可以很肯定地说事实根本不是这样，因为这么一种行为所暗示的心态是一个信奉自由主义的历史学家的心态，认为过去是不容改变的，对历史的正确认识是理所当然的有价值的事情。而在极权主义者的眼中，历史是创造出来的，而不是学习了

---

① 马克西姆·李维诺夫(Maxim Litvinov, 1876—1951)，苏联共产党员，曾担任苏联驻美大使，代表作有《布尔什维克革命：它的崛起和意义》。

解到的。一个极权主义国家的实质是神权政治，其特权统治阶级为了保住自己的地位，必须被认为是一贯正确的。但在现实中没有人能一贯正确，因此必须经常性地篡改历史事件，为的是证明这个或那个错误并没有犯过，这个或那个臆想的胜利的确发生了。然后，每一次政策的大调整都需要对教条进行相应的调整，烘托出形象伟大的历史角色。这种事情到处都在发生，但显然，在任何时候只能容忍一种意见的社会里更有可能会发生肆无忌惮的对历史的篡改。事实上，极权主义总是要求不停地篡改历史。从长远来看，它或许会要求否定客观真实的存在。在这个国度，极权主义的帮凶总是争辩说，既然绝对的真相无法得知，撒个弥天大谎比撒个小谎其实糟糕不到哪里去。他们指出，所有的史实都带有偏见，而且并不准确；另一方面，现代物理学已经指出，我们眼中那个真实的世界其实只是幻觉，因此相信眼见为实耳听为虚的证据只是庸俗的思想。一个能够维系自身延续的极权主义社会或许建立起了精神分裂的思想体系。在这个社会里，常识的法则对日常生活和某些纯科学研究起作用，但政治家、历史学家和社会学家可以罔顾它们的存在。已经有无数的人认为篡改科学课本是可耻的事情，却认为篡改历史事实并没有什么错。当文学与政治勾结在一起时，极权主义对知识分子施加了最沉重的压力。目前纯粹的科学还没有遭受到同等程度的威胁，这在部分程度上解释了在所有国家，科学家比作家更认同政府这一事实。

要正视这件事，让我再重复一下我在这篇文章一开始时说过的话：在英国，真相和思想自由的直接敌人是出版业大亨、电影巨头和官僚阶层，但从长远看来，知识分子本身失去了追求自由的愿望是最严重的症状。我好像一直都在谈论审查制度的影响，对象只是政治报道，并没有对整体文学进行探讨。就算苏俄是英国出版业的禁区，就算波兰、西班牙内战、苏德同盟等等这些问题被禁止进行严肃的讨论，而如果你掌握了与主流的正统理念不合的信息，你应该要么将其扭曲，要么保持缄默——就算是这样，为什么广义层面上的文学会受到影响呢？每个作家都得是政治家，每本书都得是直白的"报告文学"吗？就算在最高压的独裁体制之下，难道作家就不能保持内心的自由，将自己的非正统思想进行提炼或伪装，让愚昧的官方人士无法察觉吗？再者说，如果作家本人认同主流的正统理念，为什么它会让他感到压抑呢？难道文学或任何艺术在艺术家和受众没有严重的意识形态冲突，没有尖锐差异时不是最有可能蓬勃发展吗？难道你非得认为每个作家都是叛逆者，或每一个这样的作家都不是正常人吗？

任何人只要尝试反驳极权主义的主张以捍卫思想自由，就会遇到以这样或那样的形式出现的这些争辩的理由。它们的依据是对文学的含义、文学的形成和为什么要有文学的彻底误解。他们认为作家要么只是哗众取宠的小丑，要么只是唯利是图的御用文人，能轻松地在不同的宣传政策中游刃有余，就像管风琴的调音师变换调子一样轻松。但说到底，书是怎么写出来的？从低的层面来说，文学是通过记录经历来影响同时代读者的观念的尝试。就表达的自由而言，一个新闻工作者和最"非政治化"的虚构作家之间的区别并不是很大。当新闻工作者被迫撰写谎言或放弃报道他觉得重要的新闻时，他没有自由，也清楚地知道自己没有自由。当虚构作家不得不扭曲他自认为是事实的主观感觉时，他就失了自由。他或许在歪曲和讽刺现实，以此更加清楚地阐述自己的意思，但他不能歪曲他自己心目中的想法，他不能有底气地说他喜欢自己不应该喜欢的东西，或相信他不应该相信的东西。如果他被逼着这么做的话，唯一的结果就是，他的创作才华会陷入枯涸。避免有争议的话题对解决问题无济于事。没有哪一种文学作品真的没有政治色彩，在我们这个时代，当每个人的意识上都带着政治意义上的恐惧、仇恨和忠诚时更是如此。就连一个禁忌也能对思想造成全方位的戕害，因为任何思想上的放纵都有走向思想禁区的危险。极权主义的氛围对任何散文作家都是致命的，但诗人或许还能够苟延残喘。而在任何延续了几代人之久的极权主义社会，原本过去四百年来存在的散文写作一定会就此夭折。

有时候在专制体制统治下文学会获得蓬勃发展，但是，正如经常指出的那样，过去的专制体制并不是极权体制。它们的镇压工具往往不够有效，它们的统治阶级总是要么腐化堕落，要么漠不关心，要么有半自由化的思想倾向，而主流的宗教信条并不认同完美主义或人类能够一贯正确。大体上说，散文创作在民主和思想自由的时期达到了自己的最高水平。极权主义的新颖之处在于，它的信条不仅不容挑战，而且很不稳定。它们总是得艰难地被接受，但另一方面，它们总是一下子就会发生改变。比方说，想一想英国共产党及其"同路人"在英国和德国交战期间不得不接受的各种互相矛盾的立场。在1939年9月之前，他所接受的命令是喋喋不休地叫嚷着"纳粹主义的恐怖"，将所写的一切都扭曲成对希特勒的批判。而1939年9月之后，二十个月来，他不得不相信加诸德国身上的罪恶比它所犯下的罪恶要大得多，而"纳粹"这个词至少在创作的时候不得出现在他的字典之内。而在1941年6月22日收听完八点钟的新闻广播后，他又不得不开始相信纳粹主义是前所未有的、最令人发指的罪恶。如今，进行这样的立场转变对于政治家来说是非常容易的事情，然而对于作家来说，情况则有所不同。如果他要在正确的时机改弦更张，那他要么是在表达主观情感时撒谎，要么就是干脆压抑了自己的主观情感。而无论是哪一种情况，他都扼杀了自己的创造力。他不仅不会再有灵感，而且他的笔触也会变得僵化呆板。我们这个时代的政治写作几乎都是将预先想好的语句组装起来，就像一个孩子在玩梅卡诺玩具一样。这是自我审查的无可避免的结果。要以朴实而鲜活的语言创作，作家必须毫无畏惧地思考，而如果作家毫无畏惧地思考，他就不能在政治上恪守正统。在"信仰的年代"，当主流的正统思想早已建立但并没有被当成一回事时，情况可能会不一样。在那种情况下，一个人的思想可能有广阔的领域不受自己的正统信仰所影响。尽管如此，值得注意的是，在欧洲那个推崇单一信仰的时代，散文写作几乎销声匿迹。贯穿整个中世纪，几乎没有任何有想象力的散文作品，而历史作品也没有多少想象力可言。社会上的知识分子领袖一千年来以几乎没有变化的僵死语言表达自己最严肃的思想。

但是，极权主义并不是一个信仰的年代，而是一个精神分裂的年代。当一个社会的结构明确无疑地被人为操纵时，它就变成了极权主义社会，也就是说，它的统治阶层不再担负着职能，却通过暴力或欺诈仍然紧紧地掌握着权力。这么一个社会，无论它存在的时间有多久，都无法变得宽容或有一以贯之的思想。它绝不允许文学创作所需要的如实记录事实和真挚情感的存在。但是，一个人不一定非得生活在极权主义国家才会被极权主义腐蚀。某些理念只要开始流行，就能传播使信奉者丧失文学创作才华的毒害。只要有一种正统理念被强制灌输——而在现实中，往往是两种正统观念被强制灌输——好的创作就会停止。西班牙内战就充分体现了这一点。对于许多英国知识分子来说，这场战争是一次深深触动他们的经历，但他们无法真诚地描写这段经历。你只能说两种话语，而这两种话语或许都是谎言。结果就是，这场战争催生了长篇累牍的作品，但几乎都不堪卒读。

极权主义对诗歌的影响会不会像它对散文的影响那么致命尚未可知。为什么在极权主义社会里一个诗人会比一个散文作家觉得更加自在有几个原因。首先，官员和其他"实干"的人总是深深地鄙视诗人，对他所表达的东西并不感兴趣。其次，诗人所表达的——如果他的诗歌的"含义"被翻译成散文——就算对他自己来说也并不是非常重要。一首诗里所蕴含的思想总是很简单，对于诗歌来说，它的意义并不比奇闻轶事对于一幅画的意义更加重要。诗是音律和联想的组合排列，就像绘画是画痕的组合排列一样。对于短诗来说，事实上，就像一首歌里的叠句一样，甚至完全不需要有含义。因此，诗人很容易避开危险的话题，不让自己说出异端的言论。就算他说出了这些话也或许不会引起注意。但最重要的是，好的诗歌不像好的散文，它不一定得是个人的产物。有的种类的诗歌，比方说民谣，或其它非常矫揉造作的韵文诗，可以由集体创作而成。英国和苏格兰古时候的民谣到底是几个人创作还是大规模群体创作仍存有争议，但不管怎样，它们并不是个体创作的产物，在口口相传中总是会发生改变。即使是印在书上的两个版本的民谣也不会一模一样。许多原始人共同进行集体创作。某个人可能在乐声的伴随下开始即兴创作，当他停下来之后，其他人插了进来，补充了一句歌词或一段旋律，这个过程不断地进行着，直到整首歌曲或民谣完成，没有哪一首有确定的作者。

像这样的亲密合作在创作散文时是不可能的事情。严肃的散文总是必须在孤独中创作而成，而作为群体的一部分的兴奋之情对于某些诗歌创作来说却能够带来帮助。诗歌——或许就其本身而言是好的诗歌，虽然不会是艺术性最高的作品——甚至可以在最严苛的政体中生存。即使是自由和个体已经被消灭的社会也需要爱国歌曲和英雄颂歌以庆祝胜利或刻意吹捧。这些歌曲是可以奉旨完成或集体创作而成，但不一定会影响其艺术价值。散文的情况则不一样，因为散文作家一旦思想受到限制，他的创造力就会遭到扼杀。但极权主义社会的历史，或那些信奉极权主义思想的群体的历史，都表明自由的丧失对所有形式的文学都造成了戕害。希特勒上台之后德国文学几乎销声匿迹，意大利的情况也好不到哪里去。从译文的情况看，俄国文学自革命伊始其水准就大大下降，但部分诗歌的情况要好于散文。过去十五年间没有几本值得严肃对待的俄国小说被翻译出来。在西欧和美国，大部分文坛知识分子要么加入了共产党，要么对其抱以热烈的同情，但这一左翼运动并没有产生多少值得一读的作品。我要再强调一遍，正统天主教似乎压制了某些文学形式，特别是小说。过去三百年来，有多少人既是优秀的小说家又是虔诚的天主教徒呢？事实上，有一些主题是无法以作品去颂扬的，而暴政就是其中之一。没有人写过一本歌颂宗教裁判所的好书。在极权主义的年代，诗歌或许可以残存，其它某些艺术或有艺术色彩的活动，比如说建筑，或许会发现暴政能为它们带来好处，但散文作家将只能在沉默与死亡之间作出选择。我们所理解的散文是理性的产物，是新教徒时期的产物，是独立个体的产物。思想自由的毁灭戕害了新闻记者、社会作家、历史学家、小说家、批评家和诗人，大致上就是这么一个顺序。到了未来，有可能出现一种新的文学，不需要包含个体的情感或真实的观察，但这种事情在目前是不可想象的。更有可能发生的情况是，如果自从文艺复兴以来我们所生活其中的自由文化步入终结的话，文学艺术也会随之毁灭。

当然，印刷品将继续出版，想象一下什么样的读物能在严苛的极权社会里生存。报纸应该会继续存在，直到电视技术达到更高的水平，但除了报纸以外，即使是现在也很难相信工业国家的国民还会需要任何形式的文学作品。他们宁肯把钱花在其它消遣上也不肯花在读书上。或许小说和故事将彻底被电影和收音机所取代。或许某些低俗的强调感官刺激的虚构作品将继续存在，以某种流水线作业的方式进行生产，将人类的主观性减少到最小的程度。

或许人类还没办法发明出写书的机器，但类似于机械化的流程已经运用于电影、广播、公关、宣传和面向中下层的新闻报道。比如说，迪士尼电影的制作基本上就是一个工厂式的过程，一部分工作由机械完成，一部分工作由画家团队完成，那些画家不得不放弃个人风格。广播节目通常都是由疲惫的写手撰稿，对他们来说，主题和处理手法事先就已经安排好了。即使如此，他们写出来的东西只是一堆原材料，等候制作人和审查人员进行删改。由政府部门命令创作的不计其数的书籍和宣传册也是一样。廉价杂志上的短篇小说、连载故事和诗歌更像是机器制作出来的。类似《作家》这样的报刊上充斥着文学创作学校的广告，每家学校都为你提供现成的故事情节，只卖几个先令。有的还提供每一章节的开头和结尾的句子。有的则给你一则类似代数公式的东西,你可以用它组织自己的情节。有的提供成堆的卡片,上面写好了任务和情景,你只需要打乱重组就可以自动生成原创的故事。或许在极权主义国家,如果他们觉得文学作品仍有存在的必要,就会这么去生产文学。想象力——甚至有可能是意识——将被剔除出写作过程。故事的构思不能逾越官员们所制订的条条框框,而且得经过很多人的手,等到完成的时候,不再是个人的产品,却像是流水线上下来的福特牌汽车。毋庸置疑,这样制造出来的东西都是垃圾,但任何不是垃圾的东西都可能会危及国家的结构。至于那些过去流传下来的文学作品,它们会被打压,至少会被精心地篡改。

与此同时,极权主义还没有取得全面的胜利。我们这个社会大体上仍然可以称为自由的社会。要行使你的言论自由,你必须与经济压力和强大的公共舆论进行斗争,但你还不需要对抗秘密警察部队。你可以表达或出版几乎任何言论,只要你愿意以偷偷摸摸的方式进行。但正如我在这篇文章的开头所说的,真正可怕的是有意与自由为敌的人是那些原本应该最重视自由的人。普罗大众并不关心这种事情。他们对迫害异端并不感兴趣,他们也不会为难自己为他辩护。他们既太聪明又太愚蠢,无法形成极权主义者的世界观。对正派思想的直接的、有意识的攻击来自于知识分子自己。

那些亲俄派的知识分子就算没有拜倒在俄国神话之下,他们也会拜倒在另一个相似的神话之下。但不管怎样,俄国的神话就在那里,它所散发的腐败气息臭不可闻。当你看到受过高等教育的人对压迫和破坏视若无睹时,你会思考到底哪一种情况更加可鄙，是他们的玩世不恭还是他们的鼠目寸光。例如，许多科学家膜拜苏联，丝毫不加任何批判。他们似乎认为自由的毁灭根本无足轻重，只要他们当前的工作不受影响就好了。苏联是一个迅速发展中的大国，迫切需要科学工作者，因此会善待他们。只要科学家避开像心理学这样的危险话题，他们都能进入特权阶层。另一方面，作家遭到残酷的压迫。确实，像伊利亚·爱伦堡[①]或阿列克谢·托尔斯泰[②]这样的御用文人享受着优厚的俸禄，但身为作家唯一重要的事情——他言论表达的自由——从他身上被夺走了。至少，一些兴奋地谈论俄国科学家所享受的机会的英国科学家能够理解这一点。但他们的反应似乎是："在俄国，作家遭受迫害，那又怎么着？我又不是作家。"他们无法了解任何对于思想自由的进攻，对客观真理的进攻，从长远来说会威胁到每一个思想领域。

现在极权主义国家容忍科学家是因为他们有利用价值。即使在纳粹德国，除了犹太人之外，科学家们都受到相当的优待，而德国的科学共同体不会对希特勒进行抵制。在当前的历史阶段，就连最独断专行的统治者也不得不考虑客观现实，一部分原因是自由思考的习惯仍未消失，一部分原因是出于备战的需要。只要客观现实无法完全被忽视，只要当你在绘制飞机的设计蓝图时二加二必须等于四，科学家就还有利用价值，甚至可以给予一定程度的自由。他要等到后来才会觉醒，那时候极权主义国家已经巩

---

① 伊利亚·爱伦堡（Ilya Ehrenburg，1891—1967），苏联作家、记者、翻译家，代表作有《解冻》、《十字路口的欧洲》等。

② 阿列克谢·尼克莱耶夫斯基·托尔斯泰（Aleksey Nikolayevich Tolstoy，1882—1945），苏联作家，代表作有《尼基塔的童年》、《骑兵之路》等。

固了江山。与此同时，如果他想要守护科学的诚实，他的职责就是与他的文学界同志团结在一起，而不是在作家们被噤声或被逼自杀而报纸在系统性地制造谎言时抱着事不关己的态度。

但无论物理科学、音乐、绘画、建筑的情况会是怎样，如果思想的自由遭到毁灭的话，文学也将随之毁灭——这就是我试图证明的。它不仅在极权主义国家之内遭到毁灭，而且任何接受了极权主义世界观，为迫害和歪曲现实的人寻找借口的作家，都已经打断了自己作为作家的风骨。他们别无出路。任何驳斥"个人主义"和"象牙塔"的长篇大论，任何大谈"只有与集体融为一体才能有真正的个体"的虔诚言论，都无法掩盖思想一旦被收买就会败坏这个事实。除非有自发创作这么一回事，否则文学将不复存在，语言本身也将陷入僵化。也许，到了未来的某个时候，人类的头脑会与现在完全不同，或许那时我们能够学会将文学创造和思想诚实分离开来。目前我们只知道，就像某些野生动物一样，想象力在囚笼中是无法存活的。任何否认这一事实的作家或记者——几乎所有对于苏联的赞誉都包含或隐含着否认这一事实的观点——其实是在自取灭亡。

就是废品，但谁能抗拒呢？ [①]

伦敦哪一间废品店最吸引人是一个关乎品味的问题，大有值得商榷之处，但我可以带你去位于格林尼治较为破败肮脏的地方、伊斯灵顿附近的安吉尔客栈、霍勒威、帕丁顿和偏僻的艾奇威尔路那几间第一流的废品店。除了板球场附近的几间店外——就连那些店也坐落于已经破败凋零的街区——我从未在一个"好"社区里看到过一间值得看第二眼的废品店。

废品店和古董店可不能混为一谈。古董店很干净，东西的摆设很吸引人，要价是原价的两倍，进了店里你总会被逼着买点东西。

废品店的窗户上蒙着一层灰，它的货品几乎都是些破破烂烂的东西，老板总是躲在后面的小房间里睡觉，没有要做成买卖的热情劲儿。

此外，这里的好东西乍一眼是看不出来的。它们必须从胡乱堆在一起的竹做的蛋糕架、大不列颠瓷器的盖布、农夫的手表、卷页的书籍、鸵鸟蛋、破产品牌的打字机、没有镜片的眼镜、没有了塞子的酒壶、填充的鸟标本、火线防护网、一串串的钥匙、一盒盒的螺钉和螺母、来自印度洋的海螺壳、中国的泡菜罐和高原牛的图片中被翻寻出来。

在废品店里要找的好东西有维多利亚式的胸针和用玛瑙或别的半宝石做的盒式吊坠。

或许这些东西里十有八九实在不堪入目,但它们当中也有非常漂亮的东西。它们是用银铸的,更多的是用镀金黄铜铸的,那是一种充满魅力的合金,但不知道为什么不再生产了。

其它值得一看的东西还有:盖子上有绘画的纸型鼻烟盒、光面酒壶、1830年左右的从枪膛装填子弹的手枪和瓶中小船。这种东西现在还在制造,但老的总是最好的,因为维多利亚时代的瓶子形状优雅,用的是精美的绿色玻璃。

还有音乐盒、黄铜马掌、铜制的火药筒、五十年庆的杯子(不知道为什么,1887年的五十年庆的纪念品要比十年后的六十年庆的纪念品更让人赏心悦目)和底部有图画的玻璃纸镇。

有的纸镇在玻璃里面包着一块珊瑚,但这些纸镇通常都贵得离奇。或许你会无意中发现剪贴簿,里面全是维多利亚时代的时装图样和干花,如果你运气够好的话,你甚至会找到剪贴簿的大哥,剪贴屏风。

如今剪贴屏风可是稀罕的东西,它们是普通的木屏风或帆布屏风,上面到处贴着彩色的剪画,组合成和谐的图画。最好的剪贴屏风是1880年前后制作的,但如果你是在废品店里买到的话,那肯定是有瑕疵的次品,拥有这么一个屏风的巨大魅力在于自己把它给拼凑起来。

你可以用美术杂志、圣诞贺卡、明信片、广告、书封甚至香烟卡片的彩页。上面总是有地方可以多放一幅剪画,只要安排得当,任何图片放上去都可以显得协调一致。

---

① 刊于1946年1月5日《标准晚报》。

在我自己的剪贴屏风的一角，塞尚①画的打扑克牌的人中间放着一个黑色的瓶子，他们出现在中世纪的佛罗伦萨的街景上，而在街道的另一边就是高更②画的南海岛民，正坐在一个英国的湖泊边，而一个穿着羊腿形袖子的英国女士正在划一艘独木舟。他们看上去和谐极了。

这些都是稀奇古怪的东西，但你在废品店也能淘到有用的东西。

在肯迪斯镇的一间店里，在大轰炸后，我买过一支旧法国剑形刺刀，价格是六便士，拿来当捅火棍使了四年。过去这几年只有在废品店你才能买到木匠工具，比方说，一把粗刨，或像开瓶器、时钟钥匙、滑冰鞋、红酒杯、铜炖锅和婴儿车的备用轮这些东西。

有的店里你能买到几乎可以打开任何锁头的钥匙，有的废品店专门卖画，因此你需要画框时可以去那里。事实上，我经常发现买画框最便宜的方式就是买一幅画，然后把那幅画扔掉。

但废品店的迷人之处并不只是在于你可以淘到便宜货，甚至不在于审美意义上的价值——就算估价时慷慨一点——它的价格不过是其价值的百分之五。它的魅力在于我们每个人心中的寒号鸟，那种让一个孩子收藏铜钉、时钟弹簧、柠檬汽水瓶子里的玻璃球等东西的本能。你不一定非得买东西，甚至不需要想要买东西，才能在废品店里享受到快乐。

---

① 保罗·塞尚（Paul Cézanne, 1839—1906），法国著名画家，风格介于印象派到立体主义画派之间，代表作有《玩纸牌的人》、《圣维多利亚山》等。
② 保罗·高更（Paul Gauguin, 1848—1903），法国著名印象派画家，代表作有《黄色的基督》、《大溪地的年轻姑娘》等。

我知道托特汉姆宫路有一间店，我已经有很多年在那间店里看到的每一件东西都丑得离奇，而另一间店就离贝克街不远，那里总是有一些诱人的好东西。在我看来，第一间店和第二间店一样吸引人。

　　在查尔克农场附近还有另一间店只卖垃圾一样的旧的金属零部件。我记得同样一堆磨损殆尽的工具和长短不一的铅管堆在托盘里，一模一样的煤气炉挡住了门道。我从未在那里买过东西，也从来没有见到什么能让我动心，但是，当我经过那里时，我总是会穿过马路去里面好好瞧一瞧。

度假胜地[①]

几个月前我从一本花里胡哨的杂志上剪下了一位女记者写的几段描述未来度假胜地的话。前不久她在火奴鲁鲁住了一段时间，在那里战争的影响似乎并不明显。她还写道："有一位运输机飞行员……告诉我虽然这次战争有许许多多的新发明，但遗憾的是，还没有人发明出一个方法，让疲惫的渴望生活享受的人可以在一天之内同时放松、休息、玩耍、打扑克、喝酒、做爱，然后出来之后神清气爽，可以再度投入工作。"这句话让她想起了前不久她刚刚见过的一个企业家，他正准备筹建一个"他觉得将会和以前的赛狗场和舞厅一样流行的度假胜地"。这位企业家的梦想的细节是这样的：

他的蓝图描绘了一个占地几亩的地方，修了几片滑动天花板以应付英国变幻莫测的天气，中央是一个巨大的舞厅，由透明塑料做成，可以从下面照明。围绕着舞厅是其它功能区，分布于不同的楼层。阳台式酒吧和餐厅在最高层，可以居高临下领略风景，一楼摆满了复制艺术品，有几条撞柱游戏的球道，有两个蓝色的泳池，一个时而会掀起波浪，供游泳健将畅游，另一个波平浪静阳光和煦，供闲暇消遣的浴客泡水。泳池上挂着日光灯，在阴天可以将屋顶关闭，模拟艳阳高照；有一排排的沙滩床，可以让人们戴着太阳眼镜，穿着拖鞋躺在上面晒太阳，或在日光灯下将已经晒黑的皮肤晒得更黑一些。

音乐从数以百计的栅栏间飘出，这些栅栏与中央调度台相连，那里正在上演舞蹈或交响乐团演奏，或接收电台节目信号，加以放大并广播出去。在外面是两个可以停放一千辆汽车的停车场。一个是免费的，另一个有露天汽车电影院，汽车鱼贯驶过十字转门，电影在巨大的银幕上播放，下面是一排排的汽车。穿着制服的男服务员巡视着车辆，提供免费的引导和饮品，卖汽油和机油。穿着绸缎宽松长裤的女服务员为客人点自助餐和饮品，并用盘子将东西送过来。

当你听到"度假点"、"度假胜地"、"度假城市"时，很难不想起经常被引用的柯勒律治②的《忽必烈汗》：

> 忽必烈汗的行都，
>
> 一座巍峨的快乐之都：
>
> 神圣的埃尔夫河
>
> 从无比巨大的洞穴中流淌而过，
>
> 流入一片不见天日的海洋。
>
> 延绵十里的肥沃土地
>
> 围绕着高墙和塔楼，
>
> 到处是闪闪发亮的蜿蜒的河流，
>
> 孕育着许多芬芳的树木。
>
> 与山丘同样古老的森林
>
> 包围着阳光明媚的绿地。

---

① 1946 年 1 月 11 日刊于《论坛报》。

② 萨缪尔·泰勒·柯勒律治（Samuel Taylor Coleridge, 1772—1834），英国浪漫主义诗人，代表作有《古舟子咏》、《忽必烈汗》等。

但看得出柯勒律治的想法大错特错了。他一写到"神圣的河流和无比巨大的洞穴"就错了。在上述那位企业家的手中，忽必烈汗的伟业将会大不一样。洞穴里会装上空调，布置隐秘的电灯，里面原生态的岩石被糊上了颜色很有品味的塑料，并开拓成一系列摩尔式、高加索式或夏威夷式的茶屋。神圣的埃尔夫河将被拦上一道大坝，形成一个人工加热的游泳池，而不见天日的海洋将由粉红色的电灯从下面照明，游客可以乘坐配备了收音机的真正的威尼斯刚朵拉小舟在上面遨游。柯勒律治所提到的森林和"绿地"将被清理改建成铺着草皮的网球场、一个演奏台、一个旱冰场和一个九洞高尔夫球场。简而言之，一个"渴望生命的享受"的人所盼望的一切应有尽有。

我猜想在全世界有数以百计的类似的度假胜地正在规划，或已经正在营建。虽然短时间可能不会看到它们完成——但它们确实代表了现代文明人心目中的快乐。在那些相对上档次的舞厅、电影院、酒店、餐厅和豪华游轮，类似的事情已经实现了。在一艘游轮或一间里昂斯街角餐馆，你已经可以部分领略到未来的天堂般的享受。对它进行分析，其主要特征如下：

一、你永远不会孤单。

二、你永远用不着自己动手。

三、你永远不会看到野生植物或任何种类的天然事物。

四、灯光和温度永远都是人工调节的。

五、你永远无法摆脱音乐。

音乐——如果可能的话，每个人听的音乐应该都一样——是最重要的元素。它的功能是阻止思考和对话，掩盖任何可能会钻进你耳朵里的天籁之音如鸟鸣或风声。无数人已经将收音机运用于这个目的。在许多英国家庭里，收音机基本上是不关的，虽然那些人只是用它播放轻音乐。我知道人们会在吃饭时一边播放收音机一边继续说话，让声音和音乐互相抵消。这么做有着明确的目的。音乐让谈话不至于变得太严肃，甚至意思明了，而絮絮叨叨的说话声能让倾听音乐不至于太过投入，从而阻止了思考这件可怕的事情发生，因为：

> 灯光永远不能关，
> 音乐必须不停播放，
> 不能让我们看到自己置身何处，
> 原来我们迷失于魑魅魍魉的树林中。
> 怕黑的孩子，
> 从来未曾好好开心过。

很难不觉得最典型的现代度假胜地的无意识的目的就是回归子宫。因为在那里一个人永远不会孤单，永远不见天日，温度总是固定的，不需要担心工作或没饭吃，一个人的思想，如果他有思想的话，被淹没在延绵不绝的有节律的悸动里。

当你阅读柯勒律治对于"快乐之都"的不同定义，你会看到它是围绕着花园、洞穴、河流、森林和有着"浪漫深谷"的山峦而展开的——简而言之，是围绕着大自然而展开的。但崇拜大自然的观念，以及对冰川、沙漠或瀑布怀有某种宗教情感是与在宇宙的力量面前人类显得渺小而脆弱这种情感联系在一起的。月亮之所以美丽，一部分原因是我们无法企及（海洋是壮观的，因为没有人能够肯定自己能平安地横渡）。连赏花的快乐也取决于神秘感——即使对于一个十分了解花卉的植物学家来说也是如此。但人类控制大自然的能力正在与日俱增。有了原子弹，我们可以排山倒海。据说我们甚至可以将极地冰川融化和灌溉撒哈拉沙漠，以此改变地球的气候。因此，想听鸟儿的歌唱而不是听摇摆舞的音乐，将要保留几块荒地作为点缀，而不是让整片土地覆盖着高速干道网络，由人工太阳光照明，这难道不是多愁善感和蒙昧主义的体现吗？

问题是，在探索物质宇宙的过程中，人类没有对自身进行探索。许多以快乐为名义的事情其实只是在摧毁意识。如果你提出问题：何谓人类？他有什么需求？他如何定义自己？你会发现，仅仅是一辈子不用工作，从出生到死亡生活在电灯下和享受轻音乐并不是人生的目的。人类需要温暖、社会、闲暇、舒适和安全，他还需要孤独、创造性的工作和惊奇的感觉。如果他认识到这一点，他就能有节制地利用科学和工业主义的产品，总是询问自己：这会不会让我异化？然后他就会了解到，最高的快乐并不在于放松、休息、打扑克、喝酒和做爱。所有思想敏锐的人在生活渐渐变得机械化时会本能地感到恐惧，这一恐惧不只是多愁善感的思古情怀，而是完全正当的感受。因为人类只有坚持平淡的生活才能保持其人性，而许多现代发明的趋势，特别是电影、收音机和飞机——是为了削弱其意识，扼杀其好奇心，而最重要的是，让他变得更像动物。

一杯好茶①

如果你找来一本烹饪的书籍，你或许会发现没有"茶"这个条目。顶多你只能找到几行草草的指示，对于几个最关键的要点根本没有提及。

这真是奇怪，不仅是因为茶是英国、爱尔兰、澳大利亚和新西兰等地方的文化的重要组成部分，而且"以什么方式泡茶最好"是个争议很大的问题。

当我思考自己泡一杯完美的茶需要哪些步骤时，我发现有起码十一个要点。或许有两点是大家都认同的，但至少有四点会引发激烈的争议。以下是我的十一个要点，我觉得每一点都堪称黄金法则：

首先，泡茶应该用印度或锡兰的茶叶。中国的茶叶有一个好处是现在不容忽视的——价格便宜，而且不加奶就可以喝——但它不够提神，喝了之后不会觉得更清醒、勇敢或乐观。当一个人说"喝杯好茶"时，他说的肯定是印度茶叶。

其次，茶不应该泡得多——也就是说，得用小茶壶泡。大壶茶总是淡而无味，而军队里的茶是用汽锅煮的，有一股油腻味和石灰水味。茶壶必须是瓷器或陶器。银茶壶或锡锑茶壶泡不出好茶，而搪瓷茶壶更糟糕，不过奇怪的是，锡镴茶壶（现在已经很少见了）倒还不错。

第三点，茶壶应该预热。把它放在铁架上加热要比通常那种把它用热水浇淋的方式更好。

第四点，茶应该泡得很酽。如果是一夸脱容量的茶壶，水装到接近满溢的程度，六勺茶叶应该就差不多了。在限量供应的时候不可能每一天都这么泡茶，但我觉得一杯酽茶胜过二十杯淡茶。所有喜欢喝茶的人不仅喜欢泡酽茶，而且每过一年口味就会更重一些——这件事从领养老金的人能多领一份茶叶上就可以了解。

第五点，茶叶应该直接放进茶壶里。不能用过滤器、布包或其它东西把茶叶装起来。有的国家在壶嘴下装了小篮子过滤漂浮的茶叶，据说茶叶对身体不好。事实上，一个人吞下很多茶叶根本一点事儿也没有，如果茶叶在茶壶里没有散开，茶味就泡不出来。

第六点，你应该把茶壶拿到水壶旁边，而不是把水壶拿到茶壶旁边。在冲茶的那一刹那水应该是滚烫的，这意味着倒水前水壶仍在火上。有的人还说应该只用刚烧开的水，但我没发觉这有什么不同。

第七点，泡完茶后应该搅拌一下，如果能把茶壶好好晃一下会更好，然后让茶叶沉淀下来。

第八点，应该用上好的早餐杯子喝茶——也就是说，用圆柱形的杯子喝茶，而不是扁形的浅底杯。早餐杯子能装更多茶水，而用浅底杯在你开始喝之前茶都已经半冷了。

第九点，牛奶倒进茶里面之前得先把奶脂撇掉。奶脂太浓的牛奶总是让茶带着一股恶心的味道。

---

① 刊于 1946 年 1 月 12 日《标准晚报》。

第十点，茶应该先倒进杯子里。这是最有争议性的一点，事实上，关于这个问题英国每一户人家可能都会有两种不同的意见。坚持先倒奶的观念可以提出振振有词的理由，但我仍然认为我的理由是不容置疑的，那就是：先倒茶，然后一边倒奶一边搅拌，你可以准确调节奶的分量，而如果先倒奶的话，奶总是会放多了。

最后，茶里不应该加糖——除非是喝俄国式的茶。我清楚地知道在这个问题上我是少数派。但如果你往茶里加糖破坏了茶的风味，你怎么能说自己是个喜欢品茶之人呢？加胡椒或盐还有点道理。茶就得喝苦的，就像啤酒就应该是苦的。如果你让茶变成甜的，你品的就不是茶，而是糖水了，往白开水里加糖不就行了嘛。

有的人会说，他们并不喜欢茶本身的味道，他们喝茶只是因为想提神与暖和身子，因此他们需要加糖把苦味辟走。对于那些被误导的人，我要说的是：试着喝不加糖的茶吧，喝上半个月，你应该就不会再想加糖破坏茶的味道了。

和喝茶有关的争议不止上面提到的几点，但这已经足以说明喝茶是很讲究的。围绕着茶壶还有一套神秘的社交礼仪（为什么用茶碟喝茶会被认为是很粗俗的事情呢？），关于茶叶的其它用途可以大书特书，比方说算命、预测谁会来做客、喂兔子、治疗烫伤和清洁地毯。像预热茶壶和用滚烫的开水泡茶这样的细节很值得注意，这样才能确保用配给的区区两盎司茶叶泡出二十杯浓浓的好茶。

饥馑的政治权衡①

几天前我收到"拯救欧洲"委员会寄来的一叠宣传册，这个委员会一直在致力于增加英国给予欧洲的粮食供应——没有得到政府的鼓励，也没有得到媒体的帮助。他们列举了一系列从权威渠道得到的报告，待会儿我会提到，这些报告表明我们的生活很优裕，美国正在大吃大喝，而欧洲的许多地方正陷入惨绝人寰的饥荒。

但是，在1月13日的《观察者报》中，我读到一篇署名为空军上尉菲利普·乔伯特爵士②的文章，表达了相反的观点：

> 对于一个在这场战争的第七个冬天从海外归来的人来说（菲利普爵士写道），英国人民的外表实在是一场悲剧。他们看上去心情阴郁，没有活力，难得开怀大笑。孩子们看上去血色苍白，而且肉乎乎的——很胖，但并不健康。他们和丹麦那些脸色红润的孩子们相比差多了，他们有足够的肉食和脂肪，而且应季水果分量充足。

他的主旨是我们需要更多的肉食、脂肪和蛋类——也就是说，食品供应要更多一些——而且淀粉类食物要少一些。官方的数字表明，事实上，比起战前我们更加健康了，但这造成了一个错误的印象：首先——这是很离奇的争辩——因为无可否认在战前健康和营养都很差，因此当前的改善根本不值一提，其次，死亡率的下降只是表明"活下去的机会提高了"，而"活着和生活绝不能同日而语"。除非我们能够实现"活跃、活力和干劲"，而这需要有肉类、脂肪、水果和蔗糖，否则我们将无法进行重建工作。菲利普爵士的文章结尾这样写道：

> 至于那些要进一步削减当前的限量供应，增加对德供应的人，一定会有许多人这么回应他们的要求：我宁愿我自己的孩子在自由中成长，对他人抱以善意，也好过德国人更加茁壮成长。那些人或许会利用自己的力量在另一代人中再一次挑起世界大战。

看得出，他认为：一、进一步提高食品出口意味着削减本国的供应，二、运送食物给德国只是一个倡导。事实上，这就是广大公众对这个计划的了解，虽然那些负责人从一开始就强调他们只是在倡导让那些不会因此而受损的人自愿地放弃某些食物，而且这个倡导的受益者并不只是德国。

下面是来自"拯救欧洲"委员会最新公告的几个事实。11月份在布达佩斯，药店由于缺乏供应而关门，医院没有窗玻璃、燃料或麻醉药，据统计，城里大概有 30 000 名流离失所的儿童，其中有些自发组成了犯罪团伙。12月份，"独立观察员"认为除非新鲜食物供应能立刻到位，否则这个冬天匈牙利将有一百万人饿

---

① 刊于 1946 年 1 月 18 日《论坛报》
② 菲利普·乔伯特（Philip Joubert, 1887—1965），英国空军高级指挥官，代表作有《被遗忘的人：地面后勤部队的故事》、《三度服役》等。

死。在维也纳(11月份)"医院里的医生的伙食只有无糖咖啡、稀汤和面包,总共不足500卡路里"。而12月份奥地利国务院报告指出,人口稠密的奥地利东部地区饱受"无边无际的悲惨、传染病、犯罪、健康恶化、道德沦丧的肆虐"。在捷克斯洛伐克,外交部长在11月向英国和美国求助,要求提供脂肪和肉食,解救70万"食物极度紧缺的儿童,其中有一半人已经罹患肺结核"。在德国,萨尔州的儿童正"慢慢地死于饥荒"。在英国占领的地区,蒙哥马利元帅说"他只能完全依赖进口的小麦以保证当前供应给德国人民的从1 200到1 500卡路里不等的食物限量供应"。这是11月份的报道。与此同时,艾森豪威尔将军提起法国战区时说"普通人的1 100卡路里的食物供应总是无法确保",等等等等。与此同时,我们自己的伙食热量平均是每天2 800到2 900卡路里,而最近期的死于肺结核的数字、死于分娩的母亲的数字和零到五岁的孩童的死亡数字,都达到了有纪录以来的最低水平。至于美国,黄油的消费有了大幅上升,肉类限量供应已经取消。农业部长估计"限量供应的解除将使平民的肉类消费达到人均每年165磅——而战前的肉类供应是125磅"。

即使上述这些数字并不会造成什么深刻的印象,有谁没有见过希腊和其它地方骷髅一般的儿童的相片? 谁会想到用菲利普·乔伯特爵士所用的"肉乎乎"那个词去形容他们呢? 但是,显然有人一直在抵制我们应该为欧洲提供更多食物这个想法。虽然"拯救欧洲"委员会正在努力实现更为有限的目标,一开始的时候建议那些愿意帮助欧洲的人牺牲他们的供应点数,让政府将节约下来的食物送到遭受饥荒的地区。这个计划不仅遭到官方的阻止,也遭到了许多人的冷遇。那些原本应该愿意对其进行公开宣传的人对它感到很害怕。公众以为这个倡导是从英国主妇那里夺走食物，送给德国的战犯。事实上，对这件事所进行的讨论方式体现了如今正影响每一个政治议题的可笑的虚伪。

有两件事情让左派、工党或共产党对为德国提供更多的食物这个计划犹豫不决。第一件是担心工人阶级的反应。据说工人阶级会对即使是出于自愿的安排感到反感，而这实际上将意味着那些购买没有限量供应的食物和在餐厅里吃饭的高收入群体得放弃他们的福利。有人担心那些排队买鱼的家庭主妇会回答说："如果真的有食物可以分出去，那可得分给我们。又或者，干吗不将食物分给那些矿工呢？"我不知道这会不会是实际出现的反应，如果这些问题能得到完整的解释的话。我猜想那些以这一理由进行争辩的人脑海里有这么一个龌龊的念头：如果我们要牺牲充足的食物，那么，不仅仅是限量供应的点数要让出来，而且还可能会限制餐厅的饮食。事实上，无论我们的限量供应体制是如何设计的，它根本没有民主可言，对出口食物这个问题进行全方位的讨论或许会引起对这件事情的关注。我想这就是为什么这个问题没有在报刊上得以充分讨论的一部分原因。

但是，还有另一个更加难以启齿的考虑。食物是一个政治武器，或者说，它被视为一个政治武器。饥荒最严重的地区是在俄国或由苏联和西方同盟国划分占领的地区。许多人认为，比方说，如果我们给匈牙利送去更多食物，英国或美国在匈牙利的影响力就会提高，而如果我们由得匈牙利人饿死，而俄国人为他们提供食物，他们就更有可能唯俄国人马首是瞻。因此，所有的亲俄派都反对为欧洲提供更多的食物，而那些赞同提供食物的人或许只是因为他们认为这是一个削弱俄国威望的方式。没有人能坦诚地说出这样的动机，但只要你看一看那些支持或不支持"拯救欧洲"运动的名单就能够了解个中的情况。

所有这些算计的愚昧之处在于你以为能从饥荒中捞到好处。无论欧洲最终的政治解决方案是什么样的结局，如果之前它遭受了多年的饥荒、灾难、盗贼四起和愚昧，结果只会变得更糟。空军上尉乔伯特建议我们只需要喂饱我们自己就够了，不要去管那些将会与我们为敌的德国儿童。这是"现实主义"的观点。在1918年，那些奉行"现实主义"的人也赞同在停战后继续进行封锁。我们确实一直在进行封锁，但到了1940年，我们不给饭吃的那些儿童长大后对我们展开了轰炸。或许没有人能够预料到这个结果，但那些好心的人能够并确实预见到放纵德国的饥荒和缔结埋下仇恨的和平将会带来邪恶的结果。因此，提高我们自己的食物供应的同时（或许很快我们就会这么做），由得欧洲遭受饥荒的蹂躏，其结果也会是邪恶的。但如果我们真的决定这么做，至少让这个问题得到开诚布公的讨论，让媒体自由地刊登那些忍饥挨饿的儿童的相片，这样的话，这个国家的人民会意识到自己正在做出怎样的行径。

我们以前唱的歌 [①]

　　有一个好玩的游戏，在洗澡或坐巴士的时候都可以玩得很开心，那就是将你能够记得的流行歌曲进行整理并正确排序。

　　你总是能将那些在一两年的时间里最受欢迎的歌曲的时间给整理出来，饶有兴味地注意到它们符合某种模式，或多或少与我们这个时代的历史相吻合。

　　我能记得的最早的流行歌曲应该是流行于 1907 年或 1908 年的《罗达曾经有一座宝塔》。那是一首傻兮兮的歌曲，但确实很流行。之后，直到拉格泰姆音乐开始流行之前，大概有四年的时间，没办法给那些流行歌曲列出一个具体的时间。

　　它们当中有《每一个好姑娘都爱上一个水手》、《我在西边的灰色小家》、《噢，不要挠痒痒了，乔克》、《枪骑兵的琼斯》（它是一首重新流行的维多利亚时期的歌曲吗？）和《波普变狡猾了》。

　　我还想到这首歌：

　　　　"噢，幸运的吉姆！

　　　　噢，我好嫉妒他！"

　　那些模仿腹语的歌曲——应该是属于这个时期。美国的拉格泰姆歌曲大概始于 1912 年。大概有一年的时间，你总是没办法摆脱这首歌：

"每个人都在这么跳，这么跳，这么跳，

每个人都在这么跳。跳什么？土耳其舞步。"

还有其它歌曲，大概就是这么一个水平。大体上，这些歌曲属于1914年前那个脑满肠肥焦躁不安的年代，那是窄底裙和女权主义的年代，内容都非常傻帽。

在1913年或1914年，开始流行起爱尔兰歌曲。其中一首是《蒂珀雷利》[2]，它唱遍了全世界，歌词被改成一千种语言，因为第一批登陆法国的英国部队唱的刚好就是这首歌，就像在别的年头他们或许刚好正在唱《黛西，黛西》或《滚酒桶》。我觉得1914年流行的歌曲还有《花花公子吉尔伯特》和《再见了，小姑娘，再见》。

一战时最早的流行歌曲都是爱国歌曲。除了那首征兵歌曲《我们不想失去你》之外，还有《将你的麻烦装在旧行囊里》、《当我们在莱茵河给手表上发条》和《让家里的火长燃》。

然后，大概是在1917年，开始流行比较思乡的歌曲：《如果你是世界上唯一的女孩》和出自《朱清周》的几首歌曲。那些战争歌曲渐渐被《凯—凯—凯—凯蒂》、《野姑娘》和一首傻到极点的歌曲所取代：

"我不想康复，

我不想康复，

---

① 刊于1946年1月19日《标准晚报》。
② 这首歌曾被赵元任改编为《遥遥长路到联合大学》。

我恋爱了，

爱上了一个漂亮的护士！"

在 1920 年或 1921 年战后兴起的歌曲有欢快的《冬天苍蝇去哪儿了？》和《黑不溜秋的妈咪》。

那时候流行的歌曲还有《我永远都在吹泡泡》。

我想我们这个时代最好的流行歌曲出自二十年代中期。我无法指出《妈妈，他要吻我》、《为什么我亲吻了那个女孩？》和《麦琪！怎么了，妈妈？赶快上楼来！》这几首歌的具体时间，但它们大概是在 1925 年前后出现的。

但是，三首风靡一时的歌曲是《是的，我们没有香蕉》（1923年）、《不要再下雨了》（1924 年）和《告诉我归家的路》（1925年）。前两首歌就像流感那样唱遍整个世界，就连亚洲和南美最偏僻的森林原始部落也在唱这两首歌。

稍后不久，几乎同样流行的歌曲是《意大利入夜时》、《小鸡、小鸡、小鸡、小鸡、小鸡》和《今晚我要给我的女友送西瓜》。

我想《是的，长官，她是我的宝贝》和《我要快活》一定是早一点的歌曲——大概是在 1924 年。所有这些歌曲都是美国歌，它们很欢乐，而且傻得很有魅力，完美地表达了战争还很遥远的年代的心情。

在这些歌曲和 1930 年之间，我只记得《再见，八哥》这首歌（1927 年）。

在 1930 年和 1931 年，与大萧条巧合的是，有几首哀伤怀旧的歌曲很流行《男孩丹尼》、《我眼里含着泪水在跳舞》、《钟声为莎莉而敲响，但不是为了莎莉和我》。

《河水不从我的家门经过》也是 1930 年的歌。

大概从 1930 年起就不再有真正的风靡一时的歌曲了——没有什么歌会在所有的国家同时唱响。在英国，我觉得最流行的歌曲是《气喘吁吁的安娜》（1932 年）、《滚酒桶》（1939 年）和《傻乎乎的黛西》（1940 年）。

战争的最后两年英军、美军和德军中最流行的歌曲或许是伤感的《莉莉玛莲》。除了《英格兰长存》之外，没有哪首英国的战争歌曲能既有爱国思想，又真的能流行起来。

但是，近年来有几首歌曲其歌词似乎反映了当前的政治局势。《在这里你不能这么干》（1935 年）或许是下意识地对希特勒的回应，和《心想事成》（1938 年）恰如其分地表达了那个时候人们的心声。

知识分子的造反[①]

近年来，旧式的自由放任的资本主义已行将终结的这一情况已越来越明显了。

早在十九世纪就有许多高瞻远瞩的人士洞察了这一事实，而1914年至1918年那场战争的灾难、俄国革命的成功和法西斯政权的崛起使数百万人认识到了这一点。那些法西斯政权严格说来不是资本主义，能够解决老牌民主国家如英国和美国束手无策的问题。

过去六年来的种种事件只是在强调这一课。无疑，世界各地的趋势是朝计划经济发展，远离私有产权被绝对化而挣钱是最主要的动机的个人主义社会。

然而，与这一发展同时发生的是，知识分子的造反已经发生，不仅只是拥有财产的人看到自己的财产权受到威胁而感到不安；如果不是绝大部分，至少我们这个时代头脑最聪明的人中有相当一部分人对事件的转折感到不满，怀疑是否只有经济的稳定才是唯一值得追求的目标。

人们普遍对俄国式的社会主义感到失望，比这个更深刻的是对于整个机器文明和它所暗示的目标的猜疑。自然而然地，这一知识分子的造反可以说有多少个体思想家就有多少种不同的形式，但其主要的趋势可以被归结为以下几种类别：

一、悲观主义者——那些否认计划社会能引向幸福或真正的进步的人。

二、左翼社会主义者——那些接受计划的原则，但主要关心的是将它与个人自由结合在一起的人。

三、基督教改革者——那些希望将革命式的社会变革和基督教信条结合在一起的人。

四、和平主义者——那些希望摆脱中央集权国家和以高压手段实施统治这一原则的人。

当然，这些思想学派之间有重叠，有的与普通的保守主义在一方面有重叠，而在另一方面与正统的社会主义有重叠。

但是，仍有许多杰出而且很有代表性的思想家能被准确地归入这些群体中。在这四篇杂文的第一篇里，我会探讨那些我称之为"悲观主义者"的人。

或许悲观主义者的观点的最佳表述是出版于1938年的沃伊特的《直到恺撒为止》，至少它是近几年的英国代表作。这本书有大量纪实信息，其主要内容是研究分析共产主义和纳粹主义，主题是以建立"人间乐土"为目标的社会总是以暴政而告终。

沃伊特在整本书中认为俄国的共产主义和德国的法西斯主义其实是同一回事，有着几乎相同的目标。这当然是过于简单的结论，无法解释所有已知的事实。但不管怎样，沃伊特强烈要求对政治加以约束，对政治行为不抱太大的希望。

他的基本理由很简单。一个政治家希望实现完美，并认为自己知道如何实现完美，没有什么能阻止他驱使别人沿着同一条道路前进。他的政治理想不可避免地与他保住权力的欲望交

---

① 刊于1946年1月24日《曼彻斯特晚报》。

织在一起。事实上，完美是永远无法企及的，在追求完美中所使用的恐怖手段催生了对于新的恐怖手段的需要。结果，实现自由和平等的尝试总是以警察国度而告终。而以人性本恶作为基础，对政治目标加以更大的约束的制度，反而会引向一个合理化的社会。

美国作家彼得·德鲁克也奉行大致相同的思想。他是《经济人的结局》和《工业人的未来》的作者，是极少数预见到1939 年苏德同盟成立的宣传人员之一。在上述的第二本书里，他指出发起他称之为"保守革命"的需要。"保守革命"并不表示资本主义的回归，而是"混合社会"这个理念的复兴。在这个社会里有一套制衡体制，使得任何一方势力都无法掌握所有的权力。

德鲁克指出这是十八世纪美国革命的领导者们真正的目标。其他提出相似的观点反对完美主义的作家有迈克尔·罗伯茨（他那本论述托马斯·厄尼斯特·胡尔默的作品）、马尔康姆·马格理奇（《三十年代》）和休·金斯米尔（《带毒的王冠》）。最后这本书对伊丽莎白女王、克伦威尔、拿破仑和亚伯拉罕·林肯进行了研究——或许它是一本反动的书，但对独裁体制有一些颇有见地的评论。

伯特兰·罗素在几本书里对乌托邦的目标和它们以暴政而结束的趋势进行了探讨，特别是《科学的观念》、《自由与组织》和《权力：新的分析》。罗素在不同的人生阶段持有非常不同的政治观点，但他对未来的想象几乎总是带着悲观主义，而且认为自由和效率在本质上是不相容的。

中央集权的计划经济也一直遭受攻讦，理由是它甚至无法实现自身的目标。或许这一观点最出色的阐述是哈耶克教授①出版于 1944 年的《通往奴役之路》，引起了热烈的讨论，尤其是在美国。

哈耶克指出，中央集权主义和具体的计划不仅会摧毁自由，而且无法像自由放任的资本主义那样提供高水平生活。他宣称，在希特勒上台之前，德国的社会民主党和共产党已经为他扫平了道路，他们成功地摧毁了普通德国人对于自由和独立的向往。

他的主要理由是中央集权的经济必定会赋予中央官员以很大的权力，而那些渴望获得纯粹权力的人会沉溺于权力的宝座而不能自拔。曼彻斯特大学的迈克尔·波兰尼②教授在《对自由的鄙视》一书中也表达了极为相似的主旨，他对苏联的情况进行了多年的研究，并对韦伯③的著名作品《苏维埃共产主义——一个新的文明?》进行了透彻的批判。生物学家詹姆斯·贝克尔也指出（《科学与计划国家》）在官僚统治之下，科学研究无法蓬勃发展。

最后，你可以将詹姆斯·伯恩汉姆也归入"悲观主义者"之列。他的作品《管理的革命》在 5 年前出版时激起了极大的反响。在他出版的下一本书《马基雅弗利主义者》中，伯恩汉姆更

---

① 弗里德里希·奥古斯都·冯·哈耶克（Friedrich August von Hayek, 1899—1992），奥地利裔英国经济学家、思想家，曾获 1974 年诺贝尔经济学奖，代表作有《通往奴役之路》、《致命的自负》等。

② 迈克尔·波兰尼（Michael Polanyi, 1891—1976），匈牙利学者，代表作有《科学、信仰与社会》、《自由的逻辑》等。

③ 马克西米利安·卡尔·艾米尔·韦伯（Maximilian Karl Emil Weber, 1864—1920），又名马克斯·韦伯（Max Weber），德国政治经济学家和社会学家，代表作有《新教伦理与资本主义精神》、《政治作为一种职业》等。

具体地指出社会主义和完全的民主都是无法实现的目标，我们能够做的，就是设立安全措施——例如，自治的工会和自由媒体——防止权力的滥用。

他比我所提到的其他作家走得甚至更远，甚至认为政治行为不可能是体面的，只是认为我们应该利用政治权谋去达成有限制性的目标，而不是不切实际的目标，但在许多方面他的世界观与其他人的观点不谋而合。

"悲观主义者"这个词适合所有认为在人间不可能实现乌托邦的作家，而他们当中大部分人也不相信会有克服此生的种种弊端的来生。或许只有德鲁克和伯恩汉姆是例外，他们希望引领当前的潮流而不是与潮流对抗。他们所有人的弱点在于，他们并不支持任何有可能得到大批追随者的政策。

虽然哈耶克为资本主义作了出色的辩护，但由于几乎没有人希望旧式的资本主义回归。面对成为奴隶和忍受经济上朝不保夕这两个选择，各国的人民或许会毫不犹豫地选择成为奴隶，至少如果把它换成别的名字的话。大部分人提出的是一个本质上是宗教的世界观，却没有正统宗教的慰藉。

如果你要给这一思想流派的作家贴上一个政治标签，你得称呼他们为保守派——但在大部分情况下，他们的信念是浪漫的保守主义，与不可逆转的事实进行抗争。但这并不能否认他们和其他有类似倾向的作家对极权主义时代的愚蠢和邪恶提出了很有意义的批评。

什么是社会主义？^①

直到二十世纪，事实上是直到二十世纪三十年代，所有的社会主义思想或多或少都有乌托邦的色彩。此前社会主义从未在现实中经受过考验。在几乎每个人的心目中，包括它的敌人，它与自由和平等的理念紧密地联系在一起。

只要消除了经济上的不平等，其它所有形式的暴政都将随之消失。人类将进入亲如一家的时代，战争、犯罪、疾病、贫穷和辛劳将成为历史。有的人不喜欢这一目标，而有许多人认为那是永远无法实现的，但至少会视其为追求的目标。

分歧最大的思想家，比如说卡尔·马克思和威廉·莫里斯、安纳托尔·法郎士和杰克·伦敦，都对社会主义的未来描绘了大致上相同的图景，不过他们对实现社会主义的最佳方式有着决然迥异的看法。

1930 年之后，社会主义运动开始出现意识形态上的分裂。这时候的"社会主义"已经不再只是一个唤起梦想的词语。一个辽阔而强大的国家，苏维埃俄国，已经建立了社会主义经济体制，正在迅速改造其国内的生活。几乎所有的国家都在明确无疑地转向公有制和大规模的计划经济。与此同时，在"社会主义"的名义下，德国诞生了极其丑陋的纳粹主义，它自称是"社会主义"，而且确实拥有部分近似于社会主义的特征，但这些却是在一个全世界前所未见的最残酷专横的政权中体现出来的。显然，是时候对"社会主义"这个词重新加以定义了。

什么是社会主义？在没有自由，没有平等，没有国际主义的情况下你能实现社会主义吗？我们还在为四海之内皆兄弟的大同世界而奋斗吗？还是说我们只能满足于一种新的等级社会，在这个社会里我们放弃了个人的权利，换取经济上的安稳。

在最近的书籍里，或许亚瑟·科斯勒出版于一年前的作品《瑜伽修行者与政委》对这些问题进行了最深刻的讨论。

根据科斯勒的阐述，现在需要的是"圣人与革命者的结合"。换句话说——革命必须发生，没有剧烈的经济变革就没有道德上的进步，但是，如果革命者失去了普遍的人性，他所做的一切只会是徒劳。目的与手段之间的矛盾必须以某种方式加以解决。我们必须采取行动，即使是使用暴力，但我们不能被行动所腐蚀。用特定的政治术语说，这意味着一方面拒绝俄国式的共产主义，另一方面拒绝费边社式的渐进主义。

和大多数有着相同倾向的作者一样，科斯勒曾经是一个共产主义者，他最尖锐的反对意见不可避免地是反对自 1930 年以来苏维埃政策出现的演变。他最好的作品是《正午的黑暗》这本小说，讲述了莫斯科对破坏阴谋的审判。

其他大致上能被归为同一类作家的还有伊格纳齐奥·席隆[②]，安德烈·马尔罗和美国的约翰·德斯·帕索斯[③]和詹姆斯·法

---

① 刊于 1946 年 1 月 31 日《曼彻斯特晚报》。

② 伊格纳齐奥·席隆(Ignazio Silone, 1900—1978)，意大利作家，代表作有《雪下的种子》、《一个谦卑的基督徒的故事》等。

③ 约翰·罗德里格·德斯·帕索斯(John Roderigo Dos Passos, 1896—1970)，美国作家，代表作有《三个士兵》、《美国三部曲》等。

雷尔①。

你或许可以加上安德烈·纪德②，直到晚年他才信奉共产主义，或者说，有了真正的政治觉悟，但之后立刻加入了反对者的行列。你还可以加上流亡法国的托派分子维克多·瑟奇③和研究法西斯主义的意大利史学家盖塔诺·萨尔维米尼④。萨尔维米尼是一个自由主义者，而不是社会主义者，但他和其他人的相似之处在于他的主要宗旨是反对极权主义，而且他曾深深地卷入左翼势力的内部斗争中。

虽然在某些时候表面上很相似，持不同政见的社会主义者像科斯勒和席隆之间或开明的保守主义者像沃伊特和德鲁克之间并没有真正的密切关系。席隆的政治对话录作品《培育独裁者的学校》表面上似乎很悲观，而《直到恺撒为止》对左翼政党持批判态度，但其内在的世界观是非常不同的。

关键的一点是，一个社会主义者或共产主义者本身——或许这适用于大部分因为在教条的某一点上有分歧而与自己的党派决裂的人——相信"人间天堂"是有可能实现的。社会主义说到底是一个乐观的信仰，很难与原罪这一信条相适应。

社会主义者并不一定要相信人类社会可以变得完美，但几乎任何社会主义者都相信人类社会可以变得比现在更加美好，人类

---

① 詹姆斯·托马斯·法雷尔（James Thomas Farrell，1904—1979），美国作家，代表作有《斯塔兹·朗尼根》三部曲、《审判日》等。
② 安德烈·保罗·吉拉姆·纪德（André Paul Guillaume Gide，1869—1951），法国作家，曾获1947年诺贝尔文学奖，代表作有《窄门》、《人间的粮食》等。
③ 维克多·瑟奇（Victor Serge，1890—1947），俄国革命家、作家，因反对斯大林的独裁专政而遭受迫害，流亡法国，死于墨西哥，代表作有《漫长的黎明》、《囚徒》等。
④ 盖塔诺·萨尔维米尼（Gaetano Salvemini，1873—1957），意大利反法西斯作家、政治家，意大利社会主义党成员，因反对墨索里尼流亡美国，代表作有《意大利的法西斯独裁体制》和《在法西斯主义的利斧下》等。

的罪恶大部分是源于不公平和不平等的扭曲作用。社会主义的基础是人道主义。它可以与宗教信仰相容不悖，但不认同人是"有缺陷的动物，一有机会就会作恶"这一信念。

像《正午的黑暗》、纪德的《苏联归来》、尤金·莱昂斯①的《乌托邦的任务》或其它有相同倾向的作品所蕴含的情感不单单对预料中的天堂没有迅速实现而感到失望，而且还对社会主义运动原来的目标正渐渐变得模糊而表示担心。

确实，正统的社会主义理念，无论是改革派或革命派的理念，都失去了30年前的救世主式的品质。这是因为工业生活正变得越来越复杂，日日夜夜都需要与法西斯主义进行斗争，更何况还有苏俄这个范例。为了生存，俄国的共产主义者被迫放弃了他们开始时的一些理想，至少暂时如此。

严格的经济平等被发现是不切实际的，在经历过内战的落后国度推行言论自由又太危险了，而资本主义强国的敌意扼杀了国际主义。

从1925年前后，俄国的内政和外交政策变得越来越严苛，越来越远离理想主义，而这一新的精神被各国的共产党传播到国外。从弗朗兹·伯克瑙的作品《共产主义国际》中可以方便地对这些共产党的历史加以研究。

虽然勇气与献身精神可嘉，西欧的共产主义运动的主要效果是削弱了对于民主的信念和使得整个社会主义运动蒙上了马基雅弗利主义的色彩。不仅是我所提及的那些作家反对这一趋势，还

---

① 尤金·莱昂斯(Eugene Lyons, 1898—1985)，美国记者、作家，早年信奉共产主义，后与共产主义决裂，代表作有《当代沙皇斯大林》、《胡佛传》等。

有一大批各个阶层的人经历了同样的历程。我只列举几个名字：弗蕾达·乌特莱[1]、马克斯·伊斯曼[2]、拉尔夫·贝茨[3]、斯蒂芬·斯宾德[4]、菲利普·汤因比[5]、路易斯·费舍尔[6]。

或许除了马克斯·伊斯曼之外，我们不能说那些作家都转而选择了保守主义。他们都知道建立计划经济社会和高度工业化发展的需要。但他们希望旧的社会主义理念，那个强调自由和平等和从对人类大同的信念中获得鼓舞的理念，能够长存下去。

他们所表达的观点存在于各个地方的左翼社会主义运动，至少存在于那些视高水平的生活为天经地义的先进国家。在落后国家，政治极端主义更有可能以无政府主义的形式出现。在那些相信人类有可能实现进步的人当中正进行着马基雅弗利主义、科层制和乌托邦主义的三方斗争。

当前乌托邦主义很难以掀起一场明确的政治运动。各个地方的群众更想要的是安稳而不是平等，大体上他们没有意识到言论自由和出版自由对于他们来说非常重要，但在它的背后对于追求

---

① 弗蕾达·乌特莱（Freda Utley，1898—1978），原名维尼弗蕾德·乌特莱（Winifred Utley），英国女作家、政治活动家，曾受共产国际委托到西伯利亚、中国、日本考察，并以中国的抗日战争为题材，写出了《日本的赌博》，谴责日本对中国的侵略，代表作有《我们失去的梦想》、《一个自由主义者的漫长旅程》等。

② 马克斯·福里斯特·伊斯曼（Max Forrester Eastman，1883—1969），美国作家、政治活动家，代表作有《马克思与列宁：科学的革命》、《穿制服的艺术家》等。

③ 拉尔夫·贝茨（Ralph Bates）：信息不详。

④ 斯蒂芬·哈罗德·斯宾德（Stephen Harold Spender，1909—1995），英国作家、诗人，代表作有《法官的审判》、《世界中的世界》等。

⑤ 西奥多·菲利普·汤因比（Theodore Philip Toynbee，1916—1981），英国作家，代表作有《潘塔隆》系列、《接近圣灵》等。

⑥ 路易斯·费舍尔（Louis Fischer，1896—1970），美国记者、传记作家，代表作有《列宁的生平》、《圣雄甘地的生平》等。

完美世界的渴望有着漫长的历史。

如果你研究像科斯勒和席隆等作家的理念的演变历程的话，你会发现它一路追溯到对乌托邦寄予梦想的作者如威廉·莫里斯、奉行神秘主义的民主主义者如沃尔特·惠特曼、卢梭、英国的掘土派和平权主义者①、在中世纪发动起义的农民，乃至早期的基督教徒和古代奋起反抗的奴隶。

来自威根的掘土派领袖杰拉德·温斯坦利②进行的原始共产主义实验被克伦威尔镇压了，他撰写的宣传册在某些方面与当代的左翼文学出奇地接近。

"人间乐土"从未实现，但作为一个理想，虽然各种色彩的现实政治能轻易地将其揭穿，但它似乎从未破灭。

它蕴含着"人之初性本善"和"人性可以无止境地发展"这一信念，一直是社会主义运动的主要驱动力，包括那些策划了俄国革命的地下分子，可以这么说，虽然目前乌托邦主义者是漫无组织的少数派，但他们是社会主义传统的基石。

书目：

弗蕾达·乌特莱：《我们失去的梦想》

马克斯·伊斯曼：《自列宁逝世后》、《穿制服的艺术家》

路易斯·费舍尔：《人类与政治》

---

① 掘土派和平权主义者(diggers and levellers)，指十七世纪英国追求社会公义和平等的左翼人士，掘土派的思想理念更为左倾，要求均分土地，让人民自由耕种，后来遭到克伦威尔的镇压。

② 杰拉德·温斯坦利(Gerrard Winstanley, 1609—1676)，英国政治活动家，掘土派精神领袖，代表作有《英国的受压迫的穷苦百姓的宣言》、《公义的新法》等。

亚瑟·科斯勒：《角斗士》、《渣滓》

伊格纳齐奥·席隆：《方塔马拉》、《面包与红酒》、《雪下的种子》

安德烈·马尔罗：《上海风暴》、《希望的日子》

盖塔诺·萨尔维米尼：《在法西斯主义的利斧下》

杰拉德·温斯坦利：《选择》

基督教的改革者[①]

对来生的信仰和对人间快乐的渴望并非是不可调和的矛盾，但二者可谓南辕北辙。如果死后真有来生，那我们的主要目的一定就是为那个来生进行准备，而必需的精神上的磨炼或许就蕴含于痛苦、悲伤、贫穷和其它一切社会改革者希望革除的事情中。

总之，服从上帝的意志的理念与人类正逐渐控制自然的理念，被认为是互相矛盾的。因此，大体上说，基督教会——尤其是天主教会、东正教会、英国国教教会和路德教会，每一个教会都有其安排得很妥帖的社会秩序——对进步的理念持仇视态度，并抵制任何试图削弱私有财产制度的政治理论。

然而，你不能将基督教的信仰等同于保守主义。即使在中世纪也已经有传播革命的政治信念的异端教派，而在宗教改革后，激进主义与新教主义有着紧密的联系。英国社会主义运动在一定程度上就扎根于对英国国教的拒不服从。

但是，到了我们这个时代，出现了更加深入的将正统的强调来世的基督教信仰和革命的社会主义进行调和的尝试。信奉天主教的社会主义政党在欧洲大陆的各个地方出现。俄国的东正教会，或它的主体势力，已经和苏维埃政府达成妥协。而英国国教也出现了相应的思潮。

这一演变的原因不止一个，要不是基督教信徒（既有牧师也有业余人士）越来越坚信资本主义社会自身与生俱来的邪恶，它是不会发生的。还像以前那样布道，声称贫富是上帝的意旨，最重要的事情是获得灵魂的救赎，这一套已经行不通了。

正如尼莫拉牧师②所说，一座大城市的贫困条件已经到了基督徒的生活无以为继的地步了。或许基督的教诲指明了通往纯粹的共产主义的道路。至少，它们明确地要求进行激进的重新分配财富。

在过去二十年间，最杰出的宗教思想家并不是普通意义上的政治反动派：也就是说，他们并没有为放任自由的资本主义辩护。他们可以被划分为许多思想流派，但可以将它们大致上分为三种主要倾向。

首先是那些将基督教等同于共产主义的人，他们的重点是《福音书》里的政治暗示和经济暗示。某些人，其中最为有名的是坎特伯雷的主持牧师，认为苏俄是通往真正的基督教社会的最接近的途径。

约翰·麦克穆雷③教授（《历史的线索》）在这一点上和坎特伯雷的主持牧师一样，都认为苏维埃政权反对宗教这一观点只是一个谬误，应该加以修正。但是，约翰·麦克穆雷教授拒绝了个体不朽的教条，因此他被认为不是一位正统的信徒。

西德尼·达克是英国国教信徒④，他曾说过在某种程度上同

① 刊于 1946 年 2 月 7 日《曼彻斯特新闻晚报》
② 弗里德里希·古斯塔夫·埃米尔·马丁·尼莫拉（Friedrich Gustav Emil Martin Niemöller，1892—1984），德国神学家、牧师、反纳粹先锋，其名言《起初他们……》是传世的反法西斯名言。
③ 约翰·麦克穆雷（John Macmurray，1891—1976），苏格兰哲学家，代表作有《当代世界的自由》、《解读宇宙》等。
④ 西德尼·厄尼斯特·达克（Sidney Ernest Dark，1872—1947），英国书评家、作家，代表作有《十二王女》、《伦敦》，翻译了法国作家大仲马的作品。

样意义的话，但重点更多地放在个体的神性上面（《我静坐，我冥思，我猜想》）。他一度曾担任《教会时报》的编辑。虽然近来法国进行了一番努力，但俄国的共产主义和天主教会之间并没有真正达成和解的迹象。不过，在英国国教内部，左翼人士的最强烈的同情者似乎是教义上最接近于罗马教廷的英国天主教徒。

其次，有些人接受社会主义是不可避免的事情，甚至是人类历史上光明的新篇章，但他们主要考虑的是对新的社会主义社会进行基督教化，阻止它切断与历史的精神纽带。这一思想流派的两位最突出的作家是法国柏格森派①作家雅克·马里坦和俄国流亡作家尼克莱·别尔佳耶夫②。

去年英国出版了马里坦的作品《基督教与民主》，他是一位非常深刻的思想家，在天主教的圈子里备受尊敬，通过将社会进步思想与严格的天主教正统思想进行调和，对社会主义事业作出了很大的贡献。在这场战争期间，他倾注了自己在思想界的所有影响力与贝当政权进行对抗，而在西班牙内战期间，他拒绝承认佛朗哥是基督教的捍卫者。

天主教小说家乔治·伯纳诺斯③（《一位乡村牧师的日记》和《我的时代的日记》）立场很相似，但方式更加激烈决绝。然而，

---

① 亨利-路易斯·柏格森（Henri-Louis Bergson, 1859—1941），法国哲学家，曾获得1927年诺贝尔文学奖，代表作有《道德与宗教的两大起源》、《创造性的思想：形而上学导论》等。

② 尼克莱·亚历山德洛维奇·别尔佳耶夫（Nikolai Alexandrovich Berdyaev, 1874—1948），俄国哲学家，俄国革命前曾抨击沙皇和俄国东正教而遭到流放，但俄国革命后与布尔什维克政权决裂，是1922年"哲学船事件"中苏联驱逐出境的知识分子中的一员。

③ 乔治·伯纳诺斯（George Bernanos, 1888—1948），法国作家，保皇派和天主教徒，代表作有《在撒旦的太阳之下》、《一位乡村牧师的日记》等。

作为一位思想家，伯纳诺斯或许应该在我所探讨的这个群体中排名第三。最为接近马里坦的英国人是天主教历史学家克里斯朵夫·道森。别尔佳耶夫的情况与其他人不同，因为他一开始时是马克思社会主义者，后来才皈依基督教。

他在革命时离开俄国，但他虽然极度仇视布尔什维克主义，比起它的大部分反对者，他的描写带着更多的理解和尊重，而他对俄国农民的原始信仰和俄国革命的暴力之间的关系所作的评论非常有趣。

这个群体的所有作家都会承认如果说教会失去了人民的支持，那在很大程度上是因为它容忍了社会的不公。对于这一新的观点的政治表述是基督教社会主义，其信徒在法国的人口中已经达到了令人惊叹的比例。

最后——从某种意义上说是最有趣的群体——是那些承认当前社会存在着不公，愿意进行剧烈的改变，但拒绝接受社会主义，而是暗示要建立产业主义的人。早在1911年，希莱尔·贝洛克在他那本极具预见性的作品《奴役国家》预言了资本主义社会很快将堕落到某个后来被称为法西斯主义社会的状态。

贝洛克的解决方案是均分巨额财富，回归到小农所有制。贝洛克的朋友吉尔伯特·基思·切斯特顿以这个想法作为基础，提出了他称之为"分产主义"的政治运动。切斯特顿是后来才改而信奉天主教的，有着十九世纪激进派的思想背景，他渴望回归更加简单的社会，但这个想法与他对民主和人的价值的几乎带着神秘色彩的信念交织在一起。

他的运动从未吸引到规模庞大的追随者，在他死后，他的信徒中一部分加入了英国法西斯联盟，而其他人希望以货币改革作为挽救的手段。不过，他的信念在托马斯·斯特恩斯·艾略特对于基督教社会的思想中重新出现，大体上没有改变。切斯特顿的重要地位在于他以简化的形式（事实上也是扭曲的形式）表达了存在于每一个基督教改革者身上的某些倾向。

基督教的价值观最有可能在生活简单的以家庭为自然单位的小社区里蓬勃发展。因此，基督教的思想家，即使是那些承认计划和集中所有制的必要性的人，也总是疏远高度复杂和奢侈的社会，而是向往中世纪的农村。就连像麦克穆雷教授这样一个能几乎毫无保留地接受俄国共产主义的作家，也希望人们生活在一个他称之为"平凡的工作日的世界"，在那个世界里，生活并不会太轻松舒适。

切斯特顿或艾略特所描述的中世纪主义并不是严肃的政治概念，只是任何思想敏锐的人在机器文明的景象面前心里感到不快的症状。

但比切斯特顿更加贴近现实的基督教思想家仍然必须面对一个尚未解决的问题。他们义正词严地声称如果我们的文明无法获得道德上的重生，它将会步入灭亡——他们还补充说，道德法则必须以基督教的原则作为基础，至少在欧洲必须这么做，或许他们也是对的。但基督教作为一个独立存在的体系，有些教义是许多人所不能接受的。

比方说，对于个体不朽的信仰就几乎可以肯定正在衰微。如果教会仍死死抓住这些教义不放，它就无法吸引人民大众——但如果它放弃了这些教义，它将失去它的"存在理由"[1]，或许会不

---

① 原文是法语"raison d'etre"。

复存在。

这只是以不同的方式表明基督教的本质是"彼岸世界"，而社会主义的本质是"此岸世界"。在我们的时代，几乎所有的宗教探讨，都围绕着这个问题而进行，但还没有得出令人满意的答案。

与此同时，像马里坦、艾略特、雷茵霍尔德·尼布尔[1]和克里斯朵夫·道森这些伟大的思想家和作家不得不对当代政治感兴趣，并且纡尊降贵投身地所谓的"进步阵营"，将对矫正盲目的乐观主义和浅薄的物质主义这两个左翼运动的弱点带来帮助。

书目：

坎特伯雷主持牧师：《马克思主义与个体》（宣传手册）

雅克·马里坦：《真实的人文主义》、《科学与智慧》、《人权》

尼克莱·别尔佳耶夫：《基督教与阶级战争》、《俄国宗教心理与共产主义无神论》

埃弗吉努伊·兰帕特[2]：《尼克莱·别尔佳耶夫与新的中世纪》

克里斯朵夫·道森：《超越政治》、《国家的审判》

雷茵霍尔德·尼布尔：《道德的人与无道德的社会》

---

[1] 卡尔·保罗·雷茵霍尔德·尼布尔（Karl Paul Reinhold Niebuhr，1892—1971），美国神学家，代表作有《道德的人与无道德的社会》、《人的本质与命运》等。

[2] 埃弗吉努伊·兰帕特（Evgenuy Lampert），情况不详。

和平主义与进步①

　　"和平主义"是一个暧昧的词语，因为它总是被用于表达某种负面的意义，即拒绝履行军事义务或拒绝战争作为一种政策手段。

　　这一行为本身并没有明确的政治含义，而一个抵制战争的人应该接受或拒绝哪些活动也没有基本的一致意见。

　　绝大部分基于道德而拒绝参军服役的人只是不愿意伤害性命，他们愿意从事其它工作，比如农业耕作，他们这么做是在以间接的方式而不是直接的方式为这场战争作出贡献。

　　另一方面，那些真正的毫不妥协的抵制战争的人，他们拒绝任何形式的为国效命，愿意为了自己的信仰而面对迫害，有很多人并不是在理论上反对暴力，只是反对发动战争的政府。

　　因此，许多反对 1914 年至 1918 年那场战争的人支持 1939 年至 1945 年那场战争，根据他们的立场，这其中并没有矛盾。

　　如果你认为和平主义的整个理论就是完全放弃暴力，你将会遭到非常严肃的反对。显然，任何不愿意使用暴力的政府会任由别的政府鱼肉，甚至会任由个别人横行——因此，拒绝使用暴力只会使得文明无以为继。

　　但是，那些被称为和平主义者的人当中有些人很聪明，能意识到并承认这一点，但他们仍然给出了答案。当然，他们的看法有所不同，但大体上是这样的：

确实，当今文明依赖于暴力，不仅依赖于大炮和轰炸机，而且依赖于监狱、集中营和警察手里的警棍。确实，如果和平人士不愿意保卫自己，最直接的后果就是像希特勒和墨索里尼这样的暴徒变得更加嚣张。但是，使用暴力将使得真正的进步无法实现，这也是对的。在美好的社会里，人与人是平等的，他们愿意彼此合作，不是出于恐惧或经济上的强制。

这就是社会主义者、共产主义者和无政府主义者以不同的方式孜孜以求的目标。显然，在短期内它是不可能实现的，但接受战争作为一种手段将离这个目标更加遥远。

发动战争，以及为战争进行准备，使得现代的中央集权国家成为必要的手段，摧毁了自由，并使得不平等成为永恒。而且，每一场战争都为新的战争埋下了种子。就算人类文明没有被彻底摧毁——而人类文明被毁灭是很有可能发生的事情，考虑到当前武器的破坏力——只要这一进程一直在继续，就不可能有真正的进步。

或许倒退是真有其事，因为每一场战争的趋势都要比上一场战争更加残暴和可耻。从某种意义上说，必须打破这个循环。即使是以接受失败和外国统治为代价，我们也必须使用和平的手段，拒绝回到以恶制恶的老路。

一开始的时候，这么做的结果似乎将会使得邪恶势力更加强大，但这是我们必须为过去 400 年来野蛮的历史所付出的代价。就算仍然有必要与压迫进行抗争，我们也必须以非暴力的手段进行。通往理性的第一步就是打破暴力的循环。

---

① 刊于 1946 年 2 月 14 日《曼彻斯特晚报》。

在那些大致上可以被归入和平主义者并或许接受上文我所提到的理念作为他们的思想基础的作家里面，有奥尔德斯·赫胥黎、约翰·米德尔顿·默里①、已经逝世的马克斯·普劳曼、无政府主义诗人和批评家赫伯特·里德和几个非常年轻的作家，如亚历克斯·康福特和德里克·斯坦利·萨维奇②。

所有这些作家都在某种程度受到了两位思想家的影响：托尔斯泰和甘地。但他们至少可以被分成两个思想流派——真正的重点在于是否接受国家和机器文明。

在赫胥黎的早期和平主义作品如《目的与手段》中，他主要强调的是战争的破坏性和荒唐，并不无夸张地争辩说不择手段无法达致好的结果。后来他似乎得出了"政治的本质是邪恶的"这一结论。他认为从严格意义上说，"社会不可能获得救赎"——只有个人才能获得救赎，而且只能通过践行普通人无法理解的宗教实践才能实现。

事实上，虽然赫胥黎从来没有作出明确的政治宣言，但他对人类的制度和国家对矛盾的调和感到绝望。米德尔顿·默里通过接触社会主义成为一个和平主义者，他对国家的态度有所不同。他并没有要求废除国家，而且他意识到机器文明是不可能被放弃的，或者说，它是绝不会被放弃的。

在近期的作品《亚当与夏娃》里，他提出了有趣但有争议性的一点，如果我们要保留机器，那我们将不能指望实现完全就

---

① 约翰·米德尔顿·默里(John Middleton Murry, 1889—1957)，英国作家，代表作有《致未知的神明》、《济慈与莎士比亚》、《耶稣的生平》等。

② 德里克·斯坦利·萨维奇(Derek Stanley Savage, 1917—2007)，英国评论家、和平主义者，代表作有《自足的乡村生活》、《秋天的世界》等。

业。一个高度发展的工业，如果它全天候在运作的话，将制造出无法被消费掉的多余的商品，因此将会导致争夺市场和军备竞争的出现，结果自然就是导致战争。

他的目标是一个非中央集权式的社会，以农业而不是工业为基础，注重闲暇甚于注重奢华。默里认为这样一个社会的本质是和平的，即使与好战的国家为邻也不会招致侵略。

奇怪的是，虽然赫伯特·里德是无政府主义者，认为国家必须被彻底废除，却不仇视机器。他认为高度发展的工业可以在没有中央集权控制的情况下实现。几位年轻一辈的和平主义作家，如康福特和萨维奇，并没有为社会提供什么方案，而是重点强调在面对国家或政党的侵蚀时保持个体独立的必要性。

可以看到，真正的问题是和平主义是否能与追求物质舒适的斗争相调和。大体上，和平主义思想的方向是回归原始。如果你希望得到高水准的生活，你就必须有一个复杂的工业社会——但这意味着计划、组织和强制——换句话说，它意味着要有国家，而监狱、警察和不可避免的战争就会接踵而来。更加极端的和平主义者会说，国家的存在与真正的和平是水火不容的。

显然，如果你以这些纲领去思考，要想象社会能彻底而快速地进行重建几乎是不可能的事情。和平主义者与无政府主义者的理想只能点点滴滴地去实现。因此，自给自足的农业社区的理想在过去100年里一直困惑着无政府主义者，那是一个没有阶级也没有暴力的社会，只能在小范围内存在。

在不同的时期，这样的社区确实在世界的各个不同地区存在过——在十九世纪的俄国和美国，两场战争之间的法国和德国，以及西班牙内战期间有过那么一段短暂的时间。

近年来，在英国也有小群体的基于良心而拒绝服役的人曾经作出这种试图。它的理念不只是逃离社会——而是像黑暗时代的修道院那样建立精神上的绿洲，在此基础上，一种对待生活的新的态度能渐渐传播。

这些社区的麻烦在于，它们从未真正地独立于外部世界，而且它们只能在被视为敌人的国家愿意接纳它们的情况下而存在。广义上说，同样的批评也可以用在和平主义运动身上。

它只能在一定程度的民主制度下生存，而在世界上的许多地方，它根本没有存在的机会。例如，在纳粹德国就没有和平主义运动。

因此，和平主义的趋势总是削弱对它予以最大程度支持的政府和社会体制。在战前的十年里，英国、法国和美国的和平主义理念占了上风，这无疑是在纵容法西斯的扩张。甚至在主观情绪上，英国和美国的和平主义者总是似乎仇视资本主义民主体制甚于仇视极权主义体制。但从负面的意义上说，他们的批评是有意义的。

他们一直坚持说当今社会并不是和平的社会，就连大炮没有在开火的时候也是如此，而且他们使得"进步的目标是限制国家的权力，而不是强化国家的权力"这个理念不至于消亡——自俄国革命之后不知怎的这个理念一直被忽视了。

书目：

奥尔德斯·赫胥黎：《幕后操纵者》、《你能拿它怎么办?》上下卷(宣传手册)

马克斯·普劳曼：《通往未来的桥梁》(信件)

赫伯特·里德：《诗歌与无政府主义》

亚历克斯·康福特：《没有这样的自由》

德里克·斯坦利·萨维奇：《个人原则》

列夫·托尔斯泰：《怎么办？》

威尔弗雷德·威洛克：《机器社会或是人类社会》（宣传手册）

罗伊·沃克尔：《甘地的智慧》（宣传手册）

我们真的变得更加粗俗了吗？并没有[①]

有新闻说，米德尔塞克斯郡亨顿市的市长正给他的辖区里的孩子们寄出 15 000 封信件，鼓励他们要更加斯文有礼，这件事再一次引出了"自从战争以来，英国人的礼貌是否变糟了"这个问题。

这位市长认为英国人的礼貌变糟了，并将今天的礼仪崩坏归结为"士兵接受当一个硬汉的训练"。他很担心孩子们不肯在巴士上给老人让座，在家里不肯帮忙擦鞋和跑腿，于是让他们参加一个"礼仪指导课"，正在准备 15 000 个会员的徽章。

你会作出的第一个批评是，将罪名归结到军队身上或许是不公平的。无疑，士兵就得接受训练变得坚强，但在没有打仗的时候，英国的军队是世界上行为最规矩的。

近来，在欧洲旅行不听到对于英国部队"得体的"举止那些令人尴尬的恭维是不可能的事情。事实上，他们是英国更为成功的使者，比任何领着高工资干着这份活儿的人做得更好。

当你考虑到不久前英国士兵习以为常的行为作风，比方说驻扎于印度或更加靠近本土的马耳他或直布罗陀的那些士兵，你一定会觉得比起战前的那几年，我们变得更加斯文了。

我想在我到过的任何一个国家那里，一个盲人或外国人问路时得不到比在英国更贴心的关怀，而大城市到了晚上的危险区域要比英国多一些，走在人行道上，人们更有可能把你给挤下人行道或在巴士或火车上霸占你的座位。

就算是在目前铁路拥挤不堪的情况下，你也可以把大衣放在座位上，然后隔个十分钟再回去，座位仍然是空的。其他的乘客会尊重你的在先权利，就算当时过道里挤满了人。至于排队，过去五到十年间，这已经成为心理学家们所说的"条件反射"。如果你把十几个英国人凑在一块儿，他们就会几乎是出于本能地排起队来。

在另一场战争的尾声，当时交通工具的紧缺与现在相比也不遑多让。没有人在等候巴士时排队。每个人都只考虑自己，手肘最狠和最寡廉鲜耻的人才能第一个上车。

确实，有一些孩子由于受到疏散措施的影响，没有受到管教，变成了野孩子，而在每个人身上，战争所带来的苦恼积压之下会导致情绪紧张，有时候会通过毫无意义的脾气发作展现出来。

当我回忆我所遇到过的失态时——包括我自己的举止失态时——我发现在战争期间，情况总是几乎一样的：突然冲一个完全陌生的人宣泄怒火，虽然那个人其实并没有真的冒犯你。

脾气最糟糕的人是商店的老板，特别是卖鱼的和卖烟的。但大部分商店老板总是受到滋扰，而且工作十分辛劳，在经过多年被迫低声下气后，他们想要进行报复是很自然的事情。

我光顾的那个鱼贩子的德性就像旧时候的东方国度的君主。他每天只开门营业三个小时，总是迟到半个小时，卖那几条熏青鱼就像是在施舍一样，只是得花钱才能买到。他的许多顾客称呼

① 刊于 1946 年 1 月 26 日《标准晚报》。

他时说的是"您哪",但在 1919 年到 1939 年,或许是他管别人叫"您哪",如果他利用这短暂的时间耍一把威风,谁又能去责怪他呢?

如果你考虑的不只是战争那几年,而是过去这二三十年,毫无疑问,大体上行为举止是变得更加斯文了,而阶级区别也大大地被削平了。这是由于很多原因造成的——电影、收音机、贫民窟拆迁、廉价衣服的大量生产和基础教育的改善。

在严格的审美意义上,我们的行为举止无疑并没有改善。工业文明的本质就是庸俗,在举止、行动和衣着上,任何欧洲人,从哲学教授到街边摊贩,都比不上一个印度或中国的农民。

但在我们这个时代,每一年越来越多的人住进了带浴室的房子,喜欢在公众地方进餐,学会用英国广播电台的口音说话,模仿电影明星进行打扮,整体的趋势是摆脱粗鲁。我相信除了表面上的改善之外,人们也真的变得越来越斯文有礼和会为他人着想了。

这场战争的许多行动,尤其是食物限量供应和火灾视察的顺利运作,没有了它根本不可能进行。

与此同时,如果我们的行为举止有时候似乎不是那么完美,我认为亨顿的市长其实用不着担心。

穿着漏风的鞋子等了二十分钟巴士,然后回到家发现煤气炉坏了,这无助于培养礼仪。燃料充足一些,交通方便一些,衣服暖和一些,街上的灯光更亮一些,饭菜没那么单调一些——这些事情将会比在纽扣孔上别着"礼貌公会"的徽章更能促进文明。

糟糕的气候最好不过了^①

我曾经说过，英国的气候需要进行一个小手术，就像把人身上的扁桃体割掉一样。把一月份和二月份去掉，那我们就没有什么可抱怨的了。

但是，现在我觉得，就算我有能力那么做的话，我也不想把那两个月给去掉。

这不是一个完全意义上的学术问题，因为，如果我们的科普作家能够被相信的话，我们拥有控制气候的能力将指日可待。通过对原子能的利用，我们将能够溶化南北极的冰川，灌溉撒哈拉沙漠，还能移山倒海，一言以蔽之，将拥有把这个星球改造得面目全非的能力。

如果那一天真的到来的话，英国将得决定它要有怎么样的气候（我猜想会以全民公决或盖洛普投票的方式进行），我希望我们会选择所谓的"糟糕"气候，而不是所谓的"完美"气候。

英国的气候的一大好处就是多变。不仅仅是你永远不知道明天的天气会怎样，而且一年中的每个季节，事实上是每个月，都有自己的明确个性，就像一位老朋友——但有两三个月则像是一个宿敌。

在世界上的许多地方，情况并不是这样。在大部分东方的土地只有三个季节：暑季、旱季和雨季，而在每一个季节里，每一天都是相同的。

在非常炎热的气候里甚至没有春天或秋天，一年四季鲜花盛
开树木常青，小鸟一天到晚都在筑巢。在赤道附近甚至连白昼的
时长都几乎不怎么改变，因此你从来不会享受到漫长的夏季傍晚
或点着灯吃早餐的乐趣。

我将尝试对一年的十二个月份从头到尾进行分析，看看它们
会自动让人联想起什么。它们并不都会让人感到开心，但我想它
们各有其千姿百态。我将从三月份开始。

三月份——桂竹香（特别是那些老式的棕色的桂竹香）。凛冽
的寒风席卷街角，将沙砾吹进你的眼里。兔子们在新种的玉米田
里打架嬉闹。

四月份——阵雨过后泥土的芬芳。十四号那天总是能听到杜
鹃的啼叫，实在是一大乐事。还能看到第一群燕子南归——事实
上，它们通常都是砂崖燕。

五月——炖大黄菜。不用穿内衣，真是好舒服。

六月——下起倾盆大雨。干草的气息。晚饭后去散步。挖土
豆累得把腰都折了。

七月——穿着衬衣去上班。走在伦敦的人行道上，不停地传
来吐樱桃核的"啵—啵—啵"的声音。

八月份——蟀子、梅子、海边泡澡。天竺葵的花开得很盛，
直逼你的眼睛。洒水车充满尘土的味道。

九月份——黑莓。第一批叶子黄了。早晨凝结了晨露。又看
到壁炉生起了火，真是开心。

十月份——完全无风的日子。黄色的榆树透过迷雾露出轮

---

① 刊于 1946 年 2 月 2 日《标准晚报》。

廓，叶子全都凋零了，却没有落下。

十一月——狂风四作。闻到了拿垃圾烧火的味道。

十二月——猫头鹰在啼叫。池塘结了薄冰。烤栗子。太阳就像一个红彤彤的球悬在屋顶，你可以直接用肉眼去看它。

这些就是我自己的联想，但我猜想每个人的想法都不一样。

我不相信加利福尼亚、新西兰或里维埃拉的度假胜地那里的月份会有这么独特的风味。

但一月和二月又如何呢？我承认二月份是特别可恨的月份，除了短之外就没有什么优点可言。但为了对我们的气候做到公平，你应该记住，如果我们没有这段时间的潮湿寒冷，一年里剩下的时间将会大不一样。

我们的水果和蔬菜的味道取决于浸润着雨水的泥土和春天的缓慢到来。可能除了香蕉和菠萝之外，长在热带国家的水果都没什么好吃的。就连橙子和柠檬也来自像西班牙和巴勒斯坦这些气候温和的地方，而热带水果——芒果、番木瓜和番荔枝——的特征就是多汁而寡然无味。

像苹果和草莓这样的水果都需要有一段霜冻期和充沛的雨水，在夏天真的很炎热的国家总是没办法达到最迷人的味道。最迷人的花朵也需要有寒冬。比方说，在印度的平原很容易种百日菊或牵牛花，但就连最有技巧的园丁也种不出一朵报春花、桂竹香或水仙花。

如果我们要让一月和二月变得没有那么让人觉得讨厌，我或许可以从把我们的房子修建得更加合理作为开始。

比方说，把水管给修好就是一个好主意，让它们不至于每一次遭遇严重霜降就会爆裂。

但那是另一个问题。如果改变气候这个想法能得以实现的话，我们应该做出决定的，就是我们是想要终年阳光明媚，还是有几天留给迷雾、泥泞和雨雪。当莎士比亚在描述一年的这个时候，他写道：

> 寒风四处吹个不停，
> 咳嗽声淹没了牧师的讲经，
> 众鸟栖息在雪地里的巢，
> 玛良的鼻子冻成朵红海椒。[①]

他是在描述让人觉得很难受的天气现象，但句里行间带有一种感染力，表达出"万物皆有其所"的观感。

我们有的时候可以安坐在花园的躺椅上，也有的时候长冻疮和鼻涕直流，或许一个星期里有五天我们的天气让我们直想骂娘，但也有的日子，特别是在春天和秋天，就算走在伦敦的街道上，你也会领略到在更加阳光明媚的国度所无法领略到的美。

---

① 此段是郭沫若译本。

要读书还是要抽烟[①]

　　几年前，我一个当报纸编辑的朋友和几个工厂工人在消防巡逻时，谈起了他的报纸，那几个工人都读那份报纸，觉得蛮不错的。但是，当他问他们觉得文学版块怎么样时，他听到的回答是："你不会以为我们会读那些东西吧？你干吗老是在谈论书籍，买本书得花上十二先令六便士！像我们这种人可花不起十二先令六便士去买一本书。"他说，其实那些人花几英镑到黑潭市旅行一天觉得只是小事一桩。

　　许多英国人都认为买书，乃至读书，是代价昂贵的爱好，一般人无法问津，这种看法值得我们好好探讨一下。要精确衡量读书的成本，计算出每小时要花多少便士是很困难的事情。不过，首先，我要做的事情是统计一下我的藏书，算出这些书总共花了我多少钱。再算上各种其它花费，我可以相当精确地算出过去十五年来我在书籍上花了多少钱。

　　我所统计的是目前我拥有的书籍，一部分堆放在我的公寓里。我还有另外一部分数目相当的书籍存放于另一个地方，因此，我得把最后统计出来的数字乘以 2 才是完整的数目。我没有把那些零散的书籍计算在内，比如说供校对用的样书、破损了的书、廉价的平装书、小册子或杂志，除非是合订本。我也没有算入那些没有价值的书籍——旧课本之类的书——那些都堆放在橱柜的最下面。我只计算那些我自己主动购买或愿意主动购买，并愿意保存的书籍。我发现这类书籍有 442 本，是通过下列途径获得的：

买到的（大部分是二手书），251 本

人家送给我的，或拿购书券买的，33 本

写书评的样书，143 本

借了没还的书，10 本

暂时借来的，5 本

总计 442 本

现在要考虑的是如何计算这些书籍的价格。那些我自己掏钱买的书，我列出的是它们的全额价格或我心目中认为值多少钱。那些人家送给我的书、临时借来的书或借了没还的书我也列出了全额价格，因为赠书、借书和偷书差不多扯平了。我的某些藏书从严格意义上说并不属于我，但也有很多人拿了我的书没还，这样一来，那些我自己没有掏钱的书和那些我掏了钱却不再拥有的书就两讫了。另外，那些我所列出的写书评用的样书只当它们是半价。如果真要我掏钱的话，那些书我只愿意出半价买二手书。有些书的价格我只能靠猜测，但也不会相差太远。这些书的总价如下：

买来的书：36 英镑 9 先令

别人送的书：10 英镑 10 先令

写书评的样书：25 英镑 11 先令 9 便士

借了没有还的书：4 英镑 16 先令 9 便士

暂借的书：3 英镑 10 先令

①　刊于 1946 年 2 月 8 日《论坛报》。

书架上的书：2 英镑

总计：82 英镑 17 先令 6 便士

加上我放在别处的书，我总共有将近 900 本书，总共价值约 165 英镑 15 便士。这是 15 年来累积的结果——事实上不止 15 年，因为有些书可以追溯到我的童年，但就当是 15 年吧。一年算下来就是 11 英镑 1 便士，但是还有其它开销必须得算进去，才能估算出我总共在阅读上花了多少钱。最大的一块花销是报纸和期刊，我想一年大概要花 8 英镑。这 8 英镑包括了两份日报、一份晚报、两份周报、一份每周书评和一两份月刊。这样算下来，一年就要花 19 英镑 1 先令，但要得出比较准确的总数就只能凭猜测了。有时候我们会花钱在书籍上，却没有把书保存下来。这些包括图书馆的年费，还有一些书，主要是企鹅出版社的书和其它廉价书，买来之后就丢失了或扔掉了。不过，以其它数字为基础进行估算，这些书一年大概得花 6 英镑。因此，过去 15 年来，我花在读书上的钱大约是一年 25 英镑。

一年 25 英镑听起来是笔不小的开销，但你得拿它与其它开销进行比较。这笔钱算下来每周是 9 先令 9 便士，现在 9 先令 9 便士可以买到 83 根香烟（"运动员牌"），就算在战前最多也只能买 200 根香烟。按照现在的价格计算，我花在香烟上的钱要比花在书上的钱多得多。我一周要抽掉 6 盎司烟草，一盎司的价格是半克朗，甚至还要多，一年大概得花将近 40 英镑。就算在战前同样的烟草只要 8 便士一盎司，一年我也得花上起码 10 英镑。如果我每天还喝一品脱的啤酒，花上个 6 便士，光是烟酒这两样一年就得花上 20 英镑。这个数字或许只是英国人的平均花销。1938 年英国人均花在酒精饮品和烟草上的钱是 10 英镑，但是，有 20% 的人是 15 岁以下的儿童，还有 40％的人是妇女，因此，那些抽烟喝酒的人花的钱一年远远不止 10 英镑。1944 年，英国人均的酒精饮品和烟草开销是 23 英镑。和前面一样，扣除妇女和儿童的数目，40 英镑才是合理的数字。一年 40 英镑只能够支付一周六天每天一包忍冬牌香烟和半品脱淡麦芽啤酒——算不上是奢侈的消费。当然，现在所有的物价都在飞涨，书价也概莫能外。但即使这样，读书的开销，就算你买书而不是借书，还买了一大堆期刊，花的钱也不会比抽烟喝酒这两样花的多出多少。

书的标价和读书人从书本中所获取的价值之间似乎没有关系。书籍包括小说、诗歌、课本、参考书、社会学文献等等，书的厚度与价格似乎不成比例，那些习惯买二手书的人更会有这种感觉。你可以花 10 个先令买一本有 500 行诗句的诗集，也可以花 6 便士买一本字典，二十年有事没事就查查生字。有的书可以一读再读；有的书成为读者思想的一部分，彻底改变了他对人生的态度；有的书读者只是浅尝辄止，从未通读；有的书读者只会囫囵吞枣看一遍，一星期后就忘得一干二净，而这些书所花费的金钱可能都差不多。但如果读者认为读书只是一种消遣，就像去画廊看画一样，那就可以对读书得花多少钱做一个粗略的估计。如果你只是读小说和浅显的文学作品，每本书都是买来的，你的阅读成本会是——假设一本书卖 8 先令，四小时就读完——一小时的花费是 2 先令。这个价格和去电影院雅座看电影价格差不多。如果你读的是那些严肃一点的书，所读的书都是自己买的，你的花费也差不到哪儿去。贵一点的书，读的时间也久一些。而读完之后书还在那儿，你能以三分之一的价格卖出去。如果你只买二手书，你的阅读成本当然会小很多，一小时大概只需要花 6 便士。

另一方面，如果你不买书，而只是去私人借书店借书，那么你的阅读成本大约是一小时半个便士。如果你从公共图书馆借书，那么你基本上不用花一分钱。

我说了这么多，无非是想证明读书是不用花很多钱的消遣，除了收听广播之外，或许最便宜的就是读书。那么，英国公众在书籍上花了多少钱呢？我找不到有关数据，但毫无疑问，这些数据是存在的。但我知道在战前，英国每年出版大约 15 000 种书，包括了重印本和学校课本。如果每种书的销量是 10 000 本——即使算上学校的课本，这个数字或许都高估了——平均一个人一年直接或间接只买三本书。这三本书加起来总共大概只需要花 1 英镑，甚至更少。

这些数字都只是猜测，要是有人愿意指正，我无比欢迎。但假如我的猜测大致正确，对于英国这个几乎全民识字的国家来说，这可不是什么值得骄傲的记录。一个英国人花在香烟上的钱堪比一个印度农民一辈子的花费。如果我们的书籍消费量一直这么低迷，那至少我们要承认，这是因为比起去看赛犬，看电影或去酒吧，读书要沉闷无聊得多，而不是因为读书，无论是借书还是买书，实在太贵了。

"水中月" ①

我最喜欢的酒吧"水中月"离一个公交车站只有两分钟的距离，但它在一条小巷子里，酒鬼和吵吵闹闹的人似乎永远找不到那里，即使在星期六晚上也找不到。

它的客人数目不少，大部分是"常客"，他们每天晚上坐在同样的座位上，去那里除了喝啤酒外还为了聊天。

要是有人问你为什么喜欢某一间酒吧，你的自然反应是把啤酒放在首位，但"水中月"最吸引我的地方是人们所说的"气氛"。

首先，它的整体结构和装修是原汁原味的维多利亚风格。它没有玻璃顶的桌子或其它现代化的可悲之处，而且也没有矫揉造作的屋顶横梁、壁炉龛或以塑料饰板冒充橡木饰板。留有纹理的木具、吧台后面的椭圆形镜子、铁铸的壁炉、被香烟熏成黄黑色的漂亮的天花板、壁炉上挂着的牛头标本——每样东西都带着十九世纪那种实在而舒服的丑陋。

在冬天至少有两个吧台的火烧得很旺，维多利亚式的布置留下了足够的搁手肘的空间。这里有公共吧台、沙龙吧台、女士吧台，还有瓶装或壶装啤酒的吧台，为那些吃晚饭时不好意思在大庭广众之下公然点啤酒的人服务，楼上还有餐室。

只有公共吧台有人在玩游戏，因此在别的吧台你可以四处走动，不用弯腰躲避穿梭的飞镖。

"水中月"很安静，适合聊天。酒吧里没有收音机或钢琴，即使在平安夜和其它节日这里的歌曲也只是为了调节气氛。

吧女们知道大部分顾客的名字，对每个人都很关心。她们都是中年妇女——其中两个把头发染成夸张的颜色——无论男女老少，她们管每个人都叫"亲爱的"。（是"亲爱的"，不是"宝贝"，吧女管你叫"宝贝"的酒吧通常气氛都很轻佻，感觉不太好。）

和大部分酒吧不同，"水中月"卖香烟也卖烟草，还卖阿司匹林和邮票，让你用电话的时候也是客客气气的。

你不能在"水中月"吃晚饭，但你可以在零食吧台吃猪肝香肠三明治、贻贝（这间酒吧的特色）、奶酪、腌黄瓜和那些里面有藏茴香果籽的大块饼干，这种饼干似乎在酒吧才有。

一周六天，你可以到楼上吃一顿美味而丰富的午餐——比方说，猪肘块、两个蔬菜和煮果酱卷——大概要花三先令。

这顿午饭的特殊愉快之处在于，你可以配以生烈啤。我想伦敦只有十分之一的酒吧提供生烈啤，而"水中月"就是其中一间。那是一种软乎黏稠的烈啤，放在锡镴酒壶里味道更好。

"水中月"特别讲究喝东西的器皿。比方说，他们绝不会犯把一品脱啤酒倒进一个没有把手的酒杯这种错误。除了玻璃杯和锡镴酒杯外，他们还有那种宜人的、草莓粉色的瓷杯，如今在伦敦已经很少见了。瓷杯30年前就过时了，因为大部分人喜欢他们的酒杯是透明的，但我觉得用瓷杯喝啤酒味道更好。

"水中月"的一大惊喜之处是它的花园。一条狭窄的过道引着

---

① 刊于1946年2月9日《标准晚报》。

你走出沙龙吧台，然后你会发现自己置身于一个种着悬铃树的大花园，树下摆着绿色的小桌子，周围摆着几张铁椅。花园的一头有秋千和滑梯供孩子们玩耍。

到了夏天，晚上会有家庭聚会，你坐在悬铃树下，喝着啤酒或生酿苹果酒，听着孩子们溜着滑梯发出愉快的尖叫声。里面躺着小婴孩的婴儿车就放在大门旁边。

在"水中月"的许多优点中，我觉得这个花园是最棒的亮点，因为它能让一家老少去那里，而不是让妈妈留在家里照顾孩子，而爸爸一个人出去。

虽然严格来说，孩子们只能在花园里待着，但他们总是会溜进酒吧里去，甚至给父母拿酒。我相信这是违法的，但这无伤大雅，因为不让孩子进酒吧是清教徒式无聊的拘谨——因此，女人们也不能进去——把酒吧变成了纯粹只是喝酒的地方，而它们原本应该是进行家庭聚会的地方。

"水中月"是我理想中的酒吧——至少在伦敦地区是（你对乡村酒吧的要求会有些许不同）。

但现在是时候揭晓那些感觉敏锐而且不抱幻想的读者们或许已经猜到的谜底了。根本没有"水中月"这么一个地方。

也就是说，可能有一间名叫"水中月"的酒吧，但我没去过那里，也不知道到底有没有这么一个具备所有那些条件的酒吧。

我知道有的酒吧啤酒好喝，但你不能在那里吃饭，能吃饭的酒吧又嘈杂拥挤，安静的酒吧啤酒又总是酸的。至于花园，我一时只能想到伦敦有三间酒吧带花园。

但平心而论，我知道有几间酒吧几乎达到了"水中月"的标准。上面我提到了完美的酒吧应该具备的十项品质，我知道有一间酒吧符合其中八项。但是，就算是那间酒吧也没有生烈啤和瓷杯。

要是谁知道哪间酒吧有生烈啤、开放式的壁炉、便宜饭菜、花园、老妈子一样的吧女而且没有收音机，我会觉得很高兴，虽然它的名字可能就像"红狮酒吧"或"铁道酒吧"那样乏味。

就在你的鼻子底下①

　　最近报刊上出现了许多文章，声称我们几乎不可能开采出供应本土和出口目的的足够多的煤矿，因为肯留在矿场里的煤矿工人数量不足。上星期我看到一组数据，估计每年"离职的"矿工人数是6万人，而每年吸纳的新矿工是1万人。而与此同时——有时候是在同一份报纸的同一个栏目——有文章却在说雇佣波兰人或德国人不是什么好事，因为这会导致煤矿业的失业问题。这两种声音出处不总是相同，但一定有许多人能够同时把这两个互相抵触的理念容纳于脑海里。

　　这只是当下很普遍的思维习惯的一例，或许一直都很普遍。萧伯纳在《安德鲁克里斯与狮子》的序言中引用了《马太福音》的第一章作为另一个例子，它开篇就说耶稣的父亲约瑟夫源自亚伯拉罕的血脉。在诗篇的第一首中，耶稣被描述为"大卫的后代，亚伯拉罕的后代"，然后系谱一直绵延了十五首圣诗，然后，就只隔了一首诗又说事实上耶稣并非亚伯拉罕的后代，因为他不是约瑟夫的儿子。萧伯纳说这一矛盾对于一个基督教信徒来说并没有造成理解上的困难，他还以伦敦东区的"提克伯恩诉讼者"②的支持者引发的暴乱为例——"提克伯恩诉讼者"声称一个英国工人的权利被剥夺了。

　　从医学上说，我相信这种思维方式被称为精神分裂：能够同时认可两个自相矛盾的信仰的能力。与之紧密联系的是能够忽略明显的、无可更改的、迟早得面对的事实的能力。这种恶习在我们的政治思想中尤为盛行。让我举几个例子，它们彼此之间没有逻辑上的关联，只是随便挑选出来的例子，人们对这些确凿无疑的事实心知肚明，却又加以逃避。

香港。早在战争开始前的那几年，任何对远东的情况有所了解的人都知道我们在香港站不住脚了，一旦大战爆发，我们就会失去这个城市。但是，我们不能接受这一认识，一届又一届的政府继续殖民香港，而不是将其归还给中国人。就在日本人发起进攻的几个星期前，我们甚至在香港增加了驻军，明知道他们将起不到任何作用，只会沦为战俘。战争来了，香港迅速沦陷了——就像每个人一早就预料到的一样。

征兵制。早在战争前的几年，几乎所有思想进步的人士都赞同要挺身而出对抗德国，但他们当中大多数人却又反对拥有足够的军备以有效地对抗德国。我很清楚为了这一态度辩解所提出的种种理由，有的合情合理，但大体上它们只是借口。到了1939年工党仍投票反对征兵制，而这一步或许就是促成苏德条约签署的原因之一，而且肯定对法国的士气带来了极其沉重的打击。接着，到了1940年，我们因为没有一支庞大而高效的军队而几乎惨

---

① 刊于《论坛报》1946年3月22日。

② 提克伯恩诉讼者（the Tichborne Claimant），1854年，英国提克伯恩家族继承人罗杰·提克伯恩男爵，（Roger Tichborne）在一次船难失踪，生死不明。1866年，一位名为托马斯·卡斯特罗（Thomas Castro）的男子自称是罗杰·提克伯恩男爵，但遭其提克伯恩的家族成员怀疑，经多方查证，得知他的真实身份是亚瑟·奥顿（Arthur Orton），一个伦敦屠夫的儿子，后流落澳大利亚。该男子被控告伪证罪，但他在全国进行演讲宣传，寻求民意支持，一时成为城中热话。最后，该男子被判伪证罪成立，坐牢14年，实际服刑时间为10年。

遭亡国，而本来要是提早三年推行征兵制的话，我们是可以建立起这么一支军队的。

生育率。20 或 25 年前，避孕和思想启蒙几乎被视为同一回事。直至今天，大部分人都还争辩说——有很多种表述，但归根结底总是同一回事——大家庭在经济上是不可维持的。与此同时，众所周知，生育率最高的是那些低收入国家，而在英国人口中，生育率最高的是那些收入最低的群体。有人还说，人口少一点意味着失业会少一些，每个人会过得舒服一些。而另一方面，大家都知道逐渐缩小并走向老龄化的人口将面临灭顶之灾和无法克服的经济困境。虽然确切的数字无法肯定，但很有可能再过 70年，我们的人口将只剩 1 100 万人，超过一半是领取救济金的老人。由于复杂的原因，大部分人不想要大家庭，这些可怕的事实能够同时存在于他们的脑海中，既知道又不知道。

联合国组织。为了拥有约束力，一个世界组织必须能够制裁大国和小国。它必须拥有权力稽查和限制武器装备，这意味着它的官员必须能进入每个国家的每一寸领土。而且它必须拥有比任何军队更强大的武装力量，而且只对该组织本身负责。那两三个真正拥有实力的大国甚至根本从未对此假意表示认同，而且它们精心地安排联合国的机制，就连对它们的行动进行讨论也做不到。换句话说，靠联合国这样的组织维护世界和平是根本没有意义的。从它开始运作之前到现在，这一情况非常明显。然而，就在几个月前，数百万有识之士却相信它将会取得成功。

不用再列举例子了，问题的关键是，我们都愿意相信我们知道并非真实的事情，然后，当我们最终被证明错了的时候，我们就肆意地扭曲事实以证明我们是对的。在思想上，这一过程可以无限久地进行下去——虚妄的想法只有在坚硬的现实中碰壁才会回头，而那时候我们往往已经置身于战场之上。

当你眼睁睁地看着民主社会普遍盛行的精神分裂，那些为了争取选票而许下的谎言、对重大话题的沉默和媒体的歪曲报道，你会忍不住以为在极权主义统治的国度里，谎话会少一些，能更诚恳地面对现实。在那里，至少统治阶层不需要迎合民意，能残酷无情地说出真相。戈林可以说出："要大炮不要黄油"，而民主国家的政治家只能用几百个虚伪的字眼将这句话加以包装。

但是，事实上，回避事实这种情况到处都一样，而且结果也都一样。多年来俄国人被教导说他们比其他所有人都要幸福，宣传海报上画着俄国家庭坐下来享受丰盛的美餐，而其它国家的无产者则在阴沟里饿死。与此同时，西方国家的工人要比苏联的工人生活好得多，以至于不许苏联公民和外国人接触成为了指导方针。然后，由于战争，数百万的普通俄国人跑到欧洲，当他们回国时，原先逃避现实的行为不可避免将以种种摩擦分歧作为代价。德国人和日本人输掉了战争，很大程度上是因为他们的统治者无法看到任何没有陷入狂热的人一眼就能看出的事实。

要看清鼻子底下的事情，你必须不停地进行挣扎。有一件事情会有帮助，那就是写日记，或以某种方式记录下你对重大事件的看法。否则，当某个特别荒谬的信仰被事实炸得粉碎时，你或许只会忘记自己曾经怀有这个信仰。政治上的预测总是错的，但即使一个人成功预测过一次，探究为什么能够预测成功会很有启示。大体上说，只有在希望或恐惧符合现实的情况下你才能预测正确。如果你认识到这一点，你尽管无法消除自己的主观情感，却也可以在某种程度上将它们隔离于思考之外，并无情地按照数学的原则做出预测。大部分人在私底下是很现实的。当你在安排每周的预算时，二加二就是等于四。另一方面，政治就像是某个比原子还要小的东西或非欧几里得术语，可以轻而易举地让部分之和大于整体，或两个物体可以同时存在于同一个地方。从而就有了上面我所列举的那些矛盾和荒谬，归根结底都是一个人的政治理念中有一个秘密的信念，它不像每周的预算，无须在硬邦邦的现实中经受考验。

土蟾蜍随想①

在燕子南回之前，在水仙花绽放之前，在雪停过后不久，土蟾蜍开始以自己的方式向春天的到来致敬：它们从去年秋天就埋身其中的地洞里爬出来，以自己最快的速度爬到最近的、合适的水潭里。某件事情——大地的颤动或只是气温升了几度——让它得悉是时候醒来了，虽然不时会有几只蟾蜍似乎一天到晚都在睡觉，一睡便是经年——不管怎样，在仲夏的时候我有不止一次挖到蟾蜍，都还活着，而且显然活得好好的。

在这个时候，由于长期没有进食，蟾蜍看上去成了伶仃的幽灵，就像一个古板的英国天主教徒挨到大斋节结束的时候。它的行动懒洋洋的，但目的非常明确，它的身体缩小了，显得它的眼睛大得很怪异。这样一来你就会注意到平时可能会忽略的一个现象：在所有的生物中，蟾蜍有着最美丽的眼睛。那种颜色像是金色的，更确切地说，像是有时候你会在图章戒指里看到的那种像是金色的半宝石，我想那种石头叫做金绿玉。

待在水里的那几天，蟾蜍专注于以小昆虫为食，恢复自己的体力。现在它已经恢复了正常的身材，然后它经历了性欲高涨的时期。假如它是一只雄蟾蜍的话，它一心只知道自己想搂着某件东西。如果你伸给它一根棍子，甚至你的手指，它就会以惊人的力气紧紧地抱住，过了半晌才发现那不是一只雌蟾蜍。你经常会看到十几二十只蟾蜍堆成不成形状的团团在水里翻滚，彼此紧紧地抱在一起，分辨不出雌雄。但是，慢慢地它们就成双成对地分开，雄蟾蜍立刻蹲坐在雌蟾蜍的背上。现在你能分辨出雌雄了，因为雄蟾蜍个头小一些，肤色暗一些，坐在上头，前肢紧紧地勾住雌蟾蜍的颈部。过了一两天，一长串一长串的蟾蜍卵就在芦苇丛间蜿蜒漂荡，很快就看不见了。又过了几个星期，水里生机勃勃地长出了一群群的小蝌蚪，迅速地长大，生出后腿，然后生出前腿，然后尾巴脱落了，最后，在仲夏时节，比你大拇指的指甲还要小，但每一种特征都已经完美具备的新一代蟾蜍爬出水面，开始了新的生命轮回。

我提到蟾蜍产卵是因为这是春天最深深吸引我的一个现象，而且因为蟾蜍与云雀和报春花不一样，从来没有诗人赞美过它。我知道很多人不喜欢爬虫或两栖动物，我不是说为了享受春天你必须对蟾蜍感兴趣。还有番红花、槲鸫、布谷鸟、黑刺李等等。问题的关键是，每个人都可以享受到春天的快乐，而且根本不需要花钱。即使在最肮脏的街上，春天的到来也会通过某种迹象显现出来，即使那只是烟囱间的天空变得更加蔚蓝或是在被轰炸过的地方有一棵老树吐出了嫩芽。事实上，大自然就在伦敦的市中心悄然继续存在这件事实在是很了不起。我见过一只茶隼在德特福德的煤气厂上空飞过，还在尤斯顿路听到过一只八哥美妙的歌声。在这方圆四英里的地方要说没有数百万只，那数十万只鸟还是有的，想到当中没有哪只鸟会支付半便士的房租，真是大快人心。

就连英格兰银行附近那些狭窄阴暗的街道也无法将春天拒之

---

① 1946 年 4 月 12 日刊于《论坛报》。

门外。它渗透了一切地方，就像那种能穿透所有过滤层的新型毒气。人们总是说春天就是一个"奇迹"，而在过去的五六年来，这个老掉牙的比喻焕发了新的生机。经过近来我们不得不忍受的那些个冬天后，春天真的就像是一个奇迹，因为在当时越来越难以相信这一奇迹真的会发生。自1940年以来的每个二月，我都会发现自己觉得这一次冬天将会成为永恒。但珀尔塞福涅①就像蟾蜍一样，总是在同一时刻从死寂中冒出来。突然间，快到三月末的时候，奇迹发生了，我居住的衰败的贫民窟改头换面。广场上被煤烟熏得黑漆漆的水蜡树绽吐新绿，栗子树上的叶子渐渐变得厚实，水仙花凋谢了，桂竹香结出了新蕾，警察的蓝色制服看上去很是赏心悦目，鱼贩子面带微笑招呼顾客，就连麻雀的颜色也变得不一样了，它们感受到了空气的清新，大着胆子给自己洗了个澡，这可是从去年九月份后它们第一次洗澡。

享受春天和四季变迁的快乐是邪恶的事情吗？说得更确切一些，当我们都哀叹置身于资本主义体制的囹圄中时，指出生活总是更值得过下去，因为有八哥的歌声、十月的黄榆树或其它自然现象不用花钱就可以欣赏，没有左翼报刊的编辑所说的阶级观点，在政治上应该遭受谴责吗？毫无疑问，许多人就是这么想的。我有过经验，知道要是我的一篇文章以正面的角度提到"大自然"的话，一定会惹来对我指责斥骂的信件。虽然这些信件的关键词总是"多愁善感"，里面似乎还夹杂着两种理念。一种理念是：现实生活中的任何快乐都会导致政治上的无所作为。这一想

---

① 珀尔塞福涅（Persephone），古希腊神话中冥王哈迪斯的妻子，也是春天女神。

法进一步指出，人们应该心怀不满，我们的任务就是产生更多的欲望，而不是利用我们已经拥有的事物让我们更加快乐。另一个理念是，如今是机器的时代，而不喜欢机器，甚至希望对机器的统治性地位加以限制是略显可笑的保守反动思想。这个理念总是得到热爱大自然是城里人的怪癖这一看法的支持，他们根本不知道大自然的真面目。这种看法认为那些真正与土地打交道的人并不热爱土地，对鸟啊花啊根本不感兴趣，纯粹是以功利主义的观点去看待土地。一个人只有住在城里时才会热爱乡村，他们只在一年暖和的时候才会偶尔在周末出去溜达。

后面这个想法显然是错误的。比方说，中世纪的文学作品，包括民谣，充满了近乎乔治王朝①时代的那种对自然的狂热崇拜。像中国人和日本人这样的农耕民族的艺术也总是以树木、禽鸟、花卉和山川为主题。另一个想法在我看来也是错误的，但隐藏得深一些。我们当然不应该感到满足，我们当然不应该单单只是找出如何去享受糟糕的生活的方式，但如果我们扼杀了生命中的一切乐趣，我们为自己所开创的前景会是什么样子呢？如果一个人没办法享受春天回归，那他到了毋须劳动的乌托邦又怎么会开心呢？他将如何支配机器赐予他的闲暇呢？我总是猜想，要是我们的经济问题和政治问题真的得以解决，生活将会变得更加简单而不是更加复杂，你从第一朵报春花所得到的乐趣会比吃一杯刨冰或听一曲沃立舍牌钢琴奏出的曲子大得多。我想，要是我们保持着童年时对诸如树木、鱼儿、蝴蝶和——回到我的第一个例

---

① 1714年—1847年英国汉诺威王室（the House of Hanover）乔治一世、二世、三世、四世在位时期，英国正值工业革命转型，为后来全盛的维多利亚时期奠定了基础。

子——蟾蜍的热爱，和平而美好的将来会更有保障，而传播除了钢铁和混凝土外没有什么事物值得赞美的理念只会使人类无从发泄他们过剩的精力，只能将其倾注于仇恨和领袖崇拜。

不管怎样，春天来了，即使是在伦敦的北一区，他们也无法阻止你享受春天。想到这一点让我十分满意。有很多回我站在那儿看着蟾蜍交配，或一对野兔在嫩绿的玉米田里打架，心里想到那些位高权重的人会阻止我享受这份快乐，要是他们能够做到的话。但幸运的是，他们做不到。只要你不是病了，饿了，受到惊吓或被囚禁在一座监狱里或营房里，春天依然是春天。原子弹正在工厂里堆积，警察正在城市里巡逻，高音喇叭里正充斥着谎言，但地球仍在绕着太阳转，没有哪个独裁者或官僚能够阻止，虽然他们打心眼里深深地感到不快。

为布雷的牧师①美言几句②

几年前一个朋友带我去了那间小小的伯克夏教堂，知名的布雷的牧师曾经在那里任职。（事实上，那里离布雷有几英里远，但或许那时候两位牧师是同一个人。）教堂的墓地里种着一棵漂亮的紫杉树，根据树根边的告示，是布雷的牧师本人亲手种下去的。当时我很是吃惊，又觉得很好奇，这么一个人居然在身后留下了这么一样遗物。

虽然布雷的牧师才华横溢，完全可以当《泰晤士报》的先锋作家，但他的品行实在不能恭维。然而，随着时光流逝，他所留下的就只有一首打油诗和一棵漂亮的树，供一代代人观赏，一定已经抵消了他的无耻变节所造成的负面影响。

缅甸的末代君主锡袍也远远算不上是一个好人。他是个酒鬼，有五百个嫔妃——不过他似乎只是把她们当作摆设——一登基就把七八十个兄弟统统杀头。但他为后代做过一件好事，在沙尘滚滚的曼德勒街道种上罗望子树，营造出宜人的荫凉，直到1942年日本人的燃烧弹将它们烧得一干二净。

诗人詹姆斯·雪莱曾说过"只有义人的行为才会在尘埃中绽吐芬芳"，这番话似乎过于武断了。有时候不义之人的行为随着时间的流逝也会带来好的结果。当我看到布雷的牧师的紫杉树时，它让我若有所思，后来我得到了一本约翰·奥布里③的作品选集，重读一首应该是写于十七世纪上半叶的田园诗，灵感来自于某位奥弗罗尔夫人。

奥弗罗尔夫人是一位牧师的妻子，对他做出了不忠的事情。根据奥布里的描述，她"几乎不会拒绝任何人"，她"有着明眸善睐的眼睛，却是个水性杨花的女人"。这首诗（"斯温的牧师"似乎是一个名为约翰·瑟尔比爵士的人）的开头是这样的：

> 这里静躺着斯温的牧师，
>
> 如此严肃正直，
>
> 渴望着再次通奸，
>
> 他是如此健美，如此纯洁，
>
> 他的头枕在山丘上，
>
> 他的双臂化为枯骨，
>
> 一切都是为了她，
>
> 嗳唷嗳唷嗳嗳唷。
>
> ……
>
> 她的爱是如此甜美，
>
> 永远束缚着斯温，
>
> 再也没有一个如此俏丽的女子，
>
> 能如此让男人倾心，
>
> 以一千行诗为限，

---

① 布雷的牧师（the Vicar of Bray）：出自18世纪一首讽刺歌曲《布雷的牧师》，里面描写这位布雷的牧师先后历经查理一世、英国内战、联邦体制、克伦威尔摄政时期和查理二世复辟，出卖原则以讨好领导人。

② 刊于1946年4月26日《论坛报》。

③ 约翰·奥布里（John Aubrey, 1626—1697），英国作家，代表作有《短暂的生命》、《不列颠的丰碑》等。

> 我不会再展露，
>
> 对她的爱慕，
>
> 嗳唷嗳唷嗳嗳唷。

这首诗又写了五句，"嗳唷嗳唷嗳嗳唷"[①]这个叠句的含义很暧昧，但结束的诗节很精致：

> 但她是曾经来到这个世界上的，
>
> 最美丽的姑娘，
>
> 发生在她身上的事情，
>
> 不要责怪斯温的牧师。
>
> 为什么？她的敌人就是她自己，
>
> 致使她香消玉殒，
>
> 他对她如此坦白，
>
> 嗳唷嗳唷嗳嗳唷。

比起布雷的牧师，奥弗罗尔夫人虽然更加迷人，却也不是什么可效仿的人物。但后来关于她的生平就只留下一首诗，仍然给许多人带来了快乐，虽然不知怎的，这首诗从未被载入诗集中，她所造成的痛苦，以及她生命结束时的空虚和悲哀，都化为了某种经久不散的余香，就像夏天的傍晚一片片烟叶的味道。

但回到树这个话题：种一棵树，特别是种一棵长寿的乔木，

---

① 原文是："Hye nonny nonny noe"，出自莎士比亚的《皆大欢喜》，译文出自朱生豪译本。

是你能留给后代的馈赠，几乎不费任何成本，也不会很麻烦，如果那棵树扎根生长，它就能比你作出的任何行为所带来的影响更加长久，无论那些行为是善行还是恶行。一两年前我在《论坛报》里写了几个段落，内容是我在战前从伍尔沃斯超市买来种下的几株价值六便士的攀缘玫瑰。这激起了一位读者给我写了一封愤慨的信，说玫瑰是资产阶级的事物，但我仍然觉得我那六便士花在玫瑰上要比花在抽烟上，甚至比花在买一本高端大气的《费边社研究宣传册》上更有价值。

最近，我在以前住的那间小屋里待了一天，惊喜地发现——确切地说，那是一种无心插柳柳成荫的感觉——我在差不多十年前种的那些花花草草居然长势如此的好。我想，记录下它们花费了多少钱是值得的，让你知道要是你在会生长的东西上花个几先令会有什么结果。

首先，有两株从伍尔沃斯超市买的安布勒玫瑰和三株多花玫瑰，每株六便士。然后是两丛玫瑰，那是从苗圃里移植过来的植被中的一部分。这一床植被原本有六棵果树、三丛玫瑰和两丛醋栗，一共十先令。一棵果树和一丛玫瑰死掉了，但其它的都长势良好。因此，总共五棵果树、七丛玫瑰和两丛醋栗，花了12先令6便士。这些植物不需要很辛苦地去培育，除了一开始得花钱买下来之外，不需要再往上面花钱。它们甚至没怎么施肥，只是偶尔我趁农场的马刚好在门外停歇时会过去挑一筐马粪。

这九年间，那七丛玫瑰花应该总共开出了一百或一百五十个月的花朵。那几棵果树在我种下去的时候还只是树苗，现在刚好进入成熟期。去年有一棵李子树开了很多花，几棵苹果树看上去似乎长势非常好。里面那株原本长得很瘦弱的考克斯黄苹果——

要是它长势好的话就不会包括在那床植被里面了——如今长成了一棵健壮的大树，结了很多果子。我觉得种那棵考克斯苹果树纯粹是出于公共精神，因为这种果树不会很快就结果，我也没想在那里久住。我自己从来没有吃过那棵树结的苹果，但似乎别人能收获很多果实。凭着它们的果实，你就可以认出它们来。①那棵考克斯黄苹果是很好的品种。但我种果树的时候并没有想到要去造福别人，我只觉得那床植被的价钱很便宜，把树种进去也不需要多少准备工夫。

有一件事我觉得很遗憾，以后希望能够弥补，那就是我这辈子从来没有种过胡桃。如今没有人种胡桃了——你看到的胡桃树几乎都是老树。如果你种下一棵胡桃，得到你的孙子才能享受，谁他妈的会管自己的孙子呢？现在也没有人种柑橘、桑树或枸杞了。这些都是观赏性树木，你得有自己的土地才会去种它们。另一方面，当你走过树篱或任何荒废的土地时，你可以做点什么事情弥补骇人听闻的毁树行动，特别是橡树、白蜡木、榆树和山毛榉树，这些都是在战争那几年发生的。

就连一棵苹果树也能活上一百年之久，因此，我在 1936 年种下的那棵考克斯可能到了二十一世纪仍在结果。一棵橡树或一棵山毛榉树可以活上几百年，供成千上万的人观赏，最后才被锯成木材。我不是在说可以通过个人造林计划履行一个人对于社会的全部责任。但这或许不算是什么馊主意。每次你做出了于社会有害的行为，就在你的日记本里记下一笔，然后在合适的季节将一颗种子种进地里。

---

① 此句出自《圣经·马太福音》第七章第十六节，奥威尔略作改动。

还有，就算只有二十分之一的种子最后长成树木，你仍然可以像布雷的牧师那样，一辈子做了很多坏事，最后仍然为公众留下点好东西。

一个书评家的自白[①]

在一间寒冷而憋屈的卧室起居室里，烟头和茶水半满的杯子到处都是，一个穿着被蛀得破破烂烂的晨衣的男人坐在一张摇摇晃晃的书桌旁，想在成摞布满灰尘的故纸堆中腾出地方摆放打字机。他不能把这些纸给扔掉，因为废纸篓已经满了，而且在那些还没来得及回的信和未偿还的账单里，他几乎可以肯定有一张忘了存进银行的两基尼的支票。而且还有几封信他得把地址写进地址簿里。他把地址簿弄丢了，一想到得去找地址簿，或要找别的什么东西，他想死的心都有了。

他才三十五岁，看上去却像是五十岁的人。他谢顶了，得了静脉曲张，戴着眼镜——或者说，如果他仅有的那副眼镜不是总找不到的话，应该会戴着眼镜。在正常情况下，他应该是营养不良；而要是近来运气好的话，他则会为宿醉所苦。现在是早上十一点半，根据他的时间表，他应该两个小时前就开始写东西了，但就算他认认真真地开始动笔，他也会被几乎响个不停的电话铃声、婴儿的哭喊声、街上电钻的响声和他的债主穿着沉重的靴子上楼下楼的脚步声吵得心烦意乱。刚刚才发生的中断是第二批邮件送过来了，他收到了两份通知和一张红字印刷的收入纳税单。

不消说，这人是个作家。他或许是个诗人、小说家、电影编剧或电台节目撰稿人，因为所有的文人都很类似，但让我们假设他是个书评家吧。一个厚厚的包裹半隐藏在纸堆中，里面有五本书，是他的编辑送来的，附了一张便条，说它们"放在一起应该很合适"。这批书是四天前到的，但这位书评家由于精神萎靡，一直没有打开包裹，整整搁了48个小时。昨天他狠下决心，撕开了带子，发现那五本书分别是《十字路口的巴勒斯坦》、《科学奶农》、《欧洲民主简史》（这本书有680页，重达四磅）、《葡属东非部落风俗》和一本小说《还是躺着好》，或许是弄错了寄过来的。他的书评——八百字吧——必须明天中午"交稿"。里面有三本书所讨论的主题是他根本一无所知的，他得读上起码五十页才能避免犯错，否则他不仅会在作者面前出洋相（当然，作者清楚地了解书评家们的做派），更会在大众读者面前露馅。到了下午四点钟他就得把这几本书拆封，但他就是不想去做这件事情。想到要读这些书，甚至闻到那些纸的味道，他就觉得像是在吃加了蓖麻油的冷冰冰的米糊布丁。但奇怪的是，他的稿件将会按时送到编辑室。他总是能按时交稿。晚上九点钟的时候，他的头脑开始清醒了一些，而到了午夜时分，他就坐在越来越冷的斗室里，在渐渐浓郁的香烟的雾气中像专家那样一本书一本书地迅速翻阅着，对每本书的最后评价是："上帝啊，全是一堆废话！"到了早上，他双眼模糊，神情乖戾，脸上没有刮胡子，对着一张白纸沉思一两个钟头，直到时钟狰狞的指针把他吓得开始动笔。然后他猛地来了精神。所有苍白陈旧的词句——"一本不容错过的好书"、"每一页都值得念想"、"每一章可谓字字珠玑"——就像铁屑被磁铁吸引过去那样一蹴而就，这篇书评刚刚好合乎字数，在截稿前三分钟刚好送达。与此同时，另一批毫不相干的让人大倒胃口的书

---

① 刊于1946年5月3日《论坛报》。

已经送过来了。于是这个行当继续进行下去。而就在几年前，这个精神萎靡、心灰意冷的家伙还怀着万丈雄心要干出一番事业。

我有没有夸大其词？我想问问任何一个经常写稿的书评家——任何一年评阅最少一百本书的人——他是否能诚实地否认他的习惯和性情并不像我在上文所描述的那样。总之，每个作家都是那样的人，但长期在没得选择的情况下撰写书评是特别吃力不讨好、既烦人又累人的工作，不仅要说一些阿谀奉承的废话——确实需要这么做，稍后我会讲述——还要不停地捏造对这些书的反应，而他根本没有任何感觉。这位书评家虽然已经疲惫不堪，但他对书有着职业的敏感。在每年出版的数千本书里，大概只有五十到一百本他有兴趣为其撰写书评。如果他是这个行业的顶尖写手，或许他可以得到十或二十本这样的书，更可能出现的情况是只得到两三本。其余的工作，无论他如何煞费苦心地去褒扬或谴责，其本质都是废话。他把自己追求不朽的精神倒进了阴沟里，每次半品脱。

绝大多数书评要么对其评论的书籍没有充分的了解，要么提供的是误导性的意见。战后出版商不再像过去那样能肆意摆布文学编辑，要求为他们出版的每一本书高唱颂歌。但另一方面，由于缺乏版面和其它不便，书评的水准下降了。看到这些结果，有时候人们建议将写书评的工作从被金钱雇佣的书评家手中夺过来，专业题材的书籍应该交给专家去评价，而其它大量的评论工作，尤其是小说评论，可以由业余人士去做。几乎每一本书都应该可以在某位读者心中激起热烈的反应，哪怕只是激烈的反感，而那位读者对作品的看法一定要比一个无趣的专业书评家的看法更有价值。但不幸的是，正如每个编辑都知道的，那种事情是很难去组织的。在实际操作中，编辑总是发现自己又去找回他的雇佣书评家团队——用他的话讲，他的"御用书评家"。

只要每本书都值得评论仍被视为理所当然的事情，这种情况就不会得到改善。每当报刊上大批量地介绍书籍时，不去对当中的大多数极尽赞美几乎是不可能的事情。除非你从事的职业与书籍有关，否则你不会知道绝大多数书籍有多么糟糕。百分之九十以上的书籍唯一客观中肯的评价就是："这本书毫无价值。"而书评家本人真实的反应或许是："我对这本书根本没有兴趣。要我给它写书评除非给钱。"但公众不会买账读这样的书评。他们凭什么得买账呢？他们想得到关于他们要读的书的启示，他们要的是某种价值评估。但一提到价值，标准就崩塌了。因为如果有人说——似乎每个书评家每周至少会说一次这样的话——《李尔王》是一出好的剧本，而《四义人》是一本好的惊险小说，那么这个"好"字到底有什么含义呢？

我始终认为，最好的做法是干脆不去理会大多数的书籍，而对于少数似乎有分量的书籍可以进行长篇的评论——起码得有1 000字。对即将出版的书进行一两行的简短的注解是有用的，但一般600字左右的中篇评论即使书评家秉笔直书也肯定毫无意义。通常来说，他是不愿意写的，周复一周、只言片语的写作很快就把他摧残成了我在本文开始时所描写的那个身穿睡袍的倦怠的家伙。但是，在这个世界上，每个人都有一个他可以瞧不起的人；我必须说，根据我自己在两个行业的经历，书评家要比影评人好过一些，影评人甚至没办法在家里工作，得参加上午十一点钟的公映，除了一两个出了名的影评人外，他们都得为了一杯劣质的雪莉酒而出卖尊严。

我为何写作①

　　很小的时候，大概五六岁的时候，我就已经知道长大后我会当作家。不过，从十七岁到二十四岁这段时期，我试图放弃当作家的念头，但我知道这其实违背了我的天性，迟早我都会安顿下来，专心写书。

　　我在家里三个孩子中排行老二，两头都差了五岁，八岁前我很少见到父亲。这个原因以及其它原因让我很孤独，很快我就变得孤僻冷漠，从入学到毕业，我一直是个不合群的人。和那些孤独的小孩一样，我喜欢自己编故事，和想象中的人物对话。我觉得，从一开始，我的文学梦就夹杂了被孤立小觑的不忿之情。我知道自己文笔还不错，而且勇于面对惨淡的事实。写东西为我营造了属于自己的小天地，让我为生活的失败找到补偿。不过，从一个小屁孩到一个小男孩，我所写的严肃文字——即创作意图非常严肃的文字——加起来不过就只有六七页纸的内容。四岁或五岁的时候我写了第一首诗，我妈妈把这首诗记录了下来。这首诗写了些什么我差不多都忘了，只记得是一首关于老虎的诗，那只老虎有"凳子一样的牙齿"——这句话写得还凑合，但我想这首诗其实是抄袭布莱克②的《老虎，老虎》。我十一岁的时候，一战爆发了，我写了首爱国诗，刊登在当地的报纸上，两年后为了纪念基奇纳③逝世又发表了一首诗。到我更大一点的时候，我断断续续写了几首蹩脚的乔治王朝风格的"自然诗"，但都没有写完。

我还试过写一则短篇小说，但写得非常糟糕。这些就是那几年来我认真写作的成果。

不过，在此期间我还是参与了一定意义上的文学活动。首先，我得做学校的功课，这些东西我写得很顺手，但毫无快乐可言。除了学校功课之外，我会写一些应景和滑稽的小诗，现在想起来，我觉得非常惊奇，那时的我写这些东西可谓挥笔而就，一气呵成。十四岁的时候我只花了一周时间就模仿阿里斯托芬④创作了一部台词押韵的戏剧。我还担任校刊的编辑，有手抄本也有刊印本。可想而知，这些杂志都是滑稽而蹩脚的刊物，我所花费的精力比起现在应付最下等的报纸杂志还要少得多。不过，除了这些之外，我一直还在进行另一项特别的文字锻炼，坚持了起码十五年之久。我总是在脑海里撰写类似日记的关于自己的"故事"。我相信很多儿童和青少年都有这个习惯。小时候我总是幻想自己是侠盗罗宾汉，完成种种神奇历险的英雄人物，但很快我的"故事"不再是孤芳自赏的慰藉，而是渐渐地变成了记叙我所做的事情和所见所闻的流水账。有时连续好几分钟，我会在脑海里构思着这样的文句："他推开门，走进房间。一束明黄色的阳光从穆斯林式的窗帘间射入屋内，斜照在桌子上，上面摆放着一个

---

① 1946 年 6 月刊于《浪人》。《浪人》(Gangrel)是一份维持时间仅有 4 期的英国文学杂志。

② 威廉·布莱克(William Blake，1757—1827)，英国浪漫主义诗人、画家，代表作有《耶路撒冷》、《弥尔顿》等。

③ 赫伯特·基奇纳伯爵(Earl Herbert Kitchener，1850—1916)，爱尔兰裔英国陆军元帅，指挥英军在苏丹、印度、布尔等地镇压殖民地反抗，一战时被委任为国防部长，1916 年经海路至俄国时所在军舰被德军鱼雷炸中身亡。

④ 阿里斯托芬(Aristophanes，公元前 446—前 386)，古希腊喜剧作家，代表作有《黄蜂》、《青蛙》、《吕西斯蒂亚》等。

墨水盒，旁边是一个半打开着的火柴盒。他把右手插在口袋里，走到窗前。下面的街道上，一只玳瑁色的猫正追逐着一片落叶。"诸如此类的文字。这个习惯一直保持到我二十五岁，伴随我走过没有从事写作的日子。我必须对文字进行推敲，但这些文字描绘的努力似乎并非出于我的本意，而是来自某种外界的强迫。我想，这些"故事"一定体现了我在不同的年纪所崇拜的不同作家的文风，不过，在我的记忆中，这些文字总是带有某种写实的特征。

十六岁的时候，我突然间发现原来文字可以带给我快乐和享受——文字的韵律和组合的美。《失乐园》中有这么一段文字——

"彼事劬劳，迤逦而行，劬劳彼事，得其所哉"

虽然现在读起来我觉得平淡无奇，但当时读着这段文字时，我可以感觉到心灵上的震撼。文句中把"他"改成了"彼"，更让我读起来有朗朗上口的愉悦。那时我已经知道自己喜欢写记叙文。因此，假如当时我真的有志著书的话，我清楚地知道自己想写什么样的书。我要写的，是自然主义风格的鸿篇巨制，以悲剧为结局，而且要有语出惊人的譬喻和细致入微的描写，还要辞藻华丽，追求文字音韵的美感。事实上，我第一部完整的小说《缅甸岁月》就是这么一本书。《缅甸岁月》完书的时候我三十岁，但构思创造要比那早得多。

我写这些背景信息，是因为我认为如果不了解一个作者早年经历的话，就无从把握他的创作动机。作者的主观意识受到他所生活的时代的约束——至少在我们这个骚动不安的革命时代是这样——但是，在他开始创作之前，他已经形成了无法彻底摆脱的情感态度。毋庸置疑，作家必须约束好自己的性情和气质，不让自己陷入不成熟的境地，也不受喜怒无常的心情的影响。但假如他彻底摆脱了早年形成的态度，或许他也扼杀了创作的激情。除了谋生的需要外，我认为创作有四个动机，至少散文体创作是这样。每个作家进行文学创作时的动机各不相同，而就算是同一个作家，在不同时期这四个动机的强烈程度也各不相同，这取决于该作家生活的环境。这四个动机分别是：

一、纯粹的自我主义。作家都希望展现自己的聪明才智，被人提及，能流芳百世，报复那些童年时斥责过你的大人，等等等等。否认这个动机，认为这个动机其实并不强烈，其实根本是在说谎。在这一点上，作家和科学家、艺术家、政治家、律师、士兵、成功商业人士——总而言之，人类的精英——其实是一样的。大部分人其实并不是自私的人。到了三十而立的年纪，他们已经不再只关心自己——他们活着主要是为了别人，或被单调沉闷的生活压得喘不过气来。当然，也有少数才华横溢、我行我素的人决心一直坚持自己的生活方式，而作家就属于这类人。我觉得，严肃作家比起记者更加虚荣自负，只是没那么注重金钱而已。

二、审美的热情。对于外在世界的美的体验，此外还有对文字推敲琢磨的热情，能从字词的抑扬顿挫、文章结构的紧密精致和好故事的谋篇布局中获得快乐，渴望分享一段有价值或不容错失的经历。许多作家的审美动机其实不怎么强，但就算只是写写时事评论或编编教科书，作家们也会琢磨文句，从非功利性的原因中获得愉悦。又或者，他们会很在意文字的排版或页眉段落的宽窄等事情。除了铁路指南外，任何书都会考虑审美方面的内容。

三、历史动机。希望了解历史的真相，探究事实，保存好历史的原貌供后人参考。

四、政治目的。在此，"政治"一词取其最广泛的意义。作家们希望世界往某个方向推动，希望改变其他人对理想社会的看法。没有一本书能彻底摆脱政治偏见。那种艺术不应该与政治挂钩的看法本身就是一种政治态度。

显然，这几个动机彼此间会产生冲突和矛盾，在不同的作家身上，在不同的时期会此消彼长。从天性上讲——"天性"指的是刚刚成年时的心理状态——在我身上，前三个动机比第四个动机更加强烈。在和平时代，我可能会写写辞藻华丽或纯粹写实的书，或许我会对自己忠于什么政治立场一无所知。而事实上，我被迫成为一个宣传式的作家。我先是在不适合自己的工作上挣扎了五年(在缅甸担任英国皇家警察)，然后我经历了贫穷的生活，心中充满了挫败感。这让我更加痛恨权威，也让我第一次真正意识到劳动人民的存在，而缅甸的工作让我了解到帝国主义的本质，但这些经历并不足以让我树立明确的政治方向。接着，希特勒上台了，西班牙爆发了内战。到了1935年末，我还是没能树立坚定的信念。我记得那时自己写过一首小诗，表达自己进退两难的处境：

> "我原本可能会是一个快乐的牧师
>
> 在两百年前宣讲永恒的毁灭，
>
> 看着我的核桃树成长；

但是，呜呼哀哉，我却生在一个万恶的年代，

错过了美妙的天堂，

因为我的上唇长出了髭须，

而所有的牧师胡子都刮得干干净净。

后来日子好过了，

我们都那么容易满足，

我们怀着不安的心思入睡，

躺在树林的怀抱里。

我们不耻于变成白痴，

我们隐藏心中的快乐，

苹果树上的金翅雀，

就能让我的敌人颤抖。

但是，女孩子的肚子和杏子，

荫蔽下的溪流里的鳊鱼，

马匹，黎明时飞翔的野鸭，

所有的一切只是一场幻梦。

我们不能再做梦了，

我们弃绝快乐，或将它们隐藏起来，

我们以铬钢造出马匹，

让矮小的胖子也能驾驭。

我是一条无法化蛹成蝶的小虫。

一个没有妻妾的太监，

在牧师和政委之间，

我就像尤金·阿拉姆①一样徘徊。

政委对我许以幸福的诺言，

收音机一直在播个不停。

而牧师向我许诺一辆奥斯丁 7 型轿车②，

因为玩世不恭的人总是左右逢源。

我梦见自己住在大理石居室里，

醒来时发现不是在做梦。

我并非生活在这个年代，

而张三呢？而李四呢？而你呢？"

　　1936 年至 1937 年间的西班牙内战和其它事件改变了情况，让我明白了自己的立场。在我看来，自 1936 年起，我所撰写的严肃文字，无论是以直接还是间接途径，都是在抨击极权主义，并提倡民主社会主义。我觉得，在我们这个时代，如果有人认为创作可以回避这个话题，那他们就想错了。每个人都在以这样或那样

---

① 尤金·阿拉姆(Eugene Aram, 1704—1759)，英国语言学者，精通拉丁文与希腊文，因被控告谋杀友人丹尼尔·克拉克(Daniel Clark)而被判死刑，据说尤金的杀人动机是克拉克与其妻子有染。
② 奥斯丁 7 型轿车：是英国奥斯丁汽车公司于 1922 年至 1939 年生产的一款车型，曾经风靡一时。

的形式阐述这些问题，差别只在于站在什么立场和采取什么手段。一个人对自己的政治偏见越有清醒的认识，他就越能在政治上有一番作为，而无须牺牲他的审美情趣和思想气节。

过去这十年，我最希望做的事情，是将政治写作艺术化。我的出发点总是始于党派的意识和对于不公的敏感。当我坐下来写书时，我不会对自己说："我要写一本有艺术气息的书。"我写东西是因为我要揭露某些谎言，我要引起人们对某些事实的关注，我的初衷是找人倾诉。但无论是写书还是撰写杂志文章，我都希望赋予文字以美感。要是有人愿意细读我的作品的话，就会发现，即使是纯粹的政治宣传，我也会加入很多政治人物认为没有必要写的东西。要我放弃童年时形成的世界观我无法做到，也不想这么做。只要我还活着，我将一如既往地坚持自己的文字风格，热爱大地的风景，爱好某些具体的事物，喜欢写一些没什么用途的文字。我不会压抑性格中这一面的我。我要做的，是将我根深蒂固的好恶倾向和这个时代强加在我们身上的无关个体的公共事务结合在一起。

这可不是容易的事。这涉及到文章的结构和文字的问题，而且还涉及到态度真诚与否的问题。我可以给你举一个例子，简略地谈谈这一困难。我写过一本关于西班牙内战的书——《向加泰罗尼亚致敬》。当然，这是一本纯粹的政治作品，但基本上我是以一种超脱其外的态度在写作，注重文字的形式。我费尽心力，在不违背我对文字本能的基础上，尽量讲述出全部真相。除了其它内容外，书中有一章篇幅很长，都是摘自报纸的报道，为"托派"鸣不平，他们被诬陷与佛朗哥勾结。显然，一两年后普通读者就会对这一章的内容不感兴趣，而整本书就这么毁了。一个我尊敬的文学评论家曾告诫我："为什么你要加进去那些内容呢？你把好端端的一本书变成纪实报道了。"他说的确实有道理，但我只能这么做。我碰巧知道很少英国人能得知的内容，那些无辜的人受到了莫须有的指控，出于义愤我才写了这本书。

这个问题总是会以这样或那样的形式出现。而关于语言的问题要更加敏感，谈论这个问题会耗费太长的时间。我只想说，近几年来我的写作减少了诗情画意的描写，而尽量写得更精确细致。我发现，当你将某种写作风格锤炼到极致的程度时，你会迈向超脱。《动物农场》是我第一本有明确创造意图的作品。我想让这本书成为政治意义和艺术价值的结合。我有七年没有写过小说了，但近期我希望再写一本。这本书注定会以失败收场，我所写的每一本书都是失败的作品，但至少我知道自己要写什么样的书。

回过头看看上两页的内容，我知道我好像把自己写作的动机说成纯粹是出于公共精神，我可不想给读者留下这么一个印象。所有的作家都是虚荣、自私、懒惰的人，在他们的创作动机深处隐藏着一个谜团。写一本书是极其劳心伤神的斗争，就像久病一场，非常痛苦。要不是出于内心某个令人无法抗拒又无法理解的恶魔的驱使，没有人会从事写书这个工作，因为所有人都知道，这个恶魔其实就是驱使婴儿嚎啕大哭以引起别人关注的人性本能。但是，话又说回来，作家只有不断地压抑、消除自己的个性，才能写出有可读性的作品。好的散文就像一扇窗户。我说不清到底哪一个动机最为强烈，但我知道哪一个动机值得我去追求。回顾我的作品，我发现当我没有明确的政治意图时，我写的东西全都空洞无物，只是一堆华丽的辞藻，充斥着毫无意义的句子、矫情的修饰和连篇的谎言。

写作的成本①

乔治·奥威尔答复1946年《地平线》关于"写作的成本"的问卷调查。在问卷中，几位作家被问到：

一、你认为一个作家需要多少钱才能活下去？

二、你认为一位严肃的作家能不能靠写作挣到这些钱？如果能，怎么挣？

三、如果不能，你认为对他来说最适合的第二职业是什么？

四、由于作家的精力倾注在别的职业上面，你认为文学是受到戕害还是因此而受益？

五、你认为国家或其它机构应该为作家多做点事情吗？

六、你是否对自己解决这个问题的方案感到满意？你有没有什么特别的建议给希望靠写作为生的年轻人呢？

一、根据当下的购买力，我觉得税后周薪10英镑对于一个结了婚的男人来说是最低收入，而对于一个未婚男人来说，6英镑是最低收入。我得说，对于一个作者的最佳收入——以当前的购买力计算——是年收入1 000英镑。有了这笔钱，他能过上舒服的生活，不用被人追债，不用去写乱七八糟的作品，也不会觉得自己已经跨入了特权阶级的行列。我不认同作家靠工薪阶层的收入就能生活得很好这一观点。就像对于一个木匠来说工具是必不可少的东西一样，他最需要的是一间舒适暖和的房间，在那里他可以确定不会被打扰。尽管这听起来没什么，如果你想到它所意味的生活安排的话，它代表着相当高的收入。一个作家在家里工作，如果听之任之的话，几乎总是会被打断工作。要不受干扰总是得花钱，无论是直接还是间接方式。还有，作家需要大量的书籍和期刊，他们需要空间和家具用于归档稿纸，他们花了很多钱在联络上，他们需要请兼职文秘，大部分人能够去旅行的话对写作有所帮助，还要生活在惬意的环境里，吃他们最想吃的东西，喝他们最想喝的酒，能够请朋友出去吃饭，或让他们在家里暂住。这些都要花钱。我理想中的情况是每个人都有同样的收入，前提是那得是相当高的收入。但只要收入的差别依然存在，我认为作家的收入地位应该在中层，按照当下的标准，大概在年收入 1 000 英镑左右。

二、不。有人告诉过我在大不列颠最多只有几百个人能够单靠写书为生，大部分人或许是侦探故事的作家。从某种程度上说，像埃塞尔·梅·戴尔这样的人比严肃的作家更容易避免出卖灵魂的境况。

三、如果作家的第二职业不会占据他的所有时间，我认为它应该是一个与文字无关的工作。我猜想如果它是一份合乎作家性格的工作就更好了。但我能够想象得出，比方说，一个银行职员或一个保险经纪晚上回家从事严肃写作，但如果他已经将精力耗费在半创造性的工作，如教书、广播或为英国文化协会等团体撰写宣传资料这样的工作上的话，再去写作就太辛苦了。

四、假如不至于耗尽一个人的全部时间和精力，我认为它是

---

① 刊于 1946 年 9 月《地平线》。

有益的。说到底，你必须和世界保持一定的联系。否则，你干吗要写东西呢？

五、政府能做的唯一有意义的事情就是分配更多的资金给公共图书馆买书。如果我们要建立完全的社会主义，那么，显然，作家必须得到政府的支持，应该被归入收入比较高的群体里。但只要我们的经济体制还是像现在这样，有许多国有企业，但私人资本主义体制仍然占有大半壁江山，那么作家最好还是和政府或其它有组织的群体少一点交易，这样对他和他的工作会比较好。接受资助是不可避免的事情，但另一方面，旧式的私人赞助，让作家仰仗某个有钱人的恩惠，显然是不好的事情。迄今为止，最好和最宽容的资助来自于公众。不幸的是，英国的公众现在不会花钱在书上，虽然他们读的书越来越多，而且平均的品位，我得说，在过去二十年来大有提高。目前，我相信英国的普通市民每年大概花在书上的钱是1英镑，而他们花在烟酒上的钱是每年25英镑。调整一下价格和税收就能轻易地让他们在不知情的情况下花费更多——就像在战争年间，由于英国广播电台由财政部进行补贴，他们花在电台上的钱要多得多。如果政府能够被说服，专门拨款用于购买书籍，而不是接管整个出版业，将其改造成一部宣传机器，我认为作家的地位应该得到改善，这样或许对文学作品有益。

六、从个人的角度，我对收入觉得很满意，因为过去这几年我一直很走运。一开始的时候我绝望地挣扎着，如果我听从人们给我的建议，我永远都不会成为一名作家。甚至直到前不久，当我用心地进行创作时，总是有人在施压，有时候是颇有影响力的人，不想让它们发表。对于一个知道心中有事情想表达的年轻人来说，我能给的唯一建议就是不要接受任何建议。当然，在经济上我能给予提示，但即使那些也没有什么意义，除非他拥有才华。如果你只是想要靠写东西谋生，那么英国广播电台、电影公司和类似的行当都很有帮助。但如果你最想当的是一位作家，那么，在我们这个社会，你就是一头可以被容忍但不会得到鼓励的动物——就像一只屋檐下的麻雀——如果从一开始你就明白这个处境，你会过得比较开心。

穷人是怎么死的①

1929 年我在巴黎第十五行政区的 X 医院住院几个星期。和往常一样，那些文员让我到挂号处接受刑讯逼供。事实上，我得不停地回答问题，过了二十分钟他们才肯让我住院。如果你曾经在拉丁国家填过表格的话，你就知道我指的是什么样的问题。开头几天我一直没办法把列式温度②换算为华氏温度，但我知道我的体温在 103 度左右，盘问到最后我几乎站都站不稳了。在我身后是一群温顺的病人，拿着用彩布打好的包裹，等候着被别人盘问。

盘问结束后就是洗澡——显然，这对所有新到医院的人来说是强制措施，就像在监狱或济贫院一样。我的衣服被拿走了。在五英寸深的温水中战战栗栗地坐了几分钟后，我分到了一件亚麻布睡衣和一件蓝色法兰绒的短晨衣——没有拖鞋，他们说拖鞋都太小了，没有我合脚的——然后被带到露天的地方。那是二月份的夜晚，而我是一个肺炎患者。我们要去的病房在 200 码开外，似乎要去那儿的话得横穿整个医院。有一个人提着个灯笼跟跟跄跄地走在我前面。脚底下的那条沙砾小径结了霜，寒风透过那件睡衣冻得我赤裸的脚腓发疼。走进病房时我有一种奇怪而熟悉的感觉，至于这种感觉是从哪儿来的，直到夜里晚些时候我才想起来。这是一个狭长低矮而且灯光昏暗的房间，到处是嗡嗡嗡的说话声，三排病床挨得很近，让人觉得颇为惊讶。这里有一股恶臭，像是粪便的味道，却又带着甜香。我躺下来时看到在几乎正对面的病床上坐着一个弓腰耸肩、沙黄色头发的小男人，半裸着身体，一个医生和一个实习生正为他施行一种奇怪的手术。首先医生从黑包里拿出十几个像是红酒杯的小玻璃杯，然后那个实习生在每个玻璃杯里点燃一根火柴，将空气烧尽，然后杯子被放在病人的脊背上和胸膛上，真空的压力挤出一个大大的黄色水泡。过了一会儿我意识到他们在对他做什么。那是拔罐疗法，你可以在古老的医学书籍里了解到这种治疗方法，但在此之前我一直以为拔罐是用来医马的。

外面的冷风或许降低了我的体温，我冷漠地观看着这种野蛮的疗法，甚至觉得有点开心。但是，接着医生和实习生来到我的病床，把我拉起来，一句话也没说就用同一套杯子给我拔罐，那些杯子根本没有进行任何消毒措施。我有气无力地抗议了几句，但他们没有理睬，似乎只当我是一头牲畜。这两个医护人员开始给我治疗，那种非人道的方式让我印象非常深刻。之前我从未到过医院的公共病房，那是我第一次遇到根本不和你交谈或把你当人看待的医生。他们只是在我身上放了六个杯子，弄好之后就把水泡划破，又把杯子放上去。现在每个杯子抽出了约一小茶羹暗黑色的血液。我再躺下去的时候，因为刚才发生在我身上的那一幕而觉得很羞辱、恶心和恐惧。我以为现在他们应该肯放过我了，但根本不是这样。还有一样治疗方法得进行，芥子药膏绷带

---

① 刊于 1946 年 11 月 6 日《现在》。

② 由法国科学家热内·安托内·弗查特·列奥米尔（René Antoine Ferchault Réaumur, 1683—1757）设立的温度体系，以标准大气压下水的冰点为 0 度，沸点为 80 度。

似乎像热水澡一样是例行公事的治疗。两个懒散邋遢的护士已经准备好了药膏绷带，把它绑在我的胸口，紧得就像穿上了一件胸衣，而几个穿着连衣裤，在病房巡逻的男子开始围在我的床边，脸上带着半是同情的笑容。后来我才知道看一个病人绑芥子药膏绷带是病房里最受欢迎的消遣。这个疗法通常会持续十五分钟，如果你不是那个被处理的病人的话，实在是非常有趣的一幕。头五分钟疼痛非常剧烈，但你坚信自己能够忍受得住。接下来的五分钟这个信念烟消云散，但药膏绷带的搭扣在脊背上，你无法将其取下来。看客们最开心的就是这段时间。在最后的五分钟取而代之的是麻木的感觉。药膏绷带被取下来后，一个里面装了冰块的防水枕头被塞在我的脑袋下面，然后我被独自留了下来。我睡不着，在我的记忆中，这是这辈子唯一一个失眠的晚上——我是说唯一一个躺在床上却根本连一分钟也睡不着的晚上。

我在 X 医院的第一个小时就经历了整整一系列自相矛盾的不同的疗法，但这么说会让人产生误会，因为基本上你没有得到什么治疗，无论是有效的治疗还是没用的治疗，除非你的病情很有趣，而且他们知道怎么医治你。凌晨五点钟的时候护士们就来了，把病人们叫醒，给他们量体温，但没有给他们擦洗。如果你身体还行的话你就自己擦洗，不然就只能仰仗某位路过的病人的好心。通常都是病人运送瓶瓶罐罐和脏兮兮的夜壶，它被戏称为"砂锅"。八点钟的时候早餐送来了，和军队里一样，叫"LA SOUPE"，也就是汤，稀薄的菜汤和一点面包屑漂在里面。稍晚一些那位蓄着黑胡子的高大严肃的医生过来巡房，带着一个实习医师，还有一群学生跟在身后。但病房里有六十个病人，而且显然他还得去其它病房巡视。许多病床他每天就径直走过去，有时候身后会传出哀求的呼唤声。而另一方面，如果你得了某种那些实习生需要了解的疾病的话，你会得到许多关照。而我得了一种相当罕见的支气管呼吸紊乱，有时候会有多达十几个实习生排队等着听我的胸音。那是一种非常古怪的感觉，我说古怪是因为他们那么兴致勃勃地在学习专业知识，而且似乎根本没有"病人也是人"这种观念。那种情形说出来很奇怪，有时候当轮到某个年轻的实习生走上前摆弄你的时候，他会显得十分兴奋激动，就像一个小男孩终于可以动手操作某台昂贵的机器一样。然后，一只接一只的耳朵——年轻男子、女子和黑人的耳朵——靠在你的背上，手指不停地庄严而笨拙地轻轻敲打着，他们不会和你说话或正眼看你。作为一个不付钱的病人，穿着那身睡袍病服，你就是一具标本，这个词我并不讨厌，但总是觉得不大习惯。

　　过了几天我的身体状况好了一些，可以坐起来观察周围的病人。房间里很闷，狭窄的床挨得很近，你可以轻易地摸到邻床病人的手，我猜想他们除了没有急性传染病之外可能什么病都有。在我右手边的病人是一个红头发的小个子补鞋匠，瘸着一条腿，总是会对着我吹口哨，宣布某个其他病人的死讯（这种事情发生了好几次，而我这个邻床病友总是第一个知道死讯的人）："43 号床死啦！"（或别的什么号码）双臂高举过头。他倒是病得不严重，但在我视野之内大部分病床的人都是悲剧或惨剧的受难者。和我的病床相连的那张病床上躺着一个干瘪的小男人，不知道得了什么病，但有什么病因让他的身体非常敏感，只要挪动一下，甚至被子的重量都会让他痛得尖叫起来，他就躺在病床上，直到死去（我没有目睹他的死亡——他们把他转移到另一张病床去了）。最令他痛苦的事情是撒尿，对他来说是一件非常困难的事情。一个护士会给他拿来夜壶，然后站在他的床边很久，吹着口哨，据说马夫就是这样哄马的，直到最后痛苦地尖叫道"老天爷啊"，他才开始撒尿。在他旁边的病床上是那个我见过接受拔罐治疗的沙黄色头发的男人，他无时无刻不在咳出带着血丝的浓痰。我左手边的邻居是个无精打采的高个子年轻人，时不时会有一根管子插进他的背部，从他的身子里某个部位抽出数量惊人的泡沫丰富的液体。再过去的一张床上躺着一个经历过1870年战争的垂死的老兵，是个相貌堂堂的老人，蓄着白色的小胡子，在探访时间内床边总是坐着四个女性亲戚，全身上下穿着黑色的衣服，仿佛是四只乌鸦，显然是为了分到点遗产。我对面的那一行病床的远端躺着一个年迈的秃子，蓄着下垂的八字胡，身体和脸都肿了起来。他的病让他的小便几乎从无间断，一个巨大的玻璃容器总是摆在他的病床旁边。有一天他的妻子和女儿过来探望他。看到她们俩，老人浮肿的脸上露出令人惊讶的甜蜜微笑。他的女儿是个漂亮的女孩，大概正值双十年华，走到床边的时候我看到他的手正慢慢地从被子下面伸出来。我似乎提前看到了即将出现的手势——那个女孩跪在床边，那个老人的手放在她的头上，在临终前祝福她。但是，没有出现这一幕情形，他只是把夜壶递给她，她立刻接过去，倒进那个玻璃容器里。

离我十几张床位之远的是57号床——我想那就是他的号码——是一个肝硬化患者。病房里的每个人都认识他，因为有时候他会是一节医学课的讲解对象。每星期两天下午，那个高大严肃的医生会在病房里对一群学生讲课，不止一次，57号那个老家伙被放在手推车上，然后被推到病房的中间，医生会撩起他的睡衣，用手指在他的肚皮上凸显一大块松弛的凸起物——我想是病变的肝脏——严肃地解释这是酗酒引起的疾病，在喜欢喝酒的国度很普遍。他从来不和这个病人说话，也不向他微笑、点头或打任何招呼。在他非常严肃认真地说话时，他的两只手会按着那具病恹恹的躯体，有时候会轻轻地揉来搓去，就好像一个女人在摆弄擀面杖一样。57号并不介意这种事情。显然，他是个老病号，在实习课固定充当标本，他的肝脏早就预定好了某间病理房的一个瓶子。他对那些关于他的疾病的内容根本不感兴趣，就那么躺在那儿，无神的眼睛空洞地睁着，而那个医生就像在展示一个古董瓷器一样摆弄着他。他年约六旬，萎缩得骇人地小。他的脸苍白如羊皮纸，小得比一个玩具人偶的脸大不了多少。

　　一天早上，在护士过来之前，我邻床那个补鞋匠拉扯着我的枕头，把我给叫醒了。他高举双臂过头："57号死了！"病房里有一盏灯，勉强可以看得见。我看到57号病床那个老人侧身蜷缩成一团，脸歪向病床的一侧，伸了出来，正朝着我。他是在夜里死去的，没有人知道是什么时候。护士们来的时候听到了他的死讯，但无动于衷地继续她们的工作。过了很久，大约一个小时或更久一些，另外两个穿着笨重的木屐的护士像士兵一样并肩而来，把那具尸体包在被单里，但尸体被搬走是稍后的事情。与此同时，光线明亮了一些，我有时间好好看一看57号。事实上，我侧躺着看着他。奇怪的是，他是我见过的第一具欧洲人的死尸。以前我见过死人，但那些都是亚洲人，而且大部分的死因是暴毙。57号的眼睛仍然睁着，嘴巴也张着，小小的脸庞因为痛苦而扭曲着。然而，让我印象最深的是他那张脸的惨白。原本就是苍白的脸，现在比裹尸布的颜色深不了多少。看着那张小小的皱巴巴的脸时，我惊讶地想到这具尸体正等候着被运走，然后被搁在解剖室的担架床上。这就是一个"自然死亡"的例子，你在祈祷时所期盼的事情。我心想，就是这样，这就是等候着你的命运，再过个二十、三十、四十年，这就是那些运气好的长寿的人死去的方式。当然，人都想活下去。事实上，对于死亡的恐惧是人活下去的原因，但当时我觉得我宁愿暴毙也不要老死。人们谈论着战争的恐怖，但人类所发明的武器怎么比得上一些普遍的疾病那么残忍呢？"自然死亡"几乎就是慢性的、痛苦的、臭烘烘的死法的同义词。就算是这样，能死在自己家里而不是死在公立机构里也是一种福气。这个可怜的老头就像蜡烛一样灭掉了，他的地位如此卑微，甚至没有人守在他的床边。他只是一个数字，然后是实习生们解剖的"对象"。还有在光天化日之下死在这么一个地方的肮脏的一幕！在Ｘ医院病床挨得如此之密，根本没有空间摆放屏风。想象一下，这个死人的病床和我的病床相隔就只有几尺，还有那个身体一碰到床单就会喊疼的人！我敢说，"尿尿啦"就是他的遗言。或许要死的人不会在乎这些事情——不过，临终弥留的人在最后一天会回光返照，神志清醒。

在医院的公共病房里你会看到在那些想方设法死在自己家里的人身上所看不到的惨状，似乎某些疾病只会侵害那些收入少一点的人。但事实上，在英国的医院里你看不到我在Ｘ医院里所目睹的一些事情。病人在这里就像牲畜一样死去，没有人在旁边，没有人关心，甚至连死也要等到早上才被人发现——这种事情发生过不止一次。在英国你是不会看到这种事情的，更不会看到一具尸体暴露在其他病人眼前。我记得有一次在英国的一间诊疗所，我们吃茶点的时候一个病人死了，虽然病房里有六个病人，但那些护士应付得很老练，那具死尸立刻在我们不知情的情况下被转移了，等到吃完茶点我们才听说有这么一回事。英国有一件事情或许被我们低估了，那就是，我们有人数众多的训练有素、纪律严明的护士。毫无疑问，英国的护士都很笨。她们用树叶算命，佩戴米字旗勋章，在壁炉架上挂女王的肖像，但至少她们不会因为懒惰而让你没有擦身并带着便溺就躺在一张没有整理的病床上。X 医院的护士们仍然带有甘普太太①的色彩。后来在西班牙共和国的战地医院，我见到过笨得几乎不会量体温的护士。在英国你不会见到像 X 医院这么脏的地方。后来，我身体恢复了，可以自己在浴室里洗澡，我发现里面放着一个大大的包装袋，里面堆满了食物残渣和病房里脏兮兮的被单，墙壁的饰板里长满了蟑螂。等我拿回自己的衣服，双腿恢复了力气，还没等到出院许可下来我就逃跑了。那不是我逃离的唯一一间医院，但它的阴沉和萧瑟、它那恶心的味道和最恐怖的那种氛围深深地印在我的记忆里。我被送到那里是因为那是我所住的行政区的医院，直到进去里面之后我才知道那是一间声名狼藉的医院。一两年后，那个臭名昭著的骗子汉诺德夫人因为在押时生病而被送往 X 医院，住了几天她就设法摆脱了看守，搭了一辆的士回到监狱里，解释说待在监狱里还更舒服一些。我知道就算在当时 X 医院也不能算是法国医院的典型。但那些病人，他们几乎都是工人，出奇地温顺听话。有些人似乎觉得里面的环境蛮舒服的，因为至少有两个赤贫的装病的人觉得这是过冬的好方式。那些护士默许他们这么做，因为这些装病的人能帮她们做一些粗重活儿。但大部分人的

---

① 指莎拉·甘普(Sarah Gamp)，狄更斯作品《马丁·崔述伟》中的一位护士，工作马虎邋遢，总是酗酒。

看法是：这里确实很杂乱，但你还想怎么着？你五点钟被叫醒，然后等上三个小时才喝到稀薄的清汤，人们临终时没有亲人守在床边，甚至你得趁医生走过时引起他的注意才能得到医治，这些在他们看来并没有什么好奇怪的。按照他们的传统，医院就是这样。如果你病得很严重，如果你很穷，没办法在自己家里接受治疗，那你就必须进医院，而一旦去了那里，你就必须忍受艰苦和不适，就像你参军一样。但我觉得最有趣的是，英国几乎已经遗忘了的看法在法国仍然盛行——比方说，医生会纯粹出于好奇就把你剖开，或觉得在你被"麻醉"之前就开始动手术是很有趣的事情。据说在浴室那边有一间小小的手术室，关于这间手术室有许多黑色的传闻，据说里面总是传出可怕的鬼哭狼嚎。我找不到这些传闻的佐证，这些显然都是胡说八道，但我确实看到两个实习生对一个十六岁的男孩子施行了平时对付费病人没办法施行的对身体有害的实验，几乎把他给宰了（我离开医院的时候他已经奄奄一息了，但可能后来康复了）。在世的老一辈人以前都相信在伦敦的某些大医院，病人会被宰掉以提供解剖标本。在 X 医院我没有听到类似的传闻，但我想那里有些人会觉得这是可信的。因为它是一间没有保留十九世纪的治疗方式但保留了十九世纪的氛围的医院，而这就是它的有趣之处。

过去半世纪左右的时间里，医生与病人的关系发生了很大的改变。如果你去读十九世纪前半叶的文学作品，你会发现医院普遍被视为如同监狱一样的地方，而且还是老式的地牢监狱。医院就是充斥着肮脏、折磨和死亡的地方，就像是陵墓的前厅。不到万念俱灰的地步，没有人会想进这么一个地方治病。特别是在上世纪初叶，那时候医学比以前更加大胆，但疗效却没有取得进展，普通人对医生这个行业十分害怕敬畏，特别是外科手术，它被视为令人毛骨悚然的施虐行为，而解剖得在掘墓人的帮助下才能进行，被误会与巫术有关。从十九世纪开始你可以看到以医生和医院为主题诞生了许多恐怖小说。想想老迈可怜的乔治三世，老眼昏花地看到他的医生走近要"给他放血直到他晕倒为止"时，吓得全身颤抖求饶的样子！想想鲍勃·索耶和本杰明·艾伦①之间的对话，这并不是滑稽搞笑！再想想《沉沦》和《战争与和平》中的战地医院或梅尔维尔的《白大褂》中那幕震撼的截肢描写！甚至连十九世纪的英国小说里那些医生的名字也很有意思：斯拉瑟②、卡沃尔③、索耶④、菲尔格雷夫⑤等等，还有那些绰号"锯骨"什么的，既有趣又可怖。反手术的传统或许在丁尼生的诗作《儿童医院》里得到最淋漓尽致的体现。这首诗的创作时间应该是在 1880 年，却写得好像是在氯仿发明之前的年代。而且，有必要对丁尼生在这首诗里所展现的想法进行讨论。当你想到不施麻醉的手术是什么情状时，很难不对那些想要施行手术的人的动机表示怀疑，因为那些学生所热切期盼的血淋淋的恐怖（"要是斯拉瑟动手的话，肯定酷毙了！"）被承认是没有意义的事情。病人即使没有被吓死也会死于坏疽，而这被视为天经地义。即使到了现在，有些医生的动机还是很值得怀疑。任何疾病缠身或听过学医的人聊天的人都知道我是什么意思。但麻醉剂是一个转折点，而消炎药是另一个转折点。如今世界上大概没有什么地

---

① 鲍勃·索耶与本杰明·艾伦，《匹克威克外传》中的一对医生。
② 斯拉瑟（Slasher）的英文原意是断木机。
③ 卡沃尔（Carver）的英文原意是切肉机。
④ 索耶（Sawyer）的英文原意是锯木机。
⑤ 菲尔格雷夫（Fillgrave）的英文原意是填坟。

方你会看到像阿克塞尔·曼特①的《桑·米歇尔的故事》里描写的那种场景了。那个戴着高礼帽、穿着双排扣常礼服的狰狞的外科医生，浆硬的胸衣溅满了鲜血和脓液，用同一把刀宰割了一个接一个的病人，将残肢断臂堆放在手术桌一旁。而且，国家健康保险在一定程度上消除了把工人阶级的病人当叫花子看待，认为他们不值得关注的观念。在本世纪初的好些年里，那些大医院里"不付钱"的病人不施麻醉就被拔牙仍是很普遍的现象。他们没有给钱，所以他们凭什么能享受麻醉呢——这就是当时人们的看法。这一看法也改变了。

但是，每一个社会制度总是保留着过去的回忆。吉卜林的阴影仍在兵营里流连，走进一间济贫院就会想起《雾都孤儿》。最早的时候，医院是麻风病人和类似的人死在里面的看守所，而且它们一直是医学院实习生通过向穷人的身体开刀掌握医术的地方。你仍然能够从这些阴森恐怖的建筑物中隐约察觉到它们的历史。就我在英国医院所受到的待遇而言，我不会多加抱怨，但我知道人们本能地想尽量远离医院，特别是远离公共病房。无论法律是怎么规定的，无疑你对治疗自己的方式并没有多少控制，你更加无法肯定他们不会在你身上进行无聊的试验，尤其是当你只能"要么照规矩做，要么出院"时。能死在自己家里的床上是一桩福气，要能死于忙碌就更好了。无论医院有多么关怀病人，效率有多高，每间医院的死亡事故都会有某个残酷肮脏的细节，这个忙碌、拥挤而且没有人情味的地方每天都会有人死在陌生人的面

---

① 阿克塞尔·马丁·弗雷德里克·曼特(Axel Martin Fredrik Munthe, 1857—1949)，瑞典内科医生、精神病医生，曾撰写自传性作品《桑·米歇尔的故事》。

前，总会有什么事情小得难以启齿，却又留下极其痛苦的回忆。

　　那些赤贫的人或许仍然对医院怀有恐惧，在我们所有人身上，这一恐惧直到最近才消失。它是我们的意识表层下的阴暗一角。前面我说过，当我走进第十医院的病房时，我有一种奇怪的、熟悉的感觉。当然，里面的情景让我想起了十九世纪的恶臭熏天、充满痛苦的医院，虽然我从未亲眼目睹过，但我耳熟能详。有什么事情，或许是那个穿着黑大褂拎着脏兮兮的黑包的医生，或许只是那股恶心的味道，勾起我对丁尼生的那首诗《儿童病院》的回忆，这首诗我已经有二十年没有想起过。碰巧的是，在我童年时有一个病恹恹的护士大声地念这首诗给我听，她的工作生涯应该就是丁尼生写这首诗的时候。对她来说旧式医院的恐怖和折磨仍历历在目。读着这首诗时我们都不寒而栗，然后我似乎把它给忘了。就连它的名字似乎也无法让我想起什么。但是，第一眼看到那间昏暗的、嘎嘎作响的床铺紧挨着的病房时，那段思绪突然间被勾起了，然后到了第二天晚上，我发现自己记起了那首诗的内容和氛围，许多行诗都记得完完整整。

迈向欧洲统一①

如今社会主义者感觉就像一个正在治疗一个绝症病人的医生。作为一个医生，他的责任是让病人活下来，因此他必须设想病人还有一丝康复的希望。作为一个科学工作者，他的责任是尊重事实，因此他只能承认病人或许救不活了。作为社会主义者，只有在认为社会主义能够成立的前提下，我们的奋斗才有意义，但如果我们停下来对前景进行思考，我想我们必须承认成功的机会很渺茫。如果我是一个书商，抛开我自己的愿望不谈，只是衡量可能性的话，我认为在接下来的几百年里，文明会有难以为继的危险。在我看来，我们将面临三种前景：

第一，美国人将决定趁他们有原子弹而俄国没有原子弹的时候动用这一武器。它将消除现在苏联所造成的威胁，但这将会促使新的帝国成立，造就新的敌人，引发更多的战争和动用更多的原子弹等等。我觉得这一前景发生的可能性最小，因为一个仍然崇尚民主的国家很难犯下先发制人这种罪行。

第二，当前的"冷战"将一直持续下去，直到苏联和其他国家也拥有了原子弹。然后，还没等人们喘过气来，嗖！火箭发射了。砰！炸弹爆炸了。世界上各个工业中心被夷为平地，或许根本无法重建。即使有一个或几个国家从这么一场战争中幸存下来，成为技术性的胜利者，或许机器文明将无法再度重建。因此，世界上再一次只剩下几百万或几亿人口，过着农耕文明的生活。或许几代人之后，过去的文明只有熔化金属的知识得以恢复。这或许不失为一个好的结局，但它与社会主义一点关系也没有。

第三，被原子弹和其它即将被研发出来的武器所激发的恐惧如此之大，所有的国家都避免使用它们。在我看来这似乎是最糟糕的解决办法。这意味着世界将被两三个超级大国所瓜分。这些超级大国无力征服对方，也无法通过内部起义将其推翻。它们的社会结构将很有可能是等级森严的，最顶端是半神化的特权阶层，最底层是彻底的奴隶阶层，对自由的摧残将会达到空前的地步。每一个超级大国内部都保持着必要的精神氛围，与外部世界完全隔绝，并与敌对的国家进行着持久的虚假战争。这样的文明可能可以保持数千年之久的稳定。

我所列举的大部分危险早在原子弹发明之前就已经存在并被预见了。避免这些危险的唯一出路在我看来，就是在某一个地方建立大规模的社区，生活在那里的人们过着自由快乐的生活，生命的主要动机不是追求金钱或权力。换句话说，必须在某片广阔的地区建立起民主社会主义。但在近期内能够让这个目标成立的唯一的地方就是西欧。除了澳大利亚和新西兰，民主社会主义的传统只能存在于斯堪的纳维亚地区、德国、奥地利、捷克斯洛伐克、瑞士、低地国家、法国、英国、西班牙和意大利，而即使在这些国家，它的地位也很不牢靠。只有这些国家仍有相当数量的人认同社会主义，对他们来说，社会主义与自由、平等和国际主义是紧密相连的。其他地方要么没有根基，要么是在挂羊头卖狗

---

① 刊于 1947 年 6 月《党派评论》。

肉。在北美，民众对资本主义体制觉得很满意，当资本主义体制开始崩溃时，没有人知道他们会何去何从。苏联推行的是寡头集体主义体制，建立民主社会主义与统治苏联的一小撮人的意愿是相左的。"社会主义"这个词甚至还没有深入地传播到亚洲。亚洲民族主义者的运动要么是骨子里带着法西斯主义的味道，要么就是向莫斯科看齐，要么二者兼而有之。当前所有的有色人种运动都带着神秘的种族主义色彩。南美洲的大部分地区情况大致上很相似，非洲和中东也是如此。社会主义在任何地方都不存在，但即使只是一个理念，现在也只存在于欧洲。当然，社会主义只有传遍整个世界才能说它真的成立了，但这个过程必须在某个地方开始。除非在西欧各国成立联邦，然后转变成社会主义共和国，放弃对殖民地的依赖，否则我想象不出社会主义该如何开始。因此，在我看来，一个欧洲社会主义合众国是当前唯一值得为之奋斗的目标。这么一个联邦国家将拥有 2.5 亿人口，包括或许世界上一半的产业技术工人。不用说我也知道要促成这件事的难度极大，令人生畏，待会儿我会列举出其中的一部分事项。但我们不应该认为这是本质上不可能实现的事情，或那些彼此之间千差百异的国家不会主动团结在一起。比起苏联或大英帝国，成立欧洲共同体反倒更有可能实现。

现在谈谈促成欧盟的困难。最大的困难是各国人民的冷漠和保守，他们对危险茫然无知，他们无法想象新的事物——一言以蔽之，就像伯特兰·罗素前不久所说的，人类不愿意默许自身的存续。但还有其它活跃的有害的力量在阻碍欧洲的统一，还有欧洲各国人民赖以维持生活水平的经济关系，而这与真正的社会主义是背道而驰的。我会列举在我看来的四个主要障碍，并对每一个进行尽量简短的解释：

第一，俄国的敌意。对于不受他们控制的任何欧洲同盟，俄国人都会抱以敌意。无论是伪装还是真正的原因都显而易见。因此，你必须考虑到一场先发制人的预防性战争的危险，还有就是对那些小国的系统性恫吓，以及各国共产党人的破坏活动。最大的危险是欧洲的群众继续相信俄国的神话。只要他们仍然对其抱有信仰，建立社会主义欧洲的理念就无法拥有足够的吸引力来号召他们进行必要的努力。

第二，美国人的敌意。如果美国仍然是资本主义国家，尤其是当它需要出口市场时，它可无法以友善的眼光看待一个社会主义的欧洲。当然它不会像苏联那样以武力进行干涉，但美国方面的压力会是重要的因素，因为它能轻易地影响英国，而英国是欧洲唯一不受俄国左右的国家。自 1940 年以来，英国一直与欧洲独裁者们对着干，而代价就是，英国几乎成为了美国的附庸。事实上，只有英国放弃成为欧洲外部的另一极力量这个幻想，它才能摆脱美国。那些说英语的自治领、除了非洲之外的殖民地，甚至包括英国的石油供应，都掌握在美国人的手中。因此，美国反对欧盟的组建，将英国拉出去的危险总是存在。

第三，帝国主义。欧洲人，尤其是英国人，一直在通过直接或间接剥削有色人种享受着高标准的生活水平。官方的社会主义宣传从来没有清楚地解释这一关系，他们没有告诉英国的工人，以世界的标准去衡量，他们的生活水平在收入水平之上，而是引导他们认为自己是辛劳过度饱受蹂躏的奴隶。在各个地方的民众心目中，"社会主义"意味着更高的工资、更短的工时、更好的住房条件、全面的社会保险等等。但要是我们放弃通过殖民剥削所获得的好处的话，这些都是无法实现的。一个国家的财富无论多么平均地分配，如果整体收入下降的话，工人阶级的生活标准一定会随之下降。即使在最好的情况下也一定会有漫长而不安的重建时期，而民意对此毫无准备。但与此同时，如果欧洲国家想要在本土建立真正的社会主义，它们就必须停止海外的剥削。走向社会主义欧盟的第一步是英国退出印度。但这将会导致别的事情发生。如果欧洲合众国希望实现自给自足，并能与俄国和美国相抗衡，它就必须包括非洲和中东地区。但这意味着那些国家的当地人民的地位将发生翻天覆地的变化——摩洛哥、尼日利亚或阿比西尼亚将不再是殖民地或半殖民地，而是成为与欧洲各国平起平坐的自治共和国。这意味着观点的改变和艰苦复杂的斗争，只能通过流血事件才能得到解决。当痛苦来临时，帝国主义的力量将变得格外强大，如果英国工人所接受的教育就只是从物质主义的角度去理解社会主义，或许他们最终会决定继续当一个帝国主义强权国家会比较好，即使代价是沦为美国的附庸。欧洲的所有民族，至少是那些准备结盟的民族，将会在不同程度上面对同样的选择。

第四，天主教会。随着东西方的斗争变得越来越露骨，民主社会主义者和反动势力将被迫联合起来组成人民战线的危险也出现了。教会势力最有可能成为两者之间的桥梁。不管怎样，教会将尽一切努力阻止欧洲走向联合的运动。教会势力危险的一面在于，它并非普通意义上的反动势力。它并不与自由放任的资本主义或现存的阶级体制联系在一起，不一定会和它们一起步入毁灭。它完全可以接受社会主义，或装出可以接受社会主义的样子，只要它自己的地位能得到保证。但它如果能作为一个势力庞大的组织存在下去的话，建立真正的社会主义将不可能实现，因为教会势力一直在反对思想和言论自由，反对人类平等，反对任何形式的社会倡导人间的快乐。

当我想到这些和其它困难，当我想到必须实现的精神上的巨大调整时，建立欧洲社会主义合众国的希望在我看来似乎极其渺茫。我不是说在被动意义上人民大众还没有做好准备。我是说，我没看到哪个个体或群体拥有掌握权力的微弱机会，与此同时还能够拥有想象力，明白需要做哪些事情，并要求他们的追随者作出必要的牺牲。而且我现在看不到其它有希望的目标。我曾一度认为可以将大英帝国改造成为各个社会主义共和国的联邦，但就算机会真的存在过，我们不肯解放印度和对有色人种的态度让这个机会白白逝去了。或许欧洲已经没有希望了，从长远的角度看，印度或中国可能将建立起更为优越的社会体制。但我相信短时间内民主社会主义只能在欧洲成为现实，阻止原子弹的坠落。

当然，即使不容乐观，至少有理由在某些事情上暂时不下悲观的定论。有一件事情对我们有利，那就是，大规模战争在短期内应该不会爆发。我想我们可能会面临达到发射火箭程度的战事，但不会是军事动员规模高达上千万人的战争。目前无法维持大规模的军队。这种情况或许会持续上十年甚至二十年。这段时间里可能会发生意料不到的事情。比方说，一场声势浩大的社会主义运动可能第一次在美国兴起，因为虽然"资本主义"似乎就像眼睛或头发的颜色那样的人种特征一样是无法改变的，但事实上并非如此，因为资本主义本身显然已经没有希望，我们不能过早地认定美国的下一次变革将不会朝好的方向迈进。

还有，我们不知道苏联会发生什么变动，战争会不会为了下一代人而延迟。在苏联社会，思想发生激进改变似乎可能性不大，不仅是因为那里没有公开的反对势力，还因为苏联政府全面控制了教育和新闻等等，刻意阻止在自由社会似乎司空见惯的一代人与另一代人之间的思想摇摆。但我们都知道一代人反对上一代人的理念是人类与生俱来的本性，即使人民内务委员会也没办法将其根除。如果是那样的话，到1960年前后就会有数百万年轻的俄国人对独裁体制和表示忠诚的阅兵感到厌倦，渴望更多的自由，对西方表示友好。

又或者，如果世界被三个不可征服的超级大国所瓜分，由英美统治的那一个地区将仍有强烈的自由传统，让生活不至于太难挨，甚至留下进步的希望。但这些都只是猜测。按此我所能做的预测就是：前景非常灰暗，任何严肃的思考都应该以这一事实作为出发点。

克里什纳·梅农①小介②

　　刚刚在伯林顿府进行的印度艺术展会让一个人感到很骄傲，他就是文格利尔·克里什南·克里什纳·梅农先生，印度自治领驻伦敦的高级专员。他的这个新职务和此次艺术展是英国与印度之间友好关系的象征，在他生平的早年或许他根本无法想象这种关系。英国人总是认为梅农先生是一个造反派，打入他们的内部反抗英国对印度的统治。多年来，他们一直看到他在斯特朗大街165号的印度联盟旧办公地址从事政治活动。

　　梅农于1924年来到英国，当时年仅26岁。从他的政治启蒙老师安妮·贝桑夫人③那里他对英国有了深入的了解。他研究过伯尔克④、米尔⑤和莎士比亚，让他很想看看这个陌生的国度，那里诞生了这些经典名著，却又让他的亿万同胞沦为二等公民。当时他想着六个月后就返回印度，结果，他一直留在英国，很少返回印度，而且每次回国都只作短暂停留。

　　他身材高大，神情严肃，相貌很有古典气质，是一个天生的禁欲者：他不抽烟不喝酒，终生未婚，严格奉行素食主义。几个月前搬进位于奥德维奇的华丽的印度公馆之前，他一直住在卡姆登镇小巷内的一处包床位和早餐的狭小公寓中。从1934年开始到前不久他受工党任命进入圣潘克拉斯镇理事会为止，他一直活跃地从事劳工运动，与艾伦·威尔金森⑥在艰苦的"饥饿游行"岁月里紧密合作。

1939 年，他当选工党在邓迪的议席候选人，但在战争那几年因为不满工党对印度的政策而退党，因为他一直将印度摆在第一位。1945 年工党大会不顾委员会的建议，通过了著名的"印度独立方案"后，他重新加入工党。

童年时的他在卡利库特的街头流连，那里盛产黑胡椒和椰子，火车行经一片片延绵至海边的种植园。从那时候起，梅农就梦想着印度获得自由。他一家人都有反抗因子，他的父亲是一名律师，却瞧不起英国人制定的法律。他的大姐与性别歧视作斗争，进了一所之前只接受男生的中学。

从总统学院毕业后不久，梅农加入了贝桑夫人的"本土自治运动"，被她挑选为青年义务干事之一。他在贝桑社区公社生活和工作了五年，后来离开那里，原因是他要去英国。

他的第一份工作是在勒奇沃斯的圣克里斯朵夫学校教历史，自己到伦敦经济学院上夜校，以一等荣誉学位毕业，并获得伦敦大学的教育学证书。然后他到伦敦大学学院从事了一段时间的心理学实验研究，获硕士学位，然后回到伦敦经济学院，成为拉斯

① 文格利尔·克里什南·克里什纳·梅农（Vengalil Krishnan Krishna Menon，1896—1974），印度外交家、政治家，曾担任印度国防部长、印度驻联合国代表等职务。
② 刊于 1947 年 11 月 30 日《观察者报》。
③ 安妮·贝桑（Annie Besant，1847—1933），英国女权活动家，为爱尔兰独立与印度独立作出许多贡献。
④ 埃德蒙德·伯尔克（Edmund Burke，1729—1797），爱尔兰裔英国政治家，辉格党人，曾支持美国独立革命和反对东印度公司对亚洲的剥削。
⑤ 詹姆斯·米尔（James Mill，1773—1836），苏格兰经济学家、政治家、历史学家，著有三卷本《英属印度史》。
⑥ 艾伦·西斯利·威尔金森（Ellen Cicely Wilkinson，1891—1947），英国工党政治家，曾担任英国教育部长，于 1936 年 10 月发起由失业者与穷人组成的杰罗游行。

基教授①的得意门生之一，并在他了不起的学业荣誉中增加了经济学硕士学位。

但是，他更倾向于从事一份独立职业，而不是当一名教师。接下来，他通过了律师学院的考核，成为一名律师。他在律师公会执业，但事业算不上非常成功，或许是因为法律对他来说只是一个善妒的情妇，而他最爱的一直是政治。他很有口才，很快就在工党圈子里出名，成为印度问题的权威。1929年他当选为印度联盟的总书记，当时那只是一个同情印度的左翼人士如兰斯伯利②、里斯-史密斯③、佩斯克-劳伦斯④等人聚会和热情的印度青年谈论印度问题的俱乐部。梅农将印度联盟改造成一股政治力量，不久之后，国大党认可它作为他们在欧洲的主要喉舌。

1935年，潘迪特·尼赫鲁来到伦敦，对梅农的工作大加赞赏，两人结下深厚友谊，从未闹过别扭。当然，随着尼赫鲁逐渐成为政治明星，梅农的声望也与日俱隆。去年尼赫鲁成为印度副总统掌管临时政府时，他立刻任命梅农为他在欧洲的私人使节，然后安排他进入联合国大会，担任印度使团代表。之后，尼赫鲁成为印度总理，梅农被任命为印度在圣詹姆斯宫的代表。

但是，如果你以为梅农只是尼赫鲁的代理人，那你就错了。

---

① 哈罗德·约瑟夫·拉斯基（Harold Joseph Laski，1893—1950），英国学者、作家，曾于1945—1946担任英国工党主席，伦敦经济学院教授。
② 乔治·兰斯伯利（George Lansbury，1859—1940），英国工党政治家，曾于担任工党领袖，《每日先驱报》创建人之一，代表作有《你对贫穷的贡献》、《俄国见闻》等。
③ 海斯廷斯·伯特兰·里斯-史密斯（Hastings Bertrand Lees-Smith，1878—1941），英国工党领导人，在艾德礼担任英国首相时接掌英国工党。
④ 弗雷德里克·威廉·佩斯克-劳伦斯（Frederick William Pethick-Lawrence，1871—1961），英国工党政治家，曾担任英国财政大臣、英属印度及缅甸大臣。

他是一个靠自己奋斗成功的人，拥有令人倾倒的人格魅力，无论从事何种职业，都能够出人头地，很有可能将进入议会。他的英语文笔和口才一样好，出过几本书和无数宣传册，是鹈鹕丛书及二十世纪丛书的第一任编辑，对于一位印度人来说，这是非常了不起的成就。

梅农的个人生活不为人所知。他交往广泛，但朋友倒不是很多。人们要么崇拜他，要么谴责他，但很少有人能够打开他的心锁。他对别人的反应很敏感，而且会影响他的自信。他总是戒心很重。只有和孩子们在一起的时候，他才能够放松自己。

梅农似乎对下属的要求很严苛：他有着几乎像库松①一样对细节的热情，喜欢将权力牢牢掌握在自己手里。他永远不知疲倦，总是上午八点就开始工作，一天工作十八小时是家常便饭。但他这辈子经历过大起大落，了解人间疾苦，他的决断要比他的样貌更加宽和。虽然他没有伤害过多少人，但确实有一些人在尝试败坏他的名誉。

由于他批判政府的经历，许多人以为他不喜欢英国人，但这根本不是真的。事实上，他在英国比其它任何地方都更加自在。他与英国人一起生活了这么多年，对他们非常了解，真心喜欢上了他们。他与蒙巴顿勋爵②及其夫人结下了深厚的友谊，两人对他的品格和节操评价甚高。我们可以相信，这位之前的反叛者将会

---

① 乔治·内森尼尔·库松（George Nathaniel Curzon，1859—1925），曾于1899至1905年担任英国驻印度总督，任内在印度进行了多项深入改革。
② 路易斯·蒙巴顿（Louis Mountbatten，1900—1979），英国军人、政治家，曾担任印度总督，并提出印巴分治方案。

尽自己的最大努力去增进他的祖国与我们的祖国之间的新的盟友关系——因为，他一直期盼的建立在国家自由基础上的结盟已经实现了。

马克思与俄国①

　　"共产主义"这个词不同于"法西斯主义"，它从未沦落到一个毫无意义可言的贬义词的地步。但是，它的意思确实很含糊，至少意味着两个几乎没有关联的事物：一个是政治理论，而另一个是并没有将其理论应用于实践的政治运动。表面上看，共产主义情报局②的所作所为似乎比马克思的预言更为重要，但正如约翰·普拉孟纳茨③先生在他近期出版的小册子里所提醒我们的，共产主义原来的愿景绝不能被遗忘，因为它仍然给予数百万追随者以信念和行动的动力。

　　"共产主义"原本指的是一个自由平等的社会，以"按需分配"的原则为基础。马克思认为它是历史进程不可避免的阶段。社会将会逐渐分化为一小撮有产阶层和一个庞大的被剥夺财产的阶层，有一天，几乎是出于自发，那些被剥夺财产的人将会掌握权力。马克思逝世后刚过了几十年就爆发了俄国革命，它的领导人自信并自称是马克思最忠实的信徒。但他们之所以取得成功，是因为他们将导师的许多教导抛到了九霄云外。

　　马克思预言革命将率先在工业高度发达的国家发生。显然，这一看法现在被证明是错误的，但他所预言的革命无法在像俄国这样的产业工人只是一小部分人的落后国家发生，在这个意义上他是对的。马克思预言强大的无产阶级将以摧枯拉朽之势横扫一小撮反对者，然后通过选举代表实行民主统治。但在俄国实际发生的是，一小撮没有阶级的职业革命人士掌握了权力，他们自称代表了人民群众，但并非由他们选举产生，也并没有真的对人民群众负责。

根据列宁的观点，这是不可避免的。他和他的党员必须掌握权力，因为只有他们才是马克思主义的真正继承人，而他们显然无法通过民主的方式掌权。"无产阶级专政"意味着由少数知识分子通过恐怖手段实施专政。革命被拯救了，但从那时起，俄国共产党走上了如果列宁在世或许会反对的方向。

置身俄国共产党的处境，他们必须演变成长期执政的统治阶层或寡头统治阶层，不依靠出身，而是通过培养新人进行传承。因此他们不能承受反对派成长壮大的风险，他们绝不允许严肃认真的批评。而由于他们消灭了批评，他们总是犯下原本可以避免的错误。然后，因为他们不能承认自己要为错误负责，他们必须寻找替罪羊，有时候甚至进行大规模的搜捕。

结果就是，随着政权渐渐牢固，独裁体制也变得越发严密，比起三十年前，俄国与奉行平等的社会主义渐行渐远。但是，约翰·普拉孟纳茨先生正确地警告我们，我们时时刻刻都不应该以为原来的热情已经褪色了。共产党员或许会背离他们的目标，但他们并没有失去其本色。只有他们才是人类的拯救者这一信念从未遭受质疑。在 1935 年到 1939 年和 1941 年到 1944 年间，很多人

① 刊于 1948 年 2 月 15 日《观察者报》。
② 共产主义情报局（Cominform），全称为 Communist Information Bureau，创立于 1947 年，是共产国际解体后第一个国际共产主义运动的官方机构，于 1956 年华约组织成立后解体。
③ 约翰·佩特洛夫·普拉孟纳茨（John Petrov Plamenatz，1912—1975），英国政治哲学家，代表作有《共识、自由和政治责任》、《什么是共产主义》等。

相信苏联已经抛弃了世界革命的理念，但是，现在已经清楚，情况并不是这样。这个理念从未被放弃，只是进行了修正，"革命"渐渐地意味着"征服"。

在一本如此简短的书里，不可避免地，约翰·普拉孟纳茨先生只能对这个问题的一个方面进行阐述，几乎没有提及苏联境外的共产党所扮演的角色和特征。而且他几乎没有提到俄国政权会不会或能不能自发变得更加自由化这个问题。最后这个问题至关重要，但由于没有先例可循，答案只能猜测。

与此同时，我们正面对一个世界性的政治运动，对西方文明的存在构成了威胁，它并没有因为在某种意义上步入堕落而失去活力。约翰·普拉孟纳茨先生阴郁地总结道，虽然苏联并不一定会挑起对西方的战争，但它的统治者认为生死存亡的斗争是不可避免的，绝不会与他们视为天敌的人达成真正的共识。显然，正如斯蒂芬·金-霍尔①司令在序文中所说的，如果我们要与共产主义作战，我们必须先去了解它。但除了了解它之外，还有一个问题更为困难，那就是让他们了解我们，通过某种方式让俄国人民了解我们的观点——但似乎还没有多少人严肃地思考过这个问题。

---

① 威廉·斯蒂芬·理查德·金-霍尔（William Stephen Richard King-Hall，1893—1966），英国海军军官、作家，代表有《命运之子》、《核武器时代的强权政治》等。

作家与利维坦[①]

在一个由国家实施控制的时代里作家处于什么样的地位这个问题已经进行了相当广泛的讨论，但仍然没有相关的证据。在此我对国家资助艺术这个问题不予评价，只是想指出，由什么样的国家统治我们在一定程度上取决于当前的思想氛围：也就是说，在这个背景下，一部分取决于作家与艺术家们本身的态度，以及他们是否愿意让自由主义的精神活下去。如果再过十年我们发现自己在某个像日丹诺夫的人物面前卑躬屈膝，那或许是因为我们活该如此。显然，现在英国的文坛已经对极权主义有着强烈的认同感。但在此我所关心的并不是类似共产主义这种有组织和有意识的运动，而只是政治思想和需要选择政治阵营对怀着良好愿望的人们的影响。

这是一个政治风起云涌的年代。我们每天所想的就是战争、法西斯主义、集中营、橡胶警棍、原子弹之类的事情，并以它们为主题撰写文章，即使我们并没有公开地说出这些事情。我们没办法不这么做。当你置身于一艘正在下沉的船上时，你一心想的就只有船就要沉了这件事。但不仅我们的创作主题变得狭隘了，就连我们对文学所持有的态度也蒙上了表忠心的色彩，但至少我们时不时都会意识到这根本与文学无关。我经常觉得即使是在最好的时候，文学批评也是很虚伪的事情，因为它没有任何为人所接受的标准——任何能够赋予像"某本书是好书，而某本书是劣书"这样的话以意义的**外部**参照——任何文学评判都是在制订一套为本能偏爱进行辩护的规则。读者对于一本书真正的反应，假如真有反应的话，总是"我喜欢这本书"或"我不喜欢这本书"，接下来要做的就是对其作出合理化的解释。但我认为"我喜欢这本书"并不是有违文学的反应有违文学的反应是："这本书和我的立场一致，因此我必须从中发掘出优点来。"当然，当一个人出于政治上的原因褒扬一本书时，他可能是真心的，因为他确实对它非常认同。但也有可能是党内团结要求他编造出一个谎言，这种事情经常发生。任何为政治刊物写过书评的人都很了解这一点。大体上，如果你为一份你认同的报纸撰写文章，你的罪责是为政治卖命，而如果是为一份持反面立场的报纸撰写文章，你的罪责就是政治上的不作为。基本上，无数引发争议的支持或反对苏俄的书籍、支持或反对犹太复国主义的书籍、支持或反对天主教会的书籍等等，在被阅读之前就已经被下了结论——事实上，在它们被写出来之前就已经有了结论。你一早就知道它们会在什么样的刊物上得到什么反应。然而，有时候甚至在你不知情的情况下虚伪就会浮现，你会假装真的在应用文学标准加以判断。

当然，政治对文学的影响这种事情注定是要发生的。即使极权主义这个特殊的问题没有出现，它也肯定已经发生了，因为比起我们的父辈，我们心怀内疚。我们了解到这个世界上严重的不公和悲惨，我们带着罪恶感觉得一个人必须为这种情况做点什么，而这使得以纯粹的审美意趣对待生命变成了不可能的事情。

---

① 刊于 1948 年 6 月《政治与文学》。利维坦（leviathan），也作利未雅坦，是《圣经》中记述的一种海上怪兽。英国思想家托马斯·霍布斯曾著有《利维坦》一书，以利维坦比喻掌握着强大力量的国家或政权。

如今没有人能像乔伊斯或亨利·詹姆斯那样一心一意地投身于文学事业。但不幸的是，接受政治上的责任感如今意味着屈服于正统观念和"党派纲领"，而这意味着怯懦和虚伪。与维多利亚时代的作者不同，我们的劣势在于，我们生活在壁垒分明的政治意识形态中，总是一下子就知道什么样的思想是异端思想。一个当代文学知识分子总是在担惊受怕中生活和写作——事实上，他害怕的不是更广泛层面的公众意见，而是自己的小群体内的共同意见。大体上，幸运的是，群体不止一个，但在任何时候总是有居于主导地位的正统观念，要与正统观念为敌不仅需要硬着头皮，而且有时候意味着有好几年的时间收入锐减。显然，过去这大约十五年来，占据主导地位的正统思想，尤其是在年轻人中盛行的思想，一直是"左翼"思想，鼓吹"进步"、"民主"和"革命"，而你必须不惜一切代价避免被贴上的标签则是"资产阶级"、"反动派"和"法西斯分子"。如今几乎每个人，甚至包括大多数天主教信徒和保守派，都是"进步分子"，或者至少希望别人认为他们是"进步分子"。据我所知，没有人会自称是"资产阶级人士"，就好像没有哪一个略通文墨的人听说过反犹主义这个词后会承认自己有反犹倾向。我们都是优秀的民主人士、反法西斯反帝国主义的斗士，蔑视阶级差别，不受肤色歧视的影响，等等等等。当前的"左翼"正统思想要比二十年前兴盛一时、极其势利虚伪的保守派正统思想要好一些，这是没有多少疑问的——当时《标准》与《伦敦信使》（水平要稍低一些）是主流的文学杂志——因为至少它所隐含的目标是许多人真正想要的富有生命力的社会形态。但它也有其谬误，而由于这些谬误无法被承认，这就使得对某些问题进行严肃的讨论成为不可能发生的事情。

整个左翼意识形态，无论是符合科学的内容还是乌托邦式的内容，都是由那些无望获得权力的人构想出来的。因此，它是一套极端的意识形态，完全蔑视君主、政府、法律、监狱、警察、军队、旗帜、前线、爱国主义、宗教、传统道德——事实上，蔑视一切现存的体制。在人们的记忆中，所有国家的左翼力量都在与貌似不可战胜的暴政进行着斗争，很容易就以为只要资本主义这个暴政被推翻，社会主义就会随之成立。而且，左翼人士继承了自由主义的一些值得怀疑的信念，比方说"正义必胜"、"多行不义必自毙"或"人性本善，是环境造就了坏人"等等。这种完美主义的意识形态在我们几乎所有人身上一直存在，我们打着它的旗号抗议工党投票同意赋予英国国王的儿女丰厚的年金收入，或在国有化钢铁厂这个问题上表现犹豫。但我们的脑海也形成了一系列从未说出口的自相矛盾的想法，这是源于我们在现实中栽了好多个跟头。

　　第一个大跟头是俄国革命。出于复杂的原因，整个英国左翼团体都被迫接受俄国政权的性质是"社会主义"，但私底下都知道它的精神和做法其实与英国本土对"社会主义"的理解完全背道而驰。因此就出现了某种思想精神分裂症，像"民主"这些词汇可以有两种不可协调的意思，而集中营和大规模迁徙这种事情既可能是对的，也可能是错的。对左翼意识形态的第二个打击是法西斯主义的崛起，这动摇了左翼人士的和平主义和国际主义，但没有明确地重新树立信念。德国人的扩张让欧洲人明白了殖民地人民一早已经明白的道理，那就是：阶级仇恨并非那么重要；还有就是：有一种东西叫做民族利益。希特勒上台后，再说什么"你的敌人就是你自己的国家"和"国家独立没有价值"就很不靠谱了。但是，虽然我们都知道这一点，并且在必要的时候作出行动，我们仍然觉得要大声说出这一点是变节行为。最后要说的是，最困难的事情是现在左翼势力已经掌权，必须承担责任，作出真正的决策。

左翼政府总是令他们的支持者感到失望，因为即使他们所承诺的繁荣昌盛是可以实现的，那总是需要经过一段令人不安的过渡时期，而之前对此几乎没有提及。眼下我们看到我们的政府陷入绝望的经济困境，与他们过去的宣传进行斗争。我们现在所面临的危机并不像地震那样是意料之外的灾难，也不是战争引起的，但战争只是加速了它的产生。早在几十年前就可以预见到这种事情将会发生。自从十九世纪开始，我们的国家收入就依赖海外投资的收益和殖民地国家的市场与廉价原材料，这是非常不牢靠的。可以肯定的是，这种情况迟早会出问题，我们将会被迫让出口和进口取得平衡，而当这种事情发生时，英国人的生活标准，包括劳工阶层的生活标准都会降低，至少暂时会是这样。但即使在那些左翼政党激烈地抨击帝国主义的时候，他们也没有阐明这些事实。有时候他们愿意承认英国工人在某种程度上从对亚洲和非洲的掠夺中受益，但他们总是让事情看上去好像我们可以放弃掠夺，却仍保持繁荣昌盛。事实上，工人们拥戴社会主义很大程度上是因为社会主义让他们知道自己受到了剥削，但残酷的真相是，在世界范围内他们是剥削者。现在，工人阶级的生活标准显然将不可能得以保持，更别说得到提高了。就算我们消灭了富人，广大群众还是得减少消费或增加生产。我是不是夸大了情况的恶劣程度？或许是吧，如果能证明我是错的，我会觉得很高兴。但我希望阐明的重点是，信奉左翼意识形态的人是无法严肃地探讨这一问题的。降低工资和增加劳动时间被认为是反社会主义的做法，因此早就被否决了，无论经济情况是什么样的。指出它们或许不可避免只会是冒着被扣上我们都害怕的帽子的危险。更加安全的做法是回避这个问题，自以为我们可以通过调整现有的国家收入来解决问题。

接受正统观念总是意味着接受未解决的矛盾。譬如说，所有的有识之士都厌恶工业化及其产品，但他们都知道要征服贫穷和解放工人阶级就不能阻止工业化，而是要不断地推进工业化；或接受某些工作绝对有必要但只能通过强制手段才会有人去做这个事实，或接受没有强大的军队就无法推行有效的外交政策这个事实。你可以举出许许多多的例子。每一个这样的例子，其结论都非常明显，但只有一个人私底下对官方的意识形态怀有不忠时才能得出这一结论。通常的反应是把问题推到思想的角落里不予置答，然后继续重复着那些自相矛盾的流行口号。在各种评论和杂志中你不难找到这一思想的流毒。

当然，我不是说思想上的虚伪是社会主义者和左翼人士才有的现象或在他们身上最为明显。只是**任何**政治纪律似乎和文学的诚实都是水火不容的。这种情况在绥靖主义和个人主义之类的运动中也在所难免，虽然这些运动自称独立于通常意义上的政治斗争之外。事实上，任何以"主义"结尾的词汇都带着政治宣传的味道。集体忠诚是必需的，但这戕害了文学，因为文学是个人的创作。只要它们被容许影响创造性文学，即使只是消极的影响，结果不仅会是弄虚作假，而且会导致创作力的枯竭。

那应该怎么办呢？我们是不是得总结说，每一个作家都必须"远离政治"呢？当然不是！不管怎样，正如我已经说过的，在当前这个时代，没有哪一个有思想的人士能真正地置身政治之外。我只是说，我们应该在政治与忠于文学之间划出一条比当前更清晰的界线，而且应该认识到愿意去做令人不快但必须去做的事情并不意味着有义务去囫囵接受总是伴随着它们的信仰。当一个作家参与政治活动时，他的身份应该是一个公民和人类，而不是一名作家。我认为他没有权利以情感为由，逃避那些平凡而肮脏的政治工作。和任何人一样，他应该做好在阴风阵阵的会堂里发表演讲，在人行道上写粉笔字，游说投票者，派发传单和有必要的情况下在内战中打仗的准备。但无论他如何为自己的政党卖命，他都不应该为它进行创作。他应该明确表示他的写作是独立的。而且他应该能够一边积极地予以配合，同时完全拒绝官方的意识形态，如果他选择这么做的话。他不应该因为某个思绪会引至异端思想而回头，他也不应该介意自己的非正统思想被别人察觉，这种事情总是会发生的。如果一个当代作家没有被怀疑有反动倾向，这或许证明他并不是一个好作家，就像二十年前如果一个作家没有被怀疑对共产主义抱以同情就证明他并不是一个好作家一样。

但这是不是说作家不应该被政治领袖所左右，而且不能就政治问题进行创作呢？我要再一次强调，当然不是！他当然可以用最直白的政治口吻写东西，如果他想这么做的话。但他只能以个人的身份，以局外人的身份，最多以正规军侧翼的一个不受欢迎的散兵游勇的身份这么做。这一态度和政治的功用是相行不悖的。比方说，你觉得某场战争应该赢下来，因此愿意参军打仗，但拒绝为战争撰写宣传材料，这是合乎情理的事情。有时候，如果一名作家是诚实的，他的作品和他的政治活动或许会自相矛盾。这种情况有时候确实不是好事，但是，解决的办法并不是捏造你的冲动，而是保持沉默。

也就是说，一个有创造力的作家，在遇到矛盾的时候，必须将自己割裂成两部分——似乎是失败主义或无聊敷衍的论调，但在实际生活中我不知道他还能怎么做。让自己关在象牙塔里是不好的事情，也不可能做到。向政党屈服，甚至向集体意识形态屈服则是毁了你作为作家的身份。我们知道这种困境很痛苦，因为我们了解参与政治的必要性，同时也知道那是多么肮脏下作的事情。我们大部分人仍然坚信每一个选择，甚至是每一个政治选择，都有善恶之分。我们也坚信如果一件事势在必行，那它就是正义之举。我想我们应该摈除这个属于幼儿园的想法。在政治考量中，你只能两害权衡取其轻，在有些情况下你只能化身为恶魔或疯子才能杀出重围。比方说，战争是必要的，但战争并不是正确或理性的举动。甚至连大选也不是什么愉快或有意义的盛事。如果你不得不参与这种事情，那你也得守住自己的底线——我认为你必须这么做，除非你是个老头、傻瓜或伪君子。对于大部分人来说，这个问题不会以同样的形式出现，因为他们已经过着分裂的生活。只有在闲暇的时候他们才能活出真正的自我，他们的工作与政治活动之间没有情感联系。大体上，他们也没有被以政治忠诚的名义要求在工作中贬低自己为工人。而这恰恰是对艺术家的要求，尤其是作家——事实上这是政治家们对他的唯一要求。如果他拒绝了，这并不表示他得被谴责为不活跃分子。他的一半，在某种意义上是完整的他，能像任何人一样，在有需要的时候毅然决然地采取行动，甚至是暴力的行动。但他的创作，如果它们拥有价值的话，总是他冷眼旁观的产物，记录下所做过的事情，承认它们的必要性，但拒绝在事关其真实本质的问题上被蒙骗。

对甘地的反思^①

圣人在被证明清白无辜之前总应当被认定是有罪的，但是，加诸他们身上的考验当然不一定都是一样的。在甘地身上，你想问的问题是：到底在何种程度上甘地受到虚荣心的驱使——知道自己是一个衣不蔽体的卑微老头，坐在祈祷的席子上，单凭其精神力量就足以撼动大英帝国——到底他对自己的原则作出了何种程度的妥协，参与了和胁迫与欺诈密不可分的政治？要给出一个确切的答案，你必须深入地研究甘地的言行细节，因为他的整个生命就像是一次朝圣之旅，每一个行为都有其意义。但是，这本终止于二十年代的不完整的自传是有利于他的强有力的证据，而里面涵盖了他会称之为他曾经有过的堕落生活，让人了解到这位圣人或几近圣人的人物的内心世界，更增加了他的人格魅力。他是个非常精明能干的人，假如他愿意的话，本可以成为成功的律师、政府官员，甚至商人。

这本传记刚刚出版的时候，我记得我在某份印刷粗劣的印度报纸上读过开头的几个章节。它们给我留下了很好的印象，但当时我对甘地本人并没有什么好感。和他联系在一起的事物——家纺的土布、"灵魂力量"和素食主义——很让人倒胃口。而他那套中世纪式的纲领在一个连年饥馑人口众多的落后国家显然是行不通的。而且英国人显然是在利用他，或以为自己正在利用他。严格来说，作为一个民族主义者，他是敌人，但每一次危机他都会不遗余力地阻止暴力——在英国人的眼中这意味着阻止任何有意义的行动发生——他可以被认为是"自己人"。他们私底下有时候会冷嘲热讽地对此予以承认,而印度百万富翁的态度也是一样。甘地号召他们进行忏悔,比起一有机会就会剥夺他们的财产的社会主义者和共产党人,他们当然更喜欢他。这一如意算盘从长远来说打不打得响实在让人怀疑。正如甘地本人所说的:"愚人者终自愚。"但是,不管怎样,甘地之所以受到礼遇,是因为英国人觉得他还有利用价值。英国保守党仅有的一次对他感到气愤是在 1942 年,那时候他面对另外一个征服者[2]的时候也坚持其非暴力主张。

但我看得出,即使英国官员在说起他的时候会带着戏谑和不以为然,他们其实还是有点喜欢他和钦佩他。没有人说过他腐化堕落,或说他一心追求庸俗的理想,或说他的所作所为是出于恐惧或恶意。在判断甘地这么一个人的时候,你似乎出于本能地以高标准去衡量他,因此他的某些优点几乎被忽略了。比方说,即使从他的自传里也能看出他生来是个很有勇气的人,后来他的死法也揭示了这一点——一个重视自己那副臭皮囊的政治家一定会安排更充分的保卫工作的。而且,他似乎没有福斯特在《印度之行》中恰如其分地写到的那种困扰着印度的偏执猜疑(而英国人的毛病是虚伪做作)。虽然他为人精明,知道谁是不诚实的人,但他似乎尽可能去相信别人的行为是出于善心,而且可以变得更加高尚。尽管他出身于贫穷的中产阶级家庭,人生一开始的道路并不

---

① 1949 年 1 月刊于《党派评论》。
② 指二战期间日本与英国对亚洲殖民地的争夺。

顺利，而且其貌不扬，但他并没有陷入妒忌或自卑。他在南非第一次遭遇到最为严重的肤色歧视，似乎让他惊诧莫名，但即使在他进行一场因肤色而起的战争，他也不会以种族或地位去评判别人。行省总督、棉花大王、饥肠辘辘的达罗毗荼苦力、英国士兵都被一视同仁，以同等的方式相待。值得注意的是，即使在最糟糕的情境中，就像在南非他因担任印度社区的代言人而成为不受欢迎的人时，他的身边也不乏欧洲友人。

这部自传被写成短文形式以配合报纸的连载，并不算是文学上的杰作，但令人印象更加深刻，因为它的素材大部分只是寻常的事情。我们了解到学生时代的甘地是一个有着普通理想的学生，只是后来才渐渐地形成了极端的观点，有些时候是情非得已。有件事情挺有趣的：他曾一度戴着高礼帽，上舞蹈课，学习法文和拉丁文，上了埃菲尔铁塔，甚至尝试学拉小提琴——这些都是因为他想尽可能完整地吸收欧洲文明。他不是那种从孩提时期就有悲天悯人的情怀的圣人，也不是那种在纵情享乐后超越凡俗的圣人。他对自己年轻时的荒唐事迹供认不讳，虽然事实上那没有什么可说的。在这本书的扉页上有一幅甘地逝世时他的财产的相片。他的全副家当五英镑就可以买下来。如果把甘地犯过的罪，至少是他的肉身所犯过的罪累加在一起，看上去估计也差不多：抽过几根烟、吃过几口肉、小时候从女仆那里偷了几亚那、去过两次妓院（每次他都"什么也没干"就离开了）、在普利茅斯几乎和他的女房东出轨、有一回大发脾气——差不多就是这样。几乎从童年开始他就是一个特别热诚的人，但这是道德上的态度，而不是宗教上的态度。但是，直到三十岁之前，他都没有明确的人生方向。他首度进入公共生活是因为倡导素食主义。在他不同寻常的品质下，你可以一直感觉得到他的祖辈那种殷实的中产阶级商人的气质。即使他放弃了个人的野心，你仍然会觉得他就是那个足智多谋精力充沛的律师和头脑冷静善于节约开支的政治领导人，一个能干的会议组织者，总是孜孜不倦地寻求资助人。他的性格极其复杂，但几乎没有你能横加指责的地方。我相信即使是甘地的死敌也会承认他是个有趣而不寻常的人，活在这个世界上能为这个世界增添色彩。至于他是不是也是一个可爱的人，他以宗教为基础的教导能不能影响那些没有宗教信仰的人，我一直没有确切的答案。

近年来人们说起甘地时总是喜欢说他不仅同情西方的左翼运动，而且是这场运动的一分子。无政府主义者与和平主义者都宣称他是自己人，只注意到他反对中央集权和国家暴力，却忽略了他的信条中追求彼岸世界的反人性倾向。但我认为你应该认识到，甘地的教导与"人是万物的尺度，我们的任务就是让今生的生活更加值得活下去，我们所拥有的就只有这个世界"这个信念是水火不容的。甘地的信念只有在这个前提下才有意义：神是存在的，而具体的客观世界是需要摆脱的幻觉。值得思考的是甘地本人所奉行的戒律——虽然他不会要求每一个追随者都身体力行每一个细节——但他认为如果你要为神或人类服务的话，这一戒律是必不可少的。首先，不得吃肉，如果可能的话，不吃一切动物性食物。（甘地本人为了健康，不得不妥协喝奶，但似乎认为这是一种退步。）不喝酒或吸烟，不吃辣椒或调味品，即使是蔬菜调味品也不吃，因为吃东西应该只是为了补充体力，而不是为了吃而吃。其次，尽量避免性交。如果性交必须进行的话，那纯粹只是为了生育小孩，因此性交得很久才进行一次。甘地本人在三十几岁的时候就立下了守贞①的誓言，这不仅意味着完全禁欲，而且连欲念也必须杜绝。这种情况如果没有特别的饮食和经常性的绝食是很难加以维持的。喝牛奶有一个危险，那就是它会引起性欲。最后，这一点是最重要的——追求至善之人不能有亲密的友谊，不能有任何排他性的爱。

甘地指出，友谊是危险的，因为"朋友们互相影响"，对一个朋友忠诚可能意味着做错事情。这的确所言非虚。而且，如果你爱神，或者爱所有的人类，你就不能偏爱任何个体的人。这番话也很有道理，而且它标志着到了这一步人性的态度与宗教的态度不再能够调和。对于一个普通人来说，要是爱不是意味着对某些人有着更强烈的情感，那就根本谈不上是爱了。这部自传没有明确地写清楚他是否对自己的妻子和孩子毫不体贴照顾，但起码它清楚地写到了有三回他宁愿让妻子或一个孩子死掉，也不肯让他们吃医生建议的动物性食品。确实，原先所担心的死亡并没有发生，而且甘地——你可以想象得到，承受着来自另一方面的沉重压力——总是会让病人自己选择是否以触犯戒律为代价活下去。但是，假如能完全由他作主的话，他会禁止一切动物性食物，无论后果会是怎样。他认为，我们为了活下去而采取的行动必须有一个限度，而这个限度不包括享用鸡汤。这个姿态或许很高贵，但我觉得，大部分人会说这是灭绝人性的行为。作为人类的本质就是，人不会追求完美，有时候一个人会为了忠诚而触犯戒律，他不会把禁欲主义推行到与人没办法友好交往的地步，他也做好了到最后被人生打败并屈服的准备，而这是将一个人的爱投射在

---

① 原文是"BRAMAHCHARYA"。

其他个体之上的不可避免的代价。毫无疑问，像酒精、香烟等等这些东西是圣人必须避免沾染的，但圣人的境界也是普通人必须避免的东西。这个意见明显可以反驳，但在反驳之前你必须很谨慎。在这个瑜伽盛行的年代，很容易就以为"超脱"不仅要比全盘接受世俗生活来得好一些，而且普通人拒绝"超脱"只是因为它太难做到了。换句话说，凡人是失败的圣人。这番话是否成立值得怀疑。许多人真心不想当圣人，那些已经成圣或渴望成圣的人或许从来没有享受人间生活的欲望。如果你能追溯其心理根源的话，我相信你会发现"超脱"的主要动机是渴望逃避活着的痛苦，而最重要的是逃避爱，无论是否关乎性爱，爱都是艰苦的事情。但这并不一定就是说追求彼岸的理想与享受人间生活的理想哪个"层次更高一些"。关键的问题是，它们是不相容的。你必须在神和凡人之间作出选择，而所有的"激进分子"和"进步人士"，从最温和的自由主义者到最激进的无政府主义者，事实上都选择了人。

但是，甘地的和平主义在某种程度上可以和他的其它教诲分开。它的动机来自宗教，但他声称这也是一种切实的方法和手段，能实现他心目中的政治目标。甘地的态度与大部分西方的和平主义者并不一样。"不合作主义"最初是在南非形成的，是一种非暴力的抗争，以不伤害敌人和不引起仇恨的方式战胜他们。它包括诸如非暴力抵抗、罢工、在火车前面卧轨、忍受警察的殴打而不是一跑了之、打不还手骂不还口等行为。甘地反对将"不合作主义"翻译成"消极抵抗"。在古吉拉特语中，这个词似乎是"坚守真理"的意思。甘地早年曾在布尔战争中担任英军的担架员，一战时他准备好重拾这个旧行当。即使在他完全摒弃暴力之后，他仍诚实地承认选择某一个阵营是必需的。他没有——事实上，由于他一辈子的政治生命以争取民族独立为中心，他做不到——奉行洁癖和虚伪的纲领，伪称每一场战争的交战双方都是一丘之貉，无论谁赢都没什么分别。他也不会像大部分西方的和平主义者那样，擅长于回避尴尬的问题。在上一场战争中，每个和平主义者无法回避的一个问题是："那些犹太人怎么办？你能眼睁睁地看着他们被消灭吗？如果不能，不诉诸战争你还能有什么办法拯救他们？"我必须说，我从未从任何一个西方的和平主义者那里听到过对这个问题诚恳的回答，但我听过许多回避式的回答，它们通常都可以翻译为"你又来这一套"。但是，碰巧甘地在1938年也被问到过类似的问题，他的答案被记录在路易斯·费舍尔先生[①]的《甘地与斯大林》这本书里。据费舍尔先生所说，甘地的观点是，德国犹太人应该集体自杀，这将会引起"世界和德国人民对希特勒暴行的公愤"。战后他为自己的辩解是：反正犹太人难逃一死，或许可以死得有意义一些。你会感觉到即使是费舍尔先生这么一个甘地的崇拜者也对他的这一态度感到吃惊。但甘地只是诚恳地说出心里话。如果你没有准备好取别人的性命，那你就必须准备好别人来取你的性命。当1942年他呼吁以非暴力政策抵抗日本人的侵略时，他承认这或许意味着几百万人会因此丧命。

　　与此同时，我们有理由认为，生于1869年的甘地并不明白极权主义的本质，以他与英国政府的斗争经验看待一切。这里重要

---

① 路易斯·费舍尔（Louis Fischer，1896—1970），美国记者、传记作家，代表作有《列宁的生平》、《圣雄甘地的生平》等。

的一点是，英国对他很宽容，让他总是能够引起公众的注意。从上面所引用的他的话里可以看到，他相信"引起世界的公愤"这件武器，但这只有在世界有机会听说你的遭遇的情况下才会发生。很难想象甘地的策略在一个政府的反对者会在半夜里消失并从此销声匿迹的国家里会收到成效。没有出版自由和集会自由，不仅根本没有可能向外界舆论求助，就连举行群众运动，甚至让你的意图为敌人所了解也都是不可能的事情。现在俄国有甘地式的人物吗？就算有的话，他能做出什么事情吗？只有在所有的人刚好同时看到一个相同的理念时，俄国人民才可能进行非暴力抵抗。而即使是这样，从乌克兰大饥荒的历史判断，那也只会无济于事。但就算非暴力抵抗政策在反对本国政府或反对殖民势力时是行之有效的策略，即使是这样，你怎么能将它在国际层面推行呢？甘地对二战的许多自相矛盾的言论似乎表明他感受到了这件事的难度。和平主义被应用到外交政策上不是变味了就是沦为绥靖主义。而且，甘地在和个人打交道时总是抱着一个理念，那就是：所有人都是可以接近的，总会对善意作出回应，这个理念一直很有效，但它需要接受严肃的质疑。比方说，当你面对的是疯子时，这句话就不一定成立了。那么，问题就变成了：谁是理性的人？希特勒理性吗？以某个文明的标准去衡量，另外一个文明从上到下都是愚昧疯狂的，这样的事情难道不可能出现吗？就我们对民族集体情感的有限了解，慷慨之举与友好回应之间有必然的联系吗？知恩图报在国际政治中起作用吗？

这些问题和类似的问题需要进行探讨，而且需要在接下来的几年间立刻进行，赶在某个人摁下按钮发射出导弹之前进行。文明或许无法经受住下一场大规模战争的摧残，至少我们可以想象出路或许就在于非暴力行动。甘地的优点是，他愿意诚恳地思考我在上面所提出的那些问题。事实上，他在不计其数的新闻文章中探讨了大部分问题。你会感觉有很多事情他并不明白，但他是一个事无不可对人言的坦荡君子。我一直没办法对甘地有好感，但我觉得作为一个政治哲人，他的主张并不能说是错误的，我也不认为他这辈子活得很失败。有趣的是，当他遇刺时，许多最为推崇他的崇拜者难过地声称他活得太久了，亲眼目睹自己的毕生心血毁于一旦，因为印度爆发了内战，而这是被许多人预料到的权力更替很可能会带来的后果。但甘地这辈子的努力并不是消弭印度教和伊斯兰教之间的仇恨。他主要的政治目标是和平地结束英国的殖民统治，而这最终实现了。和以往一样，相关的事实错综复杂。一方面，英国人确实未付诸战争就离开了印度，直到事情发生的一年前都没有哪个观察家作出这个预测。另一方面，撤出印度这件事出自工党之手，要换成是保守党政府，尤其是丘吉尔组阁的政府的话，他们会采取不同的行动。但是，如果说到了1945年，英国形成了对印度独立报以同情的庞大势力，在多大程度上这是出于甘地的个人影响呢？如果印度和英国真的最终缔结友好和睦的关系，这应该部分归因于甘地既坚持他的斗争，又没有播下仇恨，使得政治气氛得以净化吗？当你想到提出这些问题时，就已经表明了他的地位。你或许会像我一样对甘地没有多少好感，你可以否认他的圣雄头衔（顺便说一下，他从未自称圣雄），你或许可以否认圣徒是理想的人格，并因此认为甘地的基本主张是反人道和反动的。但是，把他只是当作一个政治家看待，拿他和我们这个时代的其他政治风云人物相比较，他在我们心目中留下了多么清白的形象！